KB072167

그 모델의 사생활

그 모델의 사생활 2

초판 1쇄 찍은 날 | 2015년 11월 4일
초판 1쇄 펴낸 날 | 2015년 11월 12일

지은이 | 이지혜
펴낸이 | 서경석

편 집 책 임 | 조윤희
편 집 | 이은주
주은영
디 자 인 | 신현아

펴 낸 곳 | 도서출판 청어람
등록번호 | 제387—1999—000006호
등록일자 | 1999. 5. 31
어람번호 | 제11—0029호

주소 | 경기도 부천시 원미구 부일로 483번길 40 서경B/D 3F (우) 14640
전화 | 032—656—4452 팩스 | 032—656—4453
http://www.chungeoram.com
E—mail | chungeorambook@daum.net

ISBN 979—11—04—90489—9 04810
ISBN 979—11—04—90487—5 (SET)

그 모델의 사생활

이지혜 장편 소설

Contents

제11화. 이번엔 진짜 2 * 7

제12화. KILL THE STAGE * 67

제13화. 겨울의 의미 * 141

제14화. 우연과 인연과 필연 * 215

제15화. 당신에게 닿기를 * 267

제16화. 더 트루스(The Truth) * 333

제17화. 사랑해 * 409

제18화. 돌고 돌아 다시 너에게로 * 463

에필로그 1 * 487

에필로그 2 * 503

작가 후기

제11화
이번엔 진짜 2

방 안으로 들어서자마자 현관에 서서히 불이 들어왔다.

은은한 빛으로 밝아지는 방 안은 단순하지만 세련되게 장식되어 있었다. 조금 전, 카스티엘이 있던 그 방과 크게 다르지도 완전히 똑같지도 않은 스위트룸.

하지만 그곳과 이곳의 가장 큰 차이는 세준과 솔, 두 사람 사이에 감도는 긴장감이었다.

솔과 세준의 눈이 마주치자 방 안을 감도는 공기마저 빨갛게 달아올랐다.

솔은 붉게 타오르는 심장을 살며시 움켜쥐었다. 긴장감에 젖은 손끝이 바르르 떨려왔다. 치열하게 밀고 당기는 두 사람의 관계가 오늘 무언가 달라질 것 같다는 확신이 들었다.

'더 이상 도망쳐선 안 돼.'

그것을 알고도 들어섰다. 솔은 마른 입술을 슬며시 깨물고선 앞서 걷는 세준의 뒷모습을 바라봤다.

안에 들어선 세준은 뒤도 돌아보지 않고 룸 안의 미니 바로 직행했다. 차분한 손길로 위스키 잔을 찾아내는 그 모습이 무척이나 익숙해 보였다.

후우. 뜨겁게 달아오르는 숨을 집어삼킨 솔이 태연함을 가장한 채 어깨 위에 걸쳤던 재킷을 벗었다. 몸에 달라붙는 새하얀 블라우스와 심플한 H라인의 스커트였을 뿐인데도 아름다운 몸매가 여실히 드러나 아찔할 만큼 고혹적이었다.

그녀를 빤히 바라보며 잔에 얼음을 채운 세준의 손이 잠시 멈췄다. 그리고 가늘어진 눈으로 그녀의 느린 움직임을 좇았다. 마치 사냥감을 쫓는 사냥꾼의 그것처럼 날카롭고 치밀한 눈빛이었다.

수 백, 수 천 명의 관중을 두고 걷는 것보다 한 남자의 눈이 더욱 솔을 조여오고 있었다. 타들어가듯 바싹 마른 입술을 혀로 축이며 솔은 천천히 세준에게 다가갔다.

후. 짧게 내쉬는 숨. 그리고 바로 스트레이트로 목구멍을 채우는 독한 위스키. 세준의 움직임을 따라 잔에 부딪치는 얼음 소리가 은근하게 울려 퍼졌다.

달그락달그락, 그 차가운 소리가 오늘따라 유난히 덥게 느껴진다.

'도망치지 말자. 그래, 오늘은 절대 피하지 말자.'

솔은 속으로 몇 번을 그렇게 되새겼다. 그리고 그녀를 말려 죽일 듯이 바라보는 세준의 눈동자 앞으로 솔이 한 걸음, 한 걸음 천천히 다가갔다.

"나도 줘."

미니 바를 가운데 두고 세준과 솔이 마주했다. 누가 먼저랄 것 없는 뜨거운 눈빛으로 서로에게 엉켜들어갔다.

뻗어 나온 가녀린 손가락을 세준이 가당치도 않다는 듯 쳐내버렸다.

"안 돼."

"왜?"

"몸에 해로워."

이게 무슨 개똥 같은 소리야.

솔은 눈살을 찌푸리다가 기습적으로 그의 손에 들린 위스키를 뺏어 들었다.

"그럼 아까 칵테일 마실 때 말렸어야지."

"이건 독해."

"알아."

"알고도 마시는 거야?"

세준과 눈을 마주친 그 상태 그대로 솔은 목구멍 안으로 갈색 액체를 받아 넘겼다.

"아니까 마시는 거야."

탁, 도발적인 그녀의 말과 함께 말끔하게 비워진 유리잔이 테이블 위에 내려왔다.

빤히 그녀를 바라보던 세준이 피식 웃고 말았다.

그래, 이래야 강솔이지.

항상 그를 긴장시키고 한낱 애송이로 만드는 당찬 여자. 죽어서도 절대 그가 이길 수 없는, 기꺼이 항복하고 싶게 만드는 그의 여자.

작게 고개를 내젓던 세준이 얼음물을 꺼내 그녀에게 내밀었다.

또다시 익숙해 보이는 그의 행동에 솔은 저도 모르게 언짢은 목소리가 나오고 말았다.

"호텔 많이 다녔나 봐?"

으흠. 긍정하듯 목울대를 울리는 소리를 내며 고개를 끄덕이던 세준이 대답했다.

"가출했을 때 몇 번."

"가출?"

의외의 단어에 솔의 눈이 커졌다. 세준과 전혀 어울리지 않는 단어였다.

"몇 살 때? 언제?"

"스물세 살 때."

미니 바 안으로 들어서던 솔이 이상하다는 듯 눈살을 찌푸렸다. 그 나이라면 가출이 아니라 출가라고 불러야…… 아니, 잠깐.

"재작년?"

"응, 재작년에. 잠깐 있었어. 모델 하기 전, 전역하고 나서."

대수롭지 않다는 듯한 세준의 대답에 솔은 묻고 싶은 게 더 많아졌다. 모델을 하기 전부터 이런 곳에 들락날락할 정도였다면…….

부티가 난다고 생각은 했는데, 역시 잘사는 집 아들이었나. 거기다가 전역하고 나서 가출이라니? 그건 또 무슨 말일까?

생각해 보니 솔은 세준에 대해서 아는 게 하나도 없었다. 세준 또한 솔에 대해서 아는 게 그리 많지 않을 것이었다. 그래, 두 사람은 생각보다 대화가 없었다.

어쩐지 안타까운 기분이 들었다. 무엇 때문에 이렇게 서로에 대해서 아는 게 부족할까 생각해 보니, 모두 그녀 때문이었다. 다가오려고 하는 세준을 수없이 밀어내고 걷어차고 의심했다.

처음엔 박세준이 못미더워서, 잘못 끼워진 단추를 부정하고 싶어서, 그리고 다음엔 그에게 끌리는 자신의 마음을 인정하고 싶지 않아서……. 그렇게 어리석게도 그를 밀어내며 알려고 하지 않았더랬지.

"아까 칵테일 마셨잖아. 근데 또 위스키를 마시면 어떡해. 물 마셔."
스윽 그녀 앞으로 나오는 깨끗한 물 잔.
"술 섞이면 취하잖아, 당신."
그런 그녀를 참 잘도 받아준다. 처음엔 보이지 않았던 세준의 노력이 차츰차츰 보이기 시작했다. 솔직한 건 언제나 세준이었고, 그를 몰아붙이는 건 언제나 그녀였다.
그게, 이제 보이기 시작했다.
그리고 무엇보다도 솔은 이제야 제 마음이 뚜렷하게 보이기 시작했다. 어째서 세준에게 그토록 화가 났던 것인지, 어째서 이놈이 그토록 사랑스러워 보였던 것인지.
그것이 선명하게 느껴졌다.
세준이 내민 물 잔을 두 손으로 잡아 든 그녀가 세준을 빤히 바라봤다. 고요함 속에서 두 사람의 눈빛만 소란스럽게 부딪쳤다.
띠리리!
그 순간, 날카롭게 울리는 벨소리에 눈살을 찌푸리며 세준이 핸드폰을 꺼내 들었다. 그러곤 잠깐 화면을 확인하더니 그대로 배터리를 분리해 버렸다. 마치 방해받는 것이 달갑지 않다는 듯한 세준의 행동에 솔은 어쩐지 더욱 바짝 긴장하고 말았다. 전원이 꺼진 핸드폰을 멀리 밀어 던진 세준이 몸을 틀어 솔에게 다가왔다.
매 초마다 공기는 조금씩 더 뜨거워지고 있었다. 호흡이 가빠지고, 전신으로 열기가 퍼져 왔지만 솔은 그대로 꼿꼿하게 서서 다가오는 그를 바라봤다.
피할 이유가 없었다. 또한 피하고자 하는 마음도 없었다.
마음을 다잡은 솔은 바로 지척에 세준이 다가왔을 때 불현듯 뒤로 돌아섰다. 돌아선 그녀의 뒤로 세준의 밭은 한숨 소리가 들려왔다.

"두렵지 않다며……."

또 도망가냐는 듯이, 한 걸음 다가가면 역시나 두 걸음 멀어지냐는 듯 힘이 빠진 목소리였다. 한숨에 섞인 그의 조용한 책망이 고스란히 솔에게 전해졌다.

솔은 대답하지 않은 채 계속 발을 옮겼다. 한 걸음, 두 걸음 찬찬히 내디뎌 원하는 것을 찾아냈다. 손을 뻗은 그녀가 방 안의 불을 모두 꺼버렸다.

"그래, 하나도 두렵지 않아."

검게 내려앉은 어둠, 그 속에서 솔은 빙긋 웃으며 천천히 뒤로 돌아섰다. 곧 벌어질 일에 그녀의 가슴이 세차게 두방망이질 쳤다. 방 안의 모든 불이 꺼졌지만 통유리창을 넘어 들어오는 도시의 불빛으로 세준의 경직된 얼굴이 보였다.

그녀의 의중을 살피려는 듯 가늘어진 그의 눈동자는 조금 놀란 듯이 보였다. 솔은 그런 세준을 똑바로 바라보며 구두에서 내려왔다. 그리고 긴장으로 인해 차가워진 손끝으로 천천히 블라우스의 첫 단추를 풀어 내렸다.

"보여주는 게 뭐? 야하다고?"

"지금 뭐하는……."

"야하게 보니까 야한 거야. 색스럽게 보니까 색스러운 거고."

세준의 말허리를 댕강 잘라먹으며 솔은 두 번째 단추를 풀며 그에게 다가갔다. 맨발 아래 차가운 대리석 바닥이 느껴졌다.

거대한 통유리 너머로 들어오는 서울의 불빛으로만 채워진 방 안.

"너도 알잖아. 내가 이 일을 얼마나 사랑하는지. 내가 이 일을 얼마나 좋아하는지. 더 멋있게, 더 아름답게 보여줄 수 있기 위해……."

솔이 세준에게 가까이 다가갈수록 그녀의 손끝을 스치는 블라우스의 앞섬도 더욱 아슬아슬하게 벌어지고 있었다.

세 개, 네 개, 풀어지는 단추 사이로 신이 조각한 듯 완벽한 솔의 몸매가 아슬아슬하게 보였다.

"내가 얼마나 노력하는데."

빌어먹을.

늘씬한 배, 오목한 배꼽, 탐스러운 가슴…… 아스라하게 보이는 새하얀 솔의 몸에 세준은 눈이 다 시려왔다.

"……그만해."

한층 가라앉은 듯 탁한 목소리가 세준의 목울대를 가르고 새어 나왔다. 세준은 땀이 올라오는 손바닥을 모아 주먹 쥐었다. 심장이 터질 듯이 뛰어댔다. 고작 단추 몇 개 푸는 것을 봤을 뿐인데, 수컷의 본능으로 심장이, 아니 온몸이 터질 것만 같았다.

'위험해.'

그는 이대로 짐승이 되어 그녀를 한입에 집어삼켜 버릴 것만 같았다.

"싫어."

단호하게 대답한 솔이 손끝으로 블라우스를 밀어 완전히 벗어버렸다.

달빛에 드러난 동그란 어깨, 잘록한 허리 라인이 세준의 눈을 파고들었다. 그리고 새하얀 브래지어에 감싸인 탐스러운 가슴까지 달빛 아래 온전히 드러나자 그는 숨을 멈추고야 말았다.

아름다웠다. 솔의 몸은 신이 빚은 듯이 완벽하고 아름다운 조각이었다. 그녀가 저 몸을 만들기 위해 얼마나 노력했는지 세준은 알고 있었다. 그렇기에 더더욱 그의 눈에 아프도록 아름답게 박혀 들어왔다.

하지만 그와 동시에 세준을 달아오르게 하는 단 하나의 몸, 단 한 명의 여자였다.

"젠장!"

아프도록 세게 이를 악문 세준이 한달음에 솔에게 달려와 그녀를 끌어안았다. 맞춘 듯이 그의 품에 감겨드는 완벽한 몸. 세준은 향기로운 솔의 목덜미에 입술을 박아 넣으며 갈망이 가득한 목소리로 그녀에게 경고했다.

"알아. 안다고! 이 몸이 얼마나 아름답고, 당신이 내게 얼마나 아름다워 보이는지 안다고! 그래서 화가 나는 거야. 그래서, 그래서…… 더더욱 다른 사내들이 보게 하는 게 싫은 거라고!"

"……."

"당신을 함부로 하고 싶지 않아. 보는 것조차 이렇게 아까운데, 내가 보는 것조차 아까워 죽겠는데 누굴 보여주고 싶겠어? 하아…… 이러지 마, 강솔. 이렇게 하지 않아도 나 당신만 보면 들끓는다고. 함부로…… 거칠게 대하고 싶지 않은데, 이러면 나 짐승이 된단 말이야."

솔은 제 몸을 터뜨릴 듯 세차게 끌어안는 세준의 품에서 안심했다. 그렇게 갈증 어린 눈으로 저를 바라봤으면서, 그렇게나 한입에 잡아삼켜 버릴 듯 욕망 가득한 눈으로 저를 바라봤으면서 그는 다시 또 자신을 억누르고 있었다.

솔은 떨리는 손으로 그의 허리를 마주 안았다. 움찔 놀라는 세준이 느껴졌다. 그리고 더더욱 힘이 들어간 그의 탄탄한 두 팔도.

"당신이 이겼어. 그래, 내가 어떻게 당신을 이기겠어. 그러니까…… 그만해. 나 지금 위험하니까."

솔을 꽉 끌어안은 그는 감정을 억누르듯 목소리를 억눌렀다. 여전한 열기를 숨기지 못한 채 묵새기는 세준의 음성은 짙고도 낮았다.

"날…… 짐승으로 만들려고 하지 마."

뜨거운 품에 안겨 솔은 고스란히 그의 초조하고 애가 타는 마음을 느끼고 있었다. 목덜미를 간질이는 그의 입술이 척추를 찌르르 간질였다. 드러난 피부 위로 작은 소름이 돋아나올 만큼 세준의 품이, 그의 입술이 좋았다. 그리고 무엇보다도 저를 안은 채 초조해하는 그의 마음이 좋았다.

"그렇게 내가 좋아?"

그의 가슴에 뺨을 기댄 채로 너른 등을 쓰다듬으며 솔이 속살거리듯 물었다. 그는 말없이 신음 같은 한숨을 몇 번이고 삼켰다.

쿵쿵쿵.

힘차게 박동하는 세준의 심장 소리가 솔의 귓가를 파고들었다. 그 기분 좋은 박동을 듣고 있노라니 세준을 향한 가슴 뻐근한 사랑스러움이 솟아올랐다.

"뭘 하나 참을 수 없을 만큼, 그렇게 좋아?"

여전히 대답 없는 세준을 향해 솔이 고개를 들었다. 떨리는 제 남자의 눈동자가 보였다. 그것을 지그시 쳐다보며 솔은 계속해서 입술을 놀렸다.

"말해. 말하지 않으면 나 이 상태로 밖으로 뛰쳐나……."

솔의 말은 더 이어질 수 없었다. 세준의 입술이 다급하게 그녀의 입술을 밀고 들어왔기 때문이었다.

뜨거운 그의 혀가 솔의 입술을 가르고 허기진 배를 채우듯 허겁지겁 그녀의 입술을 빨아들였다. 그의 혀인지, 그녀의 혀인지 분간이 가지 않을 만큼 치열하게 얽히고설키는 두 개의 살덩이…….

밀고 들어오는 그의 단단한 어깨를 틀어 쥔 솔이 희박한 공기를 찾아 고개를 돌렸다. 가쁘게 숨을 몰아쉬는 그녀의 귓가에 세준이 허스키한 목소리로 속삭였다.

"좋아해. 백 번 천 번이라도 말해줄 수 있어. 당신이 좋아 미칠 것 같아. 아니, 이미 미쳐 버렸는지도 몰라. 그러니까, 이 꼴로 어디 나갈 생각은 꿈에도 하지 마. 보는 눈이 있으면 하나하나 다 파버리고 싶을지도 모르니까."

이를 드러낸 맹수처럼 위협적인 그의 협박에 솔은 어쩐지 웃음이 새어 나왔다.

"……웃어?"

진심이라는 듯, 기가 막힌 목소리로 그가 되물었다.

그의 가슴에 맞닿은 심장이 간지러웠다. 세준의 거칠었던 입맞춤으로 욱신거리는 입술도 간지러웠다.

솔은 살며시 두 손으로 그의 뺨을 감싸 쥐며 촉촉이 젖은 입술을 세준의 입술 위에 가볍게 밀착시키며 중얼거렸다.

"나도."

"……."

"나도 네가 좋아, 세준아."

세준이 황급히 몸을 떼어내며 솔의 눈을 깊이 들여다봤다. 자신이 들은 말이 정말인지 확인하듯 세준은 갈급하게 그녀의 눈동자를 찾으며 되물었다.

"다시 말해봐. 방금…… 뭐라고 했어?"

솔은 세준의 뺨을 쓰다듬으며 쑥스럽게 웃었다. 블라우스 단추를 풀어 내릴 때보다 지금 이 순간 그녀의 심장이 더욱 세차게 뛰어댔다. 그 떨리는 마음을 담은 솔의 떨리는 입술이 열렸다.

"이런 말 잘 못하는 내가, 이런 말 해본 적도 없는 내가, 이 말을 하지 않고선 못 배길 만큼…… 네가 좋다고."

그녀의 팔뚝을 잡고 조여 오는 그의 손길에서 그의 허기진 마음이 고스란히 전해졌다.

"하, 하하! 하하하하!"

세준은 가슴이 터져라 웃었다. 고요한 스위트룸 안으로 가슴이 뻥 뚫리도록 시원한 그의 웃음소리가 울려 퍼졌다. 반듯한 얼굴 위로 기쁨이 넘쳐흘렀다.

한참을 웃던 세준은 두 팔로 솔을 힘차게 끌어안았다. 넘쳐흐르는 기쁨, 진심을 담아 숨이 막히도록 꽉.

"읏."

"요망한 여우 같으니."

솔의 귓가에 속삭이는 성난 세준의 목소리를 듣고도 솔은 키득키득 웃음만 흘렸다. 그런 그녀를 한참이나 노려보던 세준은 다시 허겁지겁 솔의 입술을 삼켜 버렸다.

"흐읍."

얼마나 다디단 입술인가. 얼마나 갈망하던 그의 여자인가.

솔의 타액 한 방울마저도 모조리 흡수하려는 듯 세준은 뜨겁게 그녀 안으로 휘몰아치며 들어갔다.

달다. 달아. 지금 이 순간, 그녀의 입술도 이 공기까지도 모두 달다. 미칠 듯이 달아 중독이 되어버릴 것만 같았다.

세준의 성마른 혀가 거침없이 솔의 입안을 헤집으며 돌아다녔다. 몰캉한 그녀의 속살을 모조리 훑어 내리는 난폭한 움직임에 솔이 몸을 움찔거렸지만, 꽉 끌어안고 있는 단단한 팔은 그녀를 놓아주지 않았다. 구석구석 하나도 빠짐없이 탐색해 들어오는 세준의 침입에 솔이 거칠게 숨을 몰아쉬었다.

"그만, 그만……."

웃는 것인지 숨을 헐떡이는 것인지 모를 정도로 헉헉대던 솔은 밀고 들어오는 세준의 어깨를 잡아 세웠다. 그녀의 입술을 핥고 빨아들이던 세준이 어느새 솔을 벽면으로 밀쳤다.

"……그렇겐 못 해."

반항하는 그녀의 두 손을 한 손으로 잡아 결박시킨 채 세준은 다시 정신없이 그녀에게 입을 맞췄다.

이토록 뜨거운 키스는 처음이었다. 솔은 거칠게 오르내리는 가슴을 세준에 밀착시키며 전신을 휘감는 열기에 자신을 던졌다. 부드러운 사내의 입술이 그녀의 눈과 이마, 입술과 볼을 오가더니 마침내 목덜미를 머금으며 내려왔다.

"아……! 흣."

"다시 말해줘."

다급하게 속삭이는 절박한 세준의 목소리.

"뭘……."

"다시, 다시 말해줘. 좋아한다고. 나를 좋아한다고."

백 번이고, 천 번이고 말해 줄게.

"좋아해, 세준아. 좋아해."

솔은 세준의 타액으로 젖은 입술을 슬며시 끌어올리며 그를 천국으로 끌어 올리는 주문을 쉴 새 없이 중얼거렸다.

손 하나 까딱하지 않고도 그를 절정으로 끌어 올리는 마법 같은 한마디.

세준은 그 한마디의 마력에 흠뻑 빠져드는 것을 느끼며 새된 목소리로 중얼거렸다.

"당신, 내 여자야. 내 거라고."

"바보. 난 내 거야."

"여자 강솔은 내 거야. 박세준 거라고."

세준은 평소보다 조금 더 고집스럽게, 그리고 거칠게 속상이며 그녀를 안았다.

"각오해."

"어?"

"오늘, 내 여자라고 이 몸에 확실하게 각인시켜 줄 테니까."

"자, 잠깐."

세준은 다소 거칠게 웃으며 그녀를 번쩍 안아 올렸다. 달빛에 반사된 사랑스러운 제 여자의 입술과 뺨에 빈틈없이 입을 맞춘 그가 솔의 귓가에 대고 으름장을 놓는다.

"잠자는 야수를 깨웠으면 책임을 져야지."

슬쩍 발로 밀어 문을 연 세준이 씩 웃음을 보였다. 어딘가 모르게 악당 같은 그 미소 앞에 솔의 가슴이 다시 한 번 세차게 진동했다.

하아, 하아.

숨소리가 거칠었다. 솔은 가쁜 숨이 터져 나오는 입술을 손등으로 막으며 밀려 올라오는 쾌락에 전율하고 말았다.

정말이지…… 이런 감각은 처음이었다. 한 번도 누군가에게 내어준 적 없던 비밀스러운 속살을 세준에게 기꺼이 내어주고 말았지만 도무지 싫다는 생각이 들지 않았다.

"부드러워."

탄력 있는 솔의 가슴을 한 입 가득 베어 물며 속살거리는 세준으로 인해 솔은 머리가 하얗게 타버리고 말았다.

"마치 생크림처럼……."

침대 위에서 세준은 한시도, 1초도 그녀를 가만두지 않았다. 손과 손이 따로 움직이며 그녀를 주물러댔고, 입술로 끊임없이 그녀를 깨물어대며 괴롭혔다.

아픔인지 쾌락인지 모를 갖가지 감각들이 홍수처럼 터져 나왔다. 아찔한 전율에 눈물을 글썽이던 솔이 세준의 넓은 가슴을 한껏 끌어안으며 희미하게 떠오르는 의문에 입술을 열었다.

"이상해."

"……뭐가."

그녀의 어깨에 입을 맞추며 탁한 목소리로 세준이 물었다.

"너랑 이랬던 것을 기억을 못 했다는 게……."

멈칫, 세준은 그녀를 어루만지던 손길을 잠시 멈췄다. 잠시 무슨 생각을 하는가 싶더니 격한 숨을 몰아쉬는 그녀에게 더욱 짙은 입맞춤을 퍼부어댔다.

"아, 응."

솔은 정신이 아득해지는 것만 같았다. 가슴을 세게 움켜쥐는 사내의 손길이 낯설기만 했고 그녀를 부끄럽게 만들었지만 도통 밀어낼 힘이 생기지 않았다. 아니, 조금만 더…… 조금만 더 세게 만져줬으면 하는 음탕한 마음까지 들었다.

그녀의 몸 구석구석에 세준의 입술이 닿았다. 가볍게 스치기도 했고, 힘껏 빨아들이기도 하는 저 입술 때문에 머릿속이 온통 하얗게 타버렸다.

'그만, 그만……'

감당할 수 없는 쾌락에 몇 번이나 몸을 떨며 흐느끼는 그녀를 끌어안고 세준이 조심스럽게 속삭였다.

"아플 거야."

"읏……!"

그러나 솔은 은근한 목소리로 속살거리는 세준의 말을 미처 듣지 못했다. 그의 손가락이 천천히 그녀의 안으로 깊이 파고들어 왔기 때문이었다.

"……!"

눈이 번쩍 뜨일 만큼 생소하고, 아릿한 통증이었다.

뭐지……. 원래 이런 거야? 솔은 입술을 깨물며 세준의 어깨에 얼굴을 묻고 말았다. 그러자 크고 듬직한 손이 그녀를 품에 안으며 어루만졌다.

쉬이, 쉬이. 어르고 달래는 손길과 그녀를 아프게 하는 손길. 솔은 어디에 제 몸을 기대야 할지 모른 채 파들파들 몸을 떨었다.

"미안해, 읏……! 하지만 나도 참을 수가 없어."

왜 그런지는 모르겠지만 세준 또한 이를 사리물며 힘겨워하고 있었다. 하지만 솔은 그의 고통, 그의 표정을 신경 쓸 겨를이 없었다. 들썩거리는 몸이 활처럼 휘어지며 더욱 깊게 들어오는 세준 때문에 도리질 쳤다. 살살, 아주 매우 조심스럽게 접근한다는 것이 느껴졌지만 솔은 고개를 가로젓는 것을 멈추지 않았다.

"쉬이, 괜찮아. 괜찮아."

세준은 서두르지 않았다. 다만 하염없이 다정한 손길로 몇 번이나 그녀를 달랬고, 흥분케 했으며 천천히 아릿한 통증에 그녀가 익숙해지도록 노력했다.

침대 위의 세준도 평소의 그와 전혀 다를 바가 없었다. 그녀에게 모든 것을 맞춰 주고 있었다. 저 또한 저리도 고통스러운 표정과 흥분을 참지 못한 짐승 같은 눈을 하고 있으면서 그 손길과 입은 어찌 이리 다정하기만 한지.

솔은 그를 위해 품을 벌려 안아주었다. 고통이 끝없는 쾌락으로 바뀔 때까지 수 없이 입을 맞췄고 수 없이 눈을 맞췄다.

"앗! ……아아!"

그렇게 솔은 몇 번이고 세준의 품에서 흐느꼈고, 전율하며 그녀가 모르던 연인의 관계를 배웠다.

"내 여자, 나의 강솔."

도통 지칠 줄 모르는 이 다정한 침략자는 그렇게 밤이 새도록 그녀를 사랑했다.

솔의 얕은 잠을 깨운 것은 잠이 들 때까지도 쉴 새 없이 치근거리던 세준의 입술이었다.

볼과 이마를 간질이는 촉촉하고 따스한 느낌에 솔이 입술에 호를 그리며 몸을 뒤척였다.

"졸려……."

"더 자."

그리 말하면서 도통 입맞춤을 멈출 기미가 보이지 않았다.

등 뒤로 느껴지는 그의 단단한 가슴에 힘이 느껴졌다.

가는 허리를 부러질 듯 꽉 끌어안고선 더 자라고 하는 세준의 말이 우스워 솔이 부스스 눈을 부비며 그를 밀어냈다.

"너 때문에 잘 수가 없잖아."

"나도 그래."

"난 자고 싶다고."

"그건 나랑 다르네."

장난스럽게 말하며 세준이 힘을 주어 그녀를 끌어안았고 솔도 스스럼없이 세준의 너른 품 안으로 파고들었다.

이런 아침이 조금 부끄러울 만도 한데 이상하게도 그런 느낌이 아니었다.

긴긴 밤을 지새우면서 숱한 사랑의 밀어를 속삭여서 그런 걸까? 아니면 그녀를 어루만지는 이 손길에 온통 다정함밖에 없어서 그런 걸까?

그것도 아니면, 그 모든 이유가 합쳐져 하나의 이유가 된 것일까.

그의 맨살도, 그녀의 맨살도 서로에게 닿는 것이 한없이 당연하게만 느껴졌다. 서로를 매만지고 있음에도 솔은 세준의 품이, 세준은 그녀의 향기가 잠시라도 멀어지는 게 한없이 아쉽기만 했다.

"몸은…… 괜찮아?"

솔의 이마 위의 머리카락을 넘겨주며 세준이 조심스럽게 물어왔다.

그 다정한 손길에 솔이 설핏 웃음을 보였다.

'내 몸이 왜?'라고 물으려던 솔이 번쩍 눈을 떠 세준을 노려본다.

길고 서늘한 눈매로 노려보는 그녀의 눈길에 세준이 곤란한 듯 웃다가 이내 다시 꽉 그녀를 끌어안아 버린다. 세준의 팽창된 근육이 솔의 피부를 통해 고스란히 느껴졌다.

"너 이 사기꾼아, 이거 안 놔? 그동안 날 감쪽같이 속여먹었다 이거지?"

"화내지 마, 무섭잖아."

하나도 무섭지 않다는 얼굴로 무섭다 말하는 세준을 보며 솔이 기가 막힌다는 얼굴을 했다. 그러자 세준이 어쭙잖게 그 태평양처럼 너른 어깨를 오들오들 떠는 시늉을 한다. 그 모습이 우스워 솔이 저도 모르게 피식 웃음을 흘리다가 정신을 차린다.

"잠깐, 이렇게 얼렁뚱땅 넘어갈 생각은 아니겠지?"

"얼렁뚱땅이라니, 지금 신성한 첫 아침 의식을 치르고 있는데."

의식 같은 소리 하고 있네. 솔이 입술을 삐죽이니 그 입술 위로 세준의 입술이 다가온다.

솔이 그걸 재빨리 손바닥으로 차단하며 샐쭉하게 말했다.

"됐고. 속인 것도 모자라 그걸로 약점 잡은 듯 괴롭히기까지 하고. 이거 진짜 안 되겠구먼?"

짐짓 무서운 솔의 표정 앞에 세준이 와하하 웃어버렸다.

새하얀 아침을 가르고 들리는 그의 시원한 웃음소리가 포근한 스위트룸을 가득 채운다. 세준은 그런 솔이 사랑스러워 미치겠다는 듯 그녀를 꼭 끌어당겨 안았다.

"미안해. 정말. 원한다면 평생 사과할게. 그치만 그땐 내가 정말 당신이 절실해서 그랬어."

"절실해서 속였다고? 어디 가당치 않은 말을."

"하하. 그런 게 아니라, 당신한테 다가가고 싶은데 어떻게 해야 할지 모르겠더라고. 그래서 더더욱 진실을 말할 수가 없었어. 말해 버린 순간 부딪치는 것조차 못할 것 같았거든. 그렇게나 당신은 나한테 어려운 여자였어."

그의 눈이 반달처럼 휘어졌다. 진심이 담뿍 젖어 있는 따스한 눈빛.

"고양이처럼 털을 바짝 세우고, 정말이지 나를 너무 싫어하는…… 정말 어려운 여자."

세준의 말에 솔은 잠시 입을 다물었다.

사실 손에 닿지 않은 별과 같은 것은 솔에게 세준도 마찬가지였다.

그녀가 가지지 못한 모든 것들을 세준은 가지고 있었다. 억지로 꾸미지 않은 자신감, 카메라를 대하는 천부적인 재능, 죽도록 노력하지 않아도 이미 완성되어 있는 완벽한 마스크.

어려운 건, 나만이 아니었구나.

너도…… 내가 어려웠구나.

잠시 할 말을 잃은 채 묘한 감정에 젖어 있는 틈으로, 세준이 허스키한 목소리로 그녀의 귓가에 속삭인다.

“그래도, 속인 건 정말 미안해.”

말없이 세준을 바라만 보던 솔이 불쑥 손을 들어 올려 그의 잘생긴 양 뺨을 잡고 꼬집어 흔들었다.

“귀여워. 응? 아주 귀여워 죽겠어.”

몇 초간을 그렇게 그녀의 야무진 손 아래에 얌전히 있던 그가 이내 아픈 듯 미간을 찡그리며 볼을 잡고 있는 손을 떼어냈다. 하얗고 가느다란 손바닥 위로 살며시 내려가는 그의 입술.

처음에는 살며시, 그리고 다음에는 조금 더 깊게.

그리고 오래도록 그녀의 손바닥 위로 경건하게 입을 맞췄다.

손바닥이 전해주는 온기와 그녀의 살 냄새에 흠뻑 취하기라도 할 듯 세준은 한참을 그렇게 그녀를 느끼고 있었다.

이 표정을 눈앞에 두고 어떻게 그녀가 더 화를 낼 수 있을까. 세상을 다 가진 듯 평온하고 행복한 이 얼굴 앞에서.

결국 솔이 짧은 한숨과 함께 굳어 있던 어깨의 힘을 풀었다. 그의 짧지도 길지도 않은 속눈썹이 아침 햇살을 받아 어두운 그늘을 만들어냈다. 올라간 세준의 입꼬리만큼 솔의 표정도 느슨하게 풀어지고 만다.

고요함 속에 그녀의 혈관이 섬세하게 쿵쿵쿵 뛰는 소리가 울렸다.

‘에이, 모르겠다.’

솔은 이내 제 머리를 받쳐 주고 있던 잔 근육이 팽팽한 세준의 팔뚝 위로 얼굴을 묻었다. 그녀를 속인 것에 대한 복수는 앞으로 두고두고 해주면 되는 것이었다.

지금은…… 그냥 이대로 있자. 그냥 이렇게.

전신의 세포들이 지난밤의 여운으로 녹신녹신하게 젖어 있었다. 화를 낼 겨를도 없이 예민한 감각들이 생소한 경험에 전율하고 있었다.

솔의 손바닥으로 장난을 치던 세준이 문득 그녀의 손가락에 헐렁하게 맴도는 반지를 보며 물었다.

"그런데 이 반지는 도대체 뭐야?"

베개에 얼굴을 파묻으며 솔이 무심하게 덧붙였다.

"돌아가신 부모님 반지."

그 순간 딱 멈춰 버리는 세준의 움직임. 솔이 소리 없이 픽 웃다가 천천히 고개를 돌려 세준을 봤다. 미안해서, 당황해서 어쩔 줄 몰라 하는 세준의 얼굴이 보였다.

'귀여워.'

솔도 처음 보는 얼굴이었다. 잔뜩 굳어 있는 그 얼굴을 보며 솔이 달래듯 한마디를 덧붙였다.

"를 카피해서 만든 반지."

"……뭐?"

"갑자기 돌아가셔서 유품이랄 게 별로 없었거든. 그래서 부모님 사진 보고 일하고 처음 받은 돈으로, 내가 번 돈으로 만들었어."

더욱 당황스러워하는 세준의 얼굴이 보였다. 만지작거리던 반지가 마치 솔의 부모님이라도 되는 듯 어찌할 바를 몰라 하는 얼굴이었다.

"미안하지? 이런 반지를 가지고 날 놀려먹은 거?"

그렇게 능글맞은 박세준이 맞나 싶을 정도로 잔뜩 굳은 얼굴로 세준이 고개를 끄덕인다. 뭐라고 더 협박을 해볼까 하다가 솔이 이내 고개를 털어냈다.

세준이라고 알고서 그런 것도 아니었으니. 그리고 그의 말마따나 로마에서 돌아와서 바로 돌려줬지 않은가.

"앞으로 두고두고 갚아. 내가 이제 그만 좀 잘하라고 할 때까지. 알겠니, 돌쇠?"

끄덕끄덕.

입을 꾹 다물고 세준이 비장하게 고개를 끄덕였다.

"마나님 분부라면……."

그렇게 말하더니 온몸으로 솔을 덮어서는 자잘한 입맞춤을 퍼붓는다. 동그랗고 매끄러운 어깨와 섬세한 빗장뼈 위로 그의 입술이 스치고 지나간다. 손은 뭐…… 말할 것도 없고.

"온몸 바쳐 수행해야지."

어감이 이상하다, 너? 응?

"읍! 자, 잠깐……. 앗, 어디에 손을 대는 거야."

"허허, 여기 말고 그럼 여기에 손대도 되는 건가?"

잠깐만, 잠깐만! '잘하라'는 게 그 '잘하라'는 게 아니라고!

점점 농밀해지는 세준의 손길을 다급하게 잡아채며 화제를 전환시켰다. 오늘은 더 이상 안 돼. 나 침대에서 못 나갈지 몰라. 야! 나 처음이라고!

"너, 너는 이 반지 뭐야?"

보통 힘이 아닌지라 그녀의 몸은 종잇장처럼 흔들렸지만 화제 전환에는 성공한 듯 보였다. 세준이 제 손에 끼워진 반지를 들어 보였다.

"아, 이거."

"어. 어어! 너도 이거 중요한 거라고 했잖아."

깜빡, 느리게 눈을 감았다 뜬 세준이 입을 꾹 다물고 그녀를 끌어안았다.

뭔가 할 말이 너무 많아 복잡해 보이기까지 하는 세준의 눈빛에 솔이 어리둥절, 고개를 갸웃거렸다. 한참을 그렇게 할 말을 찾는 듯 머뭇거리던 세준이 입술을 달싹이며 짧게 한마디를 내뱉는다.

"……꿈."

"뭐?"

품 안에 안겨 그를 올려다보며 되물으니 세준은 여전히 정리가 되지 않은 복잡한 눈빛으로 시린 웃음을 보인다.

"내가 간절히 꿨던…… 꿈."

그의 웃음이 아파 보였다.

5년 하고도 반년 전 겨울. 어느 토요일 오후.

모두가 떠난 교실, 어둑어둑 내려오는 노을을 한참이나 바라보고 있던 세준이 딱딱하게 굳은 팔을 뻗어 책상 아래를 뒤적였다.

'성적표'라는 글자 아래 선명하게 보이는 숫자 7/321.

321명 중 7등이라는 등수는 상당히, 정말 상당히 높은 것이었다. 하지만 그 숫자를 바라보는 세준의 눈빛은 좋지 않다.

"하아."

부질없는 한숨만 폐부를 뚫고 질척거리며 새어 나왔다.

기말고사 그 마지막 주까지 카메라를 붙잡고 있던 게 화근이었다. '죽지 않는 여자'라는 소재에 꽂혀 버렸던 탓에 카메라를 놓을 수가 없었다. 덕분에 만족할 만한 영상을 담아내기는 했지만…… 성적이 떨어져 버렸다.

진땀과 함께 묵직한 스트레스가 세준의 가슴을 짓눌렀다.

"……큰일 났네."

반듯한 종이를 하염없이 노려보고 있는데 누군가 드르륵 문을 열고 들어왔다. 시끄러운 목소리를 알아들은 세준이 놀라지도 않은 듯 차분한 얼굴로 문을 바라봤다.

"박세준!"

"어, 진짜 안 갔네?"

홍과 성준이 팔짱을 끼고선 나란히 교실 안으로 들어온다. 시린 겨울바람에 두 볼을 빨갛게 물들인 홍이 성준의 팔을 잡아당겨 세준에게 끌고 온다.

"성적표! 뭐야? 너 이번에 7등 했어? 우와……. 너 이제 죽었다?"

세준은 항상 1등과 3등 사이에서만 놀곤 했건만. 홍이 놀라서 성준의 옆구리를 찌른다.

"그럼 네가 이번에 1등이겠다?"

"아, 응."

떨떠름하게 머리를 긁적이던 성준이 세준을 걱정스럽게 바라봤다.

"집에서 난리 나겠네."

"응. 뭐, 별수 있냐. 컨디션이 안 좋았다고 해야지."

떨떠름하게 말하며 세준이 자리를 털고 일어났다.

힘없이 웃으며 세준이 성준과 유리를 향해 손을 흔들며 교실을 나간다. 오늘따라 유독 무거워 보이는 친구의 어깨를 보는 성준의 얼굴이 좋지 않다.

"어떡하냐. 세준이 아버지 난리 날 텐데. 그치?"

세준이 사라진 문을 바라보던 홍이 성준의 팔에 기대며 걱정스럽게 묻는다. 그런 홍의 뺨을 따뜻한 두 손으로 감싸주며 성준도 안타깝게 고개를 끄덕였다.

"이번에 걸리면 다 작살 날 텐데……."

"미국에서도 카메라 들고 다니는 거 걸려서 들어온 거라고 했잖아. 의대 간다는 조건으로 카메라만 간신히 살렸다던데……."

주인이 떠난 책걸상을 애처롭게 바라보며 성준이 세준을 대신해서 한숨을 내쉰다. 그런 성준의 머리카락을 홍이 거대한 강아지 털을 매만지듯 잔뜩 헝클어놓는다.

“우리 자기는 어쩜 이렇게 착할까? 친구 걱정을 자기 일처럼 하고. 아유, 착해라.”

“어허, 또 개 취급한다.”

“개라니? 멍멍이! 멍멍멍멍! 멍멍이 취급하는 거야.”

깔깔깔 웃으며 홍이 와락 성준을 끌어안았다. 따스하게 안아주는 그녀의 포옹에 성준도 무거운 기분을 잠시나마 털어낸다. 홍은 그에게 정말 사랑스러운 여자 친구였다.

“근데…… 아직도 말 안 했어? 네가 필름 낸 거?”

“아, 공모전.”

“응! 말 안 할 거야? 언제 말할 거야?”

“지금은 좀 타이밍이 안 좋은 것 같으니까 좀 더 지나고 말하려고. 괜히 마음 안 좋은데 더 싱숭생숭해지면 어떡해.”

“하긴……. 그래, 그럼 나중에 말하고. 우리 오늘 떡볶이 먹으러 가자! 요 앞에 즉석떡볶이집 생겼는데 장난 아니래. 엄청 맛있대!”

“넌 하여튼 매운 걸 너무 좋아해.”

기대에 찬 홍의 반짝이는 눈동자를 보며 성준도 기어이 웃고야 만다. 얼른 오라며 발을 동동 구르는 홍에게 다가간 성준이 그녀의 손을 꽉 붙들어 잡는다.

열여덟.

추운 바깥 날씨에도 꼭 붙잡은 소년과 소녀의 손은 떨어질 줄 모른다.

—제37회 백상아리 영화제

단편 부분 최우수상 〈들개 여자〉, 박세준

깨끗한 천으로 유리 상패를 뽀득뽀득 닦아내는 이정민 여사의 손길이 조심스럽다. 혹여 흠집이라도 날까 봐 서두르지 않고 찬찬히 닦아내는 손길에서 애정이 듬뿍 묻어 나왔다. 그걸 바라보는 눈빛도 따스하긴 마찬가지였다.

상패를 한참이나 닦아내고 조심스럽게 벨벳이 깔려 있는 나무 상자 안에 담아놓는다.

상자 안에는 상패 말고도 여러 가지가 담겨 있었다. 해진 종이비행기, 사진 몇 장, 큼지막하고 삐뚤빼뚤한 글씨로 쓰여 있는 편지도 몇 장. 모두 추억을 품고 있는 물건들이었다. 그녀에게도 익숙하고 친근한, 그러나 그녀의 것은 아닌 추억.

상자를 잘 갈무리하여 본래의 위치에 조심스럽게 밀어 넣었다. 남편 박영훈 원장의 책상 밑, 아이처럼 귀여운 비밀 장소에.

탁—

청소를 마친 이 여사가 사뿐한 걸음으로 서재를 나왔다.

부부는 때로 서로 알고도 모르는 척, 또 알고 있음을 모르는 척해주기도 했다. 굳이 꺼내어 쑤셔놓지 않는 것이 이 여사의 원래 성격이었다. 조용하고 다정하다. 그런 그녀였기에 박 원장도 오랜 시간 친구처럼 동지처럼 의지하고 살아왔던 것이다.

띠리리!

서재를 나오기가 무섭게 전화가 요란하게 울렸다. 이 시각에 집으로 전화할 사람은 딱 한 사람밖에 없었다.

"여보세요. 당신이에요?"

[음, 나야. 춘천 잘 도착했다고.]

"알아요. 조금 전에 실장님한테 전화 왔었어요. 춥지 않아요? 거기가 더 추울 텐데."

[괜찮아. 어차피 호텔 안에만 있을 텐데 뭐.]

"그래도 목도리랑 장갑 잊지 말고요."

[음.]

"그럼 세미나 잘하고 와요."

[아……. 아냐, 그래. 나중에 봅시다.]

뭔가 할 말이 있는 듯 잠시 망설이던 박 원장이 이내 전화를 끊었다. 무뚝뚝한 성격에 말주변도 없는 편인지라 남편은 항상 이렇게 말이 짧다. 그런 남편의 마음을 헤아리기라도 한 듯 이 여사가 끊어진 전화를 보며 혀를 쯧쯧 찬다.

'요령 없는 양반 같으니라고.'

30년이 지나도 여전하다. 어디 가서는 저명한 박사님, 높으신 원장님 소리를 듣지만 정작 집에 와서는 그녀 없이는 아무것도 못 한다. 백번을 말해줘도 양말 하나 찾아 신지를 못한다.

'에휴……. 그동안 내가 너무 챙겨줬지.'

조용히 고개를 내저은 이 여사가 다시 수화기를 들어 익숙한 번호를 누른다. 몇 초 정도 시간이 흐르고 반대편에서 전화를 받는다.

"어, 해진아. 바쁘니?"

이 여사가 다정한 어투로 물으니 박 원장과 똑 닮은 무뚝뚝한 음성이 느릿하게 들려왔다.

[아뇨. 괜찮아요, 어머니. 말씀하세요.]

"으으, 으으으!"

집으로 돌아와 한참을 뒹굴거리던 솔이 자리에서 발딱 일어났다. 기분이 이상했다. 하루 종일 먹은 것도 없는데 배가 고프지도 않았고, 아무것도 하지 않았지만 마음이 분주해서 심심할 틈도 없었다. 솔이 모르던 새로운 내면의 세계가 생긴 것만 같은 느낌이었다.

대충 옆에 던져 놓았던 거울을 다시 한 번 들여다봤다. 얼굴 혈색은 왜 이리 좋은 거야?

얼굴은 뽀얗고 뺨은 탐스럽게 붉었다. 입술에서도 탱글탱글 윤이 났고, 눈빛은 맑았다.

'거참, 나 왜 이래?'

자기 볼을 꾹꾹 눌러보던 솔이 다시 털썩 침대 위로 쓰러진다.

하루 더 붙어 있자고 치근대는 세준을 떼어놓고 오느라 진땀을 뺀 그녀였다. 그대로 잡혀 있다가는 살면서 처음으로 방 안에서 탈진을 경험할 판이었다.

세준은 참으로 좋은 '선생'이었다. 뭐 그렇게 그녀에게 가르쳐 주고 싶은 게 많은지……. 그리고 가르쳐 주면 꼭 복습에 확인 학습까지 쭉쭉 나간다. 너무나도 친절한 맞춤형 밀착 학습에 '연인'이란 과목을 걸음마 수준의 그녀가 하룻밤 사이에 유치원까지 고속 졸업을 해버렸다. 그럼에도 불구하고 세준은 아직 갈 길이 삼천리라고 했지만…….

가로등 아래서 키스할 때도 느낀 거지만, 이놈. 정말 보통이 아니었다.

목덜미에 닿았던 그 입술, 강하게 움켜쥐던 그 손길, 단단하게 끌어안던 그 너른 가슴……. 척추에서부터 시작한 나른한 소름이 목덜미까지 이어졌다.

생생하게 떠오르는 야릇한 감각에 솔이 화들짝 붉어진 얼굴을 털었다.

'아이고, 내가 지금 무슨 생각을!'

"안 되겠다. 나가야겠어."

이대로 있다간 하루 종일 자체 복습을 할 것이 틀림없었다. 지난 24시간에 대한 끊임없는 상상 학습!

발딱 자리에서 일어난 그녀가 짐을 챙겨 들고 서둘러 밖으로 나왔다. 어제저녁, 5만 원을 긁었다는 카드사 메시지는 받았지만 정작 카드를 가져간 채 도통 소식이 없는, 그 친구라도 만나야겠다 싶었다.

"두부정식 2인분 포장이요."

한영에게 가기 전엔 반드시 먹을 걸 사가야 한다. 그것이 두 사람 사이의, 아니, 한영을 다루는 불문율이었다.

'먹이가 있어야 온순함.'

하지만 아무래도 상관없었다. 오늘은 왠지 한영의 차진 욕을 속사포로 들어도 그다지 괘념치 않을 것 같았다. 이렇게 너그러운 마음을 장착하고 전화를 걸고 있건만 통화 연결음만 벌써 30초가 넘어갔다.

뚜루루- 뚜루루-

물론 한영이 전화를 받지 않는다 해도 딱히 상관은 없었다.

설령 정말, 진짜, 천만분의 일의 확률로 집에 없다고 해도 한영의 집 비밀번호도 다 알고 있었고, 그냥 들어갔다가 음식만 놓고 와도 서로 화내거나 할 그런 사이는 아니었으니까. 그럼에도 불구하고 이렇게 숱하게 전화를 거는 이유는,

'얘기 좀 하자, 얘기! 왜 얘는 꼭 필요할 때는 쏙 사라져 있는 거야.'

답답한 마음에 허공을 향해 눈을 흘기는데 기다리던 음성이 들렸다.

[여보세요.]

"잤냐?"

[아, 응…….]

수화기 너머로 들리는 한영의 목소리에 나른한 졸음이 가득했다.

"지금 시각이 몇 신데……. 가만, 야! 벌써 4시야. 어제 날 샜어, 너?"

[해 뜨는 거 보고 자긴 했는데…… 몇 시에 잤더라?]

혼잣말을 하듯 중얼거리는 한영의 목소리 뒤로 자그맣게 '8시'라고 속삭이는 음성이 들렸다.

"옆에 누구 있어?"

그녀의 물음에 침묵하는 수화기. 솔이 귀에서 휴대폰을 떼고 화면을 확인했다. 다행히 화면 위에는 아직 통화 중이라는 표시가 뚜렷하게 보였다.

이젠 내가 헛소리까지 들리나 보네.

"여보세요? 계한영? 야?"

[……하암. 몰라, 나 졸려. 근데 왜.]

"아니, 너 밥 안 먹었지? 나 두부정식 사간다."

[응……. 맘대로 해.]

잠결에 웅얼거리는 목소리가 들렸다. 한 번 잠들면 잘 깨지 않는 한영을 알고 있던 터라 솔이 무덤덤하게 전화를 끊었다. 마침 그녀가 시킨 두부정식이 곱게 포장되어 나왔다.

독립해서 나온 탓에 한영은 14평짜리 오피스텔에서 혼자 살고 있었다. 그 정도면 혼자 살기에는 넉넉한 크기라며, 이 비싼 서울 바닥에서 이 정도 가격이면 감지덕지라며 한영은 1년 전에 이곳으로 이사 왔었다.

입구에는 전체 도어록이 따로 있었고, 각 호수마다 개인 도어록이 달려 있었다. 입구 비밀번호는 이미 알고 있던 터라 수월하게 건물 안으로 들어섰다. 한영이 살고 있는 6층.

그냥 문을 열고 들어가려다가 이내 멈춰 서서 벨을 누른다.

아무리 그래도 가족도 아닌데 그냥 문을 열고 들어가는 건 좀 아니다 싶었다.

띵동.

벨을 누르고 3초. 뭔가 부산한 소리가 들렸다. 와당탕 하는 소리도 들리고.

[누, 누구야?]

놀란 한영의 목소리가 인터폰을 타고 터져 나왔다. 솔이 인터폰 앞에 얼굴을 내밀며 해맑게 웃으며 손을 흔든다.

"나! 얼른 문 열어! 밥 식는다."

[너, 너 여기 왜 왔어?]

"아까 전화로 두부정식 사간다고 그랬잖아. 못 들었어?"

이상하다. 지나치게 당황한 목소리였다.

[네가 언제!]

버럭 소리치는 한영의 목소리가 조용한 복도에 쩌렁쩌렁 울린다. 솔이 한쪽 귀를 막으며 얼굴을 찡그렸다.

"아까 했거든? 뭐하는데 그래? 나 추워. 얼른 문 열어. 아님 내가 열고 들어간다?"

[잠깐 잠깐— 잠깐!]

"아, 왜."

막 도어록 뚜껑을 여는 찰나에 한영의 다급한 외침이 들렸다.

[나 똥 싸고 있으니까, 3분만 기다려!]

하도 절박하게 외치는 소리에 손가락을 멈춰 세운 솔이 고개를 갸웃하고 떨어뜨렸다.

너, 똥 싸면서 인터폰은 어떻게 받았니?

솔이 가만히 집게손으로 코를 틀어쥐었다.

전쟁터나 다름없는 집 안 풍경에 솔이 입을 쩍 벌리며 안으로 들어섰다. 여기저기 지저분하게 널려 있는 옷가지는 물론이거니와 거실 테이블 위를 장악하고 있던 책들은 모조리 바닥에 흐트러져 있었다.

"……전쟁 났나 봐?"

솔이 유일하게 말끔한 거실 테이블 위에 포장해 온 두부정식을 내려놓으며 말했다. 한영이 그런 솔을 복잡한 눈으로 흘겨보더니 산발인 머리를 긁적인다.

"앉아."

"앉을 데가 있어야 앉지."

"……그냥 적당히 앉아."

날 선 한영의 말에 솔이 떨떠름하게 고개를 끄덕였다.

그래, 적당히 앉아야겠다. 아니면 영원히 못 앉을 것 같으니까.

1인용 소파 위를 대충 훑어 정리한 솔이 자리를 차지하고 앉았다. 뭐가 그리도 좌불안석인지 안절부절못하며 널브러진 옷가지를 치우던 한영이 솔을 힐끔거린다.

"덜 쌌어? 왜 그렇게 뭐 마려운 강아지 표정이야?"

"……다 쌌다, 깨끗하게. 근데 왜 갑자기 온 거야? 일 없냐? 잘렸어?"

"말 한번 차암―."

"예쁘게 하지?"

한영이 썩은 미소를 보여주며 흐트러진 책을 정리했다. 보통 솔이 먹을 것을 사오면 그것부터 펼쳐 놓는데, 오늘따라 이상하게 꿈지럭대고 있었다.

얘가 왜 이래, 진짜?

"정리는 이따가 하고, 여기 앉아봐. 나 할 얘기 있어."

"무슨 얘기. 아, 너 카드 가지러 왔냐?"

이리 와서 앉아보라니까 쪼르르 달려가 지갑을 가져와 내민다.

"자."

"아, 땡큐. 아참! 그 남자는 괜찮아? 카페 직원!"

"어, 괜찮아. 완전 괜찮아. 데인 것도 아니래."

"와, 진짜 다행이다. 크게 다친 줄 알고 걱정했는데."

"그치. 다행이지, 진짜."

"아, 어."

그리고 이어진 어색한 침묵.

도통 그 이야기를 어떻게 꺼내야 할지 갈피를 잡을 수 없는 솔도, 그리고 오늘따라 이상하게 구는 한영도 몇 초간 입을 다물었다.

그러니까, 이걸 뭐라고 시작해야 하나.

입술만 움찔움찔, 눈동자만 데룩데룩 굴리는 솔을 빤히 바라보던 한영이 한숨과 함께 마침내 자리에 털썩 주저앉는다.

"뭐야. 뭔데 그래. 얼른 말해."

"어? 어……."

"딱 보니까 할 말이 있고만. 말해봐. 이 언니한테 당장 말하고 싶어서 달려온 거 아니야? 뭔데 그래?"

기지배, 눈치가 귀신이여.

솔이 입술을 삐죽이더니 슬그머니 작게 오물거리며 말한다.

"나 저기, 박세준이랑……. 어, 그니까. 어. 만난다."

어우, 이 말 하는 게 왜 이렇게 쑥스럽니? 응? 나 언제부터 이렇게 수줍음이 많았니? 응?

발그레하게 붉어진 양 뺨을 두 손으로 감싸 쥔 솔이 수줍게 고개를 저었다.

그런 솔의 모습에 헛구역질을 보이던 한영이 대체 그게 무슨 말이냐는 듯 한쪽 눈썹을 추켜올린다.

"만나기는 예전부터 만났잖아. 그러니까 정확하게 뭔데?"

"어, 그러니까. 걔랑 나랑 마음을 확인……."

"잤냐?"

허걱! 이 기지배! 어뜨케 알았지?

솔이 그 큰 눈을 동그랗게 뜨고 입을 쩍 벌리며 한영을 바라봤다. 대답하지 않아도 너무나도 솔직한 솔의 표정에 한영이 가소롭다는 듯 웃는다.

"한참 자란 성인 남녀가 마음을 확인했다는데 망설일 게 뭐 있어."

낄낄낄 웃던 한영이 솔에게 무릎발로 다가와 그녀의 어깨를 팡팡 두드린다.

"축하해, 모쏠 탈출! 사실 뭐, 시간문제였지 너랑 박세준은! 서로 좋아하는 게 빤히 보이는데 밀당한다고 몇 달을……. 어휴! 에너지가 대단해, 하여튼."

"아, 아야! 아파!"

욱신거리는 어깨를 문지르며 솔이 엄살을 피운다. 머쓱한 바람에 더욱 오버하며.

"오구오구. 그래서 그 이야기하고 싶어서 아침 댓바람부터 언니를 찾아와쪄요? 오구오구. 그래, 잘했다, 잘했어. 사랑을 나눈 기분이 어때? 응? 저번 것은 기억에 없으니까 열외로 치고. 어때어때? 진짜 사랑을 나눠본 소감이?"

한영의 말에 솔이 크흠흠, 헛기침을 하며 흘리듯 다시 말한다.

"저번 거는 열외가 아니라 아예 뻥이었어."

"그게 무슨 말이야?"

"아니, 그러니까, 그때 아무 일 없었다고! 그니까 이번이 처음……."

"뭐야? 진짜? 아이고, 우리 박세준이 니주가리 씨빠빠는 면했네."

낄낄낄 웃던 한영이 솔을 보며 잘했다, 잘했다, 노래를 불렀다. 대체 뭘 잘했다는 거야.

"왜 이렇게 좋아해? 사람 머쓱하게."

"좋으니까. 네가 이제 사람을 향해 한발 내딛는 건데 기쁘지 안 기쁘겠냐. 이 겁쟁이 강솔이 용기를 냈는데!"

한영의 말에 솔이 눈살을 찌푸렸다. 하지만 틀린 말은 아니라서 반박할 수가 없었다.

잘나가고, 예쁘고, 당당한 겉모습 뒤에는 언제나 사람들에게 조심스럽고 다가오는 이를 경계하는 겁쟁이 강솔이 있었다.

마음을 터놓고 솔직한 제 모습을 보여줄 수 있는 사람이라곤 친구 한영밖에 없는.

그런 솔이 처음으로 마음껏 화를 내고, 짜증을 내고 또 온 마음으로 신경 쓴 사람이 세준이었다. 미치도록 거슬리고 꼴도 보기 싫었다가도 안 보이면 이내 섭섭해지는…….

그녀가 전력으로 반응하는 만큼 세준 또한 항상 전력으로 그녀를 쫓아왔다. 괴롭히고 거슬리다가도 어느 순간부터는 한없이 그녀에게 다정하기만 했던 박세준.

솔은 세준에게만은 마음껏 짜증을 낼 수 있었다. 마음껏 어리광도 부렸고, 마음껏 깔깔거리며 웃을 수 있었다. 그래, 박세준에게만은 그럴 수 있었다.

어느새 혼자서 빙그레 미소 짓는 솔을 가만히 바라보던 한영이 장난스럽게 눈을 빛냈다.

"그래서, 기분이 어때? 응?"

"뭐가?"

"난 하도 오래돼서 기억이 안 나서 말이야. 어땠어? 처음 사랑을 나눈 기분이."

"기, 기분이랄 게 있나. 뭐, 그냥……."

우물쭈물 입술을 오물거리던 솔이 조금씩 속내를 털어놓는다.

"사실 뭐, 대단하게 세상이 좀 변할 줄 알았는데, 그렇진 않더라? 하다못해 뭔가 상실감이라도 들 줄 알……."

그 순간 한영이 눈살을 찌푸렸다.

"어허어허! 상실감이라니."

"어?"

"뭘 잃었고 뭐가 없어져서 거기서 상실감이 나와? 누가 억지로 빼앗기라도 했어? 아서라. 너도 설마 뭐, '줬다'느니 '잃었다'느니 그런 생각하는 건 아니겠지, 설마?"

"아, 아니, 그렇게까지는 아니더라도."

당혹스러운 솔이 눈을 동그랗게 뜨고 고개를 도리질 쳤다.

"그래도, 그건 소중한 경험이니까, 그런 거 아니야. 내 인생에 새로운 문이 열렸다. 뭐, 그런."

"그래. 네 말대로 소중한 경험이지. 그래서 이미 예전에 언니가 말했지 않니! 감각의 세계, 더 월드 오브 센스의 시대가 열린다고!"

그래, 그랬었지. 한영이 솔에게 그런 말을 한 적이 있었더랬지. 어렴풋하게 떠오르는 그날의 기억에 솔이 고개를 끄덕였다. 그런 솔을 지그시 바라보며 한영이 한 음절, 한 음절 힘을 줘 말했다.

"네가 불합리하고 주체적이지 못한 섹스를 한 게 아니라면 넌 충분히 좋은 관계를 맺은 거야. 상실감이라고? 만약 네가 그런 느낌이 들었으면 그건 잘못된 건데……. 오히려 넌 받아와야 했으니까."

"뭘?"

어리둥절 되묻는 솔에 한영이 피식 웃는다.

"사랑. 밤새 사랑을 받아와야지. 사랑해 주고 사랑받고. 서로를 향한 마음을 참지 못한 남녀가 그렇게 서로 어루만지고 사랑해 주는 거. 나는 그게 섹스라고 생각하거든."

한영의 말을 듣는 순간 솔은 눈이 번쩍 떠졌다.

아침부터 그녀를 어리둥절하게 만든 포만감의 정체를 깨달았다. 먹지 않아도 배가 불렀고, 아무것도 하지 않아도 심심치 않게 만드는 그 포만감의 정체.

'사랑을 받아서. 넘치게 받아서. 그래서…….'

교편을 잡고 있어서 그런지, 가끔씩 놀랍도록 설득력 있는 어투로 말하는 한영이었다.

"근데 뭐, '들 줄 알았다'라는 뒷말을 보니, 상실감 따위는 없었나 보네."

거기다 통찰력까지.

솔이 크흠흠, 헛기침을 하며 괜스레 말을 돌린다.

"아니, 뭐, 그랬다고. 뭔가 대단하게 세상이 변할 줄 알았다 이 말이지, 나는."

"암, 변하지. 변하고말고."

한영이 크게 고개를 주억거린다.

"뭐가?"

"앞으로 변할걸? 네 세상이. 살을 맞댄 두 사람의 감정, 친밀도, 서로를 향한 습관이 변하기 시작하니까. 좋아서 만난 두 사람이 살을 맞대고, 입술을 부비고, 아무도 모르는 둘만의 사랑을 공유하는 건데……. 그게 얼마나 사람을 크게 변화시키는 줄, 연애 초짜인 네가 알겠냐."

널브러진 옷가지를 정리하며 한영이 무심하게 말을 이었다.

"그렇게 빠르게 변하지 않으니까 네가 잘 못 느낄 수도 있지만. 사랑이란 게 그래, 너도 모르는 사이에 너를 변화시켜. 네가 변하는데 네 세상이 안 변할 수 있겠니. 어떡하나, 강솔? 사랑이라곤 해본 적도 없는데…… 이제 엄청 울고 웃겠다, 너."

키는 솔보다 한참이나 작은데 지금은 마치 언니라도 된 듯 의젓했다. 솔이 일에 매달리고, 앞만 보며 뛰어다니는 사이 한영은 언제 이렇게 열심히 사랑을 했었던 걸까?

강한 척하는 건지 원래 강한 건지, 솔 앞에서는 한 번도 눈물 따위 보여준 적 없으면서.

덤덤한 한영의 모습을 뚫어져라 보던 솔이 벌떡 자리에서 일어났다. 이야기를 하다 보니 어쩐지 마음이 후련해졌다.

정확히 말하면, 듣기만 한 거지만.

"야, 나 갈게."

"어, 어어. 그래, 잘 생각했다. 어여 가. 어서 가서 1초라도 더 사랑해 봐야지.”

“그만 놀려라, 엉?”

킬킬거리는 한영을 보며 솔이 정수기 쪽으로 걸어갔다. 목이 텁텁하고 더운 것이 시원한 물이나 한 잔 마시고 가려는데 문득 이상한 게 눈에 걸린다.

……이런 걸, 촉이라고 하나.

솔이 가늘게 눈을 뜨고 정수기 옆에 세워져 있는 장식용 전등을 쳐다봤다. 전등갓 위에 올라가 있는 이건 뭘까…….

“한영아?”

전등 위에 대롱대롱 달려 있는 것을 손끝으로 세심하게 잡아챈 솔이 그녀가 사들고 온 두부정식을 부엌으로 나르는 한영을 불렀다.

“왜?”

뒤돌아서는 솔의 움직임을 따라 그녀의 손가락에 걸려 있는 녹색 천 조각이 한영을 향해 뻗어 나왔다.

“나 이거 주웠다.”

그 순간 화석이 되어 굳어버리는 한영의 발밑으로 두부 정식이 뚝 떨어진다. 그런 한영을 보며 솔이 어설프게 웃는다.

“요즘 속옷을 많이 보네.”

‘Calvin klein’이라는 로고가 선명하게 찍힌 남성 속옷이 솔의 손끝에서 아슬아슬하게 매달려 있었다.

북촌 한옥마을 인근 어느 커피숍.

3층이나 되는 커다란 장소였지만 추위를 피하려 들어온 사람들로 바글바글했다.

추위를 가려보려 두터운 옷들을 걸쳤지만 아무것도 걸치지 못한 그네들의 눈동자는 적나라하게 행선지를 드러내고 만다.

따듯한 음료를 호호 불어 마시는 척 몇몇 여자가 컵으로 얼굴을 가려보려 했지만 힐끔힐끔 곁눈질하는 눈길만큼은 가려지지 않는다.

주문한 음료를 기다리는 듯 픽업바 옆에 기대어 멍하니 바깥을 바라보고 있는, 서 있는 것만으로도 화보를 찍는 듯 멋있기만 한 저 남자.

"대박……. 죽인다."

"웬일이야, 오늘 눈 호강하네."

지이이잉. 덜컥덜컥.

커피를 내리기 위해 원두를 갈아내는 분주한 손길만큼이나 조잘거리는 입술들도 분주하다.

"키 완전 크다. 우와, 콧날 봐. 이게 얼마만의 안구정화야? 대박대박! 역시 남자는 키지!"

음료를 준비하면서도 쉴 새 없이 조잘거리던 알바생을 옆에 있던 동료가 툭 치더니 약 올리듯 말한다.

"야, 근데 네 남친은 170이라며."

"허얼, 야!"

"왜?"

버럭 성을 내는 목소리에 눈을 동그랗게 뜬 여자를 보며 소리친 여자가 장난스럽게 웃는다.

"168이거든? 내 남친은 귀요미라 키도 귀요미인 거거든?"

"어우야!"

팔을 벅벅 문지르며 남자 친구 자랑을 하는 동료를 향해 진저리를 친다.

날도 추워 서러운데 동료 때문에 옆구리마저 시리다. 눈이라도 호강해 보자며 다시 음료를 기다리고 있는 훈훈남을 바라본다. 그러다 고개를 갸웃, 내젓는다.

도수라곤 없어 보이는 뿔테 안경 너머의 얼굴이 익숙했다.

"근데 어디서 본 것 같지 않아, 저 남자?"

"그치? 나도 그래."

달콤한 생크림을 음료 위에 올리며 두 사람은 다시 힐끔 남자를 본다. 진짜 낯이 익었다. 어디서 봤더라…….

"그거 이리 주고, 얼른 원두 채워. 뭐 하는 거야, 주희? 손님 오잖아."

고민하는 사이, 언제 왔는지 김 매니저가 준비한 화이트카페모카를 빼앗아 든다.

아직 어린 알바생일 뿐인 두 사람은 황당하다는 듯 눈을 마주쳤지만 이내 낑 소리 하나 내지 못하고 자리를 옮겨야 했다.

'얄미워!'

눈을 흘기는 두 알바생의 눈초리가 곱지 않다. 언제 바르고 온 건지 빨간 립스틱이 김 매니저의 입술 위에서 번들거렸다. 진동벨 번호를 누른 그녀가 빨간 입술을 한껏 올려 웃는다.

"주문하신 생크림 가득 올린 화이트카페모카 나왔습니다."

이 근방에서 불친절하기로 유명한 김 매니저였다. 하지만 진동벨을 들고 남자가 다가오니 오늘은 생글생글 참 잘도 웃는다. 음료를 내주던 그녀가 덥석 남자의 손을 잡아챘다.

"저기, 박세준 씨 아니세요? 데뷔했을 때부터 박세준 씨 팬이었어요! 같이 사진 한 장만 찍어주시면 안 될까요?"

세준이 여자에게 잡힌 손목을 바라보며 곤란한 듯 입을 다물었다. 세준이 슬쩍 시선을 내려 김 매니저를 바라보니, 김 매니저의 얼굴이 수줍게 붉어진다. 하지만 세준의 손목을 옭아매고 있는 손길은 참으로 억세고 씩씩했다.

저 뒤에서 이제야 그를 알아본 알바생들이 꺅꺅 작은 목소리로 소리를 지른다.

어떻게 해야 하나 고민하던 세준이 힐끔 그녀의 명찰을 바라본다. 그리고 이내 생각을 정리한 듯 그녀의 손길을 부드럽게 거둬냈다.

"김…… 순정 씨?"

저 입술로 내 이름을 불러주다니.

황홀하단 표정으로 김 매니저가 열정적으로 고개를 끄덕였다.

"그냥 제 사진을 찍는 거면 모르겠지만 같이 찍는 거는 조금 곤란할 것 같습니다. 일을 제외하고 여성분이랑 사진 찍는 것은 별로 좋아하지 않거든요."

"예, 예?"

"특히 밖에서 찍힌 사진이 소셜 같은 곳에 돌아다니는 건 더더욱 꺼려해서……. 분명, 어디엔가 올리실 거잖아요? 그쵸?"

"아, 아니에요! 그냥 혼자 볼게요."

뜨끔 놀라 눈을 동그랗게 뜨던 그녀가 뒤늦게 도리질을 해봤지만 세준의 눈빛은 단호했다.

"죄송합니다. 저뿐만 아니라 제 여자 친구도 싫어해서요."

여자 친구!

청천벽력 같은 소리를 남기고 세준이 그녀에게 잡힌 손을 빼내며 발길을 돌렸다. 돌아가면서 보여준 세준의 은은한 미소에 김 매니저가 다시 휘청하는 몸을 간신히 지탱했다.

'아아, 누군지는 모르겠지만 복 받은 여자 같으니!'

김 매니저는 그렇게 생각했지만, 글쎄…… 본인도 그렇게 생각할까?

휴대폰의 너른 화면을 손가락으로 휙휙 돌려 무엇인가를 열중하며 보고 있던 세준의 어깨를 누군가 툭툭 내려친다.

"뭘 그렇게 봐?"

"왔냐."

슬림한 몸에 맞춘 회색 정장을 멋지게 차려입은 성준이 한쪽 호주머니에 손을 꽂고선 세준을 내려다봤다. 키가 큰 건 아니지만 비율이 좋아 정장이 참으로 잘 어울리는 성준이었다.

"뭐야? 뭘 그렇게 열중해서 보고 있기에 사람 온 것도 몰라?"

성준이 타박하며 세준의 핸드폰 힐끔 훔쳐본다. 세준이 실실 웃더니 재빨리 핸드폰을 뒤로 숨겼다.

"어쭈? 숨겨? 실없이 웃긴 또 왜 웃어?"

"아냐, 관심 꺼."

"아, 뭔데 그래? 뭘 봤기에 박세준이 아무도 없는 데서 실실거려?"

"아무것도 아니라고. 늦은 주제에 어디 까불거려."

세준이 핸드폰 화면을 끄고선 테이블 위에 엎어놨다. 성준이 수상하단 얼굴로 세준을 흘기다가 아무래도 상관없다는 듯 맞은편에 자리를 잡는다.

"늦은 건 미안. 나오는 길에 팀장님한테 붙들려 가지고."

"왜? 너 뭐 잘못했어?"

"아니, 자기 처제 소개해 주겠다고. 이번이 벌써 세 번째다. 어우! 차마 싫다고도 못 하겠고 진짜 곤란해 죽겠다니까."

성준이 몸서리를 치자 세준이 큭큭 웃어 보였다.
"회사 생활도 쉽진 않네."
"그럼 짜샤! 상사 눈치 보랴, 실적 뽑아내랴. 아주 허리가 휘어요."
"그렇게 번 돈으로 오늘은 네가 쏘는 거냐? 그렇게 바쁘신 분께서 한낱 모델 나부랭이를 만나자고 한 거야?"
"아아, 뭐 그냥. 너 소개해 줄 사람이 있어서."
"소개?"
세준이 눈살을 찌푸렸다. 세준의 반응에 성준이 이를 드러내고 웃음을 보였다. 엉덩이를 붙이기가 무섭게 다시 일어선 그가 세준의 어깨를 툭 내려치며 장난스럽게 말했다.
"난 처제 없어, 인마."

지이익—
치마의 지퍼를 올리던 미나가 손을 멈췄다. 입고 있던 치마를 내려다보던 그녀의 표정이 심상찮았다.
'이런 씨…….'
작게 욕지거리를 내뱉던 미나가 크게 숨을 들이쉬었다.
"흡!"
숨을 참은 탓에 다시 빨갛게 물들인 머리만큼 그녀의 얼굴 또한 붉게 물든다.
그제야 멈춰 있던 지퍼가 무난하게 올라간다. 후, 다시 숨을 들이쉬지만 워낙 빳빳한 재질인지라 치마 위로 굴곡이 지거나 하지는 않았다. 하지만 지난번보다 옷이 조금 타이트하게 달라붙기는 했다.

"살쪘네……. 씨……."

피팅룸 안, 전신거울 앞에 선 미나의 이마 위로 주름이 진다.

얼굴 가득 짜증이 묻어 나왔다. 쇼가 당장 코앞인데……. 아니, 뭐 먹은 것도 없는데 왜 살이 찐 거야?

"미나 씨, 아직 멀었어요?"

밖에서 기다리고 있는 미옥이 미나를 재촉했다. 초조하게 입술을 질겅질겅 깨물던 미나가 신경질적으로 밖으로 나왔다.

"갈아입는 게 왜 이렇게 느려요? 갈아입는 데 걸리는 시간은 20초를 넘기면 안 돼요. 동선이 길……."

무심하게 줄자를 집어 들고 미나에게 다가가던 미옥의 눈길이 예리해진다. 아무 말 없이 입술만 꾹 다물며 모르는 척 시선을 돌린 채 미나가 거울 앞에 섰다. 부드러운 크림색의 드레스가 미나의 몸에 부담스럽게 들러붙어 있었다.

미옥의 시선이 날카로워진다.

"살쪘어요?"

날 선 미옥의 목소리에 미나가 잠시 망설이다가 고개를 끄덕인다. 그러면서 돌아서 미옥을 바라보는 눈초리가 당당하다.

"네, 조금 쪘네요. 그런데 그렇게 많이 찐 건 아니니까 신경 쓸 정도는 아닌 것 같아요."

하.

미나의 말에 미옥이 기가 막힌다는 듯 숨을 멈췄다.

"지금 모델이 살쪘다는 게 그렇게 당당하게 할 말인가? 그것도 쇼 오프닝에 서는 사람이?"

"그렇게 티도 안 나잖아요. 그냥 살짝 사이즈만 변경해 주시면 될 일인데 뭘 그렇게 정색까지 하세요?"

미옥의 표정이 굳어졌다. 기죽지 않겠다는 듯 미나가 되바라지게 대꾸했다.

사실 그녀라고 염치가 아예 없는 것은 아니었다. 하지만 지금 그녀는 죽어도 죄송하다는 말은 하기 싫었다. 이 오프닝의 자리를 제 실력으로 따온 것이 아니라서, 그래서 어쩐지 조금이라도 굽히고 들어가면 완전히 바닥이 될 것만 같았기에.

"그냥, 사이즈 변경해 주세요. 수선 조금만 해주시면 되잖아요."

미옥이 잠시간 말없이 미나를 바라봤다. 불편한 침묵이 몇 초간 이어지더니 단호하고 냉랭한 목소리가 미옥의 억눌린 목구멍을 타고 흘러나온다.

"오프닝은 쇼의 첫인상이에요. 그렇기에 언제나, 항상, 베스트가 오프닝에 섰던 거고요."

여기서 베스트라고 함은 강솔이었다. 미나는 그 말의 의미를 알아채곤 얼굴을 험악하게 일그러뜨렸다. 하지만 미옥의 목소리는 사그라지지 않았다.

"지금 그 얘기를 여기서 왜……!"

"미나 씨를 대신할 수 있는 모델은 많아요. 하지만 강솔은 아니에요. 지금 당신은 솔이의 자리로 들어왔으면서 솔이보다 빛나기는커녕 강솔의 빈자리를 다 메우지도 못하고 있잖아요. 이건 지금 나한테 엄청난 손해라고요."

화악 붉어진 얼굴로 미나가 미옥을 노려봤다.

"내가 미나 씨 아버지한테 빚을 진 건 맞지만, 나를 희생해 가면서 그 빚을 갚을 의무는 없어요. 그러니까 쇼에 폐 끼치지 말고……."

얼음이 뚝뚝 떨어지는 목소리.

"살 빼요."

냉정하고 차가운 미옥의 시선 앞에 선 미나가 바들바들 주먹을 말아 쥐었다.

'카이'를 빠져나온 미나가 붉으락푸르락해서는 핸드폰 통화버튼을 눌렀다. 그렁그렁 눈물을 매단 그녀가 연결된 누군가를 향해 버럭 소리친다.

"아빠! 흐어엉."

다짜고짜 울기 시작하니 수화기 반대편에서 당황한 듯 말이 없었다. 미나가 속사포로 말을 쏟아냈다.

"아빠, 신미옥 짜증 나! 나보고 살쪘다고 창피 주잖아! 살 빼라고! 아빠, 나 분해서 못……."

[손미나!]

버럭 소리치는 손 회장의 목소리에 미나가 울음을 뚝 멈춘다. 아빠의 목소리에 노기가 보였다.

[회의 중이다. 네 어리광은 저녁에 집에 가서 들어줄 테니까 끊어.]

그녀의 대답을 듣지도 않고 바로 끊어지는 전화.

미나의 눈에서 눈물이 후두둑 떨어진다. 아빠까지! 아빠마저도……! 서럽고 또 서러웠다.

어떻게 나한테 이래? 나한테 이러면 안 되잖아!

퍼억!

스스로 분함을 이기지 못한 미나가 휴대폰을 바닥에 집어 던졌다. 산산조각 난 휴대폰과 '카이'를 번갈아 가며 노려보던 그녀가 이를 갈며 중얼거렸다.

"두고 봐. 가만 안 둘 거야."

쭉 찢어진 눈매가 심상치 않게 번들거린다.

성준이 끌고 나간 자리에서 마주치게 된 인물에 세준은 놀라지 않을 수 없었다. 발딱 일어난 그가 허리를 90도로 접어가며 인사했다.

"봉문호 감독님!"

"아이쿠, 뭐 이렇게까지 깍듯하게……."

나이가 지긋하게 들어 머리 위로 하얀 눈송이가 송송이 쌓여 있는 노감독이 털털하게 웃으며 접혀 있는 세준의 어깨와 등을 토닥였다. 부드럽게 젊은 등을 끌어 올린 그가 세준에게 자리를 권하며 웃었다. 그런 세준의 모습을 지켜보던 성준이 더 흐뭇하게 웃음을 보였다.

"아니, 어떻게 두 사람이……. 아, 아니, 그것보다! 저는 박세준이라고 합니다."

눈에 띄게 당황한 모습으로 세준이 버벅거렸다. 그다지 잘 흥분하지 않는 그의 성격을 알고 있는 성준인지라 그런 세준의 모습이 그저 흐뭇하다. 이 자리를 마련한 그로서는 딱 기대 이상의 모습을 보여주는 세준으로 인해 어깨가 으쓱했다.

하지만 세준의 입장에선 성준이 그를 장가보내는 아들인 양 흐뭇하게 바라보건 말건 신경 쓸 수 있는 상황이 아니었다.

봉문호 감독이라니!

이제는 직접적인 감독의 일은 접었지만 아직도 제작 및 연출에 직간접적으로 참여하고 있는 그는 한국을 대표하는 감독이었다.

9년 전 그가 세상에 내보인 '괴기'는 세련된 영상 구성과 치밀하고 세밀한 각본으로 당시 브뤼셀 판타스틱 영화제 금까마귀상, 백상예술대상 영화작품상, 아시아 필름 어워드 최우수작품상, 오포르토 국제 영화제 감독상 등 각종 상을 휩쓸었었다. 한국 영화계는 물론 프랑스, 영국, 스웨덴까지 그의 영화에 열광했다.

사회에 대한 섬세한 통찰력을 한국적 유머로 적절히 조화시키는 그의 탁월한 감각에 세준이 몇 번을 감탄했던가.

세준이 믿을 수가 없다는 표정을 지우지 못하니 봉 감독이 오히려 멋쩍은 듯 너털웃음을 보인다.

"자네 얼굴은 익히 알고 있었네. 워낙 눈에 띄는 마스크라서 안 들어올 수가 없었어. 그런데 이렇게 성준 군과 친구였다니……. 역시 미남은 미남끼리 어울리나 봐? 이거 원, 내가 낄 자리가 아닌 것 같군."

"아, 감독님. 감독님은 뇌가 섹시한 중년이시죠."

"어이쿠, 어디 가서 그런 말 하지 말게나. 욕먹어, 성준 군."

"하하하하!"

봉 감독과 스스럼이 없어 보이는 성준을 세준이 의아함이 가득 담긴 눈으로 바라봤다. 성준이 씨익 웃으며 먼저 세준을 소개했다.

"저랑 중학교 때부터 친구였죠. 봉 감독님은 너도 잘 알고 있지? 한 1년 전쯤에 원래 다른 PB(Private Banker)를 찾아오셨었는데 어찌어찌 하다 보니 내가 담당하게 되었지."

"성준 군이 하도 출중하다고 정평이 나 있어서 말이야."

"아우, 아닙니다, 감독님. 사실은 제가 감독님을 맡으려고 소문을 좀……."

"뭐야? 하하하하."

이게 꿈인가 싶었다. 그가 가장 존경하고 동경하는 감독이었다. 그의 영화를 세준이 몇 번이나 봤던가? 봉 감독의 시나리오를 읽으며 그가 몇 번이나 감탄을 했던가. 그런 봉 감독이 호의 가득한 눈길로 세준을 보고 있었다.

"여튼, 이렇게 만나게 돼서 반갑군, 세준 군."

"제가 영광이죠, 감독님."

세준이 진심을 다해 그렇게 말했다. 정말, 진심으로.

"오, 그래? 잘됐군. 예전부터 내가……."

긴장한 눈빛을 한 세준을 향해 봉 감독이 씨익 웃음을 보인다.

영화판 노장의 눈빛에선 힘이 느껴졌다. 주름 뒤로도 숨기지 못한 날카로운 기백을 내뿜으며 봉 감독이 힘 있게 말했다.

"자네를 꼭 한 번 보고 싶었거든."

탁—

원목으로 된 고급스러운 미닫이문이 닫히는 소리와 함께 긴장감이 감돌았던 방 안의 공기가 스르르 풀어졌다.

"하……! 이게 도대체 무슨 일이야?"

"놀랐냐? 하하하."

"이 새끼……."

봉 감독이 먼저 자리를 뜬 방 안에서 세준이 이제껏 참았던 뜨거운 숨을 몰아쉬며 벽에 등을 기댔다.

아찔하다는 듯 머리를 털어낸 그가 차가운 벽에 머리통을 기대며 다시 한 번 뜨거운 숨을 크게 내뱉는다.

"봉문호 감독님이라니……."

꿈에서나 뵐 수 있지 않을까 하던 바로 그 감독님을 눈앞에서 뵈었다.

어쩌면…… 그래, 어쩌면 촬영장에서 한 번은 마주칠 수도 있겠지 했지만……. 당신께서 직접 세준에게 보고 싶었다고 할 줄은 정말 꿈에서도 생각지 못했었다.

"백상아리 공모전에서 세준 군의 〈들개 여자〉를 무척이나 인상 깊게 봤었지. 15분이란 시간을 무척이나 잘 활용했더군. 당시 나를 포함한 심사위원들 모두 세준 군이 고등학생이라는 것에 얼마나 놀랐는지 모를 거야. 언젠가 괜찮은 상업영화를 만들어낼 것이라고 믿어 의심치 않았건만……. 어느 순간 보이지 않더군. 영화, 그만둔 것인가, 세준 군?"

봉 감독의 물음에 세준은 대답할 수가 없었다.

과연 그는 스스로 그만둔 것인가, 아니면 그만두길 종용하는 굴레 앞에 굴복당한 것인가?

잠시 멈춘 것인가 아니면 아예 길을 돌아선 것인가?

알 수 없었다. 스스로도 도저히 알 수 없었다.

"야, 나가자."

생각에 빠져 있던 세준을 성준이 툭툭, 건드리며 일으켜 세웠다.

"여기서 이러지 말고 다른 곳으로 이동하자."

"술이나 한잔할래?"

"술?"

밖으로 나오니 하늘은 이미 해를 떨어뜨려 내리고 아득한 어둠을 담아내고 있었다. 어스름한 쪽빛 하늘을 바라보던 세준이 시계를 내려다봤다. 8시가 조금 못 된 시간.

저녁은 먹었고, 그냥 헤어지긴 아쉬운지 성준이 먼저 세준에게 맥주를 제안했다.

하지만 어쩐지 세준은 선뜻 대답하기가 쉽지 않았다. 분명 성준은 반가운 친구였고, 오늘 그토록 그가 존경에 마지않는 봉 감독을 만났던 흥분을 터뜨릴 맥주 한 잔이 절실했건만 이상하게도 대답하기가 마뜩잖다.

뭔가, 해야 할 일이 남아 있는 방과 후처럼, 그렇게 석연치 않은 마음.

대답이 없는 세준의 반응이 긍정의 의미라고 생각했는지 성준은 가벼운 발걸음으로 인근 주차장으로 방향을 옮겼다.

널찍한 야외 주차장, 그 옆 건물 한 벽면을 차지하고 있는 거대한 현수막을 보며 성준이 나직하게 휘파람을 분다.

"와, 난 진짜 저 여자 예쁜 것 같더라. 강솔이라고 했던가? 어떻게 갈수록 더 예뻐지지? 아, 너는 같이 일해봤겠다?"

성준의 말에 세준이 무심하게 걷던 발걸음을 딱 멈춰 세웠다. 자석에 이끌리듯 돌아가는 시선 안에 엄청난 크기로 프린팅되어 있는 솔의 사진이 들어온다.

'Winter For You'라는 문구 아래 나른한 시선과 관능적인 자세의 솔이 그곳에 있었다.

잔뜩 헝클어진 머리카락과 조금 번진 듯한 화장. 새하얀 눈을 배경으로 한 것이 무색할 만치 퇴폐적이었고 아름다웠다.

거대한 벽 한 면을 홀로 몽땅 채우고 있는 저 여자.

그의 여자.

"와우, 다리 한번 끝내주네."

사진 안에 쭉 뻗은 솔의 긴 다리를 보면서 성준이 감탄하며 중얼거렸다.

세준의 눈썹이 언짢은 듯 꿈틀거렸다. 그러더니 냅다 성준의 종아리를 걷어차 버린다.

"아! 아, 뭐야, 갑자기!"

갑작스러운 세준의 공격에 성준이 깨끼발을 들며 버럭 성을 냈다. 세준이 그런 성준의 다른 쪽 다리도 그 긴 다리로 걷어차며 말했다.

"보지 마, 새끼야. 닳아."

"뭐?"

어딜 봐. 보지 마, 내 여자라고.

세준은 속으로 점잖지 못하게 중얼거리다가 다시 고개가 돌아가는 성준의 뒤통수를 가격한다.

"악! 뭔데!"

그렇게 음흉한 눈으로 보지 말랬잖아.

뭐야, 이놈은? 씨푸려지는 성준의 얼굴을 보고도 세준은 눈썹 하나 까딱 안 한다.

특유의 느른하고 무심한 얼굴로 콧방귀 한 번 뀌더니 홱 뒤로 돌아선다.

"미안한데, 나 가야겠다. 술은 다음에 하고."

"아, 뭐야, 갑자기?"

발로 차더니 이젠 가야겠단다. 황당하단 표정의 성준을 보며 피식 웃던 세준이 긴 팔을 휙 휘저으며 발걸음을 돌린다.

"야! 어디 가!"

막연하게 할 일이 있을 것만 같았던 그 마음의 정체를 깨달았다.

어둠 속으로 빨려 들어가듯 멀어지며 세준이 들뜬 목소리로 말했다.

"내 여자 보러."

"흠……."

두 개의 빔 프로젝터 앞에 서서 세준은 심각하게 고민하고 있었다.

하나는 크기가 작고 디자인도 깔끔했으며 투시거리도 짧았지만 옆의 것보다 화질이 떨어졌다. 그 옆에 있는 것은 크기는 조금 크지만 선이 복잡하지 않았고, 무엇보다도 화질이 짱짱했다.

두 개의 물건 앞에서 한참을 고민하던 세준이 결정한 듯 가전매장 직원을 불러들였다.

"얼마죠?"

색깔까지 맞춰 소형 스피커까지 고른 그가 막 계산을 하려는 참에 요란하게 전화가 울린다. 카드를 꺼내느라 정신없던 통에 세준이 발신자를 확인하지 않고 바로 전화를 받았다.

[형이다.]

윽, 이런.

카드기 위에 사인을 하던 세준이 똥 씹은 표정으로 멈칫거렸다.

멀고도 가까운 관계가 두 살 터울 형제라고 했던가. 그다지 따로 연락하지 않던 형, 해진이었다.

"무슨 일인데."

세준이 떨떠름한 얼굴로 무뚝뚝하게 대꾸했다. 그러자 세준보다도 더욱 무뚝뚝한, 칼처럼 단정한 목소리가 바로 들려온다.

[내일 집에 좀 가봐.]

"……나 집 나왔잖아."

군 제대 이후 한 번도 들른 적이 없는 집이었건만, 해진은 마치 항상 들르던 곳에 한 번 더 오라는 듯 새뜻하게 말했다. 매장 직원이 건네주는 기계를 건네받으며 세준이 매장을 빠져나왔다.

[그래도 가봐.]

"싫어."

세준이 단호하게 대답했다. 그러자 잠시 이어진 침묵.

세준의 형 해진은 무뚝뚝한 남자였다. 언제나 침착하고 흐트러지는 법이 없다. 웃는 법을 모르는 사람처럼 매사가 언제나 이렇게 무심하다. 마치 아버지처럼…….

나지막한 한숨이 들리더니 해진이 느릿한 말투로 세준의 마음을 후벼 판다.

[어머니 아프셔서 그래. 아버지는 춘천 가셨고, 나도 오늘부터 출장이라서 못 들러. 아버지만 없으면 되는 거 아니야? 어머니 마음마저 괴롭히지 말고 집에 들러. 끊는다.]

제 말만 뱉어내고 세준의 대답은 듣지도 않고 일방적으로 끊어버린다.

끊긴 전화를 황망히 바라보던 세준이 뭐라고 욕지거리를 내뱉으면서 차 문을 열었다.

"박해진, 하여튼 다 지 멋대로야. 만날 반장이다, 회장이다, 지금은 또 치프님이니 뭐니 하고 있으니까 죄다 아랫것들로 보이지? 어후, 싸가지."

형 해진을 떠올리며 한참을 투덜거리면서도 마음 한구석에는 어머니가 좋아하던 천혜향을 어디서 팔더라, 곱씹고 있는 세준이었다.

"야, 그러니까 그거 누구 거냐고. 내가 아는 사람이지? 그치?"

[몰라, 이년아! 왜 자꾸 남의 팬티에 집착해? 신경 끄라고.]

자동차의 스피커 너머로 들리는 한영의 목소리엔 짜증이 잔뜩 묻어 있었다. 그렇지만 솔은 이 절호의 기회를 놓치지 않았다. 솔은 다시 한 번 집요하게 '팬티남'에 대하여 물었다.

"궁금하니까! 다른 것도 아니고 팬티잖아, 팬티! 진상이가 팬티를 놓고 갈 리가 없잖아? 그치? 너네 집에 오는 것도 진저리를 치는데. 그러면 필히 외간 남자일 텐데……. 그럼 누구라는 거야? 내가 모르는 네 남자가 있어?"

[시끄러. 그만하고 운전이나 해. 너 운전 중이라며? 전화하면서 운전하다간 황천 가, 이년아. 피떡 되고 싶지 않으면 끊어!]

"나 집에 다 왔거든? 주차장 들어가고 있거든? 아, 근데 누구야, 진짜? 정말 내가 아는 사람 아니야? 아, 맞다! 너 근데 지금 헤어진 지 한 달도 안 되지 않았어?"

핸들을 멋들어지게 휙휙 돌리며 솔이 지하주차장으로 들어섰다. 스피커 너머로 한영의 시니컬한 목소리가 들렸다.

[그래서?]

옴뫄? 얘 뭐야?

"뭐야, 사귀는 사람 생긴 거 아니었어? 엄청 빨리 생긴 거 보니까 예전부터 썸 타던 사람 아니야?"

[아닌데?]

담백한 한영의 말에 솔이 고개를 갸웃했다.

"뭐가 아니라는 거야? 썸?"

[둘 다. 썸 타던 것도 아니고 사귀는 것도 아니야.]

"허얼! 야, 너 미쳤어? 그럼 하룻밤의 불장난이야? 워, 원나잇?"

끼익! 솔이 놀라 급브레이크를 밟으며 소리쳤다. 말까지 더듬어가며.

'원나잇'. 말은 들어봤지만 결코 본 적도, 경험한 적도 없는 단어였나. 솔에겐 멀고도 한참 먼 그것이 그녀의 친구에겐 이렇게 가까웠나는 것인가?

[아우, 시끄러. 원나잇도 아니야.]

"그럼? 사귀는 것도 아니라며?"

[하룻밤으로 끝난 게 아……. 아, 아무튼 그만해! 나중에 설명해 줄 테니까. 어른들의 사정에 어디 햇병아리가 끼어들려고 그래? 끊어! 나 나가야 해.]

"아, 뭐야, 뭐야! 한영아! 계한영!"

띠이-

솔이 목 놓아 한영의 이름을 불렀지만, 이미 그것은 소리 없는 메아리가 되어 공중으로 흩어져 버렸다.

적당히 빈 공간에 차를 가져다 댄 솔이 다시 휴대폰을 들어 톡 창으로 들어갔다.

지금 늦은 9시가 넘었는데 나간다는 것은 그 썸남, 아니, 그 팬티남을 만나러 간다는 거 아니겠는가?

솔이 신나게 자판을 두드리고 있는데, 엉뚱하게 그녀의 창문을 두드리는 소리가 되돌아왔다.

"어?"

네가 어떻게…….

솔의 눈이 휘둥그레진다. 놀라긴 했지만 싫지 않은 듯 눈동자가 파르라니 떨렸다.

세준이 차창 밖에서 그녀를 바라보며 손을 흔들고 있었다.

더없이 따스하고 근사한 미소를 지은 채.

세준과 함께 오피스텔 엘리베이터로 들어서며 솔이 머리를 갸웃했다.

"언제부터 와 있었어? 왜 연락하지 않고?"
높이 올려 묶은 결 좋은 머리카락이 그녀의 고갯짓을 따라 같이 움직인다.
세준이 그 머리카락 끝을 만지작거리며 대수롭지 않게 대답했다.
"전화했는데 계속 통화 중이던데?"
"아, 맞다."
오는 내내 한영과 통화했단 사실을 잊고 있었던 솔이 머쓱하게 웃으며 세준을 바라봤다.
세준이 만지작거리던 솔의 머리카락 속으로 손을 집어넣더니 힘을 줘 그녀의 머리를 끌어당겼다. 짧지만 박력 있는 입맞춤에 솔이 놀란 듯 그 큰 눈을 껌뻑거린다.
씨익 웃던 세준이 깜빡거리는 솔의 눈꺼풀에 입맞춤하며 물었다.
"누구랑 그렇게 계속 통화 중이었던 거야? 나랑은 그렇게 길게 통화한 적 한 번도 없었잖아."
눈가에 닿는 입술이 간지러워 솔이 웃음을 툭 터뜨리고 만다.
"한영이지 누구겠어."
"아, 한영 누나."
한영 누나라서 봐준다. 중얼거리는 그의 말이 어쩐지 간지러워 솔은 다시 웃었다.
왜 이렇게 웃음이 나지? 손바닥이 간질간질하고 얼굴이 말을 듣지 않았다.
삐. 삐. 삐. 삐.
덜컥. 차르릉.
비밀번호를 누르고 집 안으로 들어선 솔이 입고 있던 카디건을 벗으며 세준이 들고 있는 상자를 가리켰다.

"근데 그건 뭐야?"

"아? 이거? 자, 열어봐."

크림색 러그가 깔려 있는 솔의 거실 한복판에 세준이 들고 온 종이 상자를 내려놨다.

푹신한 러그가 아래로 푹 꺼지는 것이 상자의 무게가 상당한 듯했다. 솔의 눈썹 한쪽이 수상하게 올라갔다.

"이상한 거 아니야."

솔의 망설임을 보며 세준이 즐겁게 웃으며 그렇게 말했다.

새빨간 소파가 아닌 바닥 위 러그에 엉덩이를 붙인 그가 어딘가 모르게 기대에 찬 눈으로 그녀를 바라봤다. 그 모습이 꼭 어린 말라뮤트처럼 보였다.

섹시하고 잘빠졌지만 아직은 귀여운⋯⋯ 그런 강아지 같은 모습.

솔은 잠깐 망설이듯 눈을 치켜떴다가 마지 못하는 척 세준 옆에 엉덩이를 붙였다. 열어? 말아? 애를 태우는 그녀의 손길에 세준이 옆구리를 쿡 찌르며 재촉한다. 키득키득 웃으며 솔이 상자를 개봉했다.

"짜잔!"

이게 다 뭐람? 상자 안에 가득한 갖가지 물건들을 보며 솔이 눈을 크게 떴다. 그리고 가장 먼저 보이는 게⋯⋯.

"빔프로젝터?"

새하얗고 모던한 디자인의 빔프로젝터였다. 그 옆으로 바나나처럼 길쭉한 스피커도 보였고.

이게 왜 여기 있어, 라고 묻는 얼굴로 솔이 세준을 바라봤다.

"당신이랑 영화 보고 싶어서."

"영화관 가서 보면 되지."

"거긴 개봉작들밖에 없잖아. 같이 보고 싶은 좋은 영화들은 이미

스크린에서 내려왔으니까."

"으흠."

그렇게 말하는 세준의 얼굴이 다정해서 솔은 가만히 고개를 끄덕였다. 저 얼굴 안에 세준이 하고 싶은 말이 모두 쓰여 있었다.

내가 좋아하는 걸 당신과 공유하고 싶어. 함께하고 싶어.

그 솔직하고 사랑스러운 마음에 솔은 또다시 웃고 말았다.

"어, 이건?"

그리고 다시 상자 안에 놓여 있던 것을 꺼내 드는 그녀.

"샴페인?"

"응. 샴페인."

솔의 입에서 나오는 말이 귀여웠던지 세준이 그녀의 입술을 따라 말하곤 혼자 큭큭 웃어 보였다.

얘도 웃음이 많아졌네? 솔은 또 그런 세준을 따라 웃는다.

참…… 웃을 것도 없는데 두 사람은 눈만 마주치면 웃었다.

서로 마주 보며 키득거리던 차에 세준이 솔의 허리를 부드럽게 끌어당겼다. 말캉하면서 보드라운 여체의 움직임을 감지한 듯 세준의 눈길이 한층 짙어졌다.

어허, 이놈이 또…….

수상해지는 그의 눈빛을 느끼며 솔이 샴페인을 방패 삼아 들어 올린다.

젊고 혈기 왕성한 탓일까? 세준은 너무나 불끈불끈(?)해서 통제가 필요한 듯했다.

"뭐야? 웬 샴페인이야?"

"어, 이거는 말이지."

솔의 통제가 아쉽다는 듯 세준이 그녀의 손에서 샴페인을 빼앗아 든다. 슬쩍 흔드는 그의 얼굴 위로 장난기가 가득하다.
"기념할 게 있어서."
"기념할 거? 뭐?"
되묻는 그녀의 말에 세준이 즐겁다는 듯 씨익 웃음을 보인다. 단단한 팔로 솔을 옴짝달싹 못하게 가둬두고선 그가 천천히 그녀에게 다가왔다. 닿을 듯 말 듯 가까운 거리에서 속삭이듯 중얼거리는 그의 목소리.
"……우리 1일 된 거."
달싹거리는 두 사람의 입술이 하나가 된 듯 농밀하게 겹쳐졌다.

제12화
KILL THE STAGE

뭔가 부스럭거리는 소리에 잠에서 깬 솔이 잘 떠지지 않는 눈꺼풀을 들어 올렸다.

주황빛으로 새벽 햇살을 받아 반짝거리는 어깨가 보였다. 그녀가 익숙히 알고 있는 어깨였다. 저도 모르게 배시시 미소가 올라왔다.

"뭐해?"

윗옷을 꿰어 입고 있던 세준이 뒤를 돌아봤다. 다갈색 그의 머리카락이 햇살을 받아 솜사탕처럼 반짝거렸다.

'부드러워 보여, 마치 너처럼.'

솔은 잠꼬대를 하듯 속으로 가만히 중얼거려 본다.

"어, 나 때문에 깬 거야?"

미안함이 깃든 작은 목소리.

밤새 둘이 부둥켜안고 뒹굴고 다니고, 영화도 보고, 사랑을 속삭이고 다시 또 입을 맞추고. 그리고 두런두런 이야기도 하다가 아주 늦은 깜깜한 밤에 그렇게 겨우 잠이 들었다.

아무것도 없이 깨끗하기만 하던 그녀의 거실에 세준이 가져온 물건들과 포근한 담요가 뒤엉켜 늘어져 있었다. 아직 세준의 냄새가 배어 있는 담요에 얼굴을 묻으며 솔이 고개를 내저었다.

"아니, 아직 안 깼어."

잠이 덜 깨, 어리광을 부리는 듯한 느른한 그녀의 목소리에 세준이 잔잔하게 웃음을 보였다.

솔의 이마 위로 흐트러진 머리카락을 쓸어 넘겨주며 잠을 재우듯 한층 더 낮은 목소리로 속삭였다.

"그럼 더 자. 아직 안 일어나도 되니까. 나는 먼저 일어날게. 아침까지 있다가 당신 매니저한테 걸리기라도 하면 당신이 곤란할 테니까."

"……음."

알겠다는 듯 까무룩 눈을 감으며 솔이 대충 고개를 끄덕였다. 숨을 삼키며 웃는 소리가 들리고, 조심조심 발소리를 죽여 멀어지는 것이 느껴졌다.

솔이 무거운 눈꺼풀을 간신히 들어 올려 멀어지는 그의 뒷모습을 바라봤다.

그 언젠가 봤던 햇살이 부서지던 너른 어깨, 단단해 보이는 등이 살그머니 문틈으로 사라진다. 혹여 큰 소리가 날까 봐 조심스럽게 닫히는 문소리가 들린다.

세준이 갔음에도 그의 따스함이 남아 있었다. 그가 남겨놓은 배려라는 따스함.

다시 오라는 잠의 손길에 서서히 빠져들어 가면서 솔이 다시 미소 지었다.

여느 때와 다름없는 아침이건만, 어쩐지 솔은 이제까지와는 전혀 다른 아침의 느낌을 받고 있었다.

“석진 오빠, 안녕!”
“어, 솔아.”
발랄하게 인사하며 차에 오르는 솔을 보며 석진도 반갑게 인사를 건넸다.
건조한 날씨임에도 유난히 뽀얗고 촉촉한 얼굴의 솔을 보고 있자니 절로 미소가 올라온다.
“어제 잠은 잘 잤어? 컨디션은?”
미옥의 패션쇼가 이틀 남은 지금, 두 사람은 패션쇼 리허설 현장으로 가고 있는 길이었다. 미리 준비했던 따뜻한 유자차를 건네주는 석진에게 땡큐를 외치며 솔이 활짝 웃음을 보였다.
“완전 좋아. 날개만 있으면 날아다닐 것 같아.”
“음? 왜 이리 기분이 좋을까?”
달콤하고 따뜻한 유자차를 홀짝이며 솔이 그저 가만히 웃어 보였다. 그런 그녀를 힐끔 쳐다보던 석진도 솔을 따라 가만히 웃음을 보였다.
웃음이 웃음을 따라 피어나고 있었다.
빠르게 지나가는 차창 밖의 세상이 참으로 새삼스러웠다.
세상이 원래 이렇게도 뽀얗고 아름다웠던가?
콧노래를 흥얼거리는 사이 띠릭, 톡이 왔다는 알람이 울린다.

〈잘 가고 있어?〉

세준이다. 새벽까지도 같이 있었으면서 아침부터 부지런히 안부를 불어온다.
조금 있다가 볼 거면서……. 치.
입술을 삐죽거리지만 솔의 눈매가 부드럽게 휘고 있었다.

〈응, 가고 있지. 너는?〉
〈나도 가고 있지. 30분 후에 또 보겠다.〉
〈그러네.〉

이모티콘이라고는 하나 없었고, 단문의 문장들이었지만 이상하게 화면 위의 글자들이 간지러웠다.
화면을 내려다보며 배시시 웃고 있는데 요란하게 벨이 울렸다.
불쑥 등장하는 이름에 솔이 눈을 동그랗게 떴다.

—신경준 대표님

허걱, 그러고 보니 이 인간을 잊고 있었네!
잠깐 호흡을 고른 솔이 조심스럽게 통화버튼을 눌렀다. 그리고 역시나 무척이나 조심스럽게 천천히 입술을 뗐다.
"여, 여보세요?"
[어! 나야. 리허설 가고 있지?]
"응. 지금 석진 오빠랑 가고 있어요."
[그래, 오늘내일 리허설 잘해야지. 그거 끝나고 바로 광고 들어가야 하는데.]
생각보다 일상적이고 평온한 신 대표의 목소리에 도리어 솔이 어리둥절해지고 만다.

설마 이 인간이 잊었…….

[아, 근데 박세준이랑은 언제부터 만난 거야?]

……을 리가 없지. 얼마나 철저한 남자인데.

"크흠흠. 그게 말이지. 어. 그게 정확히 말하기가 좀……."

[뭐, 어쨌든 난 찬성이다.]

엥? 생각지도 못한 말이었다.

솔이 순간 뺨에서 휴대폰을 떼어내고 상대방을 다시 확인했다.

'신경준 대표님' 맞는데?

[둘이 시너지가 괜찮을 것 같아. 커플 화보도 찍고 그러면 오히려 긍정적인 이미지가 나올 수도 있어. 뭐, 그런 거 있잖아. 예전에 류승범 커플이라던지 김민희 커플처럼. 오히려 요즘은 커플 마케팅도 의외로 잘 먹힌다니까. 특히 이쪽, 모델 쪽은 더.]

어허, 이 사람이 혼자 어디까지 가시려는지…….

달릴 사람은 생각도 안 하는데 감독이 벌써 안드로메다까지 라인을 잡아놓았다. 당황스럽지 않을 수가 없는 솔이었다.

"이러지 마, 대표님. 왜 이렇게 앞서 가는 거야?"

[아냐, 진짜야. 내가 곰곰이 생각을 해봤는데. 그쪽도 이쪽도 나쁘지 않을 것 같아. 그리고 일단 너희 둘은 붙여놓으면 그림이 되니까. 그쪽 소속사랑 이야기를 해봐야겠어.]

"그렇다고 소속사 대표가 막 이렇게 먼저 스캔들을 조장하나?"

[조장이라니! 없는 사실 덧붙이는 것도 아니고…… 에헴, 난 엄연히 솔, 너의 연애를 존중하고 있는 거라고. 내 자식처럼 키운 네가 처음으로 데려온 남자인데.]

엄연히 말하면 데려온 게 아니라 들킨 거지.

하지만 이미 신 대표에게 그것은 중요한 게 아닌 듯했다. 전파를 타고 흘러들어 오는 신 대표의 목소리에서는 묘한 감격마저 느껴지고 있었다.

"저기, 진정 좀 하세요. 왜 이리 호들갑이야? 그리고 소속사 모델이 스캔들 나면 말려야 하는 거 아니야?"

스캔들 소리에 옆에서 운전하고 있던 석진이 힐끔 그녀를 바라본다. 하지만 이렇게 된 거 석진에게는 더 이상 숨길 게 아니었다.

[아닌데? 나 그렇게 꽉 막힌 대표 아니야. 내가 또 자유연애주의자잖아.]

사모님이 들으면 그의 얼굴에 가차 없이 오선지를 그을 소리였다.

솔은 걱정스럽게 한숨을 내쉬곤 일단 통화를 마무리했다. 전화로 말할 사항은 아닌 듯했다. 그리고 그녀 혼자만 결정할 사항 또한 아니었고.

통화 종료를 누르니 주고받던 톡 창이 다시 올라온다. 전화를 받느라 미처 확인하지 못한 세준이 보낸 두 글자.

〈좋다.〉

솔이 그 네모난 화면을 한참이나 바라봤다.

보고 또 보고, 그러고 나서야 신 대표와 통화 이후로 굳어 있던 얼굴이 조금씩 풀어진다.

'그래, 나도 좋다. 그냥…… 너랑 함께라면 어쩐지 좋을 것 같아.'

"언제 끝날지 모르니까 기다리지는 말고. 이따가 혹여 필요하면 전화할게, 오빠."

"그래, 난 사무실로 들어가 볼게. 잘하고! 갈 때 필요하면 연락해.

당장 튀어나올 테니까."

"땡큐!"

떠나는 차를 배웅하고선 솔이 스튜디오로 몸을 틀었다. 그 순간 마침 반대편에서 들어오는 낯설지 않은 얼굴이 보였다.

순간 굳어지는 솔의 얼굴, 그리고 마찬가지로 굳어지는 미나의 얼굴. 멈춰 선 두 사람이 모두 얼음처럼 굳어져서 서로를 차갑게 응시했다.

마지막으로 마주쳤을 때가 그리 좋은 기억으로 남아 있지 않은 두 사람이었다. 솔에게도 미나에게도, 두 사람은 서로 도저히 정을 쌓을 수도 없고 이해를 할 수도 없는 철저한 타인일 뿐.

그런데 며칠 무리라도 한 듯 퀭한 안색의 미나가 먼저 웃음을 보인다. 입꼬리를 올려 알 수 없는 미소를 지어 보이더니 그대로 솔을 지나쳐 계단을 올라간다.

뭔가, 찜찜한 미소였다.

인사라고도 할 수 없고, 반가움이라고도 할 수 없는 심술궂고 냉랭한 눈빛이었다.

'뭐지……?'

유리문을 열고 들어가는 미나의 뒷모습을 유심히 바라보았지만, 그 찜찜함의 정체를 도무지 알 수 없는 솔이었다.

'두고 봐.'

미나는 이를 아득바득 갈며 걸었다. 어디 하나 마음에 드는 일이 없는 요즘이었다.

살을 빼라며 그녀에게 면박 준 신미옥이나, 언제나 눈앞에서 거슬리는 강솔이나, 이제 어리광은 그만 부리라며 어쭙잖게 달래주려 했던 아빠나, 꽁꽁 얼어 있는 눈길로 차갑게 그녀를 바라보던 세준이나! 정말 무엇 하나 마음에 들지 않았다.

하지만 그중에서도 가장 미나의 마음을 후벼 팠던 것은 역시나 세준이었다.

그녀가 몰래 세준의 집 앞에 반지를 놓고 왔던 그날, 세준이 미나를 찾아왔다.

무려 세준이 그녀를 '직접' 찾아온 것이었다! 그를 알고 지낸 것이 벌써 7~8년이 되어가지만 그런 경우는 처음이었던지라 미나는 한껏 흥분해 있었다.

"오빠가 웬일이야? 미나랑 밥 먹으러 가려고?"

들떠 그의 팔짱을 끼던 순간 냉정하게 내쳐지던 그녀의 손길.

"지워."

더도 말고 덜도 말고, 딱 그 한마디로 사람이 이렇게 차가울 수 있나 싶을 정도 냉한 얼굴을 보였던 세준.

둔한 미나조차도 알 수 있을 정도로 아무런 감정도, 아무런 감흥도 없던, 그래서 더욱 살벌하고 차가운 눈빛이었다.

"네가 올린 내 사진. 그거 지워."

"……."

"그리고 네 마음에서도, 지워."

"그게 무슨……."

이렇게까지 노골적으로 그녀를 밀어낸 것은 처음이었다.

귀찮아하고 성가셔 하더라도…… 그렇더라도 싫어하지만은 않았는데, 그랬는데.

"너도 이제 그만할 때가 되지 않았나. 내가 너랑 무엇을 했다고 네 마음이 나를 향해 있는지 나는 도저히 모르겠다. 그리고 앞으로도 영원히 알고 싶은 생각도 없고."

단호한 얼굴이었다. 차가운 얼굴이었다. 타인보다도 더욱 철저한 타인의 얼굴.

"적당히 하겠지, 이러다 말겠지 했는데……. 이러다가는 밑도 끝도 없을 것 같다. 지워, 미나야. 지워. 네 핸드폰 있는 내 사진도. 네 마음에 있는 나도 지워. 그냥 다. 지워."

마음이 아팠다.

"지금도, 앞으로도……."

하지만 그것보다도,

"네 거일 리 없을 테니까."

그녀의 자존심이 더욱 아팠다.

"……다 망쳐 버릴 거야."

조금 떨어진 곳에 우뚝 멈춰 선 미나가 스튜디오 안에 모여 있는 사람들을 노려봤다.

매섭게 올라간 눈초리에서 원망과 미움이 뚝뚝 흐르고 있었다.

"자, 여기서 선혜가 나오고. 하나, 둘. 포즈! 좋아! 그리고 다음 희진이! 하나, 둘, 하나, 둘! 오케이!"

의상에 따라 나오는 순서, 보여지는 포인트, 그리고 포즈까지 모두 하나하나 신경 쓰는 미옥이었다. 선 촬영을 해서 모니터를 하고 모델들의 손가락 모양 하나 표정 하나 놓치지 않는다. 철저히 준비하고 완벽하게 보여주고 싶어 했다.

쇼가 끝나면 모델들의 진을 쏙 빼놓기로 유명한 디자이너이기도 했지만, 모두들 그녀의 무대를 좋아했다. 어렵고, 까다롭고, 힘들었지만 그만큼 모델들에겐 보람을 안겨주는 그런 무대였으니. 마치 어려운 시험을 통과하고 느끼는 그런 뿌듯함 같은 것 말이다. 그래서 그런지 리허설에서도 모델들의 얼굴엔 긴장감이 팽팽했다. 웃으면서도, 또 다른 모델들을 모니터하면서도 그네들의 눈빛이 잘 벼린 칼날처럼 날카롭게 빛이 났다.

세준은 멀리서 그 모습을 모두 지켜보고 있었다. 실상 메인모델은 아니었기에 그가 필요한 무대는 몇 번 되지 않았다. 그저 그녀들을 돋보이게 하기 위해 필요한 서브였을 뿐.

세준이 팔짱을 낀 채 벽에 기대어 여유롭게 리허설을 바라봤다.

'아주 나는 눈에도 안 들어오는고만?'

투덜거리듯 입술을 삐죽여 보지만, 솔을 바라보는 눈빛에서는 다정함이 뚝뚝 묻어 나오고 있었다.

'나는 오직 앞만 본다!'라는 얼굴로 솔이 서 있었다.

집중하고 있는 그녀를 보는 것 자체만으로도 세준의 마음은 들뜨고 행복했다.

열심히 하는 당신이 좋다. 열심히 사는 당신이 좋다. 그저 당신이 참 좋다.

솔이 앉으나 서나, 뒹굴고 다니나 다 좋은 것 같으니. 이거 참 큰일이었다.

자신이 생각해도 눈에 씌인 콩깍지가 여간 두꺼운 게 아니었다.

"그리고 이제 솔이 나와야지?"

그리고 드디어 강솔의 순서. 그녀를 부르는 미옥의 목소리에 솔이 발을 옮겼다.

쇼에 쓰일 잔잔한 음악과 함께 그녀가 무대 위를 걷는다.

모두가 그녀를 바라봤다.

한 치의 흐트러짐 없이 곧게 뻗는 일직선의 다리. 아무것도 없는 연습용 허름한 무대일 뿐인데도 그녀가 걸으면 그곳이 곧 쇼장이었고, 런웨이였다.

'캣워크'라는 말이 이처럼 잘 어울릴 수 있을까?

고양이가 걷는 듯이 발끝에는 힘이, 자세에선 여유가 느껴졌다. 그리고 무엇보다도 저 눈동자. 그녀와 다른 이들을 차별되게 만드는 것은 바로 저 눈빛이리라.

검은 유리알처럼 번득이는 눈동자 위로 보는 사람마저 느낄 수 있는 지극한 흥분이 보였다.

'아주 재미있어 죽겠다는 눈빛이네.'

무대를 돌아 내려오는 솔과 눈이 마주쳤다.

부산하고 복잡한 그 공간 안에서 서로를 바라보는 눈길 하나만으로도 비밀스러운 두 사람의 감정이 담뿍 묻어 나왔다. 아무도 몰래, 당신과 나만이 공유하는 감정.

자신의 무대를 준비하는 척, 세준이 슬그머니 발을 옮겼다.

느릿하게 스쳐 지나가는 두 사람. 스쳐 지나가듯 아주 잠시 엉키던 두 개의 손.

아무도 몰래 두 사람만이 느낄 수 있었던 그 찰나의 접촉, 그때를 놓치지 않고 세준이 솔의 귓가를 스치며 중얼거린다.

"내 여자 멋지다."

언제 스쳤나 싶게 서서히 멀어지는 세준과 솔, 두 사람의 얼굴에 비슷한 미소가 올라왔다. 서로에게 닿았던 체온이 사라지는 게 아쉽다는 듯, 서로에게 닿았던 손을 꽉 그러쥐어 본다. 곁에 있어도 항상 그리운 당신의 체온을 반추하듯이 그렇게 꽉.

해가 사라진 저녁 7시.

G백화점 지하 식품관에는 신선한 채소와 빛깔 고운 과일들이 그득하게 진열되어 있었다. 가지런히 정돈된 과일 사이를 몇 번 오가던 세준이 찾고 있던 과일 앞에 우뚝 멈춰 섰다.

제주도에서 막 올라온 짙은 주황빛의 천혜향.

촉촉하고 달콤한 과육을 생각하자니 절로 입안에 침이 고일 정도였다. 색깔도 크기도 모두 상등품이 확실한 천혜향을 하나 들고선 킁킁 냄새를 맡아본다.

……아무 냄새도 나지 않았다.

조밀한 과일 껍질 사이를 뚫고 나오는 과일 향 따위는 없었다.

"크흠흠."

머쓱하게 헛기침을 내뱉은 그가 손을 들어 점원을 불렀다. 대기하고 있던 백화점 직원이 재빨리 세준에게 다가왔다.

"선물하시려는 건가요?"

오랜 경력이 느껴지는 친절한 미소를 가진 중년 여인이었다. 다른 직원들과는 조금 다른 복장을 보니 매니저쯤은 되어 보였다. 자잘한 주름이 진 눈가를 보고 있자니 세준은 어쩐지 어머니가 생각났다.

젊어서부터 워낙 미인 소리를 들었던 어머니였지만 그것도 세월 앞에서 영원할 수가 없었기에 주름은 막을 수가 없었더랬지. 하지만 그의 어머니는 언제나 세준의 눈엔 세상에서 가장 고상하고 우아한 미인이었다.

이 여사를 떠올리며 세준이 부드럽게 고개를 내저었다. 포장을 준비하는 점원을 향해 친절한 미소도 지어본다.

"아, 아니에요. 선물 포장은 안 해주셔도 돼요."

"아, 선물이 아니신가요?"

꺼내던 금색 리본을 거둬들인 그녀가 종이 상자를 갈무리해서 세준에게 건넸다. 조심스럽게 과일을 건네받은 세준이 쑥스럽다는 듯 웃었다.

"어머니가 좋아하시는 과일이라서요."

세준의 말을 듣던 중년 여자의 얼굴에 미소가 짙어졌다. 마치 세준이 제 아들이라도 되는 양 흐뭇한 얼굴로 여자가 고개를 끄덕였다.

"어머니가 정말 좋아하시겠네요, 이런 다정한 아드님을 둬서."

정릉의 조금 오래된 어느 단독주택가.

그 안에서도 유독 담쟁이넝쿨이 얼기설기 얽혀 있는 주택 앞, 한적한 골목에 세준이 차를 멈춰 세웠다. 리허설도 있었고 중간에 식품관에 들렀던 탓에 예상보다 조금 늦었다.

운전대 위에 놓인 세준의 손가락이 두두둑 두두둑, 초조한 춤을 춘다.

너무 오랜만에 들른 탓일까? 약간의 긴장감이 심장을 저릿하게 조여왔다.

"후우."

아픈 곳은 피하고 싶은 게 인간이라 그런 것인지 죄송한 마음을 가지고 있으면서 전화 한 번을 하지 못했고 들르지도 못했다. 집을 나온 그 순간부터…….

하지만 얼마나 아프셨으면 단 한 번도 아프다고 아들들을 불러들인 적이 없으신 그분이 형을 불렀나 싶기도 해서 차마 오지 않을 수가 없었다.

“뭐, 그래도 아버진 안 계시다니까.”

아버지는 아직 마주할 준비가 되어 있지 않았다. 이만큼이 지금 세준의 깜냥이었다.

그래도 다시 집을 찾아올 수 있었던 것, 그것만으로도 세준은 많이 발전했다고 그렇게 자신을 다독여 본다.

껄끄러운 마음을 정리한 그가 사가지고 온 천혜향을 챙겨 들고 차에서 나왔다.

끼익.

오래된 시간의 흔적이 묻어 나오는 낡은 나무 문이 거친 소리를 내며 열렸다. 열린 문 너머로 펼쳐진 초록빛 가득한 작은 뜰. 이 여사의 손길이 곳곳에서 느껴지는 우아하고 단아한 정원을 세준이 반가운 듯 스윽 훑어봤다.

‘어렸을 때는 저곳에서 종종 물총싸움도 하고 그랬는데.’

그의 지갑 안에 들어 있는 사진도 저곳에서 찍은 것이었다. 유년 시절 맨발로 온 집 안을 뛰어다니며 놀곤 했었더랬지. 그때는 형과도 사이가 제법 좋았었다.

빛바랜 추억을 생각하며 세준이 잔잔하게 미소 지었다.

항상 머물러 있을 때는 잊고 있던 추억이 불현듯 그를 두드렸다. 도망치듯 나온 곳이었건만, 그래도 다시 또 그리워지는 곳이 바로 ‘집’이리라.

‘그러고 보니…… 그 사진은 누가 찍어줬더라?’

다섯 살 무렵의 일이라 잘 기억이 나지 않았다.

잠깐 미간을 찌푸려 가며 기억을 더듬어보던 세준이 이내 떠올리기를 포기하고 다시 천천히 걸음을 옮겼다.

“저 왔습니다.”

문을 열고 들어서자마자 훅 끼쳐 들어오는 구수한 된장찌개 냄새에 세준이 저도 모르게 눈살을 찌푸렸다.

된장찌개를 싫어한다거나 그 냄새가 역해서 그런 것이 아니었다. 다만 아픈 사람이 있다는 빈집과는 어울리지 않는 냄새였기 때문이다.

‘뭐지?’

환하게 켜져 있는 집 안의 불도, 어딘가 들뜬 듯한 공기도 세준이 기대한 것과 너무 달랐다. 살짝 당황한 듯 그 자리에 멈춰 서 있는데 이 여사의 목소리가 들렸다.

“세준이니?”

반가움이 담뿍 느껴지는 목소리와 함께 이 여사가 부엌에서 나왔다.

그런 이 여사를 보는 세준의 얼굴에 당혹스러움이 역력했다.

“어머? 이거 엄마 주려고 사온 거야?”

반가움이 담뿍 담겨 있는 손길로 아들을 꼭 껴안은 그녀가 세준이 들고 온 천혜향을 보며 살짝 웃음을 보였다.

무뚝뚝한 첫째 아들과 달리 다정한 둘째 아들은 언제나 이렇게 작은 것 하나도 잘 챙겨주곤 했다. 아직도 여전히 그 다정한 성격 그대로인 것을 보니 안심이 되는 한편 고맙기까지 했다. 다 큰 아들이라도 바깥에 내놓으면 언제나 걱정인 것이 엄마 마음이었으니까.

“얼른 들어와. 밥은? 저녁 안 먹었을 것 같아서 된장찌개 끓이던 참이었거든. 너 좋아하는 모시조개 듬뿍 넣어서.”

“아프시다고…….”

당황스러움을 감추지 못하고 되묻는 세준을 이 여사가 빙그레 웃는 얼굴로 식탁 앞까지 이끌었다.

말이 별로 없는 편이었고 고집을 부리는 일도 좀체 없는 어머니였지만 집안의 실세는 어머니였다. 아버지도, 형 해진도 어머니 말이라면 꼼짝을 못한다. 물론 세준은 말할 것도 없었다.

어쩌면 여자에게 약한 것은 집안의 내력일지도 모른다.

"아팠어."

세준의 어깨에 이 여사의 손이 닿았다.

힘이 거의 느껴지지 않을 만큼 가볍게 다독이는 그 손등을 힐끔 쳐다보던 세준의 얼굴이 굳어진다.

"그동안, 엄마 마음이 많이 아팠어."

그녀의 손등 위로 거뭇한 검버섯이 희미하게 보였다.

언제나 젊고 아름다울 것 같던 당신께서 언제 이렇게 나이가 들었나. 세준의 마음이 좋지 않았다. 그리고 그때,

조용한 집 안으로 철컥 문이 열리는 소리가 들렸다.

"여보, 나 왔어."

세준이 아직 마주할 준비가 되어 있지 않은 아버지의 목소리였다.

"에고고고."

따듯한 물로 샤워를 마친 솔이 젖은 머리를 수건으로 털어내며 앓는 소리를 냈다. 연습을 마치고 집으로 돌아와 오래간만에 대청소를 했더니만 온몸이 쑤셔왔다.

집 안을 쓸고 닦으며 세준이 가져온 물건들도 하나하나 정리를 시작했다.

프로젝터는 이쪽, 영화 DVD는 책장에 가지런히, 또 세준이 잘 때 입었던 반팔 티도 반듯하게 접어 옷장 안쪽에 고이 모셔 놨다. 어쩐지 세준의 물건과 제 물건이 나란히 놓여 있는 것을 보고 있자니 가슴

한쪽이 간질간질했다. 대단한 물건도 아니고, 뭐 엄청난 의미가 부여되어 있는 것도 아닌데 괜스레 쑥스럽다.

젖은 머리를 털며 벽에 걸린 시계를 힐끔 쳐다보니 시각은 아직 이른 저녁 8시.

이리저리 몸을 비틀며 솔이 베란다로 나왔다. 으스스 추운 기운으로 인해 정신이 맑아지는 기분이었다. 깜깜한 바깥을 멍하니 바라보던 그녀가 문득 그 자리에 쭈그려 앉았다.

햇빛을 좀 받으라고 베란다로 내놓은 초록빛 '준이'가 파릇파릇한 이파리를 자랑하고 있었다.

"준아, 너도 저녁 좀 마실래?"

말이 조금 이상했지만 상관없었다. 어차피 혼잣말이니까.

곁에 같이 내려놓은 분무기를 꺼내 든 솔이 가볍고 산뜻하게 물을 뿌리며 중얼거렸다.

"네 주인은 어디를 그렇게 서둘러 갔는지 모르겠다. 오늘 스케줄은 없다고 그랬는데 말이지……."

리허설이 끝나자마자 급한 볼일이 있다며 먼저 갔던 박세준.

어차피 같이 퇴근하는 것은 무리였고, 미옥이 끝나고 잠깐 이야기 좀 하자고 했던 탓에 제대로 인사조차 못 했었는데.

"뭐, 무슨 일이 생겨서 그런 건 아니겠지만……."

무릎에 턱을 괸 채 솔이 무심하게 중얼거렸다.

퇴근 이후 연락 한 통 없는 게 조금 이상했지만, 별일이야 있겠냐 싶은 그녀였다.

그럼에도 불구하고 조금 신경이 쓰이는 것은, 이제 그녀도 세준과 연인의 영역에 들어섰다는 그런 것이리라.

칙. 칙. 칙. 칙.

그녀의 손이 쉴 새 없이 움직인다. 준이의 초록빛 이파리 위로 물이 흥건했다.

"……저녁은 먹고 다니는지 모르겠네."

무슨 일이 생긴 건 아닐까 걱정하는 것은 아니었지만 그럼에도 어쩐지 조금 불편해 보였던 세준의 얼굴이 계속 마음에 걸리는 솔이었다.

불편한 침묵이 감돌고 있었다.

김이 모락모락 올라오는 된장찌개를 사이에 두고 부자는 서로 눈 한 번 마주치는 일 없이 밥을 먹는 일에만 열중하고 있었다.

달그닥, 달그닥.

그릇에 수저가 부딪치는 소리만 어색하게 맴돌았다. 목구멍으로 넘어가는 것이 밥인지 모래인지 구분이 가질 않았다.

"……밥도 안 먹고 다녔냐. 사내새끼 얼굴이 그게 뭐야, 삐쩍 곯아가지고는. 어디 하나 시원찮아 보여서는 원."

모래알 씹듯 억지로 씹고 있던 밥알을 꿀떡 넘긴 세준이 시선을 들어 박 원장을 바라봤다. 박 원장의 미간에 못마땅한 기색이 서려 있었다.

그러면 그렇지……. 여전히 당신은 내가 성에 차지 않는군요.

세준은 그저 침묵한 채 가만히 시선을 내렸지만 박 원장의 말은 끝나지 않았다.

"어째 막 전역했을 때보다도 더 말랐구나. 밥벌이가 시원치 않으면 지금이라도 때려치워. 그러니까 진즉에 말 듣고 공부나……."

탁.

세준이 단호하게 숟가락을 내려놨다.

이 여사가 못마땅하게 한숨을 내쉬고는 타박하듯 박 원장의 옆구리를 쿡 찔렀다.

하지만 이미 아슬아슬하게 이어졌던 잠시간의 평화는 깨져 버렸다.

"먹고살 만큼은 벌고 있습니다. 나름 재미도 있고요."

"먹고살 만큼 번다는 놈이 그렇게 생겼냐? 그래서, 그걸 뭐 평생 하기라도 할 거야? 그런 것도 직업이라고……."

"여보!"

거칠어지는 박 원장의 말투에 결국 이 여사가 큰 목소리를 내고 말았다.

하지만 세준이 더 이상 밥을 먹는 것은 무리였다. 이대로 더 앉아 있다가는 아침에 먹은 것까지 모두 게워낼 것만 같았다.

"어머니 편찮으시다고 해서 와봤습니다. 설마 어머니마저…… 건강으로 저를 속이실 줄 몰랐거든요. 오늘은 이만 가볼게요. 아버지도 저를 마주하고 있으면 언제 또 쓰러지실지도 모르잖아요? 하지만 이번엔 아무리 아버지가 수술 안 받겠다고, 아비 죽일 새끼라는 그런 협박하셔도 더 이상 안 통할 겁니다. 그럼 이만 가보겠습니다."

그 자리를 박차고 일어난 세준의 등 뒤로 노한 박 원장의 음성이 사자후처럼 터져 나왔다.

"박세준 네 이놈!"

잠깐 멈춰 섰던 세준이 뒤를 돌아보지 않고 공허하게 중얼거렸다.

"죄송해요. 하지만 저, 아직 아버지를 뵐 준비가 안 됐어요."

"세준아! 세준아!"

다급하게 그를 부르는 이 여사의 목소리가 들렸다.

하지만 도무지 걸음을 멈출 수가 없었다. 못난 아들이라고, 성에 차지 않는 아들이라고 해서 아버지 당신께 상처를 받지 않는 것은 아니라는 것을 아직도 모르시는 걸까.

"하아."

고요한 차 속으로 숨듯이 들어온 세준은 가만히 눈을 감았다.

뭔가 알 수 없는 울분이 눈꺼풀 아래에서 뜨겁게 꿈틀거렸다. 가슴이 답답하고 숨이 막혀왔다. 부모님께 죄송하기도 했지만, 그들이 원망스럽기도 했다.

한 시간 만에 온몸의 에너지가 모두 방출되어 버린 느낌이었다.

어째서, 어떻게 하다 아버지와 이리도 불편한 사이가 되어버린 걸까.

도대체 왜, 당신께서는 나를 인정해 주지 않는 것인가.

아침만 하더라도 무엇이든 다 할 수 있을 것처럼 자신만만했는데. 잠든 그녀의 얼굴을 보고 있을 때만 하더라도 집에 돌아가 어머니의 손을 붙잡고 괜찮으시냐며, 아픈 줄도 몰라서 죄송하다 말할 용기를 얻었는데…….

세준은 지끈거리는 관자놀이를 주먹으로 꾹 눌러 내렸다. 저도 모르게 한숨처럼 터져 나오는 중얼거림.

"보고 싶다, 강솔……."

하지만 방해하면 안 된다고, 내일 있을 최종 리허설에 무리를 줄 수는 없다며 억지로 자신을 다독였다.

당장 달려가고 싶은데, 당장 그 차가운 머릿결을 쓰다듬고 그녀의 향기를 맡으면 이 공허한 마음이 회복될 것만 같은데.

곁눈질로 시계를 보니 9시가 조금 넘은 시각. 그렇게 늦지도 이르지도 않은 시각이었다.

전화라도 걸까, 목소리라도 들을까.

망설이다가 휴대폰을 집어 들기가 무섭게 휴대폰이 진동했다.

우우웅— 우우웅—

발신자를 확인한 세준의 얼굴 위로 미소가 번졌다. 막혀 있던 숨이 훅 하고 뚫리는 순간이었다. 어떻게 당신은 이다지도 나에게 필요한 존재가 되어버린 걸까.

[여보세요? 박세준. 세준아?]

그의 이름을 부르는 그 목소리마저 감미로웠다. 다디단 그대의 숨결이 차가운 전화기를 타고 나를 위로했다.

[저기요, 박세준 씨? 여보세요?]

가만히 눈을 감은 채 세준은 몇 번이고 그의 이름을 부르는 솔의 목소리에 귀를 기울였다. 시린 겨울바람 앞에 남겨진 부랑자가 느끼는 그것처럼 차가워졌던 그의 마음에 그녀의 온기가 닿았다.

[어. 음. 저기, 이거 박세준 핸드폰 아닌가요?]

휴대폰을 떼고 통화 상태를 확인하고 있을 그녀의 모습이 그려졌다.

눈앞으로 선하게 그려지는 그녀의 당황한 얼굴. 참을 수가 없었다.

"나 지금……."

종내에는 참지 못한 입이 제멋대로 움직이고 말았다.

"당신에게 가도 될까."

보고 싶어. 지금 당장.

통화를 마친 솔이 누워 있던 자리를 박차고 일어났다.

커다란 침대에서 구르듯이 빠져나온 그녀가 서둘러 거울 앞에서 머리를 정리했다.

이미 아까 깨끗하게 정리한 집을 다시 한 번 부산스럽게 손을 댄다.

흐트러져 있던 침대 이불귀를 반듯하게 정리하고 나서도 또 뭘 해야 할지 몰라 이리저리 방황하며 돌아다닌다.

그렇게 집 안을 분주하게 돌아다니던 그녀가 그 자리에 우뚝 멈춰 섰다.

"나 지금, 당신에게 가도 될까."

지친 기색이 역력한 세준의 목소리가 마음에 걸렸다.

그래서 차마 안 된다는 말을 하지 못했다. 들어가 쉬라는 말이 지금 세준에겐 더 잔인하게 들릴 것만 같았다.

'무슨 일이 있었나……?'

은은한 실내등 아래에서 솔이 생각에 잠겼다. 세준은 말이 없는 편도 아니었고 무뚝뚝한 성격도 아니었지만, 그렇다고 속내를 쉽게 털어놓는 그런 성격도 아니었다.

그녀에겐 예외였지만 적당한 거리, 적당한 관계를 유지하는 것에 능숙한 세준이었다. 오히려 그의 웃는 얼굴은 아무것도 드러내지 않았기에 사람들은 쉽사리 세준에게 다가가지 못했다.

그런 면에서는 솔과 세준은 닮은 구석이 있었다. 제 자신을 온전히 보여주는 법이 없다.

다른 점이라면 솔은 '두려움' 때문에 그런 것이었고 세준은 '귀찮음' 때문이라는 것 정도?

그런 세준이 이리도 흔들릴 만한 일이 뭐가 있을까?

텅 빈 거실을 왔다 갔다 하던 그녀가 힐끔 시계를 봤다. PM 9시 40분. 전화를 끊은 지 20분이 지났다.

"나 지금, 당신한테 가도 돼?"

세준의 목소리가 계속해서 그녀의 머릿속을 맴돌았다.

차가운 술보다는 따뜻한 차를 내어주고픈, 무슨 일이냐고 묻기보다 가슴 가득 꽉 안아주고 싶은 그런 목소리.

거실을 초조하게 서성이던 그녀가 부엌으로 향했다. 작은 주전자에 물을 가득 담아 가스레인지 위에 올렸다.

다시 힐끔 시계를 봤다. PM 9시 45분.

부르르, 주전자가 미약하게 끓어오르기 시작했다.

그리고 약속이라도 한 듯 똑똑똑, 문을 두드리는 소리가 들렸다. 솔이 한달음에 현관까지 달려갔다.

"누구세요?"

지금 찾아올 사람은 세준밖에 없었다.

그러니까, 너겠지.

"나야."

예상했던 말이고, 기대했던 목소리였지만 그럼에도 불구하고 이상하게 가슴이 떨려온다.

철컥, 무거운 문이 열리고 은근한 어둠 속에서 서서히 드러나는 한 남자의 인영.

"나, 들어가도 돼?"

솔을 보며 웃으려 노력하는 그 입꼬리가 어쩐지 안쓰러워, 솔은 와락 그를 안아버리고 말았다.

"어서와."

서울디자인협회와 WJ호텔의 후원으로 진행되는 신미옥 패션쇼.

미옥의 쇼가 이번 행사의 메인 쇼이기는 했지만, 그것 말고도 디제잉쇼와 서울디자인협회 측의 프레젠테이션 및 신진디자이너들의 컬렉션 전시회도 진행되는 꽤 규모가 큰 행사였다.

최종 리허설을 위해 WJ호텔의 쇼장은 지금 많은 행사 요원들로 북적거리고 있었다.

그 사이로 최종 의상 점검을 받고 있던 솔이 마찬가지로 조금 떨어져 있는 곳에서 디자인보드를 보고 있던 세준과 눈이 마주쳤다.

'괜찮아?'

멀리서 눈으로 물어보니 눈짓으로 대답한다.

'괜찮아.'

희미한 웃음과 함께 미약하게 고개를 끄덕이는 세준을 보며 솔도 고개를 끄덕여 줬다.

'그래, 알았어.'

괜찮아 보이지 않았지만 그래도 굳이 채근하지 않았다. 네가 괜찮다고 하면 괜찮은 거겠지.

"강솔."

누군가 솔을 부르는 소리와 함께 들리지 않던 소음들이 일제히 솔의 귓구멍을 뚫고 흘러들어 왔다. 그제야 솔의 시선이 세준에게서 멀어진다.

신지연?

솔과 비슷한 연도에 데뷔하고 지금까지 괜찮게 활동을 하고 있는 모델이었다.

요즘 점점 인지도가 내려가고 있긴 하지만…… 어쨌든 미옥의 패션쇼에 솔과 함께 꾸준히 나오고 있는 그녀였다.

"리허설하면서 인사 한 번을 못 했네."
지연은 굳이 솔과 인사를 챙기고 다닐 만큼 친한 사이도 아니었다.
새삼스러운 지연의 인사에 솔은 당황스러움을 감출 수가 없었다.
"나 이번 패션쇼가 마지막이야."
"아."
"결혼하거든."
생각지도 못한 말에 솔이 어안이 벙벙했다. 바쁘게 돌아가는 무대 뒤에서 솔의 눈꺼풀만 홀로 무디게 깜빡거린다.
"그동안 내가 너 정말 싫어한 거 알지?"
알지, 고럼고럼. 머리끄덩이만 안 잡았다 뿐이지 몇 번을 싸울 뻔했던 두 사람이었다.
"난 원래 나보다 잘난 애들 싫어해. 재수 없으니까. 근데 넌 그냥 처음 봤을 때부터 재수 없더라고. 잘해보겠다고 아등바등하는 게 눈에 빤히 보였거든."
신지연이 이제 와서 이런 말은 왜 하는 건가.
솔은 지금 이 상황이 이해가 되지 않아 그저 지연을 빤히 바라봤다.
"난 원래 그런 노력을 안 해봐서 그런지 그냥 노력하는 모습 자체가 꼴 보기 싫었어. 다른 사람들은 네가 노력하고 있다는 것을 잘 모르는 것 같았지만……. 어쨌든 그랬지. 근데 오늘만큼은 아니다."
"뭐가?"
지연이 슬쩍 웃는다. 마주 보며 웃는 게 처음인 동갑내기의 두 사람이었다.
"나 마지막 캣워크는 잘하는 애랑 잘해보고 싶어. 그래서…… 너랑 한다는 게 마음이 놓인다."

지연이 손을 내밀어 악수를 청했다.

"처음이자 마지막으로 하는 말이지만. 잘해보자."

얼떨결에 지연의 손을 마주 잡은 솔이 고개를 끄덕였다. 뭔지는 모르겠지만 쇼 잘해보자는 말이 아닌가.

"스탠바이합니다! 5분 전!"

연출이 외치는 소리와 함께 사람들의 움직임도 한층 더 분주해진다.

솔도 지연도 어색하게 마주 잡고 있던 손을 놓으며 각자의 자리를 찾아 고개를 돌릴 때 저 멀리서 다가오는 미나가 보였다.

며칠 사이 살이 홀쭉하게 빠져서는 안 그래도 마른 얼굴이 더욱 퀭해져 있었다. 다시 염색한 새빨간 머리 아래 그 독기 가득한 눈빛이 여전했다.

"잰 뭐냐."

되바라진 눈빛으로 기세등등하게 걸어오는 미나의 모습에 옆에 있던 지연이 탐탁지 않은 듯 중얼거렸다. 지연의 물음에 솔이 무심하게 어깨를 으쓱하며 대답했다.

"독 오른 빨간 주꾸미."

반대 방향으로 돌아가도 될 것을 굳이 미나가 솔이 있는 방향으로 걸어왔다. 사람들이 북적거리는 통에 더욱 좁아진 공간이었다. 별생각 없이 자리를 비켜주려는 솔의 어깨를 미나가 툭 치고 지나가며 중얼거린다.

"재수 없게."

우뚝 걸음을 멈춘 솔이 뒤를 돌아 미나를 봤다. 차가운 눈빛의 솔이 미나를 부르기 전, 지연의 목소리가 먼저 카랑카랑하게 울려 퍼졌다.

"야, 너. 거기 빨간 주꾸미."

"……뭐라구요? 빨간 주꾸미요?"

미나가 불쾌하다는 듯 지연을 째려봤지만 지연은 그런 미나를 상대해 주지 않았다.

"너 방금 지나가면서 뭐라고 지껄였어?"

"저 아무 말도 안 했는데요? 귀가 막히셨나 봐요."

"뭐? 하! 이게 진짜 예의도 없고 개념도 없고만?"

지연의 말에 미나가 그 자리에서 깔깔 웃음을 터뜨린다.

"예의고 개념이고, 그런 눈치 보기는 빽 없는 애들이나 하는 거죠. 그럼 저는 오프닝 연습 때문에 먼저 가보겠습니다. 개념 마않으신 선배님들."

고갯짓을 까딱 하고선 미나가 재빨리 무대 위로 올라갔다. 솔의 옆에서 지연이 기가 막힌다는 듯 헛웃음을 보인다.

"하, 하하! 하! 야, 재, 재, 재 뭐야?"

얼마나 화가 났으면 목소리마저 떨릴까. 솔이 이해한다는 듯 지연의 어깨를 다독였다.

"내가 말했잖아, 독 오른 빨간 주꾸미라고. 저런 건 건드려 봤자 손독만 올라."

"와! 이 세계 기강 많이 흐트러졌네! 와! 나 저 미친 싸가지!"

미치고 팔짝 뛰겠다는 듯 씩씩거리는 지연을 뒤로 한 채 솔의 고개가 돌아갔다. 중앙 무대 위로 올라서는 미나의 뒷모습을 솔은 날카로운 눈으로 오래도록 바라봤다.

최종 리허설이 모두 끝나고, 서로 내일을 기약하며 일찍 자리를 끝냈다. 대신 내일 있을 쇼를 위해 새벽같이 달려와야 한다며.

미나 또한 리허설을 일찍 마치고서 아무도 없는 집으로 향했다.

도우미 아주머니 빼고는 아무도 없이 텅 빈 커다란 거실. 누군가를 기다리듯 초조하게 창문가를 서성이던 미나가 초인종 소리에 서둘러 문을 열어준다.

"선생님!"

집 안의 주치의 상봉을 반색하고 맞아준다. 그런 미나의 얼굴을 보며 상봉이 알 수 없다는 얼굴이었다. 안에도 들어가지 못하고 발을 동동거리는 미나에게 붙잡혀 버렸다.

"말씀드렸던 건 가져오셨어요?"

"아니, 그런데…… 이게 대체 왜 필요하신 건지?"

"묻지는 마시고. 그냥 주세요. 얼른!"

미나의 닦달에 들고 온 갈색 가죽가방에서 조그마한 초록색 병을 하나 꺼낸다. 그것을 빼앗듯이 가져간 미나가 의심에 찬 눈으로 묻는다.

"이거 효과 좋은 거죠? 하루 종일 아무것도 못 하게 하는 거 맞죠?"

'못' 하게 한다라…… 어쩐지 어감이 좋지 않다.

상봉은 과연 저것을 미나가 복용할 것인지 아닌지가 의심스러웠지만 아무 말도 하지 않았다.

어차피 그는 이 집안에 대항하지 못한다. 한 달에 몇 백, 몇 천씩도 지불하는 집인데 어찌 만 원짜리 장 청소약 하나에 깐깐하게 굴겠는가. 그리고 고작 장 청소약 아닌가? 마약도 아니고.

상봉이 단호하게 고개를 끄덕인다.

"시중에 나와 있는 것 중에 가장 센 겁니다. 의약회사 친구한테 임상실험 결과도 받아봤고요. 장 막힘이 심각한 환자들에게나 먹이는 약이라고 하더라고요.”

단박에 밝아진 안색으로 미나가 작은 녹색 병을 소중하게 끌어안았다.

“이거면 되겠어요, 이거면.”

쪽팔림도 주고, 쇼도 망치고……. 그렇게 심각할 정도는 아니고.

그래, 이 정도면 되겠어요.

패션쇼 당일, WJ호텔.

생각보다 많은 셀럽들이 호텔을 찾았다. 셀럽이 아니더라도 다양한 패션 피플들은 물론이거니와 잡지사와 디자이너들이 한데 모여 호텔 안을 그득 채우고 있었다.

그리고 개중에는 외국에서 온 손님들도 듬성듬성 보이고 있었다.

「신미옥이라는 디자이너가 한국에서 꽤 인지도가 높은가 보네요.」

많은 사람들로 복작거리는 주변을 두리번거리던 고흐의 시선이 옆에서 칵테일을 홀짝거리는 카스티엘을 향했다. 신진디자이너들의 패션포트폴리오와 작품들을 관람하던 카스티엘이 무심하게 고개를 끄덕인다.

「나도 이름만 얼핏 들었을 뿐이야. 그래도 동아시아권에서는 제법 이름 난 디자이너라고 한 것 같아.」

「그렇군요. 행사가 꽤 괜찮은데요? 후원이 빵빵한가 봐요.」

「잘 봐둬. 우리 런칭쇼 준비하는 것에 보탬이 될지도 모르니.」

「안 그래도 눈에 잘 새겨 넣고 있습니다, 보스.」

「보스 소리는 빼라니까, 고흐. 늙어 보이잖아.」

「하하! 네, 알겠습니다, 보스!」

몇 번이나 한 생각이지만, 저거 일부로 저러는 게 틀림없었다.

카스티엘이 못 말리겠다는 듯이 한숨을 쉬며 눈에 띄는 포트폴리오 앞에 한참을 서 있을 때였다.

「카스티엘?」

누군가 두 사람을 향해 아는 척을 해온다. 목소리를 향해 돌아선 카스티엘의 입에서 한국어가 툭 튀어나온다.

"신 대표님."

에이팀의 신 대표가 반가운 얼굴로 카스티엘을 향해 다가왔다.

"여기서 뵐 줄은 몰랐는데요! 하하, 요즘 한창 바쁘시다고 들었습니다만."

"그래도 이렇게 좋은 쇼가 있다는데 안 와볼 수가 없죠. 그리고 바쁜 것은 이제 회사와 고흐가 알아서 다 준비하고 있으니까요. 그나저나 옆에 계신 아름다운 이분은……."

카스티엘이 눈짓으로 신 대표 옆을 가리켰다. 신 대표가 쑥스럽다는 듯 웃으며 옆에 있는 사람을 소개했다.

"제 와이프입니다. 며칠 전부터 기합이 단단히 들어가더니 오늘 이렇게 예쁜 모습으로 나왔더라고요."

"이이도 참……."

신 대표의 말에 영애가 슬쩍 부끄럽다는 듯 눈초리를 접으며 웃었다.

머리를 틀어 올려 우아해 보이는 외관과는 다르게 그 미소가 소녀처럼 수줍기만 하다. 다정해 보이는 부부의 모습에 카스티엘의 얼굴에도 편안한 빛이 번진다.

"이렇게 아름다우신 분이 부인이시라니, 정말 좋으시겠습니다. 안녕하세요, 저는 카스티엘이라고 합니다. 디자이너죠."

"카스티엘. 아아, 알고 있습니다. 아름답다니, 과찬이세요. 평소에 카스티엘의 디자인을 무척 좋아했는데, 이리 뵙고 나니 더 좋아지겠는데요? 어쩜 디자인만큼 이리도 디자이너분도 이리 멋지신지."

"그거야말로 과찬이시네요."

우연히 마주친 네 사람 사이로 웃음소리가 짙게 배어 들어갔다.

그러는 사이 어느새 메인 쇼의 성큼 시간이 다가와 있었다.

힐끔 시계를 내려다보던 카스티엘이 부드럽게 손을 들어 신 대표 부부를 이끈다.

"시작할 시각이 되었군요. 그럼, 가실까요?"

"아, 벌써 시각이 그렇게 되었군요. 그럼 가시죠."

아내를 에스코트하며 한 발 앞서 전시룸을 빠져나오던 신 대표가 문득 카스티엘을 돌아봤다.

"그런데 혹시 뉴욕 쪽 에이전시 아는 곳이 있으신지?"

"뉴욕 에이전시요?"

"예, 모델 쪽 대형 에시전시 말입니다. 이를 테면 아르테(Arte)나 더 돌(The doll) 같은 곳 말이죠."

갑작스러운 신 대표의 말에 카스티엘이 잠깐 생각을 하다가 바로 대답했다.

"아무래도 그쪽에서도 브랜드 론칭을 해놓은 상태니 아는 곳은 있지만, 그건 그쪽 지사에서 관리를 해서요. 제가 따로 연락했던 곳은 한국의 에이팀밖에 없습니다만. 그건 왜 물으시는 거죠?"

카스티엘의 말에 신 대표가 사람 좋은 미소로 서둘러 고개를 내젓는다. 하하하, 점잖게 웃으며 별거 아니라는 듯 발걸음을 재촉한다.

"아뇨, 저희 모델 중에 그쪽 시장으로 진출하고자 하는 애들이 있어서 혹시나 하고요."

"에이팀 쪽 모델 중에서요? 혹시 솔입니까?"

그의 물음에 신 대표가 우렁차게 웃으며 아니라는 듯 고개를 내젓는다.

카스티엘이 성큼성큼 쇼장으로 들어서는 신 대표의 옆얼굴을 살폈지만, 그가 읽어낼 수 있는 표정 따윈 그곳에 없었다.

휴대폰을 들고 한참을 머뭇거리던 세준이 결심을 한 듯 손가락을 움직였다.

한 글자 한 글자, 누르는 손길에 힘이 느껴졌다. '죄송해요' 단 네 글자일 뿐인데…….

천 마디 말을 숨도 안 쉬고 내뱉는 것처럼 가슴이 묵직해졌다.

전송 버튼을 누르기 직전, 수십 번을 망설이던 손가락. 하지만 망설였던 시간이 무색하게 문자를 보내고 나니 마음이 편해졌다.

"후."

짧은 한숨과 함께 밑바닥에 남아 있던 칙칙한 감정을 잠시나마 털어낸다.

'잘한 거야. 그래, 잘했다, 박세준.'

세준이 스스로를 다독이는 사이 부르르 전화가 울린다. 이름을 확인한 순간, 세준은 망설일 생각도 하지 못하고 재빨리 전화를 받았다.

"안녕하세요, 감독님."

[오, 세준 군. 지금 통화하기 바쁜가?]

아직 30분 정도의 여유가 있었다. 세준이 무대 뒤를 돌아 조금 더 조용한 곳으로 들어섰다. 검은 암막 커튼이 벽 한 면을 빼곡하게 차지하고 있는 곳이었다. 그 커튼으로 인해서 주변의 소음이 조금이나마 차단되고 있었다.

“괜찮습니다. 말씀하세요.”

[다른 게 아니라, 그때 보내준 ‘들개 여자’ 완성본 시나리오, 참 재밌게 읽어서 말이지. 혹시 다른 것은 없나?]

“다른, 시나리오 말씀이세요?”

[음, 그렇지. 있다면 내가 한번 봐도 될까?]

없는 것은 아니었다. 다만 완성작은 아니었을 뿐.

더군다나, 봉 감독이 왜 자꾸 세준의 시나리오에 이토록 흥미를 가지는지 알 수 없었다.

아무리 공모전의 인연이라고 하지만 이렇게나 대단한 감독이 보잘것없는 아마추어를 이렇게나 진지하게 상대해 준다는 것도. 의문이 들었지만 일단 세준은 고개를 끄덕여 대답했다.

“30씬 정도 쓴 게 있기는 한데……. 그럼 일단 트리트먼트라도 보여드릴까요?”

[음. 그것도 좋지. 아니, 그럴 게 아니라 우리 한번 만나서 이야기를 해보는 게 어떻겠는가?]

“아, 저야 좋습니다. 감독님 편하신 시간을 말씀해 주시면 조정하겠습니다.”

[그래, 그럼 그렇게 하도록 하고. 그럼 일단은 그 트리트먼트라도 보내줘 봐. 내 한번 읽어보겠네.]

“네, 집에 들어가는 대로 바로 보내 드리겠습니다.”

전화를 끊고 뒤를 돌아서려는 찰나, 불쑥 반가운 목소리가 들렸다.

"뭘 보내줘?"

메이크업을 마쳤는지 짙은 화장을 한 솔이 세준에게 다가오고 있었다.

그녀의 뒤로 백스테이지를 바쁘게 뛰어다니는 쇼 헬퍼들이 보였다. 세준이 그들을 의식한 듯 주변을 돌아보곤 한 발자국 더 물러선다.

"메이크업했네?"

"응. 그래도 이번 쇼 주제랑 맞춰서 그런 건지 메이크업이 무겁진 않아."

솔이 별거 아니라는 듯 어깨를 으쓱한다. 짙은 눈썹과 새빨간 입술 빼고는 거의 맨얼굴에 가까웠다.

'Kill the Jazz'라는 콘셉트와 잘 어울리는 세련된 감색 투피스를 입은 솔이 성큼 그에게로 다가왔다. 재킷 안으로 아무것도 걸치지 않았던 탓에 가슴골이 적나라하게 드러났지만 이 여자, 그것이 전혀 아무렇지 않다는 듯 보였다.

"정말 나만 보고 싶은데……."

세준이 잠시 못마땅하다는 듯 솔의 의상을 훑다가 이내 얼굴 위로 미소를 걸었다.

"하지만 멋있으니까 봐준다."

따스한 그의 눈빛 앞에 솔도 비슷한 온도의 미소를 지어보였다. 그러더니 성큼 그에게 한 걸음 다가오며 그를 뒤로 몰아붙이며 물었다.

"그래서 뭘 보내준다는 거야?"

"으흠?"

"자, 어디 박세준이 어디에 뭘 보내주려고 하는지 수색을 좀 해볼까?"

솔이 장난을 치듯 세준의 곁으로 가깝게 다가와 그를 찔러댔다. 세준이 아는 솔은 장난을 잘 치는 성격도 아니었고, 사람이 많은 곳에서 그에게 잘 다가오는 여자도 아니었다.

'그런데 이 여자가 웬일로 이리 과감한 거지?'

잠깐 당황하던 세준이 곧 그녀의 의중을 알아차렸다.

솔은 지금 그를 걱정하고 있는 것이었다. 자신이 봐도 참으로 침울했던 그때를. 그녀의 위로를 갈구했던 그 밤을.

고맙기도 하고, 그런 그녀가 사랑스럽기도 했지만 무엇보다도 그의 걱정을 그녀에게 옮긴 것만 같아 미안했다.

뜨거운 그녀의 품에서 위로받았기에 이제는 정말 괜찮은데…….

'응?'

그를 위협하듯 슬금슬금 다가가던 솔이 사악— 변하는 세준의 얼굴을 보며 발걸음을 멈췄다. 세준의 눈빛이 위험하게 빛나고 있었다. 조금 전 무거웠던 표정은 온데간데없이 사라졌다.

'어, 어라? 얘가 왜 이리 다가와?'

정신을 차리기가 무섭게 세준이 그녀의 손목을 낚아챘다.

팔목 위로 느껴지는 단단한 힘에 당황할 새도 없이 두 사람의 몸이 검은 암막 커튼 안으로 은밀하게 스며들었다.

"흡!"

움찔 놀라 터져 나오려는 비명을 세준이 재빨리 그의 손으로 막아섰다.

밤의 장막에 사로잡힌 듯 두 사람의 몸이 바짝 밀착된다. 두 사람의 몸이 검은 암막 뒤로 완전히 사라진 직후, 사람들의 웅성거리는 말소리가 가까워지고 있었다.

"피아노 점검 끝난 거지? 연주자는?"

"리허설 끝내고 대기실에 있어요."

"아, 근데 도대체 신 디자이너님은 어디 계시는 거야? 메이크업룸에 없던데."

"아까 밖에서 어떤 분이랑 인사 나누고 있으신 것……."

숨 쉬는 것도 멈춘 채 긴장하고 있던 솔이 멀어지는 목소리들을 감지하고선 참았던 숨을 몰아쉬며 세준의 향해 당황한 눈을 추켜올렸다.

"……이게 지금 뭐하는 거야."

전혀 위험하지도, 야릇하지도 않았던 상황을 3초 만에 역전시켰다.

알 수 없는 이유로 의기소침해 있을까 봐 걱정했던 것이 무색할 만치 세준의 표정이 살아나 있었다.

"몰래 보는 당신도 이렇게 예쁜데."

악동처럼 어둡게 반짝거리는 그의 눈빛과 사랑의 밀어를 속삭이는 은밀하게 퍼지는 그의 목소리로 인해 솔의 가슴이 터질 듯이 떨려왔다.

"몰래 맛보는 당신 입술은 얼마나 맛있을까?"

"흡……!"

기회를 놓치지 않는 세준의 입술이 단숨에 그녀 안으로 밀려 들어왔다. 격정적으로 파고드는 그의 혀가, 그의 타액이 마약처럼 그녀의 머리를 아찔하게 흐트러뜨렸다. 숨으려 드는 솔의 혀를 단숨에 잡아챈 세준이 맛있는 디저트를 맛보기라도 하는 듯 그것을 힘차게 빨아들였다.

"응. 아, 흡."

"쉬……."

웅성거리는 주변의 소음도, 그리고 혹여라도 두 사람을 누군가 발견할까 봐 걱정되는 마음도 모두 그녀를 바짝 조여 왔다. 명치끝이 긴장감에 팽팽해진다. 세준의 어깨를 움켜쥔 손가락이 짜릿했다. 고작 몇 초. 그 찰나의 시간에 솔의 입술이 꿀을 바른 듯 촉촉하게 부풀어 올랐다. 그 입술을 제 입술로 깊이 흡입한 세준이 입술을 맞댄 채로 중얼거렸다.

"맛있다."

짙은 소유욕이 담겨 있는 한마디에 솔의 척추 위로 찌르르한 전율이 올라왔다.

"……기분이 좋아질 만큼 맛있어."

"입술 다 번졌잖아."

"그래서 더 섹시해."

이게 진짜.

솔이 진짜 못 말리겠다는 듯 세준을 흘겼지만 그의 능청스러운 웃음을 보자 적잖이 안심이 되었다. 다행히도 세준이 정말 괜찮아 보였으니까.

세준에게 바짝 안겨 있던 솔이 그의 이마에 제 이마를 콩― 박으며 중얼거렸다.

"나가자, 이제 나갈 시간이야."

"응."

이제 정말 쇼타임이었다.

"제길, 강솔은 어디 간 거야, 대체."

초조하게 백스테이지를 돌아다니던 미나가 신경질적으로 중얼거렸다. 계획이 틀어지고 있었다.

'어떻게 된 게 강솔은 음료를 입에도 안 댈 수 있지? 분명 지금 목이 탈 만도 한데…….'

음료는 물론이고 간단한 스낵 한 조각 입에 대는 법이 없었다. 하루 종일!

"어떻게든 먹여야 하는데."

입술을 잘근잘근 씹던 미나가 이리저리 솔을 찾아다녔다.

곧 있으면 쇼가 시작되는데. 빨리 이걸 처리해야 하는데…….

다급한 마음에 이곳저곳을 들쑤시고 다니던 그녀가 저 멀리 암막 커튼 뒤에서 슬그머니 나오는 세준을 발견했다. 미나가 발걸음을 멈추고 말았다.

귓가에서 맴도는 세준의 냉정한 목소리가 아직도 생생했다.

메이크업이 완료된 미나의 얼굴이 딱딱하게 굳어버렸다. 멀찍이 떨어진 곳에서 멍하니 세준을 바라보는데.

"……!"

강솔이 보였다. 세준과 같은 곳에서 빠져나오는 강솔이!

설마 했건만, 진짜…… 정말 두 사람이……!

미나의 속이 부글부글 끓어올랐다. 생각만 할 때와는 전혀 다른 충격의 강도였다.

눈앞에 보이는 것은 다 엎어버리고 싶었다. 욕하고, 발로 차고, 부숴 버리고 싶을 정도로 속이 뒤집어졌다.

하지만 손에 잡히는 음료 병을 꽉 붙들고선 참아냈다. 거칠게 숨을 내뱉었지만, 이를 으득으득 갈았지만 참았다.

"쇼 시작 5분 전! 모두 스탠바이하세요!"

그녀를 재촉하는 스탭의 목소리에 미나가 신경질적으로 눈살을 찌푸렸다.

하필이면 오프닝이었던지라 가장 먼저 스탠바이하고 있어야 하는 미나였다.

피아노 건반을 조정하는 소리가 들렸다.

심호흡을 하고선 미나가 조용히 솔의 뒤를 따라갔다. 마침 강솔이 메이크업을 고치려는 듯 메이크업룸으로 들어섰다.

지금이 기회였다. 미나가 눈을 번득이며 지나가던 어린 헬퍼를 붙잡았다.

"저기, 강솔 선배한테 이 음료 좀 전해주겠어?"

"예?"

"내가 전해줬다고 하진 말고. 알겠지? 그냥 모두 돌리는 음료라고 말하고."

스무 살쯤 되어 보이는 어린 헬퍼는 미나를 이상하다는 듯 빤히 바라봤지만 표독스러운 그녀의 표정을 보곤 이내 겁에 질린 얼굴로 고개를 끄덕인다.

헬퍼의 눈동자 안에 가득한 불신 따위는 지금 미나에게 중요하지 않았다. 어차피 비슷한 또래의 수십 명의 헬퍼가 정신없이 오가는 백스테이지였다.

누구도 그녀를 주의 깊게 보지 않았고, 강솔 또한 마찬가지일 것이다.

주춤주춤 솔에게 다가가는 헬퍼가 힐끔 미나를 돌아봤다. 미나의 눈길이 더욱 단호해진다.

"저기, 여기 음료."

"아, 고마워요."

헬퍼가 전해주는 음료를 솔이 자연스럽게 받아 든다.

'마셔라, 마셔라. 마셔!'

멀찍이 떨어진 곳에 선 미나가 간절한 눈으로 솔을 지켜봤다.

그런데 그런 강솔 옆으로 누군가 불쑥 끼어든다.

어린 친구가 놓고 가는 음료를 아무 생각 없이 받아 들면서 솔이 생긋 웃음 지었다.

습관적으로 음료를 받아 들던 그녀가 음료를 내려놓기 전, 생소한 음료 병을 신기한 듯 바라봤다.

'비타민 워터네.'

시중에 이것저것 많은 비타민 워터가 출시되어 있었지만 그중에서도 꽤 고급에 속하는 음료였다. 아직 먹어보지 못한 맛인데, 맛이라도 볼까 하다가 누군가 옆에 앉는 소리에 고개를 돌렸다.

"나 이쪽 머리가 자꾸 흘러내리는데?"

한쪽으로 고정된 머리카락이 불편하다는 듯 인상을 찌푸린 신지연이 솔을 보며 눈짓으로 알은체를 했다. 솔도 마찬가지로 눈으로 인사를 대신했다.

악수 한 번 했다고 10년 지기 친구처럼 살가워지는 것은 아니지만 서로만 보면 불편하게 얼굴을 굳혔던 예전과는 많이 달라진 관계였다.

머리를 고정시키는 디자이너의 손아래 가만히 앉아 있던 신지연이 목이 마른지 헛기침을 내뱉었다. 마지막 패션쇼라는 중압감 때문인 걸까. 몹시도 목이 탔다. 여느 때와는 다르게 긴장감에 표정도 살짝 굳어 있었다.

지연이 주변을 두리번거리더니 솔의 앞에 놓인 비타민 워터를 발견하곤 반색하며 말했다.

"너, 쇼 전에는 아무것도 입에 안 대지 않나?"

지연의 말에 솔이 놀란 듯 눈을 동그랗게 떴다. 마치 네가 어떻게 알고 있냐는 듯이.

지연이 피식 웃으며 솔의 앞에 놓여 있는 비타민 워터 병을 집어 들었다.

“싫지만 눈에 밟히는 게 라이벌 아니겠어? 죽어라 노려보다 보면 알기 싫어도 자연스럽게 알게 되는 것들도 있고. 그런 의미에서 이거 내가 마신다.”

“아, 어.”

병뚜껑을 열던 지연이 순간적인 위화감에 병을 내려다봤다.

뭐지? 싶어서 고개를 갸웃거리다가 이내 그 위화감의 정체를 깨닫는다. 이미 한 번 오픈이 되어 있었는지 새 병을 따는 ‘따각’ 하는 느낌이 없었다.

‘뭐, 병은 열어볼 수 있으니까.’

대수롭지 않게 여기며 지연이 목구멍 너머로 차가운 음료를 쏟아부었다.

사막의 모래처럼 바짝 말라 있던 목구멍이 차가운 물기로 촉촉하게 젖어들었다.

“달달하네. 새로 나온 음룐가 봐?”

입술에 묻은 물기를 닦아내며 병을 내려놓는 지연의 시선이 눈앞에 놓인 거울에 닿는다. 스치듯 지나가는 눈길에 익숙한 얼굴이 걸렸다.

‘뭐야, 쟤?’

창백하게 질린 얼굴의 미나가 그녀와 강솔을 경악에 찬 얼굴로 바라보고 있었다. 부릅뜬 눈이 믿을 수 없다는 듯 커다래져서는.

눈살을 찌푸리며 지연이 홱 뒤를 돌아보았지만, 미나의 모습은 이미 환영처럼 사라져 있었다.

흐린 빗줄기처럼 잔잔하던 재즈 선율이 폭포수처럼 음악을 쏟아낸다.

그 순간, 화려한 조명이 환하게 밝아지면서 쇼가 시작되었다.

초조한 눈으로 오프닝을 바라보던 지연이 차가운 벽에 등을 기대고 땅에 주저앉았다.

"으흑……!"

목울대를 뚫고 절로 신음성이 터져 나왔다. 하얗게 질린 얼굴은 이미 시체처럼 창백해졌고, 하도 입술을 깨물었던 탓에 듬성듬성 립스틱이 지워져 있었다.

배가 너무 아팠다. 아니, 이건 배가 아픈 느낌이 아니라 창자를 긁어내는 고통이었다. 뱃속에서 뜨겁고도 차가운 액체가 부글부글 끓고 있었다.

지연은 참아보려고 주먹을 있는 힘껏 말아 쥐어봤지만 소용이 없었다. 속으로 가만히 무대에 서는 시간을 가늠해 봤다. 대략 7분. 7분이면 다녀올 수 있을까? 이 정신없는 무대 뒤를 뚫고 무사히? 이 화려한 드레스를 추스르면서?

그 순간 지연의 붉어진 눈동자에 눈물이 습윤하게 차올랐다.

'내가 지금 이 순간을 얼마나…….'

"신지연, 너 왜 그래?"

차가운 손이 그녀의 어깨를 두드린다. 지연의 고개가 힘겹게 올라왔다.

"뭐야? 어디 아파?"

지연의 물기 어린 눈을 마주친 솔이 당황스러운 얼굴로 그녀를 내려다본다.

'얼마나.'

솔과 눈이 마주친 순간, 지연의 머리가 핑핑 돌았다.

힘겹게 배를 움켜잡고 있던 지연의 몸이 서서히 바닥으로 쓰러진다.

'기다려 왔는데…….'

쿠웅!

"신지연!"

희미해지는 지연의 의식의 끝에, 저 멀리 오프닝을 끝내고 들어오는 미나의 얼굴이 망막에 새겨진다.

쓰러져서 땀을 뻘뻘 흘리는 지연을 보고 있던 미나는 당황스러움을 감출 수가 없었다.

애초의 목표였던 강솔의 새하얀 낯빛을 보지 못하고 있는 것도 짜증이 나는데, 저 신지연이라는 여자의 과도한 반응은 또 뭔가?

거슬리는 두 사람이 가지가지로 그녀를 짜증 나게 만들고 있었다.

'고작 장 청소약일 뿐이잖아? 근데 뭐 저렇게 쓰러지기까지 하는 거야?'

조금 떨어진 곳에서 쓰러진 지연을 중심으로 사람들의 이목이 집중되자 더욱 초조해지기 시작했다. 이렇게까지 호들갑 떨 만한 일을 계획한 것은 아니었는데…….

그냥 화장실 몇 번 들락거리다가 강솔이 실수 한 번 해주거나 스텝이나 좀 엉켰으면 해서 벌인 일이었다.

그렇게 쇼의 퀄리티랑 강솔의 이미지나 실추시키면 미나는 만족했을 것이었다.

그런데 지금 이건 정말 대형 사고였다. 혼절이라니!

'어쩌지? 어쩌지……!'

입술을 잘근거리며 초조하게 서성이던 미나가 그 자리에 우뚝 멈춰섰다.

"……아니지? 누가 알겠어, 나라는 걸?"

그리고 신지연이 정말 원래 아팠던 것일 수도 있지 않은가?

그래, '고작' 장 청소약으로 저런 반응까지는 나올 수가 없었다. 그래, 아무렴. 고작 장 청소약 가지고.

생각을 바꾸니 마음이 홀가분해진 미나가 빙그레 미소 지었다.

좋게 생각하자, 좋게. 인상 써봤자 주름만 늘 뿐이니까.

어쨌든 저 얄미운 신미옥의 패션쇼를 망친 것만으로도 흡족했다. 더군다나 미나, 제가 엎어지고 깨지고 해서 망친 게 아니라, 남의 실수로!

'그러고 보면 나도 참 영악해.'

스스로의 치밀함에 박수를 보내고 싶기까지 했다. 그녀를 가르쳤던 과외선생들은 모두 그녀를 무시했지만, 이것 보라! 실생활에서는 이렇게나 영특하고 똑똑하지 않은가?

"……그러게 마음을 곱게 먹었어야지, 흥!"

콧방귀를 낀 미나가 다음 의상을 준비하러 발길을 돌렸다. 배를 움켜쥐고 쓰러진 지연과 놀라 허겁지겁 달려오는 신미옥을 비웃으며.

백스테이지는 순식간에 패닉에 빠졌다. 쓰러진 지연을 안아 드는 솔의 옆으로 세준이 다가왔다.

"무슨 일이야?"

"모르겠어…… 갑자기 쓰러졌어!"

안절부절못하는 솔에게서 지연을 받아 든 세준이 침착하게 지연의 얼굴을 살폈다. 돌아간 눈, 흥건한 식은땀……. 의식은 있지만 이쪽도 공황상태임은 확실했다.

"뭐야? 무슨 일이야?"

날카로운 목소리로 물으며 신 디자이너가 군중을 뚫고 들어왔다.

"대체 이게 무슨 일이야! 지연아, 지연아!"

"흔드시면 안 됩니다. 지금 복통이 엄청난 것 같아요. 몸에 충격을 가하면 까무러칠 게 틀림없습니다."

"하, 이게 대체 무슨……. 아니, 잠깐. 일단 병원으로 옮겨야 해. 여기 사람 좀 부르고…… 아, 그런데 잠깐! 쇼는…… 이 의상은……."

확실한 것은 지금 신미옥 또한 패닉에 빠졌다는 것이다.

지금 지연이 입고 있는 무거운 황금빛의 드레스 또한 많은 주목을 받고 있는 의상이었다. 이걸 뺄 수도 없었고, 지연이 맡고 있는 파트는 또한 지금 어찌해야 할지 분간이 안 서는 상황이었다.

엎친 데 덮친 격이라고, 쇼는 이미 시작하지 않았는가!

저 멀리서 오프닝을 끝내고 다가오는 미나를 보며 신미옥은 더욱 절망에 빠지고 말았다. 촌각을 다투는 런웨이에서는 아무리 작은 사고라도 무대를 완전히 망칠 수 있었다.

"……망했어. 이번 쇼는…… 망했어."

철저히 준비하고, 많은 기대를 걸었던 만큼 신미옥은 빠르게 절망했다. 실상 그녀는 임기응변에 약하기에 많은 시간을 투자해 연습시키고, 또 수차례 리허설을 하는 것이었다.

하얗게 질린 미옥의 얼굴을 보던 솔이 입술을 꽉 깨물었다.

'어떻게 하지? 어떻게 해야 이 상황이 나아지지?'

내려다본 지연의 안색은 이미 죽은 이의 그것이었다. 두 번째 모델은 이미 백스테이지로 돌아왔다. 다음을 준비하고 있던 모델들 또한 서서히 공황의 그림자에 잠식되어 가고 있었다. 그 순간 까무룩한 의식 속을 헤매던 지연이 솔의 손을 잡아챘다.

"……네가."

"괜찮아, 신지연? 괜찮아?"

놀란 솔이 차갑게 질린 지연의 손을 맞잡으며 소리쳤다. 하지만 어렵사리 눈을 뜬 지연의 입에선 의외의 말이 나온다.

"네가 해, 네가. 너…… 할 수 있잖아."

"그게 무슨……."

"내 것까지, 내 몫까지 해."

"……."

"……부탁이야."

이번 무대만은 잘하고 싶다던 지연의 말, 마지막 무대를 너랑 함께 해서 다행이라는 그 말.

그 말이 떠오른 이유는 무엇일까.

조금만 움직여도 움찔거리며 진땀을 흘리면서도 억지로 손을 들어 의상을 벗으려고 하는 지연을 보면서 솔은 말을 잇지 못했다.

패닉에 빠져 있던 신미옥도 잠시 생각에 빠지더니 솔의 어깨를 부여잡는다.

"그래, 솔이 네 타임이랑 지연이 타임이랑 겹치는 것은 없어. 의상도 거의 드레스라서 갈아입는 시간도 짧아. 그러니까, 너……."

미옥의 다음 말은 듣지 않아도 알 수 있었다. 질끈 입술을 깨문 솔은 더 이상 망설일 틈이 없었다.

"의상, 의상 벗기는 것 좀 도와줘요!"

다시 까무러치는 지연으로 인해서 서둘러 안쪽으로 그녀를 옮긴 채 의상을 탈의시켰다. 두 사람의 사이즈는 거의 동일했지만, 가슴이 조금 끼는 정도의 불편함은 있을 것이었다.

지연은 열한 번째로, 이미 일곱 번째 모델까지 나간 상황이었다. 임시방편으로 지연의 순서를 열두 번째로 바꿨지만 완전히 뒤집어엎을 수는 없는 상황이었다. 그렇게 되면 솔의 순서와 지연의 순서가 뒤죽

박죽이 되어버린다.

미옥이 초조하게 모델들에게 변경된 순서를 일러줬다. 하지만 전체 쇼의 흐름과는 맞지 않는 순서였다.

'그래도, 이렇게라도…….'

이것만이라도 다행이라고, 솔이 있어서 다행이라고 생각하면서도 한편으로는 이런 상황이 너무나도 비참하고 화가 나는 그녀였다. 어떻게……! 어쩌다가 이런 일이……!

마른 입술을 질끈 깨문 미옥이 욱신거리는 관자놀이를 짚었다. 1분 1초가 바늘이 되어 그녀의 신경을 찔러대고 있었다.

"선생님."

갑작스럽게 부르는 소리에 저도 모르게 어깨를 움찔 떨며 미옥이 뒤를 돌아봤다.

세준이었다. 지연은 눈앞까지 성큼 다가온 세준을 저도 모르게 유심히 살폈다.

조금 전까지도 쓰러진 지연의 상태를 침착하게 봐주고선 친히 그녀를 안아 안쪽에 뉘이기까지 한 것이 바로 세준이었다. 마치 응급 구조에 관해 배운 듯이 침착하고 빠른 대처였다. 거기다가 어수선한 주변을 순식간에 정리하는 순발력과 대처 능력까지.

느른한 태도와 깔끔한 인상만 보자면 이런 일은 절대 끼어들지 않고 방관만 할 것 같았건만, 실상 그는 그 누구보다도 침착하고 적극적인 태도로 백스테이지를 호령했다.

"아깐 도와줘서 고마워요, 근데 무슨 일이죠?"

미옥이 침통한 어조로 물었다. 머뭇거리던 세준이 결심을 굳힌 듯 입을 열었다.

"지금 아무리 빠르게 수습한다고 해도 약간의 시간 차가 생길 것이

틀림없습니다."

미옥도 이미 충분히 인지하고 있는 상황이었지만 새삼스럽게 소리로 그것을 들으니 낯빛이 한층 더 어두워지는 것은 어쩔 수 없었다.

"나도 알고 있어요, 세준 군."

미옥이 씁쓸하게 대꾸했다. 근심이 가득한 그녀의 얼굴을 가만히 내려다보던 세준이 머릿속에서 떠오른 말을 이었다. 지금 그녀를 달래 줄 시간이 없었다.

"이런 말씀 드려도 될지 모르겠지만…… 저는 그 시간 차를 이용해 보는 것도 나쁘지 않을 것 같은데요."

"……그게 무슨?"

이해할 수 없는 세준의 말에 미옥이 빤히 그를 올려다봤다. 세준의 입에서 의외의 말이 던져졌다.

"쇼 안에 쇼를 만드는 거죠."

솔이 지연에게서 건네받은 드레스로 착장을 끝낼 즈음이었다. 구두를 바꿔 신기 위해 잠시 멈춰 섰을 때 희한하게 한 여자의 목소리가 귀에 꽂혀 들어왔다.

"……강솔한테 주라고 했는데, 신지연이 그걸 마셨단 말이야."

"아무리 그래도 설마 음료에 뭘 탔으려고?"

뭐?

순간 자신이 잘못 들은 건 아닐까 하는 생각이 들 정도로 당황스러운 말이었다. 솔은 저도 모르게 얇은 파티션 너머로 들려오는 목소리에 귀를 기울였다.

"아니, 근데 아까 신지연이 그걸 마실 때 손미나 얼굴이 어땠는지 네가 못 봐서 그래. 완전 놀라서 새하얗게 질려가지고는……."

"하긴, 나도 아까 손미나가 자꾸 강솔을 찾아다니는 게 이상하긴 했는데……."

"그치그치? 뭔가 이상했다고. 그 싸가지 없기로 유명한 게 갑자기 음료를 챙겨준다고 할 때부터 촉이 오더라고. 그래서 내가 혹시 몰라서 아까 그 음료수 병도 챙겨 나왔다니까?"

솔의 귀가 지금 환청을 듣고 있는 게 아니라면, 이 말은 지금 손미나가 이 모든 일의 원흉일 수도 있다는 말이 아닌가. 숨이 턱 하고 막혀왔다.

아무리 철부지 어린애라도 이렇게 위험한 장난을 칠 수는 없는 것이었다.

솔은 다시 새하얗게 질린 지연의 얼굴을 떠올렸다. 마지막은 잘해보고 싶다던 쑥스러운 목소리는 어땠던가.

"야, 근데 그 음료 전해준 거 너잖아? 그냥 그거 버리고, 닥치고 있어. 괜히 고래 싸움에 끼어서 터지는 새우 되지 말고."

"……그런가?"

그 순간 저 멀리서 그녀가 오길 기다리던 신미옥이 소리쳐 솔의 이름을 불렀다.

"솔아! 빨리 와, 변동 사항 생겼어."

"아, 네!"

긴장된 침묵과 함께 텅 빈 무엇인가를 버리는 둔탁한 소리가 들렸다. 그리고 후다닥 멀어지는 인기척.

솔은 자신을 부르는 곳으로 달려가려던 걸음을 멈추고 파티션 너머로 돌아갔다. 헬퍼들이 간이 휴식처쯤으로 보이는 작은 공간 안에 마련된 쓰레기통이 보였다.

그리고 역시나 그녀의 눈에 익은 '비타민 워터' 병 하나가 그 안에

버려져 있었다. 그것을 꺼내 든 솔의 얼굴이 차갑게 굳어 있었다.

무대에 나가기 30초 전.

보통은 심장이 터질 듯이 떨려야 정상이지만, 이상하리만치 침착함을 느끼며 솔이 무대로 나가는 입구를 바라봤다. 이런 상황은 처음이었고, 모든 것들이 그녀를 당황스럽게 만들었지만 이상하게 기분이 착 가라앉아 있었다.

마찬가지로 준비를 마친 세준이 반대편에서 차분하게 자신의 차례를 기다린다.

'그 순간 어떻게 그런 생각을 했지?'

막간의 딤, 막간의 침묵, 막간의 어둠을 역이용하자는 세준의 아이디어.

위기를 기회로 바꾸자는 세준의 시도는 솔, 그녀가 봐도 참으로 드라마틱했다. 거기에 'Kill The Jazz'라는 타이틀을 이용한 연출이라니!

열한 번째 모델이 들어왔다. 서서히 무대가 어두워지고 있었다. 솔은 다시 한 번 길게 심호흡을 했다. 잔잔했던 피아노의 선율 또한 사그라지고 있었다. 객석이 웅성거리는 소리가 들렸다.

그녀의 다음 순서로 나올 앳된 모델이 잔뜩 굳어 뻣뻣하게 서 있는 것이 눈에 걸렸다. 마르고 길쭉한 몸과는 다르게 젖살이 남아 있는 통통한 애기 모델이었다.

"첫 무대니?"

애기 모델이 화들짝 놀라더니 고개를 끄덕인다. 겁에 질린 동그란 눈이 무척이나 귀여운 인상이었다.

"몇 살?"

"열, 열여덟이요."

열여덟. 그래, 솔에게도 이런 시간이 있었다. 새파랗다 못해 참으로 푸르렀던 그 시절. 희망과 두려움이 공존하던 그 어린 시절.

다시 서서히 무대가 밝아졌다. 완전히 밝지도, 어둡지도 않은 적당한 명도.

피아노 소리 또한 다시 살아나기 시작했다. 물이 흐르듯 매끄러웠던 이전의 곡들과는 달랐다. 부드럽고 달콤한 선율이었다. 무대를 위해서 세준이 고른 곡이었다.

솔과 짧게 눈을 마주친 세준이 잘해보자는 듯 고개를 끄덕이며 먼저 무대로 출격했다.

한 걸음, 한 걸음 여유가 넘친다. 태어나서 한 번도 긴장이라는 것을 해본 적이 없다는 듯 여유롭고 느른한 걸음걸이였다.

그를 잠깐 바라보던 솔이 긴장감으로 덜덜 떨고 있는 애기 모델의 손을 힘주어 잡아준다.

"괜찮아. 잘할 거야. 걱정하지 마. 런웨이가 너를 잡아먹진 않아. 우리가, 바로 우리가 사람들의 시선을 잡아먹을 뿐이야."

차가운 손을 짧게 다독여 주는 사이 피아노 소리가 점점 강렬해졌다. 그와 동시에 무대로 나갔던 세준의 발걸음이 우뚝 멈춰 선다. 나왔던 길을 향해 뒤돌아서는 세준.

바로 이 순간이었다. 이제, 그녀의 차례였다.

솔은 잠깐 미나를 떠올렸다. 묘하게 전투력이 상승했다.

자, 어디 한번 봐봐. 지켜보라고, 손미나.

같은 모델 일을 하고, 같은 무대에 있지만 너랑 나랑은 철저하게 다르다는 것을!

"……저들의 시선을 하나도 빼먹지 않고 모두 잡아먹겠단 각오로 나가는 거야. 시선은, 우리의 양분일 뿐이니까."

자신만만하게 말하며 솔이 걸음을 옮겼다. 반듯한 어깨, 꼿꼿하게 선 목덜미 그리고 자신감에 찬 눈동자로 무대를 응시한다.

스포트라이트와 함께 무대 중앙에 등장한 솔. 단지 그녀가 등장했을 뿐인데, 팽팽한 긴장감을 느끼며 객석은 숨을 멈췄다.

한 걸음, 한 걸음 그녀가 발걸음에 맞춰 무대의 밝기가 달라졌다. 피아노의 선율도 한층 강렬해진다.

가시처럼 그녀에게 다가와 이내 솜털처럼 온몸에 달라붙는 시선들.

등줄기를 타고 흐르는 짜릿함을 느끼며 솔이 무대 중앙에서 그녀를 기다리고 있는 세준에게 다가갔다.

"와……."

바짝 긴장해 있었다는 것도 모두 잊을 정도로, 애기 모델은 넋을 놓고 솔을 바라봤다. 저절로 입이 벌어졌다. 괜히 톱 모델이 아니었다. 괜히 그녀를 톱이라고 부르는 게 아니었다.

애기 모델의 벌어진 입술 사이로 촌스러운 감탄사가 연신 새어 나왔다. 그녀의 말처럼, 강솔은 지금 모든 이들의 시선을 잡아먹고 있었다.

눈이 간다. 시선을 빼앗긴다. 그리고, 그녀에게 홀려 들어간다.

'나도 저렇게, 저렇게 하고 싶다!'

언제 떨었나 싶게, 애기 모델은 살며시 주먹을 말아 쥐었다. 지금 그녀는 무대에 선 두 모델의 기백에 가슴이 벅차오를 뿐이었다.

솔과 세준이 벌인 쇼는 사실 별것 아니었다.

하지만 정말 별것 아닌 쇼를 두 사람의 연기가, 눈빛이 '별것'으로 만들어 버렸다.

솔의 걸음걸이에 따라 점점 강렬해지는 재즈 피아노 선율.

그리고 무대 한가운데 선 세준이 다가오는 솔을 향해 손을 내밀며 기다린다. 그녀의 당당한 걸음걸이를 따라 시선들이 들러붙고, 수많은 플래시 세례가 따라붙었다.

마침내 세준과 솔이 무대에서 만났을 때, 세준은 정중한 얼굴로 포켓에 꽂아두었던 장미를 꺼내 내밀었다. 위풍당당한 표정의 솔이 그것을 받아 들었다.

그리고 곧바로 그녀의 손안에서 으스러지는 장미.

무대 위로 장미 꽃잎을 흩날린 솔이 세준을 지나쳐 곧장 런웨이를 가로질러 가고, 그녀의 뒤에서 으스러진 장미 꽃잎을 하나 주워 든 세준이 그녀의 뒤를 따른다.

'Kill the jazz, Kill the rose, Kill the stage!'

세준은 이 작은 쇼의 포인트는 솔이라고 말했다.

솔이 장미를, 세준을, 무대를 죽이고 들어가야만 했다.

그리고 다시 평온하게 이어지는 쇼. 마치 메인 퍼포먼스를 본 것처럼 사람들은 두 사람의 무대에 한껏 고양되었다.

"쩐다! 역시 아까 그건 오프닝이 아니었나 봐?"

"하긴, 오프닝치곤 좀 약하긴 했어. 손미나가 나왔던 것도 그렇고."

"그치? 그치그치? 그리고 난 당연히 오프닝은 강솔일 줄 알았는데, 손미나가 나와 가지고 깜짝 놀랐다니까."

"아니, 뭐, 아까 것도 나쁘지는 않았는데…… 좀, 뭔가 약간 밍밍해서 그랬지."

"근데 아까 강솔이 입고 나왔던 드레스 예쁘지 않아? 카탈로그에 있던 건가?"

카탈로그를 펄럭거리며 소곤거리는 두 여자의 대화 소리에 카스티엘이 비죽이 입가에 미소를 매단다.

「'You do something to me'라…….」

혼잣말을 하듯 읊조리는 카스티엘의 말소리에 쇼를 구경하고 있던 고흐가 알은체를 한다.

「아까 나왔던 노래 말씀이시군요. 자주 틀어놓으시는 노래 아니었습니까?」

「음, 맞아. 내가 좋아하는 노래지. 저 연주자, 피아노 변주 솜씨가 상당한데?」

「네, 그러네요. 젊은 여잔데도 손가락에 힘이 넘칩니다.」

런웨이 한편에 마련된 높은 단상 위, 스포트라이트를 받고 있는 앳된 얼굴의 여자가 부심하게 건반을 두드리고 있었다.

슬쩍 고개를 끄덕이던 카스티엘이 조금 전 모습을 보였던 젊은 남자 모델을 떠올렸다.

'강솔'에게 묻히기는 했지만 괜찮은 모델이었다.

카스티엘의 예리한 감각으로는 그 남자 모델이 솔을 위해서 살짝 힘을 푼 것 같다는 느낌이 들었다. 메인의 존재감을 살리기 위해 자신을 한층 다운시킨 그런 느낌.

'괜찮은 미드필더네.'

의도했건 의도하지 않았건 워킹에 힘을 싣고 빼는 것을 조절할 수 있다는 것 자체만으로도 썩 괜찮은 모델이었다. 여성 란제리만 하는 그로서는 조금 아까운 기분이 들기도 했다.

마침 저 멀리서 그 '괜찮은 미드필더'인 세준이 다시 한 번 무대로 들어서고 있었다. 그리고 카스티엘의 추측을 반증하듯, 이번에 세준은 자신의 존재감을 완전하게 드러내며 등장했다.

전쟁 같던 쇼가 끝나고, 격앙된 표정의 미옥이 나와서 깊게 허리를 수그렸다.

한껏 떨리는 눈빛으로 무대 밖을 돌아보는 그녀의 얼굴엔 그 어느 때보다도 큰 기쁨이 넘실거렸다.

'오늘도 무사히 마쳤다……!'

미옥은 그 어느 때보다 '무사히'라는 단어에 감사하고 있었다.

사람들의 박수 소리, 관계자들의 한시름 놓았다는 편안한 얼굴을 돌아보며 그녀의 허리가 그 어느 때보다 깊게 수그러졌다.

그런 미옥을 바라보는 솔과 세준도 아무도 모르게 가슴을 쓸어내린다.

우여곡절이 많았기에 쇼의 클로징이 더욱 기껍다.

〈쇼 무사히 끝났어. 걱정하지 않아도 되니까 몸 잘 추슬러.〉

관계자들과 셀럽들에게 정신없이 인사를 받는 미옥을 뒤로하고 솔은 휴대폰을 찾아 들어 지연에게 문자를 보냈다. 병원으로 향하면서도 그녀에게 번호를 넘겨주던 지연의 모습이 마음에 걸린 탓이었다.

지연이 아픈 것에도, 그녀가 느껴야 할 상실감에도 조금은 솔의 탓도 있었다는 생각이 들었다. 어쩌면, 지금 병원에서 이 문자를 받고 있는 사람은 그녀였을지도 모른다. 그렇게 생각하자니 지연에 대한 미안함이 뼛속까지 스며들었다.

"나 이번 패션쇼가 마지막이야."

마지막.

마지막이라는 단어가 얼마나 안타깝고, 아쉽고, 또 소중한 단어이던가.

그 어떤 마지막도 병원으로 이송되는 것으로 마무리되면 안 되는 것이었다.

그 '어떤' 마지막도.

지연에 대한 안타까움과 미안함에 입술을 질끈 깨문 그녀의 눈동자 안으로 문제의 '비타민 워터' 병이 보였다.

'정말, 진짜로 손미나가 이런 짓을 벌였다고?'

병을 움켜쥐는 솔의 손에 힘이 들어갔다.

마른 그녀의 손등 위로 얇은 실핏줄이 튀어 올라왔다. 등줄기를 가르는 기묘하고 사늘한 기운에 고개를 들어 주변을 살피는 솔의 시야 안으로 저 멀리서 독기 어린 눈으로 그녀를 노려보고 있는 손미나가 보였다.

'정말 네가……!'

순간 이성적인 생각이라든지, 침착함 따위는 훌쩍 던져 버린 솔이 맹렬한 기세로 손미나에게 다가갔다. 움찔 물러선 손미나가 솔의 손에 들린 것을 보고선 놀란 표정으로 한 발 더 뒤로 물러선다.

주춤주춤 뒤로 물러서는 어설픈 모습에서 솔은 다시 한 번 적지 않은 충격을 받았다.

정말 저 빨간 주꾸미가!

자신이 먼저 강솔을 노려보고 있었다는 것도 잊은 채 미나는 솔의 기세에 눌려 뒷걸음질 치고 있었다. 아무런 표정도 없이 그녀를 직시하며 똑바로 걸어오고 있었다. 더군다나, 강솔이 들고 있는 저 음료는!

놀라 창백해진 안색을 숨길 새도 없이 미나가 빠른 걸음으로 뒤로 돌아섰다. 도둑이 제 발 저리듯 황급히 도망을 간다.

조금 전 그녀의 오프닝을 완전히 망쳐 버린 강솔에 대한 분노도 잊고선 그녀는 서둘러 사람들이 없는 곳을 찾아 분주하게 움직였다.

'왜, 왜 강솔이 저걸 들고 있는 거지? 분명 아까 버렸잖아?'

허겁지겁 사람들이 북적거리는 쇼장을 뛰쳐나간 그녀가 주변을 살폈다.

비상계단이 보였다. 마지막에 입은 드레스도 채 갈아입지 못한 미나가 비상계단 안으로 숨어들었다. 무거운 철문이 천천히 닫히는 것을 보며 이상한 안도감에 한숨을 내쉬는 그때.

"왜 도망가?"

문이 채 닫히기도 전에 다시 열리며, 솔이 들어섰다.

"뭐 잘못한 거 있나 봐?"

미나로서는 처음 보는, 무시무시한 눈빛을 하고서.

〈쇼 무사히 끝났어. 걱정하지 않아도 되니까 몸 잘 추슬러.〉

솔의 문자를 받는 순간, 지연이 안도의 한숨을 내쉬었다.

진땀을 하도 흘렸던 탓에 얼굴 위로 혈색이 하나도 남아 있지 않았다. 죽은 자의 그것처럼 창백하고 마른 얼굴이었다.

가슴을 쓸어내리며 지연이 아직도 고통의 여운이 남아 있는 배를 움켜 안는다.

'다행이다, 다행이야.'

화려했던 의상을 벗고 그녀에겐 조금 헐렁한 하얀 환자복을 입으니, 마른 지연의 어깨가 더욱 작아 보였다. 그 작은 어깨가 흐느낌을 타고 가늘게 떨리고 있었다.

장이 꼬였다고 했다. 안 그래도 위장이 약했던 그녀였건만, 무엇인가가 예민하고 아픈 그녀의 장을 극도로 자극한 것이라고.

'왜, 왜, 왜 하필 오늘……!'

아직도 여리게 욱신거리는 배를 움켜 안으며 지연은 몸서리를 쳤다. 주르륵 흐르는 눈물을 닦을 생각도 하지 못하는 그녀의 머릿속으로 스멀스멀 떠오르는 얼굴 하나.

'손미나.'

뭐라 뚜렷하게 말할 수는 없지만, 자꾸만 미나의 얼굴이 아른거렸다.

메이크업룸에서 봤던 그 창백했던 눈빛. 그리고 그녀가 쓰러지기 직전 그녀를 내려다보던 그 짜증이 가득했던 얼굴.

'……손미나.'

어렸을 때부터 유난히도 촉이 좋은 지연이었다. 눈치가 빠르다고 해야 하나, 약삭빠르다고 해야 하나. 그랬기에 별 노력 없이도 항상 뭐든 적당히 잘해왔었다. 눈치껏, 적당히.

그런 지연의 촉이 자꾸만 미나를 걸고넘어졌다.

미나가 저를 걱정할 만한 싸가지도 아니었건만 왜 그리도 저를 주시하고 있었던 걸까? 그리고 쓰러지는 것을 보면서 왜 그리도 신경질적인 얼굴을 하고 있었던 거지? 쇼를 망칠 수도 있어서? 그랬더라면 놀람이 먼저 아니었을까.

생각을 하면 할수록 느낌이 싸했다. 뭔가 있는데, 뭔가가……!

잡힐 듯 잡히지 않는 뭔가를 끄집어내려 지연이 입술을 앙다물며 미간을 잔뜩 찌푸리고 있는데 누군가 그녀의 곁으로 다가섰다. 하 집중하고 있던 탓에 바짝 곁으로 다가올 때까지도 그 존재를 눈치채지 못했다.

"괜찮아?"

따스하고 커다란 손이 그녀의 어깨를 감쌌다.

깜짝 놀란 그녀가 위를 올려다봤다. 그리고 마주친 다정한 두 눈에 다시 눈물이 차오른다. 이렇게 눈물이 많은 여자가 아니었는데…… 이상하게도 오늘은 참으로 섧다. 서럽고, 고단하고, 아픈 하루…….

"당신, 지금 일하고……."

주르륵 떨어지는 눈물 때문에 말을 잇지 못한 그녀가 뜨거워진 눈을 질끈 감아버렸다. 이렇게 약한 모습을 이이에게 보여주고 싶지 않았다.

"네가 쓰러졌다는데, 당연히 와봐야지."

한 달 후면 그녀의 남편이 될 남자, 민석기였다.

회사에서 바로 나왔는지 칼같이 다린 회색 정장을 입은 석기가 부드러운 눈빛으로 지연을 바라봤다. 지연보다 무려 열세 살이나 많은 석기였지만 그 나이 차이만큼 항상 그녀에게 자상했고 듬직했다.

내일모레가 마흔이라는 게 믿기지 않을 만큼 건강하고 정력적이었고, 지연으로서는 누구보다도 의지가 되는 남자였다.

"아쉬워서 어떡하나."

그녀의 마음을 헤아리기라도 한 듯 석기가 지연의 어깨를 감싸며 안타깝게 중얼거렸다.

그의 너른 품 안으로 지연이 얼굴을 묻었다. 지금 이곳이 그녀가 온전히 쉴 수 있는 유일한 품이었다.

"석기 씨…… 윽…… 흐윽."

석기의 그 한마디에 애써 삼킨 눈물이 다시 툭 터져 버리고 만다.

온전히 마지막을 장식하지 못했다는 아쉬움. 그것이 제가 의도했던 바가 아니라는 서러움이 모두 뜨거운 눈물이 되어 펑펑 쏟아진다. 쉴 새 없이 뺨을 가르는 그녀의 눈물을 석기의 커다란 손이 부드럽게 훔쳐 낸다.

작은 병실 안으로 지연의 흐느낌만이 가득했다.

짝!

피부에 들러붙는 차진 마찰음이 비상계단을 쩌렁쩌렁하게 울렸다.

솔의 손바닥이 얼얼할 정도로 매서운 일격이었다. 하지만 정작 손을 휘두른 솔의 얼굴은 일말의 변화도 없이 무감정했다.

솔은 지금 어찌나 화가 나는지 길길이 날뛸 여력조차 없이 가슴이 냉랭해졌다.

"모를 줄 알았어? 네가 한 일? 이거, 네 거잖아. 네가 신지연을 쓰러지게 만들었잖아."

솔이 들고 왔던 병을 미나 앞으로 들이밀었지만 미나는 그것을 쳐다도 보지 않은 채 솔을 노려봤다.

홱 돌아간 뺨을 붙잡은 채 손미나는 믿을 수 없단 얼굴이었다. 바르르 떨리는 눈꺼풀이 확 올라가자 희번덕거리는 미나의 눈동자가 보였다.

"어, 어떻게 나를……! 나를 때려, 네가! 감히!"

"맞을 만한 짓을 했으면 맞아야지. 너 때문에 병원에 실려간 사람도 있는데, 너 때문에 1년의 노력을 말아먹을 뻔한 사람도 있는데, 고작 빰 한 번 가지고 난리야, 왜?"

"내, 내가 무슨 짓을 했다고! 증거 있어? 증거 있냐고!"

"여기, 이거. 증거잖아."

다시 한 번 들이미는 빈 음료수 병을 보며 미나의 눈빛이 잠시 흔들렸지만 이내 얼굴색을 바꾼다.

"미친 소리 작작 해, 강솔. 이게 무슨 증건데? 나라고? 나라는 증거 있어? 내가 여기 뭘 탔다는 증거 있냐고!"

미나의 발언에 솔이 천천히 입꼬리를 말아 올렸다.

"난 여기에 뭘 탔다고 한 적은 없는데……."

그제야 손미나가 서둘러 제 입을 막아버렸다. 놀란 듯 눈을 부릅뜨더니 이내 미간을 험악하게 찌푸린다.

"그, 그래서! 어쩌라고? 그 병 따위가 내가 뭘 어쨌다는 증거가 될 리 없잖아!"

바락바락 소리치는 미나에게 솔이 한 발자국 성큼 다가가며 말했다. 아무 표정 없이 다가오는 솔을 보며 섬뜩함을 느낀 미나가 몸서리를 쳤다.

"너, 이거 국과수에 의뢰하면 이틀이면 밝혀져. 이 안에 뭐가 있었는지. 아니지, 이틀이 뭐야. 하루면 돼, 하루. 증인도 있고 증거도 있어. 그럼 뭐가 성립되는 줄 알아? 범죄야, 범죄."

한층 낮아진 목소리가 비상계단의 울림과 묘하게 맞아떨어져 더욱 음산한 분위기를 냈다. 그 강솔이 맞나 싶을 정도로 냉정하고 무서운 얼굴로 솔이 미나를 위협했다.

"네가 뭐 대통령이라도 돼? 영부인이라도 되냐고. 너 그냥 돈 좀 잘 버는 모델이고, 잘사는 집 딸일 뿐이잖아? 그치? 그러면 너 내가 이 바닥에서 얼굴도 못 들고 다니게 해줄 수 있어."

물론 국과수고 범죄고 개뻥이었다.

하지만 눈앞의 이 어리석은 여자가 그것을 모를 것이라고 솔은 100% 확신하고 있었기에 더욱 대담하게 나갔다. 비스듬히 고개를 숙인 솔이 미나를 바라보며 정확한 발음으로 냉랭하게 마지막 일격을 가했다.

"내가, 그 정도 능력은 있거든."

솔의 말에 자존심이 상한 것인지, 양심에 찔린 것인지 미나의 얼굴이 종잇장처럼 구겨졌다. 궁지에 몰린 쥐가 고양이를 물고 달아나는 심정이었을까? 이를 악문 미나가 손을 높이 들어 올렸다.

"네가 뭔데……!"

솔은 그 모습이 마치 슬로우모션 같다고 느꼈다. 손미나의 움직임이 하나하나 눈에 들어왔다. 그러니 어쩔 수 있나? 다가오려는 그 손길을 낚아챌 수밖에.

턱!

예상치도 못하게 강솔에게 손목을 저지당하자 미나는 당황한 기색을 숨기지 못했다. 그런 미나의 손목을 강하게 움켜쥔 솔이 다시 한 번 쐐기를 박는다.

"추한 것도 이 정도면 처절하다. 그러니까, 그만해. 당장 가서 신지연한테 사과해. 아니면 나 너 고소할 거야."

잡은 손목을 털어내듯 밀어버린 솔이 뒤로 물러선다. 얼굴을 붉히고 잔뜩 흐트러진 미나의 모습과는 다르게 솔의 얼굴은 너무나도 차분하다.

"나 진심이다."

이를 악문 솔이 그대로 비상계단을 빠져나갔다.

"이, 이, 이런 씨! 아악!"

솔이 나가 버린 비상계단에 홀로 남아 있던 손미나가 악을 쓰며 비명을 질렀다.

바깥을 지나가던 사람들이 놀라 계단 쪽을 힐끔거렸지만 너무나도 표독스러운 비명 소리에 감히 들어가 볼 엄두를 내지 않았다.

"내가 미쳤어? 사과? 어림없는 소리! 하, 내가 누군지 알고! 우리 아빠가 어떤 사람인데? 나라면 껌뻑 죽는 사람이 한둘인 줄 알아? 나야말로 강솔, 너, 너, 너 폭행죄로 내가 고소할 거야! 고소한다고!"

그 자리에서 발을 탕탕 구르며 미친 듯이 진저리를 치던 손미나가 서둘러 휴대폰을 찾아보지만 로커에 들르지 못했던 탓에 아무것도 든 게 없었다.

'분해, 분해!'

뺨을 맞은 것도 서럽고, 이 완벽했던 계획이 실패한 것도 서러웠다. 도대체 제가 뭘 잘못했다고 하늘이 이런 시련을 주는지 알 수가 없었다.

"어디 한번 폭행죄로 유치장에 들……."

씩씩거리며 숨을 고르는데 누군가 계단을 내려오는 소리가 들렸다. 그것도 바로 머리 위에서.

뚜벅뚜벅, 또렷하게 들리는 남자 구두 소리에 흠칫 놀란 미나가 위를 올려다봤다.

메인 쇼가 끝난, 파티장.

'아니, 이 남자는 대체 어디로 간 거야?'

호텔 안을 한참 헤매던 한영이 결국 사람들 사이에 멈춰 서고 말았다.

솔과 세준의 초대로 이곳에 왔지만, 두 사람은 무대 위에서나 봤을 뿐 코빼기도 보이지 않았다.

덕분에 의도치 않게 한영은 치웅과 처음부터 끝까지 둘이서만 데이트를 하는 꼴이 되어버렸다. 데이트 상대는 지금 어디론가 홀연히 사라져 버렸지만.

메인 쇼가 끝난 호텔 안은 이어지는 디제잉 쇼를 즐기려 남은 사람들로 여전히 북적거리고 있었다.

'전화 받으러 집으로 간 거야? 왜 10분이 지나도 안 와? 하여튼 매너가 똥이야.'

매너 하면 최치웅, 최치웅 하면 매너였는데, 이상하게 한영만은 치웅의 매너가 항상 똥으로 보이곤 했다.

"우씨, 무슨 사람들이 이렇게 하나같이 키가 커?"

안 그래도 키가 작은 한영인데, 길쭉한 사람들이 차고 넘치는 연회장 안에 있으니 폭삭 파묻혀 보이지 않을 지경이었다.

위축된다거나 겁을 먹고 있는 것은 아니었지만, 인간의 숲이 슬슬 피곤해지고 있는 한영이었다.

하지만 그 시점, 치웅 또한 쥐똥만 한 한영을 찾아서 사람들 사이를 헤매고 다니기는 마찬가지였다.

클라이언트로부터 온 전화였기에 안 받을 수는 없었지만, 막상 받아보니 별거 아닌 감사 전화였다. 1분도 안 돼서 대화를 마무리하고 들어왔더니만 이 여자, 그 자리에 못 박혀 서 있으란 말을 귓등으로 들었나 보다. 아무리 둘러봐도 보이지 않았다.

'하여튼 내 말은 똥으로 듣지, 이 여자가.'

한영은 어디서 무슨 짓을 벌이고 있을지 모를 여자였다.

그냥 가만히 두기에는 상당히 불안한 여자였으니, 치웅은 초조한 발걸음으로 쥐똥만 한 이 여자를 찾아 연회장을 헤매고 있었던 참이다. 오늘따라 발길에 치이는 멀대 같은 사람들의 움직임이 거추장스러웠다.

"설마, 집에 간 거 아냐?"

사람들을 피해 밖으로 나오던 치웅이 저 멀리 보이는 호텔 정문을 보며 불안스럽게 중얼거렸다. 벌써 10분이 지났는데 연락도 없고 보이지도 않았다.

그래, 계한영 이 여자라면 그럴 수 있었다. 기다리는 것을 참지 못하고 그렇게 미련 없이 훌쩍 가버릴 수도 있었다. 이 여자라면.

설마설마 하며 전화를 걸어보려는 그때, 누군가 급하게 그의 어깨를 툭 치고 지나갔다.

단단한 그의 어깨에 마른 여자의 몸이 휘청하며 쓰러진다. 치웅이 반사적으로 여자의 허리에 팔을 돌려 넘어지는 것을 막아냈다.

마치 영화의 한 장면과 같은 찰나였다.

"……치웅 씨?"

그에게도 익숙한 울먹거리는 목소리, 새빨간 머리카락 사이로 보이는 퉁퉁 부은 두 눈두덩이와 얼굴.

"손미나?"

무슨 일이 있었는지 한쪽 뺨을 붉게 물들인 미나가 울먹이는 눈으로 그녀를 붙잡아준 치웅의 팔을 덥석 움켜쥐었다.

그런데 이 무슨 운명의 장난이란 말인가. 저 멀리서 그 광경을 고스란히 보고 있는 쥐똥만 한 여자가 있었으니.

"헐? 저건 또 무슨 꼬락서니야?"

도무지 참을 수가 없어서 콧구멍에 차가운 공기나 넣어주러 쇼장 밖으로 나왔더니만, 흐느적거리던 여자가 최치웅 팔뚝에 들러붙는 광경을 목격하고 말았다.

가늘게 눈을 뜨고 보니 눈에 익숙한 여자였다. 그래, 아까 쇼에 섰던 모델 중 하나였다.

'아니, 넘어졌으면 재빨리 일어나야지, 왜 저기서 끼를 부려?'

핑크빛으로 반짝거리는 한영의 입매가 고깝게 삐뚤어져 올라갔다.

동그랗고 귀여운 눈망울 또한 아니꼽다는 듯 가늘어지고 있었다. 뭔가 가슴 안쪽이 부글부글 끓는다는 것을 느꼈을 때는 이미 한달음에 두 사람 앞으로 다가간 후였다.

"어머, 치웅 씨. 이분 어디 아프신가 봐요. 얼굴이 빨갛네."

얼굴만 빨간 게 아니었다. 눈도 빨갰고, 뺨도 빨갰고, 머리도 빨간색이었다.

네가 현아냐? 왜 온통 빨개.

그 빨간 눈이 놀란 듯 한영을 바라봤다.

경직된 얼굴로 한영을 바라보기는 치웅도 마찬가지였다.

하지만 한영은 아무것도 모른다는 그 특유의 순진한 얼굴로 성큼 더 다가가선 치웅을 붙들고 있는 미나의 손을 부드럽게 걷어냈다.

마치 그녀를 부축하는 듯이 미나를 떼어낸 한영이 자신보다 머리통 하나는 더 큰 미나를 향해 빙그레 웃음을 보인다. 그 미소에 심상찮은 힘이 느껴졌다.

"아프면 병원엘 가고, 더우면 밖에 좀 나가 있는 게 어때요?"

여기서 이러지 말란 뜻이렷다.

"여기요."

부축을 하듯 자연스럽게 치웅에게서 미나를 치운 한영이 손을 들어 지나가던 호텔 직원을 불러들였다.

"이분 상태가 좀 안 좋으신데, 부축 좀 부탁드릴게요."

우린 이만 가겠다는 완곡한 뜻이렷다.

"그럼, 조심하시고 저희는 이만……."

"아, 저…… 치, 치웅……."

당황한 듯 버벅거리는 미나의 말을 웃는 낯으로 사뿐히 무시한 한영이 부드럽게 치웅의 팔을 이끌며 자리를 벗어났다.

한영이 하는 양을 지켜보던 치웅이 그의 옆구리에 끼워져 있는 한영의 팔을 힐끔 내려다보며 물었다.

"팔짱 낀 건 처음 보는데."

의중을 알 수 없는 치웅의 덤덤한 말투에 한영이 힐끗 그를 올려다봤다.

"어디서 빨간 주꾸미 같은 여자를 붙이고 와서는 큰소리예요?"

그렇게 말하며 팔을 빼내려 했던 한영이 팔에 딱 힘을 주고 버티는 치웅의 완력에 그대로 갇히고 말았다.

잠깐 당황한 듯 그를 올려다보는데, 이 남자, 또 의중을 알 수 없는 얼굴로 별거 아니라는 듯 중얼거린다.

"또 누가 들러붙을지 모르니까 잘 붙어 있으시지? 떨어지지 말고."

치웅의 말에 흥, 콧방귀를 뀐 한영이었지만 안으로 들어갈 때까지 팔짱을 풀지는 않았다.

손바닥이 얼얼했다.

솔은 그 욱신거리는 손바닥의 느낌을 이를 악물고 무시했다.

남을 때려본 것은 처음이었다. 일평생 맞아본 적은 있지만 때려본 적은 단 한 번도 없었다. 하지만 손미나의 그 추악한 마음이, 지연이 느껴야 할 상실감과 괴로움이 느껴져서 저도 모르게 손이 올라갔었다.

아주 잠깐, 그래도 누군가를 때렸다는 죄책감이 들었지만 표독스러웠던 미나의 눈동자가 생각나자 곧바로 그 마음이 사그라졌다.

'너는 고작 뺨이 아팠겠지만, 누군가는 땅바닥을 굴러다닐 만큼 고통스러웠다고!'

솔은 다시 한 번 치밀어 오르는 분노를 꿀꺽 집어삼키며 주변을 둘러봤다.

눈이 뒤집어져서 미나를 쫓아 나왔건만, 돌아가는 길이 보이지 않았다.

"……나 설마 지금 호텔 안에서 길 잃은 거야?"

다시 대기실을 찾아 돌아다녔지만 도무지 가고자 하는 그곳은 보이지 않았다.

안 그래도 소문난 길치인데다가 사람들을 피해 이리저리 다니다 보니 더욱 길이 보이지 않았던 것이다. 스스로에 대한 황당함에 솔이 발걸음을 멈추고 주변을 둘러봤다.

"여기가 대체."

어디냐…….

하얀 벽과 폭신한 카펫이 깔린 복도는 눈에 익었건만 도무지 행사장으로는 보이지 않았다. 나도 모르는 사이에 2층으로 올라온 건가 싶어 몇 발자국 더 앞으로 가보는데, 꺾어지는 벽에 중년의 여성이 서 있는 것을 발견했다.

나가는 길을 물어봐야겠다 싶어 다가가는데 그 옆으로 바로 문이 보였다.

스탠드 팻말에 행사 이름도 쓰여 있다. 옳지, 저기다! 싶어 안으로 들어가려는 찰나, 꺾어지는 벽에 기대 서 있던 여자가 휘청하는 게 보였다.

솔이 반사적으로 곁으로 다가서며 물었다.

"괘, 괜찮으세요?"

"아, 고마워요. 잠깐 현기증이 와서."

노부인이라기에는 젊은 중년의 여자가 우아하게 웃으며 솔을 올려다봤다.

키가 작지는 않은 듯했지만 지금 솔은 구두까지 신고 있었던 탓에 중년 여성이 더욱 작고 연약해 보였다.

"통화하려고 잠깐 나왔다가 이 꼴이네요. 후후, 괜찮아요, 이제. 근데 아가씨, 아까 무대 위에 있던 아가씨 아닌가요?"

솔을 알아본 중년 여자가 반갑다는 듯 눈을 휘며 웃어 보였다. 그러자 그 모습이 이상하게 솔의 눈에 익숙했다.

'뭐지? 전에 본 적이 있는 것 같은데…….'

머릿속을 헤집어 기억을 떠올리기도 전에 중년 여성이 지친 몸을 일으켜 세웠다.

"아까 굉장히 멋있었어요. 인상 깊게 봤던 터라 얼굴이 기억에 남네요."

"아! 감사합니다. 그런데 정말 괜찮으세요?"

"괜찮아요, 괜찮아. 원래 가끔씩 이렇게 현기증이 나서요. 몸이 약한 건 아닌데 이상하네요."

후우, 크게 숨을 들이켠 여자가 빙그레 웃으며 솔을 다독인다. 무척이나 다정하고 우아한 미소였다.

"난 괜찮으니까 먼저 들어가 봐요. 아, 여기로 나가면 사람들이 몰릴 것 같은데…… 아가씨야말로 괜찮겠어요?"

괜찮다마다요. 사람이라도 보면 다행이죠, 이러다가 호텔 안에서 혼자 남게 생겼는걸요.

"그래도, 제가 나가면서 사람이라도 좀 불러 드릴게요. 마실 것도 좀 가져다 드릴까요?"

중년 여성의 창백하게 질린 얼굴이 걱정되기도 했지만, 이상하게 솔은 이 여자분에게 정이 갔다. 그녀의 마른 팔뚝을 부축해 주는 솔의 손등을 여자가 다독이며 고개를 끄덕였다.

"그럼, 그렇게 해줄래요?"

"네! 여기서 잠깐……."

"여보."

솔이 막 자리를 옮기려는 그때, 철문을 열고 키가 훤칠하게 큰 말끔한 중년 신사가 들어섰다. 빳빳하게 다린 양복 위로 두꺼운 모직 코트를 입은 남자는 영화배우처럼 말끔한 분위기를 풍겼다.

"어, 당신, 여긴 어떻게 왔어요? 오전에 수술 있다고……."

"큰 수술은 아니어서 가는 길에 잠깐 왔어. 한참 찾아다녔잖아. 근데 왜 그래? 어디 아파?"

남자는 단숨에 여자 곁으로 다가와 무뚝뚝하게 물었지만, 그녀를 부축해 주는 손길이 무척이나 조심스러웠다.

"아니에요, 잠깐 빈혈이 와서. 그렇게 심각한 건 아닌데……. 내 얼굴이 그렇게 해쓱해요?"

괜찮다는 듯 후후 웃는 낯빛이 정말 많이 괜찮아 보였다. 솔이 안심한 듯 웃으며 꾸벅 고개를 숙여 인사했다.

"다행이네요, 아저씨가 오셔서. 저는 그럼 이만 가볼게요."

"아! 고마워요, 아가씨. 이 아가씨가, 나 부축해 줬어요."

"아, 그래? 그럼 내가 사례라도……."

"아! 아니에요! 전 정말 그냥 괜찮으시냐고 물어본 것밖에 없는걸요!"

사례라는 말에 솔이 펄쩍 뛰며 뒤로 물러섰다.

한 게 뭐 있다고 사례를 받는가. 받을 만한 짓도 하지 않았고, 받고 싶은 생각도 추호도 없었다.

“저, 정말 괜찮습니다. 그럼 조심히 가세요!”

재빨리 인사한 솔이 후다닥 문을 열고 달려갔다.

닫히는 문 사이로 중년 여성이 재미있다는 듯 웃으며 남편을 바라본다.

“아까 세준이랑 같이 무대 섰던 아가씨예요. 무대 위에서 봤을 때는 되게 세 보이고 그랬는데, 막상 말 섞어보니까 착하고 다정한 아가씨 같네요.”

“크흠흠. 그니까 뭐 볼 거 있다고 여기까지 혼자 나와서는.”

세준이란 말에 중년 남성이 불편하게 얼굴을 굳혔지만, 호기심 어린 눈으로 열린 문틈 사이로 사라지는 솔의 뒷모습을 바라본다.

솔이 도와준 사람은 놀랍게도 몰래 세준을 보러온 세준의 어머니 이 여사였다. 그리고 그런 이 여사를 데리러 온 듯 슬쩍 행사장을 찾은 박 원장이었다.

이 여사가 굳은 얼굴의 박 원장을 팔꿈치를 슬쩍 찌른다.

“그러는 당신이야말로 일 끝나자마자 여기로 달려왔으면서.”

“아, 난 당신 데리러 온 거라니까. 끝나고 잠깐!”

머쓱한 듯 버럭 소리친 박 원장이 이 여사를 재촉하고 나선다.

“집으로 갑시다. 내일은 나랑 같이 병원 가는 거야. 알겠어?”

“알았어요, 알았어. 하여튼.”

경상도 남자 특유의 무뚝뚝함에 혀를 차며 이 여사도 발걸음을 재촉했다.

인파를 헤치고 호텔 직원을 붙든 솔이 간신히 백스테이지 대기실로 돌아왔다. 시간이 조금 지났던 탓에 사람이 별로 없었다.

진땀을 훔치며 옷을 갈아입은 솔이 조금 전 부딪쳤던 부부를 떠올렸다.

마치 드라마에서나 나오는 부부 같았다. 정말 이런 부부가 있을까 싶을 정도로 말끔하고 상류층 냄새가 진하게 나는 우아한 중년 부부.

시골에서 항상 아웅다웅하며 청국장 냄새를 진하게 풍기는 솔의 할머니, 할아버지와는 완전 반대의 사람들이었지만, 완전 별세계의 사람들처럼 느껴지진 않았다.

'아, 근데 진짜 어디서 본 것 같은 얼굴이었는데…….'

솔이 짐을 챙겨 들며 다시 머리를 갸웃거리고 있는데 누군가 그녀의 어깨를 툭툭 두드린다.

"저, 이거 전해달라고 하셨는데 자리에 안 계셔서."

"예?"

호텔 직원에게 건네받은 것은 엄청나게 화려한 장미 꽃다발이었다.

여기저기 꽃다발은 넘치고 있었지만, 이 장미 꽃다발은 그중에서도 엄청난 위용을 자랑하고 있었다.

"뭐야, 이건?"

꽃다발 사이에 자못 초라해 보이기까지 하는 작은 메시지 카드. 하얗고 말끔한 메시지 칸의 카스티엘이라는 글자가 가장 먼저 들어왔다.

그리고 그 밑에 휘갈겨 쓴 영문 메시지.

—You do something to me.

메시지를 내려다보던 솔이 가만히 눈살을 찌푸렸다. 그렇게 호락호락하게 넘어갈 내가 아니라고.

"뭐야, 그건?"

"아, 깜짝이야. 언제 왔어?"

놀란 솔의 옆으로 세준이 기분 나쁘다는 듯 미간을 찌푸리며 메시지를 내려다본다. 숨기고 말고 할 것도 없었던 솔이 어깨를 으쓱했다.

"'you do something to me'? 이거 아까 내가 선곡한 노래잖아. 둘이 무대 나갈 때."

"아, 그 노래 제목이 이거였어?"

"으흠."

카드를 다시 곱게 접어 장미꽃 속에 넣어주며 세준이 고개를 끄덕인다.

"왜 남이 고른 선곡으로 수작질이래? 그리고 장미가 뭐야, 장미가. 식상하게. 디자이너란 사람이 이렇게 창의력이 없나?"

쯔쯧 혀를 찬 세준이 솔에게서 장미꽃을 받아서는 테이블 위에 올려놓는다. 집에 가져가지 말란 뜻이렷다. 세준의 귀여운 질투에 픽 웃음을 보인 솔이 눈을 추켜올린다.

"그럼 안 식상한 건 뭔데?"

"안 물어봐 주면 섭섭할 뻔했어."

세준이 주변을 의식한 듯 힐끗거리더니 뒷주머니에서 부드러운 리본을 꺼내 든다.

어디서 주워온 건지 하얀 레이스 천으로 제 목에 곱게 리본을 매달며 기세등등하게 말한다.

"나."

주변에 지나가는 사람들이 섞였기에 망정이지 엄청나게 오글거리는 멘트였다.

능청스러운 세준의 표정이 너무나 우스웠던 탓에 솔이 저도 모르게 웃음을 터뜨렸다. 픽, 피식, 터지던 웃음은 이내 노곤하고 긴장감이 가득했던 얼굴 전체로 퍼져 나갔다. 솔이 손을 들어 세준의 목에 둘러진 레이스 리본의 매듭을 조르듯이 꽉 붙들어 맨다.

"으이그! 으이그으!"

"아, 살려줘. 으악."

몇 번 죽는 척을 하던 세준이 이내 솔을 홱 들어 올린다.

"안 되겠다! 이대로 죽기 전에 납치해야겠어."

"으아악! 야, 야! 사람들이 보잖아!"

"보라고 그래. 헹가래하는 줄 알겠지."

"말도 안 되는…… 으아악!"

이미 세준의 너른 어깨에 들쳐 메진 솔이 다다다 달리는 세준의 등에서 손을 들어 새빨개진 얼굴을 묻었다.

얘는 뭘 먹고 이리 힘이 센 거야?

"집까지 안전하게 모셔다 드리겠습니다, 마님."

당황한 그녀가 할 수 있는 일이라곤 대답 대신 푹 고개를 숙이고 남들이 알아보지 못하게 하는 일뿐이었다.

제13화
겨울의 의미

어느새 겨울이 성큼 다가와 자잘한 눈송이가 뽀얗게 흩날리는 오전이었다.

이른 점심을 먹기 좋은 정도의 시각, 솔과 세준은 미옥의 호출에 천장이 높은 브런치 레스토랑에 불려 나갔다.

밖이 훤히 내다보이는 커다란 통유리창 너머를 바라보던 미옥이 들고 있던 따듯한 모과차로 입술을 축였다.

“두 사람한테 어떻게 고마워해야 할지 모르겠어.”

차분한 미옥의 말에 솔이 세준을 바라보며 짧게 눈을 맞췄다.

“아니에요. 저희가 무슨 큰일을 했다고.”

솔은 푸근하게 웃으며 고개를 내저었다.

세준 또한 말을 아끼는 것으로 그녀의 말에 힘을 실어주고 있었다. 싸락눈 사이로 내비치고 있는 햇살처럼 세 사람 사이로 따뜻한 기운이 녹아내린다.

"두 사람이 해준 일의 무게는 크기를 떠나서 나에겐 엄청난 것이었으니까. 어쨌든 무사히 끝나서 다행이야."

"네, 정말 다행이에요. 신지연도 크게 아픈 게 아니라 그러고."

다행히도 신지연은 바로 다음 날 퇴원했다고 연락이 왔다. 이것도 인연이라고 몇 년을 원수처럼 살아온 두 사람의 사이가 제법 친밀해졌다.

"그러니까. 그것도 다행이고…… 어쨌든 나도 언제고 너희 두 사람이 필요할 때 꼭 도와줄게. 무슨 일이고 내가 할 수 있는 거면."

다그닥, 커피 잔을 두 손으로 감싸니 따뜻한 기운이 손바닥을 넘어 온몸으로 퍼져들었다. 미옥의 말도, 옆에서 조용히 두 사람 곁을 지켜주는 세준도, 훈훈한 가게 안의 온기도 모두 따스했다.

"말씀이라도 감사해요."

"치, 정말 내가 말만 이럴 거라고 생각하는 거야? 그럼 섭섭해. 진짜로 하는 말이라고."

분위기를 바꾸려는 듯 조금 가벼운 말투로 말하던 미옥이 슬쩍 솔과 세준을 흘긴다.

기분이 좋아 보이는 신미옥의 모습에 솔도 웃고 세준도 웃음을 보였다.

틈틈이 눈을 마주치며 같이 웃는 두 사람을 바라보던 신미옥이 불쑥 상체를 숙이며 의심스럽단 어투로 물었다.

"그런데 두 사람, 무슨 사이야?"

"예, 에?"

저도 모르게 솔의 목소리가 삑 나가 버렸다.

흠흠, 목을 가다듬던 그녀가 눈을 동그랗게 뜨고 조금 붉어진 얼굴로 미옥을 바라봤다. 예상치 못했던 질문에 저도 모르게 본래의 얼굴이 드러나고야 말았다.

어수룩하지만 귀여운 솔의 모습에 미옥이 웃음을 보였다.

"아니, 그게 무슨, 갑자기, 흠흠. 어우, 제가 무슨."

"당황하니까 더 티 나."

솔의 옆에 가만히 앉아 있던 세준이 슬쩍 소곤거린다. 그러자 솔이 다시 빨간 얼굴로 입을 꾸욱 다물었다.

귀여운 모습이었다. 몇 년을 봐왔지만 솔이 이런 사랑스러운 모습을 가지고 있다는 것을 미옥은 처음 알았다.

'강솔, 많이 사람 같아졌네.'

온몸에 방패를 둘러놓듯 철벽 방어를 하더니만, 지금은 가끔 이렇게 제 속살을 보여주기도 한다. 그만큼 안이 단단해지고 있다는 뜻이겠지.

"그렇게 티를 내고 다녔으면서 이제 와서 모른 척은……. 그래서 언제부터 만났어? 이번 쇼에서 눈 맞은 것 같지는 않고……. 뭐, 아무튼 은근히 잘 어울리네."

미옥이 힐끔 세준을 바라봤다.

잠깐 헛기침을 하며 딴 곳을 바라보던 세준이 미옥과 눈이 마주치자 능청스럽게 웃는다. 긍정도 부정도 하지 않은 채, 그저 싱글싱글 웃는다.

나란히 앉아 있는 청춘남녀의 모습을 보고 있자니 응원의 마음이 물씬 올라왔다.

그냥, 평범하게 사랑해도 곡절이 많을 텐데, 이 두 사람은 앞으로 얼마나 많은 순간들을 마주하게 될까.

그저 눈으로 보이는 것만큼 두 사람이 가볍지도, 화려하지도 않다는 걸 미옥은 알고 있었다. 특히나 미옥이 솔에게 가지는 애정은 다른 모델들보다 훨씬 각별했다.

그랬기에 이번에 오프닝에 그녀를 올리지 못했던 것이 얼마나 아쉽고 미안하던지. 이제는 미옥도 애정이나 합당성보다도 사업적인 측면을 더 중시하는 그런 사람이 되어버린 것이다.

"변하지 마."

찻잔을 쓰다듬으며 미옥이 나지막이 중얼거렸다.

"……라고 말해도, 그게 제일 어렵겠지. 잘해봐. 쉽게 헤어지지 말고, 쉽게 돌아서지 말고, 쉽게 실망하지 말고."

빙그레 웃으며 파릇파릇, 생기로운 젊은 연인을 바라봤다.

"알아서 잘하겠지만 말이야.

묵직한 철제를 덧댄 유리문이 닫히고 딸랑― 하는 맑은 방울 소리가 뒤따른다.

옥외주차장을 향해 몇 발자국 걷다가 우뚝 멈춰 선 솔이 가슴을 쓸어내리며 중얼거렸다.

"어후, 깜짝 놀랐네."

솔의 말에 세준이 멈춰 서 그녀를 봤다. 그리고 솔을 따라 가슴을 쓸어내리며 장난스럽게 되받아쳤다.

"그러니까. 나 완전 애 떨어질 뻔했잖아."

"……맞을래? 장난하지 마. 나 진짜 놀랐단 말이야. 우리가 그렇게 티 났나?"

싸락눈이 여전히 보슬비처럼 쏟아졌다.

솔의 머리와 어깨 위로 자잘한 눈송이들이 차곡차곡 쌓이는 것이 영 신경 쓰이는지 세준의 얼굴이 좋지 않았다. 타고 온 차가 바로 10여 미터 앞에 있었다.

이내 그녀의 손을 꽉 잡아 쥔 세준이 솔을 끌고 차를 타러 간다.

하지만 그런 세준의 마음은 모른 채 솔은 조금 전 미옥의 말을 되새기며 조잘거리고 있었다.

“아니, 우리 마주쳐도 인사도 제대로 안 했었잖아. 그치? 그럼 다른 사람들도 이미 눈치챈 거 아냐?”

“뭐, 눈치 빠른 사람은. 근데 목도리 안 하고 왔어? 달랑 코트 하나 입고?”

“아, 응. 별로 안 추운 것 같아서……. 아니, 근데 우리가 뭘 했다고? 헐! 설마 그때 우리 백스테이지에서 그거 본 거 아니겠지?”

차 문을 열어준 세준이 아기 새처럼 조잘거리는 솔을 밀어 넣고 자신도 차에 올랐다. 볼은 빨갛게 물들이고선 이 여자가 추운 줄도 모른 채 계속 종알거리고 있었다.

쯧, 혀를 차면서도 빨간 볼과 동그란 눈으로 떠들고 있는 솔의 모습이 세준은 그저 귀엽기만 했다.

참나, 뭐 그리 흥분할 일이라고……. 사랑이랑 감기는 원래 티가 난다고 하지 않던가? 아무리 잘 숨긴다고 하더라도 눈치챌 사람은 다 눈치채게 되어 있었다.

그리고 뭐, 그로서는 굳이 숨기고 싶은 생각도 없었다.

뭐, 사실…… 온 세상에 다 티를 낼 수 있으면 그렇게 하고 싶은 마음이 더 큰 세준이었다.

‘박세준 거. 건들지 마시오.’

마음 같아선 솔의 이마에 딱 그렇게 써놓고 다니고 싶었다. 아니, 문신으로 박아서 평생 그렇게 하고 다녀도 세준의 눈엔 예쁘기만 할 것 같았다. 강솔은 말도 안 되는 소리 하지 말라고 생난리를 피우겠지만.

"뭐야? 무슨 생각을 하기에 혼자 그렇게 피식피식 웃어?"

한참 혼자 조잘거리다가 말이 없는 세준이 신경 쓰였는지 솔이 세준을 향해 머리를 갸우뚱 내려뜨렸다. 앞머리 없이 반듯하고 동그란 이마가 눈앞에 떡하니 나타나자 세준은 저도 모르게 픽 웃고 만다.

"아냐, 그것보다……."

"음? 왜? 뭐뭐?"

소리 없이 소란하게 내리는 싸락눈이 차창 밖을 요란하게 때리고 있었다.

부드러운 정적이 가득한 차 안에서 세준이 솔의 손을 깍지 끼워 맞잡으며 길고 서늘한 눈매를 접어 다정하게 웃으며 말했다.

"이따 저녁에, 우리 집 올래?"

조잘거리던 솔의 입술이 그대로 얼음이 되었다.

서울 인근의 어느 한적한 2층 카페.

사람이 들어오는 기척 소리에 난로 앞에서 꾸벅꾸벅 졸고 있던 젊은 사장이 화들짝 놀라 일어난다.

"어서 오세요."

서둘러 인사하는 주인을 향해 슬쩍 고개를 끄덕여 화답한 세준이 주변을 둘러봤다. 1층에는 창밖을 바라보는 젊은 커플, 한 테이블밖에 없었다.

"저기, 여기 나이 좀 있으신 남자분 한 명……."

"아, 그분이요. 2층에 계십니다."

"감사합니다. 아! 유자차 한 잔 주시겠어요?"

올려다 드리겠다는 주인의 말에 세준이 나무 계단 위로 올라갔다.

삐그덕, 고풍스러운 소리를 내는 계단을 몇 발자국 올라가니 널찍하지만 아늑하게 꾸민 2층 내부가 보였다. 그제야 세준이 살짝 긴장한 눈빛으로 다시 주변을 둘러봤다.

계단에서 조금 떨어진 창문가 옆, 조금 오래된 기름 난로 옆으로 익숙한 뒷모습이 보였다.

"감독님."

"어, 세준 군. 일찍 왔군."

세준의 부름에 느긋한 포즈로 바깥을 보고 있던 봉 감독이 웃으며 그를 돌아봤다.

이미 반쯤 비워져 있는 봉 감독의 잔을 내려다보며 세준이 죄송스럽다는 듯 말을 덧붙였다.

"기다리고 계셨습니까? 좀 더 일찍 올 걸 그랬습니다."

"아하하. 아니네, 아니야. 초행길이라 낯설었을 텐데, 잘 찾아왔구만."

"세상이 좋아져서 초행길 헤매는 재미가 없어졌네요."

"젊은 청년이 늙은이 같은 소리를 하는군. 하하하"

세준의 말에 봉 감독이 재미있다는 듯 웃음을 터뜨린다. 봉 감독의 옆으로 세준이 자리를 잡고 앉으니 언제 준비했는지 가게 사장이 올라와 음료를 놓고 내려간다. 세준이 뜨거운 유자차를 잠깐 식히고 있는 사이 봉 감독이 먼저 입을 열었다.

"여긴 내가 가끔 와서 사람 구경하는 곳이라네."

"그다지 사람이 많이 지나가는 곳은 아닌 것 같은데요."

인근에 커다란 저수지를 끼고 있었지만 특별히 사람이 많이 다니는 곳은 아니었다.

오히려 이렇게 한적해서 장사나 될까 걱정될 정도로 이 카페 주변으로는 사람이 없었다. 세준의 말에 봉 감독이 넉넉하게 웃으며 답했다.

"음, 그렇지. 그래서 지나가는 그 한 사람, 한 사람의 감정이 특별하게 보이는 곳이야. 이곳까지는 무슨 일로 왔을까, 어쩌다 여기까지 왔나…… 생각하다 보면 저 사람의 감정, 스토리, 미래가 상상이 되지. 이야기는 바로 거기서부터 출발하게 되니까."

"그렇군요."

봉 감독의 말에 세준 또한 눈을 돌려 바깥을 봤다.

호숫가 산책로 주변으로 노부부가 지나가고 있었다. 고운 스카프를 목에 두르고 하얀 코트를 입은 노부인과 마찬가지로 하얀 성장을 한 노신사였다. 두 노인은 서로를 보기만 해도 즐거운지 별말 하지 않는 것 같은데도 연신 웃음을 보이고 있었다.

봉 감독도 세준과 같은 곳을 보다가 먼저 말문을 열었다.

"황혼의 로맨스군. 그렇지? 이렇게 보면 참, 청춘이란 게 부질없다 싶네. 젊지 않다고 해서 봄이 없는 것은 아니니까."

"그러네요. 젊다고 한들 감히 청춘이란 단어를 쓰지 못하는 젊은이들도 많으니까요. 어릴수록, 젊을수록 사회가 요구하는 것들이 높아지고 그러다 보니 앞만 보며 그저 달려가기 바빠지게 되니……. 뭐, 어디에 눈을 돌릴 틈도 없이 말이죠."

"음, 맞는 말이야. 이것저것 시도하고 부딪치고, 그러다 보면 더욱 단단하게 피어나는 법인데. 요즈음은 한두 번 넘어지는 것도 모두 실패라고 하니 말이야. 넘어지는 것은 일어나는 법을 배울 수 있는 귀중한 기회일 뿐 실패가 될 수 없다는 것을 모르는 사람들이 많지. 그래서 안타까워."

쯔쯧 혀를 차던 봉 감독이 세준을 돌아봤다. 눈이 마주치니 그가 날카로운 눈을 빛내며 씨익 웃는다.

"그래서 말인데, 자네는 지금 어떤가?"

"……예?"

세준은 갑작스러운 봉 감독의 질문에서 그의 의도를 찾으려는 듯 느릿하게 반문했다. 그러나 다시 한 번 되묻는 봉 감독의 말이 세준의 가슴을 철렁 내려앉게 했다.

"자네의 청춘은, 안녕한가, 세준 군?"

이상하리만치 세준의 가슴을 후벼 파는 질문이었다.

세준의 잘생긴 미간이 딱딱하게 굳어버렸다.

봉 감독은 그런 세준의 얼굴을 날카롭고 냉정한 눈으로 마주하다가 이내 다시 선하고 부드러운 인상으로 돌아온다.

"청춘(靑春), 푸른 봄이라……."

선선히 웃던 봉 감독이 시선을 돌려 다시 창밖을 본다. 이미 다 식어버린 원두커피를 한 모금 마신 후 그가 가볍게 중얼거렸다.

"봄이 오려면 응당 겨울이 지나야지 않겠나."

차에 올라탄 세준은 잠시 그대로 좌석에 몸을 묻었다.

안 그래도 한적한 동네인데다, 차 안이라는 단절된 공간 안에 있으니 모든 것이 차단되고 오직 세준, 그 혼자만 남게 된다.

"후우."

영혼의 조각을 잘라내서 숨결에 섞어 내보내듯, 깊이 끌어 올린 한숨을 내쉰 세준이 봉 감독의 말을 곱씹어봤다.

"괴기2가 다음달 1일부터 크랭크인이야. 내가 제작총괄을 맡고 있는 작품인데 말이야."

"예, 들었습니다."

"음, 그런데 세준 군에게 그 촬영 현장을 보여주고 싶어."

"예? 그게 무슨……."

"자네, 그곳에 한번 같이 있어보지 않겠나? 본격적인 촬영은 크랭크인이 들어가고 나서도 아마 보름 정도는 더 있어야 할 거야. 자네에게도 스케줄이 있을 테지만…… 그래도 생각이 있다면 대략 한 달 정도만이라도 나와 함께해 보겠나?"

다른 작품도 아니고, 다른 감독도 아닌 바로 봉 감독의 제의였다.

비록 잡부로 들어갈지라도 이것은 엄청난 기회였다. 직접 보고, 듣고, 경험하는 것만큼 확실한 공부는 없었으니까. 세준은 다시 한 번 전율했다.

그 생동감 안에 자신이 있을 수 있다면, 그 카메라 뒤에 자신이 설 수 있다면, 다시 한 번, 다시 한 번 카메라를 들여다볼 수 있다면……!

"이번 달 말까지 생각해 보게. 부담스러워하지 말고, 거절해도 괜찮네."

"부담이라뇨. 감독님, 이건…… 이런 기회는……."

말문이 막힐 정도로 세준은 당황했고 또 한편으로는 떨고 있었다. 그랬기에 그는 차마 묻지 않을 수 없었다.

"어째서, 어째서 저에게 이렇게 신경을 쓰고 계시는 거죠?"

봉 감독의 제의는 호의, 그 이상의 것이었다. 누군가에겐 삶을 송두리째로 바꿀 수 있는 엄청난 역전의 찬스가 될 수도 있는 시간일 테니.

"하하하. 그래, 참 이상한 상황이야, 그렇지? 내가 세준 군이라도 의아했을 거야. 저 감독이 미쳤나 싶기도 할 거고. 하지만 그 대답은 말이야…… 세준 군이 현장에 합류하고 나서 말해주도록 하지."

"예?"

"힌트를 주자면 감사와 욕심."

그리고 봉 감독은 입을 다물었다. 그저 웃으면서 세준의 어깨를 두드려 줬을 뿐이었다.

"감사와 욕심이라……."

세준은 감았던 눈을 뜨며 자세를 고쳐 앉았다. 봉 감독의 저의가 정확히 뭔지는 알 수 없지만 감사하지 않은 것은 아니었다. 4년 전의 그였으면 아마 그 자리에서 환호성을 내지르며 절이라도 했을지 모른다.

그런데 지금은…… 두렵다.

핸들을 잡은 세준의 손등 위로 핏줄이 불거져 올라왔다. 새하얗게 질린 마디 끝에서 그의 복잡한 심경이 슬쩍 엿보였다.

"이따위 쓰레기를 만들겠다고 의대를 안 간다고?"

"수술이고 뭐고, 집안 망신에 제 앞가림 하나 못 하는 아들놈 데리고 살 바엔, 죽는 게 나아!"

잠시 스쳐 지나간 환청에 부르르 몸을 떤 그가 서둘러 차에 시동을 걸었다.

"정신 차려, 박세준."

부르릉—

부드러운 포효를 내뱉으며 차가 조용히 깨어났다. 차창 밖으로 붉은 황혼이 저수지 물살 위로 반사되어 반짝거렸다.

저녁 6시 30분.

지금쯤 그를 기다리고 있을 그의 언인을 생각하며 세준이 부드럽게 액셀을 밟았다.

곧 세준이 도착한다는 메시지에 솔이 자리에서 벌떡 일어났다.

세준의 집으로 간다기에 굳이 화장은 하지 않았다. 편안한 니트 차림에 화장기 하나 없는 맑은 얼굴로 간단하게 점퍼를 걸쳐 입은 그녀가 분무기에 물을 받아 베란다로 나왔다.

“준아, 엄마가 오늘 집에 안 들어올 것 같아서 미리 밥 주는 거야.”

칙칙칙, 물을 뿌려대면서 솔이 누가 들을세라 조심스럽게 소곤거렸다. 뽀얀 뺨이 붉게 달아올랐다.

“남정네 집은 처음 가보는 거라 좀 떨린다.”

물을 뿌려대며 중얼거리던 솔이 순간 머리를 갸웃거린다.

그래도 처음으로 집을 방문하는 건데, 뭔가 선물이라도 사가야 하는 거 아닌가?

하지만 뭔가를 사기에는 너무 많이 늦은 시각이었다. 세준이 도착하기까지 5분도 남지 않았으니까…….

생각해 보니까, 세준은 솔의 집에 올 때면 항상 뭔가를 들고 오곤 했다. 화분 ‘준이’도, 빔 프로젝트도 모두 세준이 들고 온 것 아니던가?

“에이! 이런! 센스가 없었네.”

발딱 자리에서 일어난 그녀가 뒤늦게 뭔가 들고 갈 것을 찾기 시작했다.

이리저리 방 안을 뛰어다녔지만 워낙 집에 물건도 없는데, 선물할 거라고 있을까?

딱 필요한 물건, 당장 쓰는 것밖에 없는 집이었다.

‘오늘은 그냥 가야 하나? 그래도 뭔가 좀 아쉬운데…….’

초조하게 이리저리 돌아다니던 그녀의 눈에 선반 위에 덩그러니 놓여 있는 인형이 하나 보였다.

몇 년 전 서울 컬렉션 당시 인형을 기가 막히게 만드는 재주를 가진 디자이너가 있었다. 어찌어찌하다 친해지게 된 디자이너였는데, 하도 신기해서 당시의 의상과 함께 인형 하나만 제작해 달라고 의뢰한 적이 있었다.

적지 않은 가격이었지만 인형은 놀라울 정도로 섬세하고 아름답게 만들어졌다.

솔의 외모는 물론이거니와 볼륨감 넘치는 몸매까지 그대로 빼다 박았다. 완전히 잊고 있었던 그것이 이상하게 지금 딱 눈에 들어왔다.

'세준과 인형이라.'

솔은 인형을 꺼내 들고 피식 웃음을 터뜨렸다. 보랏빛 드레스를 입은 '작은 솔'의 모습이었다. 세준도 그녀에게 '준이'랍시고 화분을 주지 않았던가? 솔은 왠지 이거다 싶었다.

그리고 때마침 타이밍도 적절하게 솔의 전화벨이 울렸다.

기다리던 세준이 왔다.

"그건 뭐야?"

"선물. 이따가 집에서 열어봐."

선뜻 세준에게 종이가방을 내밀며 솔이 차 안으로 쏘옥 들어왔다.

그녀가 밀폐된 차 안으로 들어옴과 동시에 상쾌한 샴푸 향기가 공간 안을 가득 메웠다.

그 순간, 세준의 가슴 아래 남아 있던 일말의 찝찝한 기운이 모두 날아가 버렸다. 박하사탕처럼 청량한 그녀의 기운에 세준은 머리가 맑아졌다.

신기할 정도로 한순간에, 상쾌해진다.
"저녁은?"
야무지게 안전벨트를 매며 솔이 물어왔다. 편안한 그녀의 옷차림만큼이나 편안한 물음이었다.
세준이 대답할 생각도 하지 못한 채 솔을 빤히 바라봤다. 느슨하게 내려온 머리카락 사이로 반짝거리는 눈동자가 왜 그러냐는 듯 그를 올려다봤다.
바로 몇 시간 전에 보고 다시 보는 것이 믿기지 않을 만큼, 솔을 보는 그의 가슴이 다시 설렜다.
"이 어메이징한 여자 같으니라고."
"어? 뭐?"
그게 무슨 말이냐는 듯 눈을 깜빡거리는 솔을 보며 세준이 웃음을 보였다.
미치겠다, 강솔. 당신이 너무 좋다.
"내가 말했던가?"
"……뭘?"
재촉하는 솔의 목소리를 뒤로하고 세준의 차가 부드럽게 출발했다. 진동하는 차 소리와 더불어 낮고 감미로운 그의 목소리가 조용한 차 안을 가득 메운다.
"당신, 사랑한다고."
보지 않아도 알 수 있었다.
조금 놀란 듯, 그 크고 시원한 눈매가 한껏 동그래져 있겠지. 부끄러운 뺨을 숨기듯 입술을 앙다물고 있을 거야.
"……운전이나 해."
조금 쑥스러운 듯, 솔은 그렇게 말하고 라디오 볼륨을 높였다. 라디오에선 조금 이른 캐럴이 은은하게 흘러나오고 있었다.

세준의 집은 생각보다 훨씬 깔끔하고 감각적이었다.

그렇게 크지도 작지도 않은 오피스텔이었는데 원룸처럼 커다란 거실에 침대와 소파가 있었고, 그 사이로 부엌과 그곳을 분리하는 듯한 중간 칸막이 같은 게 있는 구조였다. 그리고 작은 방이 구석에 하나 딸려 있었고.

"그림 좋아해?"

벽에 주르륵 걸려 있는 액자들을 구경하며 솔이 물었다.

부엌에선 세준이 끓이고 있는 향긋한 라면 냄새가 솔솔 올라오고 있었다. 벌써부터 군침이 꼴깍꼴깍 올라왔다.

"그냥, 없는 것보단 있는 게 좋아서. 근데 정말 라면 가지고 되겠어?"

보글보글 끓는 라면 냄비에 계란을 탁 풀어 헤치면서 세준이 되물어왔다. 여기까지 왔는데 라면을 끓여주는 게 영 마음에 걸리는 듯했다.

하지만 솔에게 라면은 의미가 달랐다. 세준이나 다른 사람에겐 흔하디흔한, 보잘것없는 음식일지라도 솔은 아니었다.

"왜? 라면 싫어?"

부엌에서 라면을 끓이고 있는 세준의 뒷모습에 솔이 웃음을 터뜨린다. 슬쩍 틀어놓은 라디오에선 끊임없이 겨울 노래가 흘러나오고 있었다.

"더 좋은 거 먹여주고 싶었지."

"맛있게 끓여주면 되지. 아, 냄새 좋다."

성큼성큼 부엌 안으로 들어선 솔이 얼큰해 보이는 국물과 탱글탱글한 면발을 보며 입맛을 다셨다.

무슨 대단한 요리 한다고 앞치마까지 두른 세준이 영 못 미더운 얼굴로 테이블 위로 젓가락을 내려놓았다. 젓가락에 숟가락까지 가지런히 내려놓으면서도 계속 뭔가 찝찌름하다는 듯 고개를 갸웃거린다.

그래, 세준의 마음을 왜 모르겠는가.

솔은 배시시 웃음을 보이며 세준의 허리를 꼭 끌어안았다.

"나한테 라면이 얼마나 의미 있는 줄 알아? 나 모델 시작하고 라면 먹는 게 오늘이 딱 세 번째야. 만날 침 꼴딱꼴딱 삼키면서 한영이가 먹는 것만 봤지."

"뭐? 왜?"

"라면 진짜 좋아했는데 식사 조절한다고 거의 못 먹었었거든. 랍스타는 먹어도 라면은 못 먹었다고, 이 내가. 그러니까 지금 이 라면이 나한테 얼마나 스페셜한 음식인지 알겠어?"

"라면 덕분에 몸에서 사리 나오겠네."

세준이 못 말리겠다는 듯 말하며 식탁 위로 라면을 올려놓았다. 잔뜩 상기된 얼굴의 솔이 그의 맞은편에 자리를 잡고 앉아 젓가락을 들었다. 비장한 얼굴이었다.

"자, 그럼 이제 먹는다!"

앞접시에 탱글탱글한 면발을 담아 올리니 벌써부터 맛있는 냄새가 코를 자극했다.

면발을 호호 불다가 한입 입에 넣는 순간, 솔은 천국을 보았다.

"……아주 울 것 같다? 그렇게 맛있어?"

솔의 행복한 얼굴을 보고 있자니 차마 젓가락을 들 수가 없던 탓에 세준이 가만히 솔이 먹는 것만 지켜보며 물었다. 격렬하게 고개를 끄덕이며 솔이 후루룩 후루룩, 라면을 들이마신다.

"완전! 너 라면 진짜 잘 끓인다. 어떻게 이렇게 맛있는 거야."

고작 라면 하나에 이토록 행복해하다니. 세준은 기가 막히면서도 그런 솔의 모습에 웃음이 터지는 통에 먹지 않아도 배가 다 부르는 것 같았다.

"너 왜 안 먹어? 나 이거 다 못 먹어. 너도 먹어봐. 얼른! 와, 장난 아냐."

솔이 발을 동동 구르며 세준에게 라면 한 젓가락을 내밀었다. 어린 아이 사탕 뺏는 기분이라 먹을까 말까 망설이던 세준이 기대에 찬 솔의 눈빛에 결국 입을 벌렸다.

그가 익히 알고 있는 그 라면 맛이었다. 하지만 이상하게 오늘따라 라면이 더욱 쫄깃쫄깃하고 감칠맛 나게 느껴지는 것은 솔의 만족스러운 얼굴 때문일까?

"맛있지? 맛있지?"

"이렇게 좋아하는 것도 못 먹으면서까지, 그렇게 일이 좋아?"

세준의 물음에 생글생글 웃으며 솔이 간단하게 대답했다.

"라면보다는 좋아."

라면을 먹으면서 이렇게 행복해하는 여자가 그것보다도 일이 더 좋단다. 자질구레한 설명보다 그 한마디가 더 그녀의 마음을 잘 나타내주고 있었다.

얼큰한 라면을 호호 불어서 먹고 있는 솔을 턱을 괸 채 보고 있던 세준이 저도 모르게 솔을 향해 툭 물어봤다.

"처음에 모델 하겠다고 했을 때, 반대하는 사람은 없었어?"

솔이 픽 웃으며 대답했다.

"왜 없었겠어. 있었지. 할아버지도, 할머니도 반대하셨고. 내가 공부 잘해서 대학 가고, 대학 가서 취직하고, 그리고 좋은 남자 만나서 결혼하는 거 보는 게 꿈이라며. 여느 부모님들처럼."

반도 먹지 않았는데 솔의 젓가락질이 굼떠졌다. 면발을 몇 번 들었다 놨다를 반복하다가 이내 젓가락을 내려놓고 물을 마시고 대화에 집중한다.

"나는 너무 어렸고, 또 미래는 불확실하니까. 할아버지, 할머니 마음을 이해 못 하는 건 아니었지만…… 도무지 참을 수가 없는 거야."

"그래서?"

"뛰쳐나갔지 뭐."

그렇게 대답하며 솔은 소리 없이 웃어 보였다. 그녀의 눈동자가 과거의 어딘가를 헤매다 오는 듯 잠시간 흐릿하게 허공을 바라봤다.

"촬영만 잡히면 몰래 빠져나가고, 또 몰래 촬영을 잡고. 오디션 보러 다니고. 도서관 갔다 왔다고 거짓말하고. 새벽에 몰래 들어오다가 맞고. 난리도 아니었지. 근데도 놓을 수가 없더라고, 할머니한테 빗자루로 맞아가면서도."

"맞았어?"

"엄청. 울 할머니 손이 무지 맵거든? 내가 말도 없이 나가서 새벽에 들어왔을 때 할머니랑 할아버지가 신발도 못 신으시고 밖으로 뛰쳐나오셨더라고. 난 그냥 촬영 갔다 온 건데. 그때 진짜 죽지 않을 만큼 맞았어. 근데도 그 맨발을 보고 나니까 그냥 잘못했다는 말밖에 안 나오더라고. 맞으면서도 죄송하기만 하고."

"근데도 용케 모델 일을 허락하셨네?"

"때려도 달래도 애가 정신 나간 것처럼 이것만 하겠다고 난리를 피우니까. 그럴 바엔 허락받고 당당하게 해라. 뭐, 그런 거?"

이제는 웃으며 말하지만, 그때는 솔에게 세상에서 가장 심각한 고민이었던 일이다.

이렇게까지 내가 해야 하나, 할머니, 할아버지 마음을 아프게 하면서까지 하는 게 옳은 일인가, 이 치열한 곳에서 난 어떻게 살아남아야 하나…….

하지만 그 숱한 고민의 밤을 지나고, 지금의 솔이, 여기 이렇게 있었다. 매 순간 흔들리고, 고민하고, 그리고 결심하며 솔은 여기까지 온 것이다. 이 좋아하는 라면도 못 먹어가며.

"배부르다! 설거지는 내가 하겠음."

과거에 젖어 있던 솔이 벌떡 일어나며 냄비를 들어 올렸다. 솔의 말을 조용히 듣고 있던 세준도 덩달아 벌떡 일어나더니 그녀가 들고 있던 냄비를 빼앗아 들었다.

"어허, 요리부터 설거지까지 오늘 내가 풀코스로……."

"먹었으면 치우는 건 먹은 사람이 하는 게 우리 가풍이거든?"

그걸 또다시 솔이 빼앗아 들었다. 그런데 세준이 생각보다 냄비를 강하게 잡고 있던 탓에 솔의 손에도 힘이 들어갔다. 내가 할 거네, 네가 할 거네 실랑이를 벌이던 두 사람의 가운데에서 냄비가 미끄러져 버린다.

"으악!"

그런데 왜 또 하필이면 라면 국물 쏟아진 곳이…….

"헉……!"

세준의 중심인 것일까?

"미, 미안."

왜, 또. 하필 거기에 쏟아진 거니. 왜, 와이!

"여기랑 원수 졌나 봐, 응?"

세준이 새빨갛게 변한 자신의 중심을 내려다보며 난감하게 중얼거렸다. 솔은 차마 시선을 그곳에 둘 수가 없어 눈을 굴리고 만다.

"……기능에 문제 생기면 당신이 A/S 해주는 건가?"

세준의 말에 솔이 눈을 동그랗게 뜬다. 심술궂은 눈빛으로 빤히 그녀를 바라보고 있는 세준이 보였다.

"그, 그걸 내가 어떻게 해!"

"어떻게 할지는 내가 샤워하고 있는 동안 생각해 보는 걸로."

세준이 장난기 묻은 목소리로 그리 말하고는 욕실로 몸을 돌렸다. 뜨겁진 않더라도 뜨끈뜨끈하고 질척거리는 국물을 얼른 씻어내야 할 듯했다.

세준과 마찬가지로 무척이나 당황스러운 얼굴로 솔이 세준을 바라봤다. 욕실로 향하던 세준이 문득 뒤를 돌아보며 씨익 웃었다.

"같이 확인해 볼까?"

"……들어가!"

엎어진 냄비를 들어 올리며 솔이 버럭 소리쳤다.

세준이 샤워를 하러 간 틈에 솔이 대충 쏟아진 것들을 정리했다. 부엌을 정리하고도 약간의 시간이 남았다.

'기능? 기능에 문제……? 기능에 문제라고!'

멍하니 A/S에 관한 심도 높은 고민을 하던 그녀의 머릿속에 빨간불이 들어왔다.

만약 정말 세준의 기능에 문제라도 생기면 어떡하나 싶어 눈앞이 아찔해졌다. 왜 자신이 아찔해지는지는 모르겠지만, 어쨌든 그런 문제가 생긴다면 솔에게도 큰일이 틀림없었다.

괜한 고민을 하며 그 자리에서 몇 번 발을 구르던 그녀가 때마침 들리는 시원한 물소리에 뺨을 붉혔다. 살금살금 욕실 문 앞에서 귀를 기울이던 그녀가 화들짝 놀라며 문에서 멀어진다.

"어후, 계한영한테 음란마귀가 옮아왔나."

아무도 없었지만 민망한 마음에 혼자 변명을 늘어놓았다.

크흠흠, 헛기침을 하며 눈을 돌리는데 문득 꽉 닫혀 있는 작은 방이 보였다.

별생각 없이 그녀의 발걸음이 그곳으로 향했다.

달칵, 부드러운 소리와 함께 열리는 문.

솔은 마치 방 안으로 빨려 들어가듯 깜깜하고 고요한 내부로 들어섰다.

작고 아담한 방 안은 차단막으로 햇빛을 모두 막아서 마치 암실처럼 캄캄했다. 조심스럽게 불을 켜니 그 안으로 빼곡하게 들어차 있는 수많은 영화 DVD들.

"여기는……."

그녀가 순간적으로 압도되어 버릴 만큼 엄청난 양이었다. 자세히 보니 DVD뿐만 아니라 영화 관련 서적들, 노트들, 그리고 몇 개의 대본도 보였다. 그리고 조금 오래된 테이프까지.

작은 방 안은 마치 '영화'의 바다에 잠긴 듯 모든 것이 영화였다.

저도 모르게 숨을 멈추고 방 안을 천천히 둘러봤다.

—박세준, 들개 여자

—박세준, 가시

—박세준, 발바닥 인생

유난히 눈에 들어오는 몇 개의 타이틀. 무제 필름 CD 위에 붙여져 있는 이름을 보고 솔은 알아버렸다. 세준이 진짜 하고 싶었던 게, '이곳'에 있음을.

이곳은, 이 방은 세준의 '마음의 방'이었던 것이다.

솔이 천천히 DVD장 앞으로 가 섰다.

바르게 꽂혀 있는 다른 DVD들과는 다르게 그녀를 정면으로 보고 있는 한 장의 DVD.

—As good as it gets

손을 뻗어 그 매끄러운 플라스틱 표면을 매만지던 그녀 곁으로 길고 단단한 팔이 쭉 뻗어 나왔다. 그리고 바로 그녀를 감싸 안듯 퍼지는 시원한 비누 향.

언제 온 건지 모를 세준의 향기가 순식간에 방 안을 잠식한다.

"그거, 볼래? 재밌어."

뻗어 나온 팔이 DVD장을 짚었고, 솔은 단숨에 그 팔 안에 갇힌 꼴이 되었다.

그녀의 바로 옆에서 속살거리는 나지막한 목소리가 깃털이 되어 귓가를 간질였다.

움찔 놀란 솔이 뒤를 돌아보았을 때 그녀의 눈에 보이는 것은 단단한 가슴이었다. 매끄러운 살빛을 그대로 내보인 세준의 단단한 가슴, 너른 어깨.

탄탄한 허리 아래로 헐렁하게 수건을 묶은 채 상반신을 고스란히 보여준 세준이 솔을 내려다보고 있었다.

아직 물기 가시지 않은 촉촉한 비누 향이, 성큼 가까워진 세준의 체온이 그녀를 품 안에 가두었다. 그를 빤히 올려다보고 있는 솔을 보던 세준이 나지막이 중얼거렸다.

"……지금 당장은 못 보겠지만."

쏟아지는 세준의 비누 향을, 촉촉한 입술을, 뜨거운 체온을 솔이 두 팔 가득 품에 안았다.

서로의 입술이 열리고, 뜨거운 혀가 누가 먼저랄 것도 없이 서로를 찾아 열렬히 파고들었다. 거친 숨결이 몰아쳤다. 숨이 겹치고, 공기가 겹치고 그렇게 서로를 탐닉하는 성급한 손길로 두 사람은 금세 뜨거워졌다.

젖어 있는 세준의 머리카락 사이로 손을 집어넣은 솔이 그의 머리를 강하게 끌어당겼다. 물에 젖은 비누 향이 더없이 관능적이었다.

세준 역시 참을 수 없다는 듯 허기진 입술로 끊임없이 그녀를 맛보았다. 그녀의 입술을, 매끄러운 살결을 끊임없이, 끊임없이…… 끊임없이.

세준은 마치 그녀의 의식을 모두 불살라 버리겠다는 듯이 더욱 격렬하게 그녀를 몰아붙였다. 그녀의 숨결을 모두 마시고 영혼을 앗아 간다.

솔은 그 격렬함에서 어쩐지 세준이 그녀에게 무엇인가를 숨기고 싶어 한다는 것을 느꼈다. 마치 그녀가 보지 않기를 바란다는 듯이, 보지 못하게 하려는 듯이.

하지만 그럼에도 불구하고 세준의 입술이 너무나 달큰했다.

채워도 채워도 채워지지 않는 허기짐을 달래며 솔은 세준을, 세준은 솔을 그렇게 쓰다듬고 또 쓰다듬었다.

차가워진 손 끝에 걸린 보드라운 살결 위로 오소소 소름이 돋아났다.

"하아."

세준은 평소보다 조금 난폭했다.

평소, 부드러움만 가득했던 세준의 손은 오늘, 지금 이 순간 유독 난폭했다.

열에 들떠 흐릿하게 흔들리는 눈동자로 주변을 둘러보던 솔은 세준의 뜨거움이, 거친 격랑의 이유가 이 방 안에 있음을 깨달았다.

그의 숨겨진 욕망과 바람을 모두 품고 있는 이 어둡고 좁은 '마음의 방' 안에.

"솔아, 강솔…… 솔."

세준이 솔의 두 손을 한 손으로 움켜잡고 차가운 벽으로 그녀를 밀쳤다.

솔의 입에서 차가움에 놀란 미약한 신음이 터져 나왔다. 하지만 그 작은 음성조차 떠나가는 것을 허용치 않겠다는 듯 세준이 그녀의 입술을 한 움큼 집어삼켰다.

입술을 훑자 깨끗하고 청명한 치약 향이 오히려 더욱 야릇한 감각을 일깨웠다.

세준의 어깨를 움켜쥐고 싶건만, 아무것도 하지 못하게 결박당한 손이 더욱 기묘한 감각으로 솔을 괴롭혔다. 가학적인 쾌락의 느낌에 솔은 스스로 더욱 놀라 움찔 몸을 떨었다.

저도 모르게 허리가 꺾이고 다리에 힘이 풀렸다.

솔은 세준에게 가슴을 밀착한 채 부드럽게 반항했다. 그의 손에 묶여 있는 손을 천천히, 부드럽게 풀어내며 속삭인다. 솔이 두 손을 활짝 벌려 그를 힘차게 끌어안았다.

"괜찮아, 괜찮아……."

솔은 부드럽게 세준을 타일렀다. 갈급하게 그녀를 원하는 그의 거친 움직임을 진정시키며 솔은 그렇게 그의 귓가에서 부드럽게 속삭였다.

'괜찮아, 괜찮아.'

솔은 세준을 안아주고 싶었다. 이 입술로, 이 품으로, 이 마음으로 그를 안아 달래주고 싶었다.

'왜, 무슨 일이 있어서 멈춰 있는 거니? 왜, 왜.'

아프지 마라, 슬프지 마라, 그리고 숨기지 마라.

솔은 그렇게 세준을 온 마음으로 속삭이고, 다독였다.

그런 솔의 마음에 반응하듯 세준의 손길에서 난폭함이 잦아들었다. 헐렁한 솔의 니트 안의 그의 손길이 더없이 부드러워졌다.

"……이건 몇 번이나 봤어?"

포근한 이불에 둘러싸여서 네모난 화면 너머로 투영되는 영화를 보며 솔이 물었다.

그녀의 목소리에는 이미 졸음이 한가득이었다. 조금 전 격렬했던 여운이 그녀의 몸 이곳저곳에 노곤함으로 남아 있었다.

"서른 번쯤?"

실크처럼 매끄러운 그녀의 어깨에 입을 맞추며 세준이 대답했다.

이불로 그녀를 감싸서 꼭 끌어안고 있던 세준이 혹여 그녀가 추울세라 다시 이불을 추슬러 올려줬다.

"이거 제목이 뭐더라?"

온기를 찾아 안으로 더욱 파고들며 솔이 물었다.

그녀의 물음에 세준이 소리 죽여 웃으며 느릿하게 대답했다.

"이보다 더 좋을 순 없다."

세준의 대답에 솔도 따라 웃음을 보였다.

반쯤 감긴 눈으로 아른아른한 화면을 보다가 끔뻑 느리게 눈을 감았다. 눈을 뜨는 속도가 점점 더 굼떠지고 있었다.

"있잖아. 나 처음 모델 일 시작했을 때 말이야……."

잠에 취한 듯, 분위기에 취한 듯 영화를 보던 솔이 입을 열었다.

어쩌면 그녀의 머리카락을 쓰다듬고 있는 세준의 손길에 취한 걸지도 몰랐다.

솔은 저도 모르게 아무에게도 털어놓은 적 없던 이야기를 살며시 흘려보냈다.

"뭐도 모르던 그때, 괴롭힘을 심하게 당한 적이 있었어. 헤헤거리며 웃고 다니고, 모르는 사람에게도 무조건 '예, 언니. 예, 언니' 하고 다니니까 그 모습이 조금 우스워 보였나 봐."

영화를 보는 건지, 솔의 이야기를 듣는 것인지 세준은 아무 소리 없이 침묵했다. 하지만 그녀의 머리카락을, 그녀의 어깨를 쓰다듬고 있는 손길에서 세준이 그녀에게 집중하고 있다는 것을 느낄 수 있었다.

"내가 만만해 보였는지도 모르겠다. 다 언니라 부르고, 바보같이 뭐가 좋다고 작건 크건 모든 촬영장을 다 따라다녔으니까. 이리저리 많이 굴리더라고. 뒤에서 숙덕거리고 장난이라며 괴롭히고……. 그땐 내가 좀 눈치가 없었거든. 그래서 몰랐는데 어떤 언니가 그러더라? 그러면 안 된다고. 내가 잡아먹힐 거라고."

씁쓸한 과거를 토로하면서도 솔의 목소리는 더없이 평온했다.

눈으로는 여전히 화면을 좇고 있었지만, 세준은 가만히 그녀의 목소리에 귀를 기울였다.

"그러더니 그 언니가 나보고 강한 척을 하래. 강하지 않더라도 강한 척이라도 하라고. 그때부터였을 거야. 괜히 센 척하고, 관심 없는 척하고 그렇게 사람들과 벽을 쌓았던 게."

그렇게 말하며 솔이 우습다는 듯 피식, 바람 빠지는 소리를 냈다.

"하지만 신기하게도 점점 사람들의 태도가 달라지더라? 대다수의 사람들은 보이는 대로 믿었던 거지. 그럴수록 나는 나를 믿지 못했어.

내 모습을, 내 진짜 모습을 보면 사람들이 날 우습게 여길 거라고……. 추락할지도 모른다고……. 하지만 말이야."

이미 잠의 강을 건너고 있는지 까무룩 눈을 감고 간신히 이야기를 이어가던 솔이 이불 속에서 손을 꺼내 그녀의 어깨를 쓰다듬고 있는 세준의 손을 잡았다. 따스한 손이 세준의 손을 어루만졌다.

"너를 만나고 나는 내가 만들어놓았던 껍질을 깰 용기를 얻었어. 내가 나 자신으로 충분히 일어설 수 있는 힘을……. 그래서 나는."

테이프가 늘어지듯 천천히 늘어지는 솔의 목소리에서 세준은 이미 그녀가 의식이 아닌 무의식으로 말하고 있다는 것을 느꼈다.

졸음 가득한, 오직 그만이 아는 그 목소리로, 솔이 나직하게 속삭였다.

"네가 고마워."

고맙다니, 고맙다니……. 세준의 눈동자가 희미하게 떨렸다.

그는 길고도 깊게 숨을 한 번 들이마셨다. 천천히 숨을 고르며 이미 잠든 솔의 머리카락을 소중하게 쓰다듬었다.

그 소리는 세준이 해야 옳았다.

그가 더 고마웠다. 그가 더 많이 그녀에게 고마웠고, 앞으로도 더욱 고마워할 것이었다.

'영화' 하나밖에 모르던 그의 가슴이 부모님으로부터 와장창 깨어졌을 때 그에게 남은 것은 맹랑한 허무뿐이었다.

내가 하고 싶은 일을 하는 것이 부모를 죽을 때까지 몰아치는 거라고 느끼는 순간, 그의 마음속에 있던 열정과 열망도 함께 부서졌다. 나는 하고 싶은 일을 하면 안 되는 거라고.

그리고 그렇게 느낀 순간부터 모든 것이 무료하고 지겨웠다.

'대충 하면 돼. 뭘 그렇게 열심히 해.'

약간의 반항 같은 것일지도 모른다. 아니, 그게 맞을 것이다.

그리고 어쩐지 세준은 대충, 적당히 해도 어지간히 모든 일이 괜찮게 풀리곤 했다. 그쯤 되니, 아아, 나는 적당히 살아야 하는 운명인가 싶기도 했었다.

어린 마음이었다. 그래, 청맹과니처럼 굉장히도 어린 마음이었다.

그리고 그런 치기 어리고 방만했던 마음을 두드린 것이 바로 강솔이었다.

'저 여자는 어떻게 저렇게 즐겁다는 듯이 일하고 있을까.'

신기했고, 한편으로는 굉장히 거슬렸다. 그래서 처음에 유독 솔의 속을 박박 긁어댔는지도 모르겠다.

하지만 그녀라고 마냥 평탄하게 이 자리까지 온 것은 아닐진대…… 사람들은 당장 눈앞에 있는 것만 보고는 했었다. 세준도 그랬던 것 같다.

당장 눈앞에서 하고 싶은 일을 마음껏 하고, 잘나가고, 당당한 솔만 봤던 것이다. 그 속살을 까보면 이다지도 보드랍고 다채로운 그녀가 있었건만…….

"봄이 오려면 응당 겨울이 지나야지 않겠나."

봉 감독의 말이 귓전에서 조심스럽게 웅웅거렸다.

두 사람이 틀어놓은 영화는 여전히 화면을 흩뿌리며 제 할 일을 다 하고 있었다. 그리고 때마침 세준이 이 영화에서 가장 좋아하는 대사가 흘러나온다.

[……You make me want to be a better man.]

들려오는 대사에 세준이 힐끔 화면을 봤다.

'당신은 내가 더 좋은 남자가 되고 싶게 만듭니다.'

그리고 이내 잠든 솔의 머리 위로 가만히 입을 맞추며 품 안 가득 들어오는 그녀를 꽉 끌어안았다.

듣고 있지 않아도 좋았다. 그녀가 듣지 못했더라도, 그 또한 이 말을 꼭 하고 싶었다. 세준의 입술이 조금 전 대사를 그대로, 천천히 읊조린다.

"You make me want to be a better man."

알고 있어? 당신은 정말, 정말…… 내가 더 나은 남자가 되고 싶게 만들어.

그의 마음이 느껴진 것인지, 아니면 그녀를 꽉 끌어안은 그의 온기가 전해진 것인지 솔의 입꼬리가 잠결에 스르륵 올라간다.

그렇게 빙그레 미소 짓던 솔이 세준의 품으로 더욱 파고들었다. 마치 하나가 된 듯 꼭 끌어안은 두 사람은 그대로 서로에게 서로의 온기를 전해주며 그렇게 잠이 들었다.

어둠이 짙은 시린 겨울밤의 냉기도 두 사람 사이를 파고들지 못하는 밤이었다.

"박세준이랑 스캔들이라니, 말도 안 되는 소리지. 안 그래? 서 팀장은 어떻게 생각해?"

"글쎄요. 하지만 아직 강솔이 국내에서 탑인 것은 여전하니까요."

서 팀장의 말에 맞은편에 앉아 있던 사내가 와락 얼굴을 찌푸리며 성을 낸다.

검은 가죽 소파에 거대한 책상이 놓여 있는 이 모던하고 화려한 방의 주인. 바로 세준의 소속사인 '세미'의 차진백 대표였다.

그가 오랜 시간 함께 일해온, 마케팅을 총괄하는 서 팀장을 보며 답답하다는 듯 가슴을 퍽퍽 내려치며 말했다.

"탑은 무슨! 지는 별에 '곧 퇴물'이라고! 강솔은 이제 얼마 안 남았어!"

아니, 그렇게까지는 아닌데…….

서 팀장은 흥분한 차 대표의 말에 반박하는 대신 조용히 입을 다물었다.

10여 년의 세월 동안 봐왔건데 차 대표는 한번 흥분하기 시작하면 절대 말을 듣는 타입이 아니었다. 저 불같은 성미로 이렇게까지 회사를 키워온 것이 대단하기까지 했다.

……뭐, 직원들의 엄청난 노력과 헌신이 없었다면 어림도 없는 일이었겠지만.

바로, 서 팀장 자신처럼.

"뭐, 박세준이랑 케미가 괜찮아? 아니, 박세준이랑 붙여놓고 케미 안 터지는 연예인이 어디 있어? 이미 박세준은 세미의 간판급 애라고. 아, 그리고 말이야, 작년까지 강솔이 했던 '비오더마' 그 광고도 이번 해부터 우리 쪽 손미나가 하지 않았나? 이번 신미옥 패션쇼 오프닝도 미나였고."

차 대표의 말에 서 팀장이 되레 반색하며 말한다.

"'비오더마'는 이미 강솔이 7년을 넘게 했던 브랜드이고, 사실 강솔도 이미 몇 해 전부터 '샤르넬' 쪽과 새 계약을 맺고자 '비오더마'랑 계약을 갱신하지 않을 거란 소문이……."

"지금 그게 중요해? 어쨌든 강솔은 지는 별이고 박세준은 뜨는 별이라는 거잖아!"

차 대표가 다시 한 번 버럭 성을 낸다.

이럴 줄 알았다는 듯 서 팀장이 한숨을 내쉬며 입을 다물었다.

그래, 안 들을 줄 알았다. 차 대표도 이 바닥에서 꽤나 구른 사람이었다. 저렇게 괜히 화를 내고 있을 위인은 아니겠지 하며 서 팀장이 스스로를 위로했다.

"아니, 그리고 박세준 이 새끼는 한창 일해야 할 시기에 뭐? 스캔들? 사귀고 있던 애들도 다 헤어지는 판에 어디서 연애질이야?"

"아직 확실한 사항은 아니지 않습니까. 일단은 세준이도 불러서 이야기를 들어봐야 하지 않을까 싶은데요. 에이팀 신 대표의 전화 한 통만 믿고 화를 내시는 것보다요."

사실 서 팀장도 세준과 솔의 소문은 어렴풋이 들어는 봤었다. 하지만 에이팀 신 대표의 말처럼 그렇게 나쁜 조합도 아니었을뿐더러 소문 자체도 떠들썩한 게 아니었기에 일단은 두고 보고 있던 터였다.

"신 대표가 말한 거면 확실한 거지, 뭘. 흥."

콧방귀를 뀐 차 대표가 그래도 진정을 하려는 듯 앞에 놓인 찬물을 벌컥벌컥 들이켰다.

탕 소리를 내며 내려놓는 물 잔을 빤히 바라보던 서 팀장이 보이지 않게 고개를 갸우뚱 내렸다.

그런데 대체 이 양반은 왜 이렇게 길길이 날뛰는 거야?

모델들의 스캔들이야 이제는 제법 흔한 일이었다. 여론도 슬슬 연예인들이나 여타 다른 유명인의 사생활을 제법 존중해 주는 분위기였고, 또한 물의를 일으키는 것만 아니라면 조용히 사랑하고 연애하는 걸 나쁘게 보는 사람도 없다.

세미에서도 연애에 관해서 특별히 제재를 가하는 편은 아니었다. 그런데 이 시점에 왜 박세준에게만 이리 예민하게 구는지.

뭐, 물론 지금 세미에서 가장 잘나가는 게 세준이기는 했지만, 그렇다고 세준에게만 적용 기준이 더 엄격한 것은 아니었다.

"무엇보다도 강솔은 안 돼, 강솔은. 박세준은 이제 일 시작한 지 2년이야. 한창 더 뜰 애라고. 뽑아낼 게 무궁무진하지만 강솔은 끝났어."

허허, 아직 안 끝났대도요, 대표님.

잔인한 차 대표의 말에 서 팀장은 마음의 소리로 목청껏 내질렀지만 그 소리가 차 대표에게 닿을 리는 없었다. 그러거나 말거나 차 대표가 한층 누그러진 목소리로 서 팀장에게 명령했다.

"어튼 당장 박세준 오라고 해."

서 팀장이 조용히 휴대폰을 꺼내 들었다.

호출해 놓고 차 대표는 정작 말이 없었다.

비싸 보이는 검은 가죽 소파에 다리를 꼬고 오만하게 앉은 채로 그는 허공 어딘가를 보며 생각에 잠겨 있었다. 침묵으로 건조해진 공기로 세준을 말려 죽여 보겠다는 듯이 그렇게 한참이나.

하지만 어디에서도 그렇게 쉽게 위축될 세준은 아니었다. 세준 또한 덤덤히 시선을 갈무리하며 조용히 그 자리를 지키고 있었다.

"헤어지는 게 좋을 것 같은데."

아무 말도 안 하고 한참 동안이나 그를 바라만 보고 있던 차 대표가 대뜸 말을 꺼냈다.

덤덤한 차 대표의 목소리에서 온기라고는 전혀 느껴지지 않았다. 지극히 사무적이고 차가운 음성.

생각지도 못했던 말을, 생각지도 못한 타이밍에 들었던지라 세준은 차 대표가 말하는 '헤어짐'의 주체가 자신이라는 것을 깨닫는 데 약간의 시간이 걸렸다.

"저, 말씀이십니까?"

"여기 너 말고 헤어져야 할 사람이 또 있나? 알다시피 나는 이미 헤어진 이혼남이라서."

곰처럼 넉넉한 인상에 짙은 눈썹을 가진 차 대표는 겉으로 보기에는 무척이나 푸근한 인상이었다. 하지만 성격은 매우 불같았고, 본성은 뱀처럼 미끄럽고 음흉한 사람이었다.

선악(善惡)을 떠나서 차 대표는 철저한 사업가에 기회주의자였으니.

말끄러미 차 대표를 바라보던 세준이 차분한 음성으로 되물었다.

"뭣 때문이죠?"

예상한 질문이라는 듯 빙긋 웃던 차 대표가 별거 아니라는 듯 가벼운 어투로 대꾸한다.

"강솔은 퇴물이니까."

차 대표의 말에 세준의 시선이 매섭게 변한다. 뜨겁게 분노하고 있는 눈빛과는 다르게 차분한 얼굴로 차 대표를 노려본다.

"말이 심하시군요."

"왜, 내가 틀린 말이라도 했나?"

투둑, 머릿속에서 무엇인가가 끊어지는 소리가 선명하게 들려왔다.

세준은 그것의 정체를 알고 있었다. 세준의 이성이 단칼에 베이는 소리였다.

그때까지도 평온을 유지하고 있던 세준의 얼굴 위로 냉기가 스며든다. 숨 쉴 틈 없이 딱딱하게 굳은 얼굴로 세준이 차 대표를 노려봤다.

하지만 그 얼굴을 마주하는 차 대표는 되레 웃음을 보였다. 마치 약이라도 올리려는 듯 쩌렁쩌렁 방 안을 울리는 웃음소리.

그 사이로 세준의 눈빛이 새파랗다.

"뭘 발끈하고 그래? 어차피 이 바닥이 그리 넓고 깊지 않아. 한 사람이 오래 우려먹을 수 없다고. 국산 그만큼 우려먹었으면 오래 해먹은 거지."

"우려먹었다라……."

되새김하는 세준의 목소리가 떫었다. 익지 않은 감을 입에 문 것처럼…….

"그래, 이제 파이 좀 나눠 먹을 때가 되지 않았겠어? 슬슬 영역이 좁아지는 게 보이잖아."

"그래서 그게 지금 제가 솔이랑 헤어질 이유가 된다는 겁니까?"

세준의 차가운 물음에 차 대표가 고개를 내젓는다.

이래서 젊은것들은 어른들의 조언이 필요한 것이다. 하나는 보지만 둘을 보진 못한다. 차 대표는 세준에게 혀를 쯧쯧 차며 말을 이었다.

"뜨려고 하는 것에 떨어지는 것이 붙으면 같이 추락할 뿐이야. 대표 입장에선 당연히 헤어지라고 말해야 하지 않겠나? 그게 너와 강솔 모두에게도 현명한 방법이야."

물론 에이팀의 신 대표는 다르게 생각하고 있는 것 같지만.

시너지다 어쩐다 하며 신 대표가 박세준과 강솔의 스캔들을 들먹거릴 때, 그도 솔직히 혹하지 않은 것은 아니었다. 하지만 두 번, 세 번 생각에 생각을 더해보니 신 대표의 속셈이 너무나도 빤했다.

험한 말로 해서 그렇지 강솔이 점점 입지가 작아지는 것은 사실이었다.

강솔의 매력이 떨어진다거나 그녀의 실력이 퇴색되어 그런 게 아니었다. 신구 세력이 서로의 영역을 나누어 가지다 보면 자연스럽게 물러나는 쪽이 생기고, 자연스럽게 새로운 스타가 등장하게 된다.

하지만 에이팀에서는 강솔을 구세력이라고 생각지 않는 것 같았다. 아니, 이 기회에 다시 도약하겠다는 것이겠지. 우리, 세미를 디디고서!

차 대표는 그것이 도무지 용납되지 않았다. 강솔의 반등도, 에이팀의 강세도 모두 꼴 보기가 싫은 그였다. 그리고 차 대표로서는 강솔을 싫어하는 결정적인 이유가 있었으니…….

세미는 에이팀에 비하여 언제나 2인자였고, 두 번째였다. 베스트는 언제나 에이팀의 차지였다. 그런 에이팀의 입지를 다지는 데 결정적인 역할을 했던 게 바로 강솔이었다. 물밑작업으로 빼오려고 해도 건방지게 강솔은 브로커들을 단칼에 내쳐 버렸다.

"저는 에이팀 안 나가요. 그렇게까지 의리 없지 않아요, 나."

눈 똑바로 뜨고 말하던 그 맹랑한 모습이란.

의리? 의리 같은 소리 하고 있네. 이 바닥에서 그런 게 어디 있다고!

같잖기도 했고 거슬리기도 했다. 차 대표가 강솔을 질색하는 이유 중 하나가 바로 이것이었다. 그는 누구보다도 강솔이 어서 추락하길 바라고 있었다. 그리고 그녀의 빈자리를 세미의 모델로 채우는 것이 목표이자 목적이었다.

차 대표는 차가운 음성으로 다시 한 번 강조했다.

"헤어져. 그게 널 위해서도, 강솔을 위해서도 최선이야."

차 대표의 말을 묵묵히 듣고 있던 세준이 문득 되물었다.

"왜 그게 절 위해서고 솔이를 위한 거죠?"

"몰라 물어?"

짜증이 가득한 음성, 그에 응답하는 세준의 목소리는 다시 차분하게 돌아와 있었다.

"네, 모르겠습니다. 왜죠?"

"쯧— 자, 봐봐. 강솔이 모델 말고 하는 게 뭐가 있어? 연기를 해? 아니면 다른 애들처럼 구두 디자인이다 백 디자인이다 그런 걸 해? 아니잖아. 오직 모델 활동만 하는 애야. 그런 애들은 수명이 짧다고."

"그래서요?"

"하! 이 답답이 보소. 그러면 강솔에게 남은 선택지가 뭐야? 결혼 아니겠어? 지금 인지도도 좋고 스캔들 하나 없이 깨끗한 상태이니 적당히 재벌가 며느리로 들어가기에 손색이 없지. 그러니까 괜히 강솔 앞길 막지 말고 넌 네 길 가고, 강솔은 강솔 길 가게 내버려 둬. 렛잇고 하자고. 오케이?"

마치 답은 나왔다는 듯이 경쾌하고 확신에 찬 목소리.

맞은편에 앉아 차 대표의 말을 묵묵히 듣고 있던 세준이 피식 웃음을 보였다. 그러더니 차 대표와 마찬가지로 감정 하나 묻어 있지 않은 차가운 목소리로 그에게 묻는다.

"대표님, 지금 이거 월권입니다. 아시죠?"

"뭐?"

이번에 되묻는 것은 차 대표였다. 세준은 가벼운 한숨과 함께 차 대표를 똑바로 바라봤다. 어린 나이와는 다르게 세준의 눈빛은 무척이나 침착하고 무거웠다.

"저는 세미와 에이전시 계약을 맺은 거지 매니지먼트 계약을 맺은 게 아닙니다. 1년 단위로 계약을 갱신하자고 한 것은 대표님 아니셨습니까? 또 저번에 새로 갱신한 계약 조항 어디에도 저의 '사생활'을 강제하거나 통제할 수 있다는 말은 없습니다. 아닙니까?"

이 애송이가……!

차 대표의 얼굴이 딱딱하게 굳었다. 감히 신인 모델 따위가 에이전시 대표를 상대로 저따위 건방진 말을 하다니. 기가 막히다 못해 웃음이 다 나오는 차 대표였다.

"그래서? 어쩌자는 거야?"

세준의 건방짐이 하늘을 찔렀다. 빙그레 웃더니 딱 잘라 단호하게 말한다.

"못 헤어집니다."

세준의 말을 끝으로 잠시간의 정적이 흘렀다. 그러더니 곧이어 쾅 테이블을 내려치는 소리가 방 안을 울렸다.

"박세준 너, 왜 그렇게 말귀를 못 알아들어!"

이제까지 용케 침착함을 가장하고 있던 차 대표가 끝끝내 버럭 성을 내고 말았다. 밖으로 삐져나오는 노한 음성에 대표실 바깥에서 대기하고 있던 서 팀장이 조용히 귀를 틀어막았다. 언제고 터질 폭탄이 드디어 터졌구나 싶은 서 팀장이었다.

"저를 위해서라고요?"

웃기지 마라.

"퇴물이라고요?"

그 누구보다 반짝이는 그의 별이었다.

"위해서 헤어지라고요?"

누구를 위해서 헤어지라는 말이지? 누구를 위해서!

"헤어지라고 해서 헤어질 거면, 처음부터 만나지 않았습니다."

"하! 걔, 너랑 헤어지면 더 대단한 사람, 더 좋은 사람 만날 거야. 네가 걜 망치는 거라고! 몰라? 모르냐고!"

얼굴이 벌게진 차 대표가 세준에게 삿대질을 하며 고래고래 소리친다.

그 앞에서 세준이 천천히 몸을 일으켜 차 대표를 바라본다. 장난기라고는 하나 없는 진중한 눈빛이었다.

그러니…….

"그럼, 제가 더 대단한 사람이 되면 되겠네요."

나의 별을, 간신히 손에 넣은 내 사랑을 욕되게 하지 마라.

"대표님."

세준이 떠나고, 대기하고 있던 서 팀장이 대표실 안으로 들어섰다.

문밖에서나마 얼추 이야기를 들었던 탓에 서 팀장은 조심스럽게 차 대표의 안색을 살폈다. 퉁퉁한 차 대표의 얼굴이 곧 터질 것처럼 붉으락푸르락 상기되어 있었다.

"아나! 저놈 진짜! 하! 서 팀장, 서 팀장은 어떻게 해야 할 것 같나."

"세준이 말입니까?"

"그럼 여기서 박세준 말고 얘기할 게 뭐가 있나!"

버럭 성질을 내는 차 대표의 음성에 서 팀장이 헛기침을 하며 머쓱한 얼굴을 보였다.

"글쎄요. 저렇게까지 좋아하는데 그냥 둘이 알아서……."

"서 팀장!"

서 팀장의 말이 끝나기도 전에 차 대표가 다시 버럭 소리를 질러댔다.

"틀렸어, 저놈은! 어디 우리 에이전시에 지놈밖에 없는 줄 알아? 건방진 놈! 늦깎이 주제에 우리가 받아준 걸 고맙게 여겨야지, 어디서 건방이야? 여기 나가면 지가 할 수 있는 게 뭐 있다고!"

씩씩대는 차 대표의 말속에서 묘한 기색을 읽은 서 팀장이 설마 하는 마음으로 대꾸했다.

"대표님, 우리 에이전시에 박세준 말고도 많이 있는 건 사실이지만, 밖에서 박세준을 데려가겠다고 호시탐탐 노리는 기획사도 많다는 거, 아시죠?"

"……알아! 안다고!"

안다니 다행이십니다. 휴.

열이 펄펄 끓는 차 대표 앞에서 서 팀장은 가만히 가슴을 쓸어내렸다.

그런데 서 팀장의 뒤통수를 후려치는 차 대표의 뒷말에 서 팀장은 쓸어내리던 가슴팍을 부여잡았다.

"그러니까 다신 이 세계에서 일할 생각 못 하도록 철저히 내쫓아야 할 것 아니겠어? 내 게 안 된다면 무너뜨리는 게 상책이야."

"대, 대표님!"

이게 무슨 마른하늘에서 똥벼락 떨어지는 소린가?

새파랗게 질린 안색의 서 팀장이 고개를 내저으며 차 대표를 봤다. 하지만 이미 마음을 먹은 듯 차 대표의 눈빛은 단호했다.

"나는 분수도 모르고 날뛰는 것들, 기어오르는 것들이 제일 싫어. 알지 않나, 서 팀장은. 내 곁에서 가장 오래 있었으니까."

"하지만 세준이는 우리 식구입니다!"

"흥! 썩을 기미가 보이면 잘라내는 게 상책이야. 저런 것들이 나중에 뒤통수친다고."

아니, 지금 뒤통수치려는 게 누군데…….

기가 막힌 서 팀장이 차 대표를 황망하게 바라봤다.

그래, 알고 있었다. 차 대표가 이런 사람이라는 것을 서 팀장은 잘 알고 있었지만 도무지 적응이 되지 않았다.

더군다나 차 대표는 나이가 들수록 고집도 익어가는 듯 더욱 질겨졌다. 예전에는 그래도 손익을 따져 가며 적당히 물러설 때도 있었건만, 지금은 옹고집만 더 세지고 있었으니.

매번 그것을 수습하는 서 팀장만 오장육부가 오그라들고 펴지기를 반복했다.

'내가 정말 여기를 그만두든가 해야지.'

가슴 텁텁한 한숨을 내쉬며 서 팀장은 수백 번 다짐한 말을 또 다짐해 보지만 집에서 기다리고 있을 토끼 같은 자식들이 떠올라 오늘도 스스로를 꾹 눌러야만 했다.

"어디 보자, 계약 갱신한 지 벌써 10개월이지? 됐어, 됐어. 그럼, 대충 단물 빨고 내쫓아. 어디 보자. 그래! 강솔이랑 스캔들 터뜨리기 전에 선수 치면 되겠구만."

"……예?"

짧게 숨을 들이켜며 서 팀장이 되물었다. 차 대표가 셈을 하듯 눈을 도르륵 굴리더니 무릎을 탁 친다.

"그래, 우리 애들 중에 하나 붙여서 터뜨리자고. 가만 보자, 누가 좋을까……."

잠깐 고민에 빠진 듯하던 차 대표가 적당한 인물을 찾은 듯 무릎을 치며 반색한다.

"걔, 데리고 와봐, 걔."

그래, 네 멋대로 해봐라. 월급쟁이인 게 죄로다. 하.

"……누구요?"

서 팀장이 힘없이 물었다.

"싫어요."

말을 제대로 꺼내기도 전에 단박에 거절당했다. 예상치 못한 미나의 반응에 서 팀장은 당황을 금치 못했다.

"뭐? 시, 싫어?"

"네, 싫어요. 아니, 못 해요."

그렇게 말하며 미나는 입술을 깨물었다.

아무리 그녀라도 지금 서 팀장의 제안은 받아들일 수 없었다. 아니, 불과 한 달 전만 하더라도 넙죽 받아들이며 오히려 감사하다고 인사라도 드렸을지 모른다.

하지만 요 한 달 사이 많은 것들이 변했다, 많은 것들이…….

"전 못 해요. 서 팀장님, 그 누구도 못 할 거예요. 세준 오빠가 가만있지만은 않을 거라고요!"

세준 오빠를 상대로 스캔들 조작이라니!

미나는 그 큰 눈을 부릅뜨며 도리질 쳤다. 절대, 절대 못 한다. 적어도 지금 그녀는…….

더 이상 세준에게 미움받는 것도 싫었지만, 그것보다도 미나는 지금 세준이 무서웠다.

만약 세준이 입 한 번만 놀린다면 미나는 이 세계에서 매장당하는 것은 물론이거니와 까딱하다간 경찰서에서 진술서까지 쓰게 될 판이었다.

"왜? 너, 세준이 좋아하잖아. 나는 당연히 네가 오케이할 줄 알았는데……."

오케이하고 싶죠. 나라고 안 그러고 싶겠어요?

답답한 마음에 와락 미간을 찌푸리며 미나가 팽 돌아섰다.

"아무튼 안 돼요, 서 팀장님. 저는 못 해요. 그리고 저 말고 다른 애들 시킬 생각일랑 마세요. 세준 오빠도 가만히 안 있겠지만, 저도…… 그 꼴은 못 봐요."

짜증이 솟구치는 바람에 새된 목소리가 나왔다. 미나는 서 팀장에게 죄송하다고 꾸벅 인사하고는 서둘러 사무실을 뛰쳐나왔다.

삐빅!

다급하게 차에 올라탄 그녀가 신경질을 내듯 코트와 가방을 옆좌석에 내팽개치며 핸들 위로 머리를 묻었다.

"아얏!"

요 근래 하도 스트레스를 받았던 탓에 깨끗했던 피부 위로 붉은 뾰루지가 돋아났다.

하필이면 핸들에 그 도톰하게 부풀어 오른 뾰루지가 스쳤다. 안 그래도 예민했던 차에 확 짜증이 솟구쳤다.

"짜증 나."

이제는 아픔의 흔적조차 남지 않은 볼이 괜스레 욱신거리는 것 같았다. 왼쪽 뺨을 살그머니 쓰다듬던 미나의 기억이 '그날'로 되돌아갔다.

신미옥의 패션쇼, 당일.

"어디 한번 폭행죄로 유치장에 들……."

씩씩거리며 숨을 고르는데 누군가 계단을 내려오는 소리가 들렸다.

뚜벅뚜벅, 또렷하게 들리는 남자 구두 소리에 흠칫 놀란 미나가 위를 올려다봤다.

마치 그녀의 심장을 조여오듯 일정한 템포로 가까워지는 발소리.

미나가 날카롭게 소리쳤다.

"누구 있어요?"

그녀의 물음에 답해주듯 바로 가까워진 발소리. 그리고 드러난 실루엣.

계단 위를 노려보던 미나의 동공이 다급하게 확장되었다.
"재미있는 일을 벌였네?"
"세, 세준 오빠."
빙긋 웃으며 세준이 천천히 계단을 내려오고 있었다. 웃고 있었지만 기묘한 위압감이 느껴졌다.
점차 가까워지는 세준의 모습에 미나는 저도 모르게 주춤주춤 뒤로 물러서고 말았지만, 그녀의 뒤로는 차가운 벽이 버티고 있을 뿐이었다.
"신고하려고? 어디 보자……."
다, 들었나?
순식간에 미나 앞으로 다가온 세준이 차가운 손으로 미나의 턱을 들어 올렸다. 빨갛게 부어오른 미나의 뺨을 요리조리 훑어보던 세준이 빙긋 웃음을 보였다.
"내일이면 가라앉을 것 같은데……. 무슨 신고를 하려고 그래. 뭐, 전치 3~4주차로 끊으려고?"
"마, 맞은 건 맞은 거니까!"
이를 악문 미나가 독하게 소리쳤다.
"아, 그래? 그럼."
알겠다는 듯 고개를 끄덕이던 세준이 미나의 턱을 잡고 있는 그 상태 그대로, 다른 손을 들어 올렸다.
깜짝 놀라 몸이 움츠러들 새도 없이 세준의 맞은편 손이 미나의 뺨을 아프지 않게 스치고 지나간다.
찰싹.
잠들어 있는 사람을 깨우는 것처럼 세준이 미나의 뺨에 슬쩍 손을 댄다. 놀라 몸을 움츠렸던 미나가 그런 세준을 빤히 바라봤다.

"내가 때린 걸로 해. 봐봐, 나도 방금 너 때렸다? 그러니까 내가 때린 걸로 하고 신고해."

"말도 안 되는 소리 하지 마, 이건 방금, 이거는……!"

"그리고 가지고 와 봐, 진단서. 너 우리 아버지도, 형도 모두 의사인 거는 알지? 허위 진단서라고 판단되면 그대로 다시 고소한다, 나."

"……!"

물론 알고 있었다. 세준네 집이 어떤 집인지. 세진병원 원장이 바로 세준네 아버지라는 것도 미나는 너무나 잘 알고 있었다.

"너무해! 맞은 건 난데 왜 나한테 이래!"

억울함 때문에 미나는 눈물이 차오르고 말았다. 턱에 닿은 세준의 손길을 과감하게 쳐낸 그녀가 처음으로 그를 향해 악다구니를 썼다.

"울지 마."

세준이 다정한 어투로 말했다. 혹시나 하는 기대를 품으며 미나가 그를 올려다봤지만 그와 눈이 마주치는 순간 일말의 기대는 유리처럼 난폭하게 깨지고 말았다.

"나 지금 너 우는 거 보면 더 화날 것 같으니까."

"오빠……."

"안 그래도 지금 나 굉장히 짜증 나 있거든."

"내가 뭘, 내가 뭐얼!"

순간, 소름이 쭈뼛 솟은 미나가 악에 받쳐 소리쳤다. 정말이지 소름 끼치도록 차분한 목소리였다.

퍼억!

미나 옆을 스치고 지나간 세준의 손이 벽을 때렸다. 팔 안에 꼼짝없이 가둔 그가 지독히도 냉랭한 목소리로 미나를 압박하고 있었다.

"왜 그랬어? 어린애도 아니고, 드라마도 아니고."

순간 미나가 입을 다물었다. 분명 세준은 웃고 있는데, 전혀 화가 나 보이지 않는 차분한 얼굴이었는데 그의 목소리가 얼음처럼 서늘하다.

"네가 쇼를 망쳤다는 것을 알게 되면 신 선생님은 어떤 기분일까? 그러고 나서 내년부터 네가 다시 '쇼'라는 데 설 수 있을까? 마음에 안 들면 쇼를 망치려고 하는 애를 누가 세워주지?"

"나, 나는……."

"증거도 있고, 증인도 있고, 신고만 하면 되겠네."

"신고라니…… 지금 무슨!"

미나가 다급하게 세준의 팔뚝을 움켜쥐었다. 그렇게 큰일을 벌인 것도 아니었다. 독약을 먹인 것도 아닌데 신고까지 가야 할 일은 아니지 않은가? 이러다 매스컴이라도 타면 정말 끝이었다, 끝!

탁.

절박하게 매달린 미나의 손을 단호하게 밀어낸 세준이 여전히 부드러운 어투로 말을 이었다.

"강솔한테 손댈 생각 하지도 마. 무슨 일이라도 생기면……."

한층 더 낮아지는 목소리. 귓가로 낮게 울리는 세준의 목소리가 악마의 속삭임처럼 오싹하고 감미로웠다.

"네 얼굴로 뉴스 1면 장식시켜 줄 테니까."

그날의 잔상을 떠올리던 미나가 부르르 몸을 떨었다. 아직까지도 세준의 목소리로 인해 귓가가 얼어붙을 것만 같았다.

7년을 넘게 보아왔지만, 미나는 세준에게 그런 면이 있을 줄은 정말 몰랐다.

철저하고, 냉정하고, 매서웠다.

그 어떤 것에도 좀처럼 끌리지 않는 것처럼 보이는 그의 성격은 철저히 자신의 것과 아닌 것을 구분했던 것이다.

'이래도 흥, 저래도 흥. 아무려면 어때……' 하던 것은 자신의 관심 밖의 것들에 관한 이야기였다. 그의 것이 되는 순간, 세준의 모든 관심과 애정은 그 하나에 집중되었다.

오직 그것만, 그것만.

미나가 세준의 여자가 되는 것에 목숨을 걸었던 이유 중 하나도 거기에 있었는지도 몰랐다.

둔한 그녀였지만 오랜 시간 그의 곁을 맴돌았던 탓에 은연중에 그것을 눈치채고 있었던 걸지도.

세준의 완전한 관심을 받고 싶었다. 얼마나 황홀할까, 세준의 눈동자에 오롯이 저만 담긴다면……. 그런 상상으로 몇 년의 짝사랑을 이어왔는데.

"……짜증 나."

다 틀어져 버렸다.

그럼에도 불구하고 여전히 세준을 생각하면 가슴이 욱신거리는 저 자신이 불쌍하기까지 했다.

미나는 신경질적으로 입술을 잘근거리며 시동을 걸었다. 가시 돋친 그녀의 마음을 투영한 듯 차가 숨 거친 소리를 내며 출발했다.

「그럼 콘셉트 변경 없이 15일까지 모두 준비해 놓겠습니다. 강솔 씨에게 콘셉트북 다시 보내지 않아도 되겠네요.」

카스티엘 측의 마케팅 실장의 말에 솔이 엊그제 받아봤던 콘셉트북을 떠올리며 알겠다는 듯 눈짓을 보냈다. 그제야 회의실 상단에 앉아 있던 카스티엘이 만족스럽게 모두들 돌아본다.

「좋아, 꼼꼼하게 준비해 줘. 아, 그리고 엊그제 내가 보냈던 그 뷔스티에(브래지어와 코르셋이 연결된 형태의 여성용 상의)는 준비됐나?」

그의 물음에 모두들 막내 디자이너를 바라봤다. 이번에 새로 고용된 어린 디자이너가 자신만만한 얼굴로 고개를 끄덕였다.

「제일 먼저 준비해 놨습니다. 혹시 몰라서 오늘 들고…… 어라?」

들고 왔다는 것을 보여주려는 듯 옆에 놓아두었던 가방을 뒤적이던 그녀의 얼굴이 순식간에 흙빛이 되었다.

그 순간, 회의실에 있던 모두가 불안한 얼굴로 그녀를 돌아본다.

"어? 아까 분명히 들고 왔는데!"

당황해서 그런지 한국어로 중얼거리던 그녀가 자리를 박차고 일어나 주변을 살폈다. 하지만 빨간 종이가방은 보이지 않았다.

"어, 어떡해! 택시에 놓고 왔나 봐."

「무슨 일이죠, 연지 씨?」

정신 나간 사람처럼 자리를 뒤집어엎더니 한국어로 뭐라 횡설수설을 주절거리는 그녀를 향해 고흐가 침착하게 물었다.

울상으로 변한 막내 디자이너가 발을 동동거리며 대답한다.

「태, 택시에 뷔스티에를 놓고 온 것 같아요.」

「뭐요!」

고흐와 함께 회의실에 있던 모두가 깜짝 놀라 튀어 올랐다. 그러나 그 소란 통에서도 정작 수석 디자이너인 카스티엘은 태연한 반응이었다.

「태, 택시 번호! 그걸 놓고 오면 어떡해요! 당장 내일모레가 촬영인데!」

「죄송해요, 죄송해요! 택시 번호는 모르는데……. 아, 어떡해. 어떡해…….」

「뭘 어떡해요. 당장 찾으러 가야지!」

「아, 네. 네!」

실수를 했다는 자책감 때문인지 막내 디자이너 연지는 새하얗게 질린 얼굴로 발만 동동 굴렀다.

하긴 '카스티엘' 브랜드 런칭을 위한 초창기 멤버로 뽑혔으면서 벌써부터 실수하는 모습을 보였으니 얼마나 애가 타겠는가.

곧이라도 죽을 듯이 푸르게 변하는 안색이 안쓰럽기까지 한 솔이 슬쩍 말을 보탰다.

「현금 냈어요?」

「아, 아뇨, 카드요.」

그런 연지를 향해 안심하라는 듯 솔이 따스한 눈빛으로 그녀를 다독였다.

「카드 결제했으면 카드사에 물어봐서 택시 추적할 수 있을 거예요.」

「……아! 가, 감사합니다!」

솔의 말에 연지가 눈물을 글썽이며 휴대폰을 들고 후다닥 밖으로 나간다.

「여, 연지 씨, 이거 놓고 갔잖아!」

정신이 없는 막내 디자이너를 쫓아 실장이 따라나섰고, 안절부절못하고 있던 고흐도 카스티엘에게 잠깐 나갔다 오겠다며 밖으로 뛰쳐나갔다.

순식간에 회의실은 카스티엘과 솔, 단둘이 남아 있게 되었다.

톡, 토독, 톡톡.

조용한 회의실 안으로 새하얀 철제 책상을 두드리는 펜 소리가 리

드미컬하게 울려 퍼졌다. 이상하리만치 진득한 정적.

자신의 것이 없어졌는데도 너무나도 태연하기 짝이 없는 카스티엘의 모습에 참다못한 솔이 먼저 입을 열고 말았다.

「당신은 걱정 안 돼요? 중요한 거 아니에요?」

“중요하죠. 이번 신상 중 하나니까요. 아직 국내외에서 출시된 적 없는……. 뭐, 견본품이긴 하지만.”

영어로 물어본 게 무안할 만큼 즉각적으로 튀어나오는 한국어.

매번 볼 때마다 ‘Made in 한국’인지 브라질인지 계속 헷갈리는 솔이었다.

크흠흠, 어색하게 헛기침을 내뱉은 솔이 카스티엘을 흘겼다.

“근데 왜 이렇게 차분해요?”

“음, 그건…….”

카스티엘이 뭐라 대답하려고 입을 열기도 전에, 그의 신체 부위 중 다른 곳에서 성급하게 아우성을 친다.

꼬르륵…….

순간 두 사람을 찾아온 정적.

시방 이게 어디서 나는 소린고?

솔이 깜빡깜빡, 눈을 뜨다가 힐끗 카스티엘을 바라봤다. 그러나 카스티엘은 조금 전 그때와 조금도 다르지 않은 태연하고 여유로운 얼굴이었다.

‘잉? 잘못 들었나?’

저 태연자약한 얼굴을 의심하느니 제 귀를 의심하는 게 낫겠다 판단한 솔이 다시 카스티엘에게 되물었다.

“어, 그래서요?”

“아, 그건 어차피 고흐가…….”

꼬르륵. 꼬륵. 꾸륵.

틀림없다. 이건 의심할 것도 없는 배 곯은 소리였다.

솔이 홱 고개를 들어 카스티엘을 올려다봤다. 잠시간 이어지는 침묵. 카스티엘이 반듯한 이를 드러내며 환하게 웃는다. 그리고 능청스럽게 이어지는 한마디.

"배고프군요. 참을 수 있을 줄 알았는데."

뭐 이런 남자가 있지.

벙해 있는 솔의 귀에 다시 한 번 꾸륵 하고 결정타가 터졌다. 그 순간 카스티엘을 멍청한 얼굴로 바라보던 솔이 피식 웃음을 터뜨리고 말았다.

"식사……."

천하의 카스티엘도 머쓱함을 느끼긴 하는지 들고 있던 펜으로 슬쩍 머리를 긁는다.

"할까요?"

노(No)라고 말하기엔 그의 꼬르륵거리는 소리가 너무나도 애달픈 시점이었다.

근처 식당으로 가자며 거리로 나왔다. 값비싼 땅, 그중에서도 제일 목 좋은 곳에 지어진 '카스티엘'의 새 건물을 나서면서 문득 그녀가 카스티엘을 향해 물었다.

"나간다는 말은 하고 나가야 하는 거 아니에요?"

"누구한테요?"

힐끔 그녀를 돌아보는 카스티엘의 눈빛이 무심하다.

"아니, 그러니까, 비서한테라든지 아니면 실장님한테라도."

"왜요?"

왜긴 왜야, 그걸 몰라 묻나? 솔이 되레 황당하다는 얼굴이 되었다.
“말없이 사라지면 찾아다닐 거 아니에요.”
아니, 사람이 말을 하는데 웃긴 왜 웃어?
카스티엘은 그저 어깨를 으쓱하며 가던 길을 계속 걸었다.
속을 알 수 없는 그의 모습에 솔이 확 되돌아가 버릴까 하다가 귓가에 맴도는 꼬르륵 소리 때문에 한 번 참아주기로 했다.
역시, 착하면 인생이 피곤하다니까.
몇 블록 떨어지지 않은 곳에 있는 파스타집이 괜찮다 말하던 카스티엘이 문득 발걸음을 늦췄다. 어딘가로 시선을 빼앗긴 듯 되돌아보는 카스티엘을 따라 솔도 고개를 돌렸다. 뭘 그렇게 본대?
“……어, 떡볶이네요?”
이 비싼 땅에도 트럭이 오는구나 싶어 신기하지 않을 수 없었다.
대한민국을 대표하는 서민 음식, 떡튀순이 아니던가. 물론 솔은 그 아름다운 세트를 멀리한 지 꽤 됐지만 말이다. 하지만 역시 겨울엔 따끈한 어묵 국물과 매콤한 떡볶이가 최고의 산해진미였으니…….
“저거 먹어볼래요? 전에 먹어봤어요?”
솔이 카스티엘의 옆구리를 쿡 찌르며 물어봤다. 그러자 약간 경직된 얼굴로 고개를 내젓는다.
“맛, 있습니까?”
그것은 두말하면 잔소리.
“맛있죠! 특히 겨울에 먹는 떡볶이가 최고예요. 매콤하니, 추위도 날려주고. 따끈따끈 어묵 국물에 튀김까지 곁들이면…… 어우, 말이 필요 없어요.”
“매콤, 하다고요?”
순간 ‘매콤’이란 단어 앞에 멈칫하는 카스티엘.

오호, 이 남자. 매운 것을 못 먹는 것인가?

솔의 얼굴 위로 악의 기운이 넘실댄다. 그를 비웃듯 비죽하게 웃던 솔이 도발의 말을 툭 내뱉었다.

"음식이 무서워요?"

그 순간 카스티엘의 고개가 빠르게 솔을 내려다본다. 찌릿찌릿, 묘하게 불타오르는 카스티엘의 눈빛.

솔이 괜찮다는 듯 빙그레 웃으며 고개를 끄덕였지만 그것은 도발, 그 이상도 그 이하도 아니었다.

딱딱하게 굳은 눈썹 한쪽이 거슬린다는 듯 확 올라가더니 그가 먼저 발걸음을 뗀다.

"……맛없기만 해봐요."

회사를 나온 세준은 그대로 헬스장으로 갔다.

잠깐 훈이나 성준을 만날까 했지만 이내 고개를 내저었다.

이런 기분으로 술을 마시고 싶지는 않았다. 화가 난 상태에서 술을 마신다는 것은 독약과도 같은 것이었다. 특히 지금 그의 상태로는 불난 집에 불을 들이붓는 꼴이나 마찬가지일 테니.

그 대신 세준은 달리는 것을 택했다. 지칠 때까지 뛰고, 뛰고, 뛰다 보면 어느 순간 더운 열기와 함께 짜증도 날아가리라.

그렇게 스스로를 위로하며 세준은 서울 시내가 훤히 보이는 창밖을 내려다보며 달리고 또 달렸다.

"후우, 후우."

더운 숨이 턱까지 차오른다.

"퇴물이니까."

하지만 차 대표의 목소리가 여전히 머릿속을 기어 다녔다.

세준은 러닝머신의 속도를 높였다. 숨이 턱까지 차오른다. 폐가 터질 것처럼 부풀어 올랐다.

아직 해가 지지 않은 서울의 전경을 의미 없이 바라봤다. 화려하고 시끄러운 욕망의 도시.

"강솔 앞길 막지 말고 넌 네 길 가고, 강솔은 강솔 길 가게……."

제길!

화가 식지 않았다. 아무리 달려도, 끈적한 땀을 흘리고 흘려도 가슴 안에서 울컥거리는 화기는 가라앉지 않았다.

차 대표에게 호기롭게 말했지만, 분통이 터지고 답답한 마음이 없던 게 아니었다.

내가 언제부터 이리도 작았나, 언제부터 이리도 초라했던가.

더 좋은 사람이 되고 싶은데, 그녀에게 뒤지지 않는, 아니, 그녀를 빛나게 해줄 사람이 되고 싶은데…….

이 상태로는 충분하지 않았다. 가슴이 턱턱 막혔다.

사람들은 '모델 박세준'이 대단하다고 말했다. 앞으로가 더 기대되는 모델이라고, 얼마나 클지 모른다고…….

하지만 아무리 화려한 스포트라이트를 받으며 걷고 있어도, 세준은 자신의 끝이 보였다. 무거운 갑옷을 입고 걷는 것처럼 한 걸음 한 걸음이 무거웠다. 길을 잃은 사람처럼 눈앞에 펼쳐진 길을 걷는 것이 탐탁지 않다.

그런데 그가 어떻게 더 앞으로 나아가겠는가. 어떻게 찝찝하지 않겠는가.

"제길."

어떻게 해야 할까? 그가 어떻게 해야 하는 걸까? 어떻게 해야 더 나은 사람이 될 수 있을까?

세준은 지금 앞으로는 한 발자국도 나아가지 못한 채 죽도록 내달리고 있었다. 더운 열이 올라오고 땀을 뻘뻘 흘리고 있지만 전혀 상쾌하지 않았다.

마치 죽도록 러닝머신 위를 달리는 지금의 모습처럼.

「휴! 찾아서 다행입니다.」

잠시 다녀온다는 게 통화가 길어지고 자초지종을 설명하느라 벌써 30분이 지나 있었다.

고호를 비롯한 일행은 조금 전보다 훨씬 차분해진 얼굴로 다시 회의실로 돌아왔다. 다행히도 택시기사와 연락이 바로 닿았기에 지금 바로 가져다주신단다.

「정말 죄송합니다. 다들 괜히 저 때문에 이 고생을…….」

막내 디자이너 연지가 어쩔 줄 몰라 하는 얼굴로 연신 사과하는 중이었다.

가는 길, 오는 길 계속 입이 닳도록 사과하더니 아직까지도 빨갛게 상기된 얼굴로 사과를 한다.

「괜찮습니다. 찾지 않았습니까? 다만 앞으로는 조금 더 주의를 해

주세요.」

「그래요, 연지 씨. 한 번쯤은 누구나 실수할 수 있는걸요.」

다독이는 고흐와 실장의 말에 연지는 고개가 부서져라 끄덕였다. 모두들 한결 가벼워진 발걸음으로 자신의 자리에 엉덩이를 붙였다. 그리고 서로를 빤히 바라보는 세 사람.

몇 초의 시간이 지나고, 고흐는 뭔가 불길한 예감에 사로잡혔다. 그의 불길함에 기름을 끼얹듯 연지의 중얼거리는 말이 들린다.

「그런데 '이분들'은 어디로 간 거죠?」

그 순간, 창백한 얼굴로 고흐가 자리에서 벌떡 일어나 밖으로 내달린다.

「캐스!」

또 없어졌다, 또!

아, 왜 허구한 날 말도 없이 사라지냐고, 왜!

"매우면 그만 먹어요."

"안 맵습니다."

걱정돼서 한 말이건만 카스티엘의 목소리는 고집스러웠다.

까무잡잡한 얼굴이 새빨갛게 변해서 땀을 뻘뻘 흘리고 있었다. 아무렇지 않다는 듯 시크한 얼굴이었지만, 이마 위로 땀이 송송 맺혀 있었다. 그것도 이 겨울에.

표정 빼고 모든 보디랭귀지가 맵다고 말하고 있건만 카스티엘은 입안에 빨간 떡볶이를 욱여넣고 있는 중이었다.

미련하기는.

솔이 쯧쯧 혀를 차며 그를 말리려 했지만 카스티엘은 고집스럽게 이쑤시개를 놀렸다.

"……매워 보이는데."

솔이 못 미덥다는 듯 말하니 카스티엘이 눈을 가늘게 뜨고 그녀를 흘겼다.

마치 제 것을 뺏기지 않으려 하는 어린아이 같은 얼굴이었다. 그래도 입맛에는 잘 맞는가 보다.

트럭 위에서 떡볶이를 휘휘 젓고 있던 아줌마가 흐뭇하게 웃는다.

"까만 아저씨, 떡볶이 맛 좀 아는고만?"

까만 아저씨…….

아줌마의 말에 솔이 푸훕, 웃음을 터뜨렸다. 옆으로 고개를 돌리고 솔이 낄낄 웃음을 터뜨리니 그제야 떡볶이 접시 위에서 맴돌던 카스티엘의 이쑤시개가 멈칫거렸다. 뭐, 접시는 이미 거의 비어 있었지만.

"다 먹었어요?"

머쓱해 보이는 카스티엘을 보며 솔이 애써 웃는 얼굴을 갈무리했다.

그런데 까만 아저씨 입술 옆에 빨간 국물이 묻어 있었다. 카스티엘의 얼굴을 보던 솔이 다시 풉— 웃음을 터뜨렸다.

왜 그러냐는 듯 카스티엘이 그녀를 빤히 바라봤다.

"묻혀가서 집에서 또 먹으려고요?"

남의 얼굴을 보며 웃은 게 미안했던 솔이 휴지를 뽑아 그의 입가에 묻은 고추장을 슬쩍 닦아줬다. 그런 솔의 손길 아래 카스티엘이 어린아이처럼 가만히 얼굴을 내어준다. 이렇게 순한 남자였나 싶을 정도로 참 얌전히.

어쩐지 조금 무안해진 그녀가 들고 있던 휴지를 카스티엘의 손에 쥐어주었다.

"박박 닦아요."

솔에게서 휴지를 건네받은 카스티엘이 입가를 닦다가 문득 입을 열었다.

"사실 난 디자인 말고 할 줄 아는 게 없습니다."

"네?"

"모든 건 고흐가 알아서 해주거든요."

카스티엘이 대수롭지 않다는 듯 말했다. 금발 머리의 서글서글한 인상의 고흐를 떠올리며 솔이 안쓰럽다는 듯 작게 한숨을 내쉬었다.

그분도 참 고단한 인생을 살고 계시네요.

"근데, 한국엔 왜 온 거예요? 홍콩도 있고, 일본도 있는데."

예전부터 궁금했지만 못 물어봤던 질문이었다.

카스티엘이 잠깐 생각에 잠기는 듯하더니 씨익 웃으며 말한다.

"당신을 만나려고요."

"떡볶이 묻히고 그런 말 하지 마세요. 하나도 안 설레니까."

트럭 위에서 듣고 있던 아줌마가 깔깔 웃는다.

하지만 카스티엘은 아무렇지 않은 얼굴이었다.

하여튼 이 남자 참 뻔뻔해.

지이잉— 때마침 울리는 솔의 핸드폰. 화면을 확인하던 그녀의 얼굴이 화사하게 밝아졌다. 생글생글 웃던 그녀가 지갑을 꺼낸다.

"아줌마, 여기 떡볶이 진짜 맛있네요. 더 사가야겠어요. 어, 떡볶이랑 어묵 1인분씩 싸주세요! 그리고 여기 계산은……."

"제가 하겠습니다."

솔이 지갑을 열려고 하니 카스티엘이 막아선다. '뭐, 얼마 안 하니까' 하며 생각한 솔이 고개를 끄덕이며 가방 안으로 다시 지갑을 넣으려는 그때, 카스티엘의 두 손가락 사이에서 무엇인가가 번쩍 하며 나타난다.

"쉐프님, 여기 카드."

안주머니에서 당당하게 꺼내 드는 이 남자의 골드카드.

그 순간, 떡볶이 아줌마도 당황했고 솔도 당황하고 말았다.

그리고 뭐? 쉐프님?

"까만 아저씨, 시방 나 우롱하는 거여? 떡볶이 저었던 주걱으로 한 번 맞아볼텨?"

"……예? 아, 비자카드 안 받나요?"

이 왕자님을 어찌해야 옳아.

차마 웃지도 못한 채 솔이 관자놀이를 누르곤 집어넣었던 지갑을 다시 꺼내 들었다.

"아, 아니에요. 아줌마! 얼마라고요? 만 원?"

돈을 지불한 솔이 건네주는 떡볶이 봉투를 건네받고 서둘러 카스티엘의 팔을 잡아끈다. 카스티엘은 여전히 아무것도 모르겠다는 얼굴이었다.

"뭡니까? 제가 저 쉐프님의 기분을 상하게 한 건가요? 실례를 한 거면 사과하고 오겠습니다."

"됐어요. 실례한 거 아니에요. 그보다, 전 여기서 갈게요."

"그래도 제가 대접을 하려고 했는데."

"됐거든요? 사들고 가는 게 있잖아요. 내 게 더 많은데요, 뭘."

"……테이크아웃도 되는군요."

'떡볶이 테이크아웃.'

멋지다. 떡볶이에서 커피향이 느껴지는 것만 같은 말이었다.

"근데 그건 왜 가져가는 거죠?"

솔이 잠깐 입을 다물더니, 배시시 웃음을 보였다. 생각만으로도 좋다는 듯 순박한 웃음. 카스티엘으로서는 처음 보는 그런 웃음.

"남친 주려구요."

"남친?"

한국어 구사력이 나쁘지 않건만, 낯선 단어에 카스티엘이 고개를 기울인다. 그런 카스티엘을 향해 솔이 또박또박 힘주어 말한다.

"사랑하는 사람, 이요."

"후우."

뜨거운 물에 샤워를 마친 세준이 더운 한숨과 함께 샤워실에서 나왔다. 오랜만에 다리가 후들거릴 정도로 달리기만 한 덕분에 그나마 머리가 좀 정리가 됐다. 거친 운동으로 부푼 근육 위로 물방울이 또르륵 스치고 지나간다.

"……참나, 퇴물?"

거칠게 머리를 털어내며 차 대표의 말을 되씹었다. 시궁창에 빠진 듯 더러워진 기분은 그나마 정리가 되었지만 여전히 화가 펄펄 끓었다.

"대표라는 사람이 말을 그렇게 함부로 해도 되는 거야?"

짜증…….

그래도 분이 풀리지 않는지 여전히 툴툴거리는 세준이었다.

마른수건으로 물기를 닦아낸 그가 대충 머리를 털어내고 바지를 꿰어 입었다. 서늘한 청바지 안으로 욱신거리는 다리가 빨려 들어간다.

휴대폰 하나 달랑 들고 온 그 상태로 탈의실을 빠져나왔다.

복도를 빠져나와 엘리베이터 앞에 서는 그 순간에도 세준은 조금 멍한 상태였다. 앞을 보고 있지만 그 무엇도 망막에 새겨 넣지 못하는 그런 상태.

입맛이 뚝 떨어졌지만 땀을 많이 흘렸기에 뭐라도 조금 먹어야 할 것 같았다.

그런데 먹고 싶은 게 하나도 없다, 하나도. 입안이 소태처럼 쓰고 텁텁하다.

"정신 차려라."

제 머리를 탁탁 쳐가며 세준이 스스로에게 경고를 내렸다.

지하로 내려가는 엘리베이터 안, 휴대폰을 들어 솔에게 전화를 걸었다. 세준만큼이나 오늘 하루 종일 연락이 없는 솔이었다.

뚜루루— 두 번째 통화 연결음이 들리고, 엘리베이터 문이 열렸다. 기억을 더듬어 주차되어 있는 차를 찾아가는데 달칵, 전화가 연결된 소리가 들렸다.

"여보세요?"

그런데 전화를 받는 소리가 이상하게 가깝다.

"……솔? 어디야? 전화가 울리는 것 같은데."

"나?"

본능을 자극하는 기묘한 감각에 세준이 자리에서 우뚝 멈춰 선다.

등을 타고 전해지는 알싸한 긴장감이 있었다. 감각을 집중하려는 듯 슬쩍 눈살을 찌푸리는 세준의 등 뒤로 달콤한 향기가 와락 그를 덮친다.

"네 뒤에 있지롱!"

지하주차장에 시원하게 웃는 솔의 웃음소리가 가득 찬다. 등 뒤로 그녀의 체온이 가득 느껴졌다.

놀람도 잠시, 세준은 언제 화가 났냐는 듯, 언제 짜증이 났냐는 듯 순식간에 기분이 정리되는 것을 느꼈다. 그녀의 웃음소리가, 그녀의 존재가 이토록 그를 살아 있게 한다.

그런데 어찌 당신과 내가 헤어질 수 있을까? 상상도 하기 싫다. 그런 말을 한 차 대표의 입을 후려치고 싶을 정도로, 싫다.

세준의 배를 꽉 움켜쥔 그녀의 손에 검은 봉지가 대롱거린다.

"떡볶이가 맛있기에 사왔는데, 근데 생각해 보니까 오는 길에 다 식었겠더라고."

식었어도, 퍼졌더라도 당신이 가져온 거라면 다 먹을 수 있어.

"밥 안 먹었지? 아, 근데 떡볶이 좋아해?"

등 뒤에서 웅얼웅얼, 종알종알. 재잘거리는 그녀의 목소리가 듣기 좋았다. 세준은 배 위에 둘러진 그녀의 팔을 꽉 붙들어맸다.

이 손을 절대 놓지 않아, 절대.

"……왜 말이 없어? 놀랐어?"

등 뒤에 있던 고개가 옆으로 빼꼼 삐져나온다. 눈이 마주친다. 화장기 하나 없는 얼굴도, 그에게만 보여주는 이 천진난만한 얼굴도 모두 사랑스럽다.

"사랑해."

세준의 갑작스러운 고백에 솔이 놀란 듯 눈을 동그랗게 뜬다.

그리고 슬로모션처럼 천천히 휘어지는 그녀의 눈가. 나붓하게 접힌 눈매가 솜사탕처럼 달다. 그리고 그보다도 더욱 달콤한 그녀의 대답에 엉킨 실타래마냥 꽉 막혀 있던 세준의 가슴이 뻥 뚫렸다.

"나도."

그녀가, 그의 답이었다.

영화 〈괴기2〉의 크랭크인이 코앞으로 다가왔다.

〈괴기1〉은 한강이 주 무대로 등장하였지만 〈괴기2〉의 주 무대는 험준한 산 중턱이었다.

특히 지리산 일대를 배경으로 일어나는 의문의 사건들을 다루고 있었기 때문에 미리 그 주변의 집들을 섭외해 놓고 대대적인 세팅을 해야만 했다.

실상 봉 감독은 시나리오 집필 과정에서부터 지리산 밑에 집을 하나 얻어 머물고 있었다. 그리고 오랜 시간 봉 감독과 함께 일해온 김 PD 또한 촬영 시작 바로 직전인지라 함께 기거하고 있었다.

"그런데 감독님, 저 궁금한 게 있습니다."

고즈넉한 통나무집 안, 모닥불을 피워놓고 시나리오를 다시 점검하고 있던 김 PD가 조용히 입을 열었다.

컴퓨터를 들여다보고 있던 봉 감독이 고개를 끄덕이며 말해보라는 신호를 보낸다.

"그 젊은 친구 말입니다. 감독님이 데리고 온다던……."

"박세준?"

"예, 그 친구."

봉 감독이 아는 젊은 친구라야 몇 없었지만, 그중에서도 그가 관심을 가지고 있는 사람은 박세준이 유일무이했다. 적어도, 김 PD가 아는 선에서는 그러했다.

"왜 그렇게 그 친구한테 관심이 많으신 겁니까?"

그런 봉 감독이 지극한 관심을 가지고 있다 하니 궁금하지 않을 수 없었다.

아니, 사실 질투가 나기도 했다.

그가 봉 감독의 곁에 머물기 위해 얼마나 많은 시간과 노력을 들여왔던가. 그런데 그 박세준이라는 젊은 친구는 너무나도 쉽게 봉 감독의 휘하로 들어왔다.

따지고 보면 '입봉'보다 어려운 일이었는데 말이다.

컴퓨터 화면에 고정되어 있던 봉 감독의 시선이 김 PD를 향했다. 그러더니, 끄덕끄덕 홀로 수긍한 듯 고개를 주억거렸다.

"그래, 자네로선 궁금할 수도 있겠군."

아시는 분이 이제까지 아무 말씀도 없으셨습니까. 김 PD는 야속하다는 듯 봉 감독을 바라봤다.

"그럼 대답해 주시는 겁니까?"

허허 웃던 봉 감독이 잠시간 뜨뜻미지근한 침묵을 만들어냈다. 김 PD가 봉 감독에게서 답을 듣는 것을 포기하려 할 때쯤 노감독이 무거운 입을 열었다.

"신세를 진 적이 있거든. 그 친구는 모르겠지만."

"신세…… 요?"

"으흠."

덜렁 재료만 알려주고 뭘 만들었는지 알려주지 않는 못된 요리사처럼 봉 감독은 그렇게 말하고 입을 다물었다.

아니, 감독님…… 지금 저랑 밀당하십니까?

김 PD는 답답한 한숨과 함께 다시 봉 감독이 입을 열 때까지 기다렸다. 그러기를 몇 초. 다시 또 김 PD가 포기를 할 때쯤 봉 감독이 입을 열었다. ……밀당하는 게 확실했다.

"내가 그 친구 영화를 베꼈다고나 할까."

"……예에?"

방심하고 있던 김 PD가 금방 잡힌 노르웨이산 연어처럼 펄쩍 뛰어올랐다.

허허, 저 친구, 아직 신선하구먼. 봉 감독이 별거 아니라는 듯 껄껄 웃더니 부연 설명을 덧붙였다.

"뭘 그렇게 놀라고 그러나."

"여기 누가 있든지 그 말을 들으면 다들 이 정도는 놀랄 겁니다! 대체 그게 무슨 말이죠?"

"뭐, 정확히 말하자면 베꼈다고 말하기는 그렇지. 영감을 얻었다고 하는 정도가 맞으려나."

아니, 영감을 얻었다는 말과 베꼈다는 말을 어찌 바꿔 쓰십니까, 감독님!

김 PD는 세계적인 감독의 치부라도 들춰낸 것일까 봐 벌렁거리던 가슴을 부여잡았다.

"여튼 내가 그 백상아리영화제의 심사위원이었을 때 말이야, 나는 당시 상당히 침체기였어. 오만했고, 적당히 때가 끼어 있었던 탓에 머리가 돌이 되어 있었거든. 그런데 그때 세준 군의 작품을 본 거지."

"'들개 여자' 말입니까?"

봉 감독이 고개를 끄덕인다.

"일종의 충격이었어. 아주 잘 만들었다기보다 영화 곳곳에 디테일이 살아 있다고 해야 하나. 새파랗게 어린 게 영상에 마음을 담아냈으니까……. 이, 나도 여전히 힘든 그것을 말이야."

영상에 마음을 담다니, 그게 어떤 것일까?

김 PD는 아직 '들개 여자'를 보지 못했다. 다만 세준이 보낸 시나리오만 읽었을 뿐. 시나리오 자체만으로도 썩 괜찮았다. 하지만 '완벽'까지는 아니었다. 아마추어 티가 없지 않아 있었으니까. 한데 '영상'이라니. 그것은 직접 눈으로 보기 전까지는 뭐라 말을 할 수 없지 않은가.

'궁금하네…… 마음을 담은 영상이라는 게 뭔지.'

"그때 그 충격을 받고 썼던 시나리오가 바로 '늑대'야. 그것을 열흘 만에 썼다는 건, 자네도 들었지? 심사가 끝나고 그때 열흘 동안 처박혀서 그것만 썼었지."

"아……."

그제야 영감을 얻었다던 봉 감독의 말이 완전히 이해가 갔다.

"나도 이제 늙었지 않았나. 물론 죽을 때까지 영화는 찍을 거야. 하지만 나이가 드니 다른 욕심도 생기더군."

빙긋 웃던 봉 감독은 화면에 보이는 글자들을 쭉 훑어 내려갔다. 세준의 미완성 시나리오.

"크는 걸 보고 싶은, 그런 욕심 말일세."

"……."

"내가 자식은 없다지만…… 영화를 통해서 '봉문호' DNA를 남길 수 있지 않겠는가."

세준은 분명 훌륭한 감독이 될 것이었다. 봉 감독은 그렇게 확신했다.

연말은 모두에게 바쁘다. 이 해가 끝나기 전에 봐야 한다며 주최되는 모임이 한둘이 아니었다. 특히 사업을 하는 사람들에게는 더더욱 그러했다. 보고 싶고 아니고를 떠나서 공적으로 참여해야 하는 모임이 많아지는 것이다.

에이팀의 신 대표도 디자인협회에서 주관하는 부부 동반 송년의 밤에 참여하느라 간신히 시간을 뺐다. 기획사, 에이전시, 브랜드사 등등 각종 패션계의 사람들이 한데 모여 얼굴을 비추는 자리였다.

"여보, 나 좀 살찐 것 같지 않아요?"

차에서 내려 오늘의 회합 장소인 고급 펜트하우스로 향하는 길, 유리창에 비친 자신의 모습을 보며 아내 영애가 신 대표를 향해 물었다.

신 대표의 얼굴이 새하얗게 질렸다.

'오, 주여…… 왜 저를 또 시험에 들게 하시나이까.'

살이 안 쪘다고 대답하면 이거 보라고, 이게 어떻게 안 찐 거냐고 타박을 할 것이고, 살이 쪘다고 하면 아내는 오늘 모임 내내 심기 불편한 얼굴로 앉아 있을 것이었다. 그렇다고 잘 모르겠다고 대답하면 아내한테 그렇게 관심이 없냐고 타박할 것이었으니.

하, 과연 뭐라고 대답을 해야 하나……!

식은땀이 삐질삐질 배어 나온다. 걱정이 가득한 그녀의 눈을 바라보던 신 대표가 대답하기를 주저하는 그때, 구세주처럼 누군가 신 대표를 부른다.

"이게 누구신가, 에이팀 신 대표님 아니신가!"

"차 대표님!"

세미의 차 대표가 이렇게 반가울 줄이야! 신 대표가 반색하며 차 대표를 향해 손을 내밀었다. 입구에서 마주친 두 대표의 손이 힘차게 흔들린다.

"유선상으로 인사드린 그때 이후로 오랜만이군요."

"그렇군요. 사모님도 오랜만입니다."

부부 동반이지만 두 해 전 이혼한 차 대표는 안사람만큼 가까운 서 팀장을 대동했다. 서 팀장이 신 대표 부부를 향해 꾸벅 고개를 숙였다.

"그나저나, 며칠이 지났는데 아직까지 답이 없으시더군요."

솔과 세준을 말하는 거였다.

신 대표의 말에 차 대표가 비죽이 웃는다. 후덕한 인상이었지만 눈빛이 뱀처럼 야살스럽다.

"답이 없는 게 답 아니겠습니까."

차 대표의 말에 신 대표가 조금 의외라는 눈으로 바라봤다. 썩 나쁘지 않은 제안이었을 텐데 차 대표가 너무나 당당하게 내치고 있었다.

오랜 시간 그를 봐온 신 대표의 촉이 뭔가 찝찝함을 느꼈다. 차 대표에게 무슨 속셈이라도 있는 것처럼 느껴졌다. 무슨 꿍꿍이지?

"사실, 둘을 엮어봤자 이득이 될 게 없더군요. 그쪽도 슬슬 상품성이 떨어진다 싶어 박세준이랑 패키지로 엮으려는 거 아닙니까? 그렇게 생각하니 좀 불쾌하기까지 하더군요."

그 말을 듣는 순간 불쾌해진 것은 신 대표 내외였다. 즉각적으로 얼굴이 굳어진다.

"상품성, 우리 솔이 두고 하는 말씀이십니까?"

딱딱하게 굳은 목소리로 신 대표가 물었다. 그 옆에 다소곳이 서 있던 영애의 눈도 세모꼴로 변했다.

"하하하! 상품성이라 말이 좀 그랬나 보군요. 그냥 뭐, 말이 그렇다 이겁니다, 말이."

"그 말이 참."

유들유들한 성격의 신 대표였다. 하지만 지금 그의 목소리는 바깥의 공기만큼이나 차가웠다.

"거슬리는군요."

차 대표가 비죽비죽 얄밉게 웃었다. 교묘한 말로 약만 살살 올리는 게 영 꼴 보기가 싫다.

"뭘 그런 걸 고깝게 듣고 그러시나."

"차 대표님은 애들을 실리로 보시나 봅니다?"

"사업이니까요. 공과 사는 구분하고 살아야죠."

당연하다는 듯 차 대표의 목소리가 당당했다.

당신이 그러니까 영원히 그 위치인 거야.

"세미가 왜 항상 2등인지, 여기서 드러나는군요."

"……뭐라 하셨습니까?"

굳어지는 차 대표의 얼굴을 보며 신 대표가 조용히 입꼬리를 말아 올렸다.

"뭐, 말이 그렇다는 겁니다, 말이……."

소리 없는 총알이 두 사람 사이를 몇 번이나 오갔다. 팽팽하게 날 선 긴장감을 먼저 깬 것은 신 대표였다.

"늦겠습니다. 먼저 들어가겠습니다."

부드러운 말투였지만 눈빛은 서릿발처럼 차갑다. 비슷한 또래였지만 오랜 운동으로 자세를 다져온 신 대표가 우아한 걸음걸이로 차 대표를 등졌다.

흥, 콧방귀를 뀌며 신 대표의 뒤통수를 노려보던 차 대표가 멈칫 놀랐다. 신 대표와 팔짱을 끼고 걷던 영애가 갑자기 다시 되돌아왔기 때문이다.

그런데 그녀의 행선지가 차 대표가 아니었다.

"서 팀장님은 차 대표님 개인 비서인가요?"

서 팀장이 움찔 놀라 영애를 바라보았다. 서 팀장을 바라보는 영애의 눈빛에 동정이 가득했다.

"에이그, 가정도 있으신 분이 연말에……. 쯧쯧. 그러다 아내분한테 버림받아요, 서 팀장님. 그러지 말고……."

들고 있던 클러치에서 뭔가를 꺼낸 그녀가 서 팀장의 손에 꼭 쥐어 줬다.

"인간답게 일하고 싶으면 연락하세요. 유능하신 분이니까, 언제든 환영이에요."

조금 전 신 대표가 보여줬던 우아한 자태를, 영애가 똑같이 보여주며 서 팀장의 손을 다독였다. 그러곤 차 대표에게도 정중하게 고개를 끄덕여 인사를 하고 총총 사라지는 그녀의 뒷모습을 바라보던 서 팀장이 그녀가 손에 쥐어준 네모난 종이를 내려다봤다.

—에이팀 기획마케팅 이영애

명함. 에이팀의 명함이었다. 그러니까, 서 팀장에게 에이팀으로 오라는…….

"그걸 뭐 한다고 받아! 에이씨! 미쳤어, 서 팀장? 배신은 죽음인 거 몰라!"

덥석 서 팀장의 손에서 명함을 빼앗은 차 대표가 바닥에 그것을 내동댕이쳤다. 이를 빠득빠득 갈며 '부부가 쌍으로 재수가 없어'를 연신 중얼거린다.

"아! 빨리 안 와!"

씩씩거리며 차 대표가 안으로 들어갔다.

벙해 있던 서 팀장이 그의 뒤를 쫄래쫄래 좇아갔다. 문 안으로 완전히 사라진 두 사람. 그러나 1분도 되지 않아서 다시 문이 열렸다. 살금살금 뒤꿈치를 들고 다시 나온 사람은 바로 서 팀장.

연신 뒤를 살피며 쪼르르 밖으로 나온 그가 차 대표가 내동댕이친 명함을 재빨리 주웠다. 소중하게 가슴 안에 집어넣는 모양이 마치 구명줄이라도 받은 나무꾼 같은 얼굴이었다.

"아니, 가까운 느이 집 놔두고 왜 우리 집이야?"

어둑한 지하주차장을 울리는 투덜거리는 소리에도 세준은 그저 웃었다.

"오는 동안 떡볶이 다 불어터졌겠다. 아! 어묵도 있는데."

아쉽다는 듯 떡볶이와 어묵이 담겨 있는 검은 봉지를 들어 올리는 솔의 손에서 세준이 봉지를 빼앗아 들었다.

이렇게 예쁜 사람한테 퇴물이라니…….

"나 불어터진 어묵 좋아해."

솔이 가당치도 않다는 듯 흥 콧방귀를 뀌었다. 그러는 사이 엘리베이터가 도착했다.

"난 사실 아까 먹어서 더 못 먹는단 말이야. 이게 은근 칼로리가 높아서…… 혼자서 분 어묵이랑 떡볶이 먹으면 맛없는데."

이렇게 열심히 하는 사람한테…….

세준은 괜찮다는 듯 고개를 내저었다.

"그냥 가까운 너희 집으로 가자니까……."

"여기가 좋아, 여기가."

거기엔 당신 향기가 없으니까.

그러는 사이 솔의 집 앞에 다다랐다.

문이 열리고, 방 안의 공기가 세준을 감쌌다. 진하게 느껴지는 솔의 향기에 가슴이 알싸하게 떨려왔다. 편안하면서 가슴 설레는 그녀의 향기.

"신발은 신발장 안에 넣고 들어와."

자기 신발은 현관에 벗어 던지고 쪼르르 부엌으로 달려가면서 세준에겐 신발장 안에 넣으란다. 그러니까, 자기 신발도 안에 넣어달라 이 말인가?

"으이구."

못살겠다는 듯 고개를 내저은 세준이 신발장 안에 두 켤레의 신발을 가지런히 넣었다.

그런데 눈에 밟히는 하얀 컨버스화. 일전에 솔이 발목을 다쳤을 때 세준이 사다 줬던, 직접 신겨줬던 바로 그 신발이었다.

그게 엊그제 같은데 벌써 시간이 이렇게 훌쩍 지나갔다. 그사이, 많은 일이 있었지.

뭔지 모를 뿌듯함에 신발을 꺼내어 보는 그 순간, 세준이 눈을 부릅떴다. 하얀 신발이 온통 낙서로 가득하다.

"……이게 무슨……."

그것도 온갖 크리에이티브한 쌍욕과 지저분한 똥 그림들로.

—야이 니주가리 씨빠빠야! 내가 널 응징하리라!

—시베리아 게시판 같은 놈.

—똥. 똥. 똥! 퍼머거!

—바람둥이 호색한 자식!

응? 내가 그때 뭘 잘못했나?

신발 위에 쓰여 있는 낙서들을 주욱 읽던 세준이 당황스럽게 머리를 긁적였다.

워낙 솔의 속을 박박 긁고 다녀서 기억도 나지 않는다.

아니, 근데 도대체 이런 크리에이티브한 욕은 어디서 배워온 거야?

"뭐해, 안 들어오고!"

솔이 아직도 현관에서 들어오지 않고 있는 세준을 불렀다.

가서 이 신발의 낙서에 대해서 물어볼까 진지하게 고민하던 세준이 슬그머니 제자리에 그것을 내려놓았다. 그러곤 총총 작은 부엌 안에 들어가 늘씬한 솔의 허리를 꽉 끌어안았다.

"뭐, 뭐야? 갑자기 왜 이래?"

예쁜 접시에 불어터진 떡볶이를 담던 솔이 화들짝 놀라 뒤를 돌아봤다. 하지만 이미 꽉 잡혀 버린 통에 옴짝달싹할 수 없었다.

"신발 몇 켤레 더 사줘야겠어."

"응?"

"신발 데코에 취미 있는 줄 몰랐네."

"엉? 어엉?"

싱글싱글 웃던 세준이 솔의 귓가에 장난스럽게 중얼거렸다. 세준의 숨결이 간지러운 듯 솔이 몸서리를 치며 키득키득 웃었다.

"그때 내가 사다 준 신발, 그거 왜 안 신고 다니나 했더니만."

키득키득 웃던 솔이 갑자기 떠오르는 게 있는지 뒤늦게 눈을 동그랗게 뜬다.

"하, 하하. 봤구나?"

"니주가리 씨빠빠는 이해하겠는데, 도대체 시베리아 게시판은 어디서 들은 말이야?"

"아, 흠흠. 세준아, 떡볶이 먹자. 배고프지?"

솔이 애써 화제를 돌리려는 듯 분주하게 포크를 들어 떡볶이를 찍어 올렸지만 세준이 비실비실 웃으며 솔을 계속 놀려댔다.

꽉 잡힌 허리가 움직이려는 듯 움찔거렸지만 바짝 끌어안은 채 움직이지 못하도록 속박해 버렸다.

"그리고 왜 똥을 퍼먹으라…… 읍."

"머, 먹어! 떡볶이! 떡볶이 먹어!"

급하게 들어 올린 떡볶이를 세준의 입에 욱여넣은 솔이 세준이 다시 입을 열지 못하게 하려는 듯 또 떡볶이를 찍어 올렸다. 이거 먹고 닥치라는 듯이.

솔은 먹이려 했고, 세준은 피하려고 했다. 그렇게 뒤로 안긴 상태로 어깨 너머 세준을 향해 요리조리 떡볶이 전투를 벌이고 있는데, 들고 있던 떡볶이가 그만 뚝 떨어져 버렸다.

"어?"

오호, 통재라. 그런데 낙하하는 그 빨간 떡볶이가 바닥으로 떨어지기 전 볼록 튀어나온 언덕에 잠시 머무르더니 데구루루 굴러 떨어진다.

두 사람의 눈이 나란히 그 적절치 못한 언덕에 머무른다.

"응큼한 떡볶이 같으니."

먹고 있던 떡볶이를 꿀떡 삼킨 세준이 솔의 가슴 언저리에 빨갛게 묻은 양념을 노려보며 중얼거렸다. 그러더니 슬금슬금 솔의 아찔한 옆구리를 타고 손이 올라온다.

"지금 네 손이 더 엉큼해! 어, 어딜 들어오는 거야!"

"옷 버렸잖아. 갈아입어야지. 어? 이거 피 아니야? 피 나는 것 같은데? 빨간데?"

빤히 보이는 거짓말을 한다. 고추장 양념을 보며 피란다. 솔이 펄쩍 뛰며 옆구리를 파고드는 세준의 손을 막으려 했지만, 그녀를 걱정하는 손길이 단호하다.

"아냐아냐, 피 같아. 확인해 봐야겠어. 벗어, 벗어."

"어어, 야. 야…… 박세준!"

솔의 얼굴이 붉어졌다. 바닥으로 떨어진 떡볶이만큼이나.

그리고 툭, 바닥으로 떨어지는 솔의 티셔츠.

"내의도 벗어봐. 이 안에서 피난 것 같아."

세준은 그날 밤, 떡볶이가 솔을 다치게 했는지 아닌지를 기어이 확인했다.

제14화
우연과 인연과 필연

어렸을 때보다 나이가 들었을 때 시간은 더욱 빠르게 지나간다.

몇몇 사람은 그것이 '망각'의 틈 때문에 그런다고도 한다. 젊고 어렸던 뇌는 지나가는 시간, 1분 1초를 새겨 넣지만 나이가 든 '뇌'는 모든 시간들을 새겨 넣지 않고 틈틈이 망각한다. 그렇기에 나이가 든 사람들의 시간이 더욱 빠르게 지나가는 것처럼 느껴지는 것이라고.

박 원장의 시간 또한 놀랄 만큼 빠르게 지나갔다.

유난히도 더웠던 올해 여름이 언제 지나가나 싶더니 벌써 12월의 끝자락이란다. 그렇게 또 1년이 지나간 것이다.

—원장님 덕분에 삶을 되찾았습니다. 감사합니다. 최정호

—어려운 수술을 해주셨습니다. 원장님 덕택에 어머니와 보낼 시간이 늘어났습니다. 이지훈

—감사합니다. 김탁환

연말 인사라며 보내온 수많은 선물꾸러미를 한쪽으로 치워낸 박 원장이 지친 몸을 의자에 앉혔다. 나이가 나이인지라 그도 예전만큼 수술에 들어가는 일은 많지 않았다.

며칠 전에 들어갔던 수술의 후유증이 아직까지도 남아 있는 것을 느끼고 있자면 이제는 정말 슬슬 한계가 온 것 같았다.

특히 그가 전문으로 하고 있는 '뇌' 분야는 고도의 집중력을 요하는 만큼 엄청난 체력이 요구된다. 여섯 시간, 여덟 시간, 때로는 열 시간이 넘도록 수술을 집행하다 보면 환자보다 박 원장이 먼저 쓰러지기 십상이었다.

똑똑.

고요한 원장실의 문을 두드리는 소리가 들리더니 굳게 닫혀 있던 문이 열렸다.

병원에서는 어지간해서는 박 원장의 시간을 방해하지 못했다. 이렇게 성큼 문을 열 수 있는 사람은 응급실 치프이자 박 원장의 큰아들, 해진밖에 없었다.

"무슨 일이지, 박 선생."

버석한 눈을 비비며 박 원장이 고개를 돌려 안으로 들어서는 큰아들을 봤다.

아들이라고는 하나 병원 안에서는 철저히 타인이었다. 그의 병원이기에 더욱 냉정한 잣대를 요구했다.

"며칠 전 수술하셨던 도경준 환자입니다."

해진이 꼼꼼하게 정리된 차트를 내밀었다.

도경준. 변호사 도경환의 아들이었다.

사회에서는 내로라하는 변호사였지만 일가친척 하나 없이 오직 아들 하나만 바라보고 사는 외로운 남자. 그 남자가 박 원장에게 머리까지 숙여가며 수술을 부탁했었다. 아들의 뇌에 있는 혹을 빼달라며.

다행히 수술은 성공적이었고, 여덟 살 경준은 지금 친구들과 회복실에 있었다.

"저, 그런데……."

꼼꼼하게 차트를 살피던 박 원장을 향해 해진이 머뭇거리며 입을 열었다.

냉철하고 단호한 성격의 해진이 머뭇거린다는 것은 거의 없는 일이나 마찬가지였다.

박 원장이 의아한 얼굴로 아들을 바라봤다.

"어머니는 이대로 두실 생각이세요?"

며칠 전 이 여사의 검진에서 혈관 이상이 발견되었다. 그것 때문에 근래 들어 빈혈이 잦았던 것이다. 작은 수술이지만 수술이 늦어질수록 이 여사가 힘들어진다.

혈관이란 게 자다가도 막힐 수가 있기 때문에 되도록 빨리 수술하는 게 좋았다. 하지만 이 여사가 지금 수술을 안 하겠다며 고집을 피우고 있는 것이었다.

죽기 전에 세준과 박 원장이 화해하는 꼴을 봐야겠다며, 그렇게 고집을 피웠다.

"……네 엄마 고집이 좀 세냐."

떨떠름한 박 원장의 말에 해진이 무미건조한 말투로 대꾸했다.

"아버지 고집도 만만치 않으시잖아요."

이놈이!

큰아들 해진은 가끔 저렇게 무표정한 얼굴로 아픈 곳을 푹푹 찌를 때가 있었다.

"그러니까 아직도 세준이가 집에 못 들어오죠."

이렇게.

"못 들어오는 게 아니라 안 들어오는 거지!"

"못 들어오는 거죠. 또 아버지가 뒷목 잡고 쓰러지실까 봐. 그리고 수술 안 한다고 하실까 봐요. 지금 어머니 하시는 것처럼요."

큰아들이란 놈이 이번엔 아주 대못을 박는다.

그다지 살가운 형제도 아니면서 가끔 해진은 이렇게 세준을 감싸고 돌았다.

"제 결혼식에는 세준이가 왔으면 좋겠습니다, 아버지."

'아버지'. 해진은 지금 가족으로서 진지하게 부탁하는 거였다.

생전 서로 연락 한 번을 안 하면서 정작 필요할 땐 아낌없이 지원해 주는 큰형이었다.

제 자식들이지만 박 원장은 세준과 해진이 사이가 좋은 건지 나쁜 건지 감이 잡히지 않았다.

얼굴을 구긴 박 원장이 차트를 건네주며 손을 휘휘 내저었다.

"나가서 일 봐."

해진이 나가고 박 원장은 가만히 생각에 잠겼다.

그래도 다른 직종보다 뇌를 많이 써야 하는 직업이지만 그것은 일에 국한되어 있을 뿐이었다.

'추억'이란 저장소는 때때로 문을 열어보지 않으면 자물쇠에 녹이 슬어 잘 열리지 않는다.

박 원장은 삐거덕거리는 추억의 빗장을 들췄지만 이상하게 찾고자 하는 그것은 보이지가 않았다. 몇 번을 들추고, 깊이 들어가 봐도 쉽지 않다.

아들, 세준과의 추억을 찾는 것이.

아무리 찾아도, 없다.

특히 병원장이 되고 나서부터는 가족들이 한데 모여 얼굴 맞대는 것조차 어려웠다.

그는 바쁜데다가 워낙 살가운 성격이 되지 못했다. 더군다나 딸도 아닌 아들이니 애교가 있을 리도 없다.

그러니 세 남자가 바라보는 건 오직 이 여사밖에 없었던 게 당연한 일이었는지도 모른다.

"의사 노릇보다 아버지 노릇이 더 어렵구만."

지끈거리는 관자놀이를 꾹 누르던 박 원장이 휴대폰을 찾아 들었다.

석진이 무언가를 찾는 듯 분주하게 촬영 현장을 뛰어다녔다.

그러다 찾고 있는 솔이 저 멀리 머리부터 발끝까지 패딩을 뒤집어 쓴 채 오들오들 떨고 있는 것을 발견했다.

미련하긴, 쯧쯧.

석진이 얼른 덜덜 떨고 있는 그녀를 난방기구가 있는 비상계단 쪽으로 끌고 가며 말했다.

"너 왜 계속 전화 안 받아?"

"그게 무슨 말이야? 전화 울린 적 없는데?"

40여 층의 고층 빌딩, 황혼이 내려오기 전인 이른 저녁 시간이었다.

12월의 칼바람을 패딩 하나만 덜렁 걸치고 버티고 있는 솔이 오들오들 떨며 대답했다.

오늘부터 카스티엘 촬영이 있다. 하루 만에 끝나는 촬영은 아닌지라 오늘은 이 옥상 신만 끝내고 내일 오후에 다시 나와야 했다.
석진의 말에 솔이 패딩 주머니를 뒤졌다. 뜨끈뜨끈한 핫팩이 잡혔고, 곧이어 미끈한 고철덩어리가 잡혔다.
"이거 봐, 안 울렸…… 어라?"
화면을 보던 솔이 눈을 동그랗게 떴다.
왜 내가 바탕화면에 있지? 난 바탕화면 바꾼 적 없는데?
순간 아침의 잔상이 떠올랐다. 늦잠을 잔 두 사람이 뒹굴거리다가 갑자기 석진이 온다고 하는 바람에 급하게 준비하고 먼저 뛰어나왔던 솔이었다. 소파 위에 있는 걸 보고 무심결에 집어 들었는데.
"어, 그럼 이거……."
박세준 폰?

"그럼 이따가 여기로 오는 거야?"
[어, 내가 가지고 갈게. 가는 김에 당신 데려다주고.]
"촬영은 없어? 오늘 무슨 지면촬영 있다고 하지 않았어?"
[취소됐대. 다른 모델로 바뀠다나.]
"아, 진짜? 당일에 바뀌는 일은 거의 없잖아."
[뭐, 그런가 보지.]
전화기 너머로 들리는 세준의 목소리에 그다지 아쉬움이 없어 보였다. 되레 아쉬운 것은 솔이었다.
"그래도…… 뭔가 이상하다. 그리고 'Monster' 촬영이었잖아. 그 잡지 되게 멋있게 잘 나오는데. 아쉬워……."
전선을 타고 쿡쿡 웃는 소리가 들린다. 그러더니 한층 낮아진 목소리의 세준이 농을 걸어왔다.
[아쉬우면 내가 야수가 한번 돼줄까? 어때, 당신은 미녀 하고 내가

야수 하는 거지.]

또, 또, 또, 이 야돌이! 이상한 말 한다.

솔은 괜히 누가 들었을까 싶어 비상계단 주변을 살폈다. 통화 소리도 줄이고.

“야수 같은 소리 하고 있네. 그런 흰소리 할 거면 나무나 심어.”

[갑자기 웬 나무?]

“사회에 보탬이라도 되라 이거지. 어쨌든, 그럼 이따 촬영 끝나고 연락할게. 집에서 쉬고 있어.”

사람들과 조금 멀찍이 떨어져 있던 솔이, 근처로 다가오는 왁자한 사람들의 웃음소리에 후다닥 전화를 끊었다. 촬영 시작이 임박해 있었다. 또다시 올라오는 한기를 느끼며 솔이 몸을 부르르 떨었다.

그런데 손안에서 다른 진동이 느껴졌다.

전화가 오고 있었다, 박세준의 휴대폰으로.

솔은 당황해서 동그래진 눈으로 뚫어져라 손안에 든 휴대폰을 바라봤다.

오. 마이. 갓!

발신자가 ‘아버지’였다.

그 시각, 시린 겨울바람 앞에 오들오들 떨고 있는 사람이 하나 더 있었다.

수더분한 인상에 괴로운 얼굴을 하고 카페 문 앞을 초조하게 서성이는 서 팀장이었다.

문고리를 잡고 들어가려다가, 멈칫. 그리고 한숨. 옆구리에 끼고 있는 갈색 봉투를 바라보며 멈칫. 또 한숨. 카페 안을 바라보다가 또 멈칫, 그리고 또 한숨.

이러다가 한숨으로 만리장성을 쌓을 기세였다.

하지만 어쩌랴, 지금 서 팀장은 도무지 이 안으로 들어가는 것도, 옆구리에 끼고 있는 이 봉투를 저 안에서 그를 기다리고 있는 연예부 기자에게 건네는 것도 영 내키지가 않았다.

그런 마음으로 카페 문 앞만 서성이고 있은 지도 벌써 10분째. 나이 들고 시름에 잠긴 중년의 볼이 추위로 새빨갛다.

"아니, 계약직이라지만 박세준도 엄연히 제 식구 아니야? 그런데 반항 한 번 했다고 누구는 업계에서 묻어버리려 하고 누구는 띄워주는 게 말이 돼?"

서 팀장은 괴로움에 괜히 혼잣말로 화를 내본다.

"그리고, 강솔은 무슨 잘못이야? 막말로 걔가 에이팀에서 세미로 옮겨야 할 의무는 없잖아? 어? 한창 잘나가고 있는데? 하여튼 심보가 못돼가지고…… 남 잘되는 꼴을 못 봐요. 으휴."

쿠구구궁. 쿵쿵. 이히히히!

그런데 그때, 음산하다 못해 괴기스러운 소리가 서 팀장의 주머니에서 흘러나왔다.

소리를 듣자마자 서 팀장의 얼굴이 울상이 됐다. 차 대표의 번호에 지정해 놓은 '귀곡산장'이라는 벨소리였다.

심보 못된 그분의 전화였다.

"여, 여보세요?"

왜 또 전화하고 지랄이야! 날 좀 내버려 둬!

[전화를 왜 이렇게 늦게 받는 거야? 서 팀장! 이 기자는 만났어? 왜 경과 보고가 없어?]

받자마자 버럭 성부터 낸다. 서 팀장은 소리 없는 한숨을 삼키며 울상을 하고 대답했다. 눈앞에 차 대표가 있는 것만 같은 얼굴이었다.

"차, 차가 막혀서요…… 이제 도착했……."

[빨리 만나고 와. 만나고 오면서 전화하고! 바로 사무실로 튀어오고!]

"네, 알겠습니다."

1분 1초도 가만두지 않는구만.

"하아……."

피로가 몰려왔다. 추위에 오들오들 떨고 있던 몸과 바들바들 떨고 있던 정신이 합쳐지니 급속도로 피곤해지는 서 팀장이었다. 문득 그의 귓가로 나긋한 음성이 스치고 지나간다.

"인간답게 일하고 싶으면 연락하세요. 유능하신 분이니까, 언제든 환영이에요."

더듬더듬 서 팀장의 손이 안주머니를 뒤졌다. 가슴 한편에 소중하게 간직하고 있던 명함을 만지작거리는 서 팀장.

"확, 진짜…… 가버려?"

추위로 빨갛게 변한 얼굴 위로 갈등이 가득했다.

"5분 후에 촬영 시작합니다! 추우니까 빨리 끝냅시다. 잘못하다간 우리 모델 동사해요!"

감독의 말에 스태프들이 와하하 웃음을 터뜨렸다.

비상계단을 쩌렁쩌렁 울리는 사람들의 웃음소리에도 솔은 고개를 들지 못했다. 두 손으로 공손히 받치고 있는 세준의 핸드폰.

이러지도 저러지도 못한 채 왕에게 칙서를 받듯 두 손으로 공손하게 휴대폰을 들어 올리고 안절부절못했다.

"이, 이걸 어째. 흑, 받을 수도 없고……."

휴대폰은 여전히 울어댄다. 끊임없이. 계속해서. 마치 솔에게 어서 이 전화를 받으라고 재촉하는 것처럼.

벌써 세 번째 전화였다.

무슨 일이기에 이렇게 끈질기게 전화하시는 걸까? 차마 받을 수도 없고, 그렇다고 무시할 수도 없는 솔은 계속 뭐 마려운 강아지처럼 그 자리를 빙빙 돌았다.

세 번째 전화가 끊겼다. 휴, 솔이 안심한 듯 겨우 가슴을 쓸어내렸다.

그러다 문득 이상하다는 생각이 들었다. 가족이, 그것도 아버지가 세 번이나 전화를 할 정도면 중요한 볼일이 있는 게 아니었을까?

그러고 보니 보통 가족들끼리는 어지간히 시급하고 중요한 볼일이 아닌 이상 한두 번 전화하고 상대방이 전화해 주기를 기다리지 않나?

'전화를 받았어야 했나……?'

그제야 전화를 안 받은 게 살짝 걱정되는 솔이었다. 혹여 급한 일이었으면 어쩌지.

회신을 해야 하나, 말아야 하나. 두 손으로 공손히 받들어 올린 세준의 폰을 노려보는데 다시 지이잉— 휴대폰이 울렸다!

"헉!"

솔은 다시 또 그 상태로 얼음. 동공은 커지고 심장은 미친 듯이 뛰었다.

바, 받아야 하는데. 이, 이거 받아야 하는데.

휴대폰 진동과 함께 부르르 떨리는 손으로 솔이 '밀어서 통화'를 눌렀다. 쿵쿵쿵, 벌렁벌렁. 심장이 미친 듯이 뛰었다. 마른침을 꿀꺽 삼킨 솔이 목구멍에서 간신히 소리를 만들어 제조해 낸다.

"여보…… 세요?"

저기, 제가 '아버님'이라고 불러야 하는 분이신가요?

갑작스럽게 일이 취소된 탓에 오늘 모든 계획이 어그러졌다.

그래서 세준은 내친김에 오늘 있을 다른 모든 일정도 취소했다. 운동, 약속, 사무실 들르기 등등의 자질구레한 일들을.

차라리 잘됐다 싶었다. 이참에 좀 쉬자, 그렇게 마음먹고 집으로 들어왔다.

"후."

집으로 들어오자마자 푹신한 소파에 앉아 머리를 완전히 뒤로 젖혀 누웠다.

뭔가 요즘 주변이 어수선했다. 사랑에 빠진 것은 더없이 좋았다. 하지만 그것 말고도 그에게 많은 일들이 일어나고 있었다.

지금 세준을 둘러싸고 있는 모든 상황들이 그를 몰아가고 있는 것만 같은 느낌이었다. 마치 그에게 결단을 내리라는 듯, 혹은 무슨 일이 벌어질 것이라는 듯. 그렇게 뭔가 주변이 어수선했다.

어쩐지 뜨끈뜨끈 열이 올라오는 눈두덩이 위로 팔을 올려놓고 잠시간 그렇게 죽은 듯이 누워 있었다.

움직임을 죽이고 정적에 휩싸여 있다 보니 마치 그 자리에 뎅그러니 놓인 물건이 된 기분이었다. 그가 누워 있는 이 소파처럼, 보는 이도 없건만 하루 종일 걷고 있는 시계추처럼……. '무엇'이지만 결국 '아무것도 아닌' 그런 것이 된 기분.

투명해지는 건 어떤 기분일까? 갑작스럽게 떠오른 그 생각이 이내 세준을 완전히 잡아먹었다.

복잡한 머릿속이 점점, 점점, 하얗게 변해간다.

진공의 상태에서 불쑥 무언가가 튀어나왔다. 그러고선 점점 그의 머릿속을 점령하고 있었다.

오색 빛깔의 찬란한 색채로 물들고 역동적인 움직임이 더해진다.

시끌벅적한 대사도, 웃음소리도, 소음까지도. 세준의 머릿속에서 완벽하게 새로운 세상이 펼쳐졌다.

세준은 저도 모르게 머릿속의 세계에 흠뻑 빠져들어 갔다. 마치 숨도 쉬지 않는 듯이 미동도 없이 그렇게 한참을 집중했다.

똑딱똑딱.

집 안 어딘가에서 자그마한 시계 침 소리가 조용히 공간을 휘돌아 다녔다.

똑딱똑딱. 똑딱똑딱.

그렇게 한 40분쯤 흘렀을까. 번쩍 눈을 뜬 세준이 창가로 다가가 활짝 열려 있던 커튼을 쳤다.

촤르륵!

집 안 가득했던 햇빛이 차단되고 형광등도 꺼버렸다. 집 안은 한층 더 고요해졌다.

그대로 세준이 그 방으로 들어갔다.

세준의, 그의, 마음의 방.

노트북을 열었다. 한글파일을 여니 화면 가득 열리는 새하얀 세상.

키보드 위에 손을 올려놓은 그가 잠시 심호흡을 했다. 가슴이 둥둥거렸다. 미친 듯이 가슴이 울렁거렸다.

머릿속에 영상이 뛰어다녔다. 꺼내달라고, 나를 세상으로 내보내라고 장면들이 그를 두드렸다.

타닥.

시동을 걸 듯 제목을 쳐본다. 맨 위에 타이틀이 걸리는 순간, 세준의 손이 춤을 추듯 움직이기 시작했다. 참을 수 없는 희열이 손가락에서부터 뇌를 흔들고 지나갔다. 목 뒤로 쭈뼛, 소름이 지나갔다.

S.1 인천국제 공항. 입국 게이트.

수많은 플래카드. '도하다'라는 이름 아래 한데 뭉친 소녀들, 아줌마들, 그리고 몇몇의 남자들까지 보인다. 사람들이 다니지 못할 정도로 빽빽하게 들어찬 현장.

그리고 그 반대편, 게이트의 뒤. 누군가 그곳을 향해 걸어간다.

매끈한 신발이 게이트 앞에 멈춰 서고, 천천히 문이 열린다. 갑자기 터지는 함성, 울음, 그리고 울려 퍼지는 '도하다'라는 이름.

주인공 '도하다'의 얼굴이 클로즈업되고, 타이틀이 올라온다. 〈투명 : 하다〉

마치 주문에 걸린 듯이, 세준의 손은 쉴 새 없이 움직였다.

망설이고 생각하는 틈도 없었다. 넋을 빼앗긴 듯, 눈앞에 영상이 펼쳐진 듯 그대로, 그대로.

새하얀 화면 위로 세준이 상상하던 화면들이 그대로 펼쳐졌다. 빼곡히 채워지는 글자들이 어느덧 10페이지를 넘어갔다. 그 안에서 주인공들이 살아 움직이기 시작했다. 하나, 둘. 캐릭터들이 채워지고 그들의 사건이 펼쳐지기 시작했다.

타다닥, 타닥, 탁탁탁.

그렇게 세준이 홀린 듯 키보드를 두드리고 있는 그때, 그의 집중을 깨뜨리며 핸드폰이 울렸다.

꿈에서 깨어난 듯 세준의 동공 번쩍하고 열렸다. 머리에 섬광이 스치듯 지나갔다.

키보드 위에서 손가락이 그대로 얼어붙었다. 놀랍게도 그가 멈춘 페이지는 40.

시간은 어느덧 훌쩍 흘러 오후 4시였다. 12시쯤 앉았는데 네 시간이 눈 한 번 깜빡하는 사이 흘러갔다.

"하아."

잠깐 숨을 돌리는 사이, 익숙하지만 제 것이 아닌 낯선 벨소리가 계속 그를 불러들였다. 솔의 핸드폰이 울리고 있었다.

화면 안의 세상에서 화면 밖의 세상으로 되돌아온 세준이 뻑뻑한 눈을 비비며 휴대폰을 찾아 들었다.

응?

잘못 봤나 싶어 다시 눈을 비벼봤다. 뻑뻑한 눈이 숫자를 잘못 읽,

"……어?"

……은 게 아니었다.

0303. 뚜렷하게 눈에 들어오는 숫자 네 개.

놀란 듯 커졌던 동공은 이내 이상하다는 듯 잔뜩 구겨지고 말았다. 숫자 0303은 부모님의 결혼기념일이자 두 분의 전화번호 끝자리였다. 그러니 더 당황하지 않을 수가 없는 세준이었다.

"아니, 아버지가……."

어떻게 솔이 휴대폰으로 전화를 한 거지?

바로 조금 전.

수화기 너머로 들려오는 여자 목소리에 박 원장은 잠시 당황했다. 귓가에서 휴대폰을 떼어내고 수신자를 다시 한 번 확인한다.

'세준'. 아들의 이름이 맞았다.

"……누구? 혹시 이거 박세준 씨 핸드폰 아닙니까?"

혹시 번호가 바뀌기라도 한 것일까, 박 원장이 조심스럽게 물어왔다.

정말 세준이 말도 없이 번호를 바꾼 거면 조금 마음이 아플 것 같았다.

[맞아요! 맞습니다. 저기, 세준이 아버님 되시나요?]

다행히도 맞단다. 조심스러웠던 심장이 제 페이스를 잘 찾아 뛴다.

제 손으로 쫓아내고 혼을 내는 아들이라도 막상 아들놈이 뒤돌아선 것을 보는 건 아픈 일이었다. 박 원장은 새삼스레 그것을 깨달았다.

"맞습니다. 그러는 그쪽은 누구…… 왜, 그쪽이 세준이 전화를 받는 겁니까?"

안심했던 탓인지 박 원장의 목소리가 차분해졌다. 하지만 상대방은 여전히 당황하고 있는 게 느껴졌다. 어쩔 줄을 모르는 목소리.

[아, 그게…… 아침에 세준이랑 제 핸드폰이 바뀌었어요. 우, 우연히요! 근데, 혹시 급한 용건이세요? 세 번이나 전화하셨던데.]

세준이라고 친근하게 부르는 것도, '아침'이란 단어도, 그리고 말투 속에 느껴지는 은연중의 친근감도 뭔가 수상했다.

박 원장은 다시 수화기를 떼고 휴대폰을 빤히 바라봤다. 마치 이 속에서 목소리의 주인공을 보기라도 하겠다는 듯이.

대답이 없는 것을 긍정의 뜻으로 받아들인 건지, 건너편 고운 목소리가 다급하게 말을 덧붙인다.

[급하신 거면 제 번호라도 알려 드릴게요. 그쪽으로 전화하면 받을 거예요. 저기, 알려 드릴까요?]

아주 잠깐, 생각을 해보던 박 원장이 곧 고개를 주억거린다.

아들에게 전화하는 것이었지만 박 원장으로서는 나름 큰 결심을 하고 행동한 것이었다. 쇠뿔도 단김에 빼자고 했으니, 박 원장은 오늘 끝내 세준과 통화를 해야겠다고 결론을 내렸다.

"그럼 실례가 안 된다면, 아가씨 번호 좀 알 수 있을까요."

[그럼요, 그럼요. 그럼, 그럼요! 제 번호는요…….]

나열되는 숫자를 받아 적고 고맙다 인사를 하니 건너편에서 다시 또 쩔쩔매는 목소리로 아니라고 대답했다. 잠깐의 통화였지만 무척이나 예의 바른 아가씨라는 게 느껴졌다.

수상하면서도 한편으론 궁금한 마음을 이기지 못한 박 원장이 슬그머니 물었다.

"그런데, 누구죠 아가씬?"

[예? 아, 저기 저는.]

머뭇거리는 말소리에 박 원장이 저도 모르게 툭 물어봤다.

"혹시, 세준이 여자 친굽니까?"

[아, 그게, 저기. 저. 어…… 음.]

당황한 것이 역력하게 전해졌다.

뭐라고 대답해야 하는지를 신중하게 고르는 것을 보니까 'No'는 아닌 것 같이 느껴졌다.

적잖이 당황한 것은 박 원장도 마찬가지였다. 아직 아들놈과도 제대로 대화 한 번 해보지 못했는데, 그 여자 친구와 통화라니.

설마설마 했지만 진짜 그런 거라니…….

갑자기 수화기 너머의 목소리가 돌아가신 장모님만큼이나 어렵게 느껴졌다.
“크흠흠. 아, 그렇군요. 크흠.”
[아, 예. 흠흠.]
서로 뭐가 그렇게 목이 메는지 연신 헛기침만 해댔다.
크흠흠! 흠흠! 크흐흐흠! 흠흠!
마른기침을 하도 해대서 서로 목이 아프지 않을까 걱정될 지경이었다. 그제야 전화선 사이로 침묵이 감돌았다.
그렇게 2, 3초 흘렀을까. 다시 박 원장이 어색하게 헛기침을 하더니만, 서둘러 통화를 마무리했다.
“그럼, 끊을게요. 아, 저기.”
[예? 예, 예예예! 아버님, 말씀하세요!]
아버님이라니……. 어쩐지 박 원장은 얼굴이 발그레해졌다.
무뚝뚝한 아들들 입에서 듣는 ‘아버지’와는 전혀 다른 느낌이었다.
허허! 괜히 허파에 바람이 드는 탓에 다시 헛기침을 했다. 그저 아는 사람의 아버지에게 으레 ‘아버님’이라고 부르는 것과 다르지 않다는 걸 알지만, 그래도 뭔가 쑥스러웠다.
“크흠, 고마워요, 아가씨. 끊겠습니다.”
뚝.
상대편 아가씨의 말은 듣지도 않고 바로 끊어버렸다. 별말 하지 않았는데 굉장히 낯간지럽고 쑥스러웠다. 어쩐지 머쓱해지는 바람에 박 원장은 끊은 전화를 빤히 바라보며 또 괜히 헛기침을 했다.
그러곤 받아 적었던 핸드폰 번호를 꾸욱꾸욱 힘주어 눌렀다. 통화 버튼을 누르기 직전, 투박한 엄지손가락이 슬금슬금 저장 버튼으로 향했다.
“크흠흠.”

아니…… 혹시 모르니까.

감독이 '컷'을 외침과 동시에 현장의 스태프들 모두 참았던 숨을 토해냈다. 그 숨결에는 탄성과 안도, 그리고 찬사가 한데 뒤엉켜 끈끈하게 묶여 있었다.

하지만 초조하게 지켜보고 있던 석진은 찬사고 뭐고 컷 소리와 함께 용수철처럼 담요를 들고 튀어나갔다. 그의 뒤로 연지가 패딩과 핫팩을 들고 쫓아갔다.

"담요, 담요! 아차차, 핫팩!"

"여기요! 언니, 괜찮으세요?"

12월. 유난히 매서운 12월의 칼바람이 빌딩을 타고 올라와 솔을 반으로 뎅강 잘라 버릴 듯 살벌했다.

고층 빌딩 위, 아슬아슬하게 서 있는 것만도 어려운데 달랑 란제리 하나 입고 그 바람을 견뎌냈다. 그녀의 피부는 이미 얼음장처럼 싸늘하고 차가웠다.

"괘, 괜찮아으으으으."

조금 전 난간 위에서 모두를 홀릴 듯 아찔한 미소를 보여줬던 그 인물이 맞나 싶을 정도로 솔이 작게 움츠러들었다.

원체 약한 모습을 보여주지 않는 그녀이건만 어지간히 추운가 보다. 달달달 떨리는 턱을 가누지 못한 솔이 어깨 위로 쏟아지는 담요를 꼭 끌어안았다.

빠르게 끝내도 10분. NG가 나면 30분 이상을 끌어야 했다. 단 5초의 장면을 위해 솔은 겨울 도시 위에 반라로 자신을 내던져졌다. 하지만 모두가 놀란 것은 그 맹추위와 두려움 속에서도 의연함을 잃지 않는 솔의 태도였다.

무서울 법도 한데. 추위 때문에 움츠러들 법도 한데……. 꿋꿋하게 참 잘도 참아낸다.

참는 것이, 견디는 것이, 촬영을 위해선 당연한 일이었지만 그 '당연히'이라는 말만큼이나 그것이 쉬운 일은 아니라는 걸 그 자리에 있는 모두가 알고 있었다.

바들바들 떨고 있는 솔의 어깨를 녹여주려는 듯 석진이 열심히 손을 토닥였다.

"잘했어. 아주 멋있었어. 최고야, 최고."

"고, 고마워요, 석진 오빠."

"정말이에요, 정말! 아까 화면 뒤로 보는데…… 와. 정말 진짜! 최고 최고! 한 커트인데도 어쩜 이렇게 멋있는지!"

현장에 남아 있던 막내 디자이너인 연지가 연신 엄지를 추켜올렸다.

솔이 쑥스러운 듯 웃다가 화면을 살피는 감독 옆으로 갔다.

"어때요……?"

추워도 너무 추웠던 탓에 표정도 포즈도 굳어 있었다. 춥지 않다고 무던히 최면을 걸었지만 뼛속까지 스미는 냉기에 저도 모르게 몸을 움츠린 것은 아닌지 걱정이 되었다. 하지만 그런 걱정이 무색하게 이번 CF의 감독을 맡은 최동준이 씨익 웃었다.

"좋아. 아주 좋아. 한 컷만 쓰기엔 아까울 정도로."

그제야 솔이 굳어 있던 표정을 풀었다.

오늘을 시작으로 약 5일간 '카스티엘' 촬영을 진행한다.

CF 하나에 이렇게까지 공을 들이는 건, 국내에선 거의 찾아볼 수 없는 일이었다. 매 시즌, 각 나라마다 다른 콘셉트를 가지고 있는 카스티엘이었으니 이 정도로 투자를 하는 거였다.

괜히 제2의 빅토리아 시크릿이라는 말이 나오는 게 아니었을 테니까.

"오늘 원래 실장님이랑 다른 팀장님들도 오시기로 했는데, 긴급회의가 열린다고 오지 못했어요. 일단 밑에 잡아놓은 방에서 몸 좀 녹이세요."

"응, 그래야겠어. 손에 감각이 없네."

핫팩을 쥐었다 폈다 하면서 손을 녹였지만 몸이 계속 떨렸다. 반라의 상태로 바람을 맞으며 장시간 서 있었던 여파가 쉽게 가시지 않았다.

그런데 그때 옥상 문이 벌컥 열렸다. 그리고 아무도 예상하지 못했던 뜻밖의 인물이 툭 튀어나왔다.

"고생 많으십니다, 여러분."

안 그래도 까무잡잡한 남자가 허벅지 아래까지 길게 내려오는 검은 롱코트를 입고 등장했다. 코트만큼이나 검은 봉지를 두 손 가득 들고서.

그의 뒤에서 고흐도 마찬가지로 검은 봉지를 잔뜩 들고 따라 들어왔다.

"뭐예요, 그건?"

문 근처에 있던 솔이 카스티엘이 들고 온 것을 보며 떨떠름하게 물었다.

카스티엘이 한쪽 입꼬리를 기세등등하게 말아 올렸다. 마치 대단한 일을 마치고 귀환한 전사처럼 오만하게 턱을 치켜 올리며 카스티엘이 대답했다.

"떡볶이."

떡볶이고 뭐고 솔은 당장 언 몸을 따뜻한 물에 녹이고 싶은 생각뿐이었다.

생각지도 못했던 간식에 스태프들은 환호했지만, 솔은 슬그머니 비상계단을 내려갔다. 한 손으로는 계단 아래에 있는 엘리베이터 버튼을 누르면서 한 손으로는 전화를 걸었다.

[여보세요?]

"어, 나야. 촬영 끝났어."

[추운데 고생했네. 잘 끝냈어?]

"그러엄! 내가 누구? 강솔이야, 강솔."

으스대는 솔의 말에 수화기 건너편에서 낮게 웃는 소리가 들렸다.

장난스럽게 말하던 솔도 같이 웃음을 보였다.

그러다 파드득, 조금 전 전화가 떠올랐다.

"아참! 아버님 전화 받았어?"

[아, 어.]

순식간에 목소리의 온도가 달라졌다. 둔탱이 솔도 세준과 아버지의 사이에 탁한 무언가가 있다는 것을 깨달을 수 있을 정도로…….

궁금했지만, 묻지 않았다. 사실 뭐라고 물어야 할지 감도 잡히지 않았다. 그래서 가만히 모르는 척을 해줬다. 네가 먼저 다가올 수 있도록, 틈만 살며시 열어놓고선.

"목소리가 너랑 되게 닮으셨더라. 근데 조금 무뚝뚝하실 것 같아."

[뭐, 조금. 아, 근데 오늘 무슨 촬영이라고 했더라?]

티가 나게 화제를 돌린다. 솔이 열어놓은 작은 틈에도 식겁하며 뒤로 물러서 버렸다.

고양이의 등을 살그머니 쓰다듬고 있다가 내침을 당한 기분이었다.

조금 섭섭한 느낌. 그래서 솔은 저도 모르게 입술을 삐죽 내밀고 말았다.

"나 당분간 스케줄 이거밖에 없어."

[……설마?]

"뭐일 것 같아?"

도발하듯 새침하게 묻는 솔의 말에 세준은 차마 대답하기 싫다는 듯 침묵했다. 수화기를 타고 전해져 오는 한숨 소리.

[카스티엘.]

언짢은 기색이 역력한 목소리였다. 섭섭한 마음이 어쩐지 저 싫다는 티가 역력한 목소리에 풀어졌다.

안 그러려고 하지만 어린아이 같은 심술기가 가끔씩 이렇게 튀어나오곤 했다.

"어, 맞아. 카스티엘."

솔이 비실비실 웃으며 마침 도착한 엘리베이터 안으로 들어갔다.

습관적으로 닫힘 버튼을 누르려는데, 누군가 불쑥 엘리베이터 안으로 긴 다리를 집어넣었다.

"저 불렀습니까?"

"힉!"

언제 소리도 없이 내려온 건지 카스티엘이 닫히려는 엘리베이터를 열고 안으로 들어섰다.

"카스티엘!"

놀란 솔이 휴대폰을 떨어뜨렸고, 만류인력의 법칙에 따라 휴대폰이 바닥을 향해 돌진했다. 그리고 고체가 막 바닥에 닿는 그 순간, 둔탁한 소리와 함께 전원이 나갔다.

통화가 종료된 건 말할 것도 없었다.

뚝.

끊어졌다, 전화가.

순간 세준은 당황을 금치 못했다.

전화가 끊기기 직전 들렸던 것은 분명 남자 목소리였고, 솔이 외친 말은 '카스티엘'이었다.

다시 전화를 걸어보지만, 빌어먹을! 받지 않는다.

카스티엘!

벌떡 일어난 세준이 일단은 침착해 보려고 제자리를 왔다 갔다 했다.

그래, 오늘 카스티엘 광고 촬영 날이었으니까 그놈이 거기 있을 수 있다. 하지만, 하지만…… 그러면 그놈이 또 솔이의 몸을 다 봤다는 거 아닌가!

순간 열이 훅 올라왔다.

"후…… 덥네, 더워."

물론 패션쇼 때도 수많은 사람들이 그녀를 봤다. 몸을 보여주는 것이 그와 그녀의 직업이었다. 그러니 '대중'에게 보여주는 것은 개의치 않았다. 그러나 한 명의 '남자'에게 보여주는 것은 엄연히 다른 일이었다.

"저 불렀습니까?"

낮고 부드러운 남자의 목소리였다. 또렷한 발음에 이상적인 중저음의 남자 목소리.

아니, 카스티엘이 한국 혼혈이라는 말은 들었지만 그렇게 한국어를 잘할 줄은 몰랐다. 그러고 보니 그 자식, 패션쇼가 끝났을 때도 솔에게 엄청난 꽃다발을 보내지 않았던가?

닫아놨던 커튼을 활짝 열어젖혔다. 세준이 가늘게 뜬 눈으로 어스름으로 가득한 하늘을 노려봤다.

갑자기 끊어진 전화, 그리고 응답 없는 착신.

"……이 여자가 진짜."

오늘 왜 이렇게 예상치도 못한 사건이 펑펑 터지는지 모르겠다.

갑자기 일은 취소됐지, 몇 년 만에 아버지의 전화를 받지를 않나, 생각지도 못하게 카스티엘이라는 놈까지 등장했다.

"아주 혼날라고."

세준은 그 자리에서 벌떡 일어나 외투를 챙겨 입었다.

"이런……."

전화기의 전원이 나갔다. 다행히 전원을 누르자 다시 화면이 돌아오긴 했다.

"고장 난 겁니까?"

저 때문일까 봐, 카스티엘은 얼굴 가득 미안함을 담고 물었다.

"아, 아니에요. 전원은 들어오네요."

"그래도, 혹시 이상이 있으면 저희 쪽에 청구하세요."

"하하……."

제 게 아닌데 어쩌죠? 그리고 돈보다는 지금 이 야돌이 질투쟁이가 활활 타오르고 있을 게 더 걱정이랍니다.

정말 기가 막힌 타이밍에 전화가 끊겼으니 당황하고 있을 것이다. 안 그래도 전원이 들어오자마자 콜 키퍼에 부재중 전화 2통이 뜬다.

지이잉— 부드러운 진동과 함께 아래로 내려가는 엘리베이터 안에서 솔이 재빨리 톡을 보냈다. 카스티엘이 곁에 있는 통에 바로 전화하기가 어려웠다.

〈나 지금 여기 연희동 로프트야. 갑자기 휴대폰 떨어뜨려서 전원이 꺼졌다ㅜㅜ 미안.〉

특별히 우는 표시까지 넣어줬다. 원래 이모티콘 같은 건 일체 쓰지 않건만, 휴대폰을 떨어뜨렸다는 미안함에 절로 나오는 울음이었다.

……일단 바닥에 완전히 떨어뜨렸다는 말은 안 해야지.

'띵!' 소리와 함께 엘리베이터 문이 열렸다. 솔이 카스티엘에게 인사를 하려고 돌아보는데, 그가 그녀를 따라 내렸다.

에?

"내일모레 홍콩 로케 촬영 때 말입니다."

"아, 네."

아주 자연스럽게 그녀와 함께 걸으며 카스티엘이 말을 이었다.

"허리에 두를 게 있습니다. 일단은 허리띠를 먼저 정하고 그거에 맞춰서 오늘 바로 제작하면 내일 오후에는 나올 거예요. 조금 이따가 가져올 테니 한번 맞춰봅시다."

솔이 알겠다는 듯 고개를 끄덕였다.

"그리고 내일 촬영 땐 다른 모델들이 나오긴 합니다만, 뒷모습이랑 그림자만 나올 겁니다."

"아, 그래요?"

"한국 심의라는 거에 걸려서, TV 광고용으로는 미니멀하게 가야 한다더군요."

"그건 전에 이미 합의 본 내용이라 알고 있어요. 그래서 촬영을 두 번씩 하고 있잖아요."

솔이 다시 고개를 끄덕이며 알고 있다는 신호를 보냈다. 그러는 사이 방문 앞에 다다랐지만 카스티엘은 여전히 그녀 곁에 서 있었다.

뭡니까, 당신? 따라 들어오기라도 하겠다는 겁니까?

솔이 카스티엘을 이상하다는 듯 빤히 바라봤다. 그러자 그가 마치 손대지 않는다는 것을 알려주려는 듯 손을 뒤로 돌려 뒷짐을 졌다.

"떡볶이 내가 사왔습니다."

"……."

"쉐프님이 떡튀순이 진리라고 하기에, 그것도 사왔습니다."

"……아, 예."

떨떠름한 솔의 말투에 카스티엘이 마지막 결정타를 날린다는 듯 턱을 치켜들며 자랑스럽게 말했다.

"이번엔 현금으로 결제했습니다."

……그래서요?

솔은 최대한 미간을 이용해서 그렇게 물었다. 하지만 카스티엘은 읽지 못한 건지, 읽지 않은 건지 궁금하단 얼굴로 물어왔다.

"근데 떡튀순이 뭐죠?"

모르면서 사왔습니까?

"답은 봉지 안에 있어요. 가서 확인해 보세요."

절레절레 고개는 내저은 솔이 방문을 열었다. 그런데 카스티엘이 아직도 떠날 기미를 안 보였다.

"……왜요? 들어오시게요?"

카스티엘이 비죽이 입꼬리를 말아 올려 웃었다.

"그래도 되는 겁니까?"

"안녕히 가세요."

1초의 망설임도 없이 솔이 돌아서서 문을 닫았다.

조용히 닫히는 문을 보며 카스티엘은 뭐가 그리 즐거운지 웃음을 보였다.

그냥, 매력적인 모델이라고 생각했는데 왠지 저 여자가 편해지고 있었다.

커다란 욕조에 뜨거운 물을 받아서 몸을 담그고 있으니 어느새 냉기는 사라지고 얼굴이 발갛게 달아올랐다.

준비되어 있던 달콤한 향이 나는 입욕제로 인해 몽글몽글한 거품까지 올라왔다.

"흥흐흥."

절로 콧노래가 나올 정도로 기분이 좋았다. 그 보드라운 기분에 한껏 취해 시간 가는 줄을 몰랐더니만 어느새 30분이 훌쩍 넘어 있었다.

아차! 그러고 보니 아까 카스티엘이 허리띠 맞춰봐야 한다고 하지 않았던가? 생각해 보니 세준에게도 덜렁 문자 하나 보내놓고 답장을 하지 않았다.

솔이 욕조에서 급하게 몸을 일으키니, 유연한 곡선을 따라 물방울이 폭포수처럼 떨어졌다.

몸 이곳저곳에 아슬아슬하게 매달린 거품을 시원한 물로 깨끗하게 씻어내고 서둘러 욕실을 빠져나왔다. 머리에 대강 수건만 두르고 건조한 볼에 로션을 바르는데 누군가 똑똑 문을 두드렸다.

카스티엘인가? 그러고 보니까 30분이면 엄청 오래 기다린 거였다.

다시 똑똑, 문을 두드린다.

"네, 나가요!"

속옷 위로 베스가운만 입은 채 솔이 서둘러 문을 열어줬다.
“미안해요! 오래 기다렸……!”
“누구 오기로 했나 봐?”
헉! 솔의 동공이 커졌다. 갑작스러운 등장에 놀라도 너무 놀란 듯 찍소리 하나 내지 못한 채 눈만 크게 뜨고 상대를 확인했다.
“너, 너!”
파닥파닥 쉴 새 없이 감았다 떠지기를 반복하는 솔의 눈꺼풀이, 눈 앞에 있는 인물이 전혀 예상치 못한 인물이란 걸 알려준다.
“뭐야?”
세준이었다. 그것도 굉장히 언짢다는 표정이 역력한.
그가 성큼 한 발짝 솔을 향해 다가왔다. 애인의 날 선 기세에 솔이 저도 모르게 주춤 뒤로 물러섰다.
“지금 이 차림으로…….”
한 발자국 더, 그녀를 향해서 더 가까이 다가왔다.
“누굴 기다리고 있었다……?”
가늘게 뜬 눈으로 솔의 모습을 훑어 내리는 진득한 눈길.
조금 전, 수십 명 앞에 반라의 모습으로 내던져 졌을 때보다 훨씬 적나라하고 밀도 높은 시선이 느껴졌다. 척추뼈 위로 작은 솜털들이 쭈뼛 일어섰다.
“어, 어떻게 여길 왔어?”
“아까 로프트라며.”
“몇 혼지는 말 안 하지 않았어?”
“당신 매니저가 알려주던데?”
“촬영장엘 갔어?”
솔이 더욱 놀라 눈을 크게 떴다.

박세준이 강솔을 찾으러 촬영장에 온 거라면, 온 스태프들에게 '우리 둘이 무슨 사이입니다~'라고 공표하는 거와 다를 바가 없지 않은가?

하지만 그런 솔의 기대 아닌 기대를 저버리듯 세준이 고개를 내젓는다.

"주차장에서 우연히 만났어. 뭘 잔뜩 챙기고 있더라고."

"아……."

"근데, 아직 내 말에 대답하지 않았잖아?"

그렇게 말하는 세준의 눈매가 비틀어졌다.

심술궂은 악동처럼, 여자를 희롱하는 소악마처럼 그렇게 조금 비틀어진 시선으로 그녀를 바짝 몰아붙였다.

성큼 다가오면, 주춤 물러난다.

바짝 조여오는 이상한 기백에 솔은 저절로 발이 움직였다. 그렇게 슬금슬금 움직이더니 어느새 등이 벽에 닿고 말았다.

"다른 남자 이름 부르면서 전화가 끊어졌는데, 내가 놀라서 달려오지 않을 수가 있겠어?"

"그래서 바로 문자 보냈잖아."

"그리고 또 감감무소식이었잖아."

"씻느라……."

여전히 세준의 표정이 굳어 있었다.

솔은 슬쩍 그를 올려다보다가 살그머니 먼저 웃어 보였다.

바짝 다가온 세준의 앞섶을 부여잡고선 넙죽 안으로 파고들었다. 모직 코트 안에서 차가운 겨울바람 냄새가 났다.

"미안. 너무 추워서 욕실로 바로 달려 들어갔어."

추웠다는 솔의 말에 세준이 더 이상 어떻게 뭐라 할 수 있을까? 더군다나 이렇게 품 안을 파고드는 그녀에게.

연애는 처음이라면서, 가만 보면 완전 여우였다.

'정말 당신이란 여자…….'

일 분 일 초도 세준의 머리와 마음에서 떠나지 않는다. 그런 일은 가당치도 않는다는 듯이 매 순간 세준을 꽉 잡고 놓아주질 않았다.

결국 굳어 있던 표정을 풀고 세준이 솔을 꽉 안아버렸다. 추웠다는데 어쩌겠는가. 이 추위 속에서 벌벌 떨면서 촬영했을 텐데. 그걸 생각하자면 또 마음이 아팠다.

"나 눈 뒤집힌다. 앞으로 조심해."

꽉 끌어안은 채 세준이 그렇게 경고했다. 그러자 번쩍 고개를 들고 솔이 세준을 흘겨본다.

"어? 너 나 못 믿는 거야?"

그런 솔의 이마를 세준이 제 이마로 쿵— 받아버린다.

"아!"

"걱정한 거잖아, 이 멍청아."

이마를 붙인 채 세준이 짐승이 가릉거리듯이 낮은 목소리로 으르렁거렸다.

"걱정 좀 하면 어때? 근데 멍청이라니!"

"뭐, 이 멍청아!"

"야, 내가 누나거든?"

"꼭 자기 불리할 때만 나이 들먹거린다?"

"누나라고 불러봐."

"싫. 어."

세준이 약이라도 올리듯 '싫' 자에 길게 강세를 붙여 대답했다. 기가 막히고 약이 올랐지만 동시에 간질간질 웃음이 터져 나왔다.

그렇게 두 사람이 한창 화해의 기쁨을 누리고 있는 그때.

똑똑—

누군가 문을 두드렸다.

"카스티엘입니다. 다 씻었습니까?"

세준의 고개가 번쩍 치켜 올라갔다.

뭐라고 표현해야 할까, 이 긴장감을. 이 말도 못 하게 어색한 상황을…….

잘못한 것도 없건만 솔은 이상하게 살그머니 세준의 눈치를 살폈다.

그러나 세준은 소리가 났던 문을 미동도 없이 바라보고만 있었다. 그러니 솔이 볼 수 있는 것은 세준의 날카로운 턱 선뿐이었다.

"어, 그게…… 나 내일모레 촬영해야 하는 소품……."

솔이 서둘러 설명을 덧붙였지만 마치 그녀의 말을 가로막기라도 하듯 다시 문을 두드리는 소리가 들렸다.

똑똑똑.

"아직 샤워 중입니까? 솔?"

조급하지 않게, 세 번 두드린 후 허스키한 목소리로 점잖게 물어왔다.

세준의 미간이 미세하게 찌푸려졌다.

"아……!"

솔이 대답하려 입술을 오물거리는 찰나, 세준이 움직였다.

차분하고 나른한 그 특유의 걸음걸이로 문까지 성큼 걸어가더니 굳게 닫힌 문고리를 잡아 돌렸다. 천천히, 문이 열린다.

그리고 곧 마주치는 두 남자의 눈.

"누구, 시죠?"

'카스티엘입니다'라는 소리를 분명히 들었을 텐데, 세준은 눈앞에 있는 남자를 향해 다시 물었다. 카스티엘도 당황했는지 순간적으로 다시 문에 붙어 있는 호수를 확인했다.

1501호.

이상하다는 듯 슬쩍 한쪽 미간을 들어 올리던 그가 세준의 어깨 너머에서 황급히 달려오는 솔을 발견했다.

"아! 다른 방에 온 줄 알았습니다……. 그런데 그쪽은 누구시죠?"

카스티엘이 오히려 세준을 수상하단 눈으로 바라봤다. 갑작스레 두 남자 사이에 팽팽한 긴장감이 흘렀다.

아니, 왜들 이래, 여기서?

솔이 황급히 두 남자 사이에 끼어들었다.

"아, 이쪽은 광고주이자 디자이너인 카스티엘이고, 여기는……."

"일일 매니저입니다."

"네, 일일 매…… 어, 어? 뭐?"

'제 애인이에요'라고 소개하려던 솔이 잘못 나온 말을 번복하며 홱 고개를 돌렸다.

아니, 이게 무슨 듣도 보도 못한 시추에이션인가?

얘가 갑자기 왜 이러나 싶은 눈으로 솔이 세준을 바라봤다.

"아, 매니저, 요?"

카스티엘도 세준을 위아래로 훑어보더니 영 믿기지 않는다는 얼굴이었다. 하긴, 이런 기럭지에, 이런 얼굴에, 이렇게 훌륭한 스타일을 갖춘 매니저가 있다면 당장 캐스팅하지 않겠는가?

하지만 세준은 오히려 당당했다.

"네, 매니저요. 그런데 무슨 일이시죠, 디자이너님?"

"……패션쇼에서 본 것 같은데."

그러고 보니, 카스티엘이 신미옥 패션쇼에 왔었더랬지.

그러나 세준은 당황한 기색 없이 피식 웃었다.

오랜만에 보는 패기 넘치는 미소였다.

"그래서, 일일 매니저라고 했지 않습니까."

"아하……."

피식 웃던 카스티엘이 느릿한 말투로 덧붙였다.

"잘나가는 모델이라고 들었는데, 요즘 모델 일이 한가하나 보네요?"

하지만 세준도 지지 않고 맞받아쳤으니.

"세계적인 디자이너가 직접 치수를 재러 오는 걸 보니, 디자이너 일도 한가한가 보네요."

카스티엘의 미간이 꿈틀거렸다. 문 하나를 사이에 두고 두 남자의 눈빛이 맹렬하게 부딪쳤다.

파바바박, 전기라도 튈 것 같은 매서운 기류에 솔은 어찌해야 할지 모르겠다는 얼굴로 두 사람을 바라봤다. 마치, 아프리카 초원에서 펼쳐지는 두 맹수의 영역 싸움을 실시간으로 지켜보는 기분이었다.

히야…… 스릴 넘치네.

"……허리띠 맞춘다고 오신 것 아니었나요?"

슬그머니 중재에 나서는 솔의 목소리에 세준의 시선이 카스티엘이 들고 온 것들로 향했다. 몇 개의 허리띠와 줄자가 그의 팔목에 걸쳐져 있었다.

세준이 옆으로 비켜서며 말했다.

"들어오시죠."

태도는 더없이 정중했지만 제 영역을 허락해 준다는 듯 오만한 목소리였다.

"내일모레 오는 파니에(Panier, 스커트를 부풀리기 위해 안에 허리받이 형식의 속치마 같은 것)를 두르고 촬영하기로 갑자기 변경됐습니다. 가슴 선 위로 두르는 것도 있으니 온 김에 치수도 좀 재려고 하고요."

카스티엘이 안으로 성큼 들어서며 사무적으로 덧붙였다.

넓게 트인 거실 쪽에 자리를 잡은 그가 준비한 허리띠와 줄자를 꺼내 들었다.

솔이 알겠다는 듯 고개를 끄덕이며 베스가운의 허리띠를 풀려 하다 잠시 멈칫했다.

팔짱을 낀 채 벽에 기대에 두 사람을 아.주. 빤.히. 바라보고 있는 애인의 눈이 걸렸으니.

마른침을 삼키고 솔이 힐끔 뒤를 돌아봤다. 세준이 싱긋 웃었다.

"매니저는 상관 말고 일하시죠."

"하하……."

솔이 어색하게 웃으며 주춤주춤 허리띠를 풀었다.

스르륵, 어깨를 타고 흘러내리는 베스가운이 바닥으로 뚝 떨어지면서 완벽에 가까운 솔의 몸매가 드러났다. 샤워를 마치고 나온 촉촉한 피부가 주황빛 조명 아래 매끄럽게 빛나고 있었다.

'……젠장.'

참아보려 해도 욕지거리가 치솟았다. 세준은 구겨지는 미간을 애써 반듯하게 펴며 두 사람을 이글이글 타는 눈으로 바라봤다. 사랑하는 여자의 맨살을 타인에게 보여줘야 하는 이 직업이, 오늘따라 왜 이리도 싫은지…….

정말이지…… 입안이 소태처럼 썼다.

'치수만 재라, 치수만. 어디 그 몸에 손이라도 대기만 해봐.'

세준의 성난 턱 선 위로 힘줄이 불뚝불뚝 솟아올랐다.

그의 여자였지만 언제나 온전히 소유하지 못한 것만 같았다. 그 채워지지 않을 목마름에 세준은 분하기보다 가슴이 저릿했다.

하지만 그 속내를 모두 감춘 얼굴 위로는 태연함을 가장한 미소만 흐릿하게 올라와 있었다.

"벨트는 뭐, 그냥 가도 될 것 같군요. 촬영장에서 변경될 수도 있지만 뭐…… 그거야."

카스티엘이 가져온 허리띠는 모두 레드 계열의 선이 얇은 허리띠였다.

비슷해 보이지만 다섯 개의 벨트 모두 색상이 오묘하게 달랐다. 보통 사람이라면 구분해 내지 못할 정도였지만 디자이너의 눈엔 그 색상의 차이가 선명하리라.

"……자, 그럼 치수를 재볼까요."

어쩐지 카스티엘의 목소리가 심술궂다. 씨익 웃으며 팽팽하게 늘린 줄자를 들어 올리며 카스티엘이 말했다.

"손, 들어봐요."

턱으로 까딱, 솔을 향해 지시를 내렸다. 강한 수컷의 향기가 느껴지는 턱짓이었다. 의식하고 있는 게 틀림없었다.

저 멀리, 벽에 기대어, 지긋한 눈으로 두 사람을 바라보고 있는 세준을.

약이라도 올린다는 듯이 천천히 솔의 가슴 뒤로 카스티엘이 손을 둘렀다. 마치 깊이 끌어안기라도 하는 듯 솔과 카스티엘이 바짝 밀착되었다.

그때 말없이 두 사람을 지켜보던 세준이 불쑥 소리를 높였다.

"34.5!"

솔과 카스티엘, 두 사람 모두 멈칫하며 뒤를 돌아봤다. 그게 무슨 말이냐는 듯이 태연한 얼굴로 그들을 지켜보는 세준을 바라봤다.

"윗가슴둘레 34.5. 밑가슴둘레 26. 허리둘레 24. 엉덩이는 36인치."

세준이 태연하게 웃으며 줄줄줄 읊어댔다. 솔의 신체 사이즈를. 아주 정확하게. 구석구석 세밀하게.

순간 카스티엘의 얼굴이 굳어졌다.

그도 디자이너였다. 대보지 않아도 얼추 정확하게 맞히곤 했으니 지금 세준이 말한 숫자가 모두 솔의 사이즈라는 것 정도는 알 수 있었다.

"왜요? 못 믿겠으면 재보시든가요."

가늘게 뜬 눈으로 세준을 노려보던 카스티엘이 솔의 가슴에 둘렀던 줄자의 숫자를 읽어봤다. 정확하게 34.5.

밑가슴둘레 26. 허리둘레 24까지 정확하게 들어맞았다. 재볼 것도 없는 엉덩이둘레까지 모두 확인하고서 카스티엘이 솔의 몸에서 줄자를 떼어냈다.

하지만 그 사이에서, 카스티엘보다 더 놀란 사람이 있었으니.

'저, 저, 저놈이 내 사이즈는 언제 잰 거지?'

세준이 솔의 몸을 자로 잰 것처럼 정확하게 읊어대니 놀라지 않을 수 없었다.

단 한 번도 제 입으로 사이즈를 말해준 적도 없을뿐더러 그의 앞에서 사이즈를 잰 적도 없었다. 그런데 어떻게 아는 건지. 신기한 한편, 살짝 무섭기까지 했다.

"그리고 허벅지는."

벽에서 몸을 떼고 천천히 다가온 세준이 바닥에 떨어진 베스가운을 들어 올렸다.

"41센치 정도."

빙긋 웃으며 솔에게 옷을 건네준다.

얼른 입어. 좋은 말 할 때, 얼른…….

슬쩍 지나가는 눈빛이 그렇게 말하고 있었다.

탕.

차 문이 닫히기가 무섭게 시동이 걸렸다. 부르릉, 성난 짐승처럼 짧지만 거칠게 울어 젖힌 차가 천천히 출발했다.

'기분, 안 좋겠지?'

세준이 그 상황을 이해하지 못했다는 것이 아니었다.

자신이라도, 그녀가 세준이었더라도 그 상황은 조금 언짢았을 것 같았다. 호텔방 안에서 홀딱 벗은 몸을 만지작거리게 내어줘야 하는 그런 상황이었으니.

그러니 저도 모르게 미안함 마음이 들지 않을 수 없었다, 애인이니까. 서로를 걱정하고 염려할 자격을 가진, 애인이었으니까.

힐끔힐끔, 운전하는 세준의 옆모습을 살폈지만 그는 앞 유리창을 뚫어버릴 기세로 앞만 볼 뿐이었다. 앞을 직시하는 그 눈빛이 서늘했다. 창밖의 온도처럼 차갑고 냉랭한 얼굴.

차 안은 지독히도 고요했다.

고요함과 정적의 밀도가 그녀의 숨구멍을 턱 막아버릴 것처럼 무겁게 가라앉아 있었다. 세준이 솔을 향해 화를 내는 것도, 따져 묻는 것도 아니었건만, 솔은 어쩐지 이 살갗이 따가운 공기 하나만으로도 가슴이 쿵쾅거릴 지경이었다.

'나 지금, 눈치 보는 건가?'

곁눈질로 힐끔힐끔 세준을 쳐다보던 솔이 스스로를 향해 자문했다.

알아주는 푼수에, 마음도 약하고, 이리저리 남의 눈치를 살피기는 했지만 그건 어디까지나 인간 '강솔'이었을 때의 이야기였다.

일을 할 때는, 특히 모델 '강솔'이었을 때는 누구의 눈치도 본 적이 없던 그녀로서는 지금 스스로에게 굉장히 놀랄 수밖에 없었다.

'내가, 일을 하다가, 눈치를?'

잠시간 머리가 멍해질 만큼의 충격이 스치고 지나갔다. 그만큼 솔의 마음 안에서 세준이 크게 물들어 있는 것이었다.

쉴 새 없이 눈을 깜빡거리며 그 놀라운 사실을 곱씹고 있는데 세준이 불쑥 입을 열었다.

"내 눈치 보지 마."

허걱, 내 마음에 들어갔다 온 것이냐? 어떻게 정확히 그 말을 꼬집어 말하는 게냐?

솔이 더욱 놀란 눈빛으로 세준을 돌아봤다.

세준은 여전히 운전대를 잡은 채 앞만 보고 있었다. 신호를 받아 차가 잠시 멈춰 섰다. 그제야 세준이 솔을 돌아봤다.

"당신이 왜 눈치를 봐. 잘못한 것도 없잖아."

눈이 마주쳤다. 세준은 그녀가 생각했던 것보다 성나지도, 짜증이 나지도 않은 고요한 눈으로 그렇게 말했다.

"화…… 난 거 아니었어?"

솔이 조심스럽게 물었다. 그러는 사이 다시 차가 출발했다.

언제나 빽빽한 서울의 도로 위를 혼자 차지한 듯 부드럽게 질주한다.

잠깐 다시 이어진 침묵을 깨고 세준이 말했다.

"화나, 질투도 나, 짜증도 나."

무덤덤한 목소리.

솔은 그 무덤덤함 속에 깃든 감정을 읽어내려고 애쓰듯 세준의 홀쭉한 볼을, 날카로운 턱 선을, 앞을 보고 달려가는 눈빛을 뚫어져라 바라봤다.

"하지만 그게 당신 때문은 아니야. 그저 내가 남자라서, 당신이 매력적인 여자라서…… 그래서 그런 거니까."

솔의 동네에 다다랐다. 골목으로 들어서며 세준이 운전대를 꺾었다. 몸이 기울어지고 차가 오피스텔 안으로 들어선다.

끼익.

차가 멈췄다. 앞만 보던 세준도 천천히 고개를 돌려 솔을 바라봤다.

"그러니까, 내 눈치 볼 필요 없어."

차 안에 가득한 정적 때문일까? 어쩐지 솔은 세준의 마음의 소리가 들리는 것만 같았다. 두 눈이 마주치고, 우직한 눈동자가 그녀를 바라보고 있었다.

그녀가 자기 때문에 흔들리는 것을 걱정하는 것이, 그래서 자신의 질투를 애써 잠재우는 것이 환히 보였고 들렸다.

멋진 자식.

이렇게 멋진 자식이 그녀의 애인이었다. 그것도 그녀의 첫 번째, 애인이었다.

되씹으면 되씹을수록 가슴이 뿌듯했다.

겉모습만 보고, 첫인상만 보고 너를 밀어냈다면 어떻게 됐을까? 우리가 지금처럼 이렇게 사랑하고 있었을까?

……정말, 큰일 날 뻔했다. 너를 만나지 못할 뻔했어.

솔은 어쩐지 입속이 간지러웠다. 사랑해. 그 말이 혀끝에서 간질간질 춤을 췄지만 어색하고 쑥스러워 나오지 않았다.

'사랑해, 사랑해, 세준아.'

그 말이 혀끝에서만 간질간질. 머뭇머뭇. 입술을 끝을 살짝 깨물다 어렵사리 입을 열었다.

"……고마워, 많이."

하지만 부끄러운 혀끝은 사랑한단 말 대신 고맙다는 말을 내뱉었다. 대신 그 안에 그녀의 마음을 듬뿍 담아서.

그녀의 말에 세준의 눈매가 부드럽게 휘어졌다. 천천히 휘어지는 눈가, 입가. 소리는 없지만 따스한 웃음.

너는 불쑥불쑥 내 마음에 들어갔다 오니까 알 거야. 알 수 있을 거야. 그렇게 스스로를 향해 변명하지만, 언젠가 꼭, 그녀가 먼저, 꼭, 사랑한단 말을 해줄 것이었다.

멀지 않은 미래에, 꼭.

"로케 잘 갔다 오고. 갈 때 연락, 올 때 연락하는 거 잊지 말고."

"알았어, 알았어. 걱정하지 마. 촬영만 하고 오는 건데, 뭐."

"며칠 걸린다고 했지?"

"홍콩 촬영은 내일모레 새벽에 가서 1박 3일 있다가 오는 거야. 한 3, 4일 못 보겠네."

알았다는 듯 세준이 고개를 끄덕였다. 솔이 주섬주섬 가방을 챙겨 들다가 마지막으로 세준을 보고 슬쩍 웃었다.

잘생겼다, 내 애인. 멋있다, 내 애인.

"잘 들어가."

잠시간 그렇게 흐뭇해하며 웃고 돌아서는데 갑자기 들리는 세준의 잠긴 목소리.

"안 되겠다."

'응? 뭐지?' 하고 뒤를 돌아보려는 찰나 왼쪽 손목이 강한 힘에 의해 붙들렸다.

팔목을 확 잡아끄는 단단한 힘에 솔의 상체가 세준을 향해 이끌려 갔다. 놀라서 급하게 숨을 들이켜려는 찰나 뜨거운 입술이 부딪혀 왔다.

"으읍!"

거침없이 입술을 가르고 들어서는 뜨거운 혀끝이 솔의 입안을 헤집기 시작했다.

한 손으론 그녀의 턱을 고정시키고, 한 손으로는 그녀의 손목을 움켜쥔 채 세준이 그 어느 때보다도 격렬하게 솔의 입술을 탐했다.

치열을 가르고, 혀를 감싸고, 호흡을 빼앗아가니 찰나의 순간이었지만 솔의 머릿속이 아찔해졌다.

"하아."

솔이 숨을 헐떡거리는 찰나, 세준이 빙긋 웃었다. 그토록 격렬한 입맞춤을 퍼부었던 입술로 조금 전 그 다정한 웃음을 보였다.

"내 거다, 이거."

벌어진 솔의 입술을 슬쩍 깨문 채 세준이 말했다.

그토록 억눌렀던 질투심을 슬그머니 흘리며, 한층 낮아진 목소리로 솔의 귓가에 나지막하게 달콤쌉쌀한 경고를 했다.

"그걸, 한순간도 잊으면 안 돼."

입술만큼이나 세준의 숨결이 닿은 귓가가 뜨거웠다.

솔을 데려다주고 오는 길, 세준은 매니저 우민의 전화를 받았다.

우민은 미안한 듯, 혹은 본인조차도 곤혹스럽다는 듯 말하기를 주저하고 있었다.

[허, 거참……. 어쩐 일로 일이 없다. 매달 찍었던 잡지사 화보도 없

고……. 아무튼 이상하네. 내일도 스케줄 없고 모레도 없어. 아, 그리고 연장계약하기로 했던 '옹브레', 그것도 취소됐어.]

세준도 조금 놀라기는 했지만 그렇다고 기분이 상하거나 하진 않았다. 그리고 묘하게 촉이 오는 구석도 있었고.

설마설마…… 했었건만.

아무리 그래도 자신의 꼬리를 잘라낼까 싶었는데, 생각보다 비정한 사람이었던 것 같다. 자신이 키워줬다 생각한 일개 모델이 반항하는 것은 눈이 뒤집혀도 못 보겠다 이건가?

[이왕 이렇게 된 거, 편하게 쉬고 있어. 어차피 한 1, 2주 쉬다 보면 또 일 들어오니까. 박세준이잖냐! 아! 그래도 지금 진행하고 있는 뮤챔은 계속 나가는 거다, 알지?]

우민은 세준이 기분 상해할까 봐 쾌활하게 말했지만, 실상 세준은 일이 없다는 소리를 전해 듣고 오히려 마음이 편안해졌다.

이렇게 일이 없기는 거의 처음이었다. 하루를 쉬면 다음 날은 새벽까지 촬영이거나, 새벽부터 촬영이었다. 스케줄이 없더라도 다음 날 있을 촬영 준비 때문에 연습을 하러 간다거나 오디션을 보러 가는 일상이 다반사였다.

이틀을 연이어서 쉬었던 건 그나마 로마 컬렉션을 다녀온 직후뿐이었으니.

'뭘 하지?'

본의 아니게 찾아온 휴식기에 세준은 잠시간 고민에 빠졌다. 일을 하고 나서 이렇게 완전히 혼자만의 시간을 갖는 것이 너무 오랜만이라서 감이 돌아오질 않았다.

때마침 솔도 촬영 때문에 정신없는 기간이었으니까.

타그닥타그닥, 소파 위로 손가락을 두드리던 세준이 힐끔 시계를 봤다.

시각은 그렇게 늦지 않은 8시 반.

하지만 날은 이미 어두워졌고, 혼자서 술을 마시고 싶진 않았다. 성준이나 훈과 함께할 수도 있었지만 어쩐지 내키지가 않았다.

고민하던 세준의 눈이 자석이 이끌린 듯 작은 방으로 향했다.

힐끔 돌아간 시선은 한참이나 방문 앞에 머물러 있었다. 발끝이 막 움찔거리려는 그때, 전화가 울렸다.

세준이 화들짝 놀라며 휴대폰을 들어 올려 발신자를 확인했다.

"뭐야?"

미간이 찌푸려졌다. 믿을 수 없다는 시선으로 한참 액정을 내려다보던 그가 자꾸만 받으라고 재촉해대는 벨소리에 떨떠름한 얼굴로 전화를 받았다.

"왜, 형."

세진병원 인근의 그렇게 크지 않은 바였다.

해진이 인턴 때부터 있었던 곳이니까 벌써 15년이 넘게 자리를 지키고 있는 낡은 술집이었다. 바 자체는 오래되어 때가 타고 색이 바랬지만, 주인의 정성으로 인해서 시간의 흔적마저 멋스럽게 남겨놓았다.

2층에 위치해 있지만 테라스도 있었고 창도 넓었다. 통풍이 잘되는 곳이라 그런지 술집임에도 가끔 바람 냄새가 났다. 1층 꽃집에서 올라오는 풀냄새도 섞여서.

유리잔 안에서 부딪치는 얼음을 살살 돌리던 해진이 잔을 들어 입을 축였다.

오랜만에 목구멍 안을 파고드는 독한 위스키가 달콤하게 느껴졌다. 그 향이 마음에 든 듯 다시 잔을 드는데, 누군가 그의 잔을 빼앗아 들었다.

"동생이 오기도 전에 취하려고?"

바의 오너인 지수가 해진을 향해 눈을 흘기며 빼앗아 든 잔을 제가 홀짝 들이켰다. 그런 지수를 향해 해진도 눈을 가늘게 뜨며 딱딱하게 대꾸했다.

"무슨 주인이 손님 잔을 막 뺏나?"

어두운 바의 조명 아래 해진의 눈빛이 날카롭게 빛났지만 상대편에게는 씨알도 먹히지 않는 카리스마였다.

"하나도 안 무서우니까 무서운 척하지 마. 내가 당신 상대한 게 11년이야."

"11년 동안 단 한 번을 존댓말한 적도 없지, 세 살이나 어리면서."

"100년 묵은 낡은 에피소드 꺼내지 말고, 오늘 말 잘해. 알았지?"

제가 더 긴장한 듯 몇 번을 심호흡하더니 다시 유리잔에 위스키를 가득 따라주었다.

해진이 그것을 건네받으려는 그때, 문이 열리는 소리가 들렸다. 해진과 지수의 고개가 본능적으로 그곳으로 돌아갔다.

훤칠한 키, 떡 벌어진 어깨, 세련된 옷차림에 해진과 닮은 얼굴까지. 누가 봐도 박해진의 동생 박세준이었다.

눈을 동그랗게 뜬 지수가 순간 해진에게 내밀었던 잔을 다시 빼앗아서 꿀꺽 들이켰다.

"어……."

탁!

"왔다. 잘해라, 박해진!"

다가오는 세준을 보며 지수가 후다닥 멀어졌다. 잔은 깨끗하게 비워진 상태였다.

'나참.'

해진이 절레절레 고개를 흔들었다. 멀찍이 떨어진 채 지수가 아르바이트생을 찔러 보내고 있었다.

"뭐야, 갑자기 왜 오래?"

"왔냐."

"어차피 내일 갈 거라니까, 왜 오라는 거야?"

해진의 옆자리에 자리를 잡고 앉은 세준이 해진과 같은 위스키를 시켰다.

바텐더가 건네주는 유리잔을 받아 들며 마른입을 축였지만 해진은 아직 말이 없었다. 세준이 그런 해진을 이상하다는 듯 힐끔거렸다.

가만히 잔을 만지작거리고 있던 해진이 세준이 잔을 내려놓기도 전에 갑자기 돌직구를 던졌다.

"나 결혼한다."

"풉!"

분수처럼 흩어지는 맑은 위스키를 막지 못했다.

세준이 당황한 듯 소매로 입가를 찍어 누르는 사이 바텐더가 후다닥 와서 휴지를 건넸다. 저 멀리 지켜보고 있던 지수가 한 손으로 얼굴을 가린 채 고개를 내젓고 있었다.

"뭐, 뭐야! 농담하지 마!"

"농담 아닌데."

"그럼, 거짓말하지 마! 형이 또 무슨 결혼이야? 언제 선봤어? 아니, 또 어디 병원 합병해? 어?"

해진의 말을 도무지 믿을 수 없다는 듯 세준이 상백하게 질린 얼굴로 고개를 저으며 그의 말을 부정했다.
해진의 한쪽 눈썹이 비뚜름하게 올라갔다. 무언가 마음에 들지 않을 때 보이는 세준의 얼굴과 무척이나 닮아 있었다.
"연애결혼이다."
더더욱 믿을 수가 없는 얼굴이 됐다. 세준은 말도 안 된다는 듯 고개를 내저었지만, 설마 하는 얼굴로 다시 물었다.
"……상대는?"
그 말이 언제 나오나 기다렸던 해진이었다.
내내 무표정이었던 그가 씨익 웃음을 보였다. 서늘한 눈매가 힐끔 돌아가더니 저 멀리 벽 한구석에 붙어 서서 두 사람을 지켜보고 있던 지수를 향해 턱짓했다.
"저기 있다, 네 형수."
세준의 고개가 천천히 돌아가더니만 지수를 봤다.
허공에서 미래의 형수와 도련님의 눈이 마주쳤다. 화들짝 놀란 지수가 억지로 입꼬리를 올려 웃었다.
파르르 떨리는 지수의 입 모양을 보며 해진이 소리 없이 웃었다. 정지수가 저렇게 긴장하는 모습은 처음 보는 해진이었다.
벌써부터 저렇게 긴장하면 어떡하나 걱정이 들기도 하는 한편, 천하의 정지수가 박해진의 가족에게만 긴장한다는 그 사실이 묘하게 뿌듯하기도 했다.
"혀, 형수?"
저도 모르게 손가락으로 지수를 짚은 세준이 해진을 향해 되물었다.
"어, 형수. 두 달 후에 식 올릴 거야. 아니, 올린다."
"뭐? 그, 그럼 상견례랑 다 한 거야?"

해진이 고개를 저으며 덧붙였다.

"지수는 어렸을 때 부모님 다 돌아가셨어. 우리 가족만 보면 돼."

그의 말에 저도 모르게 세준의 얼굴이 굳어졌다. 세준의 얼굴이 굳어지는 이유를 해진도 알고 있었다. 픽 웃으며 해진이 술을 들이켰다.

"어려울 것 같은데."

"어렵겠지."

'술집을 운영하는 부모 없이 자란 여자'. 명제만 본다면 부모님 모두 좋아하지 않을 것이 틀림없었다. 이 여자가 어떤 사람이건, 어떤 삶을 어떤 자세로 이겨왔던지 간에, 저 한 줄의 말이 그녀를 꼬리표처럼 따라다니곤 했으니.

안타깝지만 그것이 현실이었고, 그것이 사실이었다. 하지만…….

"어렵다고 포기하면."

해진이 손을 들어 지수를 불렀다.

"……원하는 걸 절대 가질 수 없어."

천천히 다가오는 자신의 여자, 내 여자. 그가 원하는 단 한 사람. 어떡해서든 곁에 두고 싶은 사람.

"안녕하세요, 도, 도, 도……. 크흠. 세준 씨."

슬그머니 다가온 지수가 해진의 곁에 서며 수줍게 인사를 건넸다.

해진이 곁에 다가온 그녀의 손을 깍지 껴 잡았다. 여자의 손답지 않게 굳은살이 느껴지는 거칠거칠한 손바닥. 그것을 더욱 힘주어 잡은 그가 세준을 돌아봤다.

"그러니까―."

놀란 동생의 얼굴을 보며 해진이 자신만만하게 웃어 보였다.

"네가 도와줘야지."

도무지 도움을 청하는 사람의 얼굴은 아니었다.

'형이 또 결혼을 한다니.'

침대 위에 눕고서도 여전히 세준의 정신은 조금 전의 그 술집 안에 남아 있었다. 정말이지 충격이 아닐 수 없었다.

해진은 이미 결혼을 한 전력이 있었다. 어렸을 때, 선을 보고 한 결혼인데다가 1년도 되지 않아서 돌아섰지만, 어쨌든 전력이 있었던 탓에 충격은 더더욱 컸다.

결혼에 '결' 자만 나와도 사늘해지던 사람이었는데.

그때 형수가 미국으로 유학 간다고 해놓고 바람이 났더랬다. 그것을 알고도 형은 그 누구에게도 말하지 않았다. 그 상태로 이끌어갈 생각이었던 것 같았다.

형은, 해진은 그런 성격이었다. 모두 덮고, 모두 지고, 모두 끌고 가는.

하지만 형수가 돌아와서 이혼하자고 생난리를 피우는 바람에 모두 무너졌지만.

'그런 형이 다시 결혼을 생각한 여자라니.'

형이 소개해 준 미래의 형수님은 긴장한 탓에 표정이 굳어 있었지만 눈빛이 선했다.

아주 예쁘지도, 그렇다고 평범하지도 않았지만 묘하게 신뢰가 가는 얼굴이었더랬지. 무엇보다도 중간중간 형을 제압하는 모습이 아주 믿음직스러웠다.

2년 동안 아주 철저하게 비밀 연애를 했구만.

"참 나."

믿을 수 없다는 듯한 한숨은 이내 푸시시 헛웃음으로 번졌다. 잠이 오지 않는다. 자꾸만, 가슴 안이 뜨끈뜨끈했다.

'어렵다고 포기하면.'

뒤척이던 세준이 결국 자리를 털고 일어났다. 비척비척 일어나 물을 꺼내 마시던 세준의 눈길이 굳게 닫혀 있는 방문 앞에 닿았다.

'……원하는 걸 절대 가질 수 없어.'

물을 마시고도 입술이 바짝 말라왔다. 그 마른 입술을 질끈 깨물고 방문을 한참 노려보던 세준이 이내 홀린 듯 발을 움직였다.

탁, 문이 닫혔다.

시간은 이미 늦은 새벽 2시. 하지만 컴퓨터 앞에 앉은 세준의 눈은 그 어느 때보다 맑게 뜨여 있었다.

"으으윽……!"

어깨가 아프다 싶어 잠시 몸을 푸는데 핸드폰 알람이 요란하게 울렸다.

아침 7시. 아침을 깨우는 알람 소리에 그제야 세준은 자신이 밤을 새웠다는 자각을 했다. 무척이나 오랜만이었다.

근 3년 만에 처음으로 오직 영화만 생각하고 밤을 새웠다. 그런데 하나도 피곤하지가 않았다.

좌르륵! 커튼이 열리고 아침 햇살이 뽀얗게 쏟아져 들어왔다.

얼굴 가득 쏟아지는 햇빛을 느끼며 세준은 빙그레 웃고 있었다. 노곤했지만 이상하게 마음이 들떴다. 몸 안을 돌아다니고 있는 엔돌핀으로 인해 기운이 팍팍 넘치고 있었다.

한숨도 자지 못했는데, 꿈을 꾸고 있는 기분이었다. 깨어나면 허무하게 흩어져 버릴 그런 걸 말하는 게 아니었다. 그를 잠에서 깨우게 하는 힘, 그것이었다.

"후우."

크게 숨을 들이마셨다. 아침 공기가 상쾌했다. 그 순간 어떤 결심이 벼락처럼 그의 머리를 스치고 지나갔다. 정신이 번쩍 든다.

'나는, 영화를…….'

세준의 가슴이 벅차오르고 있었다.

"……해야 해."

아침 일찍부터 시작했던 카스티엘 촬영은 장소를 네 번 바꾸고, 의상을 열두 벌 정도 갈아입고 나서야 겨우 끝이 났다.

다음 날 새벽같이 출국해야 하는 상황이었기에 일찌감치 집에 들어가 짐을 싸고 있던 솔이 문자가 오는 소리에 손을 멈췄다.

보지 않아도 알 것만 같은 이 핑크빛 기운.

〈내가 만약에 오지게 돈을 못 벌어서 당신 스테이크도 못 사주고, 신발도 못 사주게 되면 당신 속상하겠지?〉

이게 무슨 뚱딴지같은 소리야?

화면을 한참을 노려보던 솔이 고민 끝에 답장을 보냈다.

〈나 어차피 체중 관리해서 스테이크 못 먹어. 그리고 신발 사주면 도망간다는 속설 몰라?〉

전송 버튼을 누르고 나서 생각이 났다. 이미 세준이 그녀에게 신발을 사줬다는 것을. 그래서 솔이 서둘러 덧붙였다.

〈신발은 내가 너 하나 사줘야겠다. 같이 가게, 어디든…….〉

별말 하지 않은 것 같은데 이상하게 손발이 오그라들었다. 인터스텔라에 빠진 것처럼 시공간이 오그라지는 느낌적인 느낌이랄까.

〈예술하는 사람들 마누라는 배고프다는데, 어쩌냐, 당신.〉
〈나 네 마누라 아닌데.〉

새치름한 답장에 직선 두 개가 찍찍 그어져 왔다. 하루 종일 일했다는 피곤함도 잊은 채 솔이 키득키득 웃으며 다시 답장을 보냈다.

〈걱정 ㄴㄴ. 배고픔은 이제 내 영혼의 동반자야. 근데 갑자기 무슨 말이야, 그게?〉
〈하고 싶은 일이 있어, 간절히. 근데 당분간 지금처럼 돈은 못 벌 것 같아서.〉

하고 싶은 일?
생각할 것도 없이 머리를 스치고 지나가는 몇 개의 조각들.
아아…… 그거.
드디어, 천천히 세준이 마음을 열고 있었다. 모든 것을 오픈했지만 마지막 빗장 하나를 스스로도 열지 못하고 있었던 그였다. 솔뿐만 아니라 저 자신마저 외면하던 그 빗장을 드디어…….
"결심했나 보네."
열었나 보구나.

제 일도 아닌데, 마치 제 일처럼 가슴이 설레었다.

심장이 빠근하게 떨려오는 것을 느끼며 솔이 한 글자 한 글자 힘을 줘 액정을 눌러 글자를 만들었다.

〈파이팅.〉

힘내라, 박세준.

제15화
당신에게 닿기를

"당신, 이제 고집 그만 피워."

창백한 안색의 이 여사를 향해 박 원장이 딱딱하게 굳은 얼굴로 말했다.

아침 식사 도중에 갑자기 쇼크 상태에 빠졌던 아내의 모습이 떠오른 듯 박 원장의 미간은 풀어질 기미가 보이지 않았다.

빠른 응급조치 덕분에 무서운 일은 벌어지지 않았지만, 이제 정말 수술을 해야 할 때가 온 것이었다.

"아버지 고집 꺾으시겠다고 어머니가 아프실 필요는 없잖아요."

곁에 있던 해진도 참지 못하고 거들었다.

철가면 같은 해진의 얼굴 위에도 걱정의 흔적이 진하게 남아 있었다. 따끔한 큰아들의 말에 박 원장이 괜히 헛기침을 하며 주의를 환기시켰다.

여전히 하얗게 질린 얼굴의 이 여사가 빙그레 웃는다.

"이 정도로 죽지 않아요. 두 의사가 더 잘 알면서 뭘 그래."

"……죽을 수도 있습니다."

별거 아니라는 듯 말하는 이 여사의 말에 해진이 살벌하게 대꾸했다. 박 원장도 옆에서 열심히 고개를 끄덕인다.

"조금만 늦었어도 당신 쇼크사했어. 소리 없이, 한순간에 죽게 만드는 게 혈관이야. 당장 수술합시다."

권유가 아니라 명령이었다. 말투는 딱딱했지만 그 안에 걱정이 잔뜩 스며 있었다.

그것을 알고 있지만 이 여사는 다시 한 번 고집을 부렸다.

"아직 세준이가 안 왔어요."

이 여자가 진짜.

아내의 말에 차분한 박 원장도 욱했는지 이를 악물었다.

"아니, 세준이 그놈이 오면 어쩌라는 거야? 지금 나보고 사과라도 하라는 거야? 애비가 자식새끼한테 하지 말라는 말도 못 해?"

그게 아니라는 듯 이 여사가 부드럽게 고개를 내저었다.

"혼을 냈으면 안아줘야죠. 하지 말라 했으면 왜 그랬는지 말해줘야죠. 그런데 당신은 세준이가 아무것도 못 하게 만들어 버렸잖아요. 당신이 바랐던 의사도 못 됐고, 세준이가 원했던 영화도 못 하게 만들었으니 이제 다시 일어나게 격려해 줘야죠."

"스스로 못나서 아무것도 못 한 자식이야."

"세준이가 당신을 너무 사랑해서 아무것도 못 한 거죠."

얼음처럼 차가운 박 원장의 말을 이 여사가 부드럽게 맞받아쳤다.

그 부드러움이 강함을 제압했다. 박 원장은 혀끝이 알싸하게 저려오는 바람에 입을 꾹 다물고 말았다.

"죽겠다는데, 너 그거 하면 아빠가 죽겠다는데…… 그 착한 아이가 계속 한다고 말할 수 있었겠어요? 칼 같은 해진이야 그 정도 협박에도 눈 하나 깜빡 안 하겠지만, 세준이는 그렇게 모질지 못해요. 그걸 아니까 당신도 그 쇼를 벌인 거잖아요."

눈앞에서 어머니가 디스를 하고 있었지만 해진은 그녀의 말마따나 눈 하나 깜짝하지 않았다. 그 심드렁한 얼굴로 부모님의 대화를 말없이 듣고 있을 뿐.

박 원장의 목소리가 답답하다는 듯 높아졌다.

"좋은 의사가 되고도 남았을 놈이야! 머리도 좋고, 그래, 인성도 좋아. 남들은 어떻게든 하고 싶어서 안달이 났는데 그 녀석은 그 조건을 가지고도 안 한다는 게 말이 돼? 그래 놓고 뭐? 영화?"

아비의 욕심이었다. 내 아들이, 나와 같은 길을 나보다 더 잘 가는 것을 보고 싶은, 아비의 욕심이었다.

큰아들 해진도 의사라지만, 박 원장은 세준도 좋은 의사가 될 것이라 믿어 의심치 않았건만.

"나라님도 제가 싫으면 못 하는 게 인간이에요."

"나랏님 일은 나라도 싫어!"

고집스러운 박 원장의 말에 이 여사가 나직이 한숨을 내쉬며 덧붙인다.

"내 배 아파서 낳았다고, 내 아이라고…… 애들이 '부모의 것'은 아니잖아요."

그래, 내 자식이라고 내 소유물은 아니다.

머리로는 알지만 때때로 가슴으론 그것이 잘 받아들여지지 않는다. 이 나이가 되도록, 자식들을 이만큼 키워냈으면서도 아직도 가끔 그것을 잊어버릴 때가 많았다. 아니, 사실 이제야 그것을 진짜 깨달았다는 것이 맞는 말이겠지.

"……엄마가 아프다는데 코빼기도 보이지 않는 놈 편들기는."

똑똑.

말문이 막힌 듯 불퉁스럽게 중얼거리는 박 원장의 말이 끝나기가 무섭게 문 두드리는 소리가 들렸다.

모두의 고개가 문을 향해 돌아갔다. 그리고 그제야 생각이 났다는 듯 해진이 손목시계를 내려다보며 중얼거린다.

"세준이가 1시까지 온다 했는데……."

시침이 한 치의 오차도 없이 정확히 숫자 1 위에 있었다. 문이 열렸다.

"……어?"

코빼기도 보이지 않았던 세준이 놀란 얼굴로 엉거주춤 안으로 들어섰다. 천혜향을 가득 품에 안고선.

세준은 난감했다.

이렇게 다 같이 한자리에 있었던 것이 너무 오래전이라 기억도 나지 않을 정도였다. 사람이 네 명이나 있었건만, VIP 병실 안은 침묵이 차지하고 있었다.

무슨 생각이신지 어머니는 창백한 미소로 아버지를 뚫어져라 바라보고 계셨고, 언제나 무슨 생각인지 모를 형은 어머니 차트만 바라보고 있었으며, 오늘따라 유독 무슨 생각인지 알 수 없는 아버지는 창밖을 보고 계셨다.

한마디로 아버지, 어머니, 형, 이 온 가족의 생각의 방향이 다 달랐다.

서로 다른 생각을 하고 있으니 말이 섞이기가 쉽지 않은 것이리라.

오랜 침묵 끝에 박 원장이 먼저 입을 열었다.

“그렇게 바라던 아들이 왔으니…… 당장 오늘 저녁에 네 엄마 수술 잡아라.”

해진이 고개를 끄덕였다. 세준은 어쩐지 죄스러운 마음에 고개를 들기가 편치 않았다.

또다시 불편하게 감도는 공기에 이 여사가 가늘게 눈을 뜨고선 박 원장을 쏘아봤다. 다시 이어지는 어색한 침묵. 참다못한 세준이 조심스럽게 입을 열었다.

“수술만 하면 정말 괜찮으신 거죠?”

“간단한 수술이야. 30분도 안 걸린다더라.”

그 간단한 수술을 안 받겠다고 보름을 저리 버티고 있었던 이 여사였다. 세준이 가슴을 쓸어내렸다.

“퇴원하면 외식하고 싶구나.”

“드시고 싶으신 거 말씀만 하세요. 맛있게 하는 데로 모셔다 드릴게요.”

다정한 작은아들의 말에 이 여사가 웃음을 보였다.

“다 같이, 우리 가족 다 같이 모여 있기만 하면 병원 식당에서 먹어도 좋아, 엄마는.”

이 여사의 말에 방 안에 모여 있던 세 남자의 얼굴이 동시에 불편해졌다.

정말이지, 이런 순간만 되면 이 여사는 왜 살가운 딸 하나 낳지 못했나 그렇게 후회가 되었다. 딸을 하나 더 낳았어야 하는데, 딸을……. 에휴.

이 여사의 한숨 소리를 오해한 것일까? 박 원장이 조가비처럼 딱 다물고 있던 입을 다시 열었다.

“……이번에 응급실에 새로 들어온 인턴 중에 서른여섯 살이 있다던데.”

“아, 네. 김진수라고.”

간혹 가다가 이렇게 늦은 나이에 들어오는 인턴들이 있었다. 박 원장이 고개를 끄덕이다가 힐끔 세준을 곁눈질했다. 눈이 마주친 세준은 어쩐지 불편한 마음에 들고 온 천혜향만 만지작거렸다.

“늦은 나이에도 의사가 하고 싶었던 게지. 사실, 마음만 먹으면 나이는 그렇게 크게 중요한 게 아니야.”

무슨 말씀을 하고 싶으신 걸까.

“지금 인턴이라면 스물대여섯 살에 들어갔겠구먼, 의대는.”

그 순간 세준의 가슴이 철렁 내려앉았다. 딱 세준의 나이었다.

저도 모르게 세준의 고개가 스르륵 박 원장에게 돌아갔다. 딱딱하게 굳은 얼굴, 굳은 표정.

‘그러니까, 아버지 당신께선 아직도 저에게…….’

그리고 역시나 박 원장은 미간 하나 찌푸리지 않은 채 그토록 다시 듣고 싶지 않은 말을 꺼내기 시작했다.

“너는 어떠냐? 박세준, 너도 지금 그렇게 늦은 나이는 아닌 것 같은데. 너 지금이라도…….”

세준은 자리에서 벌떡 일어나고 말았다.

“여보!”

이 여사가 황급히 박 원장의 말을 저지했지만 이미 엎질러진 물이었고, 떠난 화살이었다.

어찌 보면 대단하신 열정이었다. 아직도 의대에 가라고 말씀하시다니. 이제는, 그래도 이제는 그 욕심에서 벗어나셨나 했는데…….

이 여사보다 더 창백해진 얼굴로 세준이 꾸벅 고개를 숙였다.

“아직 제가 여기 있을 시기가 아닌 것 같네요. 수술, 끝나면 다시 올게요, 어머니. 먼저 가보겠습니다."

"박세준!"

아버지의 부름 소리, 이 여사의 부름 소리가 들렸지만 세준은 질끈 눈을 감은 채 방을 나오고 말았다.

어쩌면, 세준은 평생 아버지에게 인정받지 못하리라, 평생…….

또다시 짓이겨진 가슴 안이 뭉툭하게 파였다. 그 안으로 서글픔이 고여들었다.

최초 공개! 박세준의 여자, 그녀는 같은 소속사 모델 S양?

각종 CF, 화보, 드라마, MC 분야에서 주목받고 있는 모델 박세준은 같은 고등학교 출신이자 같은 소속사 모델 S양과 오랜 시간 친분을 유지해 왔던 것으로 밝혀졌다. 이번 로마 컬렉션에도 같이 참석하게 된 두 사람은 같이 화보를 찍는 등……. (중략)

두 사람의 소속사, 세미 측에 따르면 예전부터 워낙 친하게 지내왔던 두 사람은 사석에서도 잦은 만남은 물론…….

이로써 모델계에서 또다시 최강 비주얼 커플이 탄생할 것으로 조심스럽게 예측해 본다.

DKS 연예가 김영아 기자

원문을 주욱 훑어 읽어보던 김 기자는 만족스럽게 기사 승인 요청을 눌렀다.

약속한 대로 그녀가 가장 먼저 기사를 올리는 것이었다. 그리고 이 뒤에 올라가야 할 후속 기사까지 마련되었다.

한창 주가를 올리고 있는 박세준의 기사라니.

그녀로서는 오랜만에 낚아보는 월척이었다. 그것도 소속사가 건네준 자료였으니 뒷목이 서늘할 필요도 없었다.

"좋아좋아. 반응 좀 보고 바로 후속 기사 올리면 되겠네."

심혈을 기울여 고른 사진까지 게재하고서 그녀는 길게 기지개를 켰다.

어제 새벽까지 기사 원문을 작성하고선 오늘 새벽에 누구보다 일찍 회사로 출근해 다시 한 번 살폈다.

요즘 도통 실적이 저조했던 탓에 기본급만 받고 쩔쩔매고 있었는데, 이번 달은 월급통장이 꽤 쏠쏠할 것 같았다.

이런 좋은 기회를 준 세미에게 감사 인사를 보내는 걸 잊으면 안 되지!

커피를 타러 가는 길, 핸드폰을 들어 올려 세미의 서 팀장에게 문자를 보냈다.

〈예정대로 올라갑니다. 감사합니다.〉

간결하고 중의적으로.

혼자 만족하며 고개를 끄덕인 김 기자가 탕비실로 들어갔다.

스틱커피를 하나 꺼내 밀봉을 뜯는데 그 스틱커피 포장에 박세준의 얼굴이 있었다. 봉투를 들어 세준의 얼굴을 한참을 보던 김 기자가 쯧— 혀를 찼다.

"넌 뭔 잘못을 했기에 소속사에서 버린 카드가 됐냐. 쯧쯧."

불쌍한지고. 너도 강솔도…….

그렇다고 기사를 물릴 생각은 추호도 없는 김 기자였다.

세준은 답답한 마음에 집으로 달려와 그대로 찬물 아래에 섰다.

심장이 거칠게 뛰는 바람에 온몸의 체온이 급격하게 올라갔다. 찬물 아래에서 몇 번이고 심호흡을 하며 진정하려 애썼다.

결심이 섰다. 지금 이 결심은 무척이나 확고했다. 인정받지 못할 수도 있었다. 배부르지 못할 수도 있었다. 그럼에도 불구하고…….

'한다.'

지금 하지 않더라도 언제고 세준은 다시 이 길로 돌아와 있을 것이었다. 그걸, 깨달았다. 언제고, 언제가 되더라도…….

그렇다면 더 이상 미뤄봤자 무슨 의미가 있겠는가. 지금은 못난 자식일지라도 후에, 먼 미래에 당신께도 인정을 받을 것이다.

세준은 그렇게 얼음처럼 차가운 물 아래에서 깊게 다짐했다.

'당신께도, 그녀에게도 인정받는. 아니, 자랑스러울 수 있는 그런 사람이.'

뜨거운 주먹을 불끈 말아 쥐며 세준이 수도를 잠갔다.

매끈한 턱 선과 탄탄한 가슴 사이로 물방울이 후드득 떨어졌다. 포근한 수건으로 물기를 대충 닦아내는 그때 핸드폰이 요란하게 울어댔다.

조금 전, 홍콩행 비행기를 타러 간다는 솔의 문자를 받았으니 그녀는 아니었다. 누구지 싶어, 대충 허리에 수건을 두르고 핸드폰을 찾으니 매니저 우민이었다.

"어, 무슨 일……."

세준이 용건을 묻기도 전에 수화기 너머로 우민의 다급한 외침이 터져 나왔다.

[야! 너 스캔들 터졌어!]

“솔아, 강솔. 다 왔어.”

잠깐 눈을 붙였는데 그새 잠에 흠뻑 빠졌던 솔이 부스스 눈을 떴다.

기내에는 착륙을 알리는 방송이 요란하지 않게 흘러나왔다.

“피곤하지? 계속 촬영 강행이라.”

석진이 솔의 어깨를 주물러 주었다. 솔이 괜찮다는 듯 고개를 내저었다. 잠이 덜 깬 듯 부스스한 얼굴로 순하게 미소 지으며.

석진이 솔의 미소를 보며 따라 웃음 지었다.

요즘 들어 자주 보이는 얼굴이었다. 만족하고 나른한, 더없이 편안하면서 귀여운 미소였다. 꽉 조여 맸던 매듭을 살짝 풀어낸 듯, 숨 쉴 틈을 발견한 것 같은 그런.

“홍콩 날씨 좋네.”

꿈도 꾸지 않고 개운하게 자고 일어났다.

힐끔 창밖을 보며 솔이 기분 좋다는 듯 중얼거렸다. 날이 맑았다. 밖으로 나가면 공기도 맑을 것만 같았다. 외국이 주는 특유의 설렘이 잠시 올라왔다.

‘다음에는 너도 같이…….’

옆에 있으면 좋았을 법한 누군가를 떠올리며 솔이 아쉽다는 듯 코를 찡긋거렸다.

“한눈팔지 마, 짧은 치마 입지 마, 낯선 남자 절대, 저얼대! 따라가지 마.”

잔소리를 줄줄줄 읊어대는 애인의 목소리가 귓가에 울렸다.

"……이거 내 거야, 잊지 마."

그리고 야릇한 속삭임까지도.

발그레 뺨을 붉히던 솔이 눈앞에 성큼 다가온 공항을 바라봤다.

무거운 비행기가 바퀴를 대고 굴러가는 게 느껴졌다. 기운이 펄펄 끓는 것을 느끼며 솔이 팔을 쭉 뻗어 기지개를 켜며 기운차게 말했다.

"얼른 끝내고 빨리 돌아가요, 오빠."

이틀만 있으면 되는데, 그런데도 이상하게 한국이 그리웠다.

"야, 대박 사건! 기사 봤어?"

"어? 무슨 기사?"

"박세준이랑 손미나! 둘이 사귄대!"

아침부터 터진 난데없는 스캔들에 성마른 여자들의 입술이 쉴 새 없이 움직였다.

지하철이고, 버스이고, 학교이고, 사무실이고 여자 둘 이상 모이면 박세준과 손미나에 대해 이야기했다.

때마침 며칠 전부터 세준의 새 CF가 한창 TV에 방영되고 있었고, 한창 국민 여동생이라 불리는 어린 여자 배우의 이상형이 세준이라는 인터뷰가 있은 이후였기에 '박세준'이란 타이틀은 더더욱 뜨거웠다.

"근데 손미나가 누구야?"

"야, 너 몰라? 공항패션 손미나! 만날 기사 뜨잖아."

"공항패션? ……아, 아아아! 그 핑크 바지!"

공항에 입고 간 핑크 스키니진으로 한때 SNS를 뜨겁게 달궜던 적이 있었다.

그 이후로도 단역으로 나왔던 드라마에서 핑크 스키니진을 입고 나오며 '핑크 바지'로 몇 번 입방아에 오른 이후 미나를 핑크 바지란 이름으로 기억하는 사람들이 있었다.

세준보다 먼저 활동했지만 인지도 면에선 아직 한참 모자란 미나였다.

그런 손미나와 박세준이 열애하는 사이란다!

아니, 그럴지도 모른다는 추측성 기사였지만 제법 물증이 확실했다.

몇 년 전 같은 교복을 입고 있는 둘의 모습, 누군가의 결혼식장에 같이 있는 모습, 그리고 결정적으로 미나의 SNS에 찍혀 있던 그 사진과 멘트!

—이곳은 신나는 파티장♥ 다시 시작! 설렌다.

잘 지내고 싶은 언니 오빠들, 그리고 울희 세준 오빠도♥

미나의 소셜 페이지에서는 이미 지워졌지만 인터넷에선 예전부터 캡쳐 이미지가 나돌아 다니고 있었다.

'다시 시작'이라는 의미심장한 말도, '울희 세준 오빠'란 호칭도 범상치가 않았다. 그리고 같은 모델들이 아닌 지인으로 보이는 사람들과 함께 어울리는 사이라니!

여자들은 미나와 세준의 사이에 틀림없이 '뭔가'가 있다고 확신했다. 썸이 아니더라도, 뭐, 과거쯤이라도 말이다.

기사가 뜬 이른 아침 시간이 조금 지나고 실시간검색 창에 '박세준 열애', '손미나' 혹은 '박세준과 손미나'가 불티나게 올라오고 있었다.

검색창은 물론이거니와 파란 SNS창도 난리가 났다.

"이, 이게 뭐야?"

아침에 눈을 뜨자마자 난리가 난 핸드폰 화면을 보며 미나가 그 자리에서 굳어버리고 말았다.

웅웅 울려대는 알람 소리, 메시지 도착 소리에 눈도 채 뜨지 못한 상태로 화면을 보고 있던 그녀가 놀라 벌떡 자리에서 일어났다.

〈야! 너 정말 세준 오빠랑 사귀는 거야? 대박! 언제 그렇게 됐어?〉

〈미나야, 축하한다~ 뉴스에 난리 났더라, 너?〉

〈손미나님의 쿡 찔러보기 39건 도착〉

〈못생긴 얼굴로 우리 세준 오빠를 꼬셔? 짜증 나네.〉

〈이거 보면 전화 좀.〉

〈세준 오빠랑 스캔들이라니! 대박대박! 대애박! 나중에 소개시켜 주는 거다!〉

덜컥, 숨이 막혀왔다.

화면 위에 차곡차곡 쌓여 있는 알람들을 확인하던 미나의 머릿속이 하얗게 물들었다.

이게 대체 무슨 말인지 정신을 차릴 수가 없었다. 한껏 인상을 찌푸린 채 핸드폰을 노려보던 미나가 눈을 비비며 다시 확인했지만 메시지들은 사라지지 않았다.

"……스캔들?"

서둘러 녹색 창을 열어봤다. 벌써 실검 창에 그녀와 세준의 이름이 빼곡하게 들어차 있었다.

"말도 안 돼."

정말, 세미에서 스캔들을 터뜨렸단 말인가? 이렇게 갑자기? 분명히 싫다고 했는데! 안 된다고 했는데……!

숨을 삼키며 소리 없이 경악한 미나가 헐레벌떡 서 팀장 번호를 찾았다. 당황해서였는지 눈에 아무것도 보이지 않아서 전화번호를 찾기 쉽지가 않았다.

바들바들 떨리는 동공을 다잡고 막 서 팀장의 번호 위에 손가락을 대기 직전, 핸드폰 벨소리가 요란하게 울려댄다.

"헉! 까, 깜짝이야!"

아침부터 한시도 쉬지 않고 놀라고 있는 미나였다. 바짝 어깨를 움츠리며 화면을 노려봤다. 귀신도 이런 귀신이 없었다.

서 팀장의 전화였다.

"서 팀장님! 이게 대체 무슨 일이에요! 네! 제가 그때 분명히 말씀드렸죠? 전 이 일에 관련되기도 싫고, 세준 오빠랑 스캔들 터지는 것도, 암튼 다 싫다고 말했잖아요!"

통화버튼을 누르자마자 다다다 쏟아지는 미나의 목소리에 상대방은 잠시 위축된 듯 말이 없었다.

"당장 정정 기사 내보내 주세요! 왜 당사자 동의도 없……."

쉴 틈 없이 쏘아붙이는 앙칼진 미나의 말을 서 팀장이 단박에 자르고 나섰다.

[오늘 잡힌 인터뷰가 두 건.]

이어지는 서 팀장의 말에 미나의 입술이 딱풀이라도 바른 듯 바로 다물어졌다.

[이번 주에 화보 잡힌 곳이 세 군데, 캐스팅 오디션 세 군데.]

서 팀장은 놀랄 만한 스케줄을 줄줄이 읊어댔다.

이상하게 그의 목소리에 힘은 없었지만, 지금 서 팀장의 목소리 따위는 이미 미나의 귀에 들어오지도 않았다.

[너 저번에 까였던 그 특집기사도 잡아놨다. 포털에 단독으로 올라가는 거라 사진도 여러 번 찍어야 해. 그리고 그, 화장품 광고, 일전에 말했던 '하라HARA'화장품 광고도 네가 맡을 거야.]

순간, 미나의 고개 번쩍 올라간다. 하라? 하라라고?

"저, 정말요? 하라를요?"

완전 초고가 명품 브랜드까지는 아니었지만, 백화점 입점 브랜드에 젊은 층에겐 꽤 인기 있는 브랜드였다. 하지만 무엇보다 중요한 것은 이게 미나의 첫 화장품 광고라는 것이다.

화장품 광고라니, 그게 어떤 것인가? 요즘 가장 잘나간다는 여배우들이나 정말 오랜 시간 인지도를 쌓아온 설렙들만 하는 게 화장품 광고였다.

그런데 그걸 그녀가 한다고? 정말?

처음 전화를 받았을 때와는 다르게 미나의 목소리가 살며시 들떠올랐다.

"화장품 광고라니……!"

[그래, 하게 될 거야……. 대표님이 말씀하신 거니까.]

"세상에…… 세상에!"

말문이 막혀 다른 말은 나오지 않았다. 기분이 째진다는 표현은 지금 써야만 하는 표현이었다. 미나의 입꼬리가 귀까지 찢어져 올라갔다.

"와! 감사합니다! 진짜, 진짜요? 너어무 좋다! 히히. 그래, 언젠간

나한테도 이런 날이 왔어야죠. 그쵸?"

[…….]

"치, 그러니까 다들 나한테 잘하라고요. 이제부터 진짜 손미나의 시대가 열리니까!"

그 자리에서 방방 뛰면서 좋아하는 미나의 외침을 듣던 서 팀장이 땅이 꺼져라 한숨을 쉬었다. 그러더니,

[좋니, 미나야?]

'네?' 하고 묻는다. 떨떠름한 목소리였다.

마치 비꼬는 듯한 말이었지만 목소리에 워낙 힘이 없어서 그렇게 들리지는 않았다. 뭐지? 고개를 갸웃거리던 미나가 수화기 너머, 서 팀장의 목소리에 집중했다.

[화장품 CF도, 예능도, 화보도 왜 갑자기 오늘 다 잡혔는지 모르겠어?]

그 순간, 미나의 머릿속을 번개처럼 스치고 지나가는 게 있었다.

"……세준 오빠랑 열애설 터져서 그런 거라구요?"

[글쎄…… 판단은 네가 알아서 해. 정정 기사? 그것도 너 알아서 해. 어쨌든 지금 바로 나올 준비부터 해라. 이따가 12시부터 인터뷰 잡혔어. 3시에도, 8시에도 스케줄 있으니까. 창환이 보낼 테니까 차 타고 와.]

다시 한 번 미나의 머릿속이 멍해졌다.

땅이 꺼질 듯한 한숨을 내쉬며 서 팀장은 전화를 끊었다. 끊긴 전화기를 붙잡고 미나가 한동안 얼음처럼 그 자리에 서 있었다.

복잡한 머릿속으로 이것저것 많은 생각들이 범람했다. 잘근잘근, 입술을 깨물던 그녀가 벌떡 자리에서 일어났다.

"며, 며칠만 입 다물고 있으면 되는 거야."

테이블 위의 시계를 힐끔 내려다보던 그녀가 서둘러 욕실 안으로 들어갔다.

'인터뷰, 화보, CF…… 어쩌면 캐스팅까지도.'

하루 만에 그녀에게 기회가 넝쿨째 굴러 들어왔다.

어쩌면, 이 며칠 사이로 미나가 '강솔' 자리까지 치고 올라갈 수도 있었다. 어쩌면, 어쩌면…….

'하라' CF를 찍을 동안만. 그래, 그때까지만……. 며칠만. 단, 며칠 뿐인데 뭐.

미나는 마음속에 슬금슬금 올라오는 불안을 슬그머니 모른 척하며 서둘러 샤워기 아래에 섰다.

"네, 조금만, 아니, 며칠만이라도 더 시간을 주실 수 있겠습니까? 네, 꼭 그렇게 하고 싶습니다. 네, 네."

햇살을 가리고 있던 커튼을 살짝 열었더니 실금 같던 햇빛이 빗살 무늬를 만들어내며 방 안으로 퍼졌다.

불편한 듯 서늘한 미간을 찡그린 세준이 수화기 건너편에서 들려오는 목소리에 안심한 듯이 뜨거운 한숨을 목 뒤로 삼켰다.

"……정말, 감사합니다."

전화를 끊고 세준이 가늘게 눈을 떠 창밖을 살폈다.

잘 조각된 석상처럼 길고 우아한 자태로 창밖을 보는 세준의 뒤로 검은 그림자가 짙게 드리워졌다.

세준은 이렇게나 자신을 열성적으로 좋아하는 팬들이 있다는 것을 처음 알았다.

바깥을 돌아다녀도 힐끔힐끔 쳐다보는 시선은 있었지만 달라붙거나 쫓아오는 팬들은 그다지 없었던 그였다. 가끔씩 한두 명 집 근처를 서성이는 어린 팬들을 보긴 했지만 크게 신경 쓰지는 않았다.

그런데 오늘은 달랐다.

오피스텔 아래에 포진한 십여 명의 여자들, 그리고 곳곳에 숨어 있는 파파라치까지. 전봇대 뒤에, 차 속에, 반대편 건물 위에…… 아주 난리가 났다. 한숨이 절로 나오는 창밖 풍경이었다.

한참을 밖을 노려보던 세준이 답답하다는 듯 거칠게 커튼을 닫았다. 빛 한 점 들어오지 않게 꼭꼭 여미고선 벌러덩 소파 위에 드러누웠다.

일이 없으니 나갈 일도 없었다. 인터뷰고 뭐고 회사에서 전면 차단해 버렸다. 그냥 꼼짝없이 집에만 있으란다. 나가는 순간 일이 더 커질 거라며……. 그렇게 말하며 세준을 반강제로 오피스텔 안에 가둬 놓은 상황이었다.

'지금 이 상황을 누가 만들었는데……!'

울컥, 화가 치밀어 올랐지만 긁어봤자 부스럼일 뿐이었다. 세준도 나대봤자 일만 더 커질 거라는 걸 알기에 당장은 참고 있는 실정이었다.

휴대폰도 기자들의 전화에 불티나게 울려대고 있었으니. 그걸 피한다고 껐다가 켜기를 수십 번 하고 있는 상황이었다. 모르는 번호로 전화가 오는 족족 스팸으로 등록해 버렸다. 기자들의 말에 일일이 대답해 준다고 한들 말한 그대로 기사로 나갈 거란 보장이 없었다.

전화기를 만지작거리던 세준이 불통인 전화번호를 찾아 통화를 눌렀다. 벌써 수십 번째 통화를 누르고 있는 전화번호.

"……받아라, 좀. 받아."

가슴이 먹먹하고 답답했다. 솔, 그녀에게 먼저 연락을 해야 하는데.
그가 먼저 이게 사실이 아님을, 모든 것이 갑작스럽게 꼬여 버린 사건일 뿐임을 알려줘야 하는데…….
"받아라, 강솔. 제발……."
그래야 당신이 이 말도 안 되는 소식으로부터…….
"받으라고……!"
상처받지 않을 텐데.
터져 버린 화를 참지 못하고 핸드폰을 던져 버리려 했다.
"치잇!"
하지만 차마, 던질 수 없었다.
성난 힘줄이 그의 손등 위로 울퉁불퉁 튀어나왔다. 던지지 못한 핸드폰을 마지막 동아줄이라도 되는 것처럼 꽉 부여잡았다. 솔과 세준을 연결해 주는 것은 지금 이것밖에 없으니까.
답답하다…… 답답해. 미칠 것 같았다. 내가 없는 곳에서, 내가 모르는 곳에서, 그곳에서 당신이 나의 이야기로 상처받을까 봐.
"……답답해."
한숨이 몰려온다.
한낮임에도 불구하고 지금 세준의 오피스텔은 깜깜한 새벽처럼 어두웠다.

분주한 홍콩 거리 위를 솔이 걷고 있었다.
아슬아슬한 검은 망사 슬리브리스 차림, 맨발로 아스팔트를 걷고 있었지만 위축됨 하나 없었다.

그런 그녀의 뒤로 가면을 쓴 사람들이 뒤를 돌아본다. 그녀를 본다.

……그녀'만' 본다.

"어떻습니까?"

심각한 눈으로 카메라를 모니터하는 최동준 감독의 곁에 앉아 있던 카스티엘이 사무적인 어투로 물었다.

카메라에서 시선을 떼지 않은 채, 최 감독이 중얼거리듯 툭 내뱉었다.

"사랑하고 싶네요."

화면을 살피던 최 감독이 무의식적으로 내뱉은 말이었다.

곁에 있는 게 카스티엘이라는 것도 의식하지 못하는 듯 최 감독은 화면 속에 집중했다. 점점 가까워지는 아름다운 피사체에, 강솔에게.

"제가 찍었던 영상 중에 제일 섹시해요."

그의 말에 카스티엘의 입꼬리가 미세하게 올라갔다.

긴 다리를 쭉쭉 뻗어 어느새 솔이 그들의 지척까지 걸어왔다. 속이 훤히 비치는 검은 망사 가운이 바람에 펄럭거렸다.

촉촉하게 반짝이는 붉은 입술이 달싹이더니 매혹적인 목소리로 중얼거린다.

"카스티엘."

제 이름을 속삭이는 목소리에 카스티엘은 만족한 듯 나른하게 웃어 보였다.

오만하게 다리를 꼬고 앉아서는 그 '공간'을 유혹하고 있는 솔의 모습을 잡아먹을 듯 바라보고 있었다.

'가지고 싶다.'

맹렬한 욕구가 솟구쳐 올랐다. 굶주린 맹수처럼 솔을 바라보는 카스티엘의 눈에 허기가 담겨 있었다.

"컷!"

감독의 외침과 동시에 솔이 즉시 꼿꼿한 자세를 풀고 꾸벅 허리를 접었다.

"수고하셨습니다!"

그녀의 외침에 모두 꿈에서 깨어난 듯 화들짝 놀라며 너 나 할 것 없이 인사를 건넸다.

솔도 촬영 스태프들을 향해 꾸벅꾸벅 인사를 건네며 석진과 연지가 있는 곳으로 쪼르르 달려갔다.

"어후, 춥다. 추워."

"최고예요, 정말! 언니 짱!"

연지가 솔의 어깨에 담요를 둘러주며 엄지를 척 올렸다.

대기하고 있던 석진도 따뜻한 차를 솔에게 건네며 똑같이 엄지를 올렸다.

"최고다, 진짜! 자, 여기, 따뜻한 차. 안에서 이거 마시면서 옷 갈아입어. 바로 다음 촬영 간단다."

"으으, 쉴 틈이 없구만. 알았어요."

차가운 손으로 따뜻한 차를 꼭 부여잡고 솔이 쪼르르 커다란 의상 버스 안으로 들어갔다. 종종걸음으로 서둘러 버스 안에 오르면서 곁눈질로나마 역동적이고 화려한 홍콩 거리를 훔쳐봤다.

맛있어 보이는 먹거리, 이국적인 풍경, 풍요롭고 깨끗한 도시.

누군가와 함께 오면 더 좋을 법한 곳이었다. 저곳에서 쇼핑을 하고, 길거리 음식도 하나씩 손에 들고, 반짝거리는 밤거리를 나란히 걷는다면…….

힐끔힐끔 촬영하고 있는 그들을 바라보고 있는 사람들 틈으로 익숙한 옷자락이 보였다. 며칠 전 세준이 입고 있던 코트였다.

저 멀리에선 '게스' 매장이 보였다. 세준이 한국에서 광고하고 있는 브랜드였다.

거리 여기저기에 세준이 있었다. 눈을 감아도 눈을 떠도, 다른 사람을 보더라도 그곳에 세준이 있었다.

가슴 안쪽이 찌르르 떨려왔다.

이렇게 멀리 떨어져 있는데도, 너와 함께 있지 않는데도 눈을 돌리면 네가 보이고, 눈을 감아도 네가 보였다.

무엇을 먹더라도, 무엇이 먹고 싶어지더라도 네가 있었다. 무엇을 입건, 어떤 곳에 가던 네가, 나와 함께 있었다.

막연히, 세준이 보고 싶었다. 아무렇지 않게 촬영을 하고, 아무렇지 않게 일어나 일을 하고 있더라도 문득문득 세준이 보고 싶었다.

하루면 되는데, 어떻게 이렇게나 그리워질 수 있는지……. 단 하루의 이별에 우습게도 가슴이 먹먹해졌다. 우습게도.

옷을 갈아입고 나오던 솔이 문득 핸드폰을 바라봤다. 하루면 된다고 해서 따로 로밍을 하진 않았다.

금방 다녀온다는 마음으로. 그리고 한 번쯤은 모든 것에서 단절되어 보고 싶단 호기심에 석진에게 모든 연락을 미뤄놓은 그녀였는데.

'이럴 줄 알았으면 그냥 로밍할걸.'

괜히 아쉬웠다. 호기롭게 떠난 과거가 괜히 미워졌다. 아쉬움에 꺼져 있는 핸드폰만 만지작만지작.

석진 오빠 핸드폰으로 연락을 해? 으아아, 한국 떠난 지 열두 시간도 되지 않았는데 12일은 지난 것 같았다.

'안' 할 때와 '못' 할 때의 느낌이 달라도 너무 달랐다.

못 한다고 하니까 괜히 더 아쉬운 느낌.

쩝쩝 입맛만 다시며 걸음을 옮기는데 앞에 누군가와 딱 부딪치고 말았다.

"아얏!"

"윽!"

두 사람 다 손에 쥔 핸드폰만 보고 있었던 탓에 두 사람의 이마가 제대로 닿았다.

솔이 그 자리에 우뚝 멈춰 욱신거리는 이마를 부여잡았다.

"괜찮습니까?"

뜻밖에도 솔이 부딪친 사람은 카스티엘이었다. 눈물이 찔끔 나도록 얼얼한 이마 때문에 솔의 말투에 앓는 소리가 절로 섞여 나왔다.

"으으. 뭘 보기에 앞도 안 보고 다니는 거예요. ……휴대폰? 뭐야, 애인이랑 문자라도 주고받는 거예요?"

무의식적으로 힐끔 내려다보는 솔의 눈초리에 카스티엘이 재빨리 휴대폰을 주머니에 넣었다. 너무 재빠르게 숨기는 통에 오히려 솔이 더욱 수상하단 눈으로 그를 봤지만 평소의 모습으로 돌아온 카스티엘의 얼굴은 능청스럽기만 했다.

뭐, 내 알 바는 아니지.

입술만 한 번 삐죽인 솔이 꾸벅 고개를 숙여 인사하고 그를 비켜가려 하는 그때, 카스티엘이 그녀를 붙잡았다.

"그 남자, 애인, 좋아합니까?"

"……네?"

뒤돌아본 그곳에서 카스티엘은 제법 진지한 눈으로 그녀를 보고 있었다.

"그 남자 말입니다, 일일 매니저."

무슨 말이지?

갑작스러운 카스티엘의 말에 의중을 파악할 수가 없었다.

하지만 그런 망설임도 잠시, 솔이 힘차게 고개를 끄덕였다. 아주 힘차게.

"네. 좋아해요, 많이."

빤히 바라보는 카스티엘의 앞에서, 솔이 재차 강조하듯 다시 한 번 고개를 크게 끄덕였다. 카스티엘의 미간에 옅은 주름이 생겼다.

한 걸음 성큼 다가온 그가 다시 한 번 물었다.

"믿습니까?"

사이비 종교에서 들을 법한 강경한 물음이었다.

이 남자가 왜 이래? 의심스러운 눈으로 카스티엘을 흘겨보던 그녀가 이내 빙그레 웃으며 장난스럽게 대답했다.

"믿습니다!"

믿는다. 믿고 있었다. 그리고 앞으로도 믿을 것이었다.

강한 의지를 담아 외치는 솔의 말에 카스티엘이 슬쩍 한숨을 내쉬었다. 뭐랄까, 굉장히 복잡한 눈빛이었다.

허공에서 엉켜 떨어질 줄 모르는 둘의 눈빛이 한순간에 헝클어졌다. 갑자기 카스티엘이 그녀의 허리를 바짝 끌어당긴 까닭이었다.

놀라 숨을 삼키는 그녀의 지척으로 날카로운, 그러면서도 한없이 위험한 남자의 얼굴이 다가와 있었다.

부아아앙.

요란한 소리에 비해 귀여운 스쿠터 하나가 솔의 뒤를 빠르게 지나쳐 갔다.

뒤늦게 카스티엘이 저 스쿠터를 피하게 해준 것이라는 걸 깨달았지만 그때는 이미 심장이 철렁 바닥을 친 이후였다.

"남자는."

꽉 틀어쥐었던 솔의 한 줌 허리를 천천히 놓아주며 말하는 카스티엘의 목소리가 짙었다.

"그렇게 쉽게 믿는 게 아닙니다."

그녀를 보고 있는, 그의 눈빛도 짙었다.

—박세준과 손미나, 혹은 박세준과 K양? 모델계는 지금 진흙탕 싸움 중

—로마에서 싹 튼 삼각구도, 로마 컬렉션? 러브 컬렉션! 전격 재조명!

—탑모델 강솔의 첫 남자는 후배의 남자?

—하라HARA 새 광고 모델 손미나 전격 발탁. 새로운 뮤즈의 부상

—박세준의 여자, 손미나의 매력 탐구

—어머, 언니. 왜 끼어드세요?

새로운 기사가 터졌다.

박세준과 손미나의 러브 라인으로 훈훈하게 시작했던 열애설은 톱모델 K양, 그러니까 강솔이란 이름이 첨가되며 지저분한 스캔들로 변색되었다.

더군다나 박세준과의 관계를 묻는 손미나의 인터뷰 기사에서 그녀는 박세준을 오랜 시간 짝사랑하고 있었다는 것을 드러냈고, 세준의 형과 미나의 언니의 결혼으로 '어쩔 수 없이' 마음을 접었다는 발언에서 신파적 요소까지 더해졌다.

관심도 없던, 아니, 그다지 호감지수가 높지 않던 '손미나'에 대한 동정 여론이 단숨에 몰렸다. 그런데 그 사이에 '강솔'이 끼어들었다.

마치 손미나의 남자였던 '박세준'을 여우 같은 선배 '강솔'이 가로채 갔다는 듯한 기사가 터진 것이다. 세 사람의 스캔들은 한 편의 드라마처럼 스토리를 품고 하루 만에 모든 화젯거리를 점령해 버렸다.

태블릿PC로 기사를 확인하던 차 대표는 만족스러운 웃음을 보였다.

스캔들은 지저분해지면 지저분해질수록 사람들을 열광케 했다. 아무리 국민 호감을 얻고 있는 강솔이라 할지라도 후배의 남자나 가로채는 여자라는 타이틀 앞에서는 단숨에 비호감으로 추락할 수밖에 없었다.

거기에 박세준은 어떤가? 바람이나 피운 남자밖에 되지 않았다. 다른 모델이나 연예인 같았으면 소속사에서 쉴드를 쳐주겠지만.

"……넌 아니야."

차 대표가 사악하게 웃으며 태블릿 화면을 껐다.

내가 가지지 못할 바엔 아무도 가지지 못하게 하는 게 나았다. 특히 에이팀에서 가져갈 바엔 더더욱.

"근데, 서 팀장은 어디 있는 거야, 대체?"

요즘 자꾸 서 팀장이 밖으로 나도는 것만 같아 썩 기분이 좋지 않았다.

이제껏 서 팀장이 차 대표의 손과 발이 되어 해준 일이 한두 개가 아니었다. 일 처리가 빠르고 유순한 성격이라 토를 달지도 않던 서 팀장이 지도 머리가 컸다고 간혹 가다 토를 달곤 했다.

대학 선후배로 만나 일자리에서 잘려 골골거리던 서 팀장을 거둬준 것이 바로 차 대표였다. 그 철없고 어려웠던 시절부터 쭉 옆에 데리고 있어줬더니만 요즘 자꾸 거슬렸다. 엇나갈 기세가 보일 듯 말 듯.

"서 팀장! 서 팀장! 박세준한테 경호원 보냈나?"

소고기라도 사줘야 하나?

"서 팀장!"

—로제빈(chr1****)

그러디마그러디마ㅠㅠㅠ 왜그래써 세준아ㅠㅠㅠ난 널 믿었단 말이야ㅠㅠㅠㅠ 근데 왜 이런 쓰뤠귀짓을 하는거야ㅜㅠㅠㅠ조강지처버리면 벌받는다ㅠㅠㅠㅠㅠ

공감 3921 비공감 1002

"……조강지처 버린 거 아닙니다."

한숨 한 번에, 비공감 한 번.

—노바디니바디버쮸(jhjs****)

슈ㅋ렉ㅋ이네ㅋㅋㅋㅋㅋㅋ박세준ㅂㅂ2……ㅇㅇ

공감 2987 비공감 821

이건 그냥 조용히 비공감 또 한 번.

—서벼라(1004****)

여러분 아직 추정기사일뿐입니다! 기다려 보자구요. 아직 본인들 입에서는 아무 말도 안나왔…… 울먹울먹ㅠㅠㅠㅠ 진짜면 나 완전 충격이야!!! ㅠㅠ 나 강솔도 박세준도 좋아한단말이야!!

공감 2222 비공감 67

"계속 좋아하세요! 강솔도, 박세준도…… 그냥 좋아하세요!"
이번엔 격렬하게 공감 한 번.

—찬소희(soh9****)
대박!! 미쳤네 박세준!!! 지금 양다리 걸친거임? 이래서 남자들 얼굴값 한다고. 어휴ㅉㅉㅉ. 손미나만 불쌍하네. 아주 강솔이랑 박세준이랑 후배등치고 난리? 죽어라!!
공감 1890 비공감 987

"손미나가 불쌍하긴…… 최대 수혜잔데."
고개를 내저으며 비공감 한 번.
서 팀장은 자신이 뿌린 거나 다름없는 기사를 보며 마음이 무거웠다. 죄책감이라는 암이 심장에 붙어 있는 기분이었다. 암의 뿌리는 차진백 대표였다.
그런 서 팀장이 지금 이 자리에서 할 수 있는 일이라곤 이렇게 비공감이나 눌러대는 일뿐이었다.
아, 아니. 댓글도 한 번씩 달아주고.

—차대표망해라(asdf****)
어? 내가 알고 있는 거랑은 다른데? 박세준이랑 강솔이 원래 사랑하는 사이고 손미나가 끼어든 거라는데? 이건 이쪽 업계의 확실한 정보임 ㅇㅇ

마지막 엔터를 멋지게 내려치는데 저 안쪽, 대표실에서 버럭 소리치는 소리가 들렸다.
"서 팀장! 서 팀장!"

화들짝 놀라 일어난 서 팀장이 가슴팍을 부여잡았다.

"예, 예에!"

"오늘 회식하자고, 어! 오랜만에 소고기 먹자고!"

"예에……. 하아."

욱신거리는 심장을 부여잡은 서 팀장이 깊은 한숨을 내쉬며 자리에서 일어났다. '차 대표'라는 암이 오늘도 서 팀장의 양심 안에서 기승이었다.

솔과 카스티엘 측은 빽빽한 촬영 스케줄을 마치고 바로 한국으로 가는 비행기에 올랐다. 저녁 비행기로 도착하면 깜깜한 밤이었다.

CF와 티저 영상에 쓰일 촬영 분은 이제 얼추 마무리가 되었다. 솔에게 남은 일이라고는 VIP들을 위한 소규모의 런칭쇼뿐.

곧이어 착륙한다는 방송에 솔이 눈을 감고 있던 상체를 벌떡 일으켰다.

"도착했다……! 오빠, 일어나요."

착륙한다는 소리에 솔이 들뜬 목소리로 석진을 흔들어 깨웠다.

실상은 잠들어 있지 않았던 석진이 무거운 한숨과 함께 눈을 떴다. 그 진득한 한숨 소리에 솔이 의아한 듯 고개를 떨어뜨린다.

"웬 한숨? 이분이 아까부터 왜 그러셔, 진짜?"

어쩐지 석진은 몇 시간 전 휴대폰으로 뭔가를 확인한 후부터 계속 저기압이었다. 이유를 물어도 말해줄 듯 말 듯 망설이기만 하고, 한숨만 푹푹 내쉰다.

그런데 가만 생각해 보니 석진뿐만이 아니었다. 연지도 그렇고 촬영 스태프들도 그렇고, 묘하게 솔의 눈치를 보고 있었다.

뭔가 할 말 가득한 눈을 하고선 말이라도 붙일라 치면 화들짝 놀라 슬금슬금 눈을 피한다.

뭐야, 진짜?

마음속 의구심은 커졌지만 곧 비행기가 땅에 닿는 느낌에 솔은 다른 생각을 모두 지워 버렸다. 나가자마자 휴대폰부터 켤 생각이었다.

세준한테 연락이 와 있겠지? 몰래 찾아가서 깜짝 놀라게 해줄까? 아냐아냐, 지금은 좀 피곤한 몰골이니까 내일 아침에 갈까?

이런저런 생각에 설레하며 걷는 사이 출입국장에 다다라 있었다.

워낙 늦은 시각이었던지라 공항은 한산했지만 짐을 찾으려고 기다리는 사람들은 몇몇 보였다. 밤늦은 시각이라 선글라스도 없이 맨얼굴로 서 있던 솔이 찌를 듯한 시선에 이상하다는 뒤를 돌아봤다.

"오늘따라 유독 사람들 시선이 따갑네?"

"……."

"자꾸 힐끔거리는데?"

수군거리는 것도 같고.

영문을 모르겠다는 듯한 솔의 말에 그제야 석진이 결심을 굳힌 듯 입술을 깨물었다.

"솔아."

"응?"

카트를 밀고 나가며 솔이 대강 대답했다. 핸드폰 전원을 꾸욱 누르는 그녀의 손에서 석진이 기계를 빼앗아 들었다. 솔이 깜짝 놀란 얼굴로 석진을 돌아봤다.

"왜 그래?"

"사실 너, 아니, 너랑 박세준……."

"강솔 씨."

머뭇거리며 간신히 석진이 입을 여는 그때, 언제 도착한 것인지 카스티엘이 불쑥 나타났다.

"이거, 두르고 나가요."

"엇?"

방금 사온 것인지 엄청나게 길고 두터운 캐시미어 목도리였다. 성큼 다가온 카스티엘이 그것을 손수 솔의 목에 칭칭 감아줬다.

"왜, 왜 이러세요?"

"밖에 춥습니다. 많이 추울 테니까……."

숨이 막히도록 따듯한 목도리가 솔의 턱을, 입을, 코를 가리더니 기어이 눈만 남겨놓고 그녀를 칭칭 감아버렸다.

별다른 표정의 변화 없이 카스티엘은 그렇게 솔의 얼굴을 목도리로 몽땅 가려 버렸다.

"이거 두르고 나가요."

영문도 모른 채 솔이 눈을 깜빡깜빡 떴다. 빙긋 웃던 그가 그렇게 목도리만 둘러주고 멀어졌다. 벙해 있던 솔과 석진이 눈을 마주쳤다.

"뭐래……."

솔이 답답하게 둘러져 있는 목도리를 풀려고 하는데, 석진이 막는다.

"그대로 있어."

"어?"

"그대로 나가라고. 저 남자가 너 위해서 둘러준 거야."

도대체 뭔 말을 하는지 이해가 가지 않았다. 솔은 미간을 찌푸리며 석진을 바라보다가 짐이 가득 찬 카트를 꽉 잡아 앞으로 밀었다.

게이트가 보였다. 몇 발자국만 더 가면 저 문이 열릴 것이었다.

한 발자국, 두 발 자국. 앞으로 나아가는 솔의 뒤에서 다급하게 석진이 소리쳤다.

"박세준이랑 너, 스캔들 터졌어!"

뭐?

깜짝 놀라 발걸음을 멈춘 솔이 뒤를 돌아봤다.

"……그것도 네가 손미나한테서 박세준을 뺏은 것처럼."

안 그래도 큰 솔의 눈이 보름달마냥 커다래졌다. 뒤를 돌아선 그녀의 뒤로 스르르, 게이트의 문이 열렸다.

게이트 앞에는…….

"강솔이다!"

"강솔 씨!"

"나왔다! 나왔어!"

그녀가 나오길 기다리고 있던 기자들이 플래시를 터뜨리고 있었다.

"지금 장난하십니까?"

[장난? 지금 이 상황이 장난으로 보이나?]

세준은 휴대폰을 붙잡은 손에 힘을 줬다. 잇새로 거친 한숨이 무겁게 새어 나온다.

"대표님께서 무슨 생각이신지만 모르겠지만, 적어도 제가 밖으로 나가는 걸 막으실 권리가 없다는 건 아셔야 할 것 같은데요?"

[내가? 내가 언제 네가 나가는 걸 막았지?]

"문 앞에 덩치들은 뭡니까, 그럼?"

세준은 바로 앞에서 그를 지켜보고 있는 근육맨을 응시하며 차갑게 말했다.

덩치는 잘 훈련되어 있는 듯 감정 없이 무표정하게 그를 바라보고 있었다. 세준의 말에 수화기 너머로 웃음소리가 들린다.

[경호원이야, 경호원. 지금 시기가 안 좋아서 네가 날계란이라도 맞을까 봐, 그럴까 봐 경호원 붙여준 건데 왜 정색하고 그래?]

"경호원이 나가는 사람을 막습니까?"

[밖이 위험하다고 생각해서 그런 거겠지.]

말도 안 되는 소리였다. 하지만 세준의 말은 차 대표에게 씨알도 먹히지 않았다.

나가지도 못하게 하더니 '실수'를 가장해 휴대폰도 망가뜨려 버렸다. 정말 꼼짝없이 갇혀 있는 상황이었다.

[아, 그리고 생각난 김에 하는 말인데, 박세준 너, 계약 파기하겠다는 곳이 한둘이 아니야. 그 위약금 다 어떻게 할 거야? 너 하나 때문에 회사 이미지도 바닥이고. 우리 회사랑 계약이야 얼마 안 남았다 치지만 광고주들한테 물어줘야 하는 위약금은 네가 알아서 해야 하는 거 알지?]

살살 약이라도 올리듯 말하는 차 대표의 음성에 세준은 더 들을 것도 없다 생각하고 전화를 끊어버렸다.

전화를 끊자마자 덩치는 제 핸드폰을 약탈하듯 거칠게 빼앗아갔다. 그리고 부리부리한 눈을 부릅뜨며 세준은 집 안으로 밀쳐 넣었다.

"밀지 마시죠? 알아서 들어갑니다."

21세기에 감금이라니. 기가 막히는 상황이었다. 방 안을 서성이는 세준의 뒤로 틀어놓은 TV가 시끄럽게 떠들어댄다.

[마녀사냥 특별 게스트 손미나 양입니다! 이야, 요즘 뜨겁죠? 아주 뜨거

워요. 그래서 모시기가 아주 어려웠습니다.]

[안녕하세요, 손미나입니다.]

[이렇게 가까이 보니 몸매도 좋고 예쁘고, 매력 있는 여자네요. 남자 많겠습니다?]

[남자라뇨. 저는 오직 제가 사랑하는 사람만 봐요.]

[아~하! 또 다른 핫한 그분 말이죠?]

[어허~ 형, 그거 조심히 다뤄야 해요. 게시판 난리납니다, 으하하하!]

빤히 화면을 바라보던 세준은 신경질적으로 TV를 꺼버렸다. 누구는 가둬놓고, 누구는 하루 종일 TV에 나오고 있었다. 마치 세준은 잠적한 것처럼 꾸며놓고서 말이다. 차 대표의 빠른 실행력에 세준조차 혀를 내두를 지경이었다. 정말 이렇게까지 빠르게 행동할 줄은 몰랐다.

'하지만 틈이 있을 거야, 틈이.'

깜깜한 밤 11시, 초조하게 시계를 보던 세준은 그 자리를 계속 서성였다. 솔이 도착할 시각이었다. 기자들은 모두 그곳으로 몰렸는지 세준의 집 앞에서는 많이 사라져 있었다.

'어떻게 하지.'

멀쩡한 두 다리가 있는데, 갈 수가 없다.

이렇게까지 스스로가 무력하게 느껴진 것은 처음이었다. 으득으득 이를 갈던 세준이 다시 시계를 봤다.

'괜찮을까, 당신은…… 괜찮을까? 놀라겠지?'

전화도 안 받는 저에게 오해를 하면 어쩌나, 그 쓰레기 같은 기사를 당신이 믿으면 어쩌나, 걱정과 염려만 늘어갔다.

한참을 그렇게 깜깜한 방 안을 서성이던 세준이 결심한 듯 밖으로 나갔다. 역시나 뇌 속까지 근육일 것 같은 경호원을 가장한 덩치가 그의 앞을 막아선다.

“못 나갑니다.”

“나가려는 거 아닙니다. 전화 좀 다시 빌려주시죠. 대표님께 다시 할 말이 있습니다.”

의심스러운 듯 그를 바라보던 덩치가 마지못해 안주머니에서 휴대폰을 꺼내 세준에게 건네줬다.

휴대폰을 건네받은 세준이 빙그레 웃음을 보였다.

솔은 갑작스러운 플래시 세례에 도무지 정신을 차릴 수가 없었다.

눈앞이 번쩍번쩍했다. 도시를 집어삼키려는 밤의 권능에 대항하듯, 기자들의 카메라는 번쩍번쩍 빛을 뿌리며 솔을 공격했다.

핑그르르 도는 눈앞의 상황을 인지하기도 전에 석진이 그녀와 카트를 밀며 서둘러 게이트 밖으로 나아갔다.

‘무슨 일이지, 대체?’

석진의 손에 끌려가면서 솔은 코끝까지 올라온 풍성한 목도리 안으로 깊숙이 얼굴을 묻었다. 그러곤 끊임없이 속으로 자문했다.

‘지금 이게 대체 무슨 일이지? 스캔들? 누가 누구의 남자를 뺏어?’

“정신 차려, 솔아! 앞에 차 대기시켜 놨어, 얼른 와!”

석진이 재빨리 기자와 몰려든 사람들을 헤치고 밖으로 나가는 문을 향해 발을 놀렸다. 그러나 그들을 따라오는 기자와 리포터들은 집요했다.

“박세준 씨랑 어떤 사이죠? 확실한 관계인가요?”

“두 사람은 어떻게 만나게 됐나요?”

“지금 기분 어떠세요, 강솔 씨?”

“손미나 씨에게 미안하진 않으세요?”

미안? 내가 왜 그 주꾸미한테 미안해해야 해?

순간적으로 와락 인상을 찌푸리고 말았다. '손미나'와 '박세준'이란 단어가 귀에 박혀 떨어지지 않았다. 가슴이 세차게 뛰었고, 동시에 귓가는 멍멍했다.

달팽이관이 빙글빙글 춤을 추는 듯 사람들의 말소리가 멀어졌다 가까워지고 있었다.

"여기!"

밖으로 나오자마자 대기하고 있던 벤이 문을 열고 두 사람을 불러들였다.

두 사람을 기다리고 있던 신 대표였다. 석진이 재빨리 솔을 차 안으로 밀어 넣고 먼저 출발시켰다. 짐을 챙겨 나중에 따라가겠다며 먼저 가라는 석진의 말에 신 대표가 서둘러 차를 출발시켰다.

"감사합니다."

순순히 내주셔서.

세준은 눈앞의 덩치에게 특유의 건방지고 시니컬한 웃음을 보여주곤 그대로 핸드폰을 위로 번쩍 치켜 올랐다.

그런 세준을 보는 덩치의 눈에 장만한 지 한 달도 안 된 최신형 핸드폰이 바닥으로 메다꽂히는 게 슬로모션처럼 펼쳐졌다.

콰직!

"억……."

무서운 소리와 함께 기계가 산산조각 났다. 신음성 비슷한 걸 흘리며 순식간에 얼음이 되어 굳어버리는 덩치를 보며 세준이 그의 옆구리를 치고 계단을 달려 내려갔다.

성큼성큼, 두세 개의 계단을 그 긴 다리를 이용해 빠르게 내려갔다. 오늘만큼 다리가 길다는 것에 감사해 본 적이 없던 세준이었다.
"저 새끼가……!"
뒤늦게 덩치가 욕지거리를 내뱉으며 그의 뒤를 쫓았다. 하지만 이미 세준이 두 개의 층은 앞서 내려가 버린 이후였다.
"너 이 새끼, 거기 안 서!"
한참 위에서 소리치는 덩치의 고함 소리에 세준이 피식 웃음을 보였다. 서란다고 서는 것들은 쫓기지 않는 것들이었다. 백번을 소리 질러봐라, 쫓기는 것들이 서는지.
"이게 바로 인과응보라는 겁니다, 덩치 씨!"
밖으로 나가는 문 앞에서 약이라도 올리듯 소리친 세준이 그대로 밖을 향해 내달렸다. 새털처럼 가벼운 그의 발걸음이 달려갈 곳은 지금 오직, 한 곳밖에 없었다.

차창 밖으로 가로등이, 가로수가, 불빛이 휙휙 스러져 갔다. 그것을 멍하니 바라보며 신 대표의 말을 듣던 솔이 천천히 고개를 돌려 그를 바라봤다.
"그게 무슨……."
이해할 수 없다는 듯 찌푸려진 미간과 흐려진 동공에서 솔의 혼란이 보였다.
"말이에요?"
되묻는 솔의 말에 신 대표는 짧게 한숨을 내쉬었다. 귀찮다거나 성가시다는 그런 의미의 한숨이 아니라 자신조차 먹먹해서 나오는 그런 한숨.
"버린 거야. 세미에서, 박세준을."
"……왜요?"

도무지 이해할 수가 없었다. 세미에서, 왜, 박세준을 등졌는지. 그리고 그 스캔들이 왜 박세준을 버린 건지.

"완전 쓰레기로 만들었더라고. 어리고 순진한 여자 친구를 버리고 잘나가는 새 여자로 갈아탄. 재기할 수조차 없게, 완전히 철저하게 매도해서는……. 사실 이렇게 커질 사건도 아니었고 그런 급도 아니었어. 그런데 그놈의 악성 루머가……."

"손미나는요? 손미나도 세미잖아요!"

솔이 다급하게 끼어들며 물었다.

그래, 손미나. 사건의 중심에 손미나도 있었지.

"피해자잖아. '순진하고 어린 여자 친구', '어려서부터 지고지순했던 사랑'. 그걸로 단숨에 사람들의 인지도와 동정표를 받았으니 세미에선 이득이지. 박세준을 버리고 손미나를 띄우겠다는 의도야. 꼬리를 자르고 새 꼬리를 키우겠다는, 뭐 그런 거 아니겠어?"

비상하는 것은 어렵지만 추락하는 것은 너무나도 쉬운 게 이 바닥이었다. 시간 혹은 노력 혹은 재능으로 저 높은 곳에 앉아 있다고 하더라도 한 끗 차이로 바닥으로 곤두박질칠 수 있었다.

저 자신으로 인해서건 타인에 의해서건…… 단 한 끗 차이로.

그래서 신 대표는 지금 여기서 잔인해져야만 했다. 냉정해져야만 했다.

"박세준은 박세준이고, 지금 내가 걱정하는 건 너야."

지켜야 하는 내 식구가 있기 때문에.

그게 무슨 말이냐는 듯 솔이 신 대표를 빤히 바라봤다. 저 크고 투명한 눈동자를 마주 보고 할 말이 아니었다. 하지만 해야만 했다.

"여기서 잘못했다간 너까지 추락해. 새 여자. 박세준을 꼬셔간 새 여자. 그게 '너'니까."

"그래서요?"
미묘하게 느껴지는 불길한 예감에 솔은 하얗게 질린 입술을 자근자근 깨물었다.
"당분간은, 만나지 마라, 솔아."
잘못 들은 걸까? 그래, 잘못 들은 걸 거야.
솔은 제 귀를 의심하는 얼굴로 신 대표를 빤히 바라보며 반문했다.
"네?"
"만나지 마."
신 대표라고 이 말을 하는 게 쉽지 않았다. 솔이 데뷔도 하기 전부터 제 여동생처럼 챙겨왔던 그였다. 누구보다 열심히 했고, 누구보다 순수했으며, 누구보다 열정적인 솔을 지켜보는 게 좋았다. 소속사 대표로서도, 그리고 지켜보는 한 사람으로서도 솔을 참으로 좋아했다.
그런 솔이 사랑을 한다며, 연애를 해보겠다며 처음으로 남자를 만났다. 어디 내놓아도 자랑스럽기만 한 그녀가, 이 풋풋한 마음으로 첫사랑을 시작한 것이다. 어찌 뿌듯하지 않을 수 있을까, 어찌 그 사랑을 응원하지 않을 수 있을까?
"너만을 위해서 하는 말이 아니야. 폭풍의 눈에 있는 박세준을 건드려 봤자 너도, 박세준도 모두 그 바람에 찢길 뿐이야."
그래서 이 말을 해야 하는 순간이 오지 않길 바랐다.
신 대표는 덤덤함을 가장하며 억지로 잔인한 말을 입 밖으로 꺼냈다.
"잠시만, 바람을 피하자, 솔아."
"나만요? 나만, 피하는 거잖아요, 그럼."
세준이는 아직 그 안에 있는 거잖아요, 대표님. 그 바람 안에…….
걱정 한 움큼, 염려 한 움큼이 담긴 커다란 눈이 신 대표를 바라봤다. 그것을 마주하는 신 대표의 마음이 무겁게 가라앉았다. 마치 지금 이 순간, 두 사람을 감싸고 있는 공기처럼.

"당분간만이야, 당분간."

그 당분간이 얼마나 될지 신 대표도 솔도 장담할 수 없었다.

솔은 솟구치는 분통과 억울함에 숨이 막혀올 지경이었다. 아주 잠시였을 뿐이다. 고작 이틀! 이틀을 비운 틈에 세준과 솔 사이를 가로막는 벽이 우뚝 솟아났다.

눈살을 찌푸리는 솔의 얼굴에 당황스러움이 가득했다.

왜요? 왜? 우리가 잘못한 것도 없는데 왜…… 그래야 해요?

"이해할 수 없어요. 왜, 그래야 해요? 대표님, 나랑 세준이가 잘못한 게 없잖아요. 근데 왜 그런 말을 하시는 거죠? 그렇게 하면 우리가 정말……!"

정말, 나쁜 짓을 하다 걸린 것만 같잖아요.

"사랑하고 있을 뿐인데. 왜요……?"

신 대표 또한 모르겠는가. 사랑이 어떤 것인지 그가 모르겠는가. 하지만 이 세계가 어떤지 또한 그는 잘 알고 있었다. 그것도 너무나 잘.

신 대표는 손을 뻗어 차갑게 식은 솔의 손등을 다독였다.

오랜 시간을 함께해 왔지만 이렇게 피부와 피부로 온기를 나누는 것은 처음인 두 사람이었다. 그 조심스러운 토닥임에서 신 대표의 염려가 고스란히 전해졌다.

"이건 잘잘못을 따지는 게 아니니까. 스캔들이란 건 누가 정보의 우위를 잡느냐가 중요해. 그러니까 괜히 우리가 먼저 사람들 입방아에 오를 빌미를 줘선 안 된다는 것뿐이야. 소문이란 그런 거야."

소문, 스캔들, 입방아.

내가 아닌 타인들이 하는 나의 이야기였다. 무심하고 무참하고 잔인했다. 더군다나 이렇게 타인에 의해 조장된 이야기일수록 더욱 잔인하고 화가 나게 마련이었다.

"들어가라. 며칠 쉰다 생각하고 집에 있어. 수습하는 동안…… 잠시 동안만이라도."

오피스텔 앞까지 살뜰히 챙겨주는 신 대표를 뒤로하고 솔은 간신히 집 안으로 들어섰다. 모든 것이 너무나 갑작스러워 도무지 실감이 나지 않았다.

한동안 멍하니 깜깜한 집 안에서 우두커니 서 있던 솔이 간신히 벽을 더듬어 불을 켰다. 환하게 밝아지는 집 안, 왜 하필 가장 먼저 눈에 들어오는 게 세준이 놓고 간 화분이었을까.

베란다에 들어선 그녀가 준이 앞에 쭈그려 앉았다.

며칠 비웠다고 이파리 끝이 노랗게 변해 있었다. 무릎 사이에 얼굴을 묻은 솔이 가만히 그 이파리를 쓰다듬었다. 버석하게 말라 버린 이파리가 가슴이 아팠다.

세준도 지금 이렇게 버석하게 말라 있을 것만 같았다. 그녀가 없는 이틀 사이, 이렇게 버석하게 말라 버린 건 아닐까. 막연한 걱정과 염려에 눈시울이 붉어졌다.

"이게 대체 무슨 일이냐……."

정말 감금이라도 당한 걸까? 전화는 왜 받지 않는 걸까.

왜…….

그녀가 없었던 이틀 동안 그는 얼마나 답답했을까, 얼마나 당황했을까, 얼마나…….

"다음에 만나면 정강이를 차줄 거야, 박세준."

외로웠을까.

솔은 괜히 찡해지는 코끝을 비비며 씩씩하게 다음을 생각했다.

다음에 보면, 다음에 만나면 꼭. 너에게. 내가…….

"눈 오네."

으슬으슬 춥다 했더니 눈송이가 휘날렸다. 동글동글 포근해 보이는 굵직한 눈송이가 하나둘 흩날리더니 하늘을 하얗게 뒤덮기 시작했다.

솔은 쭈그려 앉은 그 자세로 멍하니 하늘을 올려다봤다.

피곤한데, 피곤해 죽겠는데 도무지 침대에 눕고 싶은 기분이 들지 않았다. 지금 이게 꿈을 꾸는 것인지, 진짜 현실인지 분간이 가지 않을 만큼 정신이 없었다.

그래서 솔은 하염없이 하늘을 올려다봤다. 하늘에 구멍이라도 뚫린 듯 펑펑 쏟아지는 눈송이들을 하염없이…… 하염없이.

그런데 그 순간.

띵동—

벨이 울렸다. 목이 꺾어지도록 하늘을 올려다보고 있던 솔이 그 자세로 얼음이 되었다. 심장이 땅 끝까지 철렁 내려가더니 다시 급하게 위로 뛰어올랐다.

띵동—

미친 듯이 진동하는 가슴이, 마음이, 심장이 먼저 알아챘다. 숨이 막히게 벅차오르는 것을 봤을 때, 영혼이 먼저 알고 있는 게 틀림없었다.

쿵쿵쿵, 문을 두드리는 소리인지 가슴이 떨리는 소리인지 분간이 가지 않았다. 하지만 이미 그 순간 솔의 발이 미친 듯이 달려 나가고 있었다. 굳게 닫힌 현관문을 향해 달려가고 있었다.

"강솔, 솔아."

들린다. 너의 목소리가. 들린다, 들려. 문밖에서부터 선명하게 들려왔다.

솔은 다급하게 문을 열었다. 신발도 신지 못하고 맨발로 달려 나가 문을 열어젖혔다. 활짝 열리는 문. 그곳에 환영처럼 정말 세준이 서 있었다.

눈이 마주치자마자 두 사람은 와락 서로를 껴안았다. 무슨 말도 할 수 없어, 와락, 온 힘을 다해 서로를 끌어안았다.

"바보야."

그녀의 어깨를 감싸는 세준의 손길이 너무 따스해서, 다정해서.

"걱정했잖아."

솔은 세준의 너른 어깨에 고개를 묻어버렸다.

할 말이 너무 많아서 아무 말도 할 수 없었다.

그래서 그냥 너를 안아주었고, 너도 아무 일도 없었다는 듯 나를 안아줬다.

할 말이 너무 많은 두 사람은, 그렇게 서로를 한참이나 끌어안고서 말보다 더 수다스러운 감정을 나누고 있었다.

"나 젖었어."

눈물에 젖은 그의 어깨에 뺨을 기댄 솔이 젖을까 걱정스러워 한 말이었다.

"그래, 젖었네."

그러자 젖은 그의 어깨가 걱정된다는 듯 솔이 말했다.

그의 허리를 감싼 솔의 손에 힘이 들어갔다. 제 온기를 나눠주기라도 할 듯 온 힘을 다해 끌어안는 그녀의 행동에 세준은 살며시 미소 지으며 솔의 머리카락에 입 맞췄다.

"……오자마자 당황했지? 미안해, 내가 데리러 가고 싶었는데."

그렇게 말하는 세준의 마음이 더 아팠다.

정말, 데리러 가고 싶었다. 잘 다녀왔다는 말도 하고 싶었고, 보고 싶었다는 말도 하고 싶었다. 피곤한 그녀를 데리고 따스하게 끌어안고 잠이 들고 싶었다.

그게 뭐 별거라고……. 하지만 지금은 그 별거 아닌 것조차 할 수 없었다.

괜찮다는 듯 고개를 도리질 친 솔이 세준의 손을 이끌고 안으로 들어섰다.

푹신한 러그 위에 그를 앉히고 솔이 수건을 가지러 가기 위해 몸을 돌렸다. 그를 위해서라지만, 그녀가 멀어지는 게 어쩐지 아쉽기만 했다. 그녀의 온기가 떠난 빈손으로 세준은 괜히 주먹을 쥐었다 폈다를 반복했다. 여운이 가시지 말라는 듯이.

"어떻게 들어왔어? 앞에 기자들 있지 않았어?"

"예전에 봤던 경비 아저씨가 도와줬어."

"아아."

주변을 서성이는 파파라치들 때문에 쉽사리 근처에 가지 못할 때, 그를 알아본 경비 아저씨께서 손짓으로 몰래 가는 방법을 일러주셨다.

모델 아가씨가 평소에 간식을 많이 챙겨줬다며, 아가씨한테 잘하라며 후덕하게 어깨를 토닥여 주셨다.

"앞으로 경비 아저씨들한테 더 잘해야겠다."

세준의 머리 위로 햇빛 냄새가 나는 수건을 덮어주던 솔이 푸스스 웃음을 보였다.

세준은 눈을 감은 채 젖은 머리카락을 말려주는 솔의 손길에 몸을 내맡겼다. 슥슥슥 냉기를 닦아주는 손길이 따스했다. 몸을 일으킨 그가 솔의 가녀린 허리를 바짝 끌어안았다. 오목하고 날씬한 배가 세준의 이마를 통해 느껴졌다.

"왜 그런 기사가 터진 거지?"

"……."

"손미나는, 대체 뭐야?"

세준이 고개를 들어 그녀를 봤다. 수건으로 머리를 털어주고 있던 솔이 그런 세준의 눈을 마주 봤다. 가만히 그녀를 응시하고 있던 세준이 다소 딱딱해진 목소리로 물었다.

"당신도 설마 그 기사를 믿는 건 아니지?"

그럴 리 없다. 솔이 그것을 믿을 리 없다 생각했지만 '혹시……' 하는 마음에 묻고 말았다.

잠깐 멈칫하던 솔이 세준의 머리를 닦아주던 수건을 떨어뜨리고 맨손으로 그의 머리카락을 마구 헝클어뜨렸다.

"설마."

아니라는 듯 푸스스 웃으며 고개를 내저었지만 세준은 그녀의 허리를 조금 더 힘차게 끌어당기며 확인을 받듯 되물었다. 강인한 팔뚝이 그녀의 허리와 골반을 옥죄어왔다.

"설마, 뭐? 설마 믿는 거야?"

"이거 놔. 숨 막혀."

"아니라고 할 때까지 못 놔줘."

"숨 막힌다니까."

까르르 웃음을 터뜨리며 솔이 세준의 팔을 밀어냈다. 하지만 어지간한 힘으로는 도무지 밀어낼 수가 없었다. 떨어뜨리는 것을 포기한 솔이 전략을 바꿔 세준의 머리를 품 안으로 힘주어 안았다.

"안 믿어."

젖은 세준의 머리카락에서 다급한 사랑이 느껴졌다.

허리를 옥죄어오는 그의 팔뚝에서 그의 절박한 사랑이 느껴졌다.

뚫어서라 그녀를 보고 있는 날카로운 눈동자에서 그의 뜨거운 사랑이 느껴졌다.

"너는."

의심할 여지가 없었다. 솔은 세준의 머리를 끌어안은 그 상태로 반듯한 그의 이마 위로 입술을 내리 눌렀다.

낙인을 찍듯이 천천히, 뜨겁게.

"나밖에 없잖아."

확신에 찬 목소리였다. 웃음기인지 물기인지 모를 촉촉한 목소리로 중얼거리며 그의 이마에, 콧등에 천천히 입술을 옮겨갔다.

그녀의 입술이 스칠 때마다 세준은 어쩐지 여신의 축복이라도 받고 있는 기분이었다. 그토록 답답하고 무거웠던 마음이 그녀의 입맞춤 한 번에 조금씩 가벼워지고 있었다. 뭐든지 할 수 있을 것만 같았다. 뭐든지, 솔을 위해서라면.

그녀를 위해서라면…… 그곳이 불구덩이라도 세준은 뛰어들 수 있을 것만 같았다.

그녀를 끌어안고 있던 세준의 팔에 힘이 들어갔다. 커다란 손이 그녀의 허리를 받치고 그대로 푹신한 러그 위로 그녀를 끌어 내렸다. 허물어지듯 그의 품 안으로 솔이 무너졌다.

지금 이 순간 두 사람에게 무슨 말이 필요할까. 서로의 얼굴을 감싸고, 서로의 눈을 바라본 채 두 사람은 깊게 일렁거리는 서로의 감정 안으로 깊이 빠져 들어갔다.

고요한 정적은 어느새 뜨거운 숨결에 녹아 두 사람의 입술 속으로 사라졌다.

입안을 헤매는 것이 누구의 혀인지도 분간이 가지 않았다.

하아…….

헐떡거리며 숨결이 멀어지고 겹쳐질 때마다 솔의 살결이 공기 중으로 드러났다. 입술을 핥고, 목덜미를 더듬어 내려가던 그의 입술이 깊은 쇄골에 한참을 머물러 있었다.

그 뜨거움에 솔은 녹아버릴 것만 같았다. 단지 입맞춤일 뿐인데도 그녀는 지금 세준으로 인해 녹아버릴 것처럼 뜨거웠다.

한 손으로도 충분히 잡히는 솔의 허벅지를 세준이 강하게 끌어 올렸다.

허벅지와 허리, 두 팔과 너른 가슴이 한데 뒤엉켰다. 더 이상 가까워질 수 없을 만큼 두 사람은 서로에게 바짝 밀착되어 있었다.

지켜줄 거라고.

아껴줄 거라고.

손길과 입술로 그렇게 말하고 있었다.

한시도 떨어지고 싶지 않은 두 사람의 마음처럼 살결과 살결이 빈틈없이 부딪치고 얽혀갔다.

스캔들도, 악성 댓글도, 그들을 향한 불결한 눈초리도 잠이 든 고요한 새벽.

세준은 옅은 잠에서 깨어났다. 거의 잠들지 못한 피곤한 눈을 몇 번 깜빡이니 품 안에 안겨 있는 솔의 매끄러운 이마가 보였다.

훈훈한 방 안의 공기가 덥지도 않은지 두 사람은 서로를 그렇게 꼭 끌어안고 잠들어 있었다. 부드럽고 따스한 여체를 세준은 조금 더 힘주어 끌어안았다. 그간의 피로가 이 온기로 인해 사르르 녹아내리고 있었다.

"으응."

거친 그의 팔 힘에 잠투정을 부리듯 뒤척이던 그녀가 부스스 눈을 떴다. 놓롱한 눈이 세순을 올려다보며 파르르 깜빡거린다.

"깼어?"

미안한 듯 작게 속삭이는 그의 목소리에 솔이 미약하게 고개를 도리질 쳤다. 미안, 조용히 중얼거리는 그의 목소리를 들었는지 다시 사르륵 잠에 빠져들던 솔이 달빛처럼 고요하게 웃었다. 그러더니 그의 품 안으로 더욱 깊이 파고들어 온다. 꼭 맞춘 듯이, 두 사람의 몸이 겹쳐졌다.

"괜찮아."

순간 세준의 가슴이 지끈, 아파왔다.

미간에 숨기지 못한 깊은 골을 만들어놓고 세준은 질끈 눈을 감았다.

나 때문이었다. 고작 나 때문에 이렇게 예쁘고 착한 당신이 욕을 먹고 있는 것이었다. 진실도 아닌 그런 헛소문에…….

솔은 강했고 탄탄했다. 이런 어쭙잖은 루머로 솔의 입지가 단박에 무너지진 않을 것이다.

하지만 강하다고 해서 상처받지 않은 것은 아니었다. 언제고 그 자리에 단단히 서 있지만 지나가는 사람들의 발길질에 점점 병이 들어가는 가로수처럼.

무언가 해야만 했다. 당신을 위해서, 우리를 위해서.

"강솔은 퇴물이야. 그만하면 많이 해먹었잖아."

아직도 귓가에 웅웅거리는 차 대표의 말. 더러운 말. 말……. 결코 쉽사리 무너지지 않을 것이다. 적어도 당신 손에, 당신으로 인해서 망가지진 않을 것이다.

'무슨 수를, 써야 해.'

세준은 솔을 품에 안고, 그렇게 결심을 굳혔다.

이른 아침 등굣길.

학생들이 등교하는 시간보다 조금 빠른 시간, 한영이 출근을 하려고 버스에 올라탔다.

마을버스로 네 정거장만 가면 되는 위치였다. 어림잡아 10분 정도의 거리에 그녀가 교사로 있는 사립 백화고등학교에 도착했다.

언제나처럼 7시가 조금 넘은 시간에 버스에 오른 한영이 비어 있는 자리에 앉았다. 앉자마자 습관적으로 휴대폰을 들여다봤다. 초록창을 켜자마자 한영의 얼굴이 저절로 찌푸려졌다.

—강솔의 귀국! 판도는 바뀔 것인가?

—신세대 염문설, 강솔 vs 손미나 그리고 박세준. 진실은 무엇?

—손미나, 하라HARA의 광고 촬영 현장 인터뷰!

—세미 측, 박세준에게 유감 표해. 재계약은 어려운 걸로?

조심스럽게 기사를 읽어 내려가던 한영의 눈이 세모꼴로 변했다.

무슨 기사들이 다 이따위야? 공정성과 진실성, 공익성 뭐, 이런 건 어따 팔아먹은 거야? 엿 바꿔 먹었나들? 어! 누가 누구를 꼬셔?

"하! 참 나! 이것들이 날 또 로그인하게 만드네."

—사람 매도하지 마라, 이 시베리아 게시판 같은 썩을 것들아! 씨 발라먹은 수박 껍데기로 고 주둥아리를 후려서 줄까 보…….

여기까지 쓰던 한영은 필사의 인내심으로 작성 취소를 눌렀다.

익명성이 있는 곳에선 더욱 조심해야 한다. 온라인이야말로 글이 곧 그 사람의 인격체였으니까. 아무리 입이 험한 한영이라도 온라인상에 글을 올린 땐 조심한다.

—보지도 못한 것들이 봤다고 떠들고 다니면서 사건을 만들고 다닌다죠. 그렇게 사람 팔아먹고 돈 버는 게 도대체 인신매매랑 뭐가 다릅니까? 연예인은 사람 아닙니까? 진실도 아닌 추측성 기사로 사람 하나 죽이는 거 참 쉽습니다. 안 그렇습니까?

저도 모르게 또 말이 격해지려는 것을 한영은 간신히 참았다. 지들이 강솔에 대해 뭘 안다고, 박세준에 대해서 뭘 안다고 이렇게 무참하게 씹어대는지.

때때로 대중은 이렇게 무심하고, 이렇게 무서웠다.

어느새 학교 앞까지 온 버스에서 내리니 군데군데 등교를 하는 학생들이 보였다. 몇몇이 그녀를 알아보고 인사를 했다. 교문을 지나쳐 지나가려는데, 건물과 건물 틈 사이에서 수군거리는 소리가 귀에 콱 박혀 들어왔다.

"박세준 그 새끼는 면상부터 별로였다니까. 거봐, 그런 놈들이 얼굴값 한다고요. 그 도도해 보이던 강솔도 뒤꽁무니 쫓아다니게 만들고."

"병신아! 뒤꽁무니를 쫓긴 누가 쫓아! 내 여신에게 그렇게 말하지 마라."

"여신은 개뿔. 남의 남자 후려가는 년……."

"거기 둘."

좁은 건물 틈 사이로 한영이 등장했다. 단정하고 사랑스러운 파스텔 톤의 코트 사이로 무시무시한 얼굴이 자리 잡고 있었다.

"너희 둘 말이야……."

입에서 뻐끔뻐끔 하얀 구름을 빼고 있던 남학생 둘이 눈을 동그랗게 뜨고 한영을 바라봤다.

"무, 문학쌤?"

"어! 쌤! 이야, 울쌤은 아침부터 예쁘시네요?"

한영은 백화고의 마돈나 중 하나였다. 어지간한 학생들은 명함도 내밀지 못하는 초동안에 친절하고 다정한 문학쌤.

그런 그녀의 얼굴이 평소와 달랐다. 반갑다며 킬킬거리고 웃고 있는 두 남학생 앞으로 한영이 성큼 다가갔다. 그러더니 두 남학생의 발밑에 떨어져 있는 수많은 꽁초들을 빤히 바라봤다.

"에이, 쌤……. 이건 반칙이죠, 새벽부터!"

"이건 무효, 무효! 방심하고 있었는데."

저들끼리 찔리기는 했는지 같잖은 애교로 상황을 무마시키려고 했다. 그런 남학생 둘과 눈이 마주친 한영이 생글생글 웃음을 보인다. 휴, 무사히 지나가나 싶어 남학생들은 가슴을 쓸어내렸다.

"벌점 20점."

그런데 웬걸, 한영이 털썩 주저앉아 담배꽁초를 하나하나 주워 올린다. 그 앙증맞은 손가락으로 하나, 하나.

"벌점 40점."

"쌔, 쌤?"

그리고 이어지는 심상찮은 점수 매기기.

"벌점 60점."

"쌤, 왜 그러세요!"

당황한 남학생이 한영의 손을 덥석 잡아채려고 시도했다. 하지만 한영이 빠르고 냉정하게 그 손을 쳐냈다. 그리고 다시 생글 웃으며 한다는 말이,

"스승의 손은 함부로 잡는 게 아니다. 특히 여선생님은……. 그런 의미에서 벌점 120점."

란다. 남학생들의 얼굴이 점점 하얗게 질려갔다. 벌점 100점이 의미하는 바가 굉장히 컸기 때문이다.

그녀가 주워 올린 담배꽁초가 벌써 다섯 개였다. 한영이 주섬주섬 가방에서 손수건을 꺼내서 그 안에 주운 담배꽁초를 고이 포개어 넣었다.

"벌점 100점 이상이면 봉사 네 시간에 부모님 소환인 거, 알지?"

여전히 한영은 생글생글 웃는 얼굴이었다.

"3학년 2반 진상원, 3학년 4반 박희순."

헉! 반과 이름까지 안다.

"담임한테 말해놓을 테니 아침조회 끝나고 보자."

망했다, 완전히.

남겨진 진상원과 박희순은 아침부터 이게 웬 날벼락이냐 하는 얼굴로 망연히 서로를 바라봤다.

떨어지는 물소리에 솔은 잠에서 깼다. 힐끔 돌아본 시계에는 '9'라는 숫자가 떠 있었다. 피곤했는지 족히 여덟 시간을 자고 일어난 솔이었다.

'어제 잠깐 깼던 것도 같은데…….'

잘 기억은 나지 않았다. 그저 꿈결에 세준의 얼굴이 보였다는 것 정도. 그리고 기분 좋게 다시 잠이 들었다는 것 정도. 베개 위에 얼굴을 비비적거리고 있던 솔이 문득 고개를 들었다.

'침대 위?'

분명 어제 두 사람은 거실에 있었다. 이곳으로 옮겨왔던 기억이 없는 걸 보니 세준이 옮겨다 놓은 듯했다. 그것도 모르고 세상모르게 잠이 들었다니.

뻑뻑한 눈을 깜빡거리며 이불 위를 뒤척거리는데 문 열리는 소리가 들렸다. 그와 동시에 물기가 가득히 느껴지는 향긋한 비누 냄새가 상쾌하게 끼쳐 왔다.

"어, 깼네."

배꼽 아래로 달랑 수건만 두른 세준이 성큼 솔의 곁으로 다가왔다. 레드 계열의 커튼 덕분에 방 안으로 삐져 들어오는 햇살도 붉어져 있었다. 그 불그스름하고 따스한 빛 속에 세준이 서 있었다.

"씻었네?"

"응. 일찍 잠이 깨서."

이마 위에 흩어진 머리카락을 정리해 주는 세준의 손길을 느끼고 있자니 세상과 동떨어져 있는 느낌이었다. 그냥 영원히 이렇게 동떨어져 있어도 꽤 괜찮을 것도 같았다.

"난 아직 졸려."

"더 자, 그럼."

고개를 끄덕거리던 솔이 문득 다시 고개를 돌려 세준을 봤다.

"……너는?"

뭐하러 이렇게 일찍 깼어? 어차피 나가는 것은 어려운 상황인데.

"나는."

세준이 계속 솔의 이마와 머리카락을 쓰다듬었다. 스륵스륵 넘어가는 손길에 다시 잠이 들락 말락 하던 솔은 세준의 다음 말에 번쩍 눈을 뜨고 말았다.

"에이팀 신 대표님을 좀 만나야겠어."

"석진아, 차 대기시켜."

"네, 대표님."

갑작스러운 솔의 연락에 신 대표는 모든 업무를 정지시키고 사무실을 나섰다.

나가기 직전, 서랍을 열어 접혀 있는 종이를 꺼내 안주머니에 고이 넣어둔다. 가슴을 툭툭 치는 손길이 조심스러웠다.

지금 그에게 가장 우선시되는 건 솔이었다. '모델'로서의 생명을 지켜주는 것, 이제까지 탈도 없고 말도 없이 성실하게 일해준 그녀를 믿어주는 것, 그것이 신 대표가 8년을 함께 일한 동료를 위한 일이라고 생각했다.

강솔뿐만 아니라 신 대표는 에이팀의 모든 구성원들을 식구처럼 생각했다. 수백 명을 거느린 큰 회사는 아니지만 에이팀의 입지가 탄탄한 것은 모두 이런 신 대표의 태도에서부터 빚어진 것이었다.

차분한 걸음걸이로 회사 로비를 빠져나오던 신 대표는 문득 뒤를 돌아보았다. 아무 일도 없다는 듯 여느 날과 다름없이 소란스러운 로비.

1층에 자리한 카페 안엔 사람들로 가득했고, 모두 누군가와 이야기를 나누고 있었다.

로비를 돌아다니는 사람들 또한 제 할 일들이 바쁜 듯 발길을 재촉하거나 초조하게 누군가를 기다리고 있다. 그곳에 있는 그네들의 얼굴 어디에도 두려움의 그림자는 없었다.

그저 평소처럼, 웃고 떠들고 분주한 그런 일상들.

누군가는 지금 밖으로 나오지도 못한 채 숨을 쉬는 것조차 조심스러워하고 있건만, 이렇듯 세상은 평온했다. 아무 일도 없는 듯이, 그렇게…….

이들 모두가 한 번도 만나본 적 없지만 마치 몇 번은 만났던 것처럼 '그들'의 이야기로 웃고 떠들고, 혀를 차는 사람들이었다.

감당할 수 없을 만큼 많은 관심과 뾰족하고 날 선 잣대를 들이대지만, 그렇다고 어느 순간 그들 중 누구 하나가 사라져도 이들의 세상은 결코 무너지지 않는다. 세상 일이 그런 거였다. 내가 무너진다고 저들의 세상도 무너지는 건 아니었다.

'그러니까 살아남아야 해. 그러니까…….'

기다리고 있는 신 대표 앞으로 석진이 차를 몰고 왔다. 다가오는 차를 보며 신 대표는 작게 중얼거리고 있었다.

"악착같이 살아남아야 해, 솔아."

마음의 소리가 저도 모르게 바깥으로 흘러나왔다. 하지만 신 대표는 그것조차 의식하지 못하고 있었다.

"솔이한테 가자."

신 대표의 지시에 석진은 마치 예상하고 있었다는 듯 망설임 없이 차를 움직였다.

부드럽게 핸들을 돌려 석진이 막 속력을 내려고 하는 그때, 신 대표의 눈에 낯익은 사람의 모습이 걸린다.

"잠깐."

신 대표가 차를 멈춰 세웠다.

미끈한 검은 승용차가 인도에 바짝 다가갔다. 그러자 그 자리에서 멍하니 에이팀 건물을 바라보고 있던 누군가가 화들짝 놀라며 차를 돌아봤다. 선팬이 되어 있는 차창이 서서히 내려가고, 신 대표가 빙긋 웃는 얼굴로 앞 사람을 쳐다봤다.

"세미의 서 팀장님이 여긴 어떻게 오셨는지."

"아……! 안녕하십니까, 신 대표님."

"글쎄요. 서 팀장님 눈엔 제가 지금 안녕해 보이는가요?"

웃는 낯으로만 본다면…… 그래, 지금 신 대표의 안색은 썩 나쁘지 않았다. 하지만 그 싱긋 웃는 얼굴 너머로 오싹한 기류가 느껴져서 서 팀장은 차마 대답하기가 쉽지 않았다.

평소에는 그저 유들유들하고 친절한 모습이었다면 지금의 신 대표는 대하기가 무척 어려웠다.

웃는 얼굴의 카리스마라고 할까.

머뭇거리는 서 팀장을 한참 바라보던 신 대표는 악감정을 숨기지 않는 목소리로 덧붙였다.

"이 근처에서 지금 서 팀장님을 뵙는 게 썩 좋지는 않군요."

'뭔가를…… 알고 있나?'

신 대표의 차분하고 낮은 목소리가 서 팀장의 귓가에 날카롭게 파고들었다.

"아, 저는 여기 근처 법무법인에……."

"전해주십시오, 그쪽 대표님께."

뒷말을 덧붙이려는 서 팀장의 말허리를 신 대표가 댕강 잘라먹는다. 충분히 의도적이고 적대적이었다. 서 팀장을 보지도 않은 채 무미건조한 신 대표의 말이 이어졌다.

"그쪽이 무슨 생각인지 모르겠지만, 나는 결코 솔이를 포기하지 않습니다. 우리 아이들은, 모두 우리 식구들이니까요."

신 대표의 날카로운 눈이 서 팀장을 힐끔 쳐다봤다. 잘 벼린 바늘처럼 날카로웠다.

"내 식구를 건드린 대가는 톡톡히 치를 거라고…… 그렇게 꼭 전해 주십시오."

서 팀장은 그의 앞을 유유히 떠나는 검은 차를 넋 놓고 바라봤다. 팔뚝 위로 오소소 소름이 돋았다. 서늘한 1월의 바람이 그의 뺨을 스치더니 가슴 한편을 베어낸 듯 오싹했다. 신 대표 저 남자는…….

'내 식구를 건드린 대가는…….'

믿고, 따를 수 있는 사람이었다.

점점 솔의 오피스텔 건물에 가까워질수록 신 대표의 얼굴이 찌푸려졌다.

외부인은 들어올 수 없도록 1층에 도어락과 경비실이 배치되어 있는 건물이었다. 그런데 그 도어락 옆으로 낙서가 가득했다. 뭘 그렇게 잔뜩 가지고 와서 버렸는지 쓰레기도 산더미다.

지하주차장으로 들어가는 길, 신 대표는 불편한 한숨을 쉬었다. 사람들이 사랑했던 만큼 그녀에 대한 미움과 배신감이 더욱 크게 다가왔을 것이다.

사기꾼, 꽃뱀, 미친년 등등 차마 입에 담을 수도 없는 상스러운 욕은 바로 그 배신감에서 왔을지도 모른다. 더불어 박세준에 대한 팬심도.

주차장에서 건물로 들어가는 입구 옆도 역시나 지저분하긴 마찬가지였다. 그런데 그 옆에 쪼그려 앉아 있는 한 분, 건물의 경비아저씨였다. 뭘 하고 계시지? 신 대표가 차에서 내려 자세히 살피니 아저씨께서는 솔의 욕을 손수 지워주고 계셨다.

"아이고, 아저씨, 이건 저희가 청소해 드리겠습니다. 내버려 두시지 뭘 이렇게 직접……."

신 대표가 후다닥 뛰어가 나이 지긋한 경비 아저씨를 말렸다. 그를 알아보는 건지 주름이 가득한 얼굴의 경비가 껄껄 웃는다.

"뭐 좋은 말이라고 가만히 보고 있수? 아가씨 보면 속상하게……. 이거 뭐, 욕실 청소하는 거 뿌리니까 슥 지워지는구만."

"아니, 그래도 손 시리실 텐데…… 그만하세요."

"아이고, 되었어, 되었어. 여긴 거의 다 지웠는데요, 뭐. 읏차! 대문만 지우면 되겠구먼."

경비아저씨가 사람 좋은 얼굴로 웃으며 몸을 일으켰다.

"그 아가씨가 참 우리 큰손녀 같아서 그래. 내 여기 경비 8년 넘게 했는데 여름이면 수박 가져다주고, 겨울이면 고구마 쪄서 가져다주는 아가씨는 그 아가씨가 처음이었거든. 보니까 할머니, 할아버지가 키워주신 것 같던데……. 그래서 이렇게 나이 든 경비한테도 잘하더라고. 참, 아가씨가 착해."

껄껄 웃으며 경비아저씨는 다시 입구로 돌아갔다. 신 대표와 석진은 멍하니 올라가는 아저씨를 보다가 눈이 마주쳤다. 신 대표가 눈짓으로 차를 가리켰다.

"차에 음료 있지?"

"네. 며칠 전에 받은 홍삼음료랑 박카스랑 구비되어 있습니다. 가져다 드릴까요?"

석진이 눈치 빠르게 물어왔다. 신 대표가 웃으며 고개를 끄덕였다.

"그리고 아저씨 좀 도와드리고 있어라. 고생스럽겠지만 좀 부탁할게."

"에이, 이게 뭐 고생인가요? 고생은 솔이가 하고 있죠. 어서 올라가

보세요, 대표님."

싹싹하게 말하는 석진의 어깨를 토닥여 주고는 신 대표가 위로 올라갔다.

"뭐야, 왜? 무슨 말을 하려고 신 대표를 불러달란 거야."

솔이 그 자리에 앉지도 못하고, 서지도 못하고 안절부절 제자리를 배회하며 세준에게 물었다. 시계를 보니 슬슬 신 대표가 도착할 시각이었다.

세준 만나는 걸 자중하란 말을 듣기가 무섭게 만나고 있었으니 아무리 솔에게 약한 신 대표라고 할지라도 화를 내지 않을까. 그것도 걱정이 되고…… 세준이 과연 신 대표와 무슨 말을 하려고 하나, 그것도 알 수 없었다.

아침부터 신 대표를 불러달라 부탁하곤 그것에 대한 추후 설명을 덧붙이지 않는 세준은 여전히 입을 꾹 다물고 있는 상태였으니.

"정말 말 안 해줄 거야?"

솔이 불만스럽게 입술을 삐죽거리자 베란다에서 화분을 보고 있던 세준이 웃었다.

"곧 알게 될 거야. 좀만 기다려."

"곧 알게 될 거면 지금 알려줘도 되잖아."

"지금은 안 돼. 미안."

촉이 왔다. 이건 뭔가 그녀가 화내거나 언짢아할 말이라는.

그래서 어지간하면 생떼 같은 걸 부리는 일이 없는 그녀도 자꾸 채근하게 됐다.

"치사해, 치사해. 어, 여기서 지금 내가 재워주고, 밥 먹여주고, 씻겨주고 다 해줬더니만 은혜를 치사함으로 갚는구먼?"

솔의 말에 세준이 그녀에게 다가가며 눈썹 한쪽을 비뚜름하게 올리며 반박했다. 그녀의 얼굴 앞으로 바짝 얼굴을 붙이더니 언짢다는 듯 중얼거린다.

"씻겨주셨다?"

위험하게 느껴지는 그의 눈빛에 솔이 한 발짝 뒤로 물러섰다.

"무, 물 제공해 줬잖아."

"그건 무효지. 아, 그리고 말이 나와서 하는 말인데."

아침이라 그런가…… 세준의 눈동자가 유독 맑았다. 콧날은 어찌나 오뚝하신지. 아, 왜 아침부터 가슴 떨리게 잘생기고 난리람.

얼굴을 마주하는 순간 화고 뭐고 사르르 녹아버릴 만큼 달콤한 미소로 그녀의 마음을 녹신녹신하게 만들었다. 단 며칠 사이에 홀쭉해진 볼이 퇴폐적이면서 더욱 샤프했다.

그 얼굴이 바로 눈앞에서 솔을 향해 웃었다.

"……진짜 씻겨주면 말해줄 의향도 있고."

"으악! 이거 놔!"

순식간에 그녀를 들어 올린 그가 성큼성큼 욕실로 향했다. 놀란 솔이 버둥거리며 그의 어깨를 흔들어댔지만 세준은 꿈쩍도 하지 않았다.

대신 뭐가 그렇게 즐거운지 짓궂은 미소를 지으며 그녀를 놀려댔다. 진짜 욕실로 들어갈 기세에 솔이 그의 목을 붙잡고 필사적으로 고개를 내저었다.

"아까 샤워 다 했잖아! 야야, 이거 놔. 신 대표 올 시간이야! 야, 박세준!"

"말을 꺼낸 사람이 잘못한 거지. 왜 아침부터 사내 가슴에 불을 지펴?"

"혼자 불 피우고 난리야, 왜. 어어어어? 멈춰라? 어? 너?"

아니면 오랜만에 봐서 그런 건가.

그것도 아니면 안에 갇혀 있으면서 행복해 보려고 은연중 발버둥 치는 걸까?

두 사람은 별거 아닌 장난에도 키득키득 웃음을 터뜨리고 있었다. 손끝에서 발끝까지 바짝 긴장된 말초신경이 간지러울 만큼…….

실랑이를 벌이면서도 서로를 끌어안은 손은 끈질기게 붙어 있었다.

그런데 바로 그때였다.

띵동.

벨이 울렸다. 두 사람은 끌어안은 그 상태로 굳어버렸다.

툭툭툭.

[솔아, 나 들어간다.]

들어간다는 말과 비밀번호를 누르는 소리가 동시에 울려 퍼졌다. 회사에서도, 석진도 알고 있는 솔의 집 비밀번호였다. 신 대표가 구해 준 집이었기에 그가 알고 있는 건 당연했다.

띠릭.

문이 열리는 소리와 함께 그제야 정신을 차린 두 사람이 퍼드득 떨어졌다. 하지만 잔뜩 헝클어진 머리카락과 옷차림은 정리할 틈이 없었다.

"나야, 왜 대답이 없……."

그 상태 그대로, 신 대표와 눈이 마주쳤다. 순간적으로 집 안 온도가 3도는 내려간 듯 서늘한 냉기가 스며들었다. 세 사람 모두 움직이지도, 움직일 생각도 하지 못한 채 한참을 서로를 보고만 있었다.

"와, 왔어요? 들어와요, 대표님."

먼저 정신을 차린 솔이 서둘러 신 대표를 안으로 불러들였다. 신 대표의 눈동자가 적나라하게 세준의 옷차림을 훑었다. 솔로서는 처음 보는 냉기 가득한 얼굴이었다.

"제정신이 아닌가 봐, 박세준 군?"

"말짱합니다, 지극히."

"그래? 그런 놈이 지금 여기에 와 있어?"

"저는 솔을 만나면 안 되는 건가요?"

덤덤한 세준의 대꾸에 차 대표가 사늘하게 웃는다. 신발을 벗고 성큼 안으로 들어선 그가 비뚜름하게 서서 세준을 똑바로 바라봤다.

"아아…… 제정신이 아니라 머리가 문제군? 상황 파악을 잘 못 하는 머리야. 그치? 지금 누구 때문에 솔이가 듣지 않아도 될 욕을 듣고 있는 상황인지 파악이 안 되는 거야. 그치?"

신 대표의 말들이 가시가 되어 세준을 공격했다. 하지만 그 정도는 각오한 듯 세준은 덤덤하게 받아쳤다.

"그게 온전히 제 책임만은 아닌 것 같은데요."

"아니."

신 대표가 단호하게 고개를 내저었다. 그리고 그것보다 더 단호하고 차가운 목소리로 세준을 공격했다.

"너 때문이야. 이 모든 건, 순전히 너 하나로부터 벌어진 일이야."

신 대표의 이런 모습은 처음 보는 솔이었다.

이토록 차가울 수 있나 싶을 정도로 무감각한 그의 목소리와 얼굴에 솔은 처음으로 그가 무서울 수 있다는 걸 느끼고 있었다. 언제나 둘째 오빠같이 편안하고 장난스러워 보이던 그였는데.

"아껴주지 못할 거면 놓아줄 배짱이라도 있어야지."

성큼 들어온 신 대표가 세준의 곁에 서 있는 솔의 팔목을 잡아끌었다.

"……그게 남자야."

그 곁에 있으면 안 된다는 듯이. 그것을 보는 세준의 눈이 뜨겁게 일렁거렸다.

"아끼고 있습니다. 그리고 더 아껴줄 겁니다."

세준은 솔을 잡고 있는 신 대표의 손목을 움켜쥐었다. 순식간에 방 안의 공기가 숨이 막혀올 만큼 밀도가 높아졌다.

'왜 이래들.'

두 남자 사이에서 이러지도 저러지도 못 하고 있던 솔이 후우, 한숨을 내쉬었다. 그러더니 그녀의 손목 위에서 실랑이를 벌이고 있는 두 남자의 손을 동시에 털어내 버렸다.

"나는, 내가 알아서 해. 두 사람이 걱정하지 않아도."

솔의 앙칼진 눈이 번득이더니 바짝 다가와 있는 두 사람을 양팔로 밀어냈다.

"세준이가 대표님한테 할 말이 있대. 그래서 부른 거야."

"할 말?"

네가, 나한테?

세준을 보는 신 대표의 얼굴에 고깝다는 기색이 역력했다.

또 불꽃이 튀겠다 싶은 그때, 솔의 핸드폰이 요란하게 울려댔다. 핸드폰을 확인하니 발신자가 할머니였다. 안 받을 수가 없는 전화였기에 솔이 세준과 신 대표를 힐끔거리다가 이내 방 안으로 들어가 버렸다.

'알아서들 하라고, 알아서들.'

둘 다 그녀가 믿는 남자들이었다. 그녀가 믿는 남자들이 뭔 일을 벌이겠나 싶어, 팽팽한 그 공기 속에서 빠져나왔다.

아, 물론 솔이 세상에서 가장 믿는 남자는 할아버지였지만.

통화버튼을 누르자마자 홍 여사의 목소리가 쩌렁쩌렁하다.

[아이고오, 내 새끼! 밥은 먹고 다니는 겨?]

"할머니이."

단지 할머니의 목소리를 들은 것뿐인데 어쩐지 코끝이 시큰해졌다. 눈시울이 뜨거워지는 것을 느끼며 솔이 눈에 힘을 줬다. 그 옆에서 할아버지가 자신도 바꿔달라며 성화였다.

그런 할아버지의 목소리에 뜨겁게 달아오른 눈가가 반으로 접혔다. 웃음이 나왔다.

[할미가 우리 솔이 좋아하는 돼지고기 자장 했는데 가져다줄까? 요즘 느이 할아버지랑 영 몸이 찌뿌듯해서 서울 나들이나 갈까 하는데……. 아니다, 아녀! 네가 내려올래? 한 며칠 쉬다가 가. 할미가 보고 싶어서 그래.]

전화 너머로 '그려, 왔다 가!' 하는 할아버지의 목소리도 들렸다.

원래 이리 오라, 가라 하시는 분들이 아니었다.

두 분이서도 충분히 알콩달콩 잘 살고 계셨고, 어려서부터도 솔에게 독립심이 제일 중요하다 말씀하시던 분들이었는데, 이리 오라고 하는 것은 이곳에 혼자 있는 손녀가 걱정이 돼서일 것이었다.

연예가중계도 매번 챙겨보신다고 했는데, 두 분께서 이번 스캔들을 모르실 리가 없었다. 손녀 일이라면 귀가 임금님 귀처럼 쫑긋해지시는 분들이니까. 걱정되신 거였다, 그녀가.

꾹 참던 눈물이 핑 돌았다. 이상했다. 눈물 따위 잘 나오지 않는데, 할머니 목소리만으로도 눈물이 난다.

"갑자기 오라고 하면 갈 수 있나? 며칠 있다가 시간 내서 갈게요."

[그러치? 그럼 그냥 할미가 올라가야겠다.]

"아이 참……. 그게 무슨 말이야. 할머니, 나 못 믿어? 내가 일 잘하고, 잘 해결하고 그러고 맛있는 거 사들고 갈게요. 며칠만 기다려."

솔의 씩씩한 목소리에 수화기 너머로 할머니의 안심한 듯한 한숨

소리가 들렸다. 그러더니 한결 편안한 목소리가 돌아왔다.

[그려? 알았어. 그러엄…… 할미가 우리 강아지 기다리고 있을게.]

오늘따라 유독 내 새끼라는 말이, 우리 강아지라는 말이 정겹다. 휴대폰을 꽉 부여잡고 솔은 배시시 웃었다.

"응. 조금만 기다려 줘요."

나는 괜찮다.

"……좋아. 그렇게 해주지. 시일은?"

"빠르면 빠를수록 좋습니다."

신 대표는 가만히 날짜를 가늠해 봤다. 카스티엘 광고 오픈이 내일 모레였다. 그것에 맞춘다면 어쩌면…….

결정을 내린 신 대표가 고개를 끄덕였다.

"그럼 이틀 뒤, 19일로."

신 대표의 빠른 결정력에 놀란 듯 세준은 잠시간 그를 빤히 바라봤다. 그러더니 뭔가 안심한 듯 깊은 숨을 내쉬며 짤막하게 고개를 숙여 인사했다.

"감사합니다."

'안심'했다. 그것은 곧 솔에 대한 안심일 것이다. 저 같잖은 녀석이 감히 저를 보며 안심을 하다니……. 신 대표가 픽 웃음을 보였다.

"감사할 필요 없어, 제대로 수습만 하면 되니까."

"……."

"아니면 내가 직접 너 밟아준다, 다시는 솔이 옆에 얼씬도 못 하게."

"그 정도는 각오는 하고 있습니다."

딱딱하게 굳은 세준의 얼굴은 정말 비장한 각오가 비치고 있었다. 정확히 저놈의 수가 뭔지는 모르겠지만, 신 대표는 이놈의 배짱을 믿어보기로 했다.

"두 분, 이야기는 다 끝났어?"

때마침 통화를 마치고 솔이 나왔다.

방에서 나오는 솔을 보던 신 대표의 미간이 아주 미약하게 찌푸려졌다. 솔의 눈가가 빨갰다. 눈물을 닦는다고 박박 문질렀던지 눈동자도, 눈가도 모두 빨개져 있었다.

내가 너 때문에 못살겠다, 솔아.

고개를 절레절레 내저으며 신 대표가 그것을 모르는 척하며 자리에서 일어났다.

"가야겠다. 할 일이 많아."

"어? 가게?"

너무나 빨리 자리를 뜨는 신 대표를 솔이 눈으로 좇았다. 저에게 한 소리 할 줄 알았는데 의외로 말이 없다. 그 잠깐 사이에 둘이 무슨 대화를 한 거지? 궁금함이 역력한 얼굴로 신 대표를 보니 잠깐 나와 보라고 손짓한다.

"솔이 너, 잠깐 나와 봐."

"응?"

영문을 몰라 쫓아 나오는 솔을 보며, 신 대표는 사무실에서 가져온 종이를 꺼내서 내밀었다.

제16화
더 트루스(The Truth)

신 대표로부터 단정하게 접힌 종이를 건네받은 솔은 잠시 멈칫거렸다.

흔하게 볼 수 있는 A4용지일 뿐이었지만 어쩐지 쉽사리 열어볼 수가 없었다. 말끄러미 종이를 내려다보던 솔이 다시 신 대표를 올려봤다.

"이게, 뭐예요?"

조금 떨떠름한 목소리로 되물었다. 아직 종이를 열어보지는 않았다.

"열어보면 알아."

신 대표는 그리 말하고 아무 말도 하지 않았다. 결국 이 종이의 정체를 알 길은 열어보는 것밖에 없었다.

조심스럽게 접힌 종이를 펴자 그 안에는 영어로 된 글자들이 빼곡하게 적혀 있었다. 원문은 아니었고, 복사본으로 보였다. 그것을 주욱 훑어 내리던 솔의 눈에 'The Doll'이란 글자가 걸렸다.

"대표님, 이건……."

가슴이 둥둥 떨려왔다.

더 돌……. 뉴욕의 유명 모델 에이전시였다.

미란다, 라셀린, 라우 리 등 세계 굴지의 모델들이 소속되어 있는 바로 그곳.

솔이 햇병아리였을 때부터 감히 꿈꾸고 바라던, 바로 그곳의 에이전시 계약서.

"거기로 가, 솔아."

떨리는 솔의 음성이 무색하게 신 대표는 차분히 말했다. 흔들리는 동공을 감추지 못하고 솔이 신 대표를 빤히 바라봤다.

신 대표는 그녀가 얼마나 이곳에 가고 싶어 했는지 알고 있었다. 이곳을 얼마나 동경하고 있는지 알고 있었다. 신 대표 또한 뉴욕, 프랑스 등지로 아이들을 보내주려 꾸준히 노력해 왔다. 솔뿐만 아니라 한국의 모델들을 세계로 보내주겠다는, 그런 목표의식을 가지고 있었다.

그가 마침내 그 도약의 발판을 잡은 것이다. 하지만 하필이면 지금 이것을 건네주는 이유는 너무나 적나라하다. 잔혹하고, 무정하다.

지금 이순간은 너무나 잔인하지 않은가!

"나보고, 지금……."

저 문 너머에 세준이 있었다. 그녀가 없으면 추저분한 루머를 홀로 이고 지고 가야 하는 세준이 있었다.

"도망가라는 거예요?"

그런 세준을 남겨두고, 배신하고?

실타래가 엉키듯이 머리와 가슴의 소리가 뒤죽박죽 섞였다.

절대 그럴 수 없다는 마음 아래에 과거의 열망이 슬그머니 똬리를 틀고 있었다. 하지만 솔은 그것을 무시했다. 그건 지독히도 이기적인 욕심이었다. 그렇게까지 욕망에 흔들리는 여자가 되고 싶지 않았다.

아무리 어려서부터 그렇게 바라왔던 그 계약서를 손에 들고 있다고 하더라도……. 그녀는 그런 사람이 되고 싶지는 않았다.

"아니야."

배신감으로 일렁거리는 솔의 눈을 마주하고 신 대표가 짧고 단호하고 고개를 내저었다.

"일자를 봐봐. 더 돌과의 교류는 이미 오래전부터 있어왔어. 그 계약서도 이번 사건이 터지기 직전에 받은 거야."

신 대표의 말마따나 계약서의 날짜는 일주일 전으로 되어 있었다.

솔이 카스티엘의 촬영에 들어갔을 그때 즈음이었다. 그 별거 아닌 숫자를 망연히 보고 있는 솔을 향해 신 대표가 솔직한 맘을 덧붙였다.

"나는 너에게 도망가라고 말하는 게 아니야."

솔은 좀 더 많은 설명을 원하는 얼굴로 신 대표를 바라봤다.

"기회를 잡으라는 거야. 그토록 원하던 기회가 왔으니까."

"기회……?"

"그래, 기회. 8년을 기다린 기회야. 그러니까—."

"……."

"잡아."

8년을 기다린 기회.

그토록 원하던 기회, 그것이 마침내 눈앞에 왔다며 잡으란다.

8년을 옆에서 같이 기다려 줬던 신 대표가 강경한 어조로 그렇게 말하고 있었다.

솔은 입술을 지그시 깨물었다. 왜 하필 지금인가, 왜, 왜, 왜. 수없이 되물어도 누구도 대답해 주지 못한다. 그에 대한 답은 없기 때문에, 누구도 대답해 줄 수 없다.

마음속에서 작은 북이 둥둥거렸다. 숨이 벅차올랐지만 동시에 심장이 무겁게 가라앉았다.

가고 싶었다. 가고 싶었던 곳이다. 그러나 지금 그녀가 이 마음으로 그곳에 간다고 해서 과연 행복할 수 있을까?

질끈 눈을 감은 그녀의 동공 위로, 세준의 미소가 떠올랐다. 누군가로부터 온전히 사랑받는 법을 가르쳐 준 그녀의 남자, 겉만 번지르르하던 그녀의 속을 가득 채워준 그의 사랑.

슬프다. 지금 이 상황이 몹시도 슬펐다. 꿈과 사랑을 저울질해야 하는 이 상황이 참으로 비참했다.

짧게 숨을 내쉰 솔은 눈을 떴다. 결단이 선 그녀의 눈은 강인하게 빛났다. 이왕 내린 결심을 의심으로 더럽히지 않을 생각이었다.

"죄송하지만, 난 가지 않을래요."

지금은 갈 수 없다. 절대, 갈 수 없다.

"오셨네요! 내일모레 있을 예식 준비하신다고 그러셨죠? 완전 단단히 준비하고 기다리고 있었어요."

지연이 살롱으로 들어서자마자 그녀의 전담 디자이너 미령이 반가운 미소로 달려 나왔다. 지연은 걸쳐 입었던 캐시미어 코트를 미령에게 건네주며 사들고 온 타르트를 건넸다.

"오는 길에 봤는데 맛있어 보여서 사왔어요. 오래 기다렸어요?"

"어머, 뭘 이런 걸 또 다. 맛있게 먹을게요, 지연 씨. 저희는 뭐 항상 살롱에 대기하고 있으니까요. 기다리는 것도 아니죠."

"오늘, 나 진짜 신경 써줘야 하는 거 알죠? 예식 사진이 얼마나 중요한지 알죠?"

"그럼요. 머리부터 발끝까지 뽀송뽀송하게 신경 써드릴게요. 아참, 신랑님은요?"

"그이도 곧 올라올 거예요. 아참, 우리 자기는 나이가 있으니까 더 신경 써줘야 해요! 이제 사십대 아저씨잖아."

지연이 거울 속에 비친 얼굴을 요리조리 돌려보며 신신당부했다. 사랑스러운 예비 신부의 모습에 미령이 까르르 웃음을 보였다.

"모델이신 분이 사진 걱정은 무슨……. 아참! 이번에 강솔이랑 박세준 스캔들 터진 거 봤죠?"

"스캔들?"

미령이 전해주는 소식에 지연이 픽 웃으며 그럴 줄 알았다는 듯 대수롭지 않게 어깨를 으쓱했다.

신미옥 패션쇼 시즌에도 분위기가 심상찮더니……. 역시나 둘이 사귀는구나 싶어 지연은 심드렁하게 반응했다.

"알고 있었어요? 아닌데? 그런 거치곤 반응이 영 시원찮은데?"

"몰랐어요. 요즘 신혼집 준비한다고 이리저리 돌아다니고, 인사 다니고……. 그래서 뭘 챙겨 볼 정신이 없었어요. 신경성 장염도 터지고 그래서 뉴스 볼 시간이 있어야죠."

아, 맞네요. 그럴 수 있지. 수긍하며 고개를 끄덕이던 디자이너가 잠시 주변 눈치를 살핀다. 그러더니 지연의 귓가에 낮은 목소리로 속삭여 묻는다.

"그럼, 지연 씨도 모르겠네? 박세준이랑 손미나랑 사귀는데 강솔이 정말 중간에 채갔다고 하는 거. 그거 진짜예요? 혹시 뭐 전해 들은 거 없어요?"

"……누구랑 누구 사이에서 누굴 채가요?"

이번에는 기울어져 있던 상체가 번쩍 올라올 만큼 놀란 지연이었다. 눈을 부릅뜬 그녀가 삽시간에 얼굴을 일그러뜨리며 되물었다.

"그 반대 아니에요? 박세준이랑 강솔 사이에서 손미나 그 계집애가 이간질한다던가, 뭐."

"쉬이이잇! 언니, 지금 여기 손미나 와 있어요. 목소리 좀 낮춰요."

손미나가 있다는 말에 지연의 얼굴이 더욱 심하게 일그러졌다.

날카롭게 눈을 뜬 지연이 이리저리 주변을 둘러보다가 휴대폰을 찾아 뉴스란에 들어갔다. 조금만 찾아보니 바로 뜨는 지저분한 기사들.

"말도 안 돼. 미령 씨, 이거 개뻥이야. 이거 믿어요?"

지연이 단호하게 기사를 부정했다. 그러자 디자이너 미령이 놀란 얼굴로 우물우물 말을 덧붙인다.

"아니, 저기, 미나 씨도 부정 안 하던데……?"

"하! 그 미친 계집애가요? 와! 그 싸가지 없는 게 이번에도 아주 대형 사고를 치셨구만?"

가차 없이 이어지는 지연의 힐난에 디자이너가 입을 다물었다.

지연의 성격이 보통 아니란 걸 익히 겪어 알고 있었다. 불같은 그녀 성격에 혹여 자신이 부채질이라도 할까 봐 미령은 늦게나마 입을 꾹 다물었다.

"기가 막히네. 얼씨구, 화장품 광고에 드라마 캐스팅까지?"

죽죽 기사를 훑어 내리던 지연이 당장 손미나를 찾아갈 것처럼 자리를 박차고 일어났다.

결혼을 앞두고 마음을 곱게 먹으려고 했는데, 도무지 참아줄 수가 없었다.

그날, 신미옥의 패션쇼를 망친 범인은 분명 손미나였다. 나중에 수소문해서 알아보니 헬퍼들 사이에서도 손미나에 대한 소문이 퍼지고 있었다.

'손미나가 음료수에 뭘 탔다더라.'

그 음료수를, 지연이 마신 거였다. 아무리 장이 약하다지만 얼마나 조심하고 있었는데 그때 장이 꼬이는 게 말이 되지 않았다. 그런데 그 주꾸미 년이 이번엔 기어코 강솔이랑 세준을 잡아먹고 승승장구하려는 꼴이라니. 도무지 참아줄 수가 없었다.

"어딜 가세요, 지연 씨. 앉아요, 앉아. 진실이 아니라면 밝혀지겠죠. 아! 신랑분이 언론 쪽에 있다고 하지 않았어요?"

"있죠! 하지만 그건 그거고, 내 지금 당장 이년을……!"

사달을 내리라!

지연이 씩씩거리며 말리는 디자이너를 밀치고 나가려는데, 때마침 저 멀리서 그렇게 원수 같은 주꾸미가 등장했다.

이야! 주꾸미도 제 말하면 나타나는구나?

지연이 매서운 눈으로 미나를 노려봤다.

시선을 느낀 걸까? 돌아 나가려고 했던 미나가 고개를 들어 지연을 봤다. 잠깐 눈이 마주쳤다. 하지만 이내 아무것도 못 봤다는 듯 황급히 시선을 돌려 버렸다.

하? 저년이?

지연이 그 자리에 팔짱을 끼고 서서 목소리를 높였다. 카랑카랑한 목소리가 살롱의 복도를 울렸다.

"비타민 워터 잘 마셨다."

다시 돌아 들어가려는 미나의 어깨가 흠칫 놀라며 멈춰 섰다. 그대로 천천히 뒤돌아본 미나의 얼굴은 창백하게 질려 있었지만, 표정만은 천연덕스러웠다.
"네?"
"잘 마셨다고, 아주 잘."
"……무슨 말인지 도통 모르겠네요."
"'진실은 밝혀진다' 몰라?"
"그, 그건 밝혀질 진실이 있어야 성립되는 말 아닌가요?"
"그걸 알면서 참 뻔뻔하네."
날 선 지연의 말에 미나가 미간을 찌푸렸다.
입술을 잘근잘근 깨물며 가늘어진 눈으로 지연을 노려보던 미나가 홱 뒤로 돌아섰다. 꽁지에 불이라도 붙은 듯 서둘러 그 자리를 빠져나가려는 미나의 어깨를 어느새 다가선 지연이 붙들었다.
"어딜 가? 아직 말 안 끝났는데."
지연은 싱글싱글 웃고 있었지만, 미나의 어깨를 움켜쥔 손아귀 힘은 상대방을 전혀 웃을 수 없게 만들었다.
어깨가 아픈 듯 인상을 쓰던 미나가 확 지연의 손을 뿌리치며 신경질을 냈다.
"아프잖아요! 나한테 손대지 마요."
손에 힘을 줘 뿌리친다는 게 지연을 밀치고야 말았다.
힘에 밀린 지연이 비틀거려 뒤로 넘어지려는 그때, 커다란 덩치가 나타나 그녀의 뒤를 부드럽게 붙들어줬다.
"무슨 일이야."
남자의 목소리는 너무 낮고 깊어서 작은 복도를 꽉 채우는 것 같았다.
반듯한 양복을 흐트러짐 없이 맞춰 입은 남자. 얼굴에 주름은 없었지만 무척이나 중후한 인상으로 나이가 조금 있어 보였다.

"석기 씨."

지연이 반색하며 남자를 돌아봤다. 그는 지연의 애인이자 내일모레면 남편이 될 남자, 석기였다. 석기가 지연과 미나를 번갈아가며 바라보더니 이윽고 조금 더 낮아진 목소리로 되물었다.

"무슨 일이기에, 사람을 친 겁니까?"

"치, 친 게 아니라 그냥 살짝 밀어낸 거예요."

"대다수의 폭력사건에서 사람들이 하는 말이 그겁니다. '살짝 밀쳤을 뿐인데……'."

"참 나, 전 진짜라구요!"

미나가 당황해서 버럭 소리를 질렀다. 복도에 그녀의 목소리가 쩌렁쩌렁 울렸고 석기의 얼굴에 언짢음이 떴다.

"그 말도 단골 멘트죠."

"아니, 난 진짜…… 치잇!"

미나가 더 말해보려다가 이내 곧 그것이 통하지 않을 거라는 걸 깨닫고 입술을 깨물어 버텼다. 신경이 곤두선 듯 얼굴 위로 사나운 기운이 감돌았다. 가슴이 들썩일 정도로 씩씩 숨을 몰아쉬던 그녀가 이내 다시 돌아섰다.

"잠깐! 내가 기다리라고 했지?"

지연이 다시 그녀를 붙들었다. 미나는 멈춰 선 그 상태로 고개만 살짝 돌려 반응했다.

미나의 반응을 보던 지연이 석기의 귀를 잡아내려 뭐라 소곤거렸다. 그러자 곧바로 석기의 얼굴이 눈에 띄게 딱딱해졌다. 곧, 그의 품에서 지갑이 나왔고, 네모난 명함을 꺼내어 들었다.

"손미나 씨."

이름을 똑바로 부르는 석기의 목소리에 미나가 조금 더 뒤로 돌아섰다. 미나와 눈이 마주친 석기가 들고 있던 명함을 미나에게 내밀었다.

"손 대표님은 잘 계신지 모르겠습니다."

미나는 손에 들린 명함을 멍하니 보다가 이내 창백하게 질린 얼굴로 명함과 석기를 번갈아가며 쳐다봤다. 석기는 그녀를 무표정한 얼굴로 내려다보고 있었는데, 그 고압적인 눈빛이 어쩐지 미나를 오싹하게 만들었다.

먹이사슬의 상위에 있는 포식자가 먹이를 쏘아보는 그런 차가운 눈이었다.

"더 트루스(The Truth)……."

이사 민석기!

더 트루스는 5년 전 대한신문의 젊은 팀장이 나와 세운 연예/시사 전문 매거진이었다. 가감 없는 기사, 거침없는 논평, 뚜렷한 팩트로 요 4년 사이에 비약적으로 성장한 매거진 회사.

'팩트가 없으면 보도하지 않는다'.

그것에 입각하여 이번 세준과 솔, 미나의 기사를 싣지 않은 유일한 보도 매체였다.

"아버님께 조심하시라고 말씀 전해주십시오. 여러 가지 제보가 들어왔는데…… 그 속에 미나 씨도, 미나 씨의 아버지 이야기도 없지 않으니까요."

미나는 석기의 명함 앞에서 목소리를 잃은 듯 아무 소리도 낼 수 없었다. 알 수 없는 두려움이 엄습했다.

요 며칠간 그녀에게 주어졌던 그 모든 것들이 머릿속을 스치고 지나갔다. CF, 인터뷰, 사람들의 관심, 애정, 동정, 그리고 세준과 솔을 씹어대는 말들까지!

그녀에게 찾아온 이 모든 행운, 기회, 행복이 이 명함 한 장에 단칼에 잘려 나갈 것만 같았다.

핏기를 잃은 얼굴로 멍하니 명함을 바라보고 있는 미나를 향해, 지연이 작은 목소리로 중얼거렸다.

"진실은 밝혀진다……. 그쵸, 석기 씨?"

지연의 목소리가 칼처럼 미나의 귀에 박혀들었다.

호텔의 작은 컨벤션장을 하나 빌려 조촐하게 마련된 기자회견장.

그렇게 넓지도 않았고, 그렇게 많은 기자들이 있지도 않았다.

신 대표가 믿는 대여섯 군데의 일간지와 매거진, 그리고 몇 명의 칼럼리스트들과 그들과 함께 온 사진기자들을 모두 합쳐 20명이 되지 않았다.

그중 가장 상석을 차지하고 있는 이는 더 트루스의 천사훈 기자였다.

사훈은 더 트루스 안에서도 알아주는 베테랑 기자이자 칼럼리스트였고, 또 더 트루스의 초대 멤버이기도 했다. 원래는 파워블로거이자 패션 전문 기자로 일하다가 더 트루스 창간 당시 초대 멤버로 들어오게 되었다.

"다른 사람도 아니고 너를 보내는 이유를 알겠어?"

오늘 아침, 민석기 이사가 그를 보자고 했다.

이사라는 타이틀을 걸고 있지만 회사 초기부터 형, 동생으로 친하게 지낸 두 사람이었다. 한 명은 경영진, 한 명은 실무진이었지만 두 사람은 은근히 죽이 잘 맞았고 뜻이 잘 맞았다. 말하지 않아도 저 사람이 원하는 것이 무엇인지, 서로가 잘 파악하곤 했다.

"내 특기를 잘 살려보라, 이거지?"

사내에서도 특히 주목받고 있는 그의 특기…… '스토리텔링'.

딱딱하고 재미없는 기사를 단숨에 흥미롭고 매력적인 콘텐츠로 만들어내는 것을 사훈은 특히 잘했다. 석기는 바로 그것을 마음껏 활용한 기사를 써오라고 그를 보낸 것이었다.

사훈은 컴퓨터 앞에 앉으며 손을 풀었다. 그의 옆으로는 그를 따라온 촬영기자가 있었고, 책상 앞으로 갖가지 녹음 장비가 즐비했다. 즐겁다는 듯 곧 들어올 인터뷰이를 기다렸다.

그리고 회견장 문 너머에서 예상치 못한 또 다른 인물이 엘리베이터를 타고 올라왔다.

그가 향하는 곳은 준비되어 있는 기자회견장이 아니었다. 그 바로 옆에 마련되어 있는 대기실, 그 문 앞에 멈춰 서 있었다.

잠시 멈춰 서서 크게 심호흡을 한 그가 이내 결심한 듯 손을 들었다.

똑똑, 문을 두드리고 이내 천천히 열리는 문. 그리고 그곳에는.

"……서 팀장님?"

단정하게 옷을 차려입은 세준이 놀란 얼굴로 들어서는 서 팀장을 보고 있었다.

서 팀장에게서 건네받은 종이봉투를 세준은 가만히 내려다봤다. 어디에서나 볼 수 있는 흔한 갈색 서류봉투였지만 그 안에 들어 있는 것들은 충격적이었다.

'차 대표…… 당신이란 사람은.'

그것을 내려다보고 있는 세준의 얼굴 또한 여느 때와 다를 바 없이 평온하고 차분했다.

다만 그 종이봉투를 쥐고 있는 그의 손, 그 손등 위로 툭 튀어나온 성난 핏줄만이 그의 고요 속에 침전되어 있는 분노를 보여줄 뿐이었다.

"……미안하다."

서 팀장은 아무런 미동도 없는 세준 대신 성급한 사과를 먼저 건넸다. 우물쭈물 세준의 눈치를 살피는 서 팀장을 세준은 빤히 바라보며 물었다.

"이걸 전해주시는 저의가 무엇이죠?"

"어, 어?"

"솔직히 말씀드리자면, 이런 걸 갑자기 저에게 주신다고 서 팀장을 덥석 믿을 수는 없지 않습니까? 지시야 차 대표가 내렸겠지만, 그 모든 일을 실행하신 분은 서 팀장님이시지 않습니까? 그러니까 제 눈엔 차 대표님이나 서 팀장님이나……."

그의 말에 눈에 띄게 당황하는 서 팀장을 세준은 덤덤히 마주하며 힘주어 말했다.

"그렇게 달라 보이지는 않거든요."

서 팀장은 당황한 듯 연신 땀이 흐르는 이마를 닦아냈다.

아니, 그게 말이야. 어, 아니. 따위의 말을 버벅거리던 서 팀장이 이내 큰 한숨과 함께 입술을 깨물었다. 결심을 굳힌 듯 표정을 갈무리한 서 팀장의 입에서는 딱딱한 목소리가 나왔다.

"그래, 네 말이 맞아."

"……."

"그래서 내가 여기 온 거야."

그게 무슨 말이냐는 듯 세준은 눈살을 찌푸린다.

"네 말대로 이렇게 살다간 정말 차 대표처럼 될 것 같았거든. 차 대표가 시키는 대로, 차 대표가 원하는 대로, 그렇게 차 대표의 시다 노릇이나 하면서……. 그러다 보니 어지간한 일은 무감각해져 버렸더군. 근데 우스운 게 뭔지 아나? 집에 돌아가면 내가 아들을 데려다가 '착하게 살라'고 가르치고 있다는 거야."

말을 하던 서 팀장은 자조의 웃음을 보였다.

"알겠다며 고개를 끄덕이는 내 새끼 앞에서 갑자기 부끄러워지는 순간이 오더라고. 내가 이런 말을 할 자격이 있나 하면서. 이렇게 살면 안 되는데, 안 되는데……. 그렇게 말하면서도 나만 보는 마누라, 예쁜 내 새끼 생각하면 박차고 나올 수가 없었는데…… 안 되겠더라고."

누군가를 떠올린 듯 서 팀장의 눈빛이 한순간 반짝거렸다.

"그렇게 살지 않으면서 멋있는 사람을 봐버렸거든."

다시 이마 위에 흐르는 땀을 닦아내며 자리에서 일어나는 서 팀장을 세준이 말없이 바라봤다.

"나도 돈은 조금 못 벌더라도 멋있는 남편, 멋있는 아빠 한번 돼보려고. 이제부터라도!"

부끄럽다는 듯 너털웃음을 보인 서 팀장은 믿어보라며 세준을 다독이곤 그렇게 밖으로 나갔다. 그가 나가고도 세준은 한동안 종이봉투를 노려봤다.

오늘 아침, 나갈 준비를 하고 있던 차에 차 대표의 전화를 받았다. 바뀐 번호는 어찌 알았는지 차 대표는 전화로 씩씩거리며 그를 겁박했다.

[야, 박세준! 너 이 새끼, 무슨 생각이야! 당장 돌아오지 못해? 좋은 말 할 때 안 기어들어 와?]

갑자기 숨어버린 세준 때문에 당황했다는 것이 역력하게 느껴지는 목소리였다.

[하? 뭐야, 너 지금 다른 회사에 붙었냐? 에이팀이야? 에이팀이나 너나 미쳤군. 잘됐어! 아주 잘됐네! 이참에 에이팀이나 너나 강솔이나! 똥물 한번 뒤집어써 봐. 재기? 지랄. 네가 재기할 수 있을 것 같아? 강솔이라고 그 자리 지킬 수 있을 것 같아? 뒤통수친 너를 내가 가만히 둘 것 같냔 말이다!]

전화를 끊고 나서 세준은 차 대표가 박세준이라는 먹이를 던져 강솔도, 에이팀도 깎아내리려 했다는 것을 어렴풋이 느꼈다.

크고 확실하게 터뜨리고 변명할 시간을 주지 않은 채 몰아치게 했다. 뒤늦게 그것을 해명해 봤자 이미 사람들의 의식 속에는 솔과 세준의 지저분한 이미지가 남아 있을 테니까.

"……더럽네, 진짜."

침착하자, 침착해야 해.

불끈 주먹을 쥔 세준이 자리에서 일어났다. 크게 심호흡을 내쉬고 긴장된 주먹을 쥐었다 펴기를 반복했다.

'당신이 만든 룰에서 놀아나지 않겠어, 절대로…….'

차분해야 했다. 울렁거리는 가슴을 진정시킬 무언가가 필요했다. 세준은 솔을 생각했다. 효과는 즉각적이었다. 그녀를 생각하는 것만으로도 세준의 마음은 한결 차분해졌다. 머리는 냉정해졌고, 가슴은 뜨거워졌다.

함께 있자고 한 그녀를 세준은 끝끝내 회사로 돌려보냈다. 그녀의 그 크고 또렷한 눈에 남긴 것은 오직 세준이었다. 그것만으로도 세준은 많은 위안과 위로를 받았다. 그에겐 그녀의 믿음이 있었고, 사랑이 있었다.

오직 웃게만 해주고 싶었던 당신의 얼굴에 걱정을 담게 한 것이 나의 가장 큰 후회다.

방향을 잃고 헤매던 나에게 삶의 방향이 되어주고, 의지를 되찾게 해준 당신을, 내가 흔들어 버렸다.

"기자들 모두 도착했습니다. 이제 들어가시죠."

"네, 지금 나갑니다."

다시 웃어줘, 솔아. 웃어. 예전처럼, 처음처럼, 그렇게 찬란하게 웃어줘.

"급하게 연락받고 오느라 조금 늦었습니다. 독점 중계의 자리를 마련해 주셔서 감사합니다. 티비엠 스타뉴스 박지윤 리포터입니다."

문 앞에서 대기하고 있던 리포터가 다가오는 세준을 보더니 서둘러 인사를 건넨다.

"잘 부탁드리겠습니다."

차분해진 세준의 낮은 음성에 리포터는 얼굴을 붉혔다. 평소에서 정말 멋있다는 생각을 했지만 이렇게 실물로 직접 본 박세준은 근사하다 못해 페로몬이 넘쳤다. 솔과 미나를 시기 질투하는 여성 팬들의 마음을 이해할 수도 있을 것처럼.

하지만 지윤이 사실 정말 좋아하는 연예인은 따로 있었다.

세준이 문을 열기 직전, 지윤이 세준의 어깨 뒤에서 서둘러 속삭였다.

"전 사실 믿지 않았어요, 그 삼각관계……. 오래전부터 솔이 씨 팬이었거든요. 내가 아는 그녀는 그럴 사람이 아니에요. 세준 씨가 너무 멋지니까 이상한 루머가 퍼진 거라고 생각해요. 그러니까 오늘 멋지게 해명해 주세요!"

지윤의 말에 세준은 살며시 웃음을 보였다. 그리고 천천히 열리는 문.

문 틈 너머로 쉴 새 없이 플래시가 터졌다.

'다시 반짝거리게 해줄게.'

세준은 다시 한 번 솔을 생각했다.

'당신은 나의 별이니까.'

"오빠, 나 여기 세워줘. 커피 한 잔 사들고 갈게."

"아냐아냐, 내가 사다 줄 테니까 올라가 있어."

회사 입구에서 솔이 석진을 멈춰 세웠다.

1층에 있는 카페에서 커피 한 잔 사가려는 것뿐인데 석진이 질겁하며 그녀를 말렸다. 솔은 석진의 마음을 알기에 살짝 웃어 보이며 오히려 그를 다독였다.

"커피 한 잔 사는 것도 못 할까 봐?"

"아니, 그래도 내가."

"나 괜찮아요. 진짜."

솔은 고집을 피우며 차에서 내렸다. 잘못한 것도 없는데 죄인처럼 지내고 싶지는 않았다. 사람들의 시선과 말에 위축되지 않을 작정이었다. 당당하지 못할 이유가 없었다.

'그나저나 세준이는 잘하고 있을까.'

차에서 내리는 순간부터 시선이 느껴졌다. 하지만 솔은 그것을 무시하며 손목에 찬 시계를 내려다봤다. 세준의 기자회견이 시작될 시간이 다 되었다.

솔직히 솔은 세준이 무슨 말을 할지 감이 잡히지 않았다. 공식입장을 밝혀야 할 만큼 사태가 커지기는 했지만, 그렇다고 지금 와서 이미 시궁창으로 떨어져 버린 이미지를 끌어 올리는 것이 쉽지는 않을 게 분명했다. 그것을 다시 회복시키는 것에는 시간이 필요할 일이었다.

"내가 당신 사랑하는 거, 그거, 세상에 다 떠들고 다녀도 돼?"

갑자기 며칠 전 세준이 속삭인 게 떠올랐다. 이미 사태는 벌어질 대로 벌어졌는데 새삼스럽게 그걸 뭘 다 떠들고 다닌다는 거지? 지금에 와서 우리 사랑하는 사람입니다. 밝혀봤자 얼마나 많은 사람이 믿어준다고…….

어지간히 진실된 어조로 호소하지 않는 이상 대중들은 코웃음을 칠 것이었다.

세준을 몰아가려는 세미 측에선 당연하게도 아무 말이 없었고, 솔이 혼자 공식입장을 표해봤자 변명으로밖에 들리지 않을 것이라는 걸 알기에 에이팀은 지금까지 말을 아껴왔다. 이제 세준이 입장을 터뜨리면 에이팀에서도 입장을 밝힐 예정이었다.

'잘, 해야 할 텐데.'

물론 잘하겠지. 그건 알고 있었지만, 그럼에도 불구하고 곁에 함께 있어주지 못하는 게 안타깝다.

[먼저 이 자리를 빌어 불미스러운 소문을 빨리 수습하지 못한 점 사과드립니다.]

무슨 조화인지, 저 멀리에 걸려 있는 와이드TV에선 세준의 기자회견 현장이 중계되고 있었다. 멀리 떨어져 있었다. 소리도 작았다. 하지만 세준의 목소리는 또렷하게 들렸다. 카페로 가고 있던 솔의 걸음이 홀린 듯 TV 앞으로 향했다.

세준이 앉아 있었다. 그녀가 반했었던 그 단정하고 반듯한 자세로 그렇게 홀로 앉아서 그녀를 보고 있었다. 멍하니 그 모습을 보고 있는 그녀의 뒤로 가시 돋친 목소리가 파고든다.

"……와, 진짜 뻔뻔하다. 어떻게 얼굴 들고 다니지?"

"부끄러운 걸 모르나 보지. 하긴, 그걸 알았으면 그런 짓 못 하지 않겠어?"

'그런 짓?'

움찔, 솔의 가슴이 울렁거렸다.

'우리가 무슨 짓을 했다는 거야?'

"하여튼 연예인들 사생활 문란한 건 알아줘야 해요. 안 그래?"

"그러니까. 뒤에서 온갖 호박씨 다 까고 다닌다잖아."

'알지도 못하면서……. 알지도 못하면서 그렇게 쉽게 말하지 말라고.'

뒤에서 들려오는 무정한 힐난의 말에 솔은 지그시 입술을 깨물었다. 그녀들은 앞에 서 있는 게 강솔이라는 것을 아는지 모르는지 잔인한 말을 아무렇지 않게 이어갔다.

"그래도…… 저렇게 생겼으니 박세준은 뭔가 용서가 되지 않아?"

"어우, 야, 됐어. 그럼 뭐, 강솔은 용서가 되냐? 둘 다 추접스러워. 난 진짜 그렇게 낯짝 두꺼운 애들 딱 비호감이야."

"하긴 그래."

깔깔 웃는 웃음소리가 이토록 가슴을 아프게 할 수 있다는 것을 솔은 처음으로 느꼈다.

확 뒤돌아서 그녀들이 그토록 씹어대고 있는 이 면상이라도 직접 보여줄까 싶었다. 어디 눈앞에 두고도 그렇게 무참히 말을 할 수 있는지, 당사자에게 직접 그렇게 말할 수 있는지 시험해 보고 싶었다.

하지만 참았다. 일단은 참았다. 네모난 화면에서 이어지는 세준의 침착하고 차분한 목소리에 귀를 기울이는 게 먼저라고 생각하며, 솔은 꾹 참고 못 박힌 듯 그 자리에 서 있었다.

"솔직하게 시작하겠습니다."

그가 보고 있는 카메라 불빛이 빨갛게 반짝거렸다. 저 카메라 너머로 지켜보고 있을 대중들에게 세준은 지금 정면승부를 던지고 있었다. 아울러 차 대표에게도.

"처음으로 사랑하는 사람이 생겼습니다. 저에겐 너무나 과분한 사람이라 저는 아직도 그녀의 눈을 바라보면 가슴이 이렇게 떨립니다."

그렇게 말하며 세준은 살짝 웃었다. 그녀를 떠올리며 짓는 그의 미소는 그 자리에 있던 모든 여기자들의 가슴을 철렁 내려앉게 할 만큼 아찔했다.

"처음 만났을 때, 그녀는 무척이나 빛이 났습니다. 그래서 그녀 곁에 있으면 다른 사람은 눈에 들어오지 않았습니다. 그녀 생각 말곤 아무것도 할 수 없게 되어버렸습니다."

"그래서 그녀와 바람을 피운 건가요?"

누군가 훅 치고 들어와 질문했다. 세준은 잠깐 멈칫하더니 피식 웃음을 보였다.

"……'처음으로'라고 말씀드렸을 텐데요."

세준이 대답하기가 무섭게 다른 질문이 치고 올라왔다.

"지금도 처음 그 마음 그대로입니까?"
"그렇습니다."
"그렇다면 지금 이 스캔들의 희생양으로 떠오르는 손미나 씨는 도대체 어떤 관계인 거죠?"
순간 세준의 눈빛이 날카롭게 빛났다.
"희생양이요?"
기자를 향해 되묻는 세준의 목소리에는 표출되지 못한 분노가 점철되어 있었다. 세준은 한껏 낮아진 목소리로 차분하게 되뇌었다.
"지금 이 순간, 도대체 누가 희생양인지 다시 한 번 잘 생각해 보셨으면 좋겠군요."
세준의 말이 끝난 순간, 자리에 있던 기자들의 손과 눈이 바빠졌다.
뭔가 있었다. 뭔가가, 아직 밝혀지지 않은 뭔가가 있었다!
"질문은 조금 있다가 다시 받겠습니다. 다시 본론으로 넘어가……."
"그렇다면 손미나 씨와는 무슨 관계입니까?"
"고등학교 때부터 사귀던 사이라고 알고 있습니다. 풋사랑은 사랑이 아니었던 겁니까?"
"집안끼리도 아는 사이라고 하던데, 그건 무슨 말입니까? 손미나 씨가 인터뷰 도중에 울었던 것은 아십니까?"
"그래서, 박세준 씨의 '그녀'가 강솔입니까, 손미나입니까!"
세준의 목소리가 묵살된 회견장은 순식간에 시끄러워졌다. 이 흥미로운 스캔들을 조금 더 파고들어 보자며, 사람들은 분주하게 노트북을 두드렸고 눈에 불을 켜고 세준을 추궁했다.
진행요원들이 그들을 진정시키려고 손을 들기 직전, 누군가 먼저 회견장이 쩌렁쩌렁 울릴 만큼의 큰 소리로 시끄러운 기자들을 제압했다.

"어허! 거 다들 좀 조용히 합시다! 그 말을 들으려고 여기 온 거 아닙니까! 다들 그렇게 인터뷰이에 대한 예의가 없습니까? 먼저 상대방의 말을 경청한 다음에 질문합시다, 예?"

자연스럽게 세준의 눈이 쩌렁쩌렁 소리치는 그 기자를 향해 돌아갔다.

테이블 앞에 놓인 이름표에 '더 트루스 천사훈'이라고 쓰여 있는 게 보였다. 세준은 그 기자에게 눈짓으로나마 감사 인사를 보냈다. 그러자 마저 해보라는 듯 사훈이 고갯짓을 까닥했다. 자못 건방져 보였지만 이미 호감 지수가 올라간 터라 그런 모습조차 고깝지 않다.

"지금 이 사태는…… 전혀 예상하지 못한 일이었습니다. 그만큼 제가 들떠 있었는지도 모릅니다. 그녀와 저 자신밖에 안 보였던 것 같습니다. 저 자신과 그녀가 어떤 위치인 줄 충분히 자각하지 못하고 마음껏 사랑하는 것에만 열중했던 것 같습니다."

몰랐다. 정말 몰랐다. 그로 인해서 솔이 욕을 먹게 되는 날이 올 줄 세준은 정말 꿈에도 몰랐다.

내가 당신을 집에 숨어 있게 만드는 존재가 될 줄은…… 정말 몰랐다.

"바로 그 점이 제가 지금 이 순간 유일하게 후회하고 반성하고 있는 부분입니다. 저로 인해 그녀가 듣지 않아도 될 욕을 듣게 된 것. 그녀를 사랑해 주셨던 여러분들에게 나쁜 말을 듣게 만들어 버린 것. 제가 없었으면 듣지 않아도 될 그런 말들을…… 듣게 해버린 것."

세준은 크게 심호흡을 했다. 그 순간이 다가오고 있었다. 그가 이 자리를 위해 준비한 그 말을 뱉을.

"저는 대중들의 사랑을 받기에 부족한 사람입니다. 그것은 대중들의 사랑을 충분히 열망하고, 바라고, 또한 감사할 줄 아는 사람들의 몫으로 돌아가야 하는 것이라고 생각하지만, 저는 그렇지 못했기 때문입니다."

연예인으로선 제법 건방진 말이었지만, 워낙 차분하게 이어가는 세준의 목소리 때문에 누구 하나 눈살을 찌푸리는 사람은 없었다.

"그래서 저는 지금 이만큼의 사랑과 관심을 받기는 턱없이 부족한 사람입니다. 모델이라는 이름에도, 연예인이라는 이름에도 부끄러운 사람입니다. 그것을 인정하고 깊이 반성하며 받아들이고 있습니다."

세준은 한마디, 한마디에 진심을 담았다. 맞지 않는 옷을 입은 것처럼 매번 불편하고 어색했다. 일 자체도 그러했지만, 무엇보다도 그를 불편하게 만드는 것은 저 자신이었다. 스스로 생각해도 방만했던 태도로 이만한 인기와 명성을 얻는 것에 대한 자조.

그것을 모두 정리하고 싶었다. 그와 그녀를 막는 모든 것들을, 그에겐 너무나도 과분한 그것들을, 모두.

"하지만 한 여자를 사랑하는 남자로서 부끄러웠던 적은 단 한 번도 없었습니다."

세준은 잠시 침묵했다. 곳곳에서 플래시가 터지면서 그의 말이 이어지를 끈질기게 기다렸다. 다들 자신의 성질대로 질문 공세를 하고 싶었지만, 참고 있었다. 세준의 입에서 터질 마지막 폭탄을.

"물의를 일으켰던 점, 그녀를 아프게 한 점, 저를 사랑했던 대중을 아프게 했던 점, 그녀를 사랑한 여러분들을 아프게 했던 점, 그것을 모두 책임지고 저는."

나의 이름이, 나의 자리가, 나의 인기가 당신을 아프게 한다면…….

"모든 일선에서 물러나겠습니다."

가진 것을 모두 내려놓을 수 있다.

아무도 예상치 못했던 말에 모두가 경악했다. 설마, 지금 설마 박세준이…….

"은퇴한다는 말입니까?"

"그게 무슨 말씀이십니까, 박세준 씨! 에이전시와 합의된 사항입니까?"

"잠정적 은퇴입니까?"

"그건 갑작스러운 결정입니까, 아니면 이미 예전부터 결정되었던 사항입니까?"

"혹시 박세준 씨 의지와는 다르게 진행되었던 사건이 있습니까? 세미에선 도대체 뭘 하고 있기에 아무 말이 없습니까?"

"세미는 왜 아무 말도 없는 거죠? 에이팀은, 왜 에이팀에서 박세준 씨를 도와주고 있는 겁니까?"

순식간에 회견장은 소란스러움이 가득했다. 쏟아지는 질문에 앞서 세준은 조용히 고개를 숙였다.

1초, 2초, 3초……. 폭탄처럼 쏟아졌던 질문이 시간이 지날수록 잦아들었다. 몇 초의 시간이 마치 몇 십 분처럼 길게 느껴졌다. 그때까지도 기자들은 세준이 깊이 숙인 허리와 단정한 뒤통수를 보고 있었다.

무거운 고개, 깊이 숙여진 허리, 그리고 충분한 시간 동안 세준은 카메라 너머의 누군가에게 오래도록 사과했다.

그리고 마침내 장내에 침묵과 고요가 감돌 때쯤 무겁게 가라앉아 있던 세준이 천천히 고개를 들었다.

"모든 것은 에이전시와 합의 과정에 있으며, 은퇴에 따른 손해 발생이나 계약 파기는 에이전시의 책임하에 있다는 것을 알려 드립니다. 세미에 관해서는 지금 당장 대답하기 어려운 점, 양해해 주십시오."

그리고 마지막으로 손미나의 이름을 말하며 세준은 냉정하게 덧붙였다.

"손미나 씨는 저에게 철저한 타인입니다. 어려서부터 알고는 있지만, 나는 그녀가 어떤 사람인지는 잘 모르겠습니다. 저 또한 손미나 씨가 도대체 왜 울었는지 알고 싶을 뿐입니다."

세준의 대답이 이어질수록 사건은 명료해지고 있었다. 확실했다. 이 사건의 배후에는 뭔가가 있다!

기자들의 손이 정신없이 움직였다. 그들은 지금 당사자로부터 직접 전해들은 이야기를 어떤 충격적인 스토리나 기삿거리로 만드는 것에 혈안이 되어 있었다. 타자 두들기는 소리가 요란하게 울려 퍼지는 회견장, 카랑카랑한 여자의 목소리가 불현듯 터져 나왔다.

"그래서 박세준 씨가 사랑하는 사람이 누구라는 거죠?"

이제까지 가만히 있었던 리포터 박지윤의 질문이었다.

"이름을, 이름을 똑바로 불러주세요."

허공에서 세준과 지윤의 눈이 마주쳤다. 강경한 목소리와는 달리 지윤은 부드러운 눈빛으로 세준을 재촉했다. 카메라 바로 옆, 지윤을 향해 세준은 사랑을 숨기지 못하는 남자의 미소로 대답했다.

그대는 꿈을 꾸라고.

"제가 사랑하는 사람은."

구름이 가려도 반짝일 별 같은 삶을 살아보라고.

사랑하는 일을, 미래를, 꿈을 지켜보라고.

"제가 사랑하는 사람은 오직."

세준은 눈을 천천히 감았다 떴다. 눈빛에서 쏟아지는 진심과 단호히 울려 퍼지는 음성은 모두의 손끝을 잠시 멈추게 했다.

"강솔, 하나뿐입니다."

모든 것을 버려도, 손에 쥔 안락함 따위 없더라도 나는.

당신만 있으면 된다고…….

멍하니 TV를 봤다. 머릿속이 갑자기 태풍에 휘말린 듯 온갖 생각들이 엉켜들었다.

은퇴? 세준이 은퇴한다고? 갑자기 이게 무슨 말이지?

숨이 턱턱 막혔다. 아무 생각도 할 수 없었다. 자연스럽게 숨이 가빠올 정도로 가슴이 먹먹했고, 타들어갈 듯 뜨겁다.

"……헐, 대박! 지금 뭐야? 박세준 뭐한 거야? 은퇴?"

"쩐다! 완전 초강순데? 그러니까 손미나가 혼자 쇼 벌인 거라는 거 아냐! 그치? 그치그치?"

마찬가지로 솔의 뒤에서 생중계를 보고 있던 여자들이 막혀 있던 말문을 열었다.

"그런 건가? 와! 그럼 걔 왜 운 거야? 눈물 호소 어쩌고저쩌고 막. 어. 막, 그랬잖아!"

"아, 뭐야? 몰라몰라. 복잡하다. 어떻게 된 거야. 쇼 아니야?"

"에이, 설마. 이렇게 공식적으로?"

"연예인들 일을 어떻게 아냐. 다 꼼수가 있다더라."

"진짜 그런 거면 더 대박이다. 박세준 완전 양심리스에 연기파 배우 등극!"

친구의 말에 깔깔 웃음을 터뜨린다.

'박세준 양심리스에 연기파 배우'란 말에 결국 솔이 참지 못하고 뒤를 돌아섰다.

"힉!"

서로 웃고 떠들던 여자 둘이 귀신이라도 본 것처럼 경기를 일으키며 놀랐다.

솔이 성큼 그녀들 곁으로 다가갔다.

어, 어어! 손가락을 하던 여자들이 솔의 기백에 밀려 뒤로 주춤 물러났다. 어찌나 놀랐는지 들고 있던 가방을 바닥에 떨어뜨리기까지 했다.

솔이 그녀의 가방을 가만히 주워들었다. 여자 둘은 그것을 동그래진 눈으로 멍하니 보고 있을 뿐이었다.

"우린……."

수천 가지 단어들이 가슴속에서 뛰어놀았지만 지금 이 순간 그녀가 할 수 있는 말은 많지 않았다. 솔은 여자의 손에 가방을 쥐어주며 그녀의 눈을 똑바로 바라보며 말했다.

"부끄러운 사랑 따위 한 적 없어요."

가방을 건네준 솔은 그대로 뒤를 돌아섰다. 당장 가야 했다.

지금 당장, 박세준에게로 가야 했다!

〈죄송해요, 대표님. 도무지 오늘은 무리일 것 같아요.〉

솔에게서 온 문자를 확인한 신 대표는 쓰게 한숨을 내쉬었다.

그럴 줄 알았다. 솔이 그곳으로 뛰어갈 것이라는 걸 알고 있었다. 왜 모르겠는가. 그라도 그랬을 것이었다. 그 상황이었다면…….

"솔은 그곳으로 가고 있겠군요."

신 대표의 시선이 오만하게 치켜 올라간 갈색 구두 끝에 닿았다. 깨끗한 구두를 따라 단정한 바짓단을 타고 올라간 시선 끝엔 초콜릿 빛 남자가 속을 알 수 없는 미소로 그를 바라보고 있었다.

"당신이 올 거라곤 생각 못 했으니까요. 이해하세요. 솔이도 당신이 여기 있다는 걸 알았으면……."

"아뇨. 그래도 그녀는 그곳으로 달려갔을 거예요."

카스티엘은 단호하게 고개를 저었다. 하지만 그렇게 말하는 그의 얼굴에 언짢은 기색은 보이지 않았기에 신 대표는 보이지 않게 가슴을 쓸어내릴 수 있었다.

카스티엘이 그런 신 대표를 응시하다가 대표실에 마련되어 있는 와이드TV를 힐끔 바라봤다.

"그나저나…… 그 남자, 다 짊어지고 가겠다는 뭐, 그런 걸로 보이는군요."

사람들의 이목도, 욕도, 사건의 발단도 모두 자신에게 있는 것처럼.

"박세준이 객기를 부렸어요. 사실 이렇게까지 크게 키울 사건도 아니었는데 말이죠."

"회사 탓이겠죠. 궁지에 몰렸으니 미친 짓이라도 해야 탈출을 하죠. 쯧. 한국은 이상해요. 왜 자기 회사 모델을 버리는 거죠? 난 이해가 안 갑니다. 그럴 거면 그냥 연장계약을 하지 않으면 될 것을."

한마디로 정리하지 못할 속사정이 있기에 그런 것을, 카스티엘은 이해하지 못할 것이다. 세미와 에이팀, 솔과 박세준의 이해관계가 복잡하게 엉켜 있었으니까. 신 대표는 대답하는 것 대신 차게 식어버린 커피를 들이켰다. 온도가 없어진 원두는 그저 쓰기만 했다.

"하지만 저는 조금 부러운 객기이기도 하군요."

"……?"

커피를 내려놓은 신 대표가 덤덤하게 말을 이었다.

"나이가 들수록 사라지는 것은 용기고, 무거워지는 것은 머리죠. 가진 것을 다 내려놓을 수 있는 용기, 다시 시작하겠다는 용기, 저도 없군요. 생각은 많아지고 책임져야 할 것들도 많아지고……. 같은 자리를 맴돌고 있는 걸 알면서도 감히 벗어날 수가 없죠."

신 대표의 말을 듣고 있던 카스티엘이 불쑥 되물었다.

"가진 것을 왜 내려놓아야 하죠?"

그는 정말 모르겠다는 듯 미간을 찌푸렸다.

"할 수 있다면 죽어서도 쥐고 있어야 합니다. 내가 한 번 가졌다고 다시 또 가질 수 있는 게 아니거든요. 그러니까, 죽어도 놓지 못한다고 생각해야지 왜 그것을 내려놓아야 합니까? 저라면 그 자리에서 무슨 수를 쓰더라도 방법을 찾을 겁니다."

"하하."

신 대표는 웃었다. 그래, 눈앞의 이 남자는 실패를 모르고 이 자리까지 온 남자였다. 가지고 있는 것을 놓아본 적 따윈 한 번도 없을 것이다. 그렇기 때문에 그것이 얼마나 큰 용기가 필요한지 모를 것이었다.

"바로 그 마음을 놓을 수 있는 게 용기입니다. 하지만 뭐, 굳이 겪어야 하는 건 아니죠. 모르면 모르는 상태로 평생 있는 게 좋죠."

"흠."

카스티엘은 말끔한 턱을 쓰다듬으며 여전히 모르겠다는 얼굴이었다.

이런 이야기는 길어져 봤자 서로 머리만 아플 뿐, 신 대표가 빠르게 분위기를 수습했다. 눈앞에 놓여 있는 기사문을 들어 올려 분위기를 환기시켰다.

"그럼 이대로 보도 내보내겠습니다. 카스티엘 측의 배려에 정말 감사를 드리지 않을 수 없군요."

"최고에게 최고의 대우를 해준 것뿐입니다."

"지금 이 시기에요?"

남의 남자를 채갔다는 스캔들은 터지고, 이미지는 바닥을 치고 있는 이 와중에 카스티엘이 계약 조건을 바꿨다. 하향 조정도 아닌 우리나라 최고 배우나 받을 법한 개런티와 그만큼의 대우로 상향 조정한 것이다. 그것도 스캔들이 터지고 난 바로 직후!

잡힐 듯 말 듯, 눈앞의 남자가 무슨 생각을 하는지 뚜렷하지 않았다. 신 대표는 눈을 가늘게 뜨고 우아하게 차를 마시고 있는 카스티엘을 응시했다.

"현명한 사람들은 위기를 도약의 발판으로 쓴다죠."

홀짝, 차를 들이켠 카스티엘이 신 대표의 마음을 읽은 듯 제 속내를 슬쩍 드러냈다. 하지만 그것뿐이었다. 마시고 있는 차가 마음에 든다는 듯 조금 더 찻물을 우려낸 그가 빙긋 웃으며 입을 다물었다.

'대체 속을 알 수 없군.'

카스티엘은 솔을 마음에 들어 했다. 모델로서인지 그저 인간으로서인지 혹은 여자로서인지 알 수는 없었지만, 어쨌든 그녀를 아끼고 있었다. 그것은 매우 명백했다. 하지만 도대체 어떤 생각을 하고 있는지는 알 길이 없었다.

"플러스 요인이 될 것 같긴 하지만 반등까지야……."

"하하. 그건 오늘 밤이 되면 알 수 있을 겁니다."

찻잔에 차가 동나고, 카스티엘이 볼일을 마쳤다는 듯 자리를 털고 일어났다.

"오늘 밤이라면…… 첫 광고가 나간 후 말씀이십니까?"

신 대표의 물음에 카스티엘이 자신만만하게 고개를 끄덕였다.

"두고 보십시오, 발칵 뒤집어질 테니."

손목에 찬 시계를 내려다보던 그가 서둘러 발을 옮겼다. 문을 열고 나가기 직전, 카스티엘이 뒤늦게 생각났다는 듯 배웅을 하던 신 대표를 돌아봤다.

"아, 근데……."

심각한 얼굴의 카스티엘을 보며 신 대표가 자못 긴장된 얼굴로 그를 돌아봤다. 처음으로 카스티엘이 신 대표를 보며 머뭇거리고 있었다. 하지만 이내 크게 결심이라도 한 듯 신중하게 물었다.

"이 근처에 혹시 떡볶이집 있나요?"

"……예?"

카스티엘이 정말 진지한 눈으로 덧붙였다.

"떡튀순 파는 데 말입니다."

정말 속을 알 수 없는 남자였다.

솔은 허겁지겁 달렸다. 멀리서 보이는 호텔의 전경에 마음이 더욱 급해졌다. 호텔 로비로 들어서는 그녀를 몇몇 사람이 알아보고 뒤를 돌아봤다. 하지만 솔의 눈에 그들은 보이지도 않았다.

오직 하나만 보고 달려간다. 하나만 생각하고 달려간다. 오직 하나밖에 마음에 품지 못하는 그녀의 성격처럼, 그녀는 세준을 향해 똑바로 달려갔다.

어떻게 하려고, 뭘 어떻게 하려고 그런 말을!

앞으로의 세준이 걱정되는 한편, 그녀에게 힌트조차 주지 않았다는 것에 화가 나기도 했다. 이렇게 중대한 일을, 이렇게 엄청난 사건을 혼자 터뜨리면 어쩌자는 건지!

적어도 함께 해결하려는 의지를 보여줘야 하는 것 아니었던가? 혼자 이렇게 모든 걸 떠안고 물러서면 얼씨구나 좋아할 거라고 생각한 건가?

부글부글 화가 끓어올랐다. 그와 동시에 세준의 달콤한 고백이 귓가를 간질였다.

"제가 사랑하는 사람은 오직…… 강솔, 하나뿐입니다."

속상하고 분한 마음 뒤로는 때를 모르고 뛰는 심장이 있었다. 달콤하고 매콤하고…… 뭔지도 모를 인생의 맛에 혀끝이 아렸다.

둔한 다리보다도 눈이 먼저 향했다. 기자들이 떠난 그곳의 문이 활짝 열려 있었다. 아직 세준이 그곳에 있을 것이었다. 머리보다 가슴이 먼저 알았다.

"박세준!"

그리고 역시나, 그곳에 세준이 남아 있었다.

"왔네."

텅 빈 룸을 지키듯 혼자 앉아 있던 세준이 그럴 줄 알았다는 듯 솔을 보며 웃었다. 이곳으로 올 줄 알았다는 듯.

하지만 솔은 마주 웃어줄 수 없었다. 전혀, 조금도 웃어줄 수 없었다.

긴 다리를 이용해 세준을 향해 빠르게 다가간 솔이 매섭게 손을 날렸다.

찰싹!

살과 살이 부딪치는 소리가 날카롭게 울려 퍼졌다. 어찌나 억세게 쳤는지 세준의 고개가 다 돌아갈 지경이었다.

"아프다아."

세준이 얼얼한 뺨을 문지르며 투정을 부리듯 말했다. 맞는 것이 너무나도 당연하다는 듯한 그의 태도에 솔이 더욱 분통을 터뜨리며 그의 가슴을 퍽퍽 내려쳤다.

"멋있다! 어! 아주 멋있어!"

"윽."

"대단한 낭군님 나셨어! 아주! 애인 뒤통수 제대로 때려주신다, 아주!"

퍽, 퍼억!

세준의 너른 가슴을 인정사정 봐주지 않고 내려치던 그녀가 그마저도 시원찮은지 그의 옷자락을 잡고 흔들기 시작했다.

"아주 멋있다고! 박세준! 진짜 너무 멋있어서…… 화가 난다고. 아주, 매우, 많이!"

버럭버럭 성을 내는 그녀의 목소리에 물기가 배어 있다.

소리가 작아지면 울먹임이 커질까 봐 솔은 더욱 핏대를 세웠다. 그녀가 때리는 대로, 그대로 온몸을 내어주던 세준이 와락 그녀의 허리를 끌어안았다. 서 있던 그녀의 품에 얼굴을 묻은 세준의 목소리가 편안했다.

"홀가분하다."

퍽퍽, 그의 어깨를 밀어내던 솔이 멈칫했다. 그녀의 배 위에 뺨을 비비는 그는 마치 어미의 품을 찾아 파고드는 어린 새 같았다.

……야이 니주가리 씨빠빠야, 너 혼자 편하면 다냐. 난 안 편하다고.

하아.

가슴이 크게 들썩일 만큼 한숨을 내쉰 솔이 가슴 앞에 놓인 세준을 콱 끌어안았다.

"윽. 숨 막혀."

"가만있어. 고개 들면 죽여 버릴 거야."

잔인한 말을 내뱉는 목소리가 가늘게 떨렸다. 솔은 움찔하며 올라오려는 머리를 두 팔로 눌러 버렸다. 훌쩍, 시큰거리는 코를 훌쩍이며 솔이 눈을 부릅떴다.

"세미에서 공격할 거야."

"괜찮아. 대비해 놨어."

"손미나가 발악할 수도 있어."

"그것도 생각해 놨어."

……생각보다 철저한 놈이었구나, 너?

"그럼 앞으로 뭐 먹고 살 건데?"

세준이 웃는 게 느껴졌다. 그러더니 그녀의 허리를 더욱 꽉 끌어안으며 중얼거린다.

"자기 등골."

에라이.

솔이 세준의 어깨를 다시 퍽 내려쳤다. 다시 아야야, 세준이 앓는 척을 했다. 그것을 못 들은 척한 그녀가 시큰거리는 눈코입을 갈무리하고 세준의 얼굴을 들어 올렸다.

어찌나 세게 맞았는지 한쪽 뺨이 벌써 부어올라 있었다. 그러고 보니 그녀는 세준을 주먹으로 뇌진탕까지 보낸 전적이 있었다.

새삼 미안해져서 솔은 차가워진 손으로 그의 뺨을 쓰다듬으며 말했다.

"흥…… 내가 능력 있는 걸 다행으로 여겨."

그가 배시시 웃는다. 맞고도 뭐가 좋은지 웃는다. 참, 배알도 없다.

"역시 든든하네, 우리 마나님."

세준을 내려다보던 솔도 웃어버리고 말았다. 촉촉한 눈가를 초승달처럼 휘며 웃는 그녀의 얼굴을 세준은 취한 듯이 바라보며 중얼거렸다.

"입 맞춰줘."

참 당당도 하여라.

어휴, 절레절레 고개를 내저었지만 그녀의 고개는 이미 세준의 입술 위로 포개지고 있었다.

애틋하고, 달콤하고, 쓰라린 두 입술이 부드럽게 겹쳐졌다. 서로를 어루만지듯 입술과 입술이 따뜻하게 엉켜들었다.

'그래, 뭐든 하고 살겠지, 뭐든……. 우린 아직 젊으니까.'

고요한 이벤트 홀의 가운데 조용히 입 맞추고 있는 연인의 모습이 찰칵, 사진에 담겼다.

The Truth Live Column "누가 이 연인에게 돌을 던지겠는가!"

뿌연 먼지를 닦아내니 그곳엔 진실이 있었다. 연인. 억압받고 오해받았던 진짜 연인이.

말을 아끼려 하는 박세준 씨를 어렵게 잡은 필자는 짧지만 굉장히 인상 깊은 인터뷰를 진행했다. 다른 모든 것을 떠나 필자가 알고 싶은 것은 그의 각오였다.

설령 그가 조금 추접스러운 스캔들을 가지고 있었더라고 '박세준'은 지금 한창 하나의 브랜드처럼 주가가 올라가고 있었다.

오히려 스캔들을 통해서 그의 이름이 더욱 알려지는 마케팅 효과까지 가지고 있는 이때, 연예계 활동을 전면 포기하는 그의 각오는 무엇이었을까? 그리고 그토록 그가 지키고자 한 그의 연인 '강솔'은 그런 그를 어떻게 생각할까?

박세준 씨는, '가지고 있는 것을 내려놓는 것이 이상하고 어려워 보일 수 있습니다. 하지만 아무것도 쥐고 있지 않기 때문에 무엇이든 다시 쥘 수 있을 거라고 생각합니다. 솔에게는 조금 미안합니다. 다시 그녀에게 스테이크를 사줄 때까지 조금 시간이 걸릴 것 같거든요(웃음). 하지만 그녀가 믿고 기다려 줄 것을, 저는 믿습니다. 또한 그녀가 믿어주지 못한다 하더라도 괜찮습니다. 그녀가 믿어줄 때까지, 제가 기다리면 되니까요……'라고 말했다.

인터뷰가 끝나고, 연인인 강솔 씨가 회견장으로 달려왔다. 텅 빈 그곳에 홀로 남아 있던 그는 그녀를 보자마자 웃음을 보였고, 그녀는 눈물을 보였다. 꽉 끌어안은 연인은 세상에 단둘만 남은 듯이 애틋하고 아름다웠다.

둘을 보는 순간, 필자는 느끼고 말았다. 둘은 정말 깊이 사랑하고 있는 사이라는 것을.

누가, 이 아름다운 연인에게 돌을 던지겠는가? 적어도 필자는 이들에게 향하는 그 모진 돌부리의 모서리라도 갉아주고 싶어졌다. 그런 마음이 들도록, 강솔과 박세준의 모습은 애틋했으니.

더 트루스(The Truth), 천사훈 기자

한 장의 사진, 한 꼭지의 글.

그날 밤, 그 기사는 각 포털 사이트의 탑을 장식했다. 그 기사의 말미에는 서로를 애틋하게 보듬고 있는 솔과 세준의 사진이 실려 있었다. 기사를 보는 모든 사람들은 한동안 그 사진에서 눈을 떼지 못했다.

사진 속에는 서로를 바라보는 두 사람의 다정한 눈빛이 너무나도 절절하게 드러나 있었기에…….

그날 저녁, 세준의 은퇴와 두 사람의 사랑에 관한 기사로 온/오프라인이 모두 뜨거웠다.

그 누구도 예상하지 못했던 박세준의 은퇴, 그리고 누리고 있는 것을 모두 내려놔도 괜찮다 말하는 한 남자의 서툰 고백에 사람들은 그가 얼마만큼의 각오로 강솔을 사랑하고 있는지 느끼지 않을 수가 없었다.

그리고 무엇보다도 사람들의 뇌리에 박힌 것은 그 한 장의 사진이었다.

텅 비어 외로운 그 공간에서 솔을 바라보는 세준의 눈빛이, 그런 세준을 내려다보는 솔의 눈빛이 너무나 절절했으니.

그런데 그것이 오늘 이야깃거리의 끝이 아니었다.

철저한 계산하에 시기를 맞춘 것인지, 아니면 아주 우연한 기회로 시기가 맞은 것인지 모를 일이지만, 바로 그날 저녁이 '카스티엘'의 론칭 광고가 오픈하는 날이었다.

하이엔드 란제리 브랜드 '카스티엘'이 한국에 론칭하기 위해 커머셜 광고를 제작한 것은 이미 업계에 잘 알려진 사항이었다. 한술 더 떠 '카스티엘' 측은 며칠 전부터 광고 영상 예고를 알리며 사람들의 호기심을 자극했다.

'카스티엘'. 란제리로서는 세계 최고의 브랜드 중 하나였다. 새로운 만큼 파격적이었고, 언제나 최고의 평가를 받을 만큼 관능적이었다.

그런 브랜드의 단독 모델로 강솔이 캐스팅된 것이다. 지금 가장 뜨거운 감자로 지목받고 있는 그 강솔이!

'강솔'이 캐스팅된 것만으로도 엄청난 이슈였지만, 그것보다도 카스티엘의 '단독' 모델로 캐스팅되었다는 점에서 업계는 더욱 놀라지 않을 수 없었다.

그것은 무척이나 이례적인 일이었다. 카스티엘의 본사가 있는 영국,

가장 독보적인 인기를 끌고 있는 유럽, 카스티엘을 전폭적으로 사랑하고 있는 미국, 그 어느 곳에서도 단독 모델을 쓴 적은 없었다.

그것만으로도 이미 업계가 술렁거렸건만, 오늘 오후 느지막이 카스티엘 측은 더욱 놀라운 기사를 터뜨려 줬다.

한국에서 받을 수 있는 최고의 개런티, 그리고 최고의 대우로 강솔을 캐스팅했다는 것.

—우리는 최고를 원했고, 강솔은 그것을 만족시켜 줬다. 광고를 보면 모든 것을 이해할 것이다.

단 한 줄.

시궁창에 떨어진 강솔을 다시 건져 보게 할 만큼 매력적인 한 줄이었다.

시기도 적절하게 세준의 입장 정리 기사와 겹쳐졌다. 강솔에 대한 사람들의 관심이 정점에 달해 있을 때였다.

심의 규정상 정식 TV 광고로는 나오지 못했지만 '카스티엘' 측은 무료 동영상 공유 사이트와 홈페이지에 그것을 전면 공개하겠다 발표했다.

그것도 정확히 12시. 오늘과 내일을 가르는 정각 12시에.

사람들은 기다렸다. 카스티엘이 한국에 론칭하는 것을 반기기 위해서도 그러했지만, 무엇보다도 그들은 참을 수 없는 호기심에 졸린 눈을 부릅뜨며 12시가 되기를 기다렸다.

신 대표 또한 잠들지 못하고 광고 영상이 뜨는 것을 기다렸다. 그가 쓸 일은 거의 없는 거대한 PC 앞에 그가 초조하게 앉아 있었다.

시간은 11시 52분. 광고가 뜨기까지 약간의 시간이 남았다.

'과연 이게 도움이 될까.'

광고 영상일 뿐이었다. 카스티엘은 신 대표에게도 완성된 광고 영상을 보여주지 않았다. 다만 속을 알 수 없는 미소로 나중에 확인해 보면 알 수 있을 거라고만 말했을 뿐.

'너무 야하거나 하면 안 되는데…….'

선정적인 영상이 나와 버리면 지금 솔의 입장에선 치명타가 될 수 있었다.

싸고 천박한 이미지로 추락해 버릴 수도 있는 상황이었으니. 하지만 솔도, 카스티엘 측도 그가 우려할 만한 그런 영상은 없다고 단호하게 대답했다. 가슴을 쓸어내리는 한편 괘씸하기 그지없었다.

"내가 대푠데, 미리 확인도 못 하게 해?"

"깜짝 놀라게 해주려나 보죠."

언제 온 건지 영애가 잘 익은 딸기를 씻어서 가져왔다. 초조해 보이는 그의 어깨를 다독이던 그녀가 남편의 옆자리에 엉덩이를 붙이며 반짝거리는 눈으로 컴퓨터 화면을 바라봤다.

"기대돼요. 나 정말 이 브랜드 사랑하는 거 알죠?"

"브랜드도 브랜드지만…… 난 솔이가 걱정이라고."

"어머? 그래요? 난 걱정 안 되는데."

"그게 무슨 말이야? 왜 걱정이 안 돼. 지금 솔이가 얼마나 위험한 상황인지……."

빨간 딸기 하나를 신 대표의 입에 물려주며 영애가 그의 말허리를 댕강 잘라먹었다.

"카스티엘이 그랬다면서요, 위기를 도약의 발판으로 삼을 거라고. 나도 그 말에 동감이에요. 그리고 오늘 박세준 인터뷰 때문에 여론도 슬슬 솔이 쪽으로 몰리고 있는 거 안 보여요? 마케팅의 입장에서 보면 지금 이 광고로 어쩌면 '강솔'은 더 도약할지도 몰라요."

새콤달콤한 딸기를 우물거리며 신 대표는 아내의 말을 곱씹었다. 아직까지는 뭐라 속단하기에는 너무 일렀다. 조금 더, 조금만 더 지켜봐야 하는 게 옳았다.

"아! 시간 됐다! 여보여보여보! 59분! 59분!"

"어, 어어어! 어!"

다 씹지도 못한 딸기 과육을 꿀꺽 삼키며 신 대표가 눈을 부릅떴다.

5, 4, 3, 2…… 1!

그토록 기다리던 광고가 오픈됐다.

카스티엘 홈페이지가 새까맣게 점멸되고, 일렉트로닉한 음악이 나왔다.

생각지도 못한 강한 비트에 놀랄 틈도 없이 새까만 화면 가운데로 하얀 얼굴, 선명한 목선, 그리고 깊은 쇄골 그림자가 보이면서 아찔한 여성의 몸이 점점 드러나기 시작했다. 마치 새카만 먹물 아래에서 서서히 모습을 드러내는 인어처럼. 눈을 뗄 수 없게 그렇게…….

강솔이 나왔다.

감았던 눈을, 살짝 내렸던 고개를 들고 정면을 응시하는 순간 까만 배경은 회색 도시로 바뀌었다. 빌딩 숲 위에 홀로 우뚝 서 있는 그녀는 엄청났다.

어깨 아래로 반쯤 흘러내린 실크 가운이 도시의 바람에 펄럭였고, 그것에 맞춰 아슬아슬한 솔의 웃음이 보였다. 어쩌면 저렇게 관능적이지 싶을 만큼 사람을 미치게 하는 웃음.

그리고 다시 바뀌는 배경, 홍콩. 화려하고 분주한 거리.

무채색의 암울한 도시 위를 아찔하고 매혹적인 뷔스티에와 카터벨트를 찬 그녀가 긴 다리를 자랑하듯 당당하게 걸었고, 그녀가 지나갈 때면 모두가 그녀를 돌아봤다.

화면 속, 솔의 의상은 모두 블랙이었다. 마치 마녀처럼, 모두를 압도하는 검은 마녀처럼 그녀는 검은 란제리를 걸치고 지나가는 모두의 시선을 등에 업었다.

블랙이 이렇게 다채로운 줄 몰랐다. 처음부터 끝까지 다양한 블랙 란제리를 입었고 빨간색 포인트를 주었다. 발목에 두른 실크 리본이라든지, 아찔한 가터벨트, 혹은 허리 위를 질근 묶은 파니에 같은 것으로.

동양인 특유의 흑단 같은 머릿결을 흩날리며, 숨이 막힐 듯 매혹적인 카스티엘을 입은 그녀가 점점 가까워졌다.

그리고 마침내 화면 가득 그녀 홀로만 남았을 때 다시 주변은 새까맣게 암전되었다. 그녀의 뒤로 검은색 실크 배경이 펄럭거리고, 그것을 망토처럼 두른 솔이 아찔하게 웃으며 중얼거렸다.

새빨간 입술이 클로즈업되고, 그리고 마침내 흘러나오는 멘트.

[당신을 유혹하는 블랙, 카스티엘]

"어머, 쩔어!"

화면이 꺼지자마자 영애의 입에서 튀어나온 소리였다.

어머, 놀라며 손으로 입을 가렸다. 이렇게 품위 없는 단어는 잘 쓰지 않는데……. 자신도 놀랐다는 듯 눈을 동그랗게 뜨더니 신 대표의 어깨를 손으로 툭툭툭 두드리기 시작했다.

"어머! 어머어머! 여보! 대박이다! 이, 이렇게 잘 빠진 광고가 공중파에 못 나간다니……! 아우, 아쉬워 어떡해!"

영애가 발을 동동 굴렀다. 그녀 옆에서 얼이 빠진 듯 광고를 보고 있던 신 대표가 뒤늦게 정신을 차리고 서둘러 인터넷 창을 열었다. 그의 가슴이 두근거리고 있었다.

'된다. 됐어! 이거면, 어쩌면……!'

동영상 공유 사이트는 물론이거니와 각종 온라인 기사, SNS를 삽시간에 장악했다. 초당 올라가는 스크랩 수와 댓글들을 보며 신 대표가 가슴을 쓸어내렸다.

—한국인이라고 믿을 수 없을 만큼 황홀하다. 강솔 만세!

—누가 이 여자에게 홀리지 않겠는가? 미쳤다. 강솔 미쳤다. 카스티엘도 미쳤다!

—박세준 이생퀴 핵부러움.

싱글싱글 웃던 신 대표가 휴대폰을 찾아댔다. 카스티엘이 그렇게 자신만만해하던 이유를 알 것 같았다.

'누가 이 여자를 사랑하고 싶지 않을까.'

영상을 보는 100명 중 99명은 필히 그렇게 생각하고 있을 것이었으니까.

부글부글 화가 끓는 것을 참지 못한 차 대표가 결국 부서질 듯 차 문을 닫고선 서둘러 사무실로 뛰어갔다.

"뭐? 에이전시가 책임을 져? 이 새끼가 단단히 돌았구만?"

전혀 듣도 보도 못한 사건이 터졌다. 박세준 은퇴? 그래, 그건 차 대표 입장에선 기꺼울 일이었다. 꺼져 버리라고, 내 눈앞에서 사라지라고, 더불어 강솔도 에이팀도 다 꺼져 버렸으면 좋겠다고 생각했으니까.

'하지만, 뭐? 그에 따른 책임을 세미에서 져? 미쳤어, 내가? 내가 왜!'

거기다가 어젯밤에 뜬 카스티엘 커머셜 영상. 그게 지금 아주 난리였다.

손미나 따윈 사람들의 기억에서 영구 삭제시켜 버릴 만큼, 아주아주 대단한 난리.

젠장, 뭐가 도대체 어떻게 돌아가고 있는 거야? 왜 또 여론은 강솔 편이야? 더 트루스, 그것들은 또 뭐고!

차 대표는 바짝바짝 조여오는 숨통을 두드리며 대표실 안팎을 돌아다녔다.

"서 팀장! 서 팀장 어디 있나? 서 팀장!"

회사에 출근하자마자 서 팀장을 목청껏 불렀지만 서 팀장은 도통 보이질 않았다. 이 자식마저 돌았구나 싶어서 더욱 열이 뻗쳐 왔다.

"김 비서, 서 팀장 어디 갔어?"

사무실 상주 비서를 달달 볶아봤자 어제부터 결근인 서 팀장의 행방을 그녀가 알 리가 없었다. 잔뜩 겁에 질려 고개를 가로젓는 김 비서 앞에서 차 대표가 또다시 버럭 소리를 질렀다.

"상사가 안 나왔으면 연락을 해봐야 하는 거 아닌가? 어? 왜 그렇게 무능해?! 빨리 연락해 봐!"

"네, 네!"

어린 여비서가 울 듯한 얼굴로 서둘러 전화기를 들었다. 달달달 떨리는 눈으로 번호를 누르려는데 차 대표가 서둘러 말을 바꿨다.

“아, 됐어! 서 팀장 말고, 박세준, 그래, 박세준한테 연락해!”

김 비서가 하얗게 질린 얼굴로 멈칫 움직임을 멈춘다. 그러더니 울먹이는 목소리로 난처하게 대답했다.

“박세준 번호는 바뀌었다고 그때…….”

제길! 그랬다.

세준의 번호는 바뀌었고, 그 번호는 지금 차 대표 혼자 알고 있었던 것이다. 결국 안주머니에서 차 대표가 직접 휴대전화를 꺼내 들었다. 버럭버럭 성질을 내며 쾅 문소리를 닫는 것도 잊지 않았다.

“무능해 가지고는! 이래서 여자들은 쓰면 안 돼요! 돈이나 쓸 줄 알지 일할 줄을 몰라.”

전국의 여성 인력에게 칼 맞을 소리를 씩씩거리며 차 대표가 소파에 신경질적으로 몸을 뉘었다. 귓가에서 휴대폰 신호음이 몇 번 울리더니 기어이 전화가 연결됐다.

“야! 박세준! 너 당장 안 나와?”

세준은 차분한 얼굴로 차 대표를 마주 봤다.

회사로 오라는 차 대표의 말을 무시하고 세준은 그를 훈의 가게로 불렀다.

낮이라 거의 텅 비어 있었고, 룸이 따로 마련되어 있어서 사람들 눈을 의식하지 않아도 됐다.

덜렁 물 두 잔을 사이에 두고 두 남자는 메마른 눈빛을 주고받고 있었다.

“단도직입적으로 말하지. 은퇴, 좋아, 해. 마음대로 해. 하지만 네가 싸지른 일을 왜 내가 책임져야지? 어? 뻔뻔한 거야, 아니면 그냥 나 엿 먹이려는 거냐?”

어쩌면 사람이 저렇게 '나쁠' 수 있을까. 세준은 가만히 눈살을 찌푸리고 차 대표를 응시했다. 세준을 보고 있는 차 대표의 얼굴에는 일말의 가책 따윈 없었다. 그 악함에 답답함이 일었다.

"세미에서 당연히 책임을 져야 하는 일이라고 생각하는데요?"

"뭐? 그게 무슨 미친 소리야?"

"위약금, 그거 얼마나 된다고 그러세요, 대표님. 해봤자 몇 억? 뭐, 몇십 억?"

차 대표의 미간이 와작 구겨진다.

"……몇십 억이 쉽냐? 그리고 너에게 줄 돈은 1원도 아까워."

세준은 웃었다. 마찬가지였다. 지금 이 사태를 통해서 나오는 모든 피해 발생금은 세준의 입장에서도 또한 1원 한 장도 아까웠다. 저 차 대표가 솔에게 입힌 피해는, 우리들의 상처는 몇 십 억을 주고도 치유하지 못할 것이었으니까.

'하지만 한편으론 감사하기도 해. 당신 덕분에 완전히 내려놓을 수 있게 됐으니.'

세준이 냉랭하게 웃으며 가지고 온 몇 가지 서류를 차 대표에게 내밀었다.

"감금, 상해, 명예훼손 뭐, 그밖에도 여러 가지가 있더군요."

"그게 무슨."

차 대표가 말도 안 되는 소리 하지 말라는 얼굴로 세준이 내민 봉투 안을 들여다봤다. 안에 있는 것들을 살피던 그의 얼굴이 삽시간에 흙빛이 되어간다.

"이, 이건……."

차 대표가 이번 사건을 배후에서 조종하기 위해 연락했던 사람들의 녹독과 지출내역서가 들어 있었다. 기사를 뿌렸던 곳과 사설경호업체

와 그가 사진을 사들였던 파파라치들의 연락처뿐만 아니라 손미나를 꽂으려고 했던 업체들까지 빼곡하게.

"CCTV 영상은 저희 집 앞을 찍은 겁니다. 지키고 있는 덩치들이 있죠. 아, 그리고, 저번에 저한테 전화하셔서 가만두지 않겠다 하셨죠?"

으득 이를 갈며 차 대표가 세준을 노려봤다.

어깨를 으쓱하던 세준이 핸드폰을 만지작거렸다. 그러자 흘러나오는 음성, 그것은 분명 차 대표의 그것이었다. 고래고래 소리를 지르며 세준을 죽이겠다 말한다.

"이것도 따로 녹음해 두었습니다. 공갈, 협박쯤…… 되려나?"

"이, 이 새끼가!"

결국 그 화를 참지 못한 차 대표가 자리에서 벌떡 일어나 세준의 멱살을 잡아챘다. 뒤통수를 제대로 맞아서인지 눈 속의 혈관이 새빨갛게 터져 있었다.

"이런다고 내가 무너질 줄 알아? 이 새끼야! 네까짓 게 어디서 수작질이야? 쥐도 새도 모르게 죽여줄까? 어!"

"여기도…… 녹화가 되고 있는지 모르겠네요."

힐끗 위로 올라가는 세준의 눈동자에 차 대표가 저도 모르게 흠칫 놀라며 손을 떨어뜨렸다. 하지만 세준의 입꼬리가 그를 비웃듯 슬그머니 올라가자 시뻘겋게 달아오른 얼굴로 버럭 소리를 질렀다.

"너, 너, 너 이 새끼가 날 놀려?"

노성을 터뜨리며 길길이 날뛰던 차 대표가 주먹을 치켜 올렸다.

그래, 까짓것 한두 대 정도는 맞아줄 의향이 있었다. 세준은 가만히 차 대표의 주먹을 기다렸다.

맞고, 돌려주면 된다.

당신이 한 짓을. 당신이, 나와 솔에게 한 짓 그대로!

날아오는 주먹을 기대하면서 질끈 이를 악문 그 순간이었다.

"형사 처분까지 추가하실 작정이 아니시라면……."

생각지도 못한 목소리와 함께 누군가 세준과 차 대표가 있는 방으로 불쑥 들어왔다.

고급스러운 갈색 양복을 차려입은 사십대의 남성이 세준의 멱살을 잡고 있는 차 대표의 손을 움켜쥐었다.

"주먹은 내려놓으시는 게 좋을 텐데요?"

단호하고 냉정한 목소리. 머리부터 발끝까지 엘리트의 기운이 느껴지는 남자가 가만히 차 대표를 응시하고 있었다.

"뭐, 뭐야, 당신?"

차 대표가 당황한 듯 안으로 들어선 남자를 험악하게 노려봤다. 세준 또한 난생처음 보는 얼굴이었다. 중년의 남자는 내려온 안경을 손가락을 밀어 올리며 부드럽게 세준을 돌아봤다.

"반갑습니다, 박세준 군이죠? 저는……."

차 대표와 세준을 떨어뜨려 놓은 남자가 안주머니에서 명함집을 꺼내 들었다. 구김 하나 없이 반듯하고 깨끗한 명함을 세준에게 한 장, 그리고 차 대표에게 한 장 내밀었다.

"장앤리법률사무소의 변호사 도경환입니다."

선뜻 웃는 얼굴로 자신을 소개한 남자가 세준을 부드럽게 돌아봤다.

"박세준 군을 돕기 위해 왔습니다."

'변호사'라는 말에 차 대표의 얼굴은 마치 못 볼 것이라도 본 것처럼 새하얗게 질렸다. 그러더니 곧 서슬 퍼런 눈으로 세준을 찢어 죽이기라도 할 듯 노려봤다.

이건 반칙이다. 아까부터 박세준이 차 대표의 뒤통수를 사정없이 후려치고 있었다.

"비겁하고 비열한 새끼. 이 자리에 변호사를 불러? 그렇게 상도가 없어? 하! 그래, 어디 한번 누울 자리 하나 못 알아보고 설치고 다녀 봐! 내가 네놈 뒷자리에 구더기 하나 못 기어 다니도록 만들어줄 테니까!"

세준은 당황했다.

차 대표의 기세가 맹렬했기에 그러는 것이 아니었다. 그저 눈앞에 변호사 배지를 달고 있는, 일면식도 없는 남자가 갑자기 그를 찾아왔기 때문이었다.

그래서 길길이 날뛰는 차 대표보다는 차 대표의 손목을 정중하게 밀어내는 도경환 변호사에게 시선을 맞췄다.

"야, 네가 이 자리에 있는 게 지금 누구 덕분인데 이따위로……! 위약금? 한 푼도 없어! 네가 처리해! 못 하겠으면 그 잘난 장기라도 꺼내 팔아보든지."

"말이 심하시군요."

도 변호사는 침착하게 세준과 차 대표 사이를 밀어내며 그 사이로 자리를 잡고 섰다. 마치 그를 보호하기라도 하는 듯한 방어 태세에 세준은 다시 한 번 당황스러움을 느끼고 있었다.

"지금부터 이 자리에 있는 모든 대화는 녹음하겠습니다."

그렇게 공지하며 변호사는 녹음기를 꺼내 들었다. 그제야 활활 타오르던 차 대표의 기색이 조금 누그러졌다. 이대로 있다가는 불리했다. 차 대표는 이를 으득으득 갈면서 말을 멈췄다.

"제 의뢰인이 박세준 군은 아닙니다만, 그게 궁금하진 않으신 것 같군요. 마저 이야기가 필요하시다면 착석 바랍니다."

도 변호사를 바라보던 세준은 이내 시선을 거두고 자리에 앉았다.

"아직, 할 말이 남으신 것 같은데…… 더 하시죠."

아직 뭐가 뭔지 진상 파악이 된 건 아니었지만 세준은 한결 차분해진 태도로 차 대표를 응시했다. 더 이상 날뛰는 것도 못하게 된 차 대표는 그렇게 나불대던 입을 꾹 다물고 세준을 죽일 듯이 노려봤다. 그러나 곧 그는 그대로 등을 돌려 버렸다.

"……내일 법률팀을 통해 다시 연락드리겠습니다."

이를 까득까득 갈면서도 차 대표는 늦게나마 말투를 정정했다. 열이 받아서, 눈이 뒤집혀서 박세준을 우습게보고 있었다.

저쪽에서 변호사를 대동한 이상 개인적인 문제로 끝나긴 어려울 것이었다. 생각보다 사태가 질척해졌다. 차 대표의 손바닥을 타고 기묘한 위화감이 찌르르 타고 올라왔다.

쉽게, 끝나지는 않을 게 분명했다.

한영은 제 얼굴보다 조금 더 큰 태블릿PC를 솔의 얼굴에 들이밀며 작은 입술을 당차게 오물거렸다.

"그냥 아주, 대애애애박."

그리 작지 않은 화면을 통해서 솔은 자신의 나체에 가까운 몸을 바짝 보고 있었다.

대박이라면 지가 볼 것이지 한영은 자꾸 솔의 얼굴에 영상을 들이밀었다.

"그만해."

"대애박! 미쳤다! 대박이야, 이건! 초대박!"

귓등으로도 듣지 않은 한영이 다시 대박을 외쳤다.

그리고 꺼져 들어가는 영상의 재생 버튼을 눌러 다시 한 번 솔의 얼굴에 들이민다.

놀리는 건지 진심인 건지. 한영의 반짝반짝 빛나는 눈동자를 보며 그 의중을 가늠하기가 어려웠다.

"야, 내 눈에 네가 섹시해 보였다니까? 그럼 이건 그냥 대박도 아니야. 초대박이라고! 중국 60억 인구도 휘어잡을 수 있어! 이 계한영의 눈에! 네가! 섹시해! 보였다니!"

한영은 얼마나 강조를 하고 싶었는지, 음절음절에 강세를 주면서 깔깔거렸다. 작지 않은 거실에 한영의 낭랑한 웃음소리가 맑게 울려 퍼졌다.

"와! 내 눈깔이 썩었나 보다."

거침없는 자기 비하 발언. 그만큼 솔이 제 눈에 섹시해 보인다는 게 충격적이었나 보다.

"그만하라고!"

아무리 솔이 궁극의 자아도취증 환자라지만 제 속옷 광고를 100번 넘게 보는 건 무리였다. 결국 참지 못한 솔이 한영에게서 태블릿PC를 빼앗아서 저 멀리 밀어버렸다. 다행히 푹신한 러그가 깔려 있던지라 기계는 긁히는 소리 하나 없이 멀찍이 날아갔다.

한영이 입술을 삐쭉였다. 하지만 태블릿도 결국 솔의 것이었으니 그녀가 할 말은 없었다.

"너 오늘 수업 없어? 왜 아침부터 날아와서 이 난리야? 안 그래도 정신 사나워 죽겠는데."

"아무렴 정신 사나우시겠죠. 으이구, 박세준이랑 네 얘기로 아주 난리다. 할머님께는 전화 안 왔어? 네 얘기는 예민하시잖아. 걱정하시겠구먼.”

“왔지. 안 그래도 올라오신다는 거 말리느라 혼났다.”

“나라도 좀 내려가 볼까? 너 갔다 오기 힘들지?

어이구? 계한영이 어쩐 일로 이렇게 예쁜 말을?

“뭘 그렇게 쳐다봐? 너희 할머니, 할아버지는 나한테도 할머니, 할아버지야. 걱정되니까 내려갔다 올 수도 있지.”

“그래 주면 나야 고맙긴 한데……. 근데 너 진짜 오늘 왜 수업 안 갔어? 오늘 토요일이던가?”

“방학 중이잖아.”

“그래도 너 수업 있잖아. 그 뭐시더라, 그 계절학기?”

“대학생이냐? 계절학기는 무슨. 보충수업! 끝났어, 그것도. 애들도 좀 쉬어야지. 더불어 나도.”

네가 쉬고 덩달아 애들이 쉬는 건 아니고?

솔은 무릎걸음으로 다시 태블릿PC를 주워오는 한영을 보며 하고 싶은 말을 꾸욱 참고 고개를 끄덕였다.

그래도 한영은 친구라고 사건이 터지자마자 제일 먼저 전화를 해줬고, 욕설창조 능력을 십분 발휘해서 온갖 오장육부 특집을 만들어줬다. 인간의 몸에 그런 장기가 있었나 싶을 정도로 한영이가 뱉어내는 단어들은 어마어마했다. 그 언젠가 의사 애인을 한 번 사귀더니 그때 많이 주워들었던 게 틀림없었다.

어쩐지 저보다 더 화를 내주는 사람이 있다 보니 오히려 제 안에 있는 화는 사그라지는 느낌이었다.

뭐랄까…… 나를 대신해서 한영이 터뜨려 준 느낌이랄까.

한영을 말렸지만 한편으로는 후련했다. 그래, 너라도 나를 믿어주고 있구나 싶어서 카랑카랑한 이 목소리가 밉지만은 않았었다.

"아, 근데, 네 애인은 이거 보고 뭐라 안 하든? 반응이 어때? 후끈하데?"

눈을 야릇하게 뜨며 한영이 팔꿈치를 이용해 솔에게 기어왔다. 연병장을 낮은 포복으로 기어오듯 씩씩하고 빠른 속도에 솔은 저도 모르게 움찔 뒤로 물러났다.

기껏 오랜만에 친구를 따스한 눈으로 보려던 것이 수포로 돌아갔다. 역시 한영을 따스한 눈으로 보는 것 따위 솔에겐 무리였다.

"뭐래, 뭐래? 걔 질투 장난 아니잖아. 아주 귀여워 죽겠다니까."

왜 남의 남자를 네가 귀여워하냐?

"눈깔이 왜 그래? 뭐? 내가 귀엽다고 해서 그래? 하이고……. 줘도 안 가지거든?"

"주지도 않거든?"

"하. 누군 주면 받는대?"

솔의 눈이 샐쭉해진다. 물론 한영에게 세준의 머리카락 한 올 줄 생각도 없긴 하지만 막상 줘도 안 가진다고 하니까 자존심이 상했다.

내 남자가 얼마나 멋진데! 네가!

"아니, 애초에 너 주지도 않을 거라고!"

"아니, 그러니까 받을 생각도 없다고! 너 가져!"

"주면 삼보일배하고 받아야지 왜 안 받아!"

"이게 왜 또 이랬다저랬다야?"

"내가 뭐!"

서로 세모꼴로 눈을 흘기던 한영과 솔이 동시에 풉 웃음을 터뜨렸다. 이 무슨 유치한 말다툼인가. 서로 말은 안 했지만 같은 기분을 느끼며 솔과 한영은 어깨를 잘게 흔들며 웃음을 뿌렸다.

"그래, 삼보일배하며 받들 그분은 그래서 지금 어디 있는데?"

"아까 볼일 있다고 나간다고 하더라고. 이제 슬슬 연락이 올 때가 됐는데……."

시간을 보니 시침은 벌써 5시를 지나고 있었다. 세준이 나간 일은 잘됐는지 모르겠다. 세미의 차 대표를 만나고 온다고 했다. 묻지도 않았지만 세준이 먼저 말해줬다. 잘하고 오겠다며 차분하게 말하던 그의 목소리를 솔은 믿었다.

"야, 근데 진짜 웃긴 게…… 남의 떡이 더 커 보인다고 기집애들 지금 난리 났다. 우리 애들 프사 다 박세준인 거 알아? 그렇게 죽일 놈이라고 할 땐 언제고. 사람들 참 간사해. 그치?"

"왜 박세준이야?"

"몰라. 하나같이 박세준 사진 걸어놓고 지 거래. 웃기지 않냐? 남자 애들은 또 다 너야."

한영이 바닥을 뒹굴뒹굴 거리다가 솔을 음흉하게 바라보며 웃었다.

"속옷만 덜렁 입은 친구 사진을 보고 있어야 하는 내 심정을 네가 아냐. 햐! 생각해 보니까 너 미래의 시아버지가 이 사진을 보면……."

시아버지라니. 오 마이 갓. 솔은 미처 생각도 못했던 단어를 한영의 입에서 들은 것이었다. 갑자기 등골이 오싹해졌다. 얼굴은 알지 못했지만 이미 목소리는 들어서 알고 있었다.

"아가씨는 누구요?"

그 선명한 목소리는 세준과 참으로 닮아 있었다. 세준보다도 조금 더 낮고, 차분한 그 목소리.

그래, 그분도 알 것이다. 세준과 그녀의 기사가 떴고, 동시에 카스티엘 화보가 떴다.

란제리 차림의, 화보.

아……. 란제리 차림의 화보. 설마.

"야, 너 왜 그래? 갑자기 얼굴이 하얗다?"

그분께서 보셨을까?

"어머나, 세상에! 이 아가씨는…… 여보, 이것 좀 봐요!"

신문을 펼쳐 읽고 있던 박 원장 앞으로 이 여사가 불쑥 스마트폰 화면을 내밀었다. 잠시 화면에 멈춰 있던 박 원장의 눈이 황급히 돌아간다. 나이 든 중년의 귓가가 새빨갛게 물들었다. 세상이 발달해도 너무 발달했던 터라 네모난 기계 안의 사진이 지나치게 선명했다.

"여보, 이게 무슨……!"

"우리 일전에 봤던 그 아가씨예요."

이 여사는 신기한 듯 눈을 반짝거리며 다시 박 원장과 신문 사이로 화면을 들이밀었다. 박 원장은 아예 고개를 돌려 창밖을 봤다. 이 여사의 돌발 행동에 박 원장은 식은땀이 줄줄 났다.

들이밀어도 저런 사진을 들이밀다니…….

박 원장은 마치 봐선 안 될 것을 본 것처럼 혈관이 벌렁거리고 심장이 철렁 내려앉았다. 감히 고개도 돌리지 못한 채 박 원장이 버럭 소리쳤다.

"크흠! 거! 그, 그, 그것 좀 치우고 말……."

"아이 참, 못 알아보시겠어요? 저번에 세준이 패션쇼 날, 그 호텔에서 나 부축해 줬던 그 아가씨잖아요."

"아, 몰라! 모른다고. 그러니까 좀 치워요!"

박 원장은 서둘러 신문을 얼굴 가까이 바짝 끌어당겼다. 신문을 본다기보다는 신문으로 얼굴을 가리려는 행위였다. 이 양반이 왜 이러냐는 듯 멀거니 쳐다보던 이 여사가 까르르 웃음을 터뜨렸다.

"어머? 어머어머? 지금 당신, 민망해하는 거예요?"

박 원장은 말없이 신문만 바짝 끌어다 당겼다. 신문지면에 얼굴이 거의 닿을 태세였다. 남편의 생소한 반응이 웃겨 죽겠다는 듯 이 여사가 소녀 같은 웃음을 터뜨렸다.

"의사라는 양반이 다 벗은 것도 아니고……. 봐요, 좀! 이거 그냥 화보예요, 화보. 우리 홈쇼핑 볼 때도 많이 나오잖아요."

"그거랑 이거랑 같아? 치, 치우지 못해!"

평소에는 점잖은 이 여사는 오랜만에 보는 남편의 수줍은 얼굴이 즐거워 죽을 것만 같았다. 부끄러움은커녕 차갑다는 소리를 듣는 바깥양반이었다. 그런데 고작 아가씨 화보 사진 하나에 귀까지 빨개지다니.

"어머? 이 양반 봐? 왜요? 미래의 새아기라도 되는 아가씨 같아서 영 민망해요?"

박 원장 눈이 동그래진다. 새아기라니! 생각도 못 해본 단어였다. 하지만 그도 세준의 기자회견을 실시간으로 보고 있었기에 아들의 진지한 그 눈빛을 생생히 느꼈다.

'사랑하는 사람'이라는 말이 서슴없이 나왔다.

아무리 살가운 부자지간은 아니라지만 박 원장은 잘 알고 있었다. 제 핏줄이니, 제 손으로 빚어 만든 자식이었으니 모를 리 없다. 세준은 어려서부터 결코 허튼소리를 하는 아이가 아니었다.

"난 괜찮던데……. 언제 데려오려나? 자, 봐봐요. 세준이가 그래도 당신 닮아서 눈이 높아요."

"아니! 거! ……크흠흠! 체신머리 떨어지게 왜 이리 오두방정이야?"

"그때, 나 빈혈 있을 때 부축해 줬던 아가씨가 세준이가 사랑하는 여자라니까 너무 신기해서 그렇죠."

"크흠흠."

마른기침만 몇 번을 하더니 박 원장이 다시 멀쩡한 척 신문을 본다. 남편을 더 놀려줄까 하다가 이내 시선을 내려 화면을 흐뭇하게 바라봤다.

'아유, 곱기도 하지.'

이 여사의 눈이 활처럼 휘었다. 이 여사는 태생적으로 정숙하고 음전했지만 그렇다고 반대의 것들을 질시하거나 얕잡아 보는 사람은 아니었다. 오히려 제가 가지지 못한 것을 가진 사람에 대한 호감이 있었다. 이 여사는 솔의 똘똘해 보이면서도 맑은 느낌을 좋게 평가하고 있었다.

더군다나 세준을 어미처럼 품에 안고 감싸주는 그 사진을 보았을 때, 그녀는 이 아가씨가 세준을 지탱해 주는 기둥 같은 존재라는 것을 알았다. 불안하고 성나 보였던 그녀의 아들의 얼굴에 맑은 빛을 돌려준 것은 필히 이 아가씨의 힘이 컸으리라. 그렇게 생각하자니 예뻐 보이지 않을 수 없었다.

"자, 보라니까요! 둘이 어찌나 잘 어울리는지!"

이 여사가 다시 화면을 들이미니 박 원장이 화들짝 놀라며 시선을 돌렸다. 남편의 귓가가 새빨갛게 변했지만 특별히 이 사진을 가지고 불쾌하단 얼굴은 아니었다. 어쩐지 안심이었다.

"그나저나 당신, 그 도경환 변호사랑 이야기는 잘했어요?"

이 여사가 핸드폰을 내려놓고 들고 왔던 과도와 사과를 집어 들었다. 모른 척하긴 했지만 세준의 기사가 터지고 박 원장이 여러모로 많이 알아보고 다니는 것을 알았다.

집과 병원밖에 모르는 양반이 요 며칠간은 바깥출입이 많았다.

그러다 엊그제 도경환 변호사라는 양반이 박 원장을 찾아왔었다. 어미의 촉인지는 모르겠지만, 세준과 관련되어 있다는 느낌이 강하게 들었고 남편도 그것을 부정하지 않았다. 무슨 얘길 두런두런 하더니, 박 원장은 한시름 놓는다는 얼굴로 도 변호사의 손을 꼭 붙잡았다. 두 사람은 강한 유대감이 보이는 눈빛을 주고받고는 그렇게 헤어졌다. 무슨 말을 나눴는지 이 여사는 굳이 캐묻지 않았다.

"응, 뭐."

"잘, 되고 있는 거죠?"

이 여사는 더도 말고 덜도 말고 딱 그렇게만 물었다.

아내가 집어주는 사과를 가져가며 박 원장은 고개만 까딱 움직였다. 그것만으로도 충분했다. 이 여사는 빙그레 웃으며 다시 핸드폰을 집어 들었다.

"여기, 이거 보라니까요. 동영상도 있어요, 여보. 아가씨가 참 예뻐요."

"거 좀 치우라니까!"

또다시 눈에 들어오지도 않는 신문에 얼굴을 파묻으며 박 원장이 빽 소리쳤다.

차 대표가 가고 난 후 세준과 도 변호사는 자리를 옮겨 룸 밖으로 나왔다. 어차피 손님이 오기엔 이른 시각이었고, 훈과 권 사장의 배려로 홀은 거의 텅 비어 있다시피 했다.

"대체…… 어떻게 오신 거죠?"

세준은 적당히 경계심이 서린, 그렇다고 날을 세운 것은 아닌 침착한 목소리로 물었다. 그런 세준을 빤히 바라보던 도 변호사가 신기하다는 듯 중얼거렸다.

"화면으로 봤을 때는 잘 몰랐는데, 실제로 보니 박 원장님과 정말 많이 닮았군요."

생각지도 못했던 단어에 세준은 흠칫 몸을 떨었다. 서늘한 그늘이 내려앉은 세준의 얼굴이 딱딱하게 굳어졌다.

"그런 말은 난생처음 듣는군요."

"아, 그래요? 정말 많이 닮았습니다. 특히 그 고집스러운 눈매라든지 사람 불편하게 만드는 분위기라든지……. 아! 그건 박해진 선생님도 마찬가지군요. 하하, 박 원장님 집안 내력인가 봅니다."

설마 했지만 마지막까지 아닐 거라고 의심했다. 절대, 절대로 아버지만은 아닐 거라고, 그럴 분이 아니시라고 애써 부정했는데……. 그런 세준의 고집을 도 변호사가 한 번에 무너뜨렸다.

'대체 왜? 무엇 때문에? 그럴 분이 아니신데, 왜?'

생각에 생각이 꼬리를 물기 시작했다. 언제나 아버지는 자식들에게 관심이 없으셨다. 어머니는 그것이 우리를 믿기 때문이라고 말씀해 주셨지만, 항상 바빠서 같이 식사 한 번 하기도 어려웠던 아버지를 무턱대고 믿을 만큼 형제는 순진하지 않았다.

형제가 아버지의 서재를 두드릴 수 있는 날은 오직 성적표를 받아 왔을 때뿐이었다.

해진과 세준의 성적표. 세준이 아버지의 입꼬리가 살짝 올라가는 것을 볼 수 있는 유일한 날이었다.

'의사가 되라' 버릇처럼 형제에게 말씀하셨던 아버지의 기대를 세준은 저버리고 말았다. 처음으로, 떨리는 마음으로 다른 게 하고 싶다 말했던 그날, 아버지는 코웃음을 쳤고 냉대했다. 하지만 곧 세준의 마음이 진심이라는 것을 알고는 박 원장은 미국으로 세준을 쫓아냈다.

하지만 넓고 자유로운 그 땅에서 세준은 더욱 섬세한 꿈을 그릴 수 있었다. 그곳에서 오히려 세준은 더 많은 영화를 보고, 더 많은 공부를 했고, 더 많이 카메라를 들었다. 그것을 들켜 버린 후 세준은 1년을 채 못 채우고 다시 한국으로 돌아와야 했다.

'내가 잘하면, 그러면 언젠가는 인정받을지도 몰라.'

세준은 그렇게 생각하고 열심히 공부했다. 뭐든, 아버지의 기대에는 맞추려고 노력했다. 착한 아들이 되었고, 말 잘 듣는 모범생이 되었으며, 어디에서도 반듯하고 예의 바른 사람이 되려고 했다.

친구 성준의 재간으로 꿈도 꾸지 못했던 황금 트로피를 손에 거머쥔 날, 세준은 '어쩌면……' 하는 그런 어리석은 생각으로 트로피를 가져갔고, 세준은 그날 처음으로 아버지가 혈압을 이기지 못할 정도로 진노하는 것을 보고 말았다.

세준이 들고 온 그 트로피를 바닥에 산산조각 내고, 그렇게…….

'절대 인정하지 않으실 거야. 난…… 아버지의 기대에 부응할 수 없어. 나는 안 돼, 나는.'

뿌리 깊게 자리 잡은 그 생각은 아직도 변하지 않았다. 여전히 아버지는 세준을 보며 얼굴을 붉혔고, 한숨을 삼키지 못했다.

세준은 약간의 반항, 억울함, 그런 심정으로 모델 일을 했다. 어디를 가도, 무엇을 봐도 당신 아들이 보일 테니. 자, 한번 보시라고……!

그런 당신 앞에서 사람들의 가십거리가 된 아들이 얼마나 우스우셨을까. 그래, 어리석고 못난 꼴을 보기 싫어 변호사를 보내신 거겠지.

"아버지께서는……."

세준은 눈앞의 변호사를 보며 그렇게 결론지었다.

"여전히 제가 못 미더우신가 보군요."

까끌까끌한 모래를 삼킨 것처럼 목구멍이 텁텁했는데, 이상하게 목소리는 흔들림이 없었다. 그게 어찌나 다행인지 모르겠다. 세준은 애써 침착하게 숨을 골랐다.

"제가 저지른 일, 저로 일어난 일. 뒤처리는 저 스스로 할 수 있습니다. 죄송하지만 도와주실 일은……."

"여덟 살짜리 아들이 있습니다."

도 변호사가 세준의 말을 딱 잘라먹으며 말했다.

오랜 경험의 탓인가. 도 변호사의 음성은 사람의 집중력을 잡아끄는 힘이 있었다. 세준은 이어가려던 말을 끊고 가만히 도 변호사를 바라봤다.

"혼자 키우는 아들이라 항상 조심스럽습니다. 워낙 애들 보는 재주도 없는데다가 공부만 팠던지라 대화 솜씨도 형편없거든요. 그래도 아들은 제 말에 자주 웃어줍니다. 바쁘다고 같이 놀아주는 시간도 없는 아빠지만, 보면 꼭 웃어줍니다. 눈에 넣어도 아프지 않은 자식인데, 그 아이가 아픈 걸 보니까 가슴이 문드러지더군요."

도 변호사는 지갑에서 사진을 하나 꺼내서 내밀었다.

민머리가 어색한지 머리를 긁적거리고 있는 어린 사내아이 사진이었다. 얼굴에 병색이 완연했지만 척 봐도 꽤 똘똘하게 생긴 사내아이였다.

"거의 죽을 뻔했습니다. 뭐, 죽기 직전까지 갔다 왔죠. 이 작은 머리통 안에 혹이, 꽤 큰 혹이 있었죠. 혹을 제거해도 병신 아니면 식물인간이라며 의사들이 고개를 저었습니다. 혹이 신경계를 자극하고, 신

경계는 또 작동을 잘못해서 오늘내일 죽을지도 모르는 그때, 박 원장님이 살려주셨죠."

세준의 눈이 사진에서 떨어질 줄을 몰랐다. 도 변호사는 세상을 다 가진 얼굴로 사진을 가만히 쓰다듬었다.

"살려주셨습니다. 열여섯 시간의 수술 끝에 박 원장님이, 내 아들을 살려준 겁니다, 세준 군."

어쩌면 저 사진 속의 아이는 지금 더 이상 없었을지도 모른다.

의사. 사람을 살리는 일. 처음으로 그런 자각이 들었다. 아버지가, 형이 하는 일이 처음으로 가슴 깊이 와 닿는 순간이었다.

"박 원장님께서 처음 절 찾아오셨을 때는 많이 놀랐습니다. 하지만 다음 날 그분을 찾아뵈러 갈 때는 정말 감사하는 마음으로 뛰어갔습니다."

아버지가 도 변호사를 찾아갔다는 사실에 세준은 놀랐다.

직접? 아버지가 직접 찾아가셨다고? 단순히 변호사를 수소문했던 게 아니라?

"내 아들을 살려주신 분. 그분의 아들을 도울 수 있는 기회를 주신 겁니다."

"……예?"

무슨 뜻인지 모르겠다는 듯 되묻는 세준을 보며 도 변호사가 짧게 웃었다.

"도와달라고. 내 아들을 도와달라고……. 저를 잡고 그렇게 말씀하셨거든요."

뭐? 세준은 망치로 머리를 얻어맞은 기분이었다. 심장이 세차게 뛰었다. 그것은 사랑에 빠졌을 때와는 미묘하게 다른 박동이었다. 벅차고, 슬프고, 아프고, 미안하고, 혼란스럽고 가슴이 먹먹해졌다. 숨을 쉬기 어려울 만큼 그렇게 가슴이 세차게 아팠다.

"저는 최선을 다해서 세준 군을 도울 겁니다. 장앤리법률사무소는 꽤 악명 높은 로펌입니다. 그것을 최대한 활용해서 16일, 16주, 아니, 16개월이 걸리더라도 저는 세준 군을 도울 겁니다."

안경 너머에 있는 남자의 눈이 자신만만하게 빛났다. 그는 바쁘다는 듯 자리를 털고 일어났다. 그때까지도 충격에 헤어 나오지 못하고 있는 세준의 어깨를 가만히 두드려 줬다.

"기죽지 마라."

아버지라는 세 글자가 끊임없이 세준의 가슴 안에 새겨지고 지워지고, 새겨지고 지워지고…….

"하고 싶은 일을 해라."

또다시 새겨지고 지워지고, 새겨지고 지워지고…….

"그렇게 전해달라고 부탁하셨습니다."

누가 전해달라고 했는지 묻지 않아도 세준은 알 수 있었다. 세준은 어쩐지 눈물이 날 것 같아, 가만히 입술을 깨물고 말았다.

며칠 사이 여론은 급격하게 변했다.

은퇴를 선언하고 세준은 정말 모든 활동을 접었다. 다만 이미 예전에 촬영했던 광고라든지, 화보 지면만은 그대로 쓰이고 있을 뿐 그의 실제적인 활동은 없어졌다.

이제는 못 본다는 생각 때문인지 사람들은 과거보다 더욱 세준을 찾았다. 그가 찍혀 있는 지면과 화보에 품귀 현상까지 일고 있을 정도였다.

세기 말의 로맨티시스트 어쩌고저쩌고 하는 타이틀을 달고 그를 초대하려는 곳이 한두 군데가 아니었지만 세준은 단호하게 거절했다. 오그라든다며 제발 타이틀 좀 빼달라는 말도 웃으며 전했다.

세준과 더불어 솔 또한 모두가 가지고 싶은 워너비 스타로 다시 한 번 도약했다. 그녀 자신조차도 믿기지 않을 만큼 사람들은 그녀와 그녀의 광고를 좋아해 줬다. 솔은 몇 번이고 하늘에 감사했다. 무엇보다도 세준과 그녀가 서로를 상처 주고 끝나지 않는다는 게 가장 큰 기쁨이었다.

간사한 게 여론이라고, 이제는 강솔이란 이름 앞에 '뺏고 싶은', '훔치고 싶은', '사랑하지 않을 수 없는' 등의 수식어가 붙고 있었다.

섹시를 넘어 관능이란 타이틀을 획득한 그녀는 이제 광고, 예능, 각종 행사에서 쏟아지는 러브콜에 몸살을 앓을 지경이 되었다.

몸값은 천정부지로 솟았지만 애인인 세준과 더불어 활동이 더욱 줄어들어 사람들은 아쉬움을 금치 못하고 있었다.

그 틈바구니로 '손미나'에 대한 의혹이 불거졌다. 시중에 나돌고 있는 연예계 찌라시와 암암리에 퍼져 가고 있는 소문은, 이것이 세미와 손미나의 자작극이라고 말하고 있었다.

하나둘 밝혀지는 세준과 미나의 과거 행적 또한 이 같은 소문을 뒷받침해 주고 있었다.

'손미나가 박세준을 그렇게 쫓아다녔다네? 원래 두 집안끼리 아는 사이이긴 했는데 친하지는 않았대…….'

궁지에 몰린 미나는 발악했다. 거짓 소문을 퍼뜨리고 있는 사람들을 잡아서 명예훼손으로 고소하겠다느니, 우리 아빠가 어떤 사람인지 아냐느니 따위의 말을 하고 다녔다.

세미에선 그런 손미나를 케어해 줄 정신이 없었고, 케어해 주고자 하는 의지조차 없었다.

미나는 그렇게 제 무덤을 파고 또 파고 있었다.

—화려한 연예계의 이면, 에이전시의 횡포

—박세준—손미나 소속사 세미, 그곳에선 무슨 일이?

—불공정 계약, 속속들이 밝히다!

—여전히 남아 있는 연예계 '갑의 횡포'

마호가니 책상, 값비싼 소파와 화려한 인테리어의 사무실 한편, 유리 테이블 위에 수십 가지의 신문과 매거진이 가지런히 정리되어 있었다.

푹신한 소파에 몸을 기대어 앉아 있던 세준이 그중 하나를 들어 올렸다.

세준뿐만 아니라 세미에서 자행되고 있는 모든 불공정 계약들, 그 뒤를 봐주고 있던 조폭들, 심지어 성상납에 연루되어 있다는 기사가 줄줄이 터지고 있었다. 더불어 그간의 납세 비리까지 까발려지면서 벌금 폭탄까지 맞았다.

세미는 망했다. 그것도 아주 폭삭 망해가고 있었다.

타이틀은 달랐지만 기사의 내용은 다들 일맥상통했다.

마지막 글자까지 꼼꼼하게 읽던 세준은 며칠 전에 만났던 도경환 변호사를 떠올렸다.

경환의 말마따나 그는 대한민국 최고의 변호사였다.

조금만 알아봐도 장앤리법률사무소가 얼마나 무시무시한 곳인지, 그리고 그 속에서 도 변호사가 그러한 평가에 얼마나 큰 기여를 하고 있는지가 바로 나왔다.

도 변호사가 일을 처리해 주는 사람들은 세준 또한 감히 짐작할 수 없는 정재계의 실권자들이었다. 어지간한 유명인사들 또한 모두 장앤리법률사무소와 일하곤 했다.

빛과 어둠, 어둠의 이쪽과 저쪽 그 양쪽에 모두 장앤리가 있었다. 한데 그곳에서도 최고에 속하는 도 변호사가 든든히 받쳐 주고 있으니, 사건의 판도가 뒤집히는 건 시간문제였던 것이다.

세준은 가만히 있었는데 그를 둘러싼 환경이 삽시간에 정리되고 있었다. 세준은 그렇게 지니의 양탄자를 탄 것처럼 안락하고 편안하며 빠르게 목적지에 도달하고 있었다.

'이렇게까지 할 줄은 몰랐는데…….'

세준은 도 변호사에게 은근히 감탄하고 있었다.

어떻게 했는지는 모르겠지만 차 대표로부터 '제발'이란 소리까지 들었다. 며칠 사이 얼마나 시달렸는지 세준에게 말하는 차 대표의 목소리에는 독기가 많이도 빠져 있었다.

"씨발 새끼야, 네가 이겼어. 이겼으니까."

숨을 참는 듯, 무너진 것을 인정하기 싫다는 듯 차 대표가 말했다.

"그만하자. 여기까지만 하자. ……부탁이다."

대체 어떻게 몰아쳤기에 그 독한 차 대표가 그렇게 무너지게 되었을까.

기사로 보는 것은 단순했다. 주가는 하락했고, 벌금은 어마어마했으며, 또한 그로 인해 소속되어 있던 모델들 모두가 싸악 빠져나갔다.

아무것도 남은 게 없었다. 하지만 그것보다도 더 무서운 건 기사의 이면, 밝혀지지 않은 것들이었다. 차 대표가 그 자리까지 오기 위해 이용한 검은 손들이 있다는 것이었다.

하지만 세준이 관여할 일은 아니었다.

그는 정당하지 못한 이득을 취했고, 그것의 대가로 정당한 벌을 받을 것일 뿐이었다.

생각의 확장을 멈추고자 세준은 무심한 손길로 신문을 내려놨다. 그는 차 대표를 봐주고 싶은 생각이 단 1그램도 없었으니까.

달칵.

"안에서 기다리고 계십니다."

"차가운 커피 좀."

"네, 대표님."

굳게 닫혀 있던 문이 열리면서 그를 이곳으로 안내해 준 비서의 목소리가 들렸다. 기다리던 인물이 들어오는 것을 보며 세준이 벌떡 자리에서 일어났다.

"세준 군."

묵직한 목소리의 주인을 돌아봤다. 커다란 덩치의, 주름이 가득한 얼굴의 중년 남자가 다가왔다.

"오랜만에 뵙습니다."

세준은 고개를 숙여 정중히 인사했다.

"손 대표님."

"아, 네, 감사합니다. 네, 네. 지, 지금요? 아뇨아뇨! 괜찮습니다! 네! 기다리고 있겠습니다!"

전화를 끊고 나서 서 팀장은 한동안 멍하니 허공을 바라봤다. 전화를 받은 귓가가 뜨끈뜨끈했다. 이게 정말 꿈인지 생신지 구분이 가지 않았다.

"여보, 왜 그래요?"

서 팀장, 아니, 이제는 그저 서윤수일 뿐인 그가 다가오는 아내를 보더니 와락 품에 껴안았다.

"으앗! 뭐, 뭐예요? 당신 미쳤어?"

"으하하! 미칠 만큼 좋아서 그래! 나 이제 살았어! 살았다고!"

"뭐예요? 이것 좀 놓고 말해봐요. 궁금해 죽겠네."

"지금 에이팀 신 대표님께서 오신다고 하는데, 집에 과일 좀 있어? 아, 어제 보니까 사과랑 딸기 있던데! 그것 좀 얼른 준비해요!"

"시, 신 대표님이요? 그분이 왜요?"

와이프가 눈을 동그랗게 뜨고 해명을 요구했지만 마음이 급한 그는 아내의 등을 주방으로 떠밀 뿐이었다.

"나, 어쩌면 백수 탈출할 수도 있어! 세미의 그늘에서 벗어날 수 있을 것 같아! 암튼 나중에 이야기 끝나고 자세히 말해줄게. 빨리 과일! 다과! 10분 안에 도착하신다고 했단 말이야."

"10분!"

윤수의 아내가 그제야 굼뜬 엉덩이를 주방으로 돌렸다.

"집도 지저분한데……. 과일은 싱싱하려나 모르겠네. 어휴, 진짜. 어휴!"

구시렁거리는 목소리가 들떠 있었다.

윤수도 괜히 거실을 다시 한 번 정리했다. 창문을 열어 환기시키고, 소파 위의 쿠션을 정리하는데 기다리던 벨소리가 울렸다.

"오, 오셨다!"

"어머어머! 사과 다 안 깎았는데!"

띵동! 띵동띵동!

"아, 네, 나갑니다, 나가요!"

윤수가 허둥지둥 현관문을 열었다. 두근두근, 진동하는 마음에 손끝까지 떨려왔다.

잠금쇠가 열리는 소리와 함께 스르륵 문이 열렸다.

문틈으로 보일 말끔하고 근사한 신 대표의 얼굴을 기대하며 고개를 든 서윤수의 안색이 삽시간에 흙빛으로 변했다.

"서윤수 이 개새끼!"

거뭇한 안색, 푹 꺼진 눈빛이 귀신 같은 차 대표가 거친 욕설과 함께 윤수를 향해 손바닥을 날렸다.

짜악! 살이 찢어질 듯한 매서운 소리가 울렸다.

"큭!"

"죽어!"

퍽!

"욱! 대, 대표님, 진정……."

배를 정통으로 걷어차인 윤수가 바닥을 데굴데굴 굴렀다.

파도가 몰아치듯 구둣발로 들어온 차 대표가 넘어진 윤수의 몸을 정신없이 구타했다.

"꺄아악!"

쨍그랑, 접시가 떨어지는 소리와 함께 윤수의 와이프가 놀라 지른 비명 소리가 방 안을 쩌렁쩌렁 울리고 있었다.

"개새끼! 이 개만도 못한 새끼가! 개도 지 주인은 안 물어! 근데 네가 날 배신해? 죽여 버린다! 너는 내 손으로 죽여 버릴 거야!"

"컥! 대, 대표님!"

"대표 같은 소리 하고 있네! 죽여 버릴 거라고! 뒈져!"

퍽! 퍼억! 퍽!

"여, 여보!"

온몸을 짓이기는 잔인한 폭력 앞에 윤수는 몸을 둥글게 말았다.

몸이 아픈 것보다도, 아내의 앞에서 넝마가 되어가는 그의 자존심, 무너진 가장의 체면이 너무나도 아팠다.

그나마 다행인 것은 아이들이 모두 학원에 가고 없다는 것이었다. 애들에게 아빠가 맞는 모습을 보여주지 않아서, 그거 하나만으로도 다행이었다.

방바닥에 처박혀 꿈틀대는 자신의 처지가 비참해서 눈물이 차올랐다. 하지만 그는 울 수가 없었다. 울고 있는 아내를 감싸줘야 했으니.

그는 가장이었다. 어떤 순간에도 이 집안의 기둥이 되어야만 했다.

윤수는 씩씩대며 발과 주먹을 이용해 그를 후려치는 차 대표의 손을 간신히 막아 세웠다. 배, 가슴, 허리 어디 하나 욱신거리지 않는 곳이 없었다. 눈의 혈관이 터졌는지 한쪽이 잘 보이지 않았다.

"그만…… 그만하시죠."

"뭘 그만해, 새끼야!"

짜악!

눈앞에 다시 한 번 번개가 쳤다. 순간적으로 앞이 깜깜해졌고, 뺨이 시큰했다.

비참함이 고통이 되어 그를 무겁게 짓눌렀다.

"아악! 여보!"

아내가 울음기 섞인 비명을 내지르며 차 대표에게 달려들었다. 어찌나 놀랐는지 눈물이 주륵주륵 떨어지고 있었다.

"이이가 뭘 잘못했다고 이래요! 왜 때려요! 왜 우리 남편 때리냐구요!"

"하! 뭘 잘못해? 이게!"

"때려요! 그래! 나도 때려봐! 고소할 거야, 당신!"

아내에게까지 손이 올라가는 것을 본 윤수가 놀라서 그 앞으로 뛰어들었다. 놀란 아내를 품 안에 감싸 안아주는 그 순간,

"차 대표! 그만두지 못합니까!"

쩌렁쩌렁 울리는 고함 소리가 들렸다.

구두 소리가 들리더니 곧이어 쾅 하는 소리와 함께 차 대표가 바닥으로 나뒹굴었다. 온다고 했던 그 신경준 대표였다.

"너, 너, 너……!"

독기 가득한 눈으로 신 대표를 노려보더니 발딱 일어나 그에게 덤벼들었다. 하지만 신 대표를 따라왔던 석진이 과일바구니를 내려놓고 냉큼 앞을 막아섰다.

"진정하시죠."

"이것들을! 내 이것들을! 이것들을……! 아주 싹 다 뒈져 버려!"

석진마저 발로 차려는 것을 신 대표가 싸늘한 눈으로 바라보며 막아 세웠다.

"계속 해봐, 차진백. 어디 한번 해보라고."

얼음장 같은 목소리에 차 대표가 움찔, 행동을 멈췄다.

"모, 못 할 줄 알아? 난 이제 끝났다고! 끝이야!"

신경준 대표는 차 대표의 비명을 한 귀로 흘리며 쓰러져 있는 윤수를 일으켜 세웠다.

넝마가 된 윤수의 얼굴을 보는 신 대표의 얼굴이 잔뜩 굳어 있었다. 윤수의 옷을 털어주고 그의 아내에게 그를 보내준 신 대표가 빙글 돌아 차 대표에게 다가갔다.

석진에게 붙잡힌 차 대표의 얼굴에는 오직 독기만 남아 있었다.

"내 사람, 건들지 마십시오."

"하! 그게 무슨!"

부들부들 떠는 차 대표 앞으로 신 대표가 들고 온 고용계약서를 던져 줬다.

갑 : 에이팀(Ateem) 신경준

을 : 서윤수

뚜렷하게 명시되어 있는 두 사람의 이름을 보며 차 대표가 더욱 표독한 눈으로 신 대표와 윤수를 노려봤다. 으득으득 이를 갈고 있었지만 신 대표를 의식한 듯 조금 전처럼 함부로 날뛰지는 못했다.

"이제 내 사람입니다. 나는 누가 내 사람 건드는 거……."

윤수와 그의 아내를 보호하듯 막아서 신 대표가 고압적인 눈빛으로 말을 이었다.

"그냥 두고 보지 않습니다."

설령 지금 당장 지옥에 있는 사람이라 할지라도 말이죠.

박세준이 가고, 손 대표는 생각에 잠겼다.

"아마 연락이 갔을 거라고 생각합니다. 다른 분이라면 모르겠지만 손 대표님이기 때문에 이렇게 오게 됐습니다. 미나, 저대로 두었다간 대표님 명예까지…… 아니, 어쩌면 대표님의 지금 그 자리까지 위험하게 만들 수도 있습니다."

도경환 변호사. 그 이름으로 연락이 왔다. 철부지 딸이 그간 멋모르고 저지르고 다닌 일들을 분 단위로 설명했다. 그것으로 박세준 측에서 손미나를 상대로 어떻게 행동할 수 있는지까지 세세하게.

"미나, 데리고 가십시오. 부탁드립니다. 미나와 예전 형수님까지…….
저희 집안에 빚이 너무 많지 않으십니까? 제가 그 빚을 갚게 하지 말아주셨으면 합니다. 손 대표님께 제가 받은 은혜, 아직 잊고 있지 않습니다."

무척이나 정중하고 예의 바른 태도였다. 손 대표는 무겁게 가라앉은 어깨를 가만히 주물렀다.

일전에 세준이 미국에 잠깐 있을 당시, 손 대표가 세준의 뒤를 봐준 적이 있었다. 아무도 모르는 사실이었다. 우연히 미국 출장에서 세준을 만나고, 손 대표가 몇 번이나 세준이 필요로 했던 것을 후원해 준 적이 있었던 것이다.

손 대표에게는 별거 아닌 일이었지만, 손 대표는 가끔 그 별거 아닌 인연이 굉장히 큰 인연으로 엮일 수 있다는 것을 잘 알고 있었다.

'박 원장 댁 형제들…… 아깝군, 진짜.'

둘 다 참 괜찮은 청년들이었다.

첫째는 바람 피워서 굴러들어온 복을 차더니, 막내는 욕심을 주체하지 못하고 첫사랑을 괴롭혔다. 어쩜 하나같이 이렇게 말썽들인지……. 다 저가 자식들을 잘못 키운 탓이었다.

"최 비서."

기계를 통해 비서를 부르니 똑똑 하는 소리와 함께 바로 문이 열렸다.

"대표님."

"예전에 지시한 건 다 처리했나?"

"다행히 시기를 잘 맞췄던 탓에 주가 폭락 직전에 전량 회수가 가능했습니다. 그리고 미나 양은 이틀 전 제주도로 가셨고, R호텔에 묵고 계십니다."

눈에 넣어도 아프지 않은 딸들이지만, 이렇게 두다간 딸의 인생도, 삶도, 인성도 망가져 버릴 것만 같았다.

예쁘다고, 바쁘다고 그렇게 딸의 바람은 뭐든 들어줬던 과거가 이렇게 혹독하게 돌아올 줄이야.

“그 애 앞으로 되어 있는 카드, 자산 모두 동결시키고 지금 당장 불러들여.”

“네, 바로 시행하겠습니다.”

“아, 그리고 일전에 회사에서 후원 들어간다던 그 봉사활동, 그거 자료 좀 가져와.”

“네? 아, 네 알겠습니다.”

최 비서가 나가고, 손 대표는 지끈거리는 관자놀이를 누르며 뒤늦게 딸들의 교육에 대한 진지한 고민을 해야 했다.

세미에서 세준에게 제공했던 집과 차 모두가 회수되었다.

아니, 회수라는 말보다 몰수라는 말이 더 잘 어울릴 것이었다. 빨간 딱지가 붙어 모두 처분되어야 한다고 했으니까. 당장 내일 아침까지 집을 비워야 하는 상황이었다.

솔도 짐을 싸는 세준을 위해 한걸음에 달려왔다.

“뭐 이렇게 짐이 없어?”

집에 TV조차 없는 솔이 할 말은 아니었지만, 세준도 그녀만큼이나 짐이 없었다.

세준이 산 것이라곤 침대와 홈시어터 정도밖에 없었다. 모델치곤 옷에 대한 욕심도 없었는지 짐이 단출했다. 커다란 상자 몇 개, 그 정도. 이사하는 곳에 짐이 없다 보니 도와줄 일이 딱히 없었다.

솔이 새삼스럽게 세준의 집을 기웃거리며 할 일은 찾는 사이, 세준은 방에 들어와 조용히 통화를 하고 있었다.
[허허, 겨울 한번 요란하게 나는군.]
따뜻한 목소리였다. 세준은 가만히 가슴을 쓸어내렸다. 늦은 건 아닐까 걱정했는데 다행히 그런 기색은 아니었다.
"감독님, 제가 혹시 너무 늦게 연락드린 게 아닌……."
[언제 올 건가?]
세준의 걱정이 무색하게 감독의 목소리에는 웃음기가 묻어 있었다. 세준은 가만히 눈을 감고 안도의 한숨을 내쉬었다.
"정리하는 대로…… 일주일 안으로 바로 가겠습니다."
[그래, 촬영은 엊그제부터 시작됐어. 촬영장에는 자네가 누군지 말 안 했네. 아마, 여기 오면 꽤 혹독할 거야. 각오는 돼 있겠지?]
각오. 그런 건 이미 10년 전부터 품고 있던 거였다. 세준은 벅차오르는 가슴을 억누르면서 고개를 끄덕이며 대답했다.
[그럼 그날 보세. 기다리고 있을 테니까.]
"……감사합니다, 정말."
수화기 너머로 웃는 소리가 들렸다. 그리고 곧 끊어지는 전화. 세준은 괜히 전화가 끊어진 휴대폰을 들여다보며 숨을 골랐다.
"통화 끝났어?"
불쑥, 솔이 안으로 들어왔다.
"어, 끝났어. 미안, 기다렸지?"
"아냐아냐. 뭐, 몇 분이나 했다고. 감독님?"
"응. 전에 내가 말한 적 있지? 촬영장, 보조……."
"어어. 그래, 예전에 말했잖아. 감독님이 제의해 주셨다고. 어떻게 됐어? 그거 좋은 기회 아니야?"
솔이 설렘 가득한 얼굴로 세준을 향해 뛰어들었다. 품 안에 꽉 안기는 그녀를 가득 끌어안고서 세준이 아직 푹신한 이불이 덮여 있는 침대 위로 뛰어들었다.

세준을 바라보는 솔의 뺨이 사랑스럽게 붉어져 있었다. 세준의 일을 자신의 일처럼 기뻐하는 게 눈에 훤히 보였다. 세준은 그 사랑스러운 뺨에 입을 맞추며 고개를 끄덕였다.

"응, 되도록 빨리 내려오라시네."

"오! 완전 잘됐다! 캬! 백수 되자마자 바로 일자리 찾고. 우리 애인, 능력 있네?"

"오빠가 이 정도다."

솔의 장난 어린 칭찬에 세준이 어깨를 으쓱하며 목소리에 힘을 준다.

"얼씨구? 오빠란다?"

"한 번 불러주시죠, 오빠 소리."

"돌쇠, 많이 컸구나? 어느 안전이라고 감히!"

"돌쇠가 그동안 흰쌀밥을 많이 먹어서 힘이 세졌거든, 마님 한번 쓰러뜨려 볼라고."

"으익! 이게 진짜!"

세준의 야릇한 농담에 솔이 참지 못하고 그의 어깨를 퍽퍽 내려쳤다. 하지만 그것도 잠시, 이내 따스하게 웃으며 다가오는 그의 입술을 열렬히 받아줬다.

키득키득 웃으며 장난을 치던 두 사람의 몸이 섬세하게 겹쳐지기 시작했다. 세준의 다리가 솔의 다리를 끌어안았고, 솔의 팔이 세준의 등을 감싸 안았다.

"음……."

어느새 짙어진 입맞춤의 농도에 솔이 아찔해지는 정신을 간신히 부여잡았다.

이사 준비! 그래, 이사 준비를 해야 하는데. 그래야…… 하는데…….

세준의 손길이, 입술이 너무 따스하고 부드러웠다. 장난을 치듯, 그렇게 그녀를 감싸 안고 어루만진다.

"간지러워."

세준의 입술이 솔의 이마에, 목덜미에, 콧등에 자잘한 입맞춤을 퍼부었다.

결국 웃음을 참지 못한 그녀가 푸시시 웃으며 그를 밀어냈다. 하지만 지치지도 않는지 세준은 계속 입술에, 양 뺨에, 머리 위에 입을 맞췄다.

"솔아, 강솔."

"음?"

입술이 주는 여운을 즐기며 세준의 품에 안겨 있던 그녀가 나른하게 대답했다. 솔의 머리카락을 쓰다듬으며 꽉 끌어안고 있던 세준이 그녀의 귓가에 나지막이 속삭였다.

"뉴욕, 안 갈 거야?"

감겨 있던 솔의 눈이 번쩍 뜨였다.

제17화
사랑해

‘어떻게 알았을까?’

뉴욕 에이전시에서 제안을 받았다는 것을, 세준이 어떻게 알았을까? 설마 신 대표가 말했나? 하지만 그 뒤로 두 사람이 만났다는 이야기는 전혀 듣지 못했다.

‘나 몰래 만났나?’

하지만 곧 고개를 저었다. 하루에 한 번은 반드시 얼굴을 봤고, 몇 번이나 통화를 하고, 수십 번씩 문자를 주고받았다. 세준이 일부러 속인 게 아니라면 솔이 모르게 신 대표를 만났을 가능성은 극히 적었다. 우연이 아닌 이상.

‘그럼 역시…… 그때 들은 건가.’

신 대표가 솔에게 더 돌의 계약서를 보여줬던 그날, 솔과 신 대표의 이야기가 들렸던 것이라고 솔은 어림짐작했다.

그날 솔은 흥분해서 저도 모르게 소리를 높였었다. 거실에 있었다면 세준이 그녀의 목소리를 들었을 가능성이 컸다.

'근데 왜 이제 와서…… 다 끝난 이야긴데.'

솔의 마음은 확고했고, 신 대표에게도 뚜렷하게 의사를 전달했다. 그리고 솔은 그녀의 생각을 바꿀 의향이 없었다.

아주 미련이 없다는 것은 거짓말이었다.

하지만 솔은 여기까지가 그녀의 최선이라고 생각했다. 그녀의 위치는 바로 지금, 이 자리였다.

솔은 지금 더없이 만족했고, 행복했다. 더 바라는 게 불안할 정도로 그녀는 행복했다.

여기에서 이 이상을 바란다면 그것은 보기 흉한 욕심이었고, 과욕이었다. 그 생각에 변함은 없었다.

하지만 왜…….

'여기가 아픈 거지?'

가끔씩 따끔한 아픔이 느껴지는 가슴 한쪽을 지그시 눌렀다.

오늘은 심장이 평소처럼 순조롭게 뛰고 있었지만 문득 아침에 깨어날 때나 잠이 오지 않을 때 이곳이 이유 없이 먹먹하곤 했다.

"하느님이 보우하사, 우리나라 만세냐? 왜 뜬금없이 국기에 대한 경례야?"

난데없이 들리는 한영의 목소리에 솔이 파드득 정신을 차렸다. 가벼운 패딩 차림의 한영이 총총총 뛰어왔다.

"어, 왔어? 치웅 씨는?"

"주차 중! 으으, 춥다. 세준이는?"

"다 왔대. 아, 저기 차 온다."

작은 몸을 잔뜩 웅송그리며 호들갑을 떨던 한영이 솔의 시선을 따라 고개를 돌렸다.

솔의 오피스텔 골목 입구, 번쩍번쩍, 으리으리한 세단 하나가 들어오고 있었다. 한영의 입이 딱 벌어졌다.

“어, 왔어요, 누나?”

한 번 모델은 영원히 모델이신지, 은퇴했음에도 세준이 차에서 내리며 모델 포스 제대로 뿜어주고 계셨다. 선글라스를 벗으며 그녀들 쪽으로 걸어오는 세준을 보며 한영이 얼이 빠져 물었다.

“너 망했다며? 저 세단은 뭐야?”

“아, 형 거예요. 형 지금 정신없거든요. 그래서 몰래 빼왔어요.”

“혀, 형? 너 형 있었어?”

“네. 완전 괴짜 형 하나 있어요.”

“괴짜?”

한영이 궁금한 눈으로 되묻자 옆에서 솔이 거든다.

“어, 너희 형님 의사선생님 아니야? 완전 똑똑하잖아.”

“똑똑은 무슨. 아, 우리 형 이번에 사고 제대로 친 거 알아? 아, 이번에 형수님이라고 데려왔는데 아버지, 어머니 몰래 벌써 식장을 잡아놨더라니까? 근데 식이 언젠 줄 알아?”

세준이 질렸다는 듯 고개를 저으며 솔의 옆에 놓인 짐 가방을 챙겨 들었다.

“언젠데?”

“다다음주!”

한영과 솔의 입이 동시에 쩍 벌어졌다. 똑똑한 의사선생님께서 그런 몰상식(?)한 일을 저지르다니. 어쩐지 충격이었다. 그것도 세준의 형이.

‘참…… 세상에 특이한 사람, 아니, 분이 많아.’

인사를 주고받는 사이 주차를 끝낸 지웅이 멀리서 나가오는 게 보였다.

저쪽도 모델들이랑 논다고 완전 모델 포스 풍겨주시고 있었다. 누가 사진작가 아니랄까 봐 역시나 그의 손엔 일명 대포 사진기가 들려 있었다.

"아, 형님!"

세준이 먼저 치웅을 향해 반갑게 인사를 건넸다.

혀어엉님? 솔과 한영이 세준의 입에서 나오는 그 생소한 호칭에 서로를 마주 봤다.

"왔네. 차 멋진데?"

"하하, 제 차 아니에요. 안이 넓어서 몰래 빼온 거죠, 뭐."

아니, 두 사람이 언제부터 형님 동생 하는 사이가 되었단 말인가? 박세준 저놈, 은퇴했다고 이제 좀 마음이 편해졌다 이건가? 솔은 세준을 새삼스러운 눈으로 보고 있었다.

"왜?"

"아니, 여기 있는 박세준이 내가 아는 그 박세준인가 해서."

"참 나, 실없긴. 자, 이제 가시죠? 장부터 보러 갈까요?"

솔의 넋 빠진 얼굴을 슬쩍 꼬집은 세준이 다른 사람들을 인도했다.

신선한 과일과 약간의 술, 그리고 돼지고기, 소고기, 닭고기 등의 각종 고기 종류를 푸짐하게 골랐다.

거기다가 싱싱한 생새우와 오징어까지 신속하고 빠르게 장보기를 마친 네 사람은 홍성으로 향했다.

"할머니, 할아버지께는 전화 드렸지?"

"응, 그럼. 완전 좋아하셨어. 2층 방 청소하신다고 난리도 아니셨을 거야."

"아, 진짜 오랜만에 간다. 근데 박세준이 이렇게 기특한 생각을 어찌하셨을꼬? 솔이네 할머니, 할아버지를 찾아뵐 생각을?"

"하하, 저 좀 괜찮죠? 괜찮은 남자죠?"

세준이 운전하며 어깨를 으쓱으쓱하며 장난을 쳤다.

"뭐래니, 얘가."

한영이 괜히 입술을 삐죽이며 시큰둥하게 맞받아치자, 가만히 있던 솔이 버럭 소리쳤다.

"야! 완전 멋지다고 인정해. 인정하라고!"

"아우, 얘 또 지랄이다, 또."

투덕거리는 솔과 한영으로 인해 차 안에 웃음이 터졌다.

치웅 또한 말은 별로 없었지만 그녀들을 보며 미소를 잃지 않았다. 살짝 열어놓은 창문 너머로 기분 좋을 정도의 찬바람이 들어왔다.

차를 타고 달리는 네 사람은 모처럼 기분 좋은 오후를 보내고 있었다.

파란 지붕이 얹어져 있는 시골 집 앞마당, 한쪽 구석 텃밭에서 당근을 뽑고 있던 이 노인이 집으로 들어오는 고급스런 검은 세단을 보며 자리에서 벌떡 일어났다.

시골의 뿌연 흙먼지가 검은 차 여기저기에 얼룩덜룩 묻어 있었다.

"솔이냐?"

일단 솔의 이름부터 부르고 이 노인이 달려왔다. 뒷좌석에서 시원하게 뻗은 다리가 튀어나와 노인을 향해 달려갔다.

"할아버지!"

"솔이 맞구만! 우리 강아지 왔네!"

품에 안기는 대형 강아지를 끌어안으며 이 노인이 반가운 웃음을 껄껄껄 터뜨렸다. 안에서 어떻게 알았는지 홍 여사가 튀어나왔다.

"솔이 왔어? 아이고야! 많이들 왔네. 다 우리 강아지 친구들 아니여!"

"안녕하세요. 오늘 하루 신세 지러 왔어요."

"한영이 오랜만에 보는구먼. 더 예뻐졌어, 아주 때깔이 고와."

"호호호. 할머님도 더 예뻐지셨어요. 어머, 어쩜…… 홍성의 좋은 공기는 다 할머니한테 왔나 봐요. 피부가 어쩜 이렇게 좋아지셨어요?"

"그, 그래? 어쩜 너는 여전히 입만 열면 예쁜 말만 하는구먼?"

"헤헤. 아참, 저기는 최치웅."

한영이 주차를 마치고 느지막이 차에서 내리는 치웅을 가리켰다. 그리곤 홍 여사의 귀에 다른 사람에겐 들리지 않게 작게 속삭였다.

"저랑 그렇고 그런 사이예요."

씨익 웃는 한영을 보며 홍 여사가 한영의 옆구리를 쿡 찌른다.

"잘 골랐네, 잘 골랐어. 아주 실해 보이네."

한영은 홍 여사와 눈을 마주치며 깔깔깔 웃음을 터뜨렸다.

그리고 곧이어 세준이 단정한 옷차림으로 차에서 내렸다. 웃고 있던 할머니의 눈이 동그래졌다. 솔을 얼싸안고 있던 할아버지도 마찬가지였다.

"아, 저…… 안녕하십니까. 박세준이라고 합니다."

그 어떤 때보다 잔뜩 긴장해 있는 세준의 모습에 솔이 깔깔 웃음을 터뜨렸다.

그런데 그 순간, 이 노인이 튀어나가 들고 있던 흙 묻은 당근으로 세준의 머리통을 후려갈겼다. 허공에 검은색 흙이 찬란하게 튀어 올랐다.

오 마이 갓. 할아버지! 솔의 눈이 주먹만 하게 커졌다. 세준도 머리통이 얼얼한지 두 손으로 머리를 감싸고 서 있었다.

"이놈이, 이놈이!"

"아이고, 왜 그래요! 이 양반이 노망났나? 어디서 손녀사위 머리를!"

하, 할머니. 아직 거기까진 생각 안 해봤는데…….

홍 여사의 손이 이 노인의 등을 찰싹 후려쳤다. 씩씩거리던 이 노인이 어린아이처럼 '흥' 하고 고개를 돌려 버렸다.

"그러니까 그러는 거 아녀! 우리 솔이 비단보로 싸서 등에 업고 다녀도 모자랄 판에 저것 때문에 고생, 고생 생고생을!"

"아이고, 아이고아이고……. 똥 묻은 개가 겨 묻은 개 뭐라 한다고. 당신은 뭐 젊었을 때 나 그렇게 업고 다녔어요?"

"크흠흠. 그만큼 했으면 잘한 거지 뭘……."

"참 나, 내가 말을 말아야지. 에이그, 그나저나 거기 괜찮나?"

"예, 전 괜찮습니다. 맞을 만도 하죠, 뭐. 하하."

홍 여사의 걱정에 세준이 재빨리 사람 좋은 미소로 대답했다.

머리통이 깨지는 듯 소리가 제법 컸는데도 아픈 티를 내지 않았다. 어른들에게 깍듯했고, 서글서글하게 대꾸도 잘한다. 그런 세준을 솔이 신기한 듯 쳐다봤다.

오늘 여러모로 다른 모습을 많이 보여주는 애인이었다.

"자, 그럼 짐 챙겨 들고 안으로 들어가자고. 밖이 많이 춥네."

겨울 밤, 마당에서 양철통 위로 석쇠를 올려놓고 구워 먹는 고기 맛은 천하제일이었다.

삼겹살에 숯불의 탄내가 살짝 배어 겉은 바삭하고 안은 노릇한 육즙이 한가득이었다. 그것을 신선한 상추 위에 올리고, 잘 익은 마늘,

쌈장을 얹어 입에 넣으면 그 자리는 순식간에 천국이 된다.

"우와, 꿀맛이다. 꿀맛."

한영이 양볼 가득 상추쌈을 넣으며 엄지를 추켜올렸다.

한영의 옆으로 쉴 새 없이 고기를 쌓아주기만 하던 치웅도 고기 한 점을 쌈장에 콕 찍어 입에 넣었다.

"나도 이렇게 먹는 건 진짜 오랜만이다. 와, 대학 때 가끔 가평 가서 이렇게 먹고 그랬는데. 그게 벌써 10년 됐네."

"어우, 10년이래. 늙었네, 이 양반도?"

"남자 나이는 서른일곱부터인 거 몰라? 그렇게 따지면 난 아직 햇병아리라고."

서른네 살 된 햇병아리가 스물일곱 살 된 햇병아리에게 훈계를 두는 차에 6.25를 겪으신 이 노인이 불쑥 끼어들었다.

"암먼! 아직 한참 햇병아리구만. 한 이십 년은 더 살고 와야 겨우 영계를 벗어나는 거여."

이 노인의 말에 그곳에 있는 그 누구도 반박할 수가 없었다.

푸훗, 웃음이 터졌고, 곧 뚝배기에 보글보글 끓고 있는 할머니표 된장찌개까지 등장했다. 홍 여사가 좋아하시는 새우와 이 노인이 좋아하시는 버섯, 그리고 모두가 좋아하는 향긋한 삼겹살이 한데 구워졌다.

그렇게 할머니도, 할아버지도 그리고 손녀와 그녀의 친구들도 모두 한자리에 옹기종기 모여 앉았다. 오랜만에 시골집은 밤늦게까지 시끌벅적했다.

"으으, 더 이상은 무리야."

"뭘 얼마나 먹었다고 그려. 자, 매실 물. 이거 먹고 소화 좀 시켜."

"물 들어갈 자리도 없어요, 할머니."

"그려? 그렇게 배부르면 잠깐 산책이라도 다녀오든가."

들고 온 매실 물을 치우고 홍 여사가 슬그머니 손녀의 옆구리를 찌른다.

"밖에 얼추 마무리된 것 같던데, 세준이랑 같이 한 바쿠 돌구 와."

올, 우리 할머니 최고.

솔이 엄지손가락을 추켜올리니 홍 여사가 얼른 나가라고 눈짓을 줬다. 질투 많은 너희 할아버지가 초치기 전에 얼른.

소리 없이 옷을 챙겨 든 솔이 살금살금 밖으로 빠져나왔다.

마당으로 나오자마자 마치 기다렸다는 듯 세준과 마주쳤다. 따뜻하고 커다란 손으로 깍지를 낀 채 세준이 부드럽게 웃으며 말했다.

"산책 가자."

벌써부터 이렇게 일심동체라니…….

솔은 괜히 혼자 좋아 배시시 웃으며 그를 따라나섰다.

"아버지랑은 화해했어?"

"음. 그런 것 같아."

"그런 것 같다니?"

"아직 들어가서 한 번도 못 뵀거든. 출장 가셔서……. 내일이나 오신다더라고."

그래도 시도는 해봤는지 쑥스러운 듯 머리를 긁적거리며 웃는 모습이 여간 예쁜 게 아니었다. 솔은 괜히 어린 동생에게 하듯 세준의 머리카락을 슥삭슥삭 쓰다듬어 줬다.

"오늘 왜 이렇게 예뻐 보일까?"

"어젠 안 예뻐 보였나 보지?"

"아니! 어제는 완전 예뻐 보였고, 오늘은 완전 매우 많이 예뻐 보이는 거고."

"흠, 그럼 멋지지는 않고?"

"무슨 소리. 완전 매우 많이 멋지지. 누구 애인인데."

"그치? 천하의 강솔 애인인데?"

"암, 암."

눈이 마주친 둘이 서로가 생각해도 지금 대화가 웃기다는 듯 큭큭큭 웃음을 터뜨렸다.

그렇게 두런두런 이야기를 하며 천천히 걷고 있다 문득, '내가, 업어줄까?' 하고 세준이 말했다. 거절할 이유가 없었다.

이슥한 시골 논길을 따라 걸었다. 저 멀리 마을을 지켜준다는 아름드리 사철나무가 보였다. 천천히 흔들리는 그의 어깨가 편안했다.

"그거 알아? 우리 어머니가 당신 팬인 거?"

"엑?"

그 너른 어깨에 뺨을 기대고 있던 솔이 깜짝 놀라 고개를 들었다.

"무려 휴대폰 배경화면에 당신 사진이 깔려 있다니까."

얼굴이 화끈거렸다. 솔은 제발 그 사진이 카스티엘 화보만은 아니길 빌었다.

"그것도 이번 카스티엘 화보로."

아아, 신은 잔인한 장난꾸러기가 틀림없었다.

귀까지 빨갛게 변한 채 솔이 세준의 어깨에 고개를 묻고 말았다.

"뭐야? 수줍어하는 거야?"

"어. 다른 건 모르겠는데 어른들이 보셨다고 할 때는 좀 부끄럽더라고."

하하하, 웃는 소리가 고요한 밤공기 사이를 가르며 울려 퍼졌다.

"당신이 멋있대. 당당하고 멋있다고 어머니가 얼마나 좋아하시는지 몰라."

다행이었다, 좋아해 주신다니. 알게 모르게 가슴을 쓸어내린 솔이 슬쩍 세준을 봤다.

"너는?"

"나?"

"응. 너는 어때? 카스티엘 화보."

이상하리만치 아무 말이 없었다. 분명 이 야돌이 질투쟁이님께서 뭐라 한마디라도 할 거라 생각했는데……. 그런데 이제까지 '카스티엘'의 '카' 자도 꺼낸 적이 없었다.

"나도 좋아."

"웬일? 처음엔 그렇게 싫어했잖아. 질투 안 해?"

"안 해."

간사한 게 인간이라고. 칼 같이 돌아온 대답에 솔은 내심 섭섭했다.

'왜 질투를 안 해! 왜! 애인 몸을 온 국민이 다 보고 있는데!'라고 묻고 싶은 걸 꾹 참고서 다시 세준의 단단한 어깨에 뺨을 기댔다.

"카스티엘 덕분에 당신이 더 잘됐잖아. 그런데 어떻게 감히 질투를 할 수 있어. 나 때문에 먹은 욕, 그쪽 덕택에 잘 무마가 됐는데."

그녀의 마음을 읽기라도 한 듯 세준이 그렇게 덧붙였다. 세준의 목소리가 무척이나 편안했다.

"그리고 이제 만인이 당신이 내 거라는 걸 알잖아. 박세준의 여자 강솔. 몰라? 기사도 났어."

오늘따라 정말 불안할 만치 예쁜 말만 한다. 세준의 따듯한 말에 가슴이 벅차올랐다. 하지만 솔의 손은 세준의 머리를 쓰다듬는 대신 그의 볼따구를 꼬집어 흔들었다. 어느새 두 사람은 커다란 아름드리 나무 밑, 낡은 평상까지 내려와 있었다.

"아야. 아흐잔하(아프잖아)."

"그게 왜 카스티엘 덕분이야. 너랑 나랑 열심히 뛰어다니고, 괴로워하고, 함께 극복한 덕분이지."

"아아쓰허. 아아쓰어. 이어 아(알았어, 알았어, 이거 놔)."

솔이 그의 볼을 꼬집고 있는 손을 놓아주자, 그가 평상 위에 솔을 내려줬다. 깨끗하게 관리가 된 나무 평상 위에 자리를 잡고 두 사람은 나란히 앉았다. 두 손을 깍지 끼고 볼 것 하나 없는 새카만 논두렁을 바라보며 한적한 시간을 보냈다.

적당한 추위가 두 사람을 더욱 붙어 있게 했고, 새카만 고요는 세상에 오직 둘만 남겨진 듯한 착각마저 들게 했다.

"이 멋진 여자가 내 여자라니."

불쑥 세준이 솔의 머리카락 위에 입 맞추며 말했다. 그러더니 '아, 삼겹살 냄새 난다' 하는 얄미운 말을 덧붙여 솔에게 기어이 어깨를 한 대 쥐어박혔다.

"오늘 박세준은 조금 느낌이 다르다? 예쁜 짓, 예쁜 말만 하고. 내적 성장 좀 하셨나 봐요?"

"앞으로 더 클 거야. 긴장해. 완전 멋진 남자 될 거거든."

"아, 됐어. 아서."

기대고 있던 고개를 떼고 정색하며 말했다. 솔과 눈을 마주친 세준이 섭섭하다는 듯 눈가를 찌푸렸다.

바로 그때, 솔이 배시시 웃으며 세준에게 와락 안겨들었다.

"지금도 완전 멋지니까! 내가 아주 감당이 안 돼요. 멋짐멋짐 열매라도 드셨음?"

두 사람이 동시에 웃음을 터뜨렸다. 크크크, 큭큭큭, 호를 그리는 입술 사이로 터져 나오는 웃음이 간질간질했다. 두 사람은 그렇게 서로를 꽉 끌어안고 한참을 웃었다.

이 타이밍이었다.

바로 지금이었다.

말하지 않으면 못 견딜 것 같은 지금 이 순간이었다.

고개를 들고 세준과 눈을 맞춘 그녀가 부드럽게 미소 띤 얼굴로 말했다.

"사랑해."

그 언젠가, 내가 먼저 말해주려고 했던 그 말.

"사랑해, 박세준."

이제까지 쑥스럽단 핑계로, 어색하단 핑계로 제대로 해주지 못한 그 말.

"내가 많이, 너를……."

사랑해.

시끌벅적했던 밤이 지나고, 고요한 새벽의 해가 떴다.

밤새 뒤척거리던 세준은 기어이 새벽부터 부스스 일어나고 말았다. 아무도 깨지 않은 이른 새벽, 까치집이 된 머리를 슥슥 매만진 세준은 외투를 챙겨 계단을 내려왔다.

"으으!"

마당으로 나오자마자 긴 팔다리를 쭉 뻗어 기지개를 켰다.

서늘한 새벽 공기에 머리가 맑아지고 있었다. 해가 없이 어스름한 쪽빛 하늘을 올려다보며 세준은 마당을 조금씩 걸어 다녔다.

솔은 모르고 있었지만 사실, 세준은 며칠 전 신 대표를 만났다. 딱히 일부러 만나려고 한 건 아니었고 정리할 게 있어 들른 방송국에서 우연히 마주치게 된 것이었다.

"계약 기간은 3년. 더 연장도 가능하지만 그건 솔이가 하기 나름이겠지. 나는, 솔이가 잘되길 바라고 있어. 그래서 몇 년을 더 있다가 온다고 하더라도 딱히 상관없어. 아니, 두 팔 벌려 기뻐할 일이지. 솔이만 잘된다면. 하지만…… 너는?"

3년. 짧지 않은 기간이었다. 하지만 결코 긴 시간도 아니었다. 치열한 그 세계에서 온전히 자리를 잡고 전력을 다 해보려면 적어도 3년 정도의 시간이 필요했다.

'3년, 참을 수 있을까?'

참을 수 없더라도 참아야 한다고, 그래야 한다고 생각했다.

그녀를 위해서, 우리 두 사람을 위해서.

하지만…….

"왜 아침부터 일어나 돌아다녀? 그것도 새파란 총각 놈이."

갑작스러운 목소리에 세준이 서둘러 소리가 나는 곳으로 몸을 돌렸다.

서울로 돌아오는 길, 세준은 중간에 한영과 치웅을 내려주고 솔의 집으로 갔다.

"운전하느라 피곤했을 텐데, 안에서 좀 쉬었다 가지 그래?"

기사 노릇에 짐꾼 노릇까지 톡톡히 한 세준이 안쓰럽기도 하고, 이

대로 보내는 것도 아쉬워 그를 잡았지만 세준은 고개를 가로저었다. 집으로 가서도 아직 할 일이 많이 남아 있던 탓에 일정 조정이 어려웠다.

"나도 그러고 싶은데…… 이따 저녁에 아버지랑 식구들이랑 저녁 먹기로 해서 어쩔 수가 없네."

"아! 정말? 그런 거면 들어가야지. 어여어여 들어가."

솔이 세준의 옷자락을 잡고 있던 손을 얼른 놓아주며 그를 재촉했다. 솔의 손길에 떠밀려 현관까지 나온 세준이 피식 웃으며 와락 그녀를 끌어안았다.

"어어? 얘가 왜 이래?"

"이제 드디어 단둘이 남았는데, 집에 가야 한다니 아쉽다."

"아, 뭐야. 내일 보면 되지 뭘."

그렇게 새침하게 말하면서도 솔은 꽉 끌어안는 그의 등을 마주 안아줬다. 그녀 또한 헤어지는 게 아쉽지 않았다면 애초에 잡지도 않았을 테니까.

"내일도, 모레도, 그다음 날도 보자. 매일매일 보자."

"참 나, 새삼스럽긴."

솔은 고개를 끄덕거리며 웃음을 보였다. 내일도, 모레도, 그다음 날도 볼 생각을 하니 기분이 좋기까지 했다.

세준의 다음 말이 나오기 전까지는 말이다.

"당신이, 뉴욕 가기 전까지…… 되도록 매일매일."

"……뭐?"

철렁, 가슴이 떨어졌다.

제가 들은 말이 맞는 말인지 믿을 수 없어서 솔은 눈을 부릅뜨고 말았다.

파르르 연약하게 떨리는 눈동자가 이게 대체 무슨 소리냐며 그를 채근했다. 세준은 평온한 얼굴로 그녀의 뺨을 쓰다듬었다.

"가야지. 가야 해, 당신은. 뉴욕 가."

"그 말은 이미 끝났다고 했잖아. 근데 왜 계속 꺼내는 거야? 하지 마, 나 기분 나빠지려고 해."

"솔아. 강솔!"

솔이 팍 그의 품에서 떨어지며 뒤로 돌아섰다. 멀어지려는 솔의 손목을 세준이 재빨리 낚아챘다. 하지만 그 손을 솔이 강하게 떨쳐 내며 그를 노려봤다.

"하지 말라고. 저번에도 내가 그 말은 하지 말자고 그랬다. 그런데 왜 또 꺼내는 거야? 이미 끝난 이야기를! 그런 말 할 거면 얼른 가. 가! 박세준."

방어기제였다. 나를 몰아붙이지 말라고, 그러지 말라고 솔은 세준을 향해 날을 세우고 있었다.

"왜 안 가려는 거야?"

"……."

"왜 안 가려는지 분명히 말해준다면 나도 더 이상 말 안 할게."

그녀로서는 세준이 이해가 가지 않았다. 도대체 저번부터 왜 이러는지 모를 노릇이었다.

그녀는 마음을 정리했다. 가지 않기로, 세준을 두고 가지 않기로. 가지 않아도 되는 걸로 그렇게 이미 모질게 마음을 정리했는데, 세준이 그녀의 마음을 불쏘시개로 엉망진창 들쑤시고 있었다.

"나 때문인 거잖아. 당신, 나 때문에 안 가려는 거잖아. 맞지?"

"……아냐, 그런 거."

대답하는 솔의 목소리가 연약하게 흔들렸지만 그녀는 애써 그런 자신의 목소리를 외면했다. 마음을 숨기려는 듯 가슴을 팡팡 내려치며 고개를 도리 저었다.

"내 결정이야. 내가 그렇게 하기로 결정한 건데, 왜 자꾸 네가……!"

솔은 입술을 깨물었다. 어려웠지만 결단을 내렸고, 그 결정에 흡족해하고 있던 차였다. 그런데, 그런데…… 왜 자꾸 그걸 세준이 건드리는지 모르겠다.

"가고 안 가고는 내가 결정해. 아니, 결정했어. 그러니까 그만해."

"제발……."

세준은 조금 힘든 얼굴로 그녀를 마주 봤다.

그래, 그라고 이런 말을 하는 게 쉬웠겠는가.

보는 것만으로도 아까운 그의 연인, 바라만 봐도 사랑스러운 그의 여자인데.

"기회를 잡아. 기회는 쉽게 오지 않잖아. 그 기회 놓치지 마."

떠나가라고, 잠시 나를 내려놓고 그대의 날개를 펼치라고, 나는 괜찮다고…….

"뉴욕, 가. 늦지 않았어."

그런 말을 하는 게 어떻게 쉽겠는가.

"지금 너…… 헤어지잔 말이야?"

솔은 믿을 수가 없단 얼굴로 세준을 쏘아봤다.

가라니, 아직 두 사람의 스캔들도 정리되지 않았고, 세준도 지금 그리 좋은 상황이 아닌데, 그는 저더러 가란다. 어떻게 네가……!

"그런, 거야?"

솔은 혼란과 슬픔으로 일그러진 눈빛으로 세준을 쏘아봤다.

"아니야! 헤어지자니! 빌어먹을……! 어떻게 그런 말을 하지?"

세준 또한 믿을 수가 없다는 듯, 아니, 절대 아니라는 듯 강력하게 그녀의 말을 부인했다. 오히려 그녀의 말에 세준이 더욱 화를 내고 있었다.

이별이라니, 가슴이 터질 법한 단어였고 영원히 모르고 싶은 단어였다.

"그건, 내가 죽어도 못 해! 절대!"

"그런데 왜 그런 말을 해? 왜! 3년이야! 말이 좋아 3년이고, 1년에 한 번 볼까 말까 한 시간이라고! 나야 그렇다 치지만, 내가 없을 때 너는? 한국에 너 혼자 남아서 이 모든 눈총, 꼬리말을 다 감당하겠다고?"

"난 괜찮아."

"괜찮긴 뭐가 괜찮아! 아무것도 남은 거 없이, 나밖에 없는 너를 두고 나한테 가라는 거야? 그런 건 내가 못 해. 아니, 안 해!"

역시, 저 때문이었다. 이 착한 여자는, 저를 위해 그 화려하고 멋진 날개를 접으려고 한 거였다.

'이 바보.'

세준은 와락 솔을 끌어안았다. 발버둥 치며 그에게서 벗어나려는 것을 억지로, 억지로 꽉 끌어안았다.

"나 때문에 당신의 날개를 꺾지 마."

"내가 내린 결정이야."

"누구보다 일을 사랑하는 당신이야. 나한테 꿈을 꾸라고, 노력하라고 자극한 게 당신이라고. 그런데 나 때문에 그 욕심을 줄이는 걸 내가 어떻게 봐?"

그녀를 꽉 끌어안고선 그녀의 머릿결에, 어깨에 뺨을 기댔다. 솔의 향기가 밀려들어 왔다.

그를 무력하게 만들고, 동시에 그를 강한 남자로 만들어주는 그녀의 온기, 그녀의 향기. 내 여자의 체취.

"데리러 갈게, 내가."

"……."

"내가, 당신이 있는 곳으로 올라갈게."

그러니 제발 나를 믿어줘.

"내가 올라갈 테니, 당신의 곁에 설 수 있을 만한 남자가 되어 내가 갈 테니까……."

나를 믿고 당신은 마음껏 날개를 펼쳐줘. 그 곁으로 가는 것은 나의 몫이니.

"가, 뉴욕."

솔은 지끈, 가슴의 통증을 느꼈다. 때때로 그녀의 가슴을 먹먹하게 만드는 그 고통.

바늘로 손끝을 쿡쿡 찌르는 것처럼 성가시고 참을 수 없는 자잘한 고통.

솔은 몹시도 아픈 눈으로 그를 바라봤다. 가슴이 터질 것만 같았다.

내려놓자고, 애써 괜찮다고 다독이며 떠나보낸 꿈들이, 불현듯 그녀를 덮쳐 왔다. 홍수처럼 쏟아진다, 꿈들이.

괜찮다고, 떠나가라고, 나를 떠나 날아도 괜찮다고 말하는 내 남자의 눈. 슬픔과 아쉬움 그 모든 것을 내려놓은 듯 덤덤한 그의 눈도, 솔을 아프게 했다. 지금 솔의 눈에 비친 세준의 눈은, '이별을 말하는 눈'이 아니었으니까.

"사랑해. 내 사랑은 오직 당신 거야."

그녀를 품에서 놓아주며 세준은 한 발짝 물러났다.

세준은 담담하게 사랑을 고백하며 솔의 눈을 똑바로 직시했다.

솔은 당황했고, 무서웠고, 가슴이 먹먹했다.

그녀의 혼란스러움을 세준이 잡아주듯 더욱 단단하게, 강경하게 말했다. 냉정하다 느낄 만큼 강경하게.

"슬픔에 지지 않을 거라고. 나의 강솔은 그러지 않을 거라고."

"……."

"나는 그렇게 믿어."

지금 잠깐의 이별보다, 앞으로 더욱 단단해질 우리 두 사람을 위해서…….

"그러니 가, 가서 날 기다려 줘."

내가 당신을 잠시 양보하겠노라고.

손녀와 손녀 친구들이 떠난 홍성 시골집, 한쪽에서 당근을 뽑고 있는 이 노인의 뒤로 홍 여사가 슬쩍 다가갔다.

"아침엔 둘이서 무슨 이야기를 그리 했어요?"

"뭐? ……아아, 박세준이랑? 뭐, 이런저런 이야기 좀 했지."

이 노인이 흙을 성기게 정리하곤 자리를 털고 일어났다.

"이런저런, 무슨?"

"무슨 이야기겠어, 솔이 이야기지."

"야, 이 양반이 달팽이주스를 마셨나, 왜 이렇게 빙빙 돌아? 그니까 무슨 이야기?"

홍 여사가 이 노인의 뒤를 쫓다가 버럭 성질을 냈다. 젊어서는 안 그랬는데 갈수록 성격이 드세지고 있었다. 하지만 그마저도 나이가 드니 그러려니 하게 된다. 그래도 화를 내도 내 부인이고, 평생을 함께

한 내 마누라였다.

이 노인이 마당 한편의 수돗가에서 손을 씻다가 허허 웃음을 보였다.

"궁금해?"

"궁금하니까 물어보죠."

이 노인은 살짝 젖은 손으로 늙은 아내의 손을 꼬옥 잡았다. 두 사람은 익숙하게 집 주변을 걷기 시작했다.

"아, 말 좀 해보래도?"

재촉하듯 홍 여사가 이 노인의 옆구리를 쿡쿡 찔렀다. 허허 웃던 이 노인의 입이 열렸다.

"왜 아침부터 일어나 돌아다녀? 그것도 새파란 총각 놈이."

"아, 할아버님."

"여기서 뭐하는 거야? 잠이 안 와?"

이 노인은 아침잠이 없는 편이었고, 손님이 왔던 탓인지 더더욱 아침 일찍부터 깨고 말았다. 찌뿌듯한 몸을 일으키려던 차에 살금살금 밖으로 나가는 세준을 보고 따라 나왔다.

두 사람은 잠시 서서 어색해했지만, 이내 미리 말이라도 한 것처럼 함께 주변을 걷기 시작했다.

"그래도 진짜 어찌 여기까지 올 생각을 다 했어."

"예? 아, 예. 꼭 한 번 오고 싶었거든요."

세준의 말에 이 노인이 웃으며 지나가는 말투로 툭 받아친다.

"한 번? 다음에는 못 볼 인연인 건가 보이. 이러다 말려고 그 난리를 피웠나, 자네?"

"예? 아, 아닙니다! 그런 말이 아니라, 언제 꼭 한 번이라도 반드시 와야겠다고……."

이 노인의 말에 세준이 펄쩍 뛰며 아니라며 강경하게 말했다. 절대, 절대 아니라고 도리질치는 모양새가 꽤나 긴장한 것 같았다.

허둥지둥 당황하는 세준의 모습에 이 노인이 웃었다. 안다는 듯 고개를 끄덕끄덕 하더니 다시 말없이 걸음을 옮겼다.

"뭐, 젊은 사람들끼리 한두 번 가볍게 만날 수도 있어. 내가 그런 걸로 뭐라 하는 그런 쩨쩨한 사람은 아니야."

"가볍게 만나다니요. 아닙니다, 할아버님! 절대 아닙니다!"

세준이 다시 펄쩍 뛰며 고개를 가로저었다. 이 노인이 슬쩍 세준을 흘겼다.

"아니야?"

"아니에요! 절대요."

"그럼, 뭐, 결혼이라도 할 건가?"

'결혼'. 예상치도 못한 단어였던지 세준이 눈을 동그랗게 떴다.

그가 선뜻 대답하지 못하자 이 노인이 '에잉……' 쯧쯧쯧 혀를 차며 고개를 돌려 버렸다. 심기가 불편하다는 듯 걸음이 빨라졌다. 서둘러 그의 뒤를 쫓아가던 세준이 한참 만에 덧붙였다.

"결코 가볍게 만나는 거 아닙니다. 솔이는 저한테 절대 가볍게 만날 수 없는 사람이에요. 아껴주고만 싶고, 다른 사람에겐 보여주고 싶지 않고……. 여튼 절대, 절대 그런 거 아닙니다."

"그럼, 결혼이란 단어엔 왜 그렇게 정색해?"

"그건……."

"그거 봐. 또 선뜻 대답을 못 하잖아. 가볍게 만나는 게 맞구먼, 뭘."

세준은 미치고 팔짝 뛸 지경이었다. 그가 강렬히 고개를 도리질 치며 아니라고 말해도 이 노인은 그를 쳐다도 보지 않았다. 새벽 공기는 차가운데 세준은 벌써 등 뒤가 축축하게 젖어 있었다. 세준은 땀만 뻘뻘 흘리며 곤란해하다가 이내 작심한 듯 정색하며 물었다.

"할아버님은 그럼 지금 저한테 솔이를 주실 수 있겠습니까?"

"뭐야?"

"지금 제가 솔이와 당장 내일모레 결혼한다고 하면, 기꺼운 마음으로 허락해 주실 수 있겠느냔 말입니다."

이 노인이 무슨 말이냐는 듯 세준을 쳐다봤다. 세준은 한결 차분해진 목소리로 진지하게 말했다.

"현재 무직. 먼젓번 직장에선 사고 치고 퇴사한 데다 집도, 뭣도 없습니다. 거기다가 얼굴은 또 이렇게 번지르르 잘생기지 않았습니까? 저라면 제 딸 이런 놈한테 못 줄 것 같거든요."

세준이 말을 끝내자 이 노인이 날카로운 눈으로 그를 빤히 바라봤다. 위아래로 휙휙 그를 훑어보던 그가 푸하하 웃더니 정색하며 고개를 내젓는다.

"번지르르하긴 한데, 내 젊을 때보단 아니야."

홍 여사가 있었다면 코웃음 칠 법한 말을 홍 여사 없다고 막 던지고 보는 이 노인이었다.

"그려, 네 말이 맞다. 맞어. 우리 솔이는 능력 있지, 착하지, 성실하지, 예쁘지, 집도 있고 차도 있고. 여튼 우리 솔이가 아깝네. 아까워도 너무 아깝네. 못 주겠구먼."

"네, 정말요. 부족한 저에겐 과분할 정도로, 너무 멋진 여자죠."

세준은 진심이 가득한 눈으로 고개를 끄덕였다.

자신은 아직 부족하다 말하는 세준의 눈을 이 노인은 유심히 바라봤다.

'눈빛은 참 선하구만.'

이 노인은 그렇게 생각했다. 적어도 말에 거짓은 없었다. 결혼이라는 말은 장난 반, 진심 반 던져 본 말이었다. 하지만 세준은 진지하게 잘 대답했다. 어쭙잖게 당장 허락만 해주신다면 어쩌고저쩌고 했다면 더 마음에 안 들었을 것이 틀림없었다.

마음이나 진심보다 입이 먼저 나가는 놈은 아닌 것 같았다. 이 노인 또한 한창 젊은 나이인 두 사람에게 결혼을 강요할 생각은 없었다. 하지만 손녀가 한 명을 만나도 앞날을 생각하며 사는 남자를 만났으면 했을 뿐이었다. 요즘 세상엔 생각 없이 사고나 치며 돌아다니는 놈들이 너무 많았으니까.

한참을 걷다가 그렇게 집으로 다시 되돌아가는 길이었다.

"솔이에게 모자라지 않은 남자가 될 수 있게 노력할 겁니다."

"응?"

"3년, 아니, 2년 후에……."

파란 지붕 집 앞마당에 다다를 때쯤 세준이 이 노인을 향해 진중한 눈빛으로 말했다.

"그때 정식으로 다시 인사드리러 오겠습니다, 어르신."

세준은 노인의 손을 붙잡더니 명함 하나를 건네줬다. '세진병원 박해진'이란 이름 옆에 손으로 적은 듯 박세준이란 이름과 휴대폰 번호가 나열되어 있었다.

"그때까지 건강 잘 챙기세요. 어디 아프시면, 저한테 꼭 연락 주시고요."

지나치게 진지한 세준의 눈동자 앞에, 이 노인이 먼저 웃고 말았다.

겉만 반지르르한 놈인 줄 알았는데, 겉과 속 모두 반지르르 빛나는 진품이었다.

"손주 사위 예약해 놨네요."

이야기를 듣던 홍 여사가 흐뭇하게 말했다. 기분이 좋은지 눈가에 자잘한 주름이 보였다.

"뭐, 그건 2, 3년 후에 두고 볼 이야기고. 우리는 그때까지 건강관리나 잘해놓자고."

"암요, 암. 그런 의미에서 2층 방이나 청소하러 갑시다. 자자, 일어나요."

발걸음이 가벼운 아내의 뒷모습에 이 노인도 기분 좋게 몸을 일으켜 그녀를 따라나섰다.

명성 높고 실력 있는 무뚝뚝한 병원장 시아버지, 보기만 해도 우아함과 고상함이 느껴지는 아름다운 시어머니, 아버지와 다퉈서 집 나갔다가 스캔들과 함께 화려하게 은퇴한 전직 모델 시동생, 그리고 부모님 몰래 당장 2주 후에 결혼식을 올리려는 패기 넘치는 미래의 남편.

'와…… 진짜 장난 아니다.'

지수는 지금 밥이 코로 들어가는지 입으로 들어가는 알 수 없었다.

'이 집안은 대체 뭐냐.'

억지로 한 술 뜨고 물로 넘기고, 한 술 뜨고 물로 넘기고……. 그렇게 고개를 접시에 처박고 지수는 간신히 식사를 이어가고 있었다.

자신이 정말 이 가족의 일원이 될 수 있을는지조차 까마득하게 멀게만 느껴졌다. 네 식구 중 누구도 평범하지가 않았다.

지수는 자신처럼 평범하기 짝이 없는 사람이 이 안에 물처럼 잘 스며들 수 있을지 자신이 없었다.

'나 이렇게 기, 긴장하는 여자가 아닌데……. 아, 심장은 왜 이렇게

미친 듯이 뛰는 거지?'

미래의 남편이란 작자는 그런 지수를 보며 재미있다는 듯 싱글싱글 웃고 계신다. 이 사태를 지금 누가 초래한 건데…… 이 웬수탱이.

곡괭이 하나 믿고 에베레스트를 정복하려는 기분이 이런 걸까? 지수는 한숨이 나오려는 것을 간신히 집어삼켰다.

"후식 준비해 드리겠습니다."

먹은 것 같지 않은데 벌써 후식이란다. 지수는 최대한 조신한 척 앉아서 착착 바뀌는 테이블을 멍하니 보고 있었다. 손님들과는 잘도 조잘거리던 입은 오늘따라 풀로 붙여놓은 듯 딱 붙어 있었다.

"아가."

갑자기 더없이 고상하고 우아한 목소리가 지수를 불렀다. 그것도 '아가'라니.

20년도 훨씬 전에 돌아가신 엄마한테 들어보고 처음 들어보는 호칭이었다. 화들짝 놀란 지수가 빳빳하게 긴장한 채 이 여사를 돌아봤다.

"예! 어머님!"

어찌나 긴장했는지 어머님이란 글자에 스타카토가 들어갔다. 마치 로봇처럼 정확하게 떨어지는 그녀의 어투에 이 여사가 호호호 웃음을 보였다.

"보니까 여기 케이크도 유명하다던데, 우리 몇 개 골라 올까?"

"예? 케, 케이크. 아, 네, 케이크요! 네, 네네. 케이크 좋죠. 가, 가요, 어머님."

TV 속에서나 볼 법한 귀티와 우아함, 그리고 아름다움까지 겸비하신 어머니의 손길은 조금 우악스러웠다. 그 우악스러운 손길로 지수의 팔짱을 낀 채 이끌고 케이크 쇼케이스까지 오셨다.

"내가 단 걸 좋아해. 아가는, 케이크 좋아하니?"

지수는 열정적으로 고개를 끄덕였다. 이렇게 공통점을 찾아서 눈물이 나올 정도로 좋았다.

"제 친구가 파티쉐를 하는데, 그 친구가 타르트를 기가 막히게 만들거든요. 다음에 좀 가져다 드릴게요."

"어머! 타르트! 나 타르트 너무 좋아해요. 난 좀 풍성하고 보들보들한 게 좋더라."

지수는 풍성하고 보들보들한 종류를 무던히 떠올려봤다. 크림 종류를 좋아하신다면 그것도 종류별로 몽땅 가져다 드릴 작정이었다.

"그럼 제가 조만간 연락드리고 찾아뵐게요."

"아니, 그럴 거 있어? 당장 내일 보자, 아가야. 사실 우리 집안에 여자가 없어서 며늘아기 들어오길 내가 얼마나 손꼽아 기다렸는지……. 아, 맞다. 네 번호 좀 줄래?"

지수는 화들짝 놀랐다. 이제까지 어머님께 전화 한 번 드리지 못했다니.

바닥에 머리라도 박고 싶은 심정이었다. 하지만 3주 만에 결혼 준비를 초스피드로 끌고 온 해진의 잘못도 있었다. 지수는 3주 동안 하루에 두 시간도 자지 못한 채 버텼던 터라 거의 제정신으로 살아온 게 아니었으니.

"죄, 죄송합니다! 죄송해요! 먼저 연락드리고 했어야 하는데……. 많이 모자라지만 잘 부탁드릴게요, 어머님. 죄송합니다."

지수가 어쩔 줄 몰라 연신 고개를 숙여 사죄하자 이 여사가 고개를 저으며 지수의 어깨를 감싸줬다.

"괜찮아, 괜찮아. 뭘 이렇게 죄송해하고 그래. 호호, 내 배 아파 낳은 아들이라서 아는데, 해진이 놈이 겉은 말짱해도 속은 좀……."

지수의 귓가에 입술을 가져간 이 여사가 조심스럽게 속삭였다.

"또라이야."

제가 잘못 들은 걸까 싶어 지수가 깜짝 놀라 이 여사를 돌아봤다.

빙긋 웃는 이 여사의 얼굴은 여전히 우아하고 천연덕스러웠다. 이 여사는 마치 아무 일도 없었다는 듯 지수를 향해 휴대폰을 내밀었다.

"번호."

"네? 네네."

이 여사의 휴대폰을 받아 들고 번호를 찍으려는데 눈에 걸리는 바탕화면…….

지수는 저도 모르게 바탕화면의 사진을 뚫어져라 보고 있었다. 이 여사가 지수가 보는 것을 보며 활짝 웃음을 지으며 그녀의 옆구리를 툭툭 건드렸다.

"정말 멋있지 않니? 둘째 새아기란다. 내가 완전 팬이야! 세준이가 언제 데려올지는 모르겠지만……. 어쨌든 빨리 한 번 보고 싶단다."

두, 둘째 새아기의 속옷 화보 사진을 휴대폰 배경화면으로 하셨어요?

물론 숨이 막히게 멋진 화보였다. 지수도 몇 번이나 이번 카스티엘 화보에 시선을 멈추곤 했으니까. 도련님이 이 강솔이라는 모델과 희대의 스캔들을 일으킨 것도 무척이나 잘 알고 있었다. 하지만 어머니께서 이렇게나 팬이시라니…….

지수의 미래 시어머니는 볼을 발그레하게 물들이고는 자랑스럽게 배경화면을 쳐다보고 있었다.

지수는 순간 웃음이 터졌다. 너무나 고상하고 아름다우신 분이라 마냥 어렵게만 대했는데, 그녀가 생각했던 것보다 시어머니는 무척이나 소탈한 분인 것 같았다. 어쩌면 그녀가 생각했던 것보다 훨씬 가까운 시댁이 될 수 있을 것 같다는 생각이 들었다.

"골랐으면 얼른 들어가자. 저 안에 남자 셋이 얼마나 적막하게 앉아 있겠니?"

"네, 어머님."

지수는 아까 전보다 조금 더 선선히 웃으며 이 여사의 뒤를 따라 방으로 갔다. 그런데 문 앞에서 우뚝 멈춘 이 여사가 문틈 사이로 귀를 가져다 댔다. 조용히 하라는 이 여사의 손짓에 지수도 숨을 죽이고 귀를 기울였다. 방 안에선 시동생의 목소리와 나지막한 시아버지의 목소리가 들렸다.

"다녀오겠습니다, 아버지."

"강원도라지?"

"네. 자주 못 내려올지도 몰라요."

"그렇지. 일정이라는 게 어떻게 될지 모르니까……. 어쨌든 가서 잘하고만 오면 돼. 자주 안 오더라도."

"네, 그래야죠. 잘할게요."

'잘할게요'라는 세준의 목소리에는 어떤 각오가 느껴졌다. 그것은 나무 문 너머로 엿듣고 있던 이 여사나 지수에게도 느껴질 정도의 각오였다. 박 원장도 그것을 느꼈는지 잠시 말을 멈췄다. 아마 세준과 눈을 마주치거나 그랬으리라.

"그래, 잘할 거다. 세준이 넌……."

박 원장이 목을 가다듬는 기침 소리와 함께 잠깐의 침묵이 이어졌다. 하지만 곧 쑥스러운 듯 이어지는 박 원장의 뒷말.

"넌, 내 아들이니까."

엿듣고 있던 지수와 이 여사가 눈을 마주치며 웃고 말았다.

"……고맙습니다."

어색하고 낯설었지만 그렇게 나쁘지 않은, 지수의 첫 가족 식사였다.

〈나 오늘 내려가. 얼굴 한 번 안 보여줄 거야?〉

솔은 멍하니 누워서 메시지창만 들여다봤다.

"나쁜 놈."

피하고 있는 건 저인데, 소리 지른 건 그녀 자신이었는데 욕은 세준이 먹고 있었다. 세준을 향한 투정 어린 말을 뇌까리면서도 솔은 메시지창에서 눈을 떼지 못했다.

'얼굴 한 번 안 보여줄 거야?'

귓가에 섭섭하다는 듯한 세준의 목소리가 선명하게 들렸다. 가슴 한가운데가 욱신욱신 아파왔다.

"나쁜 놈……."

'가.'

그 한 글자가 가슴을 뚫고 지나가 커다란 구멍을 만들었다. 그 뚫린 구멍 사이로 세준이 그녀에게 했던 말들이 쏟아져 내렸다. 아무것도 생각이 나지 않았다. 그저 뉴욕에 가라는 그 목소리만 남아 있었다. 이건 헤어지자는 말이나 다름없었다.

3년. 3년이나 안 보고 지낼 수 있다고? 우리가 사랑한 시간이 1년이 되지 않는데 3년을 견딜 수 있을까, 과연?

오겠다고? 네가? 이 자리로? 어떻게?

물론…… 솔은 세준을 믿었다. 그가 무너지지 않을 거라는 걸, 다시 일어나 자신의 삶을 충실하게 이어 나갈 것이라는 걸…….

하지만 그렇게 세준이 일어나기에 3년은 너무나 짧았고, 떨어진 연인이 계속 사랑을 지키기에는 참으로 긴 시간이었다.

'더 돌, 뉴욕 직출, 파리 컬렉션…….'

오랜 시간 꿈꿔왔던 것이다. 처음 런웨이에 서겠다 마음먹었을 때부터, 처음 카메라 앞에 그녀 자신을 던졌을 때부터 항상 바라왔던 그런 것들.

그래서 더더욱 어렵게 마음을 잡은 거였는데, 그래서 더더욱 힘겹게 결단을 내린 건데, 그런데…….

'왜 네 멋대로 내 꿈을 다시 들춰내냐고, 왜!'

솔은 질끈 눈을 감았다가 이내 파르르 눈꺼풀을 들어 올리고 말았다. 눈을 감자 지금 당장은 꼴도 보기 싫은, 하지만 안 보고는 살 수 없을 것 같은 세준의 얼굴이 선명하게 떠올랐기 때문이다.

그래서 그녀는 하루 종일 영화를 틀어놨다. 아무것도 떠오르지 말라고, 아무것도 들리지 말라고 영화를 틀어놨다. 언젠가 세준이랑 봤던 그 영화. 자신이 제일 좋아하는 영화라며 설명해 주던 그 영화를.

"이보다 더 좋을 순 없다는 개뿔……. 이보다 더 나쁠 수가 없다. 나쁠 수가."

눈가가 시큰해지는 것을 참으며 솔이 바닥을 뒹굴거렸다. 그 순간, 뒤에서 한참을 지켜보던 한영이 저벅저벅 걸어와 솔의 늘씬한 등을 자근자근 밟기 시작했다.

"나 아파, 한영아."

솔이 앓는 소리를 하며 동그랗게 몸을 말았지만 한영의 발길에 자비가 어리는 것은 아니었다.

"그니까 왜 우리 집 와서 이 지랄인 건데, 왜! 너희 집 있잖아! 솜

가라고, 강솔. 어? 이제 좀 가야지? 안 그래, 친구? 벌써 일주일째 무전취식 중이시다?"

"품앗이하자고, 품앗이. 나중에 네가 치웅 씨랑 헤어질 때 내가 곁에 있……."

퍽.

가차 없이 솔의 뒤통수에 슬리퍼가 날아왔다.

"이상 없는 남의 애정 전선 잘라놓을 생각 말고, 아슬아슬한 네 애정 전선이나 점검하지 그러니, 응?"

서슬 퍼런 한영의 목소리에 솔이 팽 돌아서며 바닥을 긁었다.

혼자 있고 싶지 않았다. 그래서 솔은 지금 5일째 한영의 집에 눌러 사는 중이었다. 처음 이틀은 아무 말 않고 받아주더니, 4일째 되니까 한영의 폭풍 잔소리가 터지고야 말았다.

"가서, 만나서, 끌어안고, 거 입술 한번 디비고! 풀어. 풀라고! 아, 맞다! 세준이 오늘 촬영장 들어가는 날 아니야?"

"맞아."

"근데 왜 이러고 있어! 촬영장, 그거 한 번 들어가면 나오기 힘들다던데? 거기다가 강원도 두메산골이라며? 너, 세준이 이렇게 보낼 거야? 이렇게 있다가 너 뉴욕 가게 되면 진짜 둘 다 다이다이인 거 몰라? 그대로 끝날 수도 있어."

울컥 짜증이 솟았다. 여기서도, 저기서도 다 '뉴욕, 뉴욕'. 그놈의 뉴욕 소리 좀 안 할 수 없는지……. 벌떡 일어난 솔이 한영을 부릅뜬 눈으로 내려다봤다. 그런 솔의 시선을 한영이 코웃음 치며 맞받아쳤다. 팽팽한 기 싸움, 하지만 지금 이 순간 약자는 솔이었다.

"너, 너……! 너, 미워!"

버럭 소리 지른 솔이 그대로 한영의 침대로 뛰어들어 이불을 뒤집어썼다. 당장 나오라고 고래고래 소리 지르는 한영의 목소리는 사뿐히 무시하고 침대 안에서 버티고 있었다. 손에 꽉 쥐고 있는 휴대폰만 마지막 구명줄인 것처럼 붙들고서는.

〈나 잘 도착했어. 당장 촬영 투입돼서 앞으로 전화 자주 못 할 수도 있어. 여긴 아직 되게 춥다. 당신 목소리 듣고 싶지만, 아직 화가 안 풀렸나 보네…….〉

〈하루에도 산을 몇 번씩 오르내려. 운동 부족이었나 봐, 온몸이 쑤신다. 밥은 잘 먹고 있어?〉

〈솔아, 답장 한 번만 해줘. 걱정돼서 그래.〉

〈보고 싶다, 강솔.〉

또다시 며칠이 지났다.

벌써 열흘이 넘도록 솔은 세준과 대화는커녕 전화 한 번 받지 않고 있었다. 세준은 아침마다, 저녁마다 꼬박꼬박 문자를 보냈다. 자신이 뭘 하고 있는지, 무슨 일을 했는지.

그럴 때마다 당장 통화 버튼을 눌러 고생 많다고, 힘내라고, 잘할 거라고 믿는다고 말해주고 싶은 것을 간신히 참았다. 뉴욕에 가지 않았어도, 두 사람 사이에 뉴욕만큼의 거리가 벌어지고 있었다.

마음이 시큰시큰했다. 절대 약해지지 않겠다고, 너한테 항복을 받아내겠다고 그녀는 마음을 다잡았다.

'고집이야. 어린애 같은.'

누군가 속삭였다. 강솔 안에 있는 또 다른 강솔이었다. 그래, 그녀도 알고 있었다. 조금씩 냉정해지는 머리는 세준이 그녀를 위해서 그런 말을 했음을, 그게 두 사람 모두를 위한 말이었음을 알아가고 있었지만 마음은 그렇지 않다.

"어디 가? 드디어 가는 거야, 집? 좀 이제 나가주시렵니까?"

솔이 씻고 나오니 한영이 반색하며 말을 걸었다. 매일매일 나가라며 노래를 부르는 한영이 야속하면서도 막상 밤이 되면 이부자리를 챙겨주는 친구가 고마웠다. 하지만 저 얄미운 주둥아리를 보고 있자니 순순히 나가겠다는 말이 안 나온다.

"나 여기 한 달 있을 거야. 집세 줄게. 여기 월세 얼마라고? 아, 전세라고 했지. 그럼 평균 월세 값의……."

"좀 나가! 나가라고! 가! 가란 말이야!"

버럭버럭 소리 지르는 한영을 향해 진한 비웃음을 날려준 솔이 서둘러 가방을 집어 들고 나갔다. 오랜만에, 촬영이 있는 날이었다.

"좋아! 마지막 컷 아주 좋았어. 자, 이제 모두 잠깐 쉽시다!"

치웅의 호령에 맞춰 촬영 스태프들 모두가 일사불란하게 움직였다. 생각보다 너무나도 쉬운 촬영이었다. 처음 솔이 들어왔을 때만 해도 고슴도치같이 뾰족한 탓에 오늘 촬영은 쉽지 않겠구나 했는데, 막상 카메라 앞에서 솔은 더 편안하고 여유롭게 변해 있었다.

"역시 사람은 일을 해야 돼. 그치?"

기다리고 있던 한영이 솔의 옆으로 쪼르르 달려왔다. 멀리서 치웅이 따듯한 커피 세 잔을 가지고 다가왔다.

"오늘 촬영 좋은데?"

"그래요? 다행이네."

언제 신나게 촬영했나 싶을 정도로 우중충한 얼굴로 돌아와 있었다. 치웅이 한영의 옆구리를 쿡 찌르며 눈치를 살폈다. '화해한 거 아니었어?', '나도 몰라. 아직 아닌가 봐' 한영과 치웅의 눈빛 대화가 쉴 새 없이 오가는 그때.

"야, 강솔! 너 이노므 시키!"

신 대표가 쩌렁쩌렁 소리를 지르며 스튜디오 안으로 들어섰다.

"전화는 왜 안 받아?"

"받아봤자 같은 소리만 하니까."

"뉴욕, 대체 왜 안 가겠다는 거야? 이제 데드라인이 얼마 안 남았어. 대답해 줘야 한다고!"

"내 대답은 이미 오래전에 전해줬잖아."

고집스러운 솔의 말에 신 대표는 한숨을 참지 못했다.

"너, 이렇게 기회 놓치면 평생 후회한다고, 강솔. 평생."

"그것도 다 내 몫이야."

조용한 스튜디오 미팅룸에 신 대표와 솔이 팽팽히 대립하고 앉아 있었다. 테이블을 가운데 두고 시선을 돌린 솔의 옆얼굴을 신 대표가 한참을 쏘아봤다.

"좋아. 그럼 네 마음대로 해."

얼음처럼 차가운 목소리였다. 솔로서는 신 대표에게 처음 들어보는 그런 목소리. 그제야 솔의 고개가 느지막이 그에게로 돌아갔다. 신 대표의 얼굴에 표정이 없었다.

분노도, 짜증도, 심지어 체념도 없이 그저 무표정이었다. 솔은 그 무표정이 그 어떤 신 대표의 재촉보다 압박하고 있다는 것을 느꼈다. 등골이 서늘했으니.

"하나만 말하자."

신 대표는 두말하지 않고 몸을 일으켜 문으로 가나가 분늑 분고리를 잡은 채 솔을 돌아봤다.

"부끄럽지 않냐, 강솔?"

솔은 가슴이 철렁 내려앉았다. 신 대표는 무덤덤한 목소리로 말을 이었다. 다가오지 않은 채 그 자리에 서서.

"내가 아는 강솔은 안 그랬는데……. 자기 자신한테 자신감도 없고, 그렇다고 상대를 믿어주는 것도 아니고……. 그래, 네 마음대로 해. 가기 싫으면 가지 마. 네 말대로 네 선택이니까. 하지만 너도, 상대도 믿지 못하는 이 사랑이 얼마나 오래 갈까?"

떨어진 심장이 죽은 듯이 고요하게 가라앉았다. 신 대표의 말은 몹시도 그녀를 불편하게 만들었다. 당장 귀를 막고, 아니라고 변명을 늘어놓고 싶을 만큼.

언젠가 들었던 말이 떠올랐다. 상대를 불편하게 하는 말은 본질에 접근한 것이라고.

"남자가 보내준다는 말을 하는 게, 그것도 지금의 박세준이 그런 말을 하는 게, 쉬웠을 거라고 생각해?"

그 말을 끝으로 신 대표는 방을 나갔고, 솔은 덩그러니 홀로 방에 남겨졌다.

"나라고…… 나라고 지금 이 상태가 편한 줄 알아요?"

질끈 깨문 입술, 달아오른 뺨, 젖은 눈. 솔은 아무도 없는 허공에 대고 떨리는 목소리로 하염없이 중얼거렸다.

"나라고 안 보고 싶고, 안 믿어주고 싶고 그런 줄 아냐고요."

마른 뺨에 축축하게 느껴졌다. 솔은 서둘러 질끈 눈을 감았다.

"어휴, 이 멍청한 기지배."

"한영아."

"으휴, 넌 진짜. 잘 나가다가 이렇게 한 번씩 삐긋하더라. 으휴!"

언제 들어온 건지 한영이 억척스러운 손길로 솔의 뺨을 꾹꾹 눌러줬다. 한영의 소매 끝에선 부드러운 섬유유연제 향기가 났다. 으휴, 으휴, 한참을 구시렁거리며 솔의 눈물을 닦아주던 한영이 솔의 팔뚝을 잡이 일으켰다.

"일어나, 가자."

"……어딜?"

"잔말 말고 따라와."

한영이 솔을 끌고 지하 주차장으로 내려갔다.

그곳엔 어느새 촬영장을 정리한 치웅이 차에 시동을 걸고 그녀들을 기다리고 있었다.

솔은 한영과 치웅에게 납치되다시피 차에 구겨져선 고속도로 위를 한참을 달렸다. 촬영이 끝나고 느지막이 출발한 차는 밤이 어둑어둑 내려올 때까지도 멈추지 않았다.

"슬슬 배도 고파지고……. 우리 우동 한 그릇 때릴까요?"

탄수화물 금식 중인 솔의 앞에서 한영이 치웅의 옆구리를 쿡쿡 찌르며 말했다.

그나마 치웅은 솔을 의식하는 듯 뒷좌석에 꽁한 얼굴로 앉아 있는 그녀를 몇 번이나 돌아봤지만, 결국 그도 이제 남의 남자였다. 슬그머니 한영을 걱정하며 묻는다.

"배고파?"

"응. 따뜻한 우동 국물 먹고 싶어요. 충무김밥이랑. 곧 가면 휴게소 있지 않나?"

"음, 한 5㎞ 남았나?"

"아싸! 잘됐다. 아우, 배고파 죽겠어요. 뱃가죽이랑 등가죽이랑 합

체할 지경이야."

잘됐다며 좋아하는 한영을 보며 치웅도 빙그레 웃음을 보였다. 콧노래를 부르며 차창 밖을 지나가는 풍경을 할 일 없이 쳐다보는 한영을 향해 치웅이 슬쩍 물었다.

"이러니까 꼭 드라이브 나온 것 같네. 다음엔 둘이 좀 멀리 나가볼까?"

"멀리, 어디?"

"뭐, 가까우면 가평이나 좀 멀리 간다 싶으면 남도 쪽도 괜찮고……."

"당일치기 거린 아니네요."

"그건 당연한 거 아닌가?"

콧노래를 부르던 한영이 눈을 가늘게 뜨고 그를 흘겼다.

"엉큼하긴."

치웅이 별거 아니라는 듯 씨익 웃으며 무심하게 중얼거렸다.

"그래서 당신이 나 좋아하잖아."

한영과 치웅이 서로를 힐끔거리다가 이내 각자 다른 방향을 보며 키득거렸다. 앞좌석에는 이미 두 사람만의 핑크색 기류가 가득했다.

"이봐요, 저기들. 나 뒤에 있거든요?"

뒷좌석에서 쥐 죽은 듯이 앉아 창밖만 바라보던 솔이 결국 참다못해 목소리를 냈다. 두 사람이 끌고 왔으면서 완전히 잊혀져 있던 솔이었다.

"알지, 하하하."

그제야 아차 싶었던지 치웅이 어색하게 웃음을 보이며 그녀를 힐끔거렸다. 역시나 낯 두꺼운 한영은 천연덕스러웠지만 오랜 동료였던 치웅은 민망한지 몇 번이나 헛기침을 하며 늦게나마 솔에게 말을 붙였다.

"배고프지? 휴게소에서 뭣 좀 먹자."

"배는 별로. 근데 우리 어디 가는지 끝까지 안 알려줄 거야? 이거 완전 납치라고."

창틀에 팔을 기대어 턱을 괴고 있던 솔이 뚱하게 중얼거렸다. 아무리 물어도 두 사람은 목적지를 알려주지 않았다.

"가보면 알아. 물 좋고 산 좋은 데 갈 거니까 머리 좀 식혀."

"얼마나 물 좋고 산 좋은 곳이기에 세 시간을 넘게 가는 거야? 서울에서 너무 멀리 나온 것 같은데……."

"좋아할 거야. 구경할 것도 많을 거고……. 너무 좋아서 까무러치지 마라."

한영과 치웅이 키득거리며 눈을 마주쳤다. 또, 또, 둘만의 세계에 빠져들고 계셨다. 이거 뭐, 옆구리 시리게 만들어서 화해시키려는 고도의 전략인 건지……. 어쨌든 한영과 치웅의 알콩달콩한 모습을 보고 있자니 괜히 비어 있는 옆자리가 더욱 차갑게 느껴졌다.

솔은 구불구불하게 이어지는 대관령의 도로, 그 너머로 보이는 깜깜해진 하늘을 하염없이 올려다봤다.

옆에 사람이 있음에도 더욱 쓸쓸해질 때가 있다. 아무리 많은 사람들이 곁에 있어도 내가 원하는 그 한 사람이 곁에 없을 때, 그때…….

'춥다.'

가슴 뚫린 구멍 사이로 바람 소리가 더욱 스산하다. 솔은 괜히 으슬으슬한 어깨를 문지르며 차창에 머리를 기댔다. 치웅의 차는 점점 산으로 올라가고 있었다.

차는 구불거리는 좁은 길을 한참이나 올라갔다. 바깥은 칠흑처럼 어두웠지만 겨우 8시 반이 넘은 시각이었다. 인적이 드문 산에는 밤도, 아침도 일찍 찾아온다. 솔은 어딘지 모르게 불안한 마음을 감추지 못하고 뒤늦게 치웅과 한영을 채근했다.

"뭐야, 대체 여기가 어디야?"

"다 왔어. 저어기 앞에 저기다."

비포장도로를 한참이나 헤맨 끝에 치웅은 허름한 펜션 앞에 차를 멈춰 세웠다.

"일단 내리자고."

어리둥절해하는 솔을 내려주고 세 사람은 오래된 별장 같은 펜션에 짐을 풀었다.

사실 갑자기 끌려온 것이라 짐이랄 것도 없던지라 펜션 안에 들고 있던 가방만 내려놓았을 뿐이었다.

"자, 이거 둘러라. 밖에 춥다. 단디 입어야 해."

"뭐, 뭐야. 갑자기 수상하게 왜 이래?"

한영이 갑자기 저가 두르고 온 목도리를 솔의 목에 칭칭 둘러주자 솔은 당황하기 시작했다. 싱글싱글 웃던 한영이 솔의 손을 꽉 잡고선 밖으로 나왔다.

"우리 좀 걸을까, 친구?"

"아, 진짜, 왜 이러냐니까? 나 이제 좀 답답해지기 시작했거든?"

"그러니까 이제부터 말해줄 테니까 나오라고."

한영이 잔뜩 경계하는 솔의 손을 이끌고 펜션 옆길을 따라 걸었다. 마치 이미 한 번 와본 것만 같이 한영의 걸음에는 망설임이 없었다.

솔은 더더욱 한영이 수상해졌다. 하필이면 끌려온 곳이 두메산골이라 뿌리치고 갈 곳도 없었다. 엎친 데 덮친 격으로 솔은 알아주는 길치였고, 차도 없었다. 꼼짝없이 한영과 치웅의 손길에 끌려 다녀야 할 판이었다.

"나 내일도 촬영 있어. 야, 계한영! 나 내일 촬영 있다니까?"

"오후 촬영이라며? 걱정 마라, 그 안에 데려다줄 테니까. 다, 이 언니가 너 생각해서 여기까지 데려온 거 아니겠어?"

"참 나, 아까 보니까 딱히 날 배려해 주고 걱정해 주고 그러는 것 같진 않던데, 뭘. 어떻게 한 번을 뒤를 안 돌아보냐? 와, 치웅 씨 얼굴에 본드 붙여놓은 줄 알았다. 시선을 한 번을 안 떼요."

"사랑이란 게 그런 거 아니겠니. 호호호! 보고 보고 봐도 또 보고 싶은 거. 그러니 지금 강솔 마음이 얼마나 애가 탈는지 이 언니가 다 헤아리고 있는 것 아니겠어?"

"땅콩만 한 게 자꾸 언니란다."

"마음이 태평양이니까, 나 정도면 완전 특급 언니지."

솔과 한영이 그렇게 시답잖은 이야기를 나누며 한참을 걸어올라 갔을 때였다. 산의 고요함을 깨뜨리는 북적거리는 사람들의 목소리가 들려왔다. 솔의 눈길이 자연스럽게 소리가 난 곳으로 향했다.

사람이 다니는 길이 아닌 나무가 우거진 숲의 중턱, 그 속에 바글바글한 사람들 무리와 몇 개의 촬영차가 보였다. 그리고 그 사이로…….

"씬 들어갑니다! 스탠바이!"

눈물 나게 그리웠던 세준의 목소리가 들려왔다.

"빛 들어오는 방향이 이상하지 않아? 아무래도 회전이 조금 들어가야 할 것 같은데."

"예, 그럼 이쪽에 레일을 한 번 더 깔겠습니다."

봉 감독의 지시에 김 피디가 즉각적으로 대안을 제시했다. 카메라를 돌려보던 봉 감독은 영 영상이 마음에 들지 않는다는 듯 인상을 찌푸렸다.

"보조 카메라는? 아, 그리고 젖은 밧줄 그거 좀 다시 가져와 봐."

"여기! 보조 카메라랑 레일! 아, 그리고 젖은 밧줄도 가져와!"

봉 감독과 함께 모니터 화면을 보던 김 피디가 외쳤다. 저 멀리서 촬영 장비를 점검 중이던 길쭉한 몸이 즉각적으로 반응하며 김 피디가 외친 것을 재빨리 가지러 간다.

"아, 세준 군! 미혜 씨랑 석환 씨 좀 나와 보라고 하겠어? 아무래도 조금 전 씬은 다시 찍어야 할 것 같아."

"네, 알겠습니다."

소매가 다 젖은 검은 패딩에 검은 모자를 푹 눌러쓴 세준이 대답과 동시에 미혜가 쉬고 있는 벤으로 달려갔다.

오늘따라 유난히 물가에서의 촬영이 많았던 탓에 세준의 옷은 어느샌가 흠뻑 젖어 있었다. 그 깨끗하고 단정했던 손은 이미 예전에 부르텄다. 장비, 소품, 뭐 하나 가벼운 게 없었고 배우들도 험한 연기에 모두들 예민해지기 시작했다. 이곳에서 세준은 정말 잠시도 쉴 틈이 없었다.

온몸이 물에 젖은 스펀지처럼 축축 늘어져 왔지만 괜찮았다. 아니, 괜찮아야만 했다.

'이 정도는 얼마든지 버틸 각오로 왔으니까…… 괜찮아.'

세준은 자신을 다독이며 더욱 푹 모자를 눌러쓰고는 김 피디가 지시한 물건들을 찾아 들었다.

봉 감독의 촬영장 분위기는 나쁘지 않았다. 그는 누구를 대할 때도 부드러운 편이었고 특유의 카리스마 덕택에 사람들은 곧잘 그의 의견이나 지시를 거부감 없이 받아들이곤 했기 때문이다. 단지, 딱 하나.

"……대체 쟤는 여기 왜 있는 거야?"

"아, 몰라, 낸들 알아? 근데 진짜 대단하네. 봉 감독 빽이면."

“빽이라고 하기엔 딱히 둘이 친해 보이지도 않던데? 봉 감독님이 챙겨주시는 것도 아니고.”

“야야, 그래도 저 생소한 놈을 갑자기 조감독이라고 집어 넣었잖냐.”

“에이, 조감독까진 아니지. 그냥 촬영 보조잖아.”

“아, 몰라! 어쨌든 난 보기 싫어 죽겠다! 밖에서 스캔들로 그 난리를 쳐놓고 왜 이쪽 판으로 기어들어 오냐고요. 이 여자, 저 여자 찝쩍대는 놈 딱 질색인데!”

“에헤이! 그건 아니라고 정정기사 떴잖아.”

“아니 땐 굴뚝에 연기 나냐? 아, 몰라, 어쨌든 난 별로야. 별로 잘생긴 것 같지도 않은데 여자들은 왜 난린지 몰라.”

세준을 고깝게 보는 시선들. 물론 다 그런 것은 아니었다.

하지만 유독 세준만 보면 인상을 찌푸리는 사람도 있었다. 갑자기 굴러들어온 놈이란 것도 마음에 안 들지만, 그것이 세준이라서 더더욱 마음에 들지 않아 하는 사람들이 있었다.

‘잘나 보이는 이놈은 왜 또 여 와서 지랄이래?’

아니꼽고, 못 미덥고…….

그 마음이 이해가 안 되는 건 아니었다.

세준은 그래서 더더욱 묵묵히, 더 열심히 뛰어다녔다. 들고 온 신발 밑창은 벌써 닳아져 갔고 값비싼 패딩들은 젖고 찢어지고 망가졌다. 하지만 개의치 않았다.

세준은 촬영장에서만큼은 머리를 비웠다. 그저 이곳에서 흡수할 수 있는 것은 모조리 흡수해 갈 생각만 했다.

현장에서 진행되는 모든 것에 세준이 있었다. 그렇게 하나부터 열까지 세준은 현장에 관한 것들을 배워 나갔다.

"여기! 생수통 좀 더 들고 와!"

"호스 준비 안 됐어? 아까 소방서에서 대여해 온 건 어디 갔어!"

잠깐 다리를 쉬일 시간도 없이 세준은 다시 몸을 움직였다. 거대한 20L짜리 생수통을 어깨에 짊어지고, 한 팔에는 젖은 밧줄을 메어 들고 뛰었다.

오늘따라 유난히 춥다. 오늘따라 유난히 몸이 고되다. 오늘따라 유난히…… 보고 싶다.

"지금 갑니다!"

달려가는 세준의 뒷주머니에는 보고 또 꺼내어 본, 이미 너덜너덜해진 봉 감독의 시나리오가 꽂혀 있었다.

욱신, 가슴이 아팠다.

솔은 그 자리에 못 박힌 듯이 서서 한참을 바라봤다. 아무것도 하지 않은 채 바라보기만 했다. 숨 쉬는 것조차 잊은 듯이, 눈을 감는 것조차 아까워, 한참을 멍하니 바라봤다.

'아, 넘어졌다.'

욱신, 다시 가슴이 아파왔다. 너무나도 아무렇지 않게 툭툭 바지를 털고 일어나 떨어뜨린 소품을 챙겨 들고 뛰어갔다. 너무나도 아무렇지 않다는 듯이, 한두 번이 아니라는 듯이 아무렇지 않게…….

'어떻게 아무렇지 않아, 어떻게…….'

아무도 세준을 보지 않았다. 아무도 넘어진 그에게 괜찮냐고 물어보지 않았다. 그들은 너무나 바빴고, 그들은 아직 세준에게 거리를 두고 있었다. 멀리서도, 같이 지낸 게 아니라도 이렇게 그게 눈에 보였건만……. 세준은 너무나 아무렇지 않게 행동했다.

욱신, 욱신.

손을 들어 통증이 이는 가슴을 움켜쥐었다. 잡히는 것은 옷자락밖에 없는데, 심장이 손안에서 오그라지는 듯 아파왔다.

"아……."

볼 위로 후드득 눈물이 쏟아진다. 미처 막을 새도 없이 후드득, 후드득.

눈물이 나는 이유는 가슴이 아파서가 아니었다. 넘어지고 구르는 허름한 세준의 모습이 불쌍해서도 아니었다. 막연히 그녀의 결정을 무시했다며 세준만을 탓해왔던 미련하고 멍청했던 제 모습 때문도 아니었다.

그냥…… 쏟아졌다. 너무나 한꺼번에 흘러넘치는 감정들이 홍수가 되어 눈물로 쏟아져 내렸다.

"기지배야, 울긴 왜 또 울어……. 이리 와봐."

가만히, 그녀의 뒤에 서 있던 한영이 멍하니 눈을 떼지 못하는 솔을 이끌고 어딘가로 향했다. 솔은 한영의 손에 이끌려 가는 내내 뒤를 몇 번이나 돌아봤다.

검은 모자가 돌아다니는 게 보일 때마다 눈가를 찡그려 더 많이 보려고 애썼지만, 그는 곧 사람들 안으로 사라지고 말았다.

몇 분을 그렇게 또 걸었다. 그 몇 분이 길었는지 짧았는지도 모를 만큼 정신이 없었다.

한영이 솔을 이끌고 간 곳은 나무로 지어진 낡은 나무 별장의 앞이었다.

"내가 볼 게 많다고 했지?"

한영은 씩 웃으며 솔을 별장 뒤로 데려갔다. 맞잡은 친구의 손은 무척이나 따스했다.

"늘어가 봐. 미리 허락받아 놓았으니까, 걱정은 말고."

급하게 마련된 것인지 별장과는 어울리지 않는 투박한 컨테이너 창고였다. 허락을 받았다는 한영의 말을 뒷받침해 주듯 문은 잠겨 있지 않았다.

손바닥 안으로 서늘한 철제 손잡이가 잡혔다. 스르륵 열리는 문 안으로 들어간 솔이 더듬거리며 겨우 불을 켰다. 이상하게 가슴이 둥둥거린다고 느껴질 무렵, 온갖 잡동사니가 쌓여 있는 그 방 한편에 시선이 멈췄다.

"이건……."

솔이 홀린 듯이 간이침대 옆으로 다가갔다. 무척이나 익숙한 물건이었지만, 이곳에는 분명히 어울리지 않는 그것, 그것을 집어 올렸다.

"나잖아……."

이미 눈물로 흠뻑 젖어 있는 눈가가 반으로 접혀 웃음을 보였다.

솔은 가만히 침대 옆에 놓여 있는 그녀의 인형을 집어 올렸다. 그 언젠가 세준의 집을 첫 방문했을 때 장난삼아 들고 갔던, 그녀를 꼭 닮은 인형이었다.

"뭐야, 이게……. 이게 왜 여기 있어."

뭔지 모르게 웃음이 났다. 장소와는 너무나도 어울리지 않는 섬세하고 예쁜 인형. 솔은 자신을 닮은 작은 인형을 들고 눈물을 그렁그렁 달며 웃음을 보이고 말았다.

여기는 세준의 방이었다.

좁은 방 안에는 촬영에 쓰이는 온갖 물건들이 쌓여 있었고, 그 한편에 세준의 물건들이 가지런히 정리되어 있었다. 세준의 향기가 느껴졌다. 여긴, 분명 세준이 자고 일어나는 곳이었다.

침대 옆 작은 책상 위엔 익숙한 그의 노트북이, 그리고 몇 개의 노트가 널브러져 있었다. 깔끔한 그의 성격과 맞지 않게 안은 너무나 많은 것들이 혼란스럽게 뒤엉켜 있었다.

그렇지만 딱 하나, 침대 머리맡에 놓여 있는 솔의 인형만은 고고하게 홀로 자리를 차지하고 있었으니……. 어쩐지 그것만으로도 이 혼란스러운 곳에서 뭔지 모를 신성함마저 느껴졌다. 소중하게 생각하고 있는 세준의 마음이 느껴졌다.

삐그덕, 간이침대에 엉덩이를 붙이고 앉은 그녀가 세준의 노트를 꺼내어 봤다. 섬세한 그의 필체가 보였다. 일목요연하게 정리되어 있는 항목들에서 그가 얼마나 많은 생각과 노력을 하는지가 고스란히 보였다.

"내가 갈게."

세준의 말이 귓가에 걸려 울어댔다.

"당신이 있는 곳으로, 내가 올라갈게."

빼곡한 고심의 흔적들, 노력의 흔적들, 그리고 노트 이곳저곳에 쓰여 있는 그녀의 이름. 강솔.

"나를 믿어줘, 제발. 나를 믿고…… 당신이 있는 그곳에서 내려오려고 하지 마."

아아, 그랬구나.

솔은 그제야 그의 진심이 느껴졌다. 그토록 숱하게 쏟아냈던 세준의 말이 그제야 머리에서 가슴으로 내려왔다.

"사랑해, 앞으로도 내가 사랑할 사람은 당신뿐이야."

믿어달라고, 자신을 믿어달라고 그렇게 말하던 세준의 말이 이제야 들려왔다. 세준이 지금 얼마나 필사적으로 노력하고 있는지, 자신의 말을 지키려고 얼마나 노력하고 있는지 이제야 절절하게 느껴졌다.

솔은 세준의 노트를 꽈악 끌어안았다. 가슴으로 품어 안은 노트에서 온기가 느껴졌다. 그 은은한 온기를 놓치지 않기 위해 한참이나 그렇게 노트를 끌어안고 있던 차에 핸드폰이 울렸다.

〈오늘 춥다. 으, 손 시려워. 나 이제 끝났는데, 자?〉

답장 한 번 없는 연인을 향해 참으로 성실하고 무던하다, 너는.

솔은 따끔따끔 쓰리는 손끝으로 조심스럽게 타자를 눌렀다. 그날 이후로, 처음으로 답장을 하는 거였다.

〈수고했어.〉

그렇게 메시지가 가고, 그가 확인하고, 3초도 되지 않아서 전화가 왔다. 세준의 다급함이 느껴졌다. 마치 처음 그와 눈이 마주쳤던 그날처럼 가슴이 떨려왔다. 솔은 쿵쿵 뛰는 심장을 고스란히 느끼며 통화버튼을 눌렀다.

"여보세요."

한참의 침묵. 그리고 곧이어 들리는 세준의 잠긴 목소리.

[고마워.]

'고맙긴 뭐가 고마워. 나빴다고, 고집쟁이라고 타박해도 할 말이 없는데, 뭐가 고맙다고.'

솔은 말을 잇지 못한 채 그저 듣기만 했다. 듣기 좋은 카나리아의 노래처럼, 세준은 그 나지막한 목소리로 '고마워, 고마워……'를 읊조렸다. 숨을 참고, 또 터지려는 눈물을 손으로 막고 그의 목소리를 그저 듣고만 있었던 그때.

달칵, 문이 열렸다. 심장이 쿵 떨어지고 솔의 고개가 서서히 문으로 돌아갔다. 무심하게 방으로 들어오던 세준의 걸음이 우뚝 멈췄다.

전화를 귀에 댄 채, 믿을 수 없다는 듯 확장되는 동공. 몇 번이고 눈을 깜빡이며 눈앞의 실체를 확인하려는 그의 필사적인 행동이 눈에 들어왔다.

"멍청아……."

솔이 벌떡 자리에서 일어나 팔을 벌렸다. 목소리가 조금 떨렸지만, 개의치 않았다.

"봤으면 얼른 와서 안아줘야지, 뭐하고 있어."

"……."

"얼른."

세준은 한걸음에 달려와 그녀를 끌어안았고, 솔도 두 팔을 가득 벌려 그를 끌어안았다.

미웠던 너를, 죽을 만큼 보고 싶었던 너를, 믿어야 하는 너를.

"미안해. 그리고……."

맞닿은 체온에 두 사람의 얼어 있던 시간이 사르르 녹아내렸다.

"고마워."

"여기까지 어떻게 왔어……. 여긴 산이라 아직 엄청 추운데."

"지금은 하나도 안 추워."

세준의 떨리는 손끝이 솔의 부드러운 뺨을 쓰다듬었다. 그 손 위에 제 손을 포갠 솔이 눈을 감은 채 그의 온기에 제 뺨을 기대었다. 세준은 한숨인지 떨림인지 모를 뜨거운 숨을 내쉬고 말았다.

어쩐지 눈을 감고 그의 손에 뺨을 기댄 제 여자가 너무나 사랑스러워 마음이 다 저려왔다.

'이렇게 사랑하는데…… 이렇게나 예쁜 당신을 어떻게 보내야 할까.'

제가 가라고, 가야만 한다고 그녀를 설득했지만 그 자신도 그녀를 안 보고 어떻게 살아야 할지 막막하기만 했다.

"이게 뭐야. 손은 다 부르트고, 그 좋은 피부는 완전 푸석푸석, 옷은 꼬질꼬질……. 어휴, 박세준, 완전 거지꼴이네. 밥은 제대로 먹는 거야? 그새 마른 것 같아."

젖은 눈으로 그를 바라보며 솔은 핀잔을 가장한 걱정을 잔뜩 쏟아냈다. 세준은 조금 쑥스러운 듯 웃으며 그녀의 뺨을, 머리카락을 하염없이 매만졌다. 거칠어진 손을 치유해 줄 것만 같은 보드라움이었다.

솔도 가만히 그의 손길에 제 자신을 내어주더니, 슬그머니 그를 올려다봤다. 눈이 마주치자 한동안 말없이 가만히 바라보기만 하던 솔이 세준의 목을 끌어내려 조심스럽게 입맞춤했다.

얼마나 그리웠던 입술이었는지 세준은 마치 마른 사막에서 발견한 오아시스처럼 그녀의 입술을 허겁지겁 들이켰다. 깊게, 집요하게 그렇게 한동안 솔의 입술을 괴롭혀대던 세준은 살짝 숨을 몰아쉬며 그를 밀어내는 손길에 간신히 입술을 뗐다.

두 사람 사이에 가쁜 호흡이 오가고, 숨을 고르던 솔이 세준의 눈을 똑바로 쳐다보며 말했다.

"나, 갈 거야. 뉴욕."

세준은 웃으며 고개를 끄덕였다.

"그럴 줄 알았어."

당연하다는 듯, 안심이라는 듯 웃었지만 마음 한구석에는 어쩔 수 없는 쓸쓸함이 새겨졌다. 하지만 그것은 솔도 마찬가지리라. 세준은 자신의 쓸쓸함보다 혹여라도 그녀가 느낄 쓸쓸함을 보듬어주고 싶었다.

솔을 끌어안고 있는 세준의 팔에 힘이 더욱 거세졌다. 솔도 그의 품에 더욱 파고들며 속삭였다.

"쫓아와. 잘 쫓아와야 해."

"당연하지."

단단한 고목처럼 흔들림 없는 그의 목소리에 솔은 조금 안심이 되었다. 그래, 너는 잘 쫓아올 거라고, 어쩌면 언젠가는 나를 추월해 더 멋진 곳으로 나를 이끌어주는 날이 올지도 모른다고……. 그런 생각이 들었다.

"늦게 오면 나 바람피울 거다."

"죽여 버린다, 그놈."

"치."

솔은 키득키득 웃으며 세준의 가슴에 뺨을 비볐다. 습기가 느껴지는 그의 패딩에서는 약간의 흙냄새와 기분 나쁘지 않을 정도의 땀 냄새, 그리고 세준 특유의 체향이 적절히 섞여 있었다. 마음이 편안해지는 그의 향기에 솔은 나른한 한숨을 내쉬었다.

문득 세준이 몸을 떼어내 제 손가락에서 반지를 빼며 말했다.

"이거, 내 꿈이라고 했던 말 기억나?"

두 사람이 처음으로 사랑을 나누었던 따스했던 그 아침, 그날 그렇게 말했더랬지. 솔은 기억한다는 듯 고개를 끄덕였다.

"언젠가 영화로 상을 받은 적이 있는데, 아버지가 던져 버렸어. 그 조각으로 반지를 만들어서 이렇게 끼고 다녔어. 다신 영화 따위 안 한다고, 꿈 따위가 다 뭐냐고 하면서도 이 반지는 왜 그리 끼고 다녔는지."

세준은 빙그레 웃으며 그녀의 손가락에 제 반지를 조심스럽게 밀어 넣었다.

이로써 벌써 두 번째였다. 그녀의 손가락에 세준이 반지를 끼워준 것이. 가슴 한구석에 잠들어 있던 나비가 다시 팔락팔락 날갯짓을 했다. 이상하게 심장이 떨렸다.

"내가 데리러 갈게, 꼭. 당신도 내 꿈도."

어쩐지 솔은, 그녀의 손가락이 끼게 될 마지막 반지도 언젠가 세준이 끼워줄 거라는 묘한 예감을 느꼈다. 확신에 가까운 예감이었다.

처음 그때처럼 그녀의 엄지손가락에 끼워져 있는 세준의 낡은 반지를 한참이나 내려다보던 솔이 제 손가락에 끼워져 있던 반지를 꺼냈다.

"그럼, 이건 그때까지의 담보."

솔은 웃으며 그의 새끼손가락에 제 반지를 끼어줬다. 두 사람의 과거의 행동은 어느새 이렇게 미래의 약속으로 변해 있었다.

솔과 세준은 서로를 마주 보며 웃었다.

이별이 눈앞에 있지만, 너무 슬프지 않게 두 사람은 서로를 마주 보여 웃었다.

쿵쿵쿵!

"계한영! 일어나! 문 열어! 치웅 씨!"

아침 댓바람부터 문 부서지는 소리에 한영이 화들짝 몸을 일으켰다.

"뭐, 뭐야?"

몽롱한 눈을 비벼가며 소리의 진원지를 찾아 작은 머리를 이리저리 돌리는데, 그녀의 허리에 손을 두르고 누워 있던 치웅이 끙 소리를 내며 몸을 일으켰다.

"솔이고만."

"가, 강솔?"

"음. 왔나 봐."

시각을 확인하니 새벽 6시가 되지 않은 이른 시각이었다. 부스스 먼저 일어난 치웅이 옷을 챙겨 입고 부서질 듯 쿵쿵거리고 있는 문을 열어주러 나갔다. 한영도 대충 옷을 꿰어 입고 거실 밖으로 나갔다.

"치웅 씨, 미안! 한영아!"

벌컥, 문이 열리더니 솔이 호들갑을 떨며 펜션 안으로 들어왔다. 새벽바람이 차가웠는지 발갛게 상기된 뺨으로 솔이 한영을 향해 쪼르르 달려와 와락 끌어안았다. 차가운 공기가 훅 느껴졌다.

"뭐, 뭐야? 왜 이래, 징그럽게?"

"야, 야야야야! 야!"

"아, 뭐어! 왜 이래?"

작은 한영을 끌어안고 발을 동동 구르던 솔이 한영을 바라보며 외쳤다.

"당장 가자! 서울! 얼르은!"

"……지금?"

"응! 가야 해! 신 대표한테!"

한영의 어깨를 두 손으로 쥐고 흔들며 솔은 흥분해 외쳤다. 반짝거리는 솔의 두 눈에는 더 이상 눈물도, 씁쓸함도 없었다. 언제나처럼 씩씩하고 당찬, 조금은 무모할 정도로 열정적인 강솔의 모습으로 돌아와 있었을 뿐이다.

"빨리! 빨리빨리!"

"……."

"나 뉴욕 가야 해."

"아나……."

솔을 떼어낸 한영이 쌍시옷으로 시작해 년으로 끝나는 욕을 몇 번 중얼거리더니 비실비실 욕실로 들어갔다.

"어디 가!"

"씻어야 나갈 거 아니야!"

버럭 소리 지르는 한영의 뒤에서 솔이 까르르 웃음을 터뜨렸다. 욕실 문을 열고 들어가는 한영의 뒤에서 솔이 힘차게 외쳤다.

"고맙다, 친구야!"

뒤도 돌아보지 않으며, 한영은 다시 쌍시옷으로 시작하고 년으로 끝나는 욕을 재차 중얼거리면서 욕실 문을 닫았다. 문을 뒤에 두고 선 한영의 입가에도 미소가 걸려 있었다.

그리고 얼마 후, 세 사람을 태운 치웅의 차는 서울로 돌아가는 길을 달리고 있었다.

제18화
돌고 돌아 다시 너에게로

소란한 겨울이 지나갔고, 언제 왔다 갔는지 모를 봄은 순식간에 자취를 감췄다. 곧 여름이 오겠구나 생각하기가 무섭게 아스팔트를 녹이는 더위가 찾아왔다.

그렇게 그 밤으로부터 어느덧 6개월이란 짧지 않은 시간이 지나가고 있었다. 그리고 솔은 지금 그 원망과 갈망의 중심지였던 뉴욕 한복판에 있었다.

[그래서, 거기 생활은 이제 적응 좀 된 거야?]

스피커폰으로 들리는 세준의 목소리에 솔이 크게 '응!' 이라고 대답했다.

"죽여줘. 난 운이 좋은가 봐. 주변에 좋은 사람들이 너무 많네. 완전 멋진 남자도 짱 많고."

[흐음…….]

스피커를 타고 넘어오는 세준의 목소리가 언짢았다. 귀고리를 달던 솔이 웃음을 삼키며 수다스럽게 말을 이어갔다. 검은색 이브닝드레스가 그녀의 몸을 따라 아름답게 흘러내렸다.

"어제는 어떤 불가리아 모델이랑 작업을 했는데 말이야, 와, 진짜 엄청 섹시한 거야. 아! 너 누군지 알아? 가르시아라고……."

[몰라.]

이름이 나오기가 무섭게 세준이 딱 잘라 대답했다.

[난 강솔밖에 몰라.]

세준의 말투에 다분히 녹아 있는 질투의 기운에 솔은 웃지 않을 수 없었다.

"그건 당연한 거고."

[그러니까 당신도 한눈팔지 말라고. 이제 겨우 6개월 됐는데 지금 다른 남자가 눈에 들어온다 이거지? 어? 혼난다, 그러다?]

솔은 빙긋 웃으며 반대편에도 귀고리를 걸었다.

"어떻게 혼낼 건데?"

[가서 확 납치해 올 수도 있어.]

"에? 난 절대 안 갈 건데?"

[어쭈? 안 간다고 그렇게 난리 칠 때는 언제고…….]

"그땐 그때고. 우리 과거에 연연하지 맙시다."

[과거어? 지금 당신과 나 사이에 있는 일이 과거라 이거야?]

기가 막힌다는 세준의 목소리에 솔이 단호하게 말했다.

"우린 현재 진행형. 언제나 현재 진행형. 현재 진행, 이상무."

[췻.]

불퉁스럽게 투덜거리는 소리였지만 진짜 투덜거리는 건 아니었다.

솔은 빙그레 웃으며 전신거울에 비춰진 제 모습을 훑어 내렸다.

'크, 역시 난 예쁘다니까.'

거울을 보며 저 자신에게 '엄지 척'을 선물한다. 이리저리 포즈를 바꿔 봐도, 어느 각도에서 돌려 봐도 그녀는 지금 아주, 매우 훌륭했다.

솔이 주섬주섬 핸드폰을 꺼내 들어 거울 속 제 모습을 사진에 담았다. 네모난 화면 가득 담긴 제 모습을 만족스럽게 확인한 솔이 리터칭도 없이 그대로 전송버튼을 눌렀다. 혼자 보긴 아까우니까. 그리고 나보다 네가 더 아까워할 테니까.

[……아, 뭐야.]

사진을 받았는지 세준의 목소리가 좋지 않았다. 멈칫 거울을 보던 솔이 세준에게 되물었다.

"왜?"

[너무 예쁘잖아. 안 돼. 안 돼. 절대 안 돼! 그거 말고 딴 거 입어.]

"너는 내가 뭘 입어도 예쁘다고 하잖아."

[뭘 입어도 예쁘니까!]

"그럼 입지 마? 아무것도?"

[내가 말을 말아야지. 휴…….]

세준의 반응이 만족스러운 듯 솔은 소리 내어 웃었다. 그사이, 똑똑 문을 두드리는 소리가 들렸다. 역시나 항상 시간은 칼같이 맞추는 남자였다.

"아, 왔나 보다. 나 이제 나가야 해."

[아, 잠깐잠깐! 전화는 내가 끊을 테니까 문 열어줘 봐.]

"음?"

무슨 속셈인 건가 싶었지만 별일 없을 거라는 걸 알기에 솔은 그대로 문을 열었다. 조금 클래식한 나무 문이 열리고 오랜만에 슈트를 차려입은 카스티엘이 문 앞에서 그녀를 향해 인사했다. 이 남자도 오늘 참 근사했다.

"준비 다 됐으면 가실까요, 레이디?"

[어어, 거기.]

솔을 에스코트하기 위해 그녀의 허리에 살짝 손을 대려던 카스티엘은 곧이어 들려오는 목소리에 우뚝 멈춰 섰다.

[허리에 손 떼시죠?]

카스티엘과 솔이 놀라 눈을 마주쳤다. 귀신같이 알아채는 세준이었다. 솔과 카스티엘은 눈을 마주치며 서로 웃음을 보였다.

뉴욕에 와서 부쩍 가까워진 두 사람이었지만, 이것은 어디까지나 우정이었다. 카스티엘은 솔에게서 '고향'을 보는 것 같았다. 그는 매우 많이 솔을 아끼고 좋아했지만 함부로 두 사람 사이의 선을 넘거나 하진 않았다. 그 선을 넘으면 깨지는 그 무언가가 무척이나 아깝다는 듯이.

"억울하면 이리 오라니까?"

[갈 수 있으면 내가 벌써 갔죠. 두고 봐요, 곧 날아갈 테니까. 얼마 남지 않았습니다.]

"기다리고 있을 테니까, 얼른 오시죠."

자신만만한 세준의 목소리를 카스티엘이 여유롭게 맞받아쳤다.

오늘은 카스티엘이 주최하는 자선행사가 있는 날이었다. 카스티엘은 솔에게 파트너를 요청했고, 솔도 기분 좋게 받아들였다. 카스티엘 덕분에 이 낯선 땅에서 그녀를 질투하는 사람들이 많아지기도 했지만, 이제 그런 것은 대수롭지 않았다. 솔이 신경 쓰는 사람은 그들이 아니라 저 멀리서 고군분투하고 있는 그녀의 남자뿐이었으니까.

"자, 이제 갈까요?"

"네, 가요. 우리 간다!"

[음, 잘 다녀와.]

카스티엘의 에스코트를 받으며 솔은 빙긋 웃었다. 나간다 말을 하면 세준이 다녀오라 말을 한다. 멀리 떨어져 있지만 쓸쓸한 틈을 주지 않았다.

탁, 문이 닫히고 불이 꺼진 고요한 방 안, 아직 전화를 끊지 않은 세준의 한숨 소리가 울려 퍼졌다.

[이거 불안해가지고……. 하루라도 빨리 가야지 안 되겠네. 가면 진짜 혼내준다, 강솔. ……두고 봐.]

의지를 다지듯 조용히 으르렁거리며 세준은 전화를 끊었다.

텅 빈 그녀의 집, 세준의 부드러운 목소리가 잔잔하게 가라앉았다.

그렇게 또 시간은 빠르게 흘러 다시 6개월이 지나갔고, 세준이 참여했던 봉 감독의 영화가 개봉되었다. 한국뿐만 아니라 21개국에서의 동시 상영이었고, 영화는 호평을 받았다.

각종 시상식의 수상 후보에 노미네이트되는 것은 기본이었고 온갖 각본상과 감독상을 휩쓸었다. 이곳저곳에서 봉 감독을 초청했고, 그는 그럴 때마다 꼭 세준을 동석시켰다. 한국뿐만 아니라 프랑스, 영국, 스웨덴 그리고 마침내 뉴욕까지.

"감독님! 여권이랑 챙기셨죠? 짐은 이게 다인가요?"

봉 감독의 캐리어를 트렁크에 싣던 세준이 재차 확인하며 물어왔다. 곧 편안한 옷차림의 봉 감독이 아무것도 없다는 듯 고개를 저으며 대답했다.

"음. 뭐, 며칠 있을 거라고. 조촐하게 가져가면 되지."

"피디님은 이번에 못 가시는 건가요?"

"그렇지, 뭐. 하필이면 이번에 둘째 출산일이랑 겹쳐서는……. 덕분에 세준 군 혼자 또 뛰어다니며 고생 좀 해야겠어."

봉 감독은 사뭇 미안하단 어투로 말했다.

"아닙니다, 감독님. 고생은요. 저야말로 좋은 경험을 시켜주셔서 감사할 뿐인걸요."

"그렇게 생각해 주면 고맙고. 그나저나, 시나리오 많이 보여주고 다니고 있는 건가? 저번에 성준 군한테 들으니 투자자 만났다고 하던데."

세준이 운전대를 잡으며 쑥스럽게 웃으며 대답했다.

"예. 이렇게 또 친구 덕을 보네요. 덕분에 투자자 찾는 게 한결 쉬워졌어요. 감독님 덕분에 좋은 제작사도 만나게 됐고."

"운을 잡는 것도 노력 없이는 안 되는 거야."

봉 감독은 좌석에 편안하게 몸을 뉘이며 세준의 어깨를 토닥였다.

노감독의 조언은 언제나 세준에게 용기를 북돋아줬다. 봉 감독에게 받은 은혜는 절대 잊지 않겠노라고, 그렇게 다짐하며 세준은 부드럽게 차를 출발시켰다.

"그나저나 이번에도 늙은이 데리고 다닌다고 세준 군이 고생이 많겠어. 어쨌든 이번 뉴욕 여행도 잘 부탁하겠네."

공항으로 가는 차 안, 세준은 부드럽게 운전대를 꺾으며 조금 들뜬 목소리로 웃으며 대답했다.

"저야말로, 감사합니다."

"그럼 지금 솔이는 플라자호텔에 있겠군요?"

[음, 그렇지. 한창 쇼 준비 중일 거야. 어디 보자…… 쇼 시작이 7시니까, 맞네. 8시쯤 끝나지 않을까 싶네. 하지만 끝나고도 뒤풀이가 있을 테니. 괜찮겠어?]

세준은 힐끗 시계를 내려다봤다. 벌써 6시였다. 초조하게 손가락을 두드리던 그가 알겠다며 신 대표의 전화를 끊었다.

3박 5일의 짧고 빠듯한 일정 동안 세준은 한시도 시간을 뺄 수가 없었다.

그의 모든 일정은 봉 감독에게 맞춰져 있던 탓에 개인적인 시간을 가질 여유가 없었다. 워싱턴과 맨해튼을 몇 번이나 오갔더니 벌써 3일이 훌쩍 지나가 있었다. 일정의 마지막 날인 오늘, 비행기를 타기 직전 딱 두 시간을 간신히 뺐지만…….

'하필 오늘부터 쇼라니.'

어쩐지 아침부터 전화를 받지 않았다. 요 며칠 세준도 정신이 없었고, 솔도 바빴던 탓에 연락이 시원치 않았다. 세준의 뉴욕행도 갑작스러운 것이었고…….

지금 간다고 해도 세준이 솔을 만날 수 있는 확률은 극히 적었다. 패션쇼 티켓도 없고, 지인도 없다. 거기까지 가는 게 30분이었고, 솔의 쇼가 끝나면 그도 돌아와야 하는 시각이었다. 백 번 생각해도 안 가는 게 합리적인 결정이었다. 하지만.

"……그래도 가야겠어. 안 되겠어."

목이 말랐다. 강솔 금단 증상이었다. 멀리서라도, 머리카락이라도 보고 올 테다.

벌떡 일어난 세준이 서둘러 밖으로 나왔다.

쇼는 너무나 오래만이었던 탓에 솔은 지금 정신이 없었다. 더군다나 그녀와는 인연이 깊은 레이몬드의 쇼가 아니던가.

솔은 바짝 긴장한 채 정신없이 뛰어다녔다. 워킹을 점검하고, 옷을 갈아입고, 차례를 기다렸다. 정신없이 오가는 스태프들, 사진을 찍고 모습을 점검하는 모델들, 쿵쾅거리는 음악 소리. 오늘따라 유난히 가슴이 떨리고 괜히 초조했다.

'왜 이러지?'

무대 앞에서 긴장하는 법이 없던 그녀였는데, 입안이 바짝바짝 마르고 심장이 세차게 뛰는 통에 오늘 솔은 한 시간의 쇼 내내 정신이 없었다. 덕분에 다른 모델과 구두를 바꿔 신는 치명적인 실수를 할 뻔하기도 했지만 다행히 막판에 정신을 차렸다.

「수고했어!」

「너무 멋졌어, 모두들!」

「자, 사진 한 방 멋지게 남기자고.」

전쟁 같았던 한 시간이 겨우 끝나고 레이몬드와 동료 모델들 사이에 껴서 쇼장 밖으로 나왔다. 포토타임이었다.

터지는 플래시 세례에 머리가 번쩍번쩍, 핑글핑글 돌았다. 간신히 정신을 붙잡고 환한 웃음을 보이며 카메라를 보고 있는데, 저 멀리 호텔을 빠져나가는 뒷모습이 눈에 콱 들어왔다.

쿵. 심장이 떨어져 나갈 듯 거세게 요동쳤다.

서서히 밖으로 빠져나가는 저 뒷모습, 그녀가 사랑하는 누군가의 뒷모습과 너무나도 닮아 있었다.

솔은 문에서 시선을 떼지 못한 채 한참을 바라봤다. 그럴 리가 없는데, 세준이 이곳에 있을 리가 없는데……. 머리는 그것을 아는데도 이상하게 눈을 떼기가 쉽지 않다.

몸이 이상하다 싶었는데 마침내 헛것이 다 보이는구나 싶어 억지로 고개를 돌렸다.

'……내가 네가 보고 싶긴 한가 보다.'

떨리는 숨을 몰아쉬며 솔은 간신히 다시 카메라를 응시했다.

하지만 그녀의 망막에는 조금 전 누군가의 뒷모습이 계속해서 아른거리고 있었다. 그렇게 또 정신없이 포토타임이 끝나 다시 백 스테이지로 돌아가려는 그때, 누군가 그녀의 어깨를 툭툭 건드렸다.

「조금 전 어떤 분께서 이걸 좀 전해달라고 하시더군요.」

「네? 누가요?」

「보시면 아실 거예요.」

호텔 매니저가 부드럽게 웃으며 그녀에게 장미로 가득한 꽃다발을 건넸다.

이상한 일이었다. 축하의 꽃다발은 보통 스태프들이나 쇼 관계자들을 통해 들어오는데……. 솔이 어리둥절한 얼굴로 그에게서 꽃다발을 건네받자 꽃다발 사이에서 작은 쪽지 하나가 툭, 떨어졌다.

아무 생각 없이 쪽지를 펼쳐 보던 솔의 눈동자가 급격히 팽창되었다. 거친 숨이 가슴을 벅차게 부풀렸고, 솔은 한달음에 조금 전 그 뒷모습을 좇아 문으로 뛰쳐나갔다.

하지만 없다.

없다. 있을 리가 없다.

솔은 그렁그렁한 눈으로 쪽지를 내려다봤다. 한글로 써 있는 정갈한 글씨체.

—오늘도 예쁜 나의 별, 나의 솔.

이건 필히 세준의 글씨체였다. 그리고 조금 전 그녀가 본 뒷모습도 필히 세준의 뒷모습이었을 것이었다.

솔은 서둘러 옷을 갈아입고 맡겨놨던 가방과 핸드폰을 찾아 들었다. 제일 먼저 보이는 것은 부재중 전화 4통. 떨리는 손끝으로 통화버튼을 눌렀다.

통화 연결음이 이어지고 곧이어 수화기 너머로 장난기 어린 반가운 목소리가 들려왔다.

[서프라이즈!]

서프라이즈고 개뺑다구고. 솔은 버럭 소리부터 질렀다.

"너 어디야!"

[하하, 놀랐지? 놀란 그 얼굴을 내가 봤어야 하는데.]

"어, 어디냐니까! 왜 온다고 말 안 했어? 장난하지 말고 얼른 나와."

솔은 괜히 주변을 둘러보며 그를 채근했지만, 세준은 부드럽게 웃을 뿐이었다.

[봉 감독님 일정 때문에 엊그제 잠깐 왔는데, 도저히 시간을 못 냈어. 미안해. 나도 갑작스럽게 온 거라……. 그래도 여기까지 왔는데 당신 한 번 못 보고 가면 앓아누울 것 같아서 나 혼자 몰래 보고 왔음.]

"장난해? 미리 말 좀 하지. 그래서 지금 어딘데? 어디야? 네가 안 되면 내가 갈게."

솔이 발을 동동 구르며 가방을 챙겨 들었다. 마음이 급했다. 물건을 정리할 새도 없이 가방에 쑤셔 넣었다. 하지만 세준에게서 들리는 말에 맥이 탁 풀렸다.

[공항 가고 있어.]

"……이 썩을 놈."

욕이 절로 나왔다. 세준이 웃으며 '미안' 하고 조용히 읊조렸다.

솔은 다시 쓰러지듯 의자에 몸을 기댔다. 아쉬움에 눈물이 핑 돌았다. 무려 1년 만이었다. 1년 동안 단 한 번도 만나지 못했던 목마름은 마침내 농도 짙은 그리움이 되어 가슴을 아프게 했다.

[나 곧 크랭크인 들어간다.]

번쩍 고개가 들렸다. 아쉽고 섭섭했던 게 언제였냐는 듯 솔이 수화기를 붙잡고 흥분했다.

"그때 제작사 만난 거 잘된 거야? 계약했어?"

[응. 다행히 예산이 그렇게 크지 않거든. 그래서 해볼 만하다고 생각했나 봐. 감독님이랑 성준이가 도와준 것도 크고……. 이번에 괴기2가 흥행에 성공하면서 봉 감독님이랑 김 피디님이 많이 밀어주셨어. 내가 한 것도 없는데……. 쑥스럽네.]

소박한 세준의 어투에 솔은 핸드폰을 붙잡고 고개를 강하게 내저었다.

네가 얼마나 열심히 하고 있는데, 네가 지금 얼마나 필사적으로 하고 있는데, 그걸 내가 아는데…….

"잘됐다, 잘됐어. 너무 크게 욕심내지 말고, 세준아. 천천히, 차근차근 해. 물론 잘하겠지만……."

[응, 그럴게.]

수화기를 타고 넘어오는 세준의 목소리가 믿음직스럽다. 솔은 다시 웃었다. 여전히 이놈 때문에 솔은 하루에도 몇 번을 울고 웃고, 그렇게 행복했다.

"이번엔 네가 이렇게 약 올렸지만…… 두고 봐. 나 복수한다."

아하하, 수화기 너머로 웃는 소리가 크게 울리고 있었다. 어느새 아쉬웠던 마음을 접고, 솔도 세준을 따라 웃었다.

괜찮다. 그래, 아직까지 우린 괜찮다.

그렇게 또 시간이 흘러 뉴욕에 가을이 왔다.

온 거리가 가을의 로맨틱함으로 물들었고, 시간은 흐르고 흘러 1년 하고도 반이 지났다. 어떻게 지나갔는지도 모를 정도로 바삐, 고단히 지나가는 시간. 그리움이 켜켜이 쌓이고, 곁에 서로가 없다는 게 이제는 전처럼 묵직하게 슬프지 않을 만큼의 적당한 시간.

"떡볶이는 역시 순창고추장이지."

"미안합니다, 태양초밖에 없어서. 그러니까 그냥 주는 대로 드시죠? 먹지도 못하는 걸 해다 바쳐야 하는 내 신세를 조금이라도 동정해 준다면 말이에요."

빨갛게 익은 떡볶이를 뒤적거리는 솔의 뒤에서 카스티엘이 입맛을 다시며 서성거렸다.

자주는 아니지만, 가끔 이렇게 카스티엘은 솔을 찾아와 떡볶이를 요구하곤 했다. 둘은 어느샌가 제법 친구 비슷한 무언가가 되어 있었다. 솔은 화장기 없는 얼굴로 머리카락을 하나로 질끈 묶고 그를 식탁으로 내쫓았다.

"얼른 먹고 가요. 바쁘다는 사람이 요즘 왜 이렇게 뉴욕에 자주 와요?"

"음…… 떡볶이가 먹고 싶어서?"

"집에 전용 주방장 있는 거 알거든요? 근데 일개 모델을 왜 이렇게 못 부려먹어 안달이야."

불퉁거리는 솔의 앞에서 김이 나는 떡볶이를 대꾸도 없이 집어먹던 카스티엘이 문득 그녀를 향해 눈을 추켜올렸다. 슬그머니 휘어지는 눈빛에 장난기가 묻어 나왔다.

"이제 슬슬 헤어졌다는 소식이 들려올 때가 됐는데."

입술을 삐죽거리며 솔이 입을 다물었다. 요즘 촬영이다 뭐다, 한창 바쁘신 박 감독님이셨다. 예전만큼 전화가 자주 오지 않았다. 그래서

요즈음은 솔이 더 자주 연락하고, 더 자주 그를 토닥였다. 원래 사랑은 주고받는 거라잖아.

"뉴욕 온 지 1년 반? 2년 거의 다 돼가지? 영화 촬영도 막바지라고 하지 않았나? 영화판이면 화려한 여배우들과 어울리겠네. 정신없을 만도 하지."

이 남자가 진짜……. 우리 할머니는 어지간한 배우보다 내가 훨씬 예쁘다고 했거든요?

솔이 카스티엘을 향해 눈을 흘기다가 문득 머리를 스치는 무언가에 화들짝 핸드폰을 찾았다. 할머니! 그러고 보니 오늘이 할머니의 예순아홉 번째 생신이었다. 분명 엊그제까지 기억하고 있었는데, 이놈의 정신머리!

솔이 헐레벌떡 일어나 통화를 눌렀다. 빠듯한 스케줄 때문에 2년간 한 번을 뵙지 못했다. 꼬박꼬박 전화는 자주 드리려고 했지만 쉽지가 않았다.

[강아지!]

반가움이 물씬 느껴지는 목소리였다. 솔은 미안함에 두 손으로 꼭 전화기를 붙들었다.

"할머니, 밖이에요? 소리가 시끄럽네."

[아이고, 말도 마라. 지금 할미 서울이야, 서울.]

"서울? 서울은 왜?"

[니 할애비가 사고 쳤잖아! 이 영감탱이 하여튼. 어젯밤에, 오랜만에 처녀 총각 기분 내자고 어디서 오토바이 하나 끌고 오다가 논두렁에 넘어졌다. 하여튼 주책이란 주책은 다 부려요.]

덜컹 가슴이 내려앉았다. 이제 나이가 지긋하신 노인분들이라 어디 한 곳 부러지면 쉽게 낫지 않았다. 솔은 괜스레 곁에 있어주지 못하는 미안함에 손발이 차가워졌다.

"괘, 괜찮아, 할아버지는?"

[다행히 논두렁이 푹신했나 봐. 어디 하나 부러진 곳은 없다고 그러더라고. 하여튼 영감탱이…… 그 새벽에 세준이가 달려와서 업고 병원 가고 난리도 아니었어.]

한순간 솔의 가슴께를 누르고 있던 돌덩이가 사라졌다. '세준이가' 그 한마디에 가슴이 뻐근해져 왔다.

솔은 할 말을 잃은 채 가만히 수화기를 붙잡고 있었다. 간지러운 그녀의 마음을 긁어주듯 홍 여사의 말이 이어졌다.

[세진병원에서 제일 좋은 방으로다가 아침까지 수속 다 밟아주고, 세준이가 밤새 고생했지. 지금도 할미 세준이랑 데이트 중이야. 부럽지?]

약 올리듯 홍 여사의 목소리가 밝았다. 어느새 솔의 입가에 의식하지 못한 미소가 피어올랐다.

"응. 부럽네."

[할머님, 이제 올라가시면 돼요. 추우니까 이거 두르시고……. 아, 통화 중이셨네.]

작게 소곤거리며 들리는 세준의 목소리. '솔이야, 솔이' 하는 홍 여사의 목소리가 들리더니 수화기 너머로 세준의 목소리가 들려온다.

[당신이야?]

응, 나야. 솔은 말 대신 고개를 끄덕였지만 마치 그녀가 보인다는 듯 세준이 말을 이어갔다.

[오늘 할머님 생신이라고 하셔서 유람선 타러 나왔어. 아직 조금 쌀쌀한데, 그래도 오랜만에 밖에 나오니 좋다.]

강바람 소리와 세준의 목소리, 분주하게 뭔가를 챙기는 소리가 들렸다. 솔은 웃으며 그 모든 소리를 귀에 담았다. 가슴이 벅찼다.
"와, 엄청 부럽네……. 좋겠다!"
[다음에 당신 오면 또 오자. 도시락도 먹고 그러자. 벌써부터 기대된다.]
"응, 그래. 그럼…… 잘 다녀와요."
전화를 끊고도 어쩐지 가슴이 뜨거워서 솔은 가만히 핸드폰을 붙잡고 그대로 멈춰 있었다. 떨어져 있어도 괜찮았다. 아니, 오히려 떨어져 있어서 느낄 수 있는 안타까움과 아쉬움, 진해지는 그리움이 점점 고마워졌다. 잔잔한 여운에 부르르 몸을 떨던 솔이 식탁에서 빤히 그를 보고 있는 카스티엘을 돌아보며 눈을 흘겼다.
"봐봐요! 우리 아직 찐하거든요? 한 번만 더 그런 재수 없는 소리 하면 고추장 바른 주걱으로 호되게 맞을 줄 알아요!"
그리고 솔은 그 순간 결심했다.
참지 못할 것 같은 사람은 자신이었으니, 그녀가 세준을 데리러 가야겠다고.

—박세준 감독 '투명:하다'로 입봉 성공! 개봉 2주 만에 200만 관객 돌파!

—올해 청룡의 신인 감독상, 박세준 감독!

—훈남 모델, 훈남 감독으로 화려하게 비상

—화제성과 스타성 그리고 실력까지 갖춘 젊은 뇌섹남, 박세준 감독을 만나다

—'투명:하다' 독립영화의 성격이 강하지만 특유의 재치로 대중영화

의 유머를 잃지 않은 작품. 각종 신인상과 시나리오상을 차지! 누적 관객 수 500만의 쾌거!

비행기 연착 소식과 함께 시간이 붕 떠버린 솔은 구석진 기둥에 기대어 휴대폰을 들여다봤다. 이제는 '강솔'이라는 이름보다 더 많이 찾아보게 되는 이름 '박세준'.

오늘도 영화 관련 뉴스에는 세준의 이름이 빼곡했고, 솔은 그것을 흐뭇한 눈으로 바라봤다.

세준의 영화 '투명:하다'는 너무나 영광스럽게도 별 탈 없이, 무리 없이 개봉에 성공했고, 영화가 스크린에 올라가자마자 뜨거운 관심과 사랑을 받았다. 덕분에 세준은 지금 한국에서, 세상에서 제일 정신없는 하루하루를 보내고 있었다.

"이번 로마 컬렉션만 끝나면 내가 간다."

솔은 가만히 화면 안의 세준의 뺨을 쓸어내리며 중얼거렸다. 딱 보름 후, 세준이 저를 보고 놀랄 것을 생각하면 자다가도 이불 킥을 날리며 키득키득 웃음이 터져 나왔다. 이 맛에 이벤트를 하는구나, 싶기도 했다.

"그나저나, 왜 이렇게 늦는 거야."

힐끗, 시각을 확인한 솔이 초조한 듯 입국 게이트를 쳐다봤다. 도착 예정 시각이 벌써 20분이나 지나 있었다. 로마 레오나르도 다빈치 국제공항, 고풍스럽고 작은 공항 안에서 이 세계적인 탑모델! 강! 솔! 님께서 20분 넘게 대기 중이라니……. 믿을 수가 없었다.

'이럴 줄 알았으면 그냥 호텔에서 기다릴걸' 하고 궁얼거리는 차에 그토록 기다렸던 게이트가 열리며 사람들이 쏟아졌다. 대기선에 한 걸음 더 다가간 솔이 저 멀리 쪼르르 뛰어나오는 작고 아담한 여자를 향해 손을 흔들었다.

"여기! 여기, 여기!"

"꺄아아아! 강솔!"

저 멀리서부터 돌고래 소리를 내지르며 한영이 환한 얼굴로 뛰어오고 있었다. 풍선처럼 부푼 배를 끌어안고서…….

"어어! 야! 조, 조심해야지! 임산부가!"

"조심, 조심……. 으, 제발 조심해."

그리고 그녀의 뒤에는 혹여 한영이 넘어질까 전전긍긍하며 짐이 실린 카트를 밀고 들어오는 치웅이 있었다.

"엄청 오랜만! 끼야아! 너무 좋다, 너무 좋아! 와, 강솔이랑 내가 2년이나 떨어져 지냈다니, 믿을 수가 없다."

"진짜. 정말! 우리 고등학교 이후로 한 달 이상 떨어져 본 적 없는데, 그치?"

"징글징글했지. 그렇게 싸우면서 또 그렇게 만날 붙어 다니고……. 그나마 너 일 시작해서 떨어져 다닌 거지, 나 대학 가서도 네가 나 어지간히 쫓아다녔잖아."

"쫓아다니긴! 너도 내가 부르면 째깍째깍 나왔잖아!"

"맛있는 거 사주니까."

새침하게 대답한 한영이 그래도 금세 까르르 웃음을 터뜨리며 와락 솔을 끌어안았다. 아무리 얄밉고 속을 썩여도 하나밖에 없는 소중한 친구였다. 그 친구를 2년 반 만에 본 거였다.

"아무튼 다시 보니까 좋다. 야, 앞으로 우린 1년에 한 번 만나자. 오랜만에 보니까 미운 거 하나 없이 반갑기만 하다."

"됐거든. 나 곧 한국 들어갈 거거든? 초록이 이모 할 거거든?"

“그것도 괜찮네. 돈 많고 잘나가는 이모 한 명 있으면 또 든든하니까. 그쵸, 여보오오?”

‘여보오오’ 한영의 콧소리를 흉내 내며 솔이 못살겠다는 듯 고개를 내저었다. 하지만 뭐 좋다고 앞좌석에서 치웅은 헤실헤실 웃기 바쁘다. 그녀가 못 본 사이 치웅도 많이 둥글둥글해진 게 느껴졌다.

“일단 짐부터 내려놓고, 좀 쉬고 저녁 먹자. 너 배는 괜찮아?”

“괜찮아, 괜찮아. 아주 괜찮아. 우리 초록이는 엄마 닮아서 아주 순하거든. 우와아! 그나저나 로마는 어떻게 공기마저 이렇게 로맨틱해? 미쳤나 봐. 나 여기 너무 좋아.”

홍조 띤 얼굴로 이리저리 정신없이 구경하던 한영이 눈을 동그랗게 뜨며 바깥 어디 한 군데를 손가락질했다.

“나, 나, 나 저기! 저기 갈래!”

“만삭 아줌마가 비행기 타고 와서 너무 흥분하는 거 아냐?”

솔이 슬쩍 한영을 걱정하며 그녀가 가리키는 곳을 봤다. 한영의 손가락 끝에는 콜로세움이 웅장한 자태를 뽐내고 있었다. 고개를 끄덕인 솔이 발을 동동 구르며 흥분해 있는 한영을 진정시켰다.

“일단 짐부터 내려놓고. 그리고 천천히 나가 둘러보자고.”

“비행기 타고 왔는데 당장 나가는 건 좀.”

슬쩍 한영을 말리려는 치웅의 말에 그녀의 눈초리가 새침하게 올라간다.

“여섯 달이나 나를 감금시켜 놓고, 지금 여기까지 와서 호텔에 감금시키려고?”

임신 초기부터 제 발로 밖을 나가 본 적이 없다 하소연하던 한영이었다.

활발하고 바깥공기를 좋아하는 한영이었기에 그 시간을 꽤나 힘겨

워했고, 덕분에 산전 우울증 초기 증세를 보이기 시작해 식겁하고 로마행에 나선 초보 부부였다.

"의사 선생님도 무리하지만 않으면 괜찮다고 했잖아요. 그러니까 난! 무리하지 않는 선에서 마음껏 돌아다닐 거라고요."

비장하게 말하는 한영의 목소리에 치웅이 한숨을 푹푹 내쉬며 궁얼거린다.

"여왕님 뜻대로 하십시오."

한영이 둥그런 배를 조심스럽게 매만지며 반짝반짝 빛나는 로마의 거리를 황홀한 눈으로 쳐다봤다.

아줌마 파워인 건지, 아니면 정말 그동안의 억압 아닌 억압에 목이 말랐던 건지, 한영은 말 그대로 잠깐 엉덩이를 붙이더니 다시 바로 바깥으로 두 사람을 끌고 나갔다.

"저녁 먹으러 가자, 저녁."

"이제 3시거든?"

"조금 걷다 보면 금방 5시 되고, 금방 6시 된다니까?"

"……그래, 뜻대로 하세요."

솔도, 치웅도 그녀를 말릴 수 없었다. 그녀는 천하무적 계한영이었으니까.

"아까 지도 보니까 콜로세움이랑 트레비 분수랑 멀지 않던데. 트레비 분수부터 가자. 어디야? 어디로 가면 돼?"

한영의 말에 솔이 난감하다는 듯 이마를 긁적거리며 말했다.

"너 나 몰라? 나 길치잖아. 그렇게 말해도 내가 안내해 줄 수 없어."

"……예, 예, 마나님들. 제가 안내해 드리겠습니다."

결국 길잡이에 나선 치웅이 두 마나님을 택시에 태우고 앞장섰다. 그렇게 얼마 달리지 않으니 솔의 눈에도 익숙한 거리가 보이기 시작한다.

'그래, 여기…….'

눈가를 나붓하게 접어 지나쳐 가는 노란 간판을 바라봤다. 저기였다. 저기, 저 집에서 세준이랑 파스타를 먹었지. 그리고 저 가로등 밑에서…….

'크흠흠.'

난데없이 떠오르는 폭력적인 과거에 솔이 괜히 혼자 헛기침을 했다. 주먹으로 제 연인을 골로 보내려 했던 과거는 얌전히 묻기로 홀로 다짐을 해본다.

곧 택시는 세 사람을 목적지에 데려다줬다.

무려 3년 만에 다시 보는 스페인 광장이었다. 여전히 사람이 많았고, 여전히 아름다웠다. 그곳을 지나쳐 조금 더 안으로 들어가니 한영이 가고 싶다던 트레비 분수 앞이었다.

"여기서 동전 던지면 뭐, 소원 이뤄진다고 하지 않았나?"

한영의 물음에 솔이 제 어깨 위로 동전 던지는 시늉을 하며 설명을 덧붙였다.

"어, 이렇게 오른손으로 왼쪽 어깨 뒤로 던지는 건데, 동전 하나를 던지면 로마에 다시 오고, 두 개를 던지면 사랑하는 사람이랑 같이 오고, 세 개를 던지면 어려운 소원이 이뤄진대."

"오, 잘 안다?"

솔이 픽 웃으며 주머니의 동전을 만지작거렸다.

그때 세준에게서 뺏은 동전으로 하나 던졌는데…… 분수의 힘인 걸까? 지금 솔은 다시 이곳에 와 있었다. 세준이랑 나눠서 하나씩 던졌는데, '두 개를 던질걸……' 하는 아쉬움이 남는다.

추억에 젖어 한참 분수에서 쏟아지는 물줄기를 보고 있는데, 한영이 그녀의 옆구리를 쿡쿡 찔렀다.

"왜?"

"아참, 너 이거 봤어?"

한영은 들고 있던 휴대폰을 만지작거리더니 솔에게 내밀었다. '뭐지' 하며 받아 든 핸드폰 안에 세준이 있었다. 며칠 전 영화제에서 상을 받고 소감을 말하던 그때의 그 영상…….

"이거 이후로 너 실검 올라가고 난리 났잖아. 얘는 참 로맨틱해. 그치?"

열 번, 백 번도 넘게 본 영상이었지만 솔은 한영이 내민 동영상을 또 가만히 보고 있었다. 몇 번을 봐도 질리지 않았고, 몇 번을 봐도 가슴이 설레었다.

"어! 젤라또다! 로마에 오면 젤라또지!"

몸이 무겁지도 않은지 한영이 냅다 달리기 시작했다. 치웅이 제발 뛰지 말라며, 자기가 사다 주겠다며 그녀의 뒤를 바짝 쫓았다. 어미닭이 쫓아다니듯 졸졸졸 쫓아다니는 치웅의 모습에 슬쩍 미소를 짓던 솔이 다시 화면을 내려다봤다.

감사하다는 인사, 가족들을 향한 인사, 쑥스럽다는 듯 아직 자신은 한참 모자라다는 그런 겸손함 가득한 말들……. 그러던 세준이 멈칫하며 화면을 똑바로 쳐다봤다.

[마지막으로…… 멀리 떨어져 있는 저의 사랑하는 연인에게 감사 인사를 하고 싶습니다. 그녀가 아니었다면 어쩌면 저는 이 자리에 설 수 없었을 것입니다. 꿈을 꾸는 법도, 그리고 그 꿈을 이루기 위해 용기를 내는 것도 모두

그녀에게 배운 것이니까요. 비록 지금은 떨어져 있지만…….]

그 언젠가 기자회견장에서처럼 세준은 마치 카메라 너머로 그녀를 보고 있다는 듯이 근사한 웃음을 지어 보였다.

[조만간 꼭 데리러 간다. 사랑해.]

몇 번을 돌려봤는지 모른다.

세준은 달콤한 남자였지만 사랑한다는 말을 입에 달고 다니는 편은 아니었다. 약속을 남발하지도 않고, 쓸데없는 잔소리를 늘어놓는 것도 없었다. 나이가 들수록 점점 입이 무거워지는 것이 말에 대한 무게감을 깨달아가는 것 같았다.

그래서 그런지, 솔은 이 영상을 계속해서 돌려보게 됐다. '데리러 갈게, 사랑해'. 결코 가볍게 나오지 않았을 세준의 말들.

솔은 가만히 웃으며 다시 또 영상의 리플레이 버튼을 눌렀다.

햇살이 너무나 밝아선지 화면이 잘 보이지 않아 눈가를 찌푸리는데, 그녀 앞에 길게 그림자가 졌다. 한영이 왔나 싶어 고개를 들려던 차에 불쑥 그녀 앞으로 뭔가가 스윽 들어왔다.

투명한 유리 트로피. 그리고 그 위에 새겨진 글자.

—청룡영화제 신인감독상

박세준

화면 속에서 세준이 들고 있던 바로 그것이었다.

순간, 판단력을 잃은 눈이 커다랗게 팽창되었고, 가슴이 본능적으로 세차게 반응했다. 두근. 두근두근. 심장의 고동 소리가 지척을 울릴 만큼 커지고 있는 게 느껴졌다.

파르르 떨리는 눈으로 멍하니 유리 트로피를 바라보고 있는데 다른 손이 또 불쑥 튀어나왔다. 0이 길게 찍혀 있는 빳빳한 종이 통장의 지면이었다. 그리고 그 위로 보이는 정갈한 글씨체는 솔에게도 매우 익숙한 그것이었다.

—이 정도면 둘이 먹고살 만큼 벌지 않았나?

그녀의 눈이 통장과 트로피를 내밀고 있는 섬세한 손가락을 따라 올라갔다. 믿을 수가 없다는 듯 천천히, 느릿느릿 시선이 움직였다.

주변을 감싸고 있는 모든 소음이 없어지고, 수백 명의 사람들 속에 오롯이 그녀와 그, 둘만이 남겨졌다.

"내가 데리러 온다고 했지?"

눈부신 로마의 햇살을 등에 지고, 눈앞에 세준이 꿈결처럼 서 있었다.

"뭐해?"

조금 전 자그마한 화면 속에서 보던 그 은은하고 근사한 미소로 그녀를 바라보며 그가 활짝 품을 벌렸다.

"봤으면 뛰어와 안겨야지."

무슨 말이 필요할까? 솔은 몸을 일으켜 그에게 와락 안겨들었다.

미치도록 그립고, 그립고도 그리웠던 그의 품이었다. 마치 회중시계의 톱니바퀴가 맞물리듯 서로의 몸에 꼭 들어맞는 두 개의 몸. 솔과 세준은 두 팔로 온 힘을 다해 서로를 끌어안았다.

"늦어서 미안."

"……빨리 온 거잖아."

숨이 막힐 듯이 끌어안고 서로의 온기를 나누며 두 사람은 눈을 맞춰 웃었다. 쉴 새 없이 입맞춤이 쏟아졌다.

웃고, 울고, 입 맞추고, 끌어안고……. 전설을 간직한 분수대 앞에서 오랜 기다림 끝에 재회한 연인은 한시도 떨어질 수 없다는 밀착했다.

글썽거리는 눈동자에는 환희와 기쁨이 가득했고, 가슴은 이루 말할 수 없을 만큼 벅차올랐다.

"이젠 다시는 어디 안 보내, 절대로……."

솔의 귓가에 세준은 강경한 어조로 속삭였다. 그의 말에 수긍하듯 솔은 세준의 너른 어깨를 더 끌어들일 수 없을 만큼 가까이 끌어당겼다.

"결혼하자……. 내 곁에 있어줘. 나도 당신 곁을 지켜줄게."

눈물이 흐르는 건지, 웃음이 터지는 건지 분간이 가지 않았다. 하지만 온전한 제 감정을 숨기려 하지 않은 채 솔은 세차게 고개를 끄덕여 대답했다.

이별이 있었기에, 만남이 더욱 소중했다. 이별이 있었기에, 솔은 세준을 더욱 똑바로 볼 수 있었다. 하지만…… 그것은 한 번으로 족했다.

'다시는 떨어지지 않아. 다시는…….'

그 언젠가 두 사람을 감싸줬던 로마의 햇살이 다시금 푸근하게 두 사람의 어깨에 내려앉았다.

여느 때와 다름없이, 따스하고 평화로운 오후. 수백 명의 사람들 사이로 꼭 끌어안고 있는 두 연인의 주위는 공기마저 달콤했다.

에필로그 1

2년 전, 인천공항 출국 게이트.

자동문이 스르륵 열리며 한 남자가 들어섰다.

검은 정장에 검은 선글라스까지 낀 위압적인 덩치의 남자가 카트 가득 짐을 싣고서 공항 안으로 들어왔다.

그의 뒤로 품이 넉넉한 후드를 뒤집어쓴 키 큰 여자 한 명이 연신 눈물 콧물을 닦으며 따라오고 있었다.

"……싫어, 싫다고……. 이건 거짓말이야."

미나는 후드득, 후드득 떨어지는 눈물을 닦을 생각조차 하지 않으며 처연하게 남자의 뒤를 따라 걷고 있었다.

검은 정장을 입은 거대한 남자의 등이 저승에서 온 사자처럼 무섭고 끔찍했다.

뚝뚝 눈물을 흘리던 미나가 기어이 우뚝 멈춰 서더니 서럽게 울기 시작했다.

며칠 사이에 살이 쏙 빠져 초췌해진 얼굴이 눈물로 엉망이었다.

"나를 내쫓다니……. 어떻게 아빠가 이럴 수 있지? 믿을 수 없어…… 말도 안 돼."

앞서 걷던 남자가 기어이 걸음을 멈추고 뒤를 돌아보고 말았다.

새까만 선글라스 아래 딱딱하게 굳은 입술을 달싹여 울지 말라고 한마디쯤 해줄 법도 한데, 그저 가만히 미나가 우는 꼴을 보고만 있었다.

미나는 그런 남자를 눈물 젖은 쭉 째진 눈으로 올려보며 칭얼거렸다.

"나, 나 어디 가는 거예요? 적어도 그거라도 알려줘야 하는 거 아니에요? 영국? 미국? 설마…… 중국은 아니죠?"

중국을 발음하는 미나의 표정은 백지에 가까울 정도로 창백했지만 남자는 작은 동요조차 없는 얼굴로 그녀를 내려다보기만 했다.

손 대표로부터 비행기에 탈 때까지 절대로 미나에게 행선지를 알려주지 말란 지시를 받았기 때문이다. 애물단지 아가씨를 해외까지 에스코트해야 하는 게 썩 마음에 들진 않았지만, 지시는 지시였다.

"일단 가시죠."

"어딘지 알려줘야 가죠! 아니며 나는 여기서 한 발자국도 움직이지 않겠어요!"

선글라스 위로 남자의 미간이 구겨졌다. 얼굴의 반을 새까만 선글라스로 가리고 있었음에도 몹시도 귀찮고 성가시다는 게 고스란히 보였다. 하지만 그런다고 미나가 겁을 먹거나 민망해할 만한 성격도 아니었다. 그녀는 고집스럽게 입을 다물고 홱 고개를 돌렸다.

"이러시면 곤란합니다. 대표님의 지시를 따라주십시오, 아가씨."

"흥! 어차피 며칠 지나면 아빠 화도 풀릴 거예요! 내버려 둬요!"

"사건을 마무리해 주시는 대신, 아가씨는 대표님의 지시를 따르겠다고 협의하지 않으셨습니까? 약속을 지켜주시지요."

"그건……! 당신이 상관할 바가 아니에요! 어쨌든 난 한 발자국도 움직이지 않을 거예요! 이렇게 쫓겨나듯 나가는 거 자존심 상한다구요."

할 말을 잃은 듯 미나를 내려다보던 남자가 곧 한숨을 내쉬며 느릿하게 말을 이었다.

"그럼 여기서 잠시 기다리시죠."

'이겼다!'

미나는 카트를 끌고 어디론가 가는 남자의 뒷모습을 보며 쾌재를 불렀다. 눈물 젖은 눈가를 옷소매로 꾹꾹 눌러 닦은 미나가 근처 의자에 엉덩이를 붙여 앉았다.

공항패션의 선두주자가 되겠다는 그 옛날과는 다르게 몸과 얼굴을 몽땅 가린 트레이닝복 차림이 너무나도 비참했다.

하지만 얼굴을 드러내고 다니기엔 사람들의 시선이 너무나도 따갑고 무서웠다. 마주치는 모두가 그녀를 보고 수군거리는 통에 가리지 않고선 어딜 나가기가 버거웠다.

"시간이 해결해 줄 거야, 시간이……."

초조하게 손톱을 물어뜯는 그녀 옆으로 길쭉한 그림자가 드리워졌다. 카트와 짐은 어디다 두고 온 건지 빈손으로 돌아온 검은 정장남이었다.

"뭐, 뭐예요?"

"대표님께서, 꼭, 아가씨를, 비행기에 태우라고 하셨습니다."

정나미가 떨어지듯 스타카토 한 번 정확하게 떨어지는 말투. 미나는 기가 박힌다는 듯 남자를 죽일 듯이 째려봤다.

"아빠한테 전화했어요? 당신 진짜 미쳤군요! 내가 지금……. 어, 어어? 뭐, 뭐하는 거예요? 꺄아악! 싫어!"

덜렁 몸이 들리더니 어느새 남자의 어깨에 들쳐 메진 미나가 발버둥을 치며 발악했다. 그녀를 짊어진 채 태연하게 걷던 남자가 무덤덤한 목소리로 말했다.

"여전히 사람들에게 주목받는 걸 좋아하시나 보군요. 목소리가 높네요."

흠칫 몸을 떤 미나가 입술을 깨물며 남자의 뒤통수를 노려봤다. 벌써 여기저기서 두 사람을 힐끔거리는 시선이 느껴졌다. 미나는 머리에 피가 쏠리는 것을 느끼며 기어들어 가는 소리로 중얼거렸다.

"내.려.놔.요."

남자는 들은 척도 안 하며 척척척 잘도 발을 놀렸다.

미나는 자신이 알고 있는 온갖 욕이란 욕을 잇새로 내뱉었다. 마치 그녀의 욕설을 비웃듯 남자의 어깨가 살짝 떨리더니 겨우 그녀의 말을 듣는 척을 해준다.

"그럼, 아가씨 발로 직접 가시겠습니까?"

"……."

침묵은 곧 긍정의 의미였다. 그제야 남자가 미나를 내려놓으며 씨익 웃었다.

어느새 두 사람은 출입국 게이트 앞이었고, 그제야 미나는 비행기가 어디로 향하는지 확인할 수 있었다.

"프, 프놈펜?"

저기가 어디야? 프라이팬, 피터 팬은 알지만 프놈펜은 처음 들어보는 미나였다.

창백하게 질린 그녀를 질질 끌고 남자는 출입국 게이트 안으로 들어섰다. 미나를 먼저 안으로 들인 남자가 신분 확인을 위해 선글라스를 벗으며 무심하게 중얼거렸다.

옷 색깔만큼이나 새까만 눈동자는 건조하고 차가웠다.

"뭐 하는 곳이에요? 이봐요! 저기가 어디냐니까요?"

"철부지 아가씨를 갱생시켜 줄 만한 곳입니다."

"개앵생?"

'갱생? 개애앵생? 갱생? 개애새애앵?' 하고 몇 번이나 되묻는 미나의 질문에도 남자는 말을 아꼈다.

앞으로 3년간, 그녀가 꼼짝없이 캄보디아 국제봉사활동을 해야 함을 알았다면 무슨 수를 써서라도 공항을 탈출하려 했을 테니까.

현재.

"……그래서 정말 손미나가 캄보디아에 있다고요?"

솔이 놀란 듯 눈을 동그랗게 뜨고 신미옥 디자이너를 바라봤다.

미옥은 솔이 입은 드레스의 핏을 잡아주며 웃는 얼굴로 고개를 끄덕였다.

"솔이 네가 뉴욕 가고 얼마 후에 바로 갔어. 저번에 인터넷 기사로 캄보디아 집 짓기 중인 사진 뜨더라. 얼굴은 새까맣고 전투적으로 변했는데, 눈빛은 훨씬 유순해진 거 있지. 손 대표도 참 독해. 그렇게 귀여워하던 막내딸, 한 번을 한국으로 안 부르더라고."

믿을 수 없다는 듯이 몇 번이나 눈을 깜빡거리던 솔이 뒤늦게 웃음을 터뜨렸다.

"대박! 그래도 그 성질에 거기 2년이나 잘 갇혀 사네요?"

“덕분에 이제 손미나에 대한 여론도 많이 변했어. 아버지가 시킨 것은 모르니까, 사람들은 미나가 정말 캄보디아 자원봉사를 하면서 회개하고 반성하고 있다 생각하더라고.”

솔은 그 뒤로도 몇 번을 피식거리며 웃었다. 사진을 찾아보니 정말 새까맣게 탄 얼굴과 수수한 옷차림의 미나가 아이들 사이에서 웃으며 자리하고 있는 게 보였다. 2년 사이에 도대체 무슨 일을 겪었기에 그 표독스러운 눈빛이 저렇게 선해질 수 있는 건지…….

정말이지, 겪으면 겪을수록 놀라운 세상이었다.

그러는 사이 분주하게 솔의 드레스 핏을 잡아주던 미옥의 손이 멈췄다.

“자, 이제 거울 봐봐.”

미옥이 솔의 드레스 자락을 풍성하게 늘어뜨리며 그녀를 전신거울 앞으로 이끌었다. 거울 앞에 선 솔은 잠시 숨을 멈추고 거울에 비친 자신의 모습을 떨리는 눈으로 바라봤다.

“……세상에……! 너무 예뻐요.”

“자기 입으로 자기가 예쁘다고 말하는 거야, 지금?”

“아니요, 저 말고 드레스요!”

솔이 이리저리 조심스럽게 몸을 뒤척거리며 거울에 비치는 드레스를 살폈다.

홍조 띤 볼이 지금 그녀가 얼마나 흥분해 있는지를 고스란히 보여주고 있었다. 미옥은 그런 솔의 모습을 흐뭇하게 바라보며 고개를 끄덕였다.

“마음에 든 것 같아 다행이네.”

결혼식까지는 열흘 남짓의 시간이 남아 있었다. 얼추 완성이 되긴 했지만, 이리저리 조금 더 손을 볼 예정이었다.

미옥은 솔의 몸에 완벽하게 들어맞는 드레스를 꼼꼼히 살폈다. 그런 미옥을 향해 솔이 조심스럽게 입을 열었다.

"그런데 정말 이런 드레스를 무료로 제작해 주시는 거예요? 너무 과분한 것 같아요."

"어허, 무슨 소리."

찰싹, 미옥이 드러난 솔의 어깨를 내려치며 단호하게 고개를 내저었다.

"솔이랑 세준 씨 덕분에 그때 내가 살았잖아. 그 값으로 드레스 한 벌이면 나는 싸게 먹힌 거라고 생각해. 그러니까 이걸 거절하거나 값을 지불하게 되면 나한테 더 큰 은혜로 갚으라는 소리로 들을 테니까 그냥 주는 대로 받아줘."

"선생님……."

사부작거리는 순백의 드레스 자락을 움켜쥐며 솔이 미옥을 바라봤다. 눈동자 속에 비치는 차고 넘치는 감격과 감사함에 미옥이 빙그레 웃으며 솔을 꽉 끌어안아 줬다.

"최고의 드레스를 만들어줄게. 최고로 아름다운 신부가 되어줘."

솔은 코끝이 시큰해지는 것을 느끼며 입술을 꽉 깨물었다. 이렇게 좋은 사람들이 곁에 있다는 것만으로도 행복이 넘실거리며 차올랐다.

나도, 이들에게, 좋은 사람이 되어주겠노라 그렇게 다짐하며 솔은 미옥의 마른 등을 마주 끌어안았다.

"감사합니다. 잘…… 입을게요."

미옥은 말없이 웃기만 했다.

세준과 솔의 결혼식은 그렇게 화려하지 않았다.

이미 충분히 주목을 받고 사는 두 사람이었기에 사람들의 지나친 관심과 플래시를 원하지 않았다. 그랬기에 비밀리에 지인들로만 이루어진 간소한 결혼식을 올렸지만, 그곳에 다녀온 사람들은 모두들 엄지를 추켜올릴 만큼 아름다운 결혼이었다고 입을 모아 말했다.

다정하게 할아버지의 손을 잡고 새하얀 드레스를 입고 등장한 새신부는 정말 눈이 부시게 아름다웠다. 하지만 그런 새신부가 더더욱 아름다워 보이는 순간은 새신랑의 손을 맞잡았을 때였다.

그녀를 세상 그 누구보다 아름답게 바라보고 있는 새신랑의 눈길이 그녀를 지금 이 순간 최고의 여자로 만들어줬다. 숨을 멈춘 채 떨리는 눈동자로 바라보는 내 남자의 눈길만큼이나 여자를 빛나게 해주는 것은 없으므로…….

절대 놓치지 않겠다는 듯이 꽉 맞잡은 손, 웃으며 마주치는 사랑하는 두 사람의 눈동자.

"나 박세준은……."

"나 강솔은……."

신랑과 신부를 바라보는 하객들의 마음까지 따스하게 만들어줄 만큼 다정한 눈 맞춤과 함께 솔과 세준은, 그렇게 모두 앞에서 평생을 함께하기로 서약했다.

2년 후. 백상예술제상, 방송 시작 세 시간 전.

별들의 축제였다.

한 해 동안 영화와 드라마를 오가며 부단히 활동하고 반짝거린 예술인들의 축제.

솔은 사회자 자격으로 지금 그 별들의 전쟁터에 대기하고 있었다.

"강솔 씨, 준비되셨으면 리허설 들어갑니다!"
"네!"
거울로 제 모습을 살피고 있던 솔이 발딱 일어나 스태프를 따라 복도로 나왔다. 오랜만에 허리와 엉덩이에 힘을 바짝 줘서 복도 위를 걷던 솔이 순간 아차 싶어 조심조심 걸음을 달리했다.

"지금이 제일 조심해야 하는 시기입니다."

몇 달째 달거리가 보이지 않고 부쩍 잠이 많아진 게 이상해 병원에 가봤더니 이제 막 8주에 접어들었단다. 바로 어제저녁 그녀 혼자 몰래 전해 들은 소식이었다. 오늘 세준을 놀라게 해줄 작정으로 필사의 인내심으로 입을 다물었다.
'몰래 사람 놀라게 하는 게 너만의 특기는 아니라고.'
후후후, 개구지게 웃으며 솔이 리허설 현장으로 들어섰다.
오늘, 세준이 몇 가지 상에 노미네이트되어 있다고 했다.
강태준 열연의 '사라진 자들'이 굉장히 호응을 얻으면서 '투명:하다'에 이어 연이은 흥행 신화를 몰고 다녔다.
세준이 좋아하는 일에서 인정을 받는다는 게 마치 제 일처럼 기쁘고 뿌듯했다. 오늘 세준이 상을 받든 받지 않든 솔은 오늘 그를 세상에서 가장 특별한 사람으로 만들어주고 싶었다.
숙련된 MC와 호흡을 맞추고 솔은 다시 기억을 더듬어 대기실을 찾아갔다. 하지만 몇 백 명의 스태프들과 연기자, 아이돌들이 오가는 복도는 길치인 솔에게는 너무나도 혼란스러운 공간이었다.
석진도 잠시 자리를 비운 상황. 솔은 애써 침착하게 길을 찾았다.
'분명 3층으로 올라와서, 오른쪽으로 꺾으면 보이는 방이었던 것 같

은데.'

솔이 몸을 틀자마자 VIP룸이 보였다. 솔은 그래도 제 기억력이 쓸 만하다며 폭풍 셀프칭찬을 날려주며 벌컥 문을 열었다.

그런데, 이런.

"어……."

강태준 씨?

"어머?"

민정원 씨?

솔은 크게 당황하며 황급히 뒤로 물러섰다.

바, 방을 잘못 찾아왔다! 그것도 하필이면 국민 이글이글 강태준과 국민 사슴배우 민정원의 방이었다. 꼭 끌어안은 채 다정하게 서로를 바라보고 있는 두 사람의 모습에 솔은 더더욱 당황하고 말았다.

"죄, 죄송합니다, 죄송해요! 죄송합니다. 제가 기, 길을 잃었네요. 어휴, 죄송해요! 죄송해요!"

"아, 아니에요. 괜찮습니다. 강솔 씨 룸은 왼쪽으로 꺾어서 봤던 것 같은데……."

당황해서 연신 죄송하단 말만 쏟아내는 솔을 향해 정원이 부드럽게 웃어줬다. 태준과는 세준 때문에 안면이 있긴 했지만, 단 한 번도 이야기를 해본 적은 없었다.

촬영장에 한두 번 찾아간 적이 있었지만, 그는 항상 이글이글 불타는 눈으로 항상 대본에 집중했다. 그래서 솔은 저 반도의 배우가 더 어렵게 느껴졌는지 몰랐다.

"죄송해요, 정말. 저 그럼 저는 이만."

허겁지겁 문을 닫고 솔이 후다닥 반대쪽으로 뛰어갔다. 얼굴이 말도 못 하게 후끈거렸다. 나중에 세준을 통해서 다시 한 번 조용히 사과해야겠다며 다짐한 솔이었다.

[이곳은 눈이 부시도록 아름다운 별들의 축제 현장! 아아! 저곳에 오늘 제74회 백상예술제상을 빛내줄 스타들이 보입니다! 요즈음 충무로의 가장 핫한 스타 감독 박세준 씨와 그 옆으로 '사라진 자들'의 히어로 국민배우 강태준 씨가 자리하고 계십니다. 히야! 두 분 모두 유부남이라는 게 믿겨지지 않는 막강 비주얼입니다!]

대기실에 앉아 요란하게 소개되고 있는 제 신랑을 바라보며 솔이 흐뭇하게 미소 지었다.

"아직도 그리 좋아?"

석진이 그런 그녀를 보며 혀를 찼다. 아직도 만나기만 하면 닭털을 뽑아주시는 젊은 부부 때문에 서른네 살 노총각 석진은 항상 외롭다.

"에이그, 결혼 2년 차면 아직 신혼이지! 신혼이니까 한창 좋을 때지 뭘 그래. 잠깐 눈 좀 감아봐. 어, 그래. 아휴, 오늘도 예쁘네."

특별히 출장을 나와준 송 원장이 화장이 곱게 먹은 솔의 얼굴을 흐뭇하게 바라봤다.

솔은 두 사람을 향해 말없이 웃으며 조심스럽게 구두에 올라섰다. 솔은 오늘 영화 부문 시상을 맡게 되었는데, 그 후보로 세준이 올라와 있었다. 하지만 세준은 워낙 쟁쟁한 다른 작품들이 많으니 큰 기대는 하지 말라 했다.

그래도, 마음속으로나마 세준의 수상을 기원해 봤다.

"솔아! 차례 왔다. 다녀와!"

"응! 갑니다!"

석진과 함께 서둘러 백 스테이지로 들어섰다. 귀엽고 상큼한 여자

아이돌들의 축하 무대가 끝나고 피아노 연주와 함께 솔이 나갈 타이밍이었다.
"한국을 대표하는 탑모델이자 박세준 감독의 아내 강솔 씨께서 시나리오상 시상을 맡아주시겠습니다."
환호성이 들리고 솔은 곧 무대 위에 서 있었다. 그 어느 곳에서보다 빛이 나는 무대 위에서 그녀는 환하게 웃으며 등장했다.
그리고 저 멀리서 벌떡 일어나 열렬히 박수를 치고 있는, 그녀의 팔불출 남편 박세준이 보였다.

"……상 못 타서 아쉽다."
영화작품상과 시나리오상에 후보로 올랐지만 아쉽게도 세준이 영광의 트로피를 쥐게 된 것은 없었다. 못내 그게 아쉽다는 듯 솔은 뒤풀이로 가는 길 내내 아쉬움을 토로했지만, 세준은 괜찮다는 듯 사람좋게 웃기만 했다.
"대신 강태준 씨가 상을 휩쓸어주셨잖아. 인기상이랑 최우수연기상이 모두 '사라진 자들'에서 나왔으니 그것만도 영광이지."
"그렇긴 하지만."
"그거면 됐어. 좋아. 만족해, 난."
세준의 대답에 솔도 따라 웃고 말았다. 그래, 네가 괜찮다면 괜찮은 거지.
기어에 올라가 있는 세준의 손 위로 자신의 손을 겹쳐 올렸다. 전방을 살피고 있는 세준의 입꼬리가 점잖게 올라간다. 그 모습은 영락없이 시아버지 박 원장과 판박이였다.
솔은 심호흡을 길게 내뱉었다. 이제 세준도 아버지가 될 것이었고 그녀도 곧 어머니가 된다. 이미 실컷 어제 한영과 통화하며 떨고 또 떨었는데도 여전히 '엄마'라는 단어가 실감이 나지 않았다. 다만 또 다른 가족이 생긴다는 것이, 세준과 그녀를 꼭 닮은 작은 아이가 생긴다는 것이 한없이 감격스러울 뿐이었다.

'자, 그럼 이제 슬슬 놀려볼까?'

솔이 음흉하게 웃으며 세준을 흘겨보다가 전방을 살피는 척하며 물었다.

"우리 근데 어디 가는 거야? 훈이네?"

"응. 거기로 준비해 놨어. 훈이가 만반의 준비를 다 해놓겠다고 하더라고."

"으흠……. 근데 나 오늘 술 못 마시는데."

솔의 말에 세준이 걱정스럽게 그녀를 돌아봤다.

"몸이 안 좋아? 집에 데려다줄까?"

"아니, 그건 아니고. 나도 축하하는 자리에는 같이 있고 싶어. 그것보다……."

솔이 입을 달싹이려다가 꾹 다물고 씨익 웃으며 다른 말을 찾았다.

"아버님이랑 어머님 뵈러 가야 할 것 같은데."

"엊그제 다녀왔는데 또 뭘."

"아냐, 그래도 또 뵈러 가야 할 일이 생길 것 같아. 우리 할머니한테도 그렇고."

세준이 힐끔 그녀를 바라봤다. 그의 시선을 느끼며 솔이 다시 말을 이었다.

"집도 새로 꾸며야 될 것 같아. 화사하게 파스텔로! 우리 안 쓰고 있는 그 방 있잖아, 그거 다시 꾸며야겠어. 아! 그리고 너 다시 박 머슴 강등됐다."

슬금슬금 세준의 눈빛이 불안해졌다. 눈치 빠른 박 감독님께서 설마 하는 얼굴로 솔을 바라보며 천천히 운전하는 차의 속도를 늦추기 시작했다.

"도대체 무슨 일……."

놀랄 준비되셨나요, 박 감독님?

솔은 활짝 웃으며 제 배를 감싸 안으며 말했다.

"세상에서 가장 따뜻한 아빠가 되어줘야 해. 알았지?"

끼이익!

어찌나 놀랐는지 세준이 브레이크를 밟고 말았다. 다행히 천천히 골목 안으로 들어서면서 속도를 늦추고 있었던지라 급제동까지는 아니었지만 놀란 솔이 눈을 화등잔만 하게 뜨더니 세준의 어깨를 퍽퍽 내려쳤다.

"야! 애 떨어질 뻔했잖아!"

"미, 미, 미, 미안. 괘, 괜찮아? 아니, 그것보다 애? 아이? 박세준 주니어? 강솔 미니미? 아기?"

침착한 그 남자가 맞는지 싶을 정도로 세준은 떨고 있었다. 말을 더듬는 것은 기본이요, 솔이 어디 부서질까 봐 만지지도 못하고 안절부절못하고 있었다.

세준을 구박하던 것을 멈추고 솔이 까르르 웃으며 그의 손을 제 배에 올려놨다.

"그래, 이 안에 박세준 주니어인지, 강솔 미니미인지 모르지만 아이가 있다고. 알겠어? 이제 너도 아빠야, 아빠. 이제 8주 됐대."

"……세상에! 세상에…… 세상에!"

세상을 다 가진 얼굴이 이런 걸까. 웃지도 울지도 못하는 감격이 가득한 얼굴로 세준이 와락 솔을 끌어안았다. 소중한 그녀의 어깨를 쉴 새 없이 두 손으로 쓸어내리며 세준이 '미치겠다, 미치겠어'를 연발

했다.

"어, 언제 안 거야? 도대체! 이 앙큼한 여자 같으니라고! 도대체 얼마나 비밀로 하고 있었던 거야!"

"나도 안 지 얼마 안 됐어. 일주일 전에 몸이 살짝 이상해서 어제 검사 받고 결과 나왔어."

"그럼 어제 말했어야지! 몸은 괜찮아? 막 입덧하거나 그러진 않아?"

"아직. 아직 괜찮아. 근데……."

"근데 뭐? 말만 해. 뭔데, 뭐야?"

세준이 품에 안고 있던 솔의 얼굴을 두 손으로 감싸 안으며 눈을 맞춰 물었다. 그녀만큼이나 떨리는 동공이, 감격을 주체하지 못하는 얼굴이 보였다.

안심이 됐다. 거짓말을 하지 못하는 세준의 고지식한 눈동자를 보며, 솔은 눈물을 글썽거리며 괜한 말을 물어본다.

"기쁜 거지? 우리 아이, 생겨서……."

"당연하지! 당연해! 바보야, 당연하지! 그런 걸 물어 뭐해! 당연히 기쁘지! 세상에서 제일 기쁘다고, 지금! 상이 대수야! 당신과 나의 아이가 생겼는데? 박세준, 오늘이 세상에서 제일 기쁜 날이라고!"

좁은 차 속에서 기대 이상의 난리를 쳐주는 세준을 보던 솔의 가슴이 뻐근하게 아려온다.

사랑에 대한 아무런 기대도 없던 나의 인생에 너라는 반려자를 만나, 이렇게 매일매일 행복하다. 이렇게 10년, 20년, 30년, 기쁨과 놀람 그리고 따스함으로 번져 갈 것이 벌써부터 기대가 돼.

"고마워, 사랑해. 앞으로 더 행복하자. 이제는 우리 아이랑 다 함께, 그렇게 더 행복하자. 사랑해, 사랑해, 여보. 나의 강솔."

와락 끌어안는 세준의 어깨에 얼굴을 기댄 채 그가 주는 온기를 느끼며 솔도 마주 속삭였다.

“나도 고마워, 박세준. 우리 여보.”

너를 만나, 정말 다행이야.

에필로그 2

“어, 엄마! 엄마, 엄마! 망고, 망고다! 우리 망고 사 가자!”

차창에 바짝 붙어 있던 한영의 첫째 아들 호준이 저 멀리 골목 앞에 세워져 있는 과일 트럭을 발견하고 소리쳤다. 그러자 형의 뒤에서 투덕거리며 놀고 있던 둘째, 셋째까지 후다닥 차창에 붙어서 같이 발을 동동 구른다.

“망고! 엄마, 망고!”

속도를 낮춰 골목 안으로 들어서던 한영이 아들들의 떼창에 움찔 놀라며 어깨를 움츠렸다.

“어우, 이것들 목청 큰 거 봐. 갑자기 웬 망고야.”

놀라 찡그린 인상으로 한영이 힐끔 전방을 살피니 ‘동남아의 신비한 과일, 망고! 다섯 개에 만원!’을 써 붙인 파란 트럭이 보였다.

동남아 신비의 과일 망고라니. 뭔가 좀 수상쩍은 문구였다.

“현지가 망고 좋아한단 말이야. 망고 사 가자, 응? 엄마 망고!”

"망고 좋아한단 말이야!"

현지라 함은 지금 한영과 아이들이 가고 있는 그곳, 그 집의 무남독녀 외동딸 되시겠다.

엄마 아빠의 우수한 유전자만 쏙 빼 왔는지 다섯 살밖에 되지 않았으면서 벌써부터 요정 같은 자태를 뽐내주시며 비공개 팬들을 거느린 현지였다.

그리고 그 거미줄 같은 매력에 가장 깊게, 가장 흠뻑 빠져든 것은 안타깝게도 한영의 첫째 아들 호준이었으니.

"망고! 망고 사자!"

평소엔 그렇게 점잖은 아이면서 현지만 관련되면 이렇게 생떼를 놓아서 한영의 머리를 아프게 만들었다.

'이놈의 시끼. 입만 열면 아주 현지, 현지, 현지. 현지 로고송까지 만들 기세구만 아주.'

한영은 여전히 부리부리한 큰 눈으로 괘씸한 큰아들을 째려봤지만, 아들놈은 듣는 척도 안 했다. 그리고 덩달아 세상에서 형을 가장 존경하는 둘째(5살), 셋째(2살)까지 떼쓰기에 동참했으니 차를 멈추지 않을 수가 없었다.

"엄마를 좀 그렇게 챙겨봐라. 이놈아, 어? 아주 엄마가 섭섭해요."

차에서 내린 한영이 옆에 바짝 붙는 첫째 아들을 향해 서운함을 내비쳤다. 그러자 아들이 하는 말이 가관이었다.

"엄만 아빠가 챙기잖아! 아빠가 그랬다고, 엄만 아빠 거니까 엄두도 내지 말라고. 아! 근데 엄마, 엄두가 뭐야?"

도대체 아들을 견제하자면 어쩌자는 건지.

호준의 말을 듣고 있던 한영은 기가 막혀서 고개를 내젓고 말았다. 이 남자가 아들 앞에서 남우세스러운지도 모르고.

"……꿈도 꾸지 말라, 뭐 그런 말이야."

"아, 그렇구나! 그건 힘든데! 꿈에 엄마 자주 나오는데!"

순수한 아들의 대꾸에 한영은 웃을 수밖에 없었다. 그러자 아줌마라고 하기에는 아직 너무 싱그러운 웃음꽃이 말갛게 얼굴에 피었다. 오히려 화장기가 사라진 얼굴은 더더욱 뽀얗고 탐스럽기만 했다.

결혼하면 무뎌지게 마련인데, 치웅은 이상하게 시간이 지날수록 팔불출이 되어갔다.

뭐, 그게 싫은 건 아니었지만.

"아저씨, 여기 망고 이만 원어치만……."

살포시 웃는 얼굴로 한영이 망고를 정리하고 있는 중년 사내를 불렀다. 그런데 홱 뒤를 돌아본 아저씨의 얼굴이 익숙했다.

"예, 예! 손님. 망고 이만 원어치요?"

"……."

"아이구야! 예쁜 거로 골라드리겠습니다!"

한영을 할 말을 잃은 채 분주하게 검은 봉지에 망고를 채워 넣는 중년의 남자를 바라봤다. 구부정한 등, 노랗게 때가 낀 지저분한 옷차림, 덥수룩한 수염을 하고 있지만, 저 남자는 분명.

'차, 차 대표?'

그 남자였다.

한영은 너무 놀라 벌어진 입을 다물지 못했다. 챙이 넓은 모자 아래로 연신 흐르는 땀을 뻘뻘 흘리며 봉지가 터지도록 망고를 담아주는 남자. 그때 비하여 주름도 늘고, 얼굴은 홀쭉해졌지만, 결코 한영은 저 남자의 얼굴을 잊지 않고 있었다. 당연했다. 그녀가 그때 인터넷을 얼마나 뒤지고 다녔는데…….

"여기 있습니다요. 어휴, 오만 원 짜리네요. 잠시만요. 어디 보자,

거스름돈이……."

망고를 담고, 고르고, 계산까지 속행하는 모습이 제법 익숙해 보였다. 한영은 헤진 밀짚모자 아래로 연신 흐르는 땀을 닦으며 보이지 않는 만 원짜리를 찾는 차 대표의 모습을 망연자실하게 쳐다봤다.

"호, 혼자 하시나 봐요. 장사."

"아—. 예? 예. 마누라하고는 오래전에 이혼해서. 쩝, 저 혼자 하고 있습죠."

차 대표, 아니 망고 장수 아저씨는 머쓱하게 웃으며 허리춤에 찬 가방에서 꾸깃꾸깃한 만 원짜리 세 장을 꺼내어 내밀었다.

그 거만하고 오만했던 꼿꼿함은 어디 갔는지. 자글자글 일어난 주름, 까맣다 못해 빨갛게 익어 있는 피부, 앙상하게 말라 약간 구부정한 허리까지…….

그녀가 이 남자를 알아본 게 신기할 정도로 그는 참 많이 망가져 있었다.

이상한 일이었다. 정말 그렇게 싫고, 그렇게 끔찍했던 남자였는데 이렇게 뜻밖의 장소에서 뜻밖의 모습을 마주하니 묘하게 마음 한구석이 짠하게 느껴졌다.

"저기요 아저씨, 망고 만원어치 더 주시고요. 체리 저건 얼마에요?"

"1kg 만원입니다!"

"그럼 저것도 이만 원어치 주세요."

그래서 그런 걸까?

"그럼 많이 파세요."

"예, 예! 감사합니다, 손님! 맛있게 드십시오!"

한영은 마트에서도 이렇게 거하게 사지 않는 과일을 오만 원 꽉꽉 채워 사고야 말았다. 남자는 십 분 만에 오만 원이나 판 것이 썩 기분이 좋은지 몇 번이나 허리를 굽혀 인사했다. 옛날 그 차 대표에게서는 상상도 하지 못할 모습이었다.

"엄마?"

호준이 엄마의 미묘한 변화를 눈치를 채며 슬쩍 눈치를 봤다. 차로 돌아오는 내내 말 한 번 없던 한영이 쪼르륵 나란히 앉아 있는 세 아들을 보며 엄격한 눈을 빛내며 말했다.

"아들들."

"네?"

"착하게 살아야 한다. 어디 가서 남의 마음에 상처 주지 말고, 착하고 바르게 살아. 안 그럼 엄마한테 아주 몽둥이로 그냥……. 콱!"

번득이는 한영의 눈이 너무나 살벌하고 진실 되어서, 호준, 호영, 호수 세 형제는 영문도 모른 채 격렬하게 고개를 끄덕였다.

"무, 무슨 망고를 이렇게나 많이."

세 형제가 나란히 들고 오는 검은 봉지에 솔이 눈을 휘둥그레 뜨고 말았다. 그 사이로 까르르 웃는 삼 형제가 쾌활하게 인사하며 안으로 들어선다.

"안녕하세요!

"앙냥하세요!"

"……으꺄!"

결혼 칠 년 차가 되어 가는 아줌마라는 것을 믿을 수가 없을 정도로 여전히 늘씬하고, 세련된 자태의 솔이 들어오는 한영 패밀리를 맞이했다.

기지배 늙지도 않아.

"말도 마. 현지가 망고 좋아한다고 호준이 놈이 고래고래 소리를 지르는데. 어휴."

"그, 그래도 이건 좀 많은데?"

"망고가 싸서. 맛있어 보이고."

"그래? 어디서 파는데?"

한영의 말에 솔이 봉지 안에 보이는 노란 망고를 살피며 물었다. 샛노란 망고 끝에 꿀이 살짝 흐르는 게 달콤해 보이기는 했다.

"그냥, 트럭. 우연히 지나가다 봤지."

그렇게 말하며 한영은 그저 씩 웃었다.

뭐지, 저 수상한 웃음은?

이십여 년 친구의 날카로운 촉이 바짝 솟아올랐지만 두다다다 밖으로 뛰어나오는 우렁찬 발소리에 서둘러 뒤를 돌아봐야 했다.

"박현지! 계단 내려올 때는 조심하라고 했지!"

"하녕 이모! 이모오!"

놀란 솔의 외침에도 소용없다. 앙증맞은 이목구비 사이로 반가움을 담뿍 담은 다섯 살배기 꼬마 아가씨가 뛰어 내려오고 있었다. 아직은 통통한 팔다리가 사랑스럽기 그지없다.

"뛰지 말라니까."

작은 코뿔소처럼 하염없이 돌진해 오는 딸아이의 모습에 솔은 한숨을 쉬며 이마를 짚고 말았다.

"호수야아아아."

엄마의 한숨에도 오밀조밀 앵두 같은 입술에선 단 한 명의 이름만이 또렷하게 흘러나왔다.

"호수야아아아!"

한영의 막둥이 2살배기 호수였다.

"야. 박현지, 너 나는 보이지도 않냐."

뿌루퉁해서 퉁퉁 부어 있는 통통한 입술 사이로 나오는 이 말은, 꺄꺄거리는 호수 옆에 찰싹 들러붙어 '아이, 예쁘다. 아이 예뻐'를 반복하고 있는 현지를 향한 한호준 군의 투정 소리였다.

그 소리에 호수에게서 눈을 떼지 못하고 있던 현지가 호준을 보았다. 엄마를 닮아 시원한 눈매가 한껏 휘어지더니 사르르 녹을 것만 같은 달콤한 미소가 호준을 향했다.

"호주니 오빠."

현지가 호준을 올려보며 오빠 소리를 우물거리며 해사하게 웃었다. 사르르, 어디서 얼음 녹는 소리가 들리는 듯했더니, 녹는 것은 호준의 어린 가슴이었다.

"……헤헤!"

제가 언제 뿌루퉁했냐는 듯 호준이 헤실 웃으며 현지 옆에 찰싹 붙었다. 그러자 어린 현지의 입에서 한숨이 길게 세어 나왔다.

"호주니 오빠는 좋겠다. 이렇게 귀여운 호수가 오빠 동생이라서……."

호수의 말랑거리는 뺨을 단풍잎 같은 손으로 쪼물거리던 현지가 부럽다는 듯 호준을 바라봤다. 할머니, 할아버지 그리고 딸 바보 아빠 세준의 사랑까지 독차지한 채 크고 있지만 그래도 동생에 대한 아쉬움이 없는 것은 아니었다.

"나도……. 동생 가지고 싶다."

뽀얗게 웃기만 해도 모자랄 현지가 시무룩 고개를 떨궜다. 옆에 있던 호준이 안절부절못한 채 눈알을 데룩데룩 굴리기 시작했다.

으, 웃게 해주고 싶은데…….

"내, 내가!"

그러다 불현듯 생각난, 아주 어렸을 때의 기억. 호준의 아빠 치웅이 속살거리며 지시했던 그 한 마디.

"동생이 생기는 비법을 알려주께!"

"진짜?"

"응!"

자신만만하게 외치며 호준이 현지의 귓가에 입을 가져갔다.

소곤소곤.

그렇게 작은 놀이방 안에서 아이들의 비밀이 오가고 있었다.

솔은 그 크고 아름다운 눈을 끔뻑거리며 쥐콩만 한 딸을 향해 되물었다.

"할아버지한테 가겠다고?"

"응! 가고 싶어요오. 엄마 현지 하찌보고 싶어요."

"어, 어떤 할아버지?"

엄마의 질문에 아이의 얼굴 위로 당황함이 피어오른다. 미처 생각해보지 못한 질문이었다, 외할아버지고, 친할아버지고 다 현지가 너무나도 사랑하는 분들이었으니까. 하지만 어리지만 영악한 현지의 머리가 빠르게 돌아갔다.

"성북동 하찌!"

외할아버지, 정확히는 외증조부도 너무너무 사랑하긴 했지만 조금 멀었다. 그러니까 빨리 볼 수 있는 성북동 하찌를 외쳐 부르고야 말았다.

"……현지 너 좀 수상한데?"

솔이 눈을 추켜 뜨며 눈앞의 딸을 지그시 바라봤다.

갑자기 집에서 얌전히 잘 있다가 저녁 먹을 때쯤 되니까 계속 할아버지 타령이었다. 이렇게 떼를 부리는 아이도 아니었고 무엇보다도 성북동에는 이미 일주일 전에 다녀왔던 터였다.

"아, 아니야. 안 수상해! 현지 안 수상해!"

"흐응……."

"하찌한테 가끄야! 하찌한테! 엄마아아, 현지 하찌 보고 싶어요! 응? 응?"

"안 돼. 갑자기 무슨 하찌야? 시간이 너무 늦어서 안 돼. 정 보고 싶으면 엄마가 오늘 전화 넣어 놓을 테니까 내일 가자. 내일."

솔은 현지와 눈을 맞추며 차분히 내일을 기약하자며 딸을 달래려 했다. 하지만 이 녀석, 오늘따라 얼굴에 고집이 덕지덕지 붙어 있다.

"안 돼! 지금! 지그음! 이제 일곱 시밖에 안됐잖아요!"

얼씨구? 이제는 발을 동동 구르기까지 한다. 얘가 정말 왜 이래?

솔은 자못 얼굴에 무서운 표정을 지어봤다. 엄마로서 엄격해야 할 때는 엄격해야 한다는 걸 배우고 있는 그녀였다. 화를 내는 것과 엄격한 것을 구분해야 한다는 게 참으로 어려운 일이긴 했지만 말이다.

그런 솔의 낌새를 느낀 걸까, 현지가 울상을 지으며 입을 삐죽거렸다.

평소에는 천사처럼 다정하고 현지 말이라면 아무리 작은 말이라도 귀 기울여주는 세상에서 가장 예쁜 엄마였지만 한번 안 된다는 말을 할 때는 정말 단호하고 무서웠다.

"할아버지는 무척 바쁘신 분이—."

딩동!

그때, 모처럼 갖는 모녀의 심도 있는 깊은 대화 사이로 초인종 소리가 끼어들었다.

"아, 아빠다!"

묻지 않아도 알 수 있었다. 현지의 슈퍼맨, 아빠가 온 것이었다. 언제 울먹거렸냐는 듯이 통통통 뛰어가는 현지의 뒷모습을 보며 솔이 기가 막혀 웃음을 터트렸다.

"……그래 봤자 네 아빠는 엄마 편이야, 짜샤."

까르르 울려 퍼지는 딸아이의 웃음소리를 들으며 솔이 새침하게 중얼거렸다. 하지만 그때 솔이 모르고 있는 게 있었으니, 지금 현지의 속셈이 곧 세준의 속셈이라는 것이었다.

2박 3일 간의 짧지만 고된 답사 여행을 마치고 세준은 스윗홈으로 귀가하는 중이었다. 워낙 바빴던 일정 탓에 집에도, 부모님께도 연락 한번을 제대로 못 드렸던 것이 걸려 전화를 한 통 드리고 있었는데 대화가 조금 길어져 집에 도착해서까지 끊지를 못했다.

덜컹, 단단한 철제문을 열고 소담하고 깨끗한 정원을 지나 집을 바라보니 웃음이 나온다. 베란다 창문에 찰싹 달라붙어 아빠를 기다리는 사랑스러운 딸아이가 보였던 탓이었다.

[하여튼 그래서 이번에 네 형이랑 열흘 정도 독일 출장을 다녀와야 해. 근데 네 엄마가…….]

"어머니 걱정은 마세요. 저도 틈틈이 가서 볼 테고, 안사람도 그때쯤은 비시즌이라 시간이 날 테니까요."

[물론 아가가 네 엄마한테 워낙 잘하는 건 알지 이놈아. 그게 아니라, 그때 네 엄마도 여행을 간다고 난리를 피우고 있다 이거야. 첫째, 둘째 며느리 데리고 발리를 다녀온다느니 어쩐다느니. 어휴, 네 엄마 좀 말려 봐라. 요즘 아주 신이 나 있어요.]

아버지의 말에 웃음이 터졌다. 어머니는 세준과 해진을 키우며 해외여행은 물론 국내여행도 제대로 다녀본 적 없는 분이었다. 병원장 마나님께서 더더욱 행동을 조심해야 한다며 뭐 하나 마음대로 하신

적이 없는 분이 이제야 겨우 숨통이 트였나 보다.

[웃지 마, 아비는 심각한데 이놈이…….]

"예. 알겠습니다. 저도 안사람한테 말해 놓을게요."

끼익, 문이 열리고.

"아빠! 아빠빠! 아빠!"

참새처럼 지저귀는 아이의 목소리가 제일 먼저 그를 반겼다. 이틀간의 피로가 사악— 사라지는 목소리였다.

"왔어?"

그리고 그에게 힘을 충전시켜 주는 여전히 아름답기만 한 마누라님의 목소리까지.

아, 이런 게 행복이지.

세준의 얼굴에 웃음이 피어난다. 그 어느 때보다 편안하고 아늑한 웃음이.

"아버지, 저 그럼 이제 끊……."

통화를 종료하려 하는데, 그의 허벅지에 대롱대롱 매달려 있던 현지가 번쩍 고개를 든다.

"하찌야?!"

동아줄을 받아 든 햇님달님 같은 환한 얼굴로.

[강아지?]

"하찌다! 하찌! 하찌이!"

[아이고오오오오오, 우리 강아지이이.]

전화기를 사이에 두고 애틋한 목소리가 요란하게 울려 퍼졌다. 그리고 동시에 솔이 골치가 아프다는 듯 이마를 짚었다.

"하찌이이이이. 현지 데리러 와요. 하찌!"

[우리 강아지, 하찌 보고 싶어요? 지금 데리러 갈까요?]

어휴.

솔은 고개를 절레절레 내저었다. 이런 변수가 있으리라곤 예상치 못했건만. 하아……. 이렇게 된 이상 게임 끝이었다.

결국 박 원장은 퇴근하고 집에 들어가던 차를 돌려 솔과 세준에게 들렀다. 현지는 뭐가 그리 신이 났는지 기다리는 시간 내내 발을 동동 구르고, 설레하며 집 안을 헤집고 다녔다.

그리고 그렇게 노래를 부르던 '하찌' 차에 오르기 직전, 솔의 눈치를 살피며 세준의 귀에 대고 뭔가를 소곤거렸다. 마치 엄마에겐 비밀이란 듯이.

더더욱 솔의 궁금증을 자아내게 만든 것은 세준의 당황한 얼굴이었다. 그러더니 뭔가를 자못 심각하게 고민하는 얼굴로 씻으러 들어갔다.

그리고 그가 나온 지금, 솔은 결국 참지 못하고 물어보고야 말았다.

"아까 현지가 무슨 이야기 한 거야?"

"음?"

그것도 세준이 씻고 나오자마자, 물 한 잔 마실 틈도 안 주고 말이다.

"아까 현지가, 당신 귀에다 대고 뭐라 소곤거렸잖아. 뭐야? 무슨 비밀 이야기야?"

졸졸 쫓아다니는 마누라님을 보며 세준이 씨익 웃는다. 아직 젖은 머리카락 아래로 이제는 완연한 수컷의 냄새를 풍기는 세준이 보였다. 매번 보는 이 얼굴, 이 미소가 여전히 그녀의 가슴을 떨리게 했다.

"그거 아빠와 딸의 비밀인데?"

"치, 뭐야. 안 가르쳐 줄 거야?"

시원한 물 한잔을 마시며 세준은 웃기만 했다. 웃음이 안 나올 수가 없었다.

"아빠, 현지 동생 갖고 싶어요. 그러니까, 오늘 밤 꼭 파이팅!"

아니 대체, 언제, 어디서, 누구에게 어떤 말을 들었기에 다섯 살짜리 입에서 '오늘 밤 파이팅!'이란 문구가 나온단 말인가.

세준은 잠시 패닉에 빠졌지만 일단 그것에 대한 답은 추후에 듣기로 결정했다.

'현지 동생'이라.

세준도 바라는 바였다. 날이 갈수록 망가지기는커녕 더더욱 성숙하고 농밀한 매력을 뿜어주는 아내를 보면 여전히 입이 바싹 마르고, 가슴이 둥둥 떨려왔다. 결혼을 했음에도 왜 이리도 항상 아내에게 목이 마른지…….

"정말 안 가르쳐 줘?"

방 안으로 들어가는 세준을 솔이 졸졸 따라와 물었다. 씩 웃던 세준이 순식간에 뒤를 돌아 솔의 허리를 잡아챘다.

"……어머?"

"알려줘?"

솔이 놀라 눈을 동그랗게 떴다. 왜 이리도 당신은 사랑스럽기만 한지. 세준은 그런 솔의 눈가와 귓가에 입을 맞추며 장난스럽게 속삭였다.

"현지가."

늘씬한 목덜미에선 막 씻고 나온 세준과 같은 향이 났다. 포근하고 달콤한, 당신과 우리 아이의 향.

"동생 만들어 달래."

솔은 더 커질 수 없을 것 같은 눈을 더더욱 크게 뜬 채 세준을 밀어냈다.

"거짓말! 혀, 현지가 무슨……."

"진짜야."

근데 남편의 눈빛이 심상찮았다. 더군다나 늘씬한 솔의 허리를 바짝 끌어당기는 손에 힘이 거세졌다.

쪽, 쪼옥.

장난스럽게 솔의 입술 위를 몇 번이나 오가는 키스. 결국 솔이 그 장난스러움에 까르르 웃음을 터뜨리고 말았다.

"하지 마라. 가족끼리 막 이러는 거 아니다."

그리고 역시나 그녀도 세준을 밀어내며 장난스럽게 그를 애태운다. 그러자 솔의 말에 세준도 짓궂고 못된 웃음을 보였다. 싱글싱글 웃는 낯이었지만, 그 눈빛은 한없이 뜨겁고 적나라했다.

"그러는 게 뭔데? 막 이러는 거?"

솔의 목덜미에서 지분거리는 세준의 입술. 어르고 달래듯 장난스러운 입맞춤에 다시 한 번 웃음이 터진다.

"아니면 이러는 거?"

슬금슬금 뒤로 밀어내면서 세준이 솜씨 좋게 솔의 티셔츠를 벗겨냈다.

옴마야, 얘 뭔가 본격적이다?

"아니면……. 뭐 이런 거?"

간지럽다며 키득거리는 틈에 어느새 침대 곁에 와 있었다. 세준이 씩 웃으며 그녀를 침대 위로 밀어 넘어트렸다.

"마누라, 어디 19금 영화 한번 출연해 볼 텐가?"

아쭈? 대사가 제법 화끈했다. 하지만 그런 세준이 영 싫지가 않았다. 하긴 요즈음 체중 조절한다고 예민해져서 손도 못 대게 했다. 그렇게 방치하고 약 올리고 한 게 벌써 한 달이 되었다. 그동안 그의 손길이 그리운 것은 솔도 마찬가지였었다.

잠깐 새치름하게 남편을 흘겨보던 솔이 씩 웃었다. 그리고 활짝 팔을 벌려 그의 목을 끌어안으며 귓가에 속삭였다.

"현지 동생은 남자아이였으면 좋겠다."

사랑스러운 아내의 입술에 세준이 깊고 진한 입맞춤을 새겨 넣었다.

"사내 가슴에 불을 지폈으면 책임질 각오 정돈 하셨겠지?"

"각본 쓰신다는 분께서 대사가 너무 올드하다. 그러지 말고 액션으로 보여주시죠?"

오호, 그래?

세준도 솔도 키득거리며 서로의 입술과 입술로 따스한 숨결을 나눠 가졌다. 서로를 어루만지고 끌어안는 손길은 십여 년 전 그때처럼 애틋하고 다정하기만 했다.

현지 동생이고 뭐고 간에, 세준은 새삼 솔을 안고 있는 지금 이 순간 심장이 뜨거워졌다.

당신과 결혼하길 정말 잘했다.

죽도록 쫓아다니길 참 잘했다.

그리고 당신을 사랑하길 참, 잘했다.

잘했다, 잘했다.

박세준.

그렇게 두 사람의 밤은 깊어 가고…….

그로부터, 일 년 후.

현지는 남동생을 얻었다나, 어쨌다나.

〈The End〉

작가 후기

〈그 모델의 사생활〉을 쓰면서 참 감사한 일들이 많았습니다.

그토록 바라던 기회를 얻었고, 즐겁게 글을 쓰는 법을 알았고, 먹고 살기 어렵던 삶에 작게나마 여유를 가질 수 있었습니다. 때문에 이 글을 통해 알게 된 여러 분들에게 감사한 마음을 먼저 전하고 싶습니다.

네이버에도, 출판사에도 그리고 항상 응원해 주시고 사랑해 주신 독자 여러분들, 정말 감사합니다.

저는 글을 아주 잘 쓰지는 못합니다. 하지만 재미있게 쓰려고 노력하고 있습니다. 또, 글쓰는 것 자체도 무척이나 즐거워하는 편이기도 합니다. 이 재미난 일을 생업으로 삼기까지 많은 용기가 필요했습니다.

'내가 이걸로 먹고 살 수 있을까?'

'이걸 직업이라고 말할 수 있을까?'

'겸업을 해야 할까?'

숱한 고민을 하면서도 항상 마지막엔 '글 쓰면서 살고 싶다. 더, 더 해보고 싶다'라고 되새기곤 했습니다. 그 고민을 고스란히 넣어 만든 캐릭터가 바로 '세준'이었습니다.

하고 싶은 일을 하기 위해서 용기를 내야 했고, 돌고 돌아 결국 제자리를 찾아가는 젊은 캐릭터였죠. 사랑 이야기도 좋고, 재미있는 에피소드를 만들어내는 것도 좋았지만 역시 제일 좋은 것은 세준이가 하고 싶은 일에 조금씩, 조금씩 가까워지는 과정을 그려내는 것이었습니다. 세준의 성장에는 '솔'이가 반드시 필요했고, 두 사람은 서로에게 자극이 되기도 하고 힘이 되기도 하면서 같이 바뀌어나갔죠.

메시지를 전달하기엔 아직 제 글 솜씨가 조금 부족했을지도 모르겠습니다. 하지만 글을 쓸 당시엔 정말 즐거운 마음으로 최선을 다해 연재를 해왔습니다. 거창하지 않아도, 수려하지 않아도, 투박하게나마 제 감성이 여러분들께 닿았으면 좋겠다고 바라봅니다.

다음엔 조금 더 나아진 솜씨로 다시 찾아 뵐 수 있도록 항상 노력하는 작가가 되겠습니다. 찾아주셔서 감사합니다.

이지혜 드림